希腊神话和传说

Gods and Heroes

〔德〕施瓦布／著

楚图南／译

名著名译
丛　书

人民文学出版社

Gustav Schwab

DIE SCHÖNSTEN SAGEN DES KLASSISCHEN ALTERTUMS

据 Olga Maiz & Ernst Morwitz 的英译本 Gods and Heroes of Ancient Greece 译出。

图书在版编目(CIP)数据

希腊神话和传说/(德)施瓦布著;楚图南译.—北京:人民文学出版社,2014(2022.5重印)
(名著名译丛书)
ISBN 978-7-02-010453-6

Ⅰ.①希… Ⅱ.①施…②楚… Ⅲ.①神话—作品集—古希腊 Ⅳ.①I545.73

中国版本图书馆 CIP 数据核字(2014)第 115133 号

责任编辑　欧阳韬
装帧设计　刘　静　陶　雷
责任印制　任　祎

出版发行　人民文学出版社
社　　址　北京市朝内大街 166 号
邮政编码　100705

印　　刷　三河市中晟雅豪印务有限公司
经　　销　全国新华书店等

字　　数　571 千字
开　　本　890 毫米×1290 毫米　1/32
印　　张　21.375　插页3
印　　数　78001—82000
版　　次　1959 年 7 月北京第 1 版
印　　次　2022 年 5 月第 13 次印刷

书　　号　978-7-02-010453-6
定　　价　43.00 元

如有印装质量问题,请与本社图书销售中心调换。电话:010-65233595

古斯塔夫·施瓦布

古斯塔夫·施瓦布（1792—1850）

生于德国符腾堡一宫廷官员家庭。1809 至 1814 年在蒂宾根大学攻读神学和哲学。担任过编辑、牧师、教师等职务。文学上的贡献在于发掘和整理古代文化遗产，曾出版《美好的故事和传说集》《德国民间话本》《希腊神话和传说》等。

世界上有许多民族，每个民族都有自己的神话。若论内容的丰富，表现手法的艺术性，流传范围的广泛，当首推希腊神话。希腊神话是希腊民族关于神和英雄的故事的总汇。几千年来，希腊神话已渗透到古希腊的文学艺术乃至西方文化的各个方面，对人类文明的发展起到了不可磨灭的作用。因此，要想了解西方的文明进程，就有必要读一读这本《希腊神话和传说》了。

译　者

楚图南(1899—1994)，云南文山人。1923 年毕业于北京高等师范学校史地系。曾任教于暨南大学、上海师范大学、云南大学、上海法学院。著有散文集《刁斗集》《荷戈集》，译有惠特曼《草叶集选》、尼采《查拉图斯特拉如是说》、施瓦布《希腊神话和传说》、涅克拉索夫长诗《在俄罗斯谁能快乐而自由》等。

出 版 说 明

人民文学出版社从上世纪五十年代建社之初即致力于外国文学名著出版,延请国内一流学者研究论证选题,翻译更是优选专长译者担纲,先后出版了"外国文学名著丛书""世界文学名著文库""二十世纪外国文学丛书""名著名译插图本"等大型丛书和外国著名作家的文集、选集等,这些作品得到了几代读者的喜爱。

为满足读者的阅读与收藏需求,我们优中选精,推出精装本"名著名译丛书",收入脍炙人口的外国文学杰作。丰子恺、朱生豪、冰心、杨绛等翻译家优美传神的译文,更为这些不朽之作增添了色彩。多数作品配有精美原版插图。希望这套书能成为中国家庭的必备藏书。

为方便广大读者,出版社还为本丛书精心录制了朗读版。本丛书将分辑陆续出版。

人民文学出版社

2015 年 1 月

前　言

我国读者对于西方文化的兴趣越来越浓了,这在国家开放形势下是很自然的。但是,决不像牛仔裤、耐克鞋及皮尔·卡丹服饰之类,西方文化不可能成为赶时髦的对象;它像其他文化一样,是需要按其字源学上的意义,经过一番心灵的训练和陶冶,才能逐渐掌握的。首先须了解,西方文化有两根支柱,一根是希腊神话,另一根是《圣经》。分别熟悉一下这两根支柱,将有助于理解西方文化的起源和发展。那么,这本希腊神话集的编译和出版,对于我国读者特别是青年读者,该不至于显得多余吧。

世界上有许多民族,每个民族都有她自己的神话。中国就有盘古开天地、神农尝百草以及《山海经》里刑天舞干戚之类的神话。在世界各地,除了希腊神话,著名的还有埃及、印度、罗马、冰岛、爱尔兰等古老民族的神话。这些神话大都起源于原始人类解释周围世界,首先是自然界的尝试,并与当时当地的宗教密切相关。其中说到内容最丰富、表现手法最富于艺术性,而且流传范围最广泛,不能不数希腊神话了。

希腊神话是古希腊民族关于神和英雄的故事的总汇。在希腊人心目中,神具有人形和人性,英雄则是半人半神式的人物,这就是所谓神人同形说。古代希腊人把神想象成人的形象,并把人的情感、欲望和行为附加在神的身上,这一点本来是和其他民族的神话相似的。不过,对于后者,神性和人性的界限分明,神身上如果出现了人的情欲,那是不得了的,是要被贬谪下凡去受苦的,中国神话里天篷元帅后来变成猪八戒就是一个例子。而在希腊神话中,神和人却几乎太相似了,不但按照人类父权制家庭的形式,组成了以宙斯为首的奥林波斯山上的神圣家族(父亲宙斯,母亲赫拉,姑母得墨忒耳,叔父波塞冬,女儿雅典娜、阿耳忒弥斯、阿佛洛狄忒,儿子阿波罗、赫淮斯托斯等),而且每一位神都具有人身上常见的一些长处和弱点,即使是弱点,也都同样显得可以理解以致可爱,而不致受到难堪的指摘和惩罚。例如天神宙斯本人,他简直就是一个泛爱主义者,热烈的女性追求者;至于他的子民,日子过得随心所欲,逍遥自在,就更不在话下了。正由于充满愉快、活泼而又自由的人性,希腊众神从不令人感到恐怖,反倒广泛地为人所喜爱。

希腊众神毕竟又是神,自然比人有更大的能耐,也有更多的形态和变化。作为图腾崇拜的残余现象,有些神灵本来就具有动物的形状,如长羊脚的牧神潘和林神萨堤洛斯,半人半马的肯陶洛斯,半人半牛的弥诺陶洛斯。宙斯的本领不下于中国七十二变的孙悟空,他曾化身公牛去抢劫欧罗巴,又曾化身天鹅去亲近勒达。还有被动的变形,如阿克泰翁被变成鹿,赫卡柏被变成狗,与巨龙搏杀过的卡德摩斯晚年也变成了龙。还有变成植物形态的,如达佛涅变成月桂树,许阿铿托斯变成风信子花,密耳拉变成没药树,那耳喀索斯变成水仙花。这些千奇百怪、多姿多彩的变化景观,使得希腊神话进一步引人入胜了。

希腊神话像其他神话一样,首先也起源于对自然力的崇拜,如宙斯是雷电之神,波塞冬是海神,赫淮斯托斯是火神,得墨忒耳是谷物与农业女神。除了自然界的痕迹,希腊神话还反映了人类氏族社会的发展,如关于阿玛宗人的神话保存着对母系氏族的记忆,关于弑母者俄瑞斯忒斯的神话标志着母权制向父权制的转变。希腊神话也不止是想象的创作,另方面还以历史事实为依据,例如特洛亚战争便引发了一系列的神话故事。

古希腊的文学艺术与希腊神话之间有着几乎不可分割的有机联系。例如人类和世界的起源,阿耳戈号船员们的远航,以及赫剌克勒斯、忒修斯、珀耳修斯等英雄的丰功伟绩,都曾是希腊诗人和艺术家的创作题材。关于希腊神话的最重要的文献有被认为是荷马所作的两部史诗,即《伊利亚特》和《奥德赛》,还有别奥提亚诗人赫希奥德的《工作与时日》和《神谱》。在描写特洛亚战争末期事迹的《伊利亚特》中,众神被分成两个集团,一个由波塞冬、赫拉、雅典娜、赫淮斯托斯等组成,站在希腊人一边;另一个由阿波罗、阿耳忒弥斯、阿佛洛狄忒等组成,站在特洛亚人一边。在这场由众神和众英雄共同参与的战争中,实际上是以神话的外衣掩饰了荷马时期氏族部落之间的相互掠夺,而为这种掠夺行为所需要的英勇作战精神则被歌颂为至高无上的美德。在《神谱》中众神的起源得到最完整的描述,据说宇宙间最初只有四个神,即卡俄斯(混沌,创世之前所有的空间),该亚(大地),塔耳塔洛斯(深渊)和厄洛斯(爱)——在近代心理分析学说中被炒得火热的"利比多",其根源原来在这里。而在《神谱》中并未受到重视的,为人类从神那里盗火的普罗米修斯,经过希腊大悲剧家埃斯库罗斯的塑造,则成为不畏暴虐、不怕牺牲、敢于为理性与正义承受最残酷惩罚的伟大典型,自古至今一直为进步人类所颂扬,并永远赋予历代诗人、剧作家、音乐家、造型艺术家们以再创造的灵感。

罗马人继承了大部分希腊文化,包括希腊神话,并以他们特有的朴素风格和拉丁名称把它们保存下来。希腊神话中几乎每一个神都能在罗马神话中找到他的对应者,事实上不过改换了一个名字而已。例如,天神宙斯改称朱庇特,天后赫拉改称朱诺,智慧女神雅典娜改称弥涅耳瓦,美神阿佛洛狄忒改称维纳斯,月神或贞洁女神阿耳弥斯改称狄安娜,冥后珀耳塞福涅改称普洛塞庇娜,神使赫耳墨斯改称墨丘利,火神赫淮斯托斯改称武尔坎,海神波塞冬改称尼普顿,战神阿瑞斯改称玛尔斯,酒神狄俄倪索斯改称巴克斯,爱神厄洛斯改称丘比特,等等。不过,还须了解,古罗马人不论在共和时期还是帝国时期,他们的宗教本质上是一种政治行为,其世俗目的在于促进社会秩序的平靖和国家机器的完善;而对于处在低级社会发展阶段的希腊人,他们的宗教基本上是一种自由而愉悦的自然崇拜,并以发扬个性和美感为己任,形成诗、艺术和独立精神的源泉。因此,在严格的意义上,诗意浓郁的希腊神话和散文化的罗马神话又是不能混为一谈的。

随着基督教的传播,《圣经》以外的神话在欧洲逐渐遭到摒弃,任何异教的神祇都被视为"妖魔",不再对人们的宗教信仰起什么支配作用。但是,希腊神话的优美形象和浓郁诗意仍然长久留存在人们的意识中,并作为文学艺术的永恒题材而流传下来。到文艺复兴时期,希腊神话更经过一些伟大的造型艺术家的手笔,牢固地植根于欧洲文化的土壤中,对后世产生了辉煌的审美效果和深刻的启示作用。有人甚至说，没有希腊神话，就没有文艺复兴可言。自此以后，一个人是不是熟悉希腊神话，在西方便成为检验他的文化水平的标志。

到今天，希腊神话已与西方各民族的日常生活息息相关，甚至成为家喻户晓的口头语，出现在各个通俗作家的笔下。例如，作为稀世珍宝的代名词的"金羊毛"，解作争端或祸根的"金苹果"，代表致命弱点的"阿喀琉斯的脚踵"，日夜睁着的"阿耳戈斯的眼睛"，藏污纳垢的"奥革阿斯的牛棚"，帮助摆脱困境的"阿里阿德涅的线团"，永远灌不满的"达那伊得斯姊妹之桶"，飞得太高而为太阳融化的"伊卡洛斯的蜡翼"，惹祸招灾的"潘多拉的匣子"，削足适履的"普洛克儒斯忒斯的床"，诱惑水手触礁的"塞壬的歌声"，徒劳无益的"西绪福斯的苦役"，难解的"斯芬克斯之谜"，目标可望而不可即的"坦塔罗斯的磨难"，等等。此外，西方天文学家还用希腊神话里的名称来为一些星宿命名，如称仙女座为安德洛墨达，称南船座为阿尔古舟，称太阳为赫利俄斯，称武仙座为赫剌克勒斯，称双子座为卡斯托耳和波吕丢刻斯，称半人马座为肯陶洛斯，称仙王座为刻甫斯，称飞马座为珀伽索斯，称英仙座为珀耳修斯，等等。以上这些典故、习语和名称，已是人们接近和理解西方文化之前所不可缺少的常识了。

到十九世纪，西方学者对于希腊神话的兴趣进一步发展，先后创立了许多研究神话遗产的学派，如自然派，象征派，字源学派，人类学派等，不一而足。有的认为神是自然力量的化身；有的认为众神的形象来源于人类的原始恐惧；有的认为神话的目的在于说明某种制度或风俗的缘起，或者解释某个被误解的名称；有的还认为，神话所表现的人与自然强力（包括猛兽和非人）的拼搏，象征着人与其卑下情操的斗争，等等。这些学者值得一提的有：英国的东方学者马克斯·密勒（1823—1900），他采用印欧语系比较语言的科学方法，最早创立了比较神话学，虽然积极的成果有限；苏格兰人类学家詹姆士·乔治·弗雷泽（1854—1941），他的十二卷巨著《金枝》研究了神话的起源及其在宗教发展史中的重要地位，并通过探讨原始祭祷仪式，开阔了文学史家们的眼界；瑞士心理学家卡尔·古斯塔夫·容格（1876—1961），他提出了种族或集体无意识的观点，断定其中储存着人类过去所有的经验，包括所有神话的象征在内,由此证明神话不可能是狭隘意义上的历史,而是由各时代存在过并将永久存在下去的各种事件逐渐编成的故事总汇,同时还提出了原型的概念,肯定了人类所有无数典型经验的统一性和同一性,不但解答了马克斯·密勒认为原始神话充满"野蛮、荒谬、愚昧"成分的疑惑,还帮助形成了二十世纪从客观上把握文学类型的共性及其演变的原型批评。此外,十八世纪意大利哲学家维柯的巨著《新科学》(1725)在十九世纪获得了新的理解,其中关于"诗性智慧"的观点启发近代神话学者认识到,原始人类缺乏抽象思维能力,只能用具体形象代替逻辑概念,这才产生了神话。当然,我们还知道,马克思和恩格斯根据唯物史观指出过,神话是人类童年的产物,只产生在人类历史上的一定生产方式下,像朱庇特、武尔坎等形象不可能出现在科技发达、发明了电报和铁路、各种自然现象得到科学解释的时代;他们还强调,神的形象除了自然属性,还具有社会属性,并认为比较神话学片面地断定神只是自然力量的反映,是导致神话学陷入混乱的原因之一。

对于普通读者,神话就是神话,它的兴味在于故事本身,而不在于表达方式和叙述风格,更不在于那些莫衷一是的理论问题。那么,让我们还是先来读读面前这本希腊神话集吧。等我们熟悉一下这些美妙的故事,再来考虑建立我们的神话观也不迟。本书作者施瓦布属于以诗人乌兰德为核心的施瓦本浪漫派,他的这本希腊神话集正是德国浪漫派开掘并发扬古典遗产的重要成果之一,而从它一直重版至今,并在世界各国流传的普及效果来看,也算是对于包括我国读者在内的人类文化继承的一份厚礼。

绿　原

目　录

普罗米修斯

　　天和地被创造了,大海涨落于海岸之间。鱼在水里面嬉游。飞鸟在空中歌唱。大地上拥挤着动物。但还没有有灵魂可以支配周围世界的生物。这时有一个先觉者普罗米修斯,降落在大地上。他是宙斯所放逐的神祇的后裔,是地母该亚与乌剌诺斯所生的伊阿珀托斯的儿子。他机敏而睿智。他知道天神的种子隐藏在泥土里,所以他撮起一些泥土,用河水使它润湿,这样那样的捏塑着,使它成为神祇——世界之支配者的形象。为要给与泥土构成的人形以生命,他从各种动物的心摄取善和恶,将它们封闭在人的胸膛里。在神祇中他有一个朋友,即智慧的女神雅典娜;她惊奇于这提坦之子的创造物,因把灵魂和神圣的呼吸吹送给这仅仅有着半生命的生物。

　　这样,最初的人类遂被创造,不久且充满远至各处的大地。但有一长时期他们不知怎样使用他们的高贵的四肢和被吹送在身体里面的圣灵。他们视而不见,听而不闻。他们无目的地移动着,如同在梦中的人形,不知道怎样利用宇宙万物。他们不知道凿石,烧砖,从树木刻削椽梁,或利用这些材料建造房屋。他们如同忙碌的蚂蚁,聚居在没有阳光的土洞里,不能辨别冬天,花朵灿烂的春天,果实充裕的夏天的确切的征候。他们所做的事情都没有计划。于是普罗米修斯来帮助他们,教他们观察星辰的升起和降落,教他们计算和用写下的符号来交换思想。他指示他们怎样驾驭牲畜,让它们来分担人类的劳动。他训练马匹拉车,发明船和帆在海上航行。他也关心人类生活中别的一切活动。从前,生病的人没有医药知识,不知道应该吃喝什么,或不应该吃喝什么,也不知道服药来减轻他的痛苦。因为没有医药,人们都极悲惨地死亡。现在普罗米修斯指示他们怎样调治药剂来医治各种的疾病。其次他教他们预言未来,并为他们解释梦和异象,看鸟雀飞过和牺牲的预兆。他引导他们做地下勘探,好让他们发现矿石、铁、银和金。总之他介绍给他们一切生活的技术和生活上的用品。

现在,在天上的神祇们,其中有着最近才放逐他的父亲克洛诺斯建立自己的威权的宙斯,他们开始注意到这新的创造物——人类了。他们很愿意保护人类,但要求人类对他们服从以为报答。在希腊的墨科涅,在指定的一天,人、神集会来决定人类的权利和义务。在这会上,作为人类顾问而出现的普罗米修斯设法使诸神——在他们作为保护者的权力中——不要给人类太重的负担。

这时,他的机智驱使他欺骗神祇。他代表他的创造物宰杀了一匹大公牛,请神祇拿他们所喜欢的部分。他杀完之后,将它分为两堆。一堆他放上肉,内脏和脂肪,用牛皮遮盖着,顶上放着牛肚子;另一堆,他放上光骨头,巧妙地用牛的板油包蒙着。而这一堆却比较大一些!全知全能的宙斯看穿了他的骗局,说道:"伊阿珀托斯之子,显赫的王,我的好朋友,你的分配如何地不公平哟!"这时普罗米修斯相信他已骗过宙斯,暗笑着回答:"显赫的宙斯,你,万神之王,取去你随心所喜的罢。"宙斯着恼了,禁不住心头火起,但却从容地用双手去拿雪白的板油。当他将它剥开,看见剔光的骨头,他假装只是这时才发觉被骗似的,严厉地说:"我深知道,我的朋友,啊,伊阿珀托斯之子! 你还没有忘掉你的欺骗的伎俩!"

为了要惩罚普罗米修斯的恶作剧,宙斯拒绝给人类为了完成他们的文明所需的最后一物:火。但机敏的伊阿珀托斯的儿子,马上想出办法,补救这个缺陷。他摘取木本茴香的一枝,走到太阳车那里,当它从天上驰过,他将树枝伸到它的火焰里,直到树枝燃烧。他持着这火种降到地上,即刻第一堆丛林的火柱就升到天上。宙斯,这发雷霆者,当他看见火焰从人类中间升起,且火光射得很广很远,这使他的灵魂感到刺痛。

现在人类既经有火,就不能从他们那里夺去。为抵消火所给与人类的利益,宙斯立刻为他们想出了一种新的灾害。他命令以巧妙著名的火神赫淮斯托斯创造一个美丽少女的形象。雅典娜由于渐渐嫉妒普罗米修斯,对他失去好意,亲自给这个妇人穿上灿亮雪白的长袍,使她

诸神创造潘多拉

戴着下垂的面网(妇人手持面网,并将它分开),在她的头上戴上鲜花的花冠,束以金发带。这条发带也是赫淮斯托斯的杰作,他为了取悦于他的父亲,就十分精巧地制造它,细致地用各种动物的多彩的形象来装饰它。神祇之使者赫耳墨斯馈赠这迷人的祸水以言语的技能;爱神阿佛洛狄忒则赋予她一切可能的媚态。于是在最使人迷恋的外表下面,宙斯布置了一种眩惑人的灾祸。他名这女子为潘多拉,意即"有着一切天赋的女人"。因为每一个天上的神祇都给了她一些对于人类有害的赠礼。最后他让这女子降落在人、神都在游荡并寻欢取乐的地上。他们都十分惊奇于这无比的创造物,因为人类自来还没有看见过这样的妇人。同时,这女人去找"后觉者"厄庇墨透斯,他是普罗米修斯的兄弟,为人比较少有计谋。

普罗米修斯警告他的兄弟不要接受俄林波斯圣山的统治者的赠礼,立刻把它退回去,恐怕人类会从它那里受到灾祸。厄庇墨透斯忘记了这警告,他十分欢喜地接受这美丽年轻的妇人,在吃到苦头之前,看不出有什么祸害。在此以前——感谢普罗米修斯的劝告啊!——人类还没有灾祸,也无过分的辛劳,或者长久疾病的苦痛。但这个妇人双手捧着一种赠礼来了——一只巨大的密闭着的匣子。她刚刚走到厄庇墨透斯那里,就突然掀开盖子,于是飞出一大群的灾害,迅速地散布到地上。但匣子底上还深藏着唯一美好的东西:希望! 由于万神之父的告诫,在它还没有飞出以前,潘多拉就放下盖子,将匣子永久关闭。现在数不清的不同形色的悲惨充满大地、空中和海上。疾病日夜在人类中间徘徊,秘密地,悄悄地;因为宙斯并没有给它们声音。各种不同的热病攻袭着大地,而死神,过去原是那么迟缓地趑趄着步履来到人间,现在却以如飞的步履前进了。

这事完成以后,宙斯转而向普罗米修斯本人复仇。他将这个罪人交给赫淮斯托斯和他的外号叫做强力和暴力的两个仆人克剌托斯和比亚。他吩咐他们将他拖到斯库提亚的荒原。在那里,下临凶险的巉谷,他用强固的铁链将他锁在高加索山的悬崖绝壁上。赫淮斯托斯很勉强地执行他父亲的命令,因为他爱着这提坦之子,他是他的同类,同辈,也是神祇的后裔,是他的曾祖父乌剌诺斯的子孙。他被逼迫不能不执行

潘多拉打开灾祸之匣

赫淮斯托斯及其仆人暴力和强力为普罗米修斯上锁链

残酷的命令,但却说着比他残暴的两个仆人所不喜悦的同情的言语。因此普罗米修斯被迫锁在悬崖绝壁上,笔直地吊着,不能入睡,而且永不能弯曲他的疲惫的两膝。"你将发出多少控诉和悲叹,但一切都没有用,"赫淮斯托斯说,"因为宙斯的意志是不会动摇的;凡新从别人那里夺得权力而据为己有的人都是最狠心的!"

这囚徒的苦痛被判定是永久的,或者至少有三万年。他大声悲吼,并呼叫着风、河川和无物可以隐藏的虚空和万物之母的大地,来为他的苦痛作证,但他的精神仍极坚强。"无论谁,只要他学会承认定数的不可动摇的威力,"他说,"便必须忍受命运女神所判给的痛苦。"宙斯的威胁也没能劝诱他去说明他的不吉的预言,即一种新的婚姻将使诸神之王败坏和毁灭。宙斯是言出必行的。他每天派一只鸷鹰去啄食囚徒的肝脏,但肝脏无论给吃掉多少,随即又复长成。这种痛苦将延续到有人自愿出来替他受罪为止。

就宙斯对他所宣示的判决来说,这事总算出乎提坦之子的意想之外更早地来到了。当他被吊在悬崖绝壁上已经有许多悲苦的岁月以后,赫剌克勒斯为寻觅赫斯珀里得斯的金苹果来到了这里。他看见神祇的后裔被锁在高加索山上,正想询问他怎样才可以寻到金苹果,却禁不住同情他的命运,因为他看见鸷鹰正栖止于不幸的普罗米修斯的双膝上。赫剌克勒斯将他的木棒和狮皮放在身后的地上,弯弓搭箭,从苦难的普罗米修斯的肝脏旁射落凶鸷的鸷鸟。然后他松开链锁,解下普罗米修斯,放他自由。但为满足宙斯所规定的条件,他使马人喀戎作了他的替身。喀戎虽也可以要求永生,但却愿意为这位提坦付出自己的生命。为了充分履行克洛诺斯之子宙斯的判决,被判决在悬崖绝壁长期受苦的普罗米修斯也永远戴着一只铁环,并镶上一块高加索山的石片,使宙斯能夸耀他的仇人仍然被锁在山上。

人类的世纪

　　神祇创造的第一纪的人类乃是黄金的人类。这时克洛诺斯(即萨图恩)统治天国,他们无忧无虑地生活着,没有劳苦和忧愁,差不多如同神祇一样。他们也不会衰老。他们的手脚仍然有着青年的力量。四肢润软,不生疾病,一生享受盛宴和快乐。神祇们也爱护他们,给他们丰盛的收获和壮丽的牧畜。当他们的死期来到,他们就入于无扰的长眠;但是在活着的时候,他们有着许多如意的事物。大地自动地为他们生长出十分丰富的果实。他们的需要都得到满足,大家在和平康乐中幸福地生活。当命运女神判定他们离开大地,他们便成为仁慈的保护神祇,他们在云雾中随处行走,给予赠礼,主持正义,并惩罚罪恶。

　　其后神祇创造第二纪的人类,白银的人类;这在外貌和精神上都与第一个种族不同。他们的子孙,百年都保持着童年,不会成熟,受着母亲们的照料和溺爱。最后当这样的一个孩子成长到壮年,留给他的已只有短短的一段生命。因为他们不能节制他们的感情,放肆的行动使得这新的人类陷于灾祸。他们粗野而傲慢,互相违戾,不再向神祇的圣坛献祭适当的祭品来表示敬意。宙斯很恼怒他们对于神祇缺乏崇敬,所以他使这个种族从大地上消灭。但因为这白银的种族并不是全然没有道德,所以不能不有某种光荣。在他们终止人类生活的时候,他们仍然可以作为魔鬼在地上漫游。

　　现在天父宙斯创造了一种第三纪的种族,青铜的人类。这又完全不同于白银时代的人类,残忍而粗暴,习于战争,总是互相杀害。他们损害田里的果实并饮食动物的血肉;他们的顽强的意志如同金刚石一样坚硬。从他们的宽厚的两肩生长出无可抵抗的巨臂。他们穿着青铜的甲,居住青铜的房子,并以青铜的工具操作,因为在那时还没有铁。但他们虽高大可怕,且不断互相战争,却不能抗拒死。当他们离开晴朗而光明的大地之后，他们就下降到地府的黑夜里去。

当这种族也完全死灭，克洛诺斯之子宙斯创造了第四纪的种族，他们依靠大地上的出产来生活。这些新的人类比以前的人类都更高贵而公正。他们乃是古代所称的半神的英雄们。但最后他们也陷于仇杀和战争，有的在忒拜的城外为俄狄浦斯国王的国土战争，有的为了美丽的海伦乘船到特洛亚原野。当他们在战斗和灾祸中结束了地上的生存时，宙斯把天边的，在暗黑的海洋里向着光明的极乐岛分派给他们。在这里他们过着死后宁静而幸福的生活，每年三次，富饶的大地给他们甜蜜果实的丰收。

古代诗人赫西俄德说到人类世纪的传说，他以这样的慨叹结尾："啊，假使我不生在现在的人类的第五纪，让我死得更早，或出生得更晚罢！因为现在正是黑铁的世纪。这时的人类全然是罪恶的。他们日以继夜地工作和忧虑，神祇使他们有愈来愈深的烦恼，但是最大的烦恼却是他们自己给自己带来的。父亲不爱儿子；儿子不爱父亲。宾客憎恨主人，朋友也憎恨朋友。甚至于弟兄们都不赤诚相与如古代一样，父母的白发也得不到尊敬。年老的人不得不听着可耻的言语并忍受打击。啊，无情的人类哟！难道你们忘记了神祇将给与的裁判，敢于辜负高年父母的抚育之恩吗？处处都是强权者得势，人们毁灭他们邻近的城市。守约、良善、公正的人得不到好报应，而为恶和硬心肠的渎神者则备受光荣。善和文雅不再被人尊敬。恶人被许可伤害善良，说谎话，赌假咒。这就是这些人所以这么不幸福的原因。不睦和恶意的嫉妒追袭着他们，并使他们双眉紧锁。直到此时还常来地上的至善和尊严的女神们，如今也悲哀地以白袍遮蒙着她们的美丽的肢体，回到永恒的神祇中去。留给人类的除了悲惨以外没有别的，而这种悲惨且是看不见边际的！"

皮拉和丢卡利翁

在青铜人类的世纪,世界的统治者宙斯听到住在世界上的人类所做的坏事,他决定变形为人降临到人间查看。但无论他到什么地方,他发现事实比传闻要严重得多。

一晚,快到深夜的时候,他来到并不喜欢客人的阿耳卡狄亚国王吕卡翁的大客厅里。他是以粗野著名的人。宙斯以神异的先兆和表征证明了自己的神圣的来历,人们都跪下向他膜拜。但吕卡翁嘲笑他们虔诚的祈祷。"让我们看罢,"他说,"究竟我们的这个客人是一位神祇还是一个凡人!"于是他暗自决定在半夜中当他熟睡的时候将他杀害。

最初他杀死摩罗西亚人所送给他的一个可怜的人质,把一部分还温热的肉体扔在滚水里,一部分烧烤在火上,并以此为晚餐献给客人。宙斯看出他所做的和想要做的,从餐桌上跳起来,投掷复仇的火焰于这不义的国王的宫殿。吕卡翁战栗着逃到宫外去。但他的第一声绝望的呼喊就变成了嗥叫。他的皮肤成为粗糙多毛的皮,他的手臂变成前腿。他被变成了一只喝血的狼。

其后宙斯回到俄林波斯圣山,坐着和诸神商议,决定除灭全部可耻的人类种族。他正想用闪电鞭挞整个大地,却又即时住手,因为恐怕天国会被殃及,并烧毁宇宙的枢轴。所以他放下库克罗普斯为他所炼铸的雷电,决心以暴雨降落地上,用洪水淹没人类。即刻,北风和别的一切可使天空明净的风都锁闭在埃俄罗斯的岩洞里,只有南风被放出来。于是南风隐藏在漆黑的黑夜里,扇动湿淋淋的翅膀飞到地上。涛浪流自他的白发,雾霭遮盖着他的前额,大水从他的胸脯涌出。他升到天上,将浓云捞到他的大手里,然后把它们挤出来。雷霆轰击,大雨从天而降。大风雨的狂暴蹂躏了庄稼,粉碎了农民的希望。一年长期的辛苦都白费了。

　　宙斯的兄弟,海神波塞冬也帮助着这破坏的盛举。他把河川都召集来说道:"泛滥你们的洪流! 吞没房舍和冲破堤坝吧!"他们都听从他的命令。同时他也用他的三尖神叉撞击大地,摇动地层,为洪流开路。河川汹涌在空旷的草原,泛滥在田地,并冲倒小树,庙堂和家宅。如果这里那里仍然隐隐地出现着少数宫殿,巨浪也随时升到屋顶,并将最高的楼塔卷入漩涡。顷刻间,水陆莫辨,一切都是大海,无边无际。

　　人类尽所有的力量来救自己。有些人爬到高山,别的人又划着船航行在淹没的屋顶上,或者越过自己的葡萄园,让葡萄藤扫着船底。鱼在树枝间挣扎,逃遁的牡鹿和野猪则为涛浪所淹没。所有的人都被冲去。那些幸免的也饿死在仅仅生长着杂草和苔藓的荒芜的山上。

　　在福喀斯的陆地上,仍然有着一座山,它的山峰高出于洪水之上。那是帕耳那索斯山。丢卡利翁,由于受到他的父亲普罗米修斯关于洪水的警告,并为他造下一只小船,现在他和他的妻皮拉乘船浮到这座山上。被创造的男人和妇人再没有比他们还善良和信神的。当宙斯从天上俯视,看见大地成为无边的海洋,千千万万人中只有两个人剩下来,善良而敬畏神祇。所以他使北风驱逐黑云并分散雾霭。他再一次让大地看见苍天,让苍天看见大地。同时管领海洋的波塞冬也放下三尖神叉使涛浪退去。大海又现出海岸,河川又回到河床。泥污的树梢开始从深水里伸出。其次出现群山,最后平原扩展开来,开阔而干燥,大地复原。

　　丢卡利翁看看四周,陆地荒废而死寂,如同坟墓一样。看了这,他不禁落下泪来,他对皮拉说:"我的唯一的挚爱的伴侣哟,极目所至,我看不见一个活物。我们两人是大地上仅仅残留下来的人类;其余的都淹没在洪水里了。而我们,也还不能确保生命。每一片云影都使我发抖。即使一切的危险都已过去,仅仅两个孤独的人在荒凉的世界上能做什么呢? 啊,我多么希望我的父亲普罗米修斯将创造人类和吹圣灵于泥人的技术教给我呀!"

　　他这么说着,心情寂寞,夫妻二人不觉哭泣起来。于是他们在正义女神忒弥斯的半荒废的圣坛前跪下,向着永生的女神祈祷:"告诉我们,女神呀,我们如何再创造消灭了的人类种族。啊,帮助世界重生吧!"

"从我的圣坛离开,"一个声音回答,"蒙着你们的头,解开你们身上的衣服,把你们的母亲的骨骼掷到你们的后面。"

他们很久沉思着这神秘的言语。皮拉最先突破沉默。"饶恕我,伟大的女神,"她说,"如果我战栗着不服从你;因为我踌躇着,不想以投掷母亲的骨骼来冒犯她的阴魂!"

但丢卡利翁的心忽然明亮了,好像闪过一线光明。他用抚慰的话安慰他的妻。"除非我的理解有错误,神祇的命令永不会叫我们做错事的,"他说。"大地便是我们的母亲,她的骨骼便是石头。皮拉哟,要掷到我们身后去的正是石头呀!"

对于忒弥斯的神谕这样的解释他们还十分怀疑。但他们又想,试一试原也无妨。于是他们走到一旁,如被告诉的那样蒙着他们的头,解开他们的衣服,并从肩头上向身后投掷石头。一种奇迹突然出现:石头不再是坚硬易碎。它们变得柔软,巨大,成形。人类的形体显现出来了。起初还不十分清楚,只是颇像艺术家从大理石雕凿成的粗略的轮廓。石头上泥质润湿的部分变成肌肉,结实坚硬的部分变成骨骼,而纹理则变成了人类的筋脉。就这样,在短时间内,由于神祇的相助,男人投掷的石头变成男人,女人投掷的变成女人。

人类并不否认他们的起源。这是一种勤劳刻苦的人民。他们永远不忘记造成他们的物质。

宙斯和伊俄

珀拉斯戈斯王伊那科斯乃是一古老王朝的嗣君,他有一个美丽的女儿叫做伊俄。一次当她在勒耳那草地上为她的父亲牧羊,俄林波斯圣山的大神宙斯偶然看见她,心中对于她燃起了火焰一样的爱情。他变形为一个男人,走来用甜美的挑逗的言语引诱她。

"那是如何地幸福呀,当一个人有一天可以称呼你为他自己的!但没有人类配爱你,你只适宜于做万神之王的新妇。我便是他,我是宙斯。不,你不要跑开!看看,这正是灼热的中午。和我到左边的树荫中去,它会以它的清凉接待我们。为什么你要在当午的炎热中劳苦呢?你不必害怕进入阴暗的树林,那里野兽们都蹲伏于幽暗的溪谷;因为我手中执着天国的神杖,挥闪着嶙峋的闪电于大地,我不是在这里保护你吗?"

这女郎逃避他的诱惑。恐怖使她如飞地奔跑。真的,假使不是他施展他的权力并使整个地区陷于黑暗,她必可以逃脱的。她为云雾包裹着,因为担心而放慢脚步,唯恐被石头绊倒或者失足落水。因此,不幸的伊俄陷入了宙斯的罗网。

诸神之母的赫拉,久已熟知她的丈夫的不忠实。因为他常常背着她,对半神和凡人的女儿滥施爱情。她永不约束她的愤怒和嫉妒,始终怀着顽强的疑心监视着宙斯在地上的每一行动。现在她又在注视着她丈夫瞒着她寻欢作乐的地方。她吃惊地看见那地方在晴天也迷蒙着云雾。那不是从河川升起,也不是从地上,也不是由于别的自然的原因。她即刻起了疑心。她寻遍了俄林波斯圣山,都不见宙斯。"如果我没有弄错,"她恼恨地说,"我的丈夫一定又在做着触犯我的重大的罪过。"

因此她离开天上的高空,乘云下降到人间,并吩咐屏障着引诱者及其猎获物的云雾散开。宙斯预先知道她来到，为了要从她的嫉恨中救出他的情人，他使这伊那科斯的可爱的女儿变形为雪白的小母牛。即使这样，这女子看起来仍是很美丽的。赫拉即刻看透她的丈夫的诡计，假意夸赞这匹美丽的动物，并询问他这是谁的，从哪里来，它吃什么。由于窘困和想打断赫拉的问话，宙斯扯谎说这小母牛只不过是地上的生物，没有别的。赫拉假装对于他的答复很满意，但要求他将这美丽的动物送她作为赠礼。现在欺骗遇到欺骗，怎么办呢？假使他答应她的请求，他将失去他的情人；假使他拒绝她，她的酝酿着的疑忌将如火焰一样地爆发，而她也真的会殛灭这个不幸的女郎。他决定暂时放手，将这光艳照人的生物赠给他的妻子，他想她的秘密是隐藏得很好的。

赫拉表示很欢喜这赠礼。她在小母牛的颈子上系上一根带子，并得意洋洋地将她牵走，小母牛的心怀着人类的悲哀，在兽皮下面跳跃着。但这女神不放心她自己的行动，她知道除非把她的情敌看守得非常严密，她是不会放心的。她找到阿瑞斯托耳之子阿耳戈斯，他好像最适宜于做她心想着的差使。因为阿耳戈斯是一个百眼怪物，当睡眠的时候，每次只闭两只眼，其余的都睁着，在他的额前脑后如同星星一样发着光，仍然忠实于它们的职守。赫拉将伊俄交托给阿耳戈斯，使得宙斯不能再得到这个她从他那里夺去的女郎。被百只眼睛监视着，在漫长的白天里，这小母牛可以在长满青草的山坡上啮草；无论她走到哪里总不能离开阿耳戈斯的视线，即使她走到她的身后，也会被他看见。夜间他用极沉重的锁链锁住她的脖颈。她吃着苦草和强韧的树叶，躺在坚硬的光秃秃的地上，饮着污浊的池水。伊俄常常忘记她不再是人类。她要举手祈祷，这才想起她已没有手。她想以甜美的感人的言语向阿耳戈斯祈求，但当她一张口，她便畏缩起来，只能发出犊牛一般的鸣叫。阿耳戈斯不仅是在一个地方看守她，因为赫拉吩咐他将她牧放得很远很广，使宙斯难以找到她。这样，她和她的守护人在各地游牧着，直到一天她发觉来到她自己的故乡，来到她幼时常常嬉游的河岸上。现在第一次她看见她自己改变了的形状。当那有角的兽头在河水的明镜中注视着她，她在战栗的恐怖中逃避开自己的形象。由于渴望，她走向她的姊妹和她的父亲那里去，但他们都不认识她。真的，伊那科斯抚拍她

梦幻向伊俄传达宙斯对她的爱

的光艳照人的身体并给她从附近小树上摘下来的叶子。但当这小母牛感恩地舐着他的手,用亲吻和人类的眼泪爱抚着他的手时,这老人仍猜不出他所抚慰的是谁,也不知道谁在向他感恩。最后这可怜的女郎想出一个巧妙的主意,因她的思想并不曾随形体有所变化。她开始用她的蹄弯弯曲曲地在沙上写字。她的父亲本来就为这种奇异的动作引起注意,现在立刻明白他自己的孩子站立在他的面前了。

"多悲惨呀!"这老人惊呼起来,抱住他的呜咽着的女儿的两角和脖颈。"我走遍全世界寻找你,却发现你是这个样子!唉,现在看见你比不看见你更悲哀!你不说话吗?你不能给我以安慰的话只是作牛叫吗?我以前真傻呀!我把心全用在挑选一个可以匹配你的女婿,而现在你却变成一只牛。……"伊那科斯的话还没有说完,阿耳戈斯,这残酷的监护人,就从她的父亲那里把伊俄抢走,牵着她远远走开,另到一块荒凉的牧场。于是他自己爬到山顶上,用那一百只谨慎的眼睛看望着四周,执行着他的职务。

现在宙斯不能再忍受对于伊俄的悲恸。他召唤他的爱子赫耳墨斯,命令他诱骗可恼恨的阿耳戈斯闭上他所有的眼睛。赫耳墨斯将飞鞋绑在脚上,戴上旅行帽,有力的手上握着散布睡眠的神杖。他这样装束着,离开父亲的住屋飞降到地上。他放下他的帽子和飞鞋,只是持着神杖,所以他看起来好像一个执鞭的牧童。他诱致一群野羊跟随着他,来到伊俄在阿耳戈斯永久监视下啮着嫩草的寂寞的草原。赫耳墨斯抽出一种叫做绪任克斯的牧笛,开始吹奏乐曲,比人间的牧人所吹奏的更美妙。

赫拉的仆人,对于这意外的音乐很喜欢。他从高处的坐位上站起,向下呼叫:"你是谁呀,最受欢迎的吹笛者哟,请来我这里的岩石上休息。为你的牧群你再找不到比这里更茂盛更葱绿的青草。而那一排茂密的树林也给与牧群以舒适的阴凉。"

赫耳墨斯感谢阿耳戈斯,并爬上去坐在他的身边。他开始谈话。他的话这么生动迷人,所以时光不知不觉地过去,阿耳戈斯的百只眼皮都感到沉重。现在赫耳墨斯吹奏芦笛,希望阿耳戈斯在他的演奏中熟睡。但伊俄的监护人恐惧他的女主人的愤怒,不敢松懈他的职守。所以他和他的瞌睡争斗,至少要使他的眼睛中的一部分还在睁着。他以最大的努力征服他的瞌睡,又因这芦笛是这样的新奇,所以他询问他这芦笛的来源。

"我很喜欢告诉你,假使你能耐心地听下去,"赫耳墨斯说,"在阿耳卡狄亚雪封的山上住着一个著名的山林女仙叫做绪任克斯。树神和牧神都迷恋着她的美丽并热烈地向她求爱,但她一再逃避他们的追逐,因为她恐惧结婚的束缚。如同束着腰带的狩猎女神阿耳忒弥斯一样,她不愿放弃她的处女生活。但最后当山林大神潘在树林中游行,他看见这个女仙。即使他怀着自己的尊严和骄傲,他仍然不断地向她求爱。但她也拒绝了他,并从没有行径的荒野逃避,直逃到名叫拉冬的一条沙河,它的水深恰恰可以阻止她的渡过。她在河岸上焦急,哀求她的姊妹山林女仙们同情她,在大神没有追到她以前,使她改变形体。这时他刚刚向她跑来,双手拥抱住她。但使他大吃一惊,他发现他所拥抱的乃是一株芦苇,并不是一个少女。他的深沉的悲叹深入芦苇,声音逐渐变大,引起了如哭如诉的回声。这神奇的曲调总算安慰了失恋的神祇的悲痛。'就这样吧,啊,变形的情人哟,'他在痛苦和快乐中叫唤道。'即使如此我们也将合为一体,永不分开。'于是他砍下各式不同长度的芦苇,用蜡粘接起来,并以美丽的女神的名字命名他的笛子。从此以后我们遂叫牧人的牧笛为绪任克斯……"

这便是神祇之使者所说的故事。当他说故事的时候他目不转睛地看着阿耳戈斯。故事还没有说完,一只只的眼睛依次闭上,直到最后他深深地熟睡,消失了一百只眼睛的光芒。现在赫耳墨斯停止吹奏牧笛。他以他的神杖轻触着闭下的百只眼睛,使它们的睡眠更深沉。最后他迅速地抽出藏在牧人革囊中的镰刀,在最靠近头的地方砍断他下垂的脖颈,他的头和身体滚下山去,喷溅的鲜血染红了山上的岩石。

现在伊俄是自由了。即使她仍然是母牛的形体,但她可以无拘束地奔跑。但赫拉的慧眼发现下界所发生的一切。她寻找一种东西来折磨她的情敌,碰巧抓到牛蝇。这昆虫把伊俄叮得几乎发狂,并追逐她从她自己的故乡遍至世界各地:到斯库提亚,到高加索,到阿玛宗部落,到铿墨里亚海峡,到迈俄提斯海,并由此逃到亚细亚。经过长期艰难的行程,她也来到埃及。这里在尼罗河岸上,她前脚跪下,昂着头,在默默的怨诉中仰望着天上的宙斯。他看到她,激起怜悯,即刻到赫拉那里,拥抱她,请求她怜悯这个可怜的女郎。他说明她没有诱惑他趋于不义,并指着下界的河川发誓(因为神祇常是那样发誓的),以后他将永远放弃对于她的爱情。当他正在恳求她,赫拉从澄明的天空也听到小母牛的悲鸣,她心软了,许可宙斯恢复伊俄的原形。

　　宙斯忙着来到尼罗河边,用手抚摩着小母牛的背,即刻出现一种奇异的变化:牛毛从她的身上消失,牛角也隐去,她的眼睛缩小,牛嘴变成人唇,两肩和两手出现,四蹄也突然消失,小母牛的身上的一切甚至也没有留存,除了她的美丽的白色。伊俄从地上站起来,容光焕发。那里,在尼罗河岸上,她为宙斯生了一个儿子厄帕福斯。因人民都尊敬她,这个神奇地得了救的人,如同女神一样。她统治那地方很多年。但即使是这样,赫拉的愤怒仍然使她不得安宁。她鼓动野蛮的枯瑞忒斯人偷去她的幼小的儿子厄帕福斯。所以伊俄又在大地上到处漂泊,徒然地寻找着她的儿子。最后宙斯用雷电击灭枯瑞忒斯,她才发现厄帕福斯在埃塞俄比亚的边界,将他带回埃及来,并分享她的王位。后来他娶门菲斯为妻,她给他生了一个女儿利比亚;利比亚地方,就以她而得名。当母亲和儿子都已死去,尼罗河的人民给他们建立神庙,把他们当作神来崇拜——她是伊西斯神,他是阿庇斯神。

法 厄 同

　　太阳神的宫殿,支以发光的圆柱,镶着灿烂的黄金和火红的宝石在天上耸立着。飞檐是炫目的象牙;在宽阔的银质的门扇上浮雕着传说和神奇的故事。太阳神福玻斯的儿子法厄同来到这华丽的地方寻找他的父亲。他不敢走得太近,在离开稍远的地方站着,因为他不能忍受那煜耀的闪光。

　　福玻斯穿着紫袍,坐在饰以无比美丽的翡翠的宝座上。在他的左右,依指定的次序分排站立着他的扈从人员:日神,月神,年神,世纪神和四季神:年轻的春神戴着饰以鲜花的发带,夏神戴着黄金谷穗的花冠,秋神面容如醉,冬神则鬓发雪白如同冰雪。慧眼的福玻斯在他们当中立刻看到正在默默惊奇于他周围的荣耀的这个青年。"你为什么要到这里来?"他询问他。"什么使你到你父亲的宫殿来呢,我的爱儿?"

　　"啊,父亲。"法厄同回答,"因为大地上的人们都嘲弄我,并诽谤我的母亲克吕墨涅。他们说我自称是天国的子孙,而实际不过是一个十分平凡的不知名的人类的儿子而已。所以我来请求你给我一些表征足以向人间证明我的确是你的儿子。"

　　他停一会;福玻斯收敛围绕着头颅的神光,吩咐他向前走近。于是他亲爱地拥抱着他并和他说:"我的儿子,你的母亲克吕墨涅已将真情告诉你,我永远不会在世人面前否认你是我的儿子。为了要永远消除你的怀疑,你向我要求一件礼物吧。我指着斯堤克斯河发誓,(因为诸神都凭这条下界的河发誓,)你的愿望将得到满足,无论那是什么。"

　　法厄同好容易等他父亲说完,立刻喊道:"那么让我的最狂妄的梦想实现罢,让我有一整天驾驶着太阳车吧!"

　　太阳神的发光的脸突然因忧惧而阴暗。三次四次他摇着他的闪着金光的头。"啊,儿子哟,你诱致我说了轻率的话。但愿我能收回我的诺言罢！因为你要求的东西是超过你的力量的。你很年轻，你是人类，但你所要求的却是神祇的事，且不是全体神祇所能做的事。因为只有我能做你那么热心地想尝试的事。只有我能站立在从空中驶过便喷射着火花的灼热的车轴上。我的车必须经过陡峻的路。即使是在清晨，在它们精力旺盛的时候，马匹都难攀登，路程的中点在天之绝顶。我告诉你，在这样的高处，我站立在车子上，我也常常因恐怖而震动。我的头发晕，当我俯视在我下面的这么遥远的海洋和陆地。最后路程又陡转而下，需要准确的手紧握着缰绳。甚至于在平静的海面上等待着我的海的女神忒提斯也十分恐惧，怕我会从天上摔下来。还有别的危险要想到，你必须记住天在不停地转动，这种驾驶需得抗得住它的大回转的速度。即使我给你我的车，你如何能克服这些困难呢？不，我的亲爱的儿子哟，不要固执着我对于你的诺言。趁时间还来得及，你可改正你的愿望。你当可以从我的脸上看出我的焦虑。你只须从我的眼光就可以看到我的心情，做父亲的忧虑是多么沉重啊！挑选天上地下所能给与的任何东西，我指着斯堤克斯发誓，它将是你的！——怎么你伸出你的手臂拥抱着我呢？唉，还是不要要求这最危险的事吧！"

　　这青年恳求又恳求，且福玻斯·阿波罗毕竟已经说出神圣的誓言，所以只得牵引着儿子的手，领他走到赫淮斯托斯所制作的太阳车那里。车辕，车轴和轮边全是金的；辐条是银的；辔头闪射着橄榄石和别的宝石的光辉。当法厄同正在惊叹着这完美的工艺，东方的黎明女神已醒来，并敞开直通到她的紫色寝宫的大门。星星已经很稀疏，在天上的岗位上残留得最久的晨星也已雕落，同时新月的弯角也在发光的天边变得惨白。现在福玻斯命令有翼的时光神祇套上马匹。他们都遵命，将身上闪着光辉的喂饱了仙草的马匹从华丽的马厩牵出来，套上发光的鞍鞯。然后父亲用一种神异的膏油涂抹儿子的脸，使他可以抵抗炎热的火焰。他给他戴上日光的金冠，不断叹息并警告他说："孩子，别用鞭子，但要紧握缰绳，因为马匹们会自己飞驰，你要做的是让它们跑得慢些。——走一条宽阔而微弯的弧线。不要靠近南极和北极。你将从遗留下的车辙发现道路。不要驶得太慢，恐怕地上着火；也不要太高，恐你烧毁天堂。现在去吧，假使你非去不可！黑夜快要过去了。两手紧握着缰绳,或者——可爱的儿子哟,现在还来得及放弃这种妄想! 把车子让给我,使我发光于大地,你在旁边看着罢!"

这孩子几乎没有听见父亲的话,一跳就跳上了车子,很高兴自己的两手已握住缰绳。他只是点头和微笑感谢忧虑的福玻斯。四只有翼的马匹嘶鸣着,空气因它们的灼热的呼吸而燃烧。同时忒提斯,并不知道她的孙儿的冒险,她敞开她的大门。世界的广阔空间躺在法厄同的眼底,马匹们登上路程并冲破新晓的雾霭。

但不久它们感到它们的负重比往常轻,如同没有载够重量在大海中摇荡着的船舶,车子在空中摇摆乱动,无目的地奔突,就好像是空的一样。当马匹觉到这,它们离开天上的故道奔驰,并在野性的急躁中互相冲撞。法厄同开始战栗。他不知道朝哪一边拉他的缰绳,不知道自己在什么地方,也不能控制狠命奔驰着的马匹。当他从天顶向下观望,看见陆地这么遥远地展开在下面。他的面颊惨白,他的两膝因恐惧而颤抖。他向后回顾,已经走了这么远;望望前面,又更觉辽阔。他心中算计着前方和后方的广阔距离,呆呆地看着天空,不知如何是好。他的无助的双手既不敢放松也不敢拉紧缰绳。他要叫唤马匹,但又不知道它们的名字。他看见许多星座散布在天上,它们的奇异的形状如同许多魔鬼,他的心情因恐怖而麻木。他在绝望中发冷,失落了缰绳,即刻,马匹们脱离轨道,跳到空中的陌生的地方。有时它们飞跑向上,有时它们奔突而下。有时它们向固定的星星冲过去,有时又向着地面倾斜。它们掠过云层,云层就着火并开始冒烟。车子更低更低地向下飞奔,直到车轮触到地上的高山。大地因灼热而震动开裂。生物的液汁都被烧干。突然,一切都开始颤动。草丛枯槁,树叶枯萎而起火。大火也蔓延到平原并烧毁谷物。整个的城市冒着黑烟,整个整个国家和所有的人民都烧成灰烬。山和树林,都被烧毁。据说就在此时埃塞俄比亚人的皮肤变成了黑色。河川都干涸或者倒流。大海凝缩,本来有水的地方现在全成了沙砾。

全世界都着火,法厄同开始感到不可忍受的炎热和焦灼。他的每一呼吸就好像从滚热的火炉里流出,而车子也烧灼着他的足心。他为燃烧着的大地所投掷出来的火烬和浓烟所苦。黑烟围绕着他,马匹颠

022

簸着他。最后他的头发也着了火,他从车上跌落,并在空中激旋而下,有如在晴空划过的流星一样。远离开他的家园,广阔的厄里达诺斯河接受他,并埋葬他的震颤着的肢体。

他的父亲,太阳神,眼看着这悲惨的景象,褪去头上的神光,陷于忧愁。据说这一天全世界都没有阳光,只有大火照亮了广阔的田野。

欧 罗 巴

在太尔与西顿地方,阿革诺耳国王的女儿欧罗巴,深居于父亲的宫殿。一次,在半夜中,正当人们做着虚幻的但骨子里总是包含着真实的梦的时候,天神给她一个奇异的梦,那好像两块大陆——亚细亚及其对面的大陆——变成两个妇人的样子正斗争着要占有她。妇人中的一个有着一种异国人的风度。别一人——而这便是亚细亚——外表和动作都如欧罗巴自己的女同乡一样,温和而热情地要求得到她,说这个可爱的孩子是她诞生并养育的。但是那个外乡的妇人将她抱在怀里像一件偷来的宝物一样,并将她带走。梦中最奇怪的是欧罗巴并没有挣扎也没有企图拒绝她。

"和我来吧,小小的情人哟,"这外乡人说。"我将带你到宙斯,即持盾者那里,因为命运女神指定你作为他的情人。"

欧罗巴醒来,她的血液涌上面颊,她从床榻上坐起;夜间的梦如同白天的真事一样分明。她呆坐了很久,张大眼睛望着,仍然看见这两个妇人在她的眼前。最后她的嘴唇动起来,她在惊惧中问自己:"什么样的神祇给我这个梦呢? 当我很安全地睡在我父亲的屋子里,什么奇怪的梦诱惑我呢? 这陌生的妇人是谁呀? 看到她,我就产生了一种什么样的新的欲望呀? 她如何可爱地向我走来! 甚至将我带走的时候,她仍是以一种母亲的慈爱的眼光看顾我。让神祇使我的梦成一个吉兆吧!"

清晨时,白天的美丽的阳光使梦中的暗影从欧罗巴的头上消失了。她起来,忙着自己女孩子的日常工作和娱乐。和她同年岁的朋友和伴侣,贵族家庭的女儿们,聚拢来在她的周围,陪她散步、歌舞和祀神。她们引导她们的年轻的女主人来到紧靠着海边,开放着许多花朵的草地。在那里,这地方的女郎们都集合来欣赏盛开的花朵和冲击着海岸的浪花声。所有的女郎都持着花篮。欧罗巴自己也持着一只金花篮,上面雕刻着神祇生活的灿烂的景致。那是赫淮斯托斯的制作。很久以前,波塞冬,大地之撼震者,当他向利彼亚求爱的时候,将它献给了她。它一代一代地流传下来,直到阿革诺耳承受它作为一种家传的宝物。可爱的欧罗巴摇摆着这更像新娘的饰品而不是日常用品的花篮跑在她的游伴的前头,来到这金碧辉煌的海边的草地上。女郎们散发着快乐的言语和欢笑,每个人都摘取她们心爱的花朵。一人采摘灿烂的水仙花,另一人折取芳香的风信子,第三个又选中美丽的紫罗兰。有些人喜欢百里香,别的又喜欢黄色番红花。她们在草地上这里那里的跑着,但欧罗巴很快就找到她所要寻觅的花朵。她站在她的朋友们中间,比她们高,就如同从水沫所生的爱之女神之在美惠三女神中间一样。她双手高高地举着一大枝火焰一样的红玫瑰。

当她们采集了她们所要的一切,她们蹲下来在柔软的草地上开始编制花环,想拿这作为挂在绿树枝上献给这地方的女神们的谢恩的礼物。但她们从精美的工作中得到的欢乐是注定要中断的,因为突然间昨夜的梦所兆示的命运闯进了欧罗巴的无忧无虑的处女的心里。

宙斯,这克洛诺斯之子,为爱神阿佛洛狄忒的金箭所射中。在诸神中只有她可以征服这不可征服的万神之父。因此,宙斯为年轻的欧罗巴的美所动心。但由于畏惧嫉妒的赫拉的愤怒,并且若以他自己的形象出现,很难诱动这纯洁的女郎,他想出一种诡计,变形为一匹牡牛。但这不是平凡的牡牛啊!也不是那行走在常见的田野,背负着轭,拖着重载的车的牡牛!他高贵而华丽,有着粗颈和宽肩。他的两角细长而美丽,就如人工雕凿的一样,并比无瑕的珠宝还要透明。他的身体是金黄色的,但在前额当中则闪烁着一个新月形的银色标记。燃烧着情欲的亮蓝的眼睛在眼窝里不住地转动。在自己变形以前,宙斯曾把赫耳墨斯召到俄林波斯圣山(他的心思却一字不提),指示他给他做一件事。"快些,我的孩子,我的命令的忠实的执行者,"他说,"你看见我们下面的陆地吗?向左边看,那是腓尼基。去到那里,把在山坡上吃草的阿革诺耳国王的牧群赶到海边去。"即刻这有翼的神祇听从他父亲的话,飞到西顿的牧场,把阿革诺耳国王的牛群(其中有着变形的宙斯而为赫耳墨斯所不知道)赶到国王的女儿和太尔的女郎们快乐地玩着花环的草地上。牛群散开来，在距离女郎们很远的地方啮着青草。只有神祇化身的美丽的牡牛来到欧罗巴和她的女伴们坐着的葱绿的小山上。他十分美丽地移动着。他的前额并无威胁，发光的眼光也不可怕。他好像是很和善的。欧罗巴和她的女伴们夸赞这动物的高贵的身体和他的和平的态度。她们要在近处更仔细地看他，轻抚着他的光耀的背部。这牡牛好像知道她们的意思，愈走愈近，最后终于来到欧罗巴的面前。最初她吃了一惊，并瑟缩着后退，但这牛并不移动。他表现出十分驯善，所以她又鼓着勇气走来，将散放着香气的玫瑰花放在他的嘘着泡沫的嘴唇边。他亲爱地舐着献给他的花朵，舐着那只给他拭去嘴上的泡沫并开始温柔爱抚地拍着他的美丽的手。渐渐地这生物使女郎更加着迷了。她甚至冒险去吻他的锦缎一样的前额。对于这，他快乐地做着牛鸣，但不是普通的牛鸣，而是如同在高山峡谷中响着回声的吕狄亚人的芦笛的声音。后来他蹲伏在她的脚下，十分爱慕地望着她，并扭转他的头好像向她指点他的宽阔的牛背。

现在欧罗巴叫唤着她的女伴们。"走近来呀，"她喊道。"让我们爬上这美丽牡牛的背并骑着他。我想他同时可以坐得下我们四个人。看看他如何地驯良，如何地温柔！和别的牡牛一点也不相同！我确信他会思想如同人类一样。他所缺乏的只是不会说话！"她一面说着，一面从她的同伴们的手中取出花环，一一地将它们挂在低着头的牛角上。最后她灵巧地跃上牛背，但别的女郎们则瑟缩退后，踌躇着而且害怕。

当这牡牛如是达到了他的要求，就从地上跃起。起初他缓缓地走着，但仍使欧罗巴的女伴们追赶不上。当草原走尽，空旷的海岸伸展在面前，他就加倍速度像飞马一样前进。在这女郎还来不及知道发生了什么事情，他就跳到海里，背负着他的俘虏泅泳着离开海岸。她用右手攀着他的一只角，用左手扶着牛背，让自己坐稳。海风吹着她的外衣如同风帆一样。在恐怖中她回头看远离着的海岸，呼叫她的伴侣们——但是无效。海浪拍击着牡牛腹部，她恐怕濡湿而紧缩着她的两脚。这牡牛浮游着如同一只船一样。不久陆地消失，太阳沉落，在夜晚的微光中，她除了浪花和星光以外什么也看不见。第二天一整天，这牡牛在海上游行得更远,但他这么灵巧地分辟着水,所以没有一滴水接触到他的骑者。最后,到晚间,他们到达一块远方的陆地。牡牛跳上岸来,在一棵伞样的树下,他让这女郎从他的背上滑下来。于是他突然消失,在原地方却站着一个美丽得如同天神一样的男子。他告诉她,他是她所来到的这海岛即克瑞忒岛的管领者,并愿意保护她,假使她同意委身于他。在忧愁和寂寞中,欧罗巴给他以她的手,表示同意,宙斯于是达到了他的愿望。

欧罗巴从昏迷的长睡中醒来,太阳已高高地升到天上。她独自一人,无助而惶惑,望着她的四周,就好像她希望发现是在自己的家里一样。"父亲,父亲哟,"她在绝望中喊叫。后来她想起一切,她说:"我怎敢说'父亲'这两个字呢,我这个不慎失身了的人!什么样的热狂使我失去了处女的爱和真诚?"她又望着她的四周,慢慢地一切事情都回想起来了。"我从哪里来,并在哪里呢?"她说。"由于我的失足,我真是该死。但我真的清醒了么?我是在悲悼一件真的丑事么?或者只是一种迷雾一样的梦在搅扰我,当我再闭上眼睛它就会消失么?我怎么会自动爬上怪物的背,泅过大海,而不是幸福而又安全地在采摘鲜花呢!"

当她说着,她的手揉着眼睛,就好像要驱除梦魇一样。她睁开眼睛,所看见的仍然是陌生的景物:不熟识的树林和岩石,雪白的潮水冲击着远处的岩石,并流向她从来没有见过的海岸。"啊,现在,但愿将那牡牛交给我罢!"她在愤怒中叫着。"我将劈裂他的身体,并折断他的两角。但这是多么愚蠢的想头呀!我无头无脑不顾羞耻地离开了我的家,所以如今我只有一死!假使神祇们全都丢弃了我,让他们至少遣送一只狮子或一只老虎来吧。或者我的美会引起它们的食欲,我就用不着等候饥饿来雕残我面颊上的花朵了。"

但没有野兽出现。陌生的风景,明媚而幽静地展开在她的面前,太阳也在无云的苍天上照耀着。就好像为复仇女神们所追逐,这女郎一跃而起。"可怜的欧罗巴哟,"她叫着:"你没听见你父亲的声音么?他虽在远方,但仍然会诅咒你,除非你完结你的可耻的生命。你不看见他指点那棵白杨树么,在那里你可以用带子自己吊死;或者那陡峻的悬崖,从那里可以投身于狂暴的大海。或者你宁愿成为一个野蛮暴君的妾妇,夜以继日地作他的奴隶,纺织羊毛,啊,你,一个伟大而有权力的国王的女儿!"

　　这样,她以死的思想苦恼着自己而又没有死的勇气。突然,她听到一种嘲弄的低语,她怕有人窃听,吃惊地向后望着。那里闪射着非凡的光辉,站立着阿佛洛狄忒和在她旁边带着小弓箭的厄洛斯,她的儿子。女神的嘴角上露着微笑。"平静你的愤怒,不要再反抗了,"她说,"你所憎恶的牡牛会走来并伸着他的两角让你折断。在你父亲的宫殿里送给你这梦的便是我。请息怒吧,欧罗巴哟!你被一个神祇带走。你命定要做不可征服的宙斯的人间的妻。你的名字是不朽的,因为从此以后,收容你的这块大陆将被称为欧罗巴。"

卡德摩斯

　　卡德摩斯是欧罗巴的哥哥,腓尼基王阿革诺耳的儿子。在宙斯变形为牡牛带走欧罗巴以后,阿革诺耳派遣卡德摩斯和他的兄弟们去寻觅她,告诉他们,除非他们找到她,否则不许回来。很久很久,卡德摩斯徒然地漫游在世界上,不能找到为宙斯的诡计所骗去的他的妹妹。他恐怕他的父亲发怒,不敢归回故乡,因此,请求福玻斯·阿波罗赐给神谕,告诉他应当在什么地方度过他的晚年。但太阳神回答:"在一片荒寂的草原,你将发现一头从没有背负过轭的牛犊。跟随着它,当它躺在草地上休息的时候,在那地方你将建立城市并叫它为忒拜。"

　　卡德摩斯刚刚离开阿波罗赐给他神谕的卡斯塔利亚圣泉,来到一片绿色的牧场,就看见一匹牛犊,脖子上没有背负过轭的痕迹。他对福玻斯默默地祈祷,缓缓地跟随着这牛犊走去。它涉过刻菲索斯的浅滩,走了一大段路,然后停下来,它的两角指着青天,并高声鸣叫。然后回头望着卡德摩斯和他的随从,最后终于躺在绿草深软的草地上。

　　满怀着感谢,卡德摩斯自己伏卧下去,亲吻这异国的土地。然后他准备向宙斯献祭,并遣仆人四出寻求可作灌礼用的清泉。在那地方,有着一座从来没有经过采伐的古老树林。林中根株盘错,岩石横跨深谷,正潺潺地流着清洁的泉水。洞穴里面隐伏着一条毒龙。它的紫色的龙冠很远就看见闪光;它的眼睛煜耀如同火焰;它的身体庞大而有毒;它的排着三层利齿的口中,闪烁着三叉的舌头。当腓尼基人们到树林里用水罐汲水,毒龙就从岩洞中伸出青蓝的头并发出可怕的嘘声。腓尼基人们的水罐从手中滑落,血液冻结在脉管中。毒龙把它的鳞甲的身躯盘成一堆,高昂着头,狰狞下视。最后则突然冲向腓尼基人,或用毒牙咬死,或用绻缠勒杀,或用口中流出的毒涎或恶臭将他们毒毙。

　　卡德摩斯想不出什么事留住了他的仆人。最后他来寻找他们。他的紧身服是他从狮身上剥下的一张狮皮,他的武器是一支矛和一支标枪,而比这更好更坚强的则是他的勇敢的心。一进到树林里,他看见一大堆尸体——他的死去的仆人们;也看见得胜地盘踞在尸体上面的仇敌。它的肚子膨胀着,正舐食着它的牺牲者的鲜血。

"唉,我的可怜的朋友们哟,"卡德摩斯叫着,"或者我替你们复仇,或者我和你们死在一起!"说着就拾起一块大圆石向毒龙投去。这样巨大的石块是会使岩壁都震颤的,但毒龙却一动也不动。它的黝黑的厚皮和坚硬的鳞甲保护着它如同铁甲一样。现在卡德摩斯投掷他的标枪,这次结果比较好,枪尖一直深入到怪物的脏腑。它为创痛所激怒,回过头来咬碎标枪,但枪头却坚牢地刺在身上。它又挨了一剑,这使它更加暴怒,它张着巨口,毒颚里喷吐着白沫。他如一支箭一样地冲来,但胸部却碰在树干上。卡德摩斯闪过它的进攻,束紧身上的狮皮,用枪头刺到毒龙的口里,让它的毒牙在枪头上消耗它的力量。这怪物口吐鲜血,染红了它周围的草地。但伤势不重,还能躲避攻击。最后卡德摩斯一剑刺去,贯穿毒龙的脖颈,并刺入橡树,因此毒龙被钉在树身上。橡树被压弯,并被龙尾鞭打得呜咽起来。

卡德摩斯长久地凝视着这被杀死的毒龙。后来他移开视线向四方眺望。他看见从天上下降的帕拉斯·雅典娜,命令他掀起泥土,播种巨龙的毒牙,这是一个未来种族的种子。他听从女神的话,在地上挖一条长而宽的沟,种下龙牙。即刻土块凸起,先露出枪尖,其次带着鸟毛的盔,其次两肩,胸脯,四肢,最后一个全副武装的武士从泥土里站起来。同时在许多地方都发生同样的情形。所以就在这腓尼基人的眼前,生长出一整队的武装的战士。

他十分惊愕,并准备着和新的敌人战争。但一个从泥土所生的人叫唤他:"不要动手反对我们! 不要干涉我们兄弟之间的冲突!"他一面说,一面抽出利剑杀翻另一个武士,同时自己又被别人的标枪掷中。而投射标枪的人也同时受伤倒地,完结他的刚刚得到的生命。所以一整队人都在恶战中互相厮杀,不久差不多全部都躺在地上,在死的痛楚中挣扎,而地母却在饮着她所生的仅有着刹那生命的儿子们的血液。最后剩下的仅有五个人。其中的一人后来被称为厄喀翁的,最先依照雅典娜的吩咐放下武器,建议和平。别的人都跟随着他的榜样。

从腓尼基来的异乡人卡德摩斯就同泥土所生的五个战士建立了如阿波罗所说的城市,并依从神的命令,叫它为忒拜城。

彭 透 斯

在忒拜，卡德摩斯的孙子即宙斯与塞墨勒的儿子酒神巴克科斯，或者又叫做狄俄倪索斯，是在一种神异的状态中诞生的。这果实之神，葡萄的发现者，被养育于印度，但不久就离开庇护和保育他的女仙们，旅行到各地，传播他的新教理，教人民怎样种植令人喜悦的葡萄藤，并吩咐人们建立神龛来供奉他。他给与朋友们的慈爱是伟大的，但他同样给与那些不承认他是神祇的人们巨大的灾祸。他的名声已经传到希腊并传到他所诞生的城市。

那时，忒拜在彭透斯的统治之下。他的王国是卡德摩斯传给他的。他是泥土所生的厄喀翁与酒神的母亲的妹妹阿高厄所生的儿子。这忒拜的国王侮慢神祇特别是他的亲属狄俄倪索斯。所以当巴克科斯和他狂热的信徒来到并显示自己是一位神时，彭透斯却漠视年老的盲预言家忒瑞西阿斯的警告。他听到忒拜的男人，妇人和女孩子们都追随着赞美这新的神祇，他开始迫害他们。

"你们发什么疯？"他问道。"你们忒拜人，你们是毒龙的子孙，你们不临阵退缩，也不畏惧刀剑，现在你们却愿向一群白手的傻子和妇人投降吗？而你们腓尼基人哟，你们从海外来，并建立了一座城池，供奉你们的古代的神祇，你们忘记了你们的英雄祖先么？你们能忍受一个徒手的孩子，一个弱者，发上涂着没药，头上戴着葡萄藤花冠，穿着金紫的长袍而不是铠甲，甚至于不能驾驭马匹，在战争和对敌中一无足取的人来征服忒拜吗？但愿你们神志清楚，不受人迷惑。我不久将强迫巴克科斯承认他自己是人，如同我——他的堂兄弟一样，宙斯并不是他的父亲，所有那些教仪和虚礼都是骗子发明的。"

于是他转向着他的仆人们，命令他们捕捉这新的疯狂的教主，无论在哪里碰到他，就将他用链子锁上带到城里来。

彭透斯的朋友和亲戚们对于他的傲慢的言语都很吃惊。他的祖父卡德摩斯虽年已老迈，但仍然活着，也摇着他的皤皤白发的头，表示反对。但一切的劝告和诤言只有增加彭透斯的暴怒，它冲没所有阻拦在他路上的石头，如同决堤的汹涌的河流一样。

同时他的仆人们也回来了，他们的脸上都染着鲜血。"狄俄倪索斯在哪里呀？"彭透斯向他们大声喊叫。

"我们什么地方都找不到他，"他们回答，"但我们带来一个他的信徒。他好像跟从他还没有多久。"

彭透斯用忿怒的眼光观察他的俘虏喝道："你这该死的东西！你必须立刻处死，作为其余的人的警告。你叫什么名字？你的父母是谁？你是从哪里来的？并告诉我你们为什么要扮演这种愚蠢的新奇的教仪？"

犯人回答，他的声音平静而坦然。"我的名字叫阿科忒斯；迈俄尼亚是我的家乡。我的父母都是普通人。我的父亲没有留给我田地，也没有牧群。所有他教我的乃是怎样持竿钓鱼，因为这技术是他唯一的宝物。不久我也学会了怎样驶船，并认识星星和星座，知道风向，并知道哪里是最良好的口岸。我成为一个航海人了。一次，正向着得罗斯航行，我们到达一处不知名的海岸，并在那里下锚。我从船上跳下，走上润湿的沙滩，并离开同伴，独自一人在岸上过夜。第二天大清早起来，我爬上一座小山要看看风向。同时，我的同伴们也离开了船舶；在我回去的时候，我遇到他们拖着一个从空阔的海岸上捉到的青年。这孩子如同女郎一样美丽。他是酒醉昏沉并且蹒跚地走着。当我更逼近观察他，我觉得他的脸和他的动作，显出他不是凡人。'我不知道什么神隐藏在这个青年的心里，'我向水手们说。'但我可以确定他是天神。'于是我转向这个青年：'无论你是谁，'我说，'我请求你对我们有好意并保佑我们工作顺利。饶恕那些将你带走的人吧！'

"'这是多么愚蠢呀！'人们中的一个叫起来，'别向他作祈祷！'于是别的人都笑起来。因为利欲熏心，他们捉住这个青年不放，并将他拖上船去。我怎样反对也无效。众人中有一个最年轻且最顽强的，他是在堤瑞尼亚城犯杀人案逃亡出来的人，他抓着我的衣领将我从船上丢出去。假使不是我的脚勾住船索，我真的会被淹死。这时，孩子一直躺在甲板上，像是睡熟了。突然，或者是被吵闹所惊醒，青年站了起来，很清醒地走到水手们那里。'这是怎么回事呀？'他喊道。'告诉我，什么命运使我到了这里，你们要带我到什么地方去呀？'

"'别怕，孩子，'众人中的一个假装安慰他说，'告诉我们你想到达的口岸，无论是哪里我们都会将你送到岸上。'

"'那么将你们的船开到那克索斯岛去罢，'青年回答，'因为那里便是我的家乡。'

"他们指着诸神发誓，一定照他所说的做。于是叫我扯起风帆。那克索斯在我们的右边，当我相应地变动风帆时，他们向我眨眼并低声说：'你到哪里去，你这傻子！你疯了吗？向左边走呀！'

"我诧异而且怀疑。'让别人来吧，'我说着走到一旁去。

"'好像我们的航行真少不了你似的！'一个粗暴的人嘲弄地叫着，同时就坐在我的位置上执掌着风帆。他将船头掉过来，背着那克索斯的方向前进。这时这年轻的神祇站在船尾并眺望着大海。他的嘴角挂着轻蔑的微笑，好像他才发觉水手们的鲁莽是欺诈似的。最后他假装哭泣，说道：'唉，这并不是你们所答应的海岸呀！这不是我要到的地方呀！你们以为成人可以欺负小孩么？'但那些不信神的水手们嘲笑着他和我的眼泪，并摇荡着桨，飞速地前进。只是忽然船舶停止在大海中，一动也不动，就好像搁浅了一样。他们用篙子刺拨着浪，扯上所有的帆，加倍用力摇桨都没有用。船桨被葡萄藤缠着，藤蔓攀上桅杆并向上生长，成为伞盖，并在所有的帆上挂满成熟的葡萄。狄俄倪索斯自己——那便是他呀！则在神圣的光辉中笔直地站着。他的前额束着叶子做成的发带，手中执着缠绕葡萄藤花环的神杖。在他的周围，在一种神奇的异象中，虎、豹和山猫都爬在甲板上，一种芳香的酒在船上如同水一样地流过。水手们都失神而恐怖地回避着他。有一个人刚要叫，但发现他的嘴已变成鱼的嘴。别的人看了这样子还来不及惊怖地叫出声音，他们也发生同样的情形。他们的身体缩小，皮肤坚硬并变成淡蓝色的鱼鳞。他们的脊骨弯曲，两臂缩成鱼鳍，两足变成鱼尾。所有的人都变成了鱼，并跳到海中，随着浪涛上下地游泳着。在二十人中我是唯一剩下的人。我四肢战栗着，想到下一秒钟我也要失去我的人形。但因为我没有伤害过他，所以狄俄倪索斯和蔼地对我说话。'别害怕，'他说。'将我送到那克索斯去。'当我们到达那克索斯岛，他传授我在他的圣坛前供奉的教仪。"

"我们已不耐烦再听下去了，"彭透斯国王叫着。"抓住他！"他命令他的扈从们。"使他受千种苦刑，并将他拘押在地牢里！"他的扈从们遵命，使这个水手带上枷锁并将他囚禁在地牢里。但一只不可见的手却将他放走了。

这事件表示他对于狄俄倪索斯的信徒开始迫害。彭透斯的母亲阿高厄和他的姊妹们都参加了这异教神祇的教仪。他派人去捕捉她们，并将所有的巴克科斯的信徒都禁锢在城中的监狱里。但没有人力的帮助，他们也仍然都逃脱了。监狱的门大开，他们冲出来到树林中去。他们都怀着巴克科斯信徒的狂热。同时带着一队武装战士奉命去捕捉酒神本人的仆人也十分惶惑地转来。因为狄俄倪索斯微笑地伸手就缚，毫不反抗。现在他站在彭透斯国王的面前，他的年轻的光辉四射的美使国王也禁不住惊奇。但彭透斯固执地坚持自己的错误，仍然要将他作为一个恶汉，一个敢于僭拟神祇的妄人来处理。他使他的俘虏带上锁链，囚禁在宫殿后面和马厩在一起的黑房子里。但由于酒神的一句话，大地震动，墙壁倒塌，他的锁链也松开了。他毫无损伤，甚至更美丽地又出现在他的崇拜者的眼前。

来来往往的报信的人，不断地告诉彭透斯王大队的狂热的妇人在树林中所作的奇迹，而这正是他的母亲和姊妹们所率领着的。她们只要用她们的神杖敲击着岩石，明洁的泉水或芳香的酒便从光秃的石头上汩汩地流出。在酒神的神杖的点触之下，溪水也可以变成牛奶，枯树也可以滴着香蜜。"啊，国王哟，"一个报信的人说，"假使你自己在那里，亲眼看到你所讥嘲着的神祇，你自己必会俯伏在他的足下，你的口中必会说出赞扬他的颂辞。"

但这一切只不过使彭透斯更增加仇恨。他命令他的骑兵和步兵，驱散大群的妇人。这时，狄俄倪索斯自动转来，并走到彭透斯王的面前。他答应彭透斯将他的信徒们都带走，假使彭透斯穿上妇人的衣裳，因为恐怕她们看见他是一个还未入教的男人会将他撕成碎片。彭透斯十分勉强而且怀疑地接受了这个提议。最后他跟随着酒神走到城外，他已中了狄俄倪索斯的魔法。他好像看见两个太阳，两个忒拜城，而每一座城门都是双重的。在他看来狄俄倪索斯好像一匹牡牛，一匹头上有着奇伟的角的野兽。他祈求要一根神杖；拿到手以后，他就在狂热和兴奋中走开了。

这样，他们来到一幽深的峡谷，充满泉水和松杉的浓荫，那里巴克科斯的女信徒们都聚拢来，或者唱圣诗赞美她们的神祇，或者用新的葡萄藤缠绕她们的神杖，但彭透斯或者由于眼睛被蒙蔽，或者由于他的领导者使他走着迂回的路，所以他看不见拥挤着的妇人们。现在酒神举起手——一种奇迹出现了——那手直伸到最高松树的顶端，然后他将它向下弯曲，就好像弯曲一枝柳条一样。最后他让彭透斯坐在最高的树枝上，并渐渐地让树枝直立，恢复原来的位置。奇怪的是彭透斯并不堕落，突然他的全身都被看见。所有的巴克科斯的信徒都看见他，而他却看不见他们。现在狄俄倪索斯向峡谷中叫唤着，他的声音这样的高昂而清晰："看呀，那嘲笑我们神圣教仪的人！看他而且惩罚他呀！"

空气是宁静的。没有一片树叶颤动，没有丝毫生物的声音。信徒们抬起头来，当她们第二次听到召唤的声音，她们的眼睛里闪着狂怒的火光。她们知道那是她们的教主的声音，就飞快地跑着如同鸽子一样。在神圣的狂欢中，她们涉渡泛滥的河流，丛林也让她们通过。最后她们十分走近，可以看清楚她们的国王和迫害者现在被挂在最高的松枝上。她们先是投掷石头和从树上折下的树枝和她们的神杖，但不能达到他所在的松针茂密的高处。后来又用橡树的硬木棒掘着松树周围的泥土，直到树根露出，彭透斯悲哀地叫着，和树身一起倒下。酒神在他的母亲阿高厄的眼皮上画了符咒，所以她认不清她的儿子，如今由她来示意刑罚开始。这时恐怖使彭透斯恢复知觉。"啊，不是你么，母亲呀！请不要由你来惩罚你的亲生儿子的过错呀！"他叫唤着，并伸出两臂抱着她的脖子。"你不认识你自己的儿子，你在厄喀翁的屋子里生下来的你自己的彭透斯么？"但巴克科斯的狂热的女信士，却口吐白沫并睁大眼睛望着他。她所看见的并不是她的儿子，而是一只凶悍的狮子。

她抓着他的右肩,撕掉他的右臂。他的姊妹们又扭断他的左臂。同时全体暴怒的妇人也涌上来,每人都撕去他的身体的一部分,使得他完全肢解了。阿高厄满是血污的两手捧着他的头,并将它安置在她的神杖上,仍然相信着那是一个狮子的头,并胜利地持着它通过喀泰戎的森林。

这便是狄俄倪索斯神对于侮蔑他的神圣教仪的人的报复。

珀 耳 修 斯

一种神谕告诉阿耳戈斯国王阿克里西俄斯说他的孙子会将他逐出王位并谋害他的生命。因此他将他的女儿达那厄和她与宙斯所生的儿子珀耳修斯都装在一只箱子里投到大海里。宙斯引导着这只箱子穿过大风浪,最后,潮水将它运送到塞里福斯岛。这岛是狄克堤斯和波吕得克忒斯两兄弟所统治的国土。当狄克堤斯正在捕鱼,这只箱子浮出水面,他将它拖到岸上。他和他的哥哥都热爱着达那厄和她的孩子。波吕得克忒斯娶她为妻并用心抚育宙斯的儿子珀耳修斯。

当他长大成人,他的后父鼓舞他出去冒险,并从事一些可以使他得到荣誉的探险。这青年是很愿意的。他们决定让他去寻访墨杜萨,割下她的可怕的头,并将它带到塞里福斯的国王这里来。

珀耳修斯出发从事于他的探险,神祇引导他达到众怪之父福耳库斯所居住的遥远的地方。在那里珀耳修斯遇到了福耳库斯的三个女儿:格赖埃。她们一生下来就长着白发,且在她们之间只有一眼一牙,三个人轮流使用着。珀耳修斯夺去她们的牙和眼。当她们要求退还她们的无价之宝时,他提出一个条件:要她们告诉他到女仙那里去的道路。

这些女仙是会魔术的,有着几种可赞美的宝物:一双飞鞋,一只革囊,一顶狗皮盔。无论谁佩戴它们,便可以飞到他所想去的地方,并可看见他所想见的任何人而自己不会被人看见。福耳库斯的三个女儿告诉他到女仙们那里去的路,所以他归还她们的牙和眼。到了女仙那里,珀耳修斯找到他所要求的宝物。他将革囊挂在肩膀上,将飞鞋绑扎在脚上,将狗皮盔戴在头上。赫耳墨斯并借给他青铜盾。他配备着这些,飞到大海中福耳库斯的另外的三个女儿——戈耳工们所居住的地方。只有名叫墨杜萨的第三个女儿是肉身,所以珀耳修斯奉命来割取她的头颅。他发现戈耳工们都在熟睡。她们都没有皮肤,却有着龙的鳞甲;没有头发,头上却盘缠着许多毒蛇。她们的牙如同野猪的獠牙,她们的手全是金属的,并有着可以御风而行的金翅膀。珀耳修斯知道任何人看见她们便会立刻变为石头,所以他背向这熟睡的人们站着,只从发光的盾牌里看出她们的三个头的形象,并认出墨杜萨来。雅典娜指点他怎样下手,所以他平安无事地割下了这个怪物的头。

但这事刚刚做完,一只飞马珀伽索斯立即从她的身体里跃出。随着又跃出巨人克律萨俄耳。二者都是波塞冬的儿子。珀耳修斯将墨杜萨的头装在革囊里,仍如来时一样,往回飞奔。但如今墨杜萨的两个姊姊醒了,从床上起来。她们看见被杀死的妹妹的尸体,即刻飞到空中追逐凶犯。但女仙的狗皮盔使珀耳修斯不会被人看见,所以她们看不见他。他在空中飞行时,大风吹荡着他,使得他像浮云一样左右摇摆,也摇摆着他的革囊,所以墨杜萨的头颅渗出的血液,滴落在利比亚沙漠的荒野,遂变成各种颜色的毒蛇。从此以后,利比亚地方特多蝮蛇和毒虫之害。珀耳修斯仍然向西飞行,直达到阿特拉斯国王的国土才停下来休息。

这国王有一个结着金果的小树林,派了一条巨龙在上空看守着。戈耳工的征服者要求在这里住一夜,但得不到允许。阿特拉斯国王恐怕他的宝物被偷,所以将他逐出宫殿。这使珀耳修斯很愤怒,他说:"因为你拒绝了我的请求,我倒要送给你一件礼物呢!"于是他从革囊里取出墨杜萨的头颅,将它向着那国王举起来,国王即刻变成了石头,或者说得更确切一点,他的巨大身躯变成了一座山。他的须发变成广阔的森林。他的双肩,两手和骨头变成山脊,他的头变成高入云层的山峰。现在珀耳修斯又将飞鞋绑在脚上,革囊挂在身旁,狗皮盔戴在头上,飞腾到空中。

在他的旅途中,他来到刻甫斯在执掌权力的埃塞俄比亚的海岸。这里他看见一个女子被锁在突出于大海中的悬崖上。假使不是在空中飘拂着她的头发,在眼中滴着她的眼泪,他会以为她是一尊大理石的雕像呢。他为她的美丽所陶醉,几乎忘记扇动他的翅膀。"告诉我,"他请求她,"你这应以灿烂的珠宝来装饰的美人,为什么被锁在这里呢?

告诉我你的家乡。告诉我你的名字。"

起初她沉默而羞涩,害怕同一个陌生人说话。假使她能移动,她一定会用双手遮蒙着脸。但为了使这青年不要以为她有着必须隐瞒的罪过,所以最后她回答说,"我是安德洛墨达,埃塞俄比亚的国王刻甫斯的女儿。我的母亲向海洋的女仙,即涅柔斯的女儿们夸耀,说她比她们更美丽。这触怒了涅柔斯的女儿们。她们的朋友海神,涌起一片洪流,泛滥大地。随着洪水,来了一个逢物便吞的妖怪。神谕宣示:如果将我——国王的女儿掷给恶怪作食品,这灾患就能避免。我的父亲被人民逼迫着要拯救他们,在悲痛中将我锁在这悬崖上。"

她刚刚说完,波涛就哗的一声分开,从海洋深处出来一个妖怪,宽宽的胸膛平铺在水面上。这女郎吓得尖声喊叫,她的父母也忙着走来,满怀着悲痛,她的母亲感觉到这是由于她的过错,更加倍的痛苦。他们拥抱着他们的女儿,但除了哭泣和悲痛以外还有什么法子呢。

于是珀耳修斯说:"要哭总是有时间的。但行动的机会却很快就消逝了!我是珀耳修斯,宙斯和达那厄的儿子。神的翅膀使我能在空中飞行,墨杜萨已死在我的宝剑下。假使这个女郎是自由的,并可以在许多人之中选择她的配偶,我也并不是配不上她的。但像她现在这个样子,我却要向她求婚。并愿意搭救她。"这时,欣幸的父母不仅把女儿许给他,并以他们自己的王国作为她的妆奁。

当他们正在互相谈论,这妖怪却如扯满风帆的船舶一样地游了过来,距离悬崖只有一投石的距离了。青年用脚一蹬,腾空而起。妖怪看见他在海上的影子,就飞速地向影子追逐,意识到有一个敌人要骗取它的猎获物。珀耳修斯从天空俯冲下来,如同一只鸷鹰落在这妖怪的背上,并以杀戮墨杜萨的宝剑刺入它的后背,直到只剩刀柄在外。他抽出刀子来,这有鳞甲的妖怪就跃到空中,忽而潜入水底,并四向奔突,就好像被一群猎犬追逐着的野猪一样。珀耳修斯一再向这怪物刺击,直到黑血从它的喉管喷涌而出。但他的翅膀濡湿,他不敢再信靠他的水淋淋的羽毛。幸而他发现一根尖端还露在水面的帆柱,他左手抓着它,支持住自己,右手持着宝剑,一次,两次,三次,四次地刺杀着怪物的肚子。海浪将它的巨大尸体运走,不久它也就从海面消失了。珀耳修斯跳到岸上，爬上悬崖，解开女郎的锁链。她怀着感谢和爱欢迎他。他带她到她的正庆幸着得救的父母那里，金殿的宫门也大大地启开，来迎接这个新郎。

但结婚的盛宴未终，正在极欢乐的时候，宫廷中突然充满扰攘。国王刻甫斯的弟弟菲纽斯，过去曾向他的侄女安德洛墨达求过婚，只是在她遭到危难的时候却舍弃了她。现在他带着一支武装队伍，来重申对于她的要求。他挥舞着他的长矛闯入结婚的礼堂，并对珀耳修斯高声叫骂，以至于使他很吃惊地听着。"我来找抢去我的未婚妻的贼人复仇！任你的翅膀，你的父亲宙斯，都不能使你逃脱！"他一面说着，一面瞄准着矛头。

刻甫斯站起来，叫唤着他的兄弟："你发疯了！"他说，"什么东西驱使你干这种坏事？并不是珀耳修斯抢去了你的未婚妻。当我们被迫同意让她牺牲的时候，你舍弃了她。作为一个叔父或者一个情人，你袖手旁观，看着她被绑走而不援救。你自己为什么不从悬崖上去夺取她呢？现在你至少应当让她归于那个正当地赢得了她，并以保全我的女儿而安慰了我的晚年的人。"

菲纽斯不作回答。他的凶恶的眼光一会儿望着他的哥哥，一会望着他的情敌，好像在暗暗揣度着应该先从谁下手。但踌躇了一会之后，他在暴怒中用全力向珀耳修斯投出他的矛。只是投不准确，矛头扎进床榻的垫子里。现在珀耳修斯已经跳了起来，向菲纽斯进来的那扇大门投出他的矛。假使不是他闪在祭坛后面躲开了，那必然会刺穿他的胸脯。但它毕竟刺中了他的一个同伴的前额，所以全部扈从的武士都拥上来，短兵相接地和参加婚礼的宾客们搏斗。他们格斗得很久，但因闯入者与宾客之间众寡悬殊，珀耳修斯终于发觉自己被菲纽斯及其武士围困着。箭镞在空中飞射如同暴风雨中的冰雹。珀耳修斯背靠着一根柱子，利用这有利的据点招架敌人，阻止他们前进，并杀死很多的武士。但他们人数太多了，当他知道单凭勇气已经没有用，他不得不依靠最后的手段。"是你们逼我这样做的，"他喊道，"我的过去的仇敌将帮助我了！请这里所有的友人都回过头去！"于是他将挂在肩上革囊里的墨杜萨的头颅取出，向最逼近的攻击者举起。这人略一瞥视，就轻蔑地大笑。"去,让你的魔法去作弄别人去吧,"他叫道。但当他刚一举手投矛,他却变成石头,他的手仍然举在空中。别的人也逐一遭到这同样的命运。最后只剩下两百个人了,珀耳修斯高举墨杜萨的头,使大家都可以立刻看见,于是两百个人都立刻变成了岩石。直到此时菲纽斯才悔恨他的不义的战争。他的左右除了石像外业已一无所剩。他叫唤他的朋友们,但没有一人回答。他用怀疑的手指轻触着离他最近的人们的肉体,但它们已变成大理石!最后他陷入恐怖中,他的挑战变得狼狈不堪。"饶我一命吧!"他祈求说。"新妇和王国都给你!"但由于悲痛着他的新朋友们的死,珀耳修斯是很难和解的。"贼徒哟,"他回答,"我将为你建立一个永久的纪念碑在我的岳父的宫殿里。"菲纽斯虽然企图逃避,但终于被迫看到那可怕的头颅。他的眼睛里边的眼泪冻结成为石头,他怯懦地站在那里,两手下垂着,完全是一种奴仆的卑贱的样子。

现在珀耳修斯可以将他心爱的安德洛墨达带回家了。悠长的光辉的日子等待着他。他还找到他的母亲达那厄。但他仍不能避免给他祖父阿克里西俄斯带来灾难。阿克里西俄斯因为恐惧神谕,逃亡到异地,到了珀拉斯戈斯的国王那里。在这里他出席一个节日的赛会。这时,珀耳修斯正向着亚耳戈斯航行,路过这里,也参加比赛,却不幸在掷铁饼时打死了阿克里西俄斯。后来他知道他所做的事,并知道他所杀害的是谁,他深深地悲悼死者,将他安葬在城外,并卖出他所继承的王国。现在嫉恨的复仇女神才终止对于他的迫害。安德洛墨达为他生育了许多美丽的儿子,他们一直保持住父亲的荣誉。

克瑞乌萨和伊翁

雅典国王厄瑞克透斯有一美丽的女儿叫做克瑞乌萨。她隐瞒着她的父母，成为阿波罗的新妇，并为他生了一个儿子。由于畏惧父亲的愤怒，她将这孩子藏在一只篮子里，放置在她和太阳神秘密幽会的岩洞。她希望神祇们会可怜这孩子。为使这新生的孩子有一些身份证明，她给他带上一根她做姑娘时所带过的由许多小金龙联成的项链。阿波罗的慧眼看到了他的儿子的诞生，既不愿辜负他的情人，也没有放弃对这孩子的营救。因此，他找到他的兄弟赫耳墨斯，神祇们的使者，因为他是一位对天上和人间都很熟悉的中间人，所以他到人间不会引起人们的注意。

"亲爱的兄弟，"福玻斯说，"有一个人，雅典国王的女儿，为我生了一个儿子；因为畏惧她的父亲，所以将他藏在岩洞里。帮助我援救我的孩子吧！你将发现他在一只篮子里并用麻布包裹着。将它带到我的得尔福神堂，放在神庙的门槛上。其余的事便交给我。因为他是我自己的儿子，我会看顾他的。"

于是赫耳墨斯，这有翼的神祇，飞到雅典，在阿波罗所描述的隐蔽处找到了这孩子，并用柳条篮子将他带到得尔福来，放置在神庙的门槛上，并略掀开盖子，使他容易被人看见。他在夜里做完这事。第二天清早太阳升起，得尔福的女祭司走向神庙里来，看见这孩子熟睡在篮子里，她认为这是私生子，正要把他从神圣的门槛上丢出去，这时神祇却使她充满对于他的孩子的怜悯。所以她慈爱地将他抱起来，并自己抚育他。这孩子在他父亲的神坛前嬉游而不知道谁是他的父母。他长得高大而且美好，得尔福的人民都把他当作神庙的小卫士，如今就叫他管理献给神祇的珍贵的祭品。他在福玻斯·阿波罗的圣庙内过着尊贵的生活。

在所有这些年月中,克瑞乌萨得不到一点神祇丈夫的消息。她禁不住设想他已忘记了她和她的儿子。这时,雅典人开始和邻国欧玻亚岛的人民进行最惨烈的战争。最后欧玻亚人失败了,大部分由于从阿开亚来的一个外乡人带给雅典特别有效的援助。这个外乡人便是克苏托斯,宙斯之子埃俄罗斯的儿子。他要求和克瑞乌萨结婚,作为他的援助的报酬。他的要求被答应了。但那好像是太阳神惩罚他的情人与别人结婚,所以她不妊育,一直没有孩子。若干年后,她想起到得尔福神堂去求子,而这正合阿波罗的意思。

公主和她的丈夫被一小群仆人伴随着出发到得尔福去。就在他们到达神庙的时候,阿波罗的儿子跨过门槛,依照着惯例以桂枝打扫院子。他看见这个向神庙走来的贵妇人,她一见神殿就啜泣起来。她的庄严的态度使他很惊讶,他冒昧地询问她所以悲痛的原因。

"我不奇怪,"她叹了一口气回答道,"我的悲痛引起了你的注意。因为我的可悲的命运很可以从我的脸上看得出来。"

"我并不想干预你的伤心事,"这青年说,"但是,假使你愿意,请告诉我你是谁,是从哪里来的。"

"我是克瑞乌萨,"公主回答,"我的父亲是厄瑞克透斯,雅典是我的故乡。"

这青年在兴奋中叫起来:"多么体面的地方呀!你所出生的家族又多么的有名望!那是真的么——我们在图画上,见过——你的曾祖父厄里克托尼俄斯像一棵树苗一样从土里长出来的,雅典娜女神将这泥土所生的孩子放置在匣子里,使两只巨龙看守着,并将它带给刻克洛普斯的女儿们去保护,但这他们禁不住自己好奇心,打开匣子,看见幼儿,便突然发了疯,自己从碉堡的岩石上跳下来摔死了?"

克瑞乌萨默默点头,因为她的祖先们的故事使她想起已失去的孩子的命运。但他站立在她的面前,仍继续着他的天真的询问:"并且也请告诉我,尊贵的公主哟,"他问道,"那也是真的么,因为遵照神谕,你的父亲厄瑞克透斯为了战胜敌人而牺牲他的女儿,即你的姊妹们?假使这是真的,为什么独你一人还活着?"

"那时我刚刚生下来,"克瑞乌萨说,"我还躺在我母亲的怀里。"

"后来大地劈裂,并吞食了你的父亲厄瑞克透斯吗?"这青年又追问着。"波塞冬真的用他的三尖叉杀害了他,他的坟墓就在我所供奉的阿波罗所最喜欢的岩洞附近吗?"

"啊,外乡人哟,别提起那岩洞!"克瑞乌萨很悲痛地打断他的话。"那正是发生背信弃义和重大错误的场所。"她沉默了一会,然后又恢复镇静。她以为这个青年不过是神庙的卫士而已,所以她告诉他,她是王子克苏托斯的妻子,她同他到得尔福来,祈求神祇赐给她一个儿子。"福玻斯·阿波罗,"她叹息着说,"明白我没有儿子的原因。只有他能帮助我。"

"你真的没有孩子吗?"这青年悲哀地问。

"没有,"克瑞乌萨说,"我嫉妒你的母亲有你这么一个美丽的儿子。"

"我的母亲我一无所知,也不知道我的父亲,"这青年伤心地回答,"我从没有在我母亲的怀里躺过,也不知道我是怎样到这里来的。我的养母——这神庙里的女祭司所告诉我的只不过是她曾可怜我,将我抚养成人。从我记事的时候起我就住在这庙里。我是神祇的仆人。"

这公主一面听着,一面沉思,但她的思想模糊不清,没有定形。"我知道一个妇人,她的命运很像你的母亲,"她说,"也就是为了她的原故,我来这里祈求神谕。你是神的仆人,趁她的丈夫还没有来,我将明白告诉你她的秘密。他伴送着她到这里来,但因为要听听特洛福尼俄斯的神谕,他停留在路上。这妇人宣称在她和现在这个丈夫结婚以前,她是福玻斯·阿波罗的妻子,并为福玻斯生了一个儿子。她将这个儿子放在某处地方,从此以后就不知道他是死是活。为此,我代我的这个朋友来问问究竟她的儿子还活着或者是死去已久。"

"这是多少年前的事情?"这青年问道。

"假使这孩子还活着,"克瑞乌萨说,"他正是你这大的年纪。"

"啊,我自己的命运和你的朋友的多相像啊!"这青年悲愁地叫起来。"她在寻访她的儿子,而我在寻访我的母亲。但她的事情发生在很远的地方,我们彼此又不相识。不过你别希望神祇会给你符合你心愿的回答。因为你用你的朋友的名义控诉他的不义,而神祇是不会自己认错的。"

"停一停!"克瑞乌萨说,"我所说的那个妇人的丈夫现在来了。忘却我所告诉你的吧,也许我太口快太坦白了。"

克苏托斯欣快地向他的妻子走来。"克瑞乌萨哟!"他叫唤她,"特洛福俄尼斯已给与我吉利的消息。我不会不带着一个孩子回去的!但这跟你在一起的是谁?这个年轻的祭司是谁?"

这青年很有礼貌地走向王子,并告诉他,他只不过是阿波罗的仆人,而那些命运所挑中的得尔福男子中最高贵的人们却在圣殿的最里层,他们正坐在女祭司准备从那里宣示神谕的三脚圣坛的周围哩。王子听到这,就吩咐克瑞乌萨以祈求者所必须持着的花枝装饰自己,在那露天底下周围饰以桂叶花环的神坛前祈求阿波罗的吉利的神谕。他自己连忙退到神龛后面。而那青年则仍然在前庭守护着。不久之后,青年听见大门启闭的砰然的响声,接着又看见克苏托斯满心快乐地跑出来。他急切地用两臂拥抱着这个青年,叫唤他"儿子",叫了又叫,要求他也拥抱他并热烈地向他亲吻,直到阿波罗的这个年轻仆人认为他是发了疯,用青年人的臂力将他推在一旁。但克苏托斯并不以他的拒绝为然。"神已向我启示,"他坚执地说。"神谕宣示我,我出来遇见的第一个人便是我的儿子,——一种神祇的赐与。为什么会这样,我不知道,因为我的妻从没有替我生过一个孩子。但我相信神灵。如果他愿意,请他揭露这秘密吧。"

现在这青年不再反对了,且自己也感到快乐。但是他还有所不能满足。因为当他亲吻并拥抱他的父亲时,他悲叹道:"啊,亲爱的母亲哟,你在哪里呢?什么时候我可以看见你的慈爱的面孔呢?"此外,他也十分担心那个没有生过孩子的克苏托斯夫人——他想自己是从没有见过她的,——会对这意外的义子说些什么话?雅典城会怎样接待他这个并非他父亲合法子嗣的人呢?但克苏托斯嘱咐他勇敢些,并答应不拿他作为儿子而是作为一个客人来介绍给他的妻子和他的人民。于是他给他起了一个名字伊翁,意即步行者,因为当他把他当作儿子拥抱在怀里的时候,他正在神庙的前庭漫步。

同时,克瑞乌萨伏在阿波罗的圣坛前祈祷,动也不动。但她的至诚的祈祷被她的仆人打断了，他们跑来悲哀地叫着："不幸的女主人哟！你的丈夫在快乐，但你却永远得不到一个孩子，抱在手里或偎在怀中吃奶。阿波罗赐给他一个儿子，一个长大成人了的儿子，可能是多少年以前一个天晓得的姘妇替他生的。克苏托斯从神庙里走出来的时候遇到了他。现在做父亲的将要喜爱他发现的儿子，而你将如同寡妇一样地独守空房。"

这可怜的公主，她的心灵一定给神祇搅糊涂了，竟未能看穿这样一个浅显的秘密。她在沉默中思忖着她的悲惨的命运。过了一会，她才询问这个好像已经是她的义子的人的名字和人品。

"他是神庙的年轻的卫士，就是你和他说话的那个人。"她的仆人们回答。"他的父亲名他为伊翁。我们不知道他的母亲是谁。现在你的丈夫已经去狄俄倪索斯的圣坛为他的儿子作秘密的祭献。不久那里将举行一个庄严的宴会。他威胁我们不许将这事告诉你，否则就要处死。但由于对于你的爱护，我们违抗了他的命令。请不要说出这是我们告诉你的！"

现在一个老仆人，他全心效忠于厄瑞克透斯的家族并十分敬爱他的女主人，离开众人，开始咒骂克苏托斯王子，称他为无义的奸夫。他的狂热，使他甚至要消灭这个私生子，以免他会非法地来要求厄瑞克透斯的继承权。克瑞乌萨想着自己已被以前的情人和丈夫所遗弃。在迷惑和悲愁之中，也同意这老仆人的阴谋，并向他明言她和太阳神的关系。

克苏托斯和伊翁离开神庙之后，他带他到帕尔那索斯山的双峰，那里得尔福的人民经常来朝礼狄俄倪索斯，他们认为他和太阳神同等神圣，并用狂欢的盛会来赞美他。在王子灌酒于地，感谢他得到儿子之后，这青年由于伴随着的仆人的帮助，在露天底下立了一个巨大而华丽的帐篷，上面盖以从阿波罗神庙带来的织得很精美的花毡。里面安置长桌，桌上摆满盛着丰富而精致的食品的银盘，和斟满美酒的金杯。克苏托斯派遣使者到得尔福城，邀请所有的人民来参与他的盛宴。不久巨大的帐篷里充满头戴花冠的宾客。他们在快乐和光辉中饮宴，但当快要终席的时候，出现一个以奇怪的姿态使宾客哗笑的老人，他来为宾客们敬酒。克苏托斯知道他是克瑞乌萨的老仆人，赞美他的辛勤和忠诚，也就不去管他。他走到酒桌旁边侍候宾客。临到终席，音乐演奏起来，他吩咐侍童们从餐桌上取去小杯而摆上金银的大杯于宾客们的面前。他自己拿了一只最美丽的，斟满最高贵的美酒，好像他要向他的年轻的主人致敬似的，但却秘密地掺上了致死的毒药。当他走到伊翁面前并向地上洒了几滴酒作为灌礼时，一个站得很近的仆人却不经心地说了一句不吉利的话。在神庙的神圣的教仪中长大成人的伊翁知道这是一种不祥的预兆，就把所有的酒倒掉，并要求换一个杯子斟上新酒，然后用这杯新酒庄严地举行灌礼。全体宾客们也随着这么做。正在这时候一群养育在阿波罗神庙且为神祇所保护的圣鸽，飞到天幕中来。它们看见地上的酒四处流溢，都飞下去伸嘴呷饮。别的鸽子都无恙，但呷饮伊翁倒掉的第一杯酒的鸽子，刚一沾嘴就拍着翅膀，摇摆着抽搐而死。这使宾客们都大吃一惊。

至此伊翁从他的坐位上站起，愤怒地摔掉长袍，握紧拳头叫道："想谋杀我的是谁？说呀，老人，因为你正是帮凶的人。是你在酒中掺毒，并把杯子递给我的呀！"他抓紧老人不放。这老人失去保障，害了怕，他承认他的罪恶但却委过于克瑞乌萨。于是伊翁，这个被阿波罗的神谕许为克苏托斯的儿子的人，离开帐篷，所有的人都在惶惑中拥挤在他的身后。在露天之下，在得尔福贵族们的环绕中，他高举双手宣示："神圣的大地哟！你见证这厄瑞克透斯家的异国的妇人要毒杀我呀！"

"用石头打死她，用石头打死她！"众人都异口同声地叫嚷，并跟随伊翁去寻觅克瑞乌萨。克苏托斯被那可怕的揭发弄得昏头昏脑，不知自己要怎么做，也随着其余的人走去。

克瑞乌萨正在阿波罗圣坛等候她的不顾死活的阴谋的结果。但结果正和她所希望的相反。远处的扰攘的声音使她从沉思中站立起来。喧声渐渐逼近，一个比别的她丈夫的仆人更忠实于她的侍者从暴怒的群众中抢先跑来，告诉她阴谋已被发觉，得尔福的人民决心要杀害她。"紧靠着圣坛吧，"她的女仆们再三劝告她，"假使这神圣的地方不能从凶手们手里挽救你，那么至少他们所犯的流血的罪恶也是无可救赎的。"

　　同时，暴怒的得尔福人由伊翁率领着越来越近，在已到达庙门之前，她已听到随风传来的那个青年的愤怒的言语。"神保佑我！"他叫道。"因为这桩没有实现的犯罪原来是要使我摆脱那个含着敌意的继母。她在哪里呀？这有着毒牙的蝮蛇，两眼闪射着死之火焰的毒蛇在哪里呀？让我们从最高的悬崖把这女凶犯扔下去吧！"拥挤在他周围的群众呼叫着响应他。

　　当他们到达圣坛，伊翁就抓住这个妇人，那正是他的母亲，但对于他好像是他的死敌一样；他想拖着她离开那作为屏障的圣坛。但阿波罗不愿儿子杀害母亲。他的神意将克瑞乌萨所计划的阴谋和对于她应有的责罚暗示给他的女祭司，使她的心灵颖悟，所以她突然明白了一切所发生的事情，并知道她的养子伊翁正是阿波罗与克瑞乌萨的儿子，而不是她自己在隐晦的预言中所宣示的克苏托斯的儿子。她离开三脚圣坛，取出她从前在庙门口找到的在其中发现新生婴儿的那只篮子，和她小心谨慎地保存着的信物。她拿着这些东西，急忙走到克瑞乌萨正在和伊翁拼死挣扎着的圣坛。伊翁看到这女祭司，即刻放手，敬谨地向她走来。"欢迎你，亲爱的母亲，"他说，"虽然你不是生我的人，但我必须这样称呼你。你听到我刚刚逃脱的这恶毒的阴谋么？当我刚刚得到一个父亲，我的凶恶的继母就计划要毒死我。现在请告诉我如何做吧，我一定服从你的命令。"

　　女祭司举起一只手指警告他说："伊翁，保持你净洁的双手，出发到雅典去吧。"

　　伊翁沉思一会，反抗说："杀死仇敌的人不是不算有血污的吗？"

　　"在听完我的话之前，不要杀害她，"女祭司威严地说，"你不看见我手中的这只篮子么？不看见在陈旧的枝条上我所缠绕着的新的花环么？你过去曾被遗弃在这里面；我从中取出你并抚育了你。"

　　伊翁惊异地望着她。"母亲，这事你从来没有告诉过我，"他说，"你为什么将这秘密保持得这样久呢？"

　　"因为神祇要你在这样长的岁月中侍奉他，"她回答，"现在他给了你一个父亲，并让你到雅典去。"

　　"但这篮子对我有什么用呢？"伊翁问道。

"那里面有包裹过你的麻布,亲爱的孩子,"女祭司说。

"麻布么?"伊翁叫起来,"怎么,那是一种信物,可以引导我找到我的生母呀!"

女祭司将篮子给他,他很热心地伸手进去取出那折叠着的麻布。当他含泪的两眼看着这宝贵的纪念物时,克瑞乌萨已渐渐地恢复镇静。一看到这篮子,她就明白了全部真情。她从圣坛冲出,快乐地叫了一声"儿呀!"就将伊翁紧抱在自己的怀里。

伊翁带着新的怀疑用力挣脱她的拥抱,以为这只不过是另一种阴谋。但克瑞乌萨放开他,后退一步说:"这麻布将证实我的话。快打开这麻布看。你将发现我要对你述说的信物。上面的刺绣,是多年以前当我还是女儿的时候自己绣的。在当中你可以看见周围缠绕着毒蛇的戈耳工的头,如同在雅典娜的盾牌上所看见的。"

伊翁迟疑地打开麻布,但突然欢喜地叫了起来:"啊,全能的宙斯呀,这是墨杜萨,而这便是那些毒蛇呀!"

"还不止此,"克瑞乌萨说,"那里面必然还有一根用许多小龙连成的项链,是黄金铸造的,用来纪念看守厄里克托尼俄斯的箱子的巨龙。"

伊翁在篮子里面搜寻,愉快地微笑着,取出项链。

"而最后的信物,"克瑞乌萨说,"是我戴在我新生的儿子头上的不凋的橄榄叶的花环,那是从雅典的第一株橄榄树上采摘下来的。"

伊翁将手伸到篮子底,取出新鲜葱绿的橄榄叶的花环。"母亲,母亲呀!"他在哽咽中哭泣起来,并拥抱着克瑞乌萨,连连地亲吻她的面颊。最后他松开手,打听克苏托斯,他的父亲的情况。于是克瑞乌萨向他说出了他的出生的秘密,说他就是他在神庙中虔信地侍奉了这么多年的阿波罗神的儿子。现在他明白了过去那些事情的秘密和克瑞乌萨的误会,高兴地原谅了她对于她所不知道的人的图谋。克苏托斯也拥抱伊翁,拿他当作他的义子和一种神赐的礼物来接待他。三人都到庙里感谢阿波罗的神恩。女祭司坐在三脚坛上,预言伊翁将是一个光荣的种族的祖先,为了纪念他,这个种族将被称为伊俄尼亚人。对于克苏托斯,她预言克瑞乌萨会替他生一个儿子,即多洛斯,他将是世界知名的多里亚人的祖先。满怀着快乐和希望,克苏托斯和克瑞乌萨带着回来了的儿子出发到雅典去,所有得尔福的人民都出来夹道欢送。

代达罗斯和伊卡洛斯

雅典的代达罗斯是墨提翁的儿子,厄瑞克透斯的曾孙,也是一个属于厄瑞克提得斯家族的人。他是一个建筑家和雕刻家,他是当代最伟大的艺术家。他的作品被世界各地的人赞美,看过他的雕像的人都说它们是活的,动的,会看东西的;说那不单是相像,而且有了生命。因为过去的大师们,只是使石像闭着眼睛,双手连接在身旁,无力地下垂着,但他却第一次使他的大理石像睁开眼睛,伸着双手,并迈开两脚好像走路一样。但这个完美的艺人却嫉妒而自负,正如他具有天才一样;这些天生的缺陷诱致他为恶,且使他陷于悲惨。

塔罗斯是他的姊姊的儿子,他向他学习技术,而他的才分却比先生高。当他几乎还是儿童的时候,他发明了陶工辘轳,并由于模仿一种自然的工具而成为大家所惊叹的锯子的发明者,因为有一次他杀死了一条蛇,发现可以用它的颚骨切割一块薄木片。即刻,他在金属片上刻着一列的锯齿,制成一种比蛇的颚骨更锐利的东西。他又连接两根金属横档,一固定,一转动,由此制成最初的旋转车床。他还设计了别的机巧的用具,而这一切都没有他舅父的帮助。他这样出名,以致代达罗斯开始怕他的学生会超过他。满怀着嫉妒,他秘密地杀害了这个孩子,将他从雅典的卫城上扔下去。但有人看见他在为被杀的人挖掘坟墓,虽然他撒谎说埋掉的是一条毒蛇,他仍被控谋杀,并由阿瑞俄帕戈斯法庭判他有罪。

但他逃脱,流亡阿提刻。后来又逃到克瑞忒,在那里,弥诺斯国王保护他,尊他为上宾并称他为一个杰出的艺术家。他委任代达罗斯替牛首人身的恶怪弥诺陶洛斯建造一所住宅。这艺术家用尽心思建造一所迷宫,其中的迂回曲折,使进到里面去的任何人都会迷惑得眼花缭乱。无数的柱子盘绕在一起,如同佛律癸亚的迈安德洛斯河的迂回的河水一样，像是在倒流，又回折到它的源头。当它建筑完成以后，代达罗斯自己走进去，也几乎在迷津中找不到大门出来。在迷宫当中住居着弥诺陶洛斯，每九年吞食七个童男七个童女，这些童男童女是根据古老的规定，由雅典送来给克瑞忒王进贡的。

虽然享受着赞美和优遇，代达罗斯渐渐感到长久从故乡放逐，流落孤岛，且不为弥诺斯所信任的痛苦。他想设法逃脱。在长久思考之后，他欢快地叫起来："让弥诺斯从海上陆上都封锁我吧，但我还有空中呀！即使他这样伟大而有权力，但在空中他是无能为力的，我将从空中逃出去！"

他一说完就开始行动。代达罗斯运用他的想象力来驾驭自然。他将鸟羽依一定的次序排列，最初是最短的，其次是长的，依次而下如同自己生长的一样。在中间他束以麻线，在末端则胶以蜜蜡。最后把它们弯成弧形，看起来完全如同鸟翼一样。

代达罗斯有一个儿子叫做伊卡洛斯。这孩子看着他父亲工作，也热心地参加工作。有时伸手去按住被风吹动的羽毛，有时用大指与食指揉捏黄色的蜜蜡。代达罗斯放任他并看着这孩子笨拙的动作微笑。当一切都完成，他将这翼缚在身上，取得平衡，然后飞到空中，轻便得如同鸟雀一样。他降到地上之后，他又训练他的幼子伊卡洛斯，他已为他制造了一对较小的羽翼。"亲爱的孩子，要永远在中间飞行，"他说。"假使飞得太低，你的翼会触到海水，羽翼湿透了，你就会落在大海里。飞得太高，你的羽毛会因接近太阳而着火。所以要飞在大海与太阳的中间，并紧跟随在我的身后。"他一面警告他，一面将羽翼缚在他的双肩上。但老人的手指战栗着，忧虑的眼泪滴落在他的手上。然后他双手拥抱这个孩子，亲吻他——最后的一次。

现在两人都鼓翼上升。父亲飞在前头，如同带领着初出巢的幼雏的老鸟一样。他机敏而小心地扇动着他的羽翼，使他的孩子可以照着做，并时时回看他跟随得怎样。起初一切都很顺利。他们经过左边的萨摩斯岛，又掠过得罗斯和帕洛斯。他们看见别的一些海岸都向后退去并且消失，这时伊卡洛斯由于飞行的轻便变得更加大胆，越出了父亲的航线，怀着青年人的勇气飞到高空中去。但可怕的责罚也来得飞快而且确实。太阳的强烈的阳光融解了黏合着羽毛的蜜蜡。伊卡洛斯还没有觉到,他的羽翼业已分解,并从肩上坠落。这不幸的孩子企图以两只光手臂努力飞行,但不能浮起,他从空中倒栽下来。他正要叫唤他的父亲援救,但还没有张嘴,澄碧的海浪已将他吞没。这事发生得很快。现在代达罗斯回过头来,如同他时常作的,但看不见他的儿子了。"伊卡洛斯,伊卡洛斯呀,"他在空中叫唤着。"在空中,我在何处可以找到你呢?"最后他担忧了,搜寻的眼光向下探视,看到羽毛漂浮在水上。他降下来,将他的羽翼放在一边,伤心地在海岸上走来走去,直到海浪将孩子的尸体投掷到沙上。现在谋害塔罗斯的仇恨受到了报复。怀着悲痛,代达罗斯继续旅行到西西里去。这岛上的统治者是科卡罗斯国王,他和克瑞忒的弥诺斯一样殷勤地接待代达罗斯。这艺术家的工作使人民惊奇而欢喜。多少年来,那地方的名胜之一乃是他所建造的人工湖泊,从那里有一条宽阔的河流直通附近的大海。在高岩上一块只有很少几株树可以生长,并陡峻得无法进攻的地方,他建立了一座城堡,通到那里的羊肠小道是这般窄小弯曲,只用三四个人就足够防守。科卡罗斯国王选择这不易到达的要塞存放他的珍宝。代达罗斯在西西里岛上完成的第三件工程乃是一深幽的地洞。这里,他以一种巧妙的设计引来地下火的热气,所以普通是冷湿的岩洞,现在却舒适得如同暖室一样,人体渐渐地出汗,不会觉得太热。他也扩充了厄律克斯半岛上的阿佛洛狄忒的神庙,并献给这女神一个黄金的蜂房,那些六角形的小蜂窝制造得这么精巧,看起来就像蜜蜂们自己筑成的一样。

但现在弥诺斯王知道他逃亡在西西里岛,决定派一队人来追捕他。他装备了一支大舰队,从克瑞忒航行到阿格里根同。他的军队在这里上岸,并遣使于科卡罗斯,要求他归还这个逃亡者。科卡罗斯为这异国暴君的要求所激怒,他盘算怎样可以毁灭他。他假装同意他的要求,答应一切照办,并请他赴会商量。弥诺斯来到,受到了豪华的款待。他们准备好热水浴来恢复他旅途的疲劳。但当他进入浴缸之后,科卡罗斯命人加足火力,直到他的贵宾煮死在滚水里。西西里王将他的尸体交给克瑞忒人,解释说弥诺斯王是在沐浴时失足落入热水之中的。因此,他的从人以一种盛大的葬仪埋葬弥诺斯于阿格里根同的附近,并在他的墓旁建立了一座阿佛洛狄忒的神庙。

代达罗斯仍然留居于西西里岛，享受当地主人的不倦的礼遇。他引来许多著名的大师，并在那里成为一个雕刻学校的创办人。但自从他的儿子伊卡洛斯死后，他从来没有感到快乐过。他的劳动使他所托庇的地方变为庄严灿烂，他自己却进入了忧伤烦恼的晚年。他死于西西里，并被安葬在那里。

阿耳戈英雄们的故事

伊阿宋和珀利阿斯

伊阿宋是克瑞透斯之子埃宋的儿子。克瑞透斯在忒萨利亚的海港上建立城池和伊俄尔科斯王国，并将它传给他的儿子埃宋。但克瑞透斯的幼子珀利阿斯却篡夺了王位。埃宋死后，他的儿子伊阿宋逃依喀戎。喀戎是一个半人半马的人物，他曾教育许多孩子成为最伟大的英雄。他给伊阿宋适宜于做一个英雄的训练。在珀利阿斯晚年的时候，为一种奇异的神谕所苦恼，那神谕警告他提防一个穿着一只鞋子的人。珀利阿斯怎样也猜不透这些话的意义。这时，被喀戎教育了二十年的伊阿宋却偷偷地回到他的伊俄尔科斯故乡，向珀利阿斯要求王位的继承权。

如同古代英雄的风范一样，他持着两根矛，一是刺的，一是投的。旅行衣上扎着豹皮，长发披在肩上。在路途上，他经过一条宽阔的河，那里有一个老妇人请求他帮助她渡过河去。那便是天后赫拉，是珀利阿斯王的敌人。伊阿宋因为她在伪装中看不出她来，只是怜悯地双手高举着她涉过那条河。但在半道，他的一只鞋子陷在淤泥中。他就穿着一只鞋子来到伊俄尔科斯的市场上，他的叔父珀利阿斯为群众包围着，正在那里庄严地祭献海神波塞冬。人们都惊奇于伊阿宋的高大美丽，以为是太阳神阿波罗或战神阿瑞斯突然出现。正在祭献的国王也注意到这个外乡人，并惊慌地看到他只穿着一只鞋子。当祀神的仪式完结，他向这个青年走来，装作若无其事的样子，问他的名字和他的故乡。

伊阿宋虽然语调和平，却大无畏地回答他是埃宋的儿子，曾经被养育在喀戎的山洞里,现在来访问父亲的旧居。狡黠的珀利阿斯殷勤地听着,并隐藏着自己的惊慌。他派人引导他的侄儿到宫殿中,伊阿宋以渴慕的眼睛望着他幼年时候在其中生长的殿堂和宫室。接连五天,伊阿宋与朋友和亲属们以欢乐的饮宴庆祝他的归来。第六天,他们离开为宾客们临时建立起来的帐篷,走到珀利阿斯国王的面前。伊阿宋很温和有礼貌地对他的叔叔说:"啊,国王哟,你知道,我是合法的王室的儿子,你所占有的一切都是属于我的。但我仍留给你以所有的牛群和羊群,所有你从我的父母那里夺得的土地。我什么也不要,只要我父亲所有的王位和王杖。"

珀利阿斯很快地盘算着。他的回答是恳切的。"我愿意满足你的要求,"他说,"但你必须答应我的要求,并替我做一件事情,那是你们青年人所能胜任的,但我却太衰老,没有这力量了。很久以来,佛里克索斯的阴魂总是在我的梦中显现,他要求我带给他的灵魂以平静,旅行到科尔喀斯的埃厄忒斯国王那里,取来那里的金羊毛。这种寻求的光荣将是你的,当你带着你的荣耀的锦标归来,你将得到王国和王杖。"

阿耳戈英雄们航海的动机和出发的情形

关于金羊毛的故事是这样的:玻俄提亚国王阿塔玛斯的儿子佛里克索斯受到他的后母,他的父亲的宠妾伊诺的虐待。他的生母涅斐勒要搭救他,得到他的姐姐赫勒的帮助将他拐走。她使她的两个孩子骑在有翼的公羊背上;这公羊的毛是纯金的,是她从神祇赫耳墨斯得到的一种赠品。两姐弟骑着这神异的生物,腾空而行,经过多少的陆地和大海。后来姐姐头晕,坠海而死,那地方遂以她得名,称为赫勒海,或赫勒斯蓬托斯。佛里克索斯则安全地到达黑海沿岸的科尔喀斯地方。这里,埃厄忒斯国王很热心地款待他,并以他的一个女儿许配他。佛里克索斯宰杀公羊祭献宙斯,因他曾庇护他逃遁;并将金羊毛赠给埃厄忒斯国王。埃厄忒斯又将它转献给战神阿瑞斯,他将它钉在人们献给他的树林里的一棵树上,并让毒龙看守着。因为神谕曾告诉他,说他的生命全靠他能否保有这金羊毛。

全世界都认为这金羊毛乃是无价之宝。很久以来希腊也听到了关于金羊毛的传说。许多英雄和王子都希望得到它，所以珀利阿斯利用关于这奇异宝物的梦来鼓舞他的侄儿伊阿宋的想法并没有想错。伊阿宋也真的非常愿意去。他没有看出他的叔父的计策是要他死于这次的冒险，却以神圣的诺言答应完成这次的探险。

希腊著名的英雄们都被邀请来参加这英勇的盛举。在珀利翁山下，在雅典娜的指导下，希腊最优良的造船者用在海水里不会腐朽的木料造成一艘华丽的大船。它可以容纳五十个桨手，并取造船者阿耳戈斯的名字而命名为"阿耳戈"。这是希腊人敢于行驶在大海上的第一艘大船。船首用多多那的神异橡树上的一块木料造成，这是女神雅典娜的赠品。船的两侧装饰着极富丽的雕刻。但这船仍然很轻，所以英雄们可以将它扛在肩上接连行走十二天。

当大船全部造成，英雄们聚拢来，拈阄认定各人在船上的位置。伊阿宋担任全体探险队的指挥。提费斯担任掌舵；林叩斯，这锐眼的人，则为领港人。船首坐着威严的赫剌克勒斯，船尾则是阿喀琉斯的父亲珀琉斯和大埃阿斯的父亲忒拉蒙。其余的水手中有宙斯的两个儿子卡斯托尔和波吕丢刻斯，涅斯托尔的父亲涅琉斯，忠贞的阿尔刻提斯的丈夫阿德墨托斯，曾经杀戮卡吕冬野猪的墨勒阿革洛斯，美妙的歌手俄耳甫斯，帕特洛克罗斯的父亲墨诺提俄斯，后来做了雅典国王的忒修斯和他的朋友庇里托俄斯，赫剌克勒斯的年轻的朋友许拉斯，波塞冬的儿子欧斐摩斯以及小埃阿斯的父亲俄琉斯。伊阿宋把他的船献给波塞冬。在出发以前所有的英雄们也向他和其余的海上的神祇献祭和祈祷。

当所有的人都已就位，他们就拔锚开船。五十个摇桨的人摇桨前进。五十只桨出入海面，发出和谐的声音。乘风破浪，不久伊俄尔科斯港已遥远地落在后面。俄尔甫斯弹着竖琴，唱着优美动人的歌曲，鼓舞英雄们前进。他们愉快地驶过多少海角和岛屿。第二天起了一阵暴风雨将他们吹送到楞诺斯岛的港岸。

阿耳戈英雄们在楞诺斯岛

在楞诺斯岛上,仅仅一年以前,这里的妇人们都杀死了她们的丈夫,也就是这岛上所有的男子。因为他们曾从特刺刻带来许多宠姬,所以爱神激起他们的妻子们的嫉妒和愤怒。只有许普西皮勒救出了她的父亲托阿斯国王,将他藏在箱子里投掷在大海上。从此以后,楞诺斯岛的妇人们便经常害怕特刺刻人即她们的情敌的亲属们会来攻袭,所以对于海上总是怀着戒心。现在当她们看见"阿耳戈"靠近海岸,她们就全副武装,冲出城门,涌到海岸上,如同阿玛宗女人国的军队一样。这些英雄看到海岸上拥挤着武装的妇人,而没有一个男子,都十分惊奇。他们用小船派遣一个使者到这奇异的团体里去。她们带他去见她们的未婚的女皇许普西皮勒,他很有礼貌地传达"阿耳戈"英雄们的要求,要在此地暂住。女皇在城中的闹市召集她的妇人们,并自己坐在她父亲的大理石的宝座上。在她的旁边是拄着拐杖的年老的保姆,两边各坐着四个极美丽的金发女郎。当她向群众报告"阿耳戈"英雄们的和平的要求,她站起来说:"亲爱的姊妹们,我们已做下一件重大错事,我们在暴怒中消灭了我们的男人。我们不应当拒绝那些愿意和我们做朋友的人们。另一方面,我们也必须注意,不让他们知道我们所做过的事。因此我的意见是要把食品,酒以及外乡人所需要的其他东西送到他们的船上去,以这种礼遇来保障我们的安全。"

女皇又坐下去。现在年老的保姆很费力地抬起她那垂下的头说:"用一切方法送给外乡人礼品,这是很对的。但不要忘记万一特刺刻人来了又怎么办。即使有一个慈悲的神祇将他们挡住,但这对于你们算是安全么?像我这样的老妇人本来可以不必耽心。在困难来到和物资耗尽以前,我们就会死的。但你们年轻的人们怎样生活呢?是不是牛群都可以自己负着轭,自己在田地里耕田呢?当夏天过去,是不是它们都可以代替你们收获呢?因为你们自己都不愿意做这些和其他繁重的工作呀!我劝你们不要踢开送上门来的,你们所需要的保护。将你们的土地和财富交给这些尊贵的外乡人,并让他们来管理你们的美丽的城吧。"

这劝告,所有楞诺斯的妇人们都很赞同。女皇派遣一个坐在她旁边的女郎随着来使到船上报告阿耳戈英雄们大会上的决定,所有英雄们听了都很高兴。他们全不怀疑,以为许普西皮勒是在父亲死后和平地继承他的王位的。伊阿宋将雅典娜赠给他的紫色斗篷披在肩上,向城中大踏步走来,辉煌得像一颗星星一样。当他走进城门,妇人们都大声欢呼涌出来欢迎他,并对这位客人感到满意。但他,由于礼貌和高贵的出身,仍然两目看着地上,忙着走到宫殿。女仆们为他敞开大门。曾到船里来过的那位年轻的女郎领他走到女皇的住室。在这里,他在一只华丽的椅子上和她对坐着。许普西皮勒低垂着雪白的眼皮,处女的面颊上也泛着红晕。她羞涩地用恭维的言语和他说话:"外乡人哪,为什么你们迟疑着不进我们的城门呢?在这城中没有可以使你们畏惧的男子。我们的丈夫对我们失信。他们和他们在战争中抢劫来的特刺刻妇人们移居到他们的妾妇的故乡去了,并带去了他们的儿子和男仆,而我们却无助地被遗弃在这里!所以假使你高兴,就来做我们的人民吧。而且,假使你愿意,你就代替我的父亲托阿斯来管理你的男人们和我们。这地方必然使你们欢喜,它是这一带海洋上最富足的岛屿。你是首先来的人,请回去告诉你的同伴们我的提议吧。"

这便是她的谈话,关于男人被杀的事她却没有说出。伊阿宋回答:"啊,女皇,我们怀着感谢的心情接受你在我们困难的时候所给与我们的帮助。在我把你的提议告诉我的同伴之后,我就立刻回到城里来。但请仍然保留你的王杖和岛屿吧!并不是我拒绝它,而是因为在遥远的地方,危险和战争正等待着我。"

他和女皇握别,回到海边。妇女们即刻用快车载着许多的礼品跟着来了。现在她们要劝那些已经听到伊阿宋的报告的英雄们都进城去并住在她们家里是很容易的。伊阿宋就住在宫里,其他的人这里那里地分开住着,只有赫剌克勒斯厌恶与妇人在一起,仍然和几个伙伴留在船上。现在城中到处都汹涌着饮宴和跳舞人群。献祭的香烟直升到天上,因为城里的主人和她们的宾客都在敬奉这岛屿的保护神赫淮斯托斯和他的妻阿佛洛狄忒。行期一天一天的推延。假使不是赫剌克勒斯从船上走来,瞒着妇人们把他们召集拢来,这些英雄们真的要和他们的美丽的情人流连忘返了。

"你们都是些坏蛋!"他对他们说,"在你们的故乡你们不是有着足够的妇人么?难道你们都为了妻室才到这里来的?你们愿意像农人一样耕种楞诺斯的田地么?当然喽!神祇会替我们取得金羊毛放在我们的脚边的!我们各自回乡也许会更好一些。让伊阿宋娶了许普西皮勒,在楞诺斯岛繁殖子孙,从此听着别的英雄创立丰功伟绩吧。"

没有人敢抬起眼睛来看他或反对他。他们离开众人,预备出发。但楞诺斯的妇人们猜到了他们的意图,就拿祈求和悲诉来纠缠他们,如同嗡嚷的蜂群一样。但最后,她们终于屈服于男人们的决定。许普西皮勒,满含着眼泪,离开众人,握着伊阿宋的手说:"去吧,愿神祇给你和你的同伴你们所想望着的金羊毛!如果你还愿意回来,这岛和我父亲的王杖仍然等待着你。但我十分清楚,你们是不打算归来的。至少,想念着我吧,当你去到远方的时候。"

伊阿宋满怀着对于她的美与善的赞美之情离开了女皇。他第一个回到船上,别的人也跟随着他归来。他们解缆,并摇动大桨,不久赫勒斯蓬托斯就落到遥远的后面。

阿耳戈英雄们在多利俄涅人的国土

从特剌刻来的大风,将船吹向佛律癸亚的海岸,在那里,地生的巨人们,一种野性的蛮人,与和平的多利俄涅人共同生活于库最科斯国王的岛上。这些巨人们都有六臂,宽肩上各生一臂,前胸后胸又各生两臂。多利俄涅人是海神的子孙,海神保护着他们,使他们不受可怕的邻人的侵犯。他们的国王是虔诚的库最科斯。当这条船和船上英雄们的消息传到岛上,他和他的全体人民都出来迎接,并款待他们,请他们在城里的海港停船。因为很久以前就有一种神谕告诫过国王要用好言好语接待神异的英雄们,尤其是不要和他们冲突。所以他供给他们丰富的葡萄酒,并宰杀了许多牲口。他还是一个青年,才开始出胡子呢。他的刚结婚不久的年轻的妻,正在宫殿里等待着他。但由于服从神谕,所以他留下来和宾客们饮宴。于是他们告诉他旅行的目的,他也指点他们应走的路途。

第二天清早,他们爬上一座高山,以便亲自察看这岛在海上的位置。这时巨人们从各方面涌出来,用巨大的石块封堵港口。但阿耳戈船留在海港里,由仍然不愿离开船舶的赫剌克勒斯守护着。当他看见巨人们开始捣乱,他就用箭射死他们好多人。现在别的英雄们回来,用矛和弓箭大肆射杀巨人,他们如同被砍倒的树林一样地躺在狭隘的港口里,有些头和胸在海里而腿伸在沙上,有些四肢浸在水里,头和胸却在岸上,他们全都命定要作鱼和鸟的食物。

当这些英雄们胜利地结束这场战争之后,他们扬帆拔锚,又向大海出发。但在夜里风向变了,暴风雨迎头袭来,所以他们不能不靠近陆地下了锚。这地方仍然是慷慨好客的多利俄涅人的岛屿,但阿耳戈英雄们却以为到了佛律癸亚的海岸。他们过去的东道主被登陆的嘈杂声惊醒,认不清这些就是仅仅在一天以前还和他们快乐地饮宴的朋友。他们走出来挑战,一场不幸的战争发生了。伊阿宋用矛刺进国王的胸脯,但双方都不知道彼此是什么人。最后多利俄涅人被迫逃入城内,闭门不出。到第二天早晨,双方才知道彼此误会了。

伊阿宋,阿耳戈英雄们的领袖,和所有的英雄们,都满怀着悲哀,当他们看到和善的库最科斯国王躺在血泊中。接连三天,英雄们和多利俄涅人悲悼着死者。他们扯下头发,并以竞技和举行葬仪的饮宴来向死者致敬。最后英雄们又向旅途出发。但克利忒,已死的国王的妻子,因为现在已没有丈夫,不能忍受孤寂,自缢身死。

赫剌克勒斯被留下

在暴风雨中航行一程之后,英雄们在比堤尼亚的海湾登陆,这里是喀俄斯的城市。生活在这里的密西亚人殷勤地招待他们,堆聚干柴为他们生火取暖,以树叶为他们铺床,虽然时已入夜,也供应他们很丰富的酒食。

赫剌克勒斯看不起一切舒服的生活,所以让同伴们坐着饮宴,自己独自一人到森林中去削制一支更好的桨,预备第二天使用。不久他发现一棵松树,好像正是他所需要的,树枝不太密,长阔都像一株细瘦的白杨。他放下弓箭,脱下所披的狮皮,将木棒也放在地上,然后双手抱着树身,将树连根拔起,根上仍粘有泥土,所以看去好像是暴风雨吹倒的一样。

现在他的年轻的朋友许拉斯也离开了宴席。他拿着青铜罐去汲取清水,预备给他的主人和朋友归来时饮用。在反对德律俄珀斯的一次远征中,赫刺克勒斯因争吵杀死了这孩子的父亲,却领着许拉斯和他在一起,抚育他,作为他的仆人和朋友。当这美丽的青年走到泉水边,圆月正发出灿烂的光辉。他持着罐伏在水边,泉中的水仙看见了他,迷于他的美丽,因用左手拥抱着他,右手握着他的手臂,将他拖下水去。另一个名叫波吕斐摩斯的英雄正在离泉水不远的地方等候着赫刺克勒斯,听到这青年呼救的声音,但找不到他。恰在这时赫刺克勒斯从树林里出来。"我必须第一个告诉你这可悲的消息吗?"波吕斐摩斯向他喊道。"你的许拉斯去取泉水却不见回来。想必是强盗将他抢走,或者是遇到了野兽。我自己听到他绝望的呼喊。"赫刺克勒斯听到这,额上冒出汗珠,血液在脉管中沸腾着。他愤怒地投下松树,就好像被牛蝇叮着离开牛群和牧人的牧牛一样,穿过密林奔跑到泉水边,悲哀地叫唤着。

晨星在高峰上闪照着,一阵顺风吹起。舵工拟利用顺风,所以催促英雄们上船。他们在模糊的晨光中愉快地航行,等到发现还有两个人——波吕斐摩斯和赫刺克勒斯遗留在后面,已经是太晚了。究竟应不应该不顾他们的迷失的朋友继续航行,这个问题引起了一场暴风雨般的争论。伊阿宋什么话也不说。他沉默地坐着,忧虑咬啮着他的心。但忒拉蒙却忍不住暴怒。"你怎么能安静地坐在那里呢?"他向他们的领袖叫喊。"我想你是怕赫刺克勒斯的本领比你强!但我何必多说废话!即使同伴们都和你一致,我个人还是要转回去寻找我们所遗弃的人的。"

他一面说,一面就抓住掌舵者提费斯的衣领,假使不是玻瑞阿斯的两个儿子仄忒斯和卡拉伊斯抓着他的手臂并用愤怒的言语阻止他,他真的会逼迫他将船又开回密西亚人的地方去。当他们正在相互争吵的时候,海神格劳科斯却用强大的手拉着船尾,向航行的人叫道:"啊,英雄们,别争吵呀!你们不要违反宙斯的意志带着无畏的赫剌克勒斯和你们一起到埃厄忒斯的地方去,命运给了他别的工作。一个被爱情的箭射中的女仙偷去了许拉斯,赫剌克勒斯为了依恋他,所以留在后面。"

说完这话,格劳科斯就没入海中,黑浪在他头上打漩。忒拉蒙感到羞愧,走到伊阿宋面前,握着他的手说:"别怀恨,伊阿宋。忧虑使我糊涂了,所以我说出了粗话。让我的过错随风吹去,我们仍旧和好如初吧。"

伊阿宋也高兴和解。于是他们乘着清新的海风,航行在海上。波吕斐摩斯留居于密西亚人中,并为他们建立一座城池。赫剌克勒斯则继续去宙斯要他去的地方。

波吕丢刻斯与柏布律西亚人的国王

第二天早晨,太阳上升时,他们在伸入大海的一个半岛附近下锚。在这里阿密科斯,未开化的柏布律西亚人的国王,有着他的畜栏和房屋。他对于外乡人有一条苛刻的法律:没有和他赛过拳的人不许离开他的领土。用这个办法,他已经断送了许多邻人。这次,当船刚刚到达的时候,他也走上前去,用嘲弄的语调向摇桨的人们挑衅。"听着,你们海上的流浪汉,"他对他们说,"有一事你们必须知道:没有一个外乡人可以离开我的国土而不和我赛拳。挑选你们中的最能干的汉子到我那边去,否则就要判处你们的死刑。"

现在阿耳戈英雄们之中有一个希腊最好的拳手波吕丢刻斯,即勒达的儿子。激于国王的挑衅,他对国王说:"别和我们噜苏吧。我们已准备服从你的法律,而我就是你的对手。"

柏布律西亚国王看着这个勇士,他的眼睛在眼窝里转动着,就如同受伤的狮子看着它的攻击者一样。但年轻的波吕丢刻斯却如同天上的星星一样的宁静,他挥动着他的两手,看看它们是否由于长久摇桨已经变得不灵活。

当英雄们都离开船,两个拳手面对面占好位置。国王的一个奴隶丢下两副赛拳的皮套在地上。"选择你所喜欢的一副罢,"阿密科斯说。"我不愿有拈阄分配的麻烦。不久你自己的经验就会告诉你我是一个最好的硝皮匠,可以用血把面颊染成黑色。"

波吕丢刻斯冷静地微笑着,拿起离他最近的皮套,并让朋友们帮助套在双手上,柏布律西亚王也同样做。现在比赛开始了。有如巨浪冲击小船,使舵工难于招架,国王向这希腊人袭击使他没有喘息的机会。但灵巧的波吕丢刻斯总是躲过袭击,没有受伤。不久他发现对手的弱点,给了他不少没法躲开的突击。但国王也绝不放过可乘之机,于是随着拳击声,颚骨震动,牙齿咯吱咯吱地响着,直到两人都气喘吁吁,才站开来休息,并擦去水流一般的汗滴。第二次刚刚交手,阿密科斯就击打对方的头,但只打中了肩膀,同时波吕丢刻斯却乘机击中他的耳根,将他的头骨打碎,他在痛楚中倒地。

阿耳戈英雄们欢呼着,但柏布律西亚人则持着棍棒和矛帮助他们的国王来攻击波吕丢刻斯。英雄们也拔刀加入战斗。结果柏布律西亚人被迫逃遁,躲到城里去。英雄们因此拥入畜栏,捉到许多牲口,得到丰富的战利品。他们就在岸上过夜,包扎他们的创口,并祭献神祗,通宵饮宴。从系船的桂树上,他们折下桂枝,编成花冠戴在头上。俄耳甫斯弹着竖琴,大家唱赞美诗。当他们歌颂着波吕丢刻斯——宙斯的儿子的胜利时,海岸也好像在静静的欢乐中倾听着。

菲纽斯和美人鸟

黎明终止他们的饮宴,他们继续着他们的旅程。经过更多的冒险,他们来到比堤尼亚的对岸下锚,英雄阿革诺耳的儿子菲纽斯住在这里。他为很大的不幸所苦恼。他因为滥用了阿波罗所给与他的预言的本领,到了晚年,成为瞎子,而那些可怕的妖妇似的鹭鸟,即美人鸟,不让他安静地饮食。它们尽其所能地抢劫;而且将留下的饮食极力加以污损,使他不能沾唇。菲纽斯的唯一的安慰是宙斯的一个神谕,即当玻瑞阿斯的儿子们和希腊的水手到来，他就可以安静地饮食。所以当这老人听说阿耳戈船来到，他就离开他的住屋，但却饿得只剩下一副骨头，仅仅是一个影子了。他衰弱得两腿颤抖，用手杖支持他的摇晃的步履。当他来到阿耳戈英雄们跟前时，他已经精疲力竭地倒在地上。他们围绕着这个不幸的老人，看到他的样子都十分惊愕。当他缓过气来，听到他们的声音，他向他们祈求说："啊，高贵的英雄们！假使你们真的是神谕所预言的那些人，那么，请救援我吧！因为复仇的女神们不但使我双目失明，还让这些可怕的恶鸟来抢劫我的食物。你们不是援救外乡人，因为我是一个希腊人——阿革诺耳的儿子菲纽斯。过去我是特刺刻的国王，玻瑞阿斯的儿子们就是我在那个地方的妻子克勒俄帕特拉的弟弟，他们必定参加了你们的探险，注定要来援救我的。"

听到这话，玻瑞阿斯的儿子仄忒斯就投身于国王怀中，并许可他，在他兄弟们的帮助下，他必定为他驱除这些凶恶的怪鸟。于是他们为他预备饮食，但国王还没有碰到食物，美人鸟就如同一阵风暴一样从云中降下，贪馋地落在盘子上。英雄们叫着，吼着，它们动也不动，仍然留着，直到吞食完最后的余屑。最后它们飞到空中，留下一阵可怕的恶臭。玻瑞阿斯的两个儿子仄忒斯与卡拉伊斯拔剑追逐它们，但因为美人鸟飞得比迅疾的西风还快，宙斯借给他们以必须的双翼和不疲的毅力。玻瑞阿斯的两个儿子愈追愈近，有几次几乎可以碰到这些怪物。最后他们更加逼近，很可以杀死它们了，但宙斯的使者伊里斯忽然出现，并召呼两个英雄："玻瑞阿斯的儿子们，"她说，"宙斯遣来的美人鸟不能用刀剑杀死。但我可指着斯堤克斯发誓（因为神祇都是这样发誓的），这些怪鸟将永不再扰害阿革诺耳的儿子了。"仄忒斯和卡拉伊斯遂停止追逐，回到船里。

同时，希腊的英雄们正忙着为年老的菲纽斯预备圣餐，宴请饥饿的老人。他贪馋地食着洁净而丰富的食品，就好像在梦中得到满足一样。到夜晚，当他们期待着玻瑞阿斯的两个儿子归来的时候，菲纽斯国王为了感谢他们的好意，给他们说了一个预言。

"最初，"他说，"你们将去到欧克塞诺斯海峡湾中的撞岩，那是两座陡峻的岩石的岛屿，在大海中没有根基，只是浮在水面上。有时海流将它们聚拢来,有时潮水又将它们分开。假使你们不愿被挤成粉碎,那么,你们要飞快地用力从它们当中驶过,如同鸽子飞过一样。经过那里之后,你们将去到玛里安底尼地方,那里的地狱的入口,很是有名。你们将经过许多别的岛屿,河川,海岸,阿玛宗女人国和前额上流着汗从地里挖掘铁矿的卡吕柏斯人的地方。最后你们将到科尔喀斯海岸,宽阔的法细斯河从那里倾泻入海。你们将看见高耸着的埃厄忒斯王的堡垒,就在那里,不眠的巨龙看守着悬挂在橡树最高枝上的金羊毛。"

他们听着这老人的谈话,都禁不住战栗。他们正要问他别的问题,玻瑞阿斯的两个儿子却已归来,带来可爱的伊里斯的口信,使菲纽斯国王十分欢喜。

撞　岩

充满感谢和惜别之情,菲纽斯离开他的恩人们。现在他们又向着新的冒险的旅途出发。接连四十天,一阵西北风阻挠着他们的航行,直到祭献和祈祷了所有的十二神祇之后,才又加速前进。他们正在平静地迅速地航行着,忽然听到轰雷般的崩裂的巨响。这是撞岩在互相撞击时发出的吼声混合了海岸上的巨大的回声和汹涌的海浪的呼啸所形成的。舵工提费斯站在舵柄处用心观察着。年轻的欧斐摩斯从他的位置上站起,右手掌上托着一只鸽子,因为菲纽斯曾经说过,假使一只鸽子毫不畏缩地从岩石中间飞过,他们就可以冒险前进。欧斐摩斯放鸽子飞起,大家都怀着迫切的期望翘首观望。它正在飞过去,但岩石已互相靠近,海水在狭窄的海峡中汹涌沸腾。海空都吼叫着,岩石碰合,截断了鸽子的尾羽,不过它还是安全地通过了,因此提费斯就高声鼓舞摇桨的人们。这时岩石分开了,岩石中间的海浪正吸引着船舶随着海流前进。死亡威胁着他们。一阵巨浪向前冲来,景象是如此可怕以致使他们瑟缩后退。于是提费斯下令停止摇桨。涌起的海浪冲到船底,将船举得比正在合拢的岩石还高。他们使劲摇桨,桨片都好像要折断一样。现在一阵漩涡又使他们降落到悬岩中间,假使不是雅典娜,阿耳戈英雄们的保护神在冥冥中用大力推送着他们的船舶前进,他们真的会被压成粉碎了。如今船舶脱险，只有船尾受到轻微的擦伤。

当英雄们重见太阳和空旷的大海，他们不再恐惧，自由自在地呼吸了，觉得自己是从地狱里逃出来似的。"这不是由于我们自己的力量！"提费斯叫起来。"在我的后面我觉得雅典娜的神圣的手用强力推送船舶通过这撞岩。现在我们已无所惧怕，因为菲纽斯曾经说过，我们通过这次危险之后，前途就会顺利了。"

但伊阿宋悲哀地摇着头说："我的善良的提费斯啊，我让珀利阿斯把这件工作硬派给我，这倒使神祇们为难了。倒不如当时我给他杀死。现在我必须在悲叹和绝望中度过我的白昼和黑夜，那不是为我自己，而是为着你们的生命和幸福，我得时时想着怎样才能免除你们的危险，使你们都安全的回到故乡去。"伊阿宋说这话只是试试同伴们的心，但他们都热心地向他欢呼，愿意追随着他们的可爱的领袖前进，绝没有其他的想法。

新 的 风 险

英雄们继续前进。提费斯，他们的忠实的舵工，却病死了。他们将他埋葬在异地的海岸上。他们挑选同伴中对于掌舵技艺很娴熟的人安开俄斯代替他的位置，但安开俄斯对于这艰难的工作推辞了很久。最后赫拉给了他信心和勇气，于是他走上了舵手的岗位，和提费斯一样熟练地指挥船舶前进。在他指挥之下的第十二天，他们张挂了所有的帆向着大海航行，不久就来到卡利科洛斯河的河口。

这里，在靠近海岸的一座小丘陵上，他们看见英雄斯忒涅罗斯的坟墓。他曾经和赫剌克勒斯进攻阿玛宗人，中了一箭，阵亡在这里。他们正要继续出发，斯忒涅罗斯的阴魂，被珀耳塞福涅从地狱里放出，出现在他们的眼前，并以渴望的眼光看着他的同乡人。他站立在丘陵的顶上，头上戴着有四根红色鸟毛的战盔，看起来正像他出征时所穿的装束。他只是出现了一小会，随即沉没在无底凄凉的地狱里。英雄们都扶着桨，对于这鬼魂的出现很惊奇。除了预言家摩普索斯以外，什么人都不明白这鬼魂要求什么。他劝他的伙伴们为使死者的灵魂得到平安,应为他举行一次奠酒礼。于是他们落帆,将船停住,围在墓前,灌酒于地,并且杀羊,将它焚化。

然后又向前进,不久,来到与世界任何河川都不相同的忒耳摩冬河的河口。因为它发源于远处的高山,以后则分为九十六条支流,奔流入海,它们在入海处充塞拥挤,像些蜿蜒的蝮蛇一样。

在河口最宽的地方住着阿玛宗人。这是妇人国,乃是战神阿瑞斯的后裔,所以喜爱战争。假使阿耳戈英雄们在此处登陆,无疑地,他们必与这里的妇人有一场流血恶战,因这些妇人们正可以和最勇敢的男子匹敌。他们没有聚居一城,乃是分为许多部落,散居四乡。一阵顺风从西方吹来,使得阿耳戈英雄们远离了这奇异的种族。

经过一天一夜的航行,正如菲纽斯所预言的,他们到达卡吕柏斯地方。这里的人民不耕种土地,不栽种果木树,也不在湿润的草地上繁殖牧畜。她们唯一的职业乃是在坚硬的土地上掘出矿石和铁,以此交换食品。他们看不见晨光,也没有快乐,每天在漆黑的地窖和浓烟中工作。

阿耳戈英雄们还遇到许多别的民族。一次,当他们到达名为阿瑞提亚或阿瑞斯的岛屿,一只本地的鸟鼓翼向他们飞来。当它正飞临船上,它抖擞它的两翼,落下一根尖锐的翎管,它射入俄琉斯的肩膀,使他痛楚得丢开手中的桨。他的同伴们惊异地看着这只怪鸟。和他坐得最近的人则为他拔出鸟毛,并包裹创伤。即刻,第二只鸟又出现了,但克吕提俄斯已持弓等待,一箭射去,鸟即应弦落在船里。

“离岛屿不远了,”航海最有经验的安菲达玛斯说。“提防这些鸟呀。可能它们是很多的,假使我们登陆,我们当没有这多箭射杀它们。让我们想些方法来驱逐它们。我们都戴上我们的飘扬着鸟毛的盔,并轮流摇桨,其余的人则以灿亮的矛和盾遮挡着船,然后我们大声吼叫。当怪鸟听到我们的声音,并看见摇动的羽毛,锋锐的矛和闪光的盾,它们将吓得飞开。”

这计策使英雄们很高兴,他们都仔细地照着做。当他们接近岛屿时,他们没有看见一个生物。但当他们更加逼近,并响动着戈矛时,无数的鸟从岸上飞来,乌云一样地盖在船上。如同人之关闭窗户来抵御冰雹,这些英雄都用盾牌遮着自己,所以那些尖锐的翎管落下来并没有伤害他们。这些名为斯廷法利得斯的可怕的鸟,这时才远远地飞到海的对岸去。阿耳戈英雄们就照着预言家菲纽斯王的话,在岛上登陆。

这里他们遇见意外的朋友和伴侣。当他们沿着海岸走不几步,他们遇到衣衫褴褛,看去好像穷得一无所有的四个青年。其中的一个向他们走来。"不论你们是谁,"他喊道,"请帮助沉船的可怜的人吧!给我们衣服穿!给我们食物充饥!"

伊阿宋答应给他们帮助,并问他们的姓名和出身。"你们一定已经听说过阿塔玛斯的儿子佛里克索斯,"这青年回答。"他带着金羊毛到科尔喀斯。埃厄忒斯王使他和他的长公主结婚。我们便是他的儿子们,我的名字叫阿耳戈斯。我们的父亲佛里克索斯不久以前才死去。为遵从他的临死的遗嘱,我们航行去取他遗留在俄耳科墨诺斯城的宝物。"

英雄们都非常欢喜,伊阿宋待这几个青年如同亲属,因为他的祖父克瑞透斯正是阿塔玛斯的兄弟。这些孩子们继续叙述他们的船怎样破碎,他们怎样附着一块船板到达这无人的岛上。但当英雄们将自己的计划告诉他们,并要他们参加他们的探求时,他们却禁不住惶恐起来。"我们的外祖父埃厄忒斯是一个最残酷的人,"他们解释说。"据说他是阿波罗的儿子,所以他有着非凡的力量。科尔喀斯地方的无数的种族都在他的统治之下,并由一只可怕的巨龙看守着金羊毛。"

英雄们中的几个人听到这报告,都变了脸色。但珀琉斯站起来说:"别以为我们一定会被科尔喀斯王所击败,因为我们也是神祇的子孙!假使他不肯自动地送给我们金羊毛,我们便用武力夺取。"

接着举行宴会,在宴会中,他们又互相讨论这件事。第二天早晨,佛里克索斯的儿子们都穿着新衣,精神焕发地来到船上,阿耳戈船又继续着它的航程。经过一天一夜,他们看见高加索的高峰隐隐约约地出现在海面上。黄昏时,他们听到高空中鸟类急飞的声音。那正是飞去啄食普罗米修斯的肝脏的鹫鹰。它在船上的高空中飞翔着,但它的大翼扇动得这样猛烈,甚至扇起一阵大风,吹满了船帆。不久他们就听到普罗米修斯的呻吟声,因为巨鹰正在啄食着他的肝脏。后来呻吟的声音沉寂下去，他们又见到巨大的鸷鹰从高空中飞回去。

就在当晚，他们到达目的地，即法细斯河的河口。他们轻捷地爬上桅杆，卸下绳索。然后从宽广的河面摇桨溯流而上，河水好像在巨大船舶之前向后倒退。在他们的左边乃是高耸的高加索山和科尔喀斯的都城库塔。在右边则是广阔的草原和阿瑞斯的圣林。在那里，一只锐眼炯灼，不眠不睡的毒龙，看守着悬挂在最高橡树枝上的金羊毛。现在伊阿宋向船边走上几步，手中高举着盛满葡萄酒的金杯，洒酒于地，祭奠河川和大地母亲，祭奠这个国家的神祇以及所有死在途中的英雄们。他请求所有的神祇们给他慈爱的援助，并为他们看顾系船的船缆，他们就要停泊了。

"现在我们平安地来到了科尔喀斯，"掌舵者说，"我们不能不先决定究竟是有礼貌地去见埃厄忒斯，还是用别的办法来达到我们的目的。"

"明天再说吧！"疲劳的英雄们都叫起来。伊阿宋吩咐在阴凉的港湾里下了锚。于是他们都躺下来熟睡。但睡的时间并不长久，因为不一会黎明的阳光就把他们照醒了。

伊阿宋在埃厄忒斯的宫殿里

第二天早晨，英雄们互相讨论，伊阿宋站起来说："我的尊贵的同伴们，假使你们听我的劝告，最好你们都持着武器留在船上，同时我，佛里克索斯的四个儿子，还有你们中的两人，则一直去到埃厄忒斯王的宫殿。首先，我要很有礼貌地谒见他，婉言劝他给我们金羊毛。我相信他依仗着他的强力，将会拒绝我的要求。但这样，我们可以从他那里知道我们必须怎样做。谁能保得定我们的说辞不会使他高兴呢？上一次他接待并保护从后母那里逃出的无辜的佛里克索斯，不也是说辞的力量吗？"

年轻的英雄们都赞成伊阿宋的计划。于是他手中持着杖，和佛里克索斯的儿子们和他的同伴忒拉蒙和奥革阿斯离开船舶。他们进入满栽着柳树的田野，这是有名的喀耳刻田野。这里，他们看到许多用链子吊着的尸体,很感恐怖。但这不是罪犯也不是被谋杀的外乡人。科尔喀斯的风俗乃是将死去的男人用生牛皮包裹着,吊在离城很远的树上;让肉体被风吹干。埋葬或火葬是被认为亵渎的,但为了让泥土也不无所得,他们就将妇女埋葬。

科尔喀斯有很多居民。为了要保护伊阿宋和他的同伴们不被居民和埃厄忒斯王怀疑,阿耳戈英雄们的保护神赫拉降下一层云雾遮蒙着城市,直到他们到达宫殿,这云雾才消失。他们在宫殿外面停下来,看着宫殿的厚墙,高大的宫门和巨大的柱子,都十分惊愕。整个建筑用凸出的石头墙围着,墙上有一排三角形的缺口。他们沉默地走过前院的门口,看到上面长满了葡萄藤的广阔的亭子和四股长流的喷泉:一股涌出牛奶,一股涌出葡萄酒,一股是芳香的清油,一股则是冬温夏寒的泉水。这是火神赫淮斯托斯为国王精工设计的,他还为他制造口中喷火的青铜神牛和坚固的铁犁。过去,埃厄忒斯的父亲太阳神,曾从一次与巨人的战争中救出了赫淮斯托斯,将他载在太阳车里逃跑,所以赫淮斯托斯以这些神奇的制作,来感谢他的先人的恩德。

他们由前院走到中院的柱廊,这柱廊从左右分开来,通到许多宫室和林阴通道。相对着,便是宫殿的两翼,一边住着埃厄忒斯自己,一边住着他的儿子阿布绪耳托斯。其余的房子则住着仆人们和国王的两个女儿卡尔喀俄珀和美狄亚。美狄亚是幼女,不常见面,因为她是地狱女神赫卡忒神庙的女祭司,差不多所有的时光都在庙里度过。但这早晨,希腊人的保护神赫拉却使她有一种愿望,留在宫殿里。当她正要到她的姊姊的宫室里去,突然,她看见希腊的英雄们。她一见他们就高声叫喊,因此卡尔喀俄珀和所有侍女们都忙着出来。她也快乐地失声呼叫,并举手感谢上天,因她看出四个青年英雄是她自己的儿子。他们紧紧地拥抱着他们的母亲,好一会儿,五个人又哭又笑,因为他们又重新团聚了。

美狄亚和埃厄忒斯

最后埃厄忒斯和他的妻子厄伊底伊亚听到欢喜和悲泣的声音,引起好奇心,也走出来。立刻整个前院都充满欢腾。这边,奴隶们正在为新来的宾客宰杀牡牛,那边,别的奴隶在劈柴生火,还有一些人在用大鼎烧水,没有一个人不是在为国王服役。但所有的人都没有看见爱神厄洛斯飞翔在空中。他从他的箭袋抽出一支苦痛的箭,降落地上,蹲在伊阿宋后面,张弓射中美狄亚。没有人看见箭在空中飞过,甚至她自己也没有,但它却在她的心中如火焰一样地燃烧起来。她不时深深地抽着气,就好像心痛的人一样,然后又偷看少年英俊,神采焕发的伊阿宋一眼。她不能再想别的事,心中充满了甜蜜的苦痛。她的脸上白一阵又红一阵。

在所有这样快乐的迷惘中,没有人观察到她的心事。仆人们捧来了食物。阿耳戈英雄们在劳累的摇桨之后,已沐浴更衣,坐下来享受丰盛而精美的饮食。在饮宴中埃厄忒斯国王的外孙告诉他以他们所遭到的不幸,然后国王低声询问这些外乡人的情况。

"我并不隐瞒你,外祖父哟,"阿耳戈斯低声说,"这些人到这里来是向你要求我的父亲佛里克索斯的金羊毛。有一个国王蓄意骗取他们的财产,并将他们逐出他们的国土,派遣他们作这种冒险的探求,希望他们逃不脱宙斯的愤怒和佛里克索斯的报复。帕拉斯·雅典娜帮助他们建造他们的船,那不同于科尔喀斯人所用的船。让我告诉你,我们——你的外孙的船是最可怜的,所以一阵风来,就碎成破片。但这些外乡人的船这么坚固结实,所以能抵抗暴风雨,同时他们自己也不断地摇着桨。全希腊的英雄们都集合在这船上。"最后他告诉埃厄忒斯他们中最高贵者的名字和伊阿宋的家世。

国王听到这,心中恐惧,但也十分恨他的外孙们。他以为这些外乡人是他们引到他的宫廷里来的。他的两眼在浓眉下面怒视着。他大声说:"滚开!你们渎神者和骗子哟!你们不是来取金羊毛,乃是来夺取我的王杖和王位!假使你们不是我席上的宾客,我真的要割掉你们的舌头,剁掉你们的双手,只留着你们的两只狗腿跑回去。"

与国王坐得最近的埃阿科斯的儿子忒拉蒙,听了这,心中沸腾着愤怒,忍不住要从坐位上站起来,回骂比埃厄忒斯还激烈的话。但伊阿宋却推开他,并温和地回答:"请息怒罢,埃厄忒斯王。我们来到你的城里,进入你的王宫,并不是要抢劫你。谁愿意在危险的海上经过这么远的航程来夺取别人的财产呢?是命运和一个暴君的命令迫使我下这个决心的。给与我们所要求的吧!给我们金羊毛,所有的希腊人都会称赞你!并且,我们将立即报答你的好意。假使什么地方发生战争,或者你想征服邻国的人民,那么以我们为你的盟友,我们将为你而战斗!"

当伊阿宋说着这些话和埃厄忒斯和解,埃厄忒斯却在盘算究竟即刻杀死他们,还是先试一试他们的力量。细想一会,好像第二个办法比较合适,所以他比较镇定地回答:"外乡人,为什么这样怯懦呀!真的,只要你们是神祇的子孙,或者出身并不比我低下,并想望着别人的财产,那么取去金羊毛罢。我对于勇敢的汉子并不吝啬。但你们必须首先作我自己经常作的一种劳作,因为那会是很危险的。我有两只神牛在阿瑞斯草地上啮草。它们有着铜蹄,鼻孔喷出火焰。我用它们来耕种荒瘠的田地。当土块掀起以后,我在垄沟里种下的并不是农业女神得墨忒耳的黄金的谷粒,而是一种可怕的毒龙的牙齿。收获的是人,他们从四面八方向我拥来,但我却以枪矛刺杀他们。我天明驾驶神牛耕种,晚间收获后躺下休息。如果你能在当天完成这样的工作,啊,领袖哟,你便可以带着金羊毛回去见你们的国王。否则是不行的,因为无能的人应该对能干的人让步,这才是公正的。"

伊阿宋坐在位子上,沉默而犹豫,因他还不敢冒昧答应来做这种恐怖的劳作。但他振作起精神回答:"这工作是沉重的,国王哟,但我愿意做,即使我因而死亡。总之一个人的遭遇不会比死更坏。我将服从送我到这里来的命运。"

"好吧,"国王说,"现在去告诉你的同伴们。但要注意!除非你们预备完成我所说的这种功业,否则就让我来做,并离开我的国土!"

阿耳戈斯的劝告

伊阿宋和他所带来的两个英雄从坐位上站起来。佛里克索斯的儿子中只是阿耳戈斯跟在他的后面,阿耳戈斯并示意他的弟兄们仍然留在那里,其余的人都离开宫殿。伊阿宋显得庄严而美丽。美狄亚的目光从面网中注视他,迷惘地注意着他的每一个动作。

当她一个人独处内室,她总是颦蹙流泪。"为什么我会让忧愁攻心呢?"她问着自己。"这个英雄和我有什么相干呢?无论他是所有半神半人的英雄中之最伟大者或最藐小者——让他死去,假使他是命该如此。但是,唉,但愿他能逃脱毁灭!啊!赫卡忒,可尊敬的女神哟,让他回家去吧!如果他注定要被神牛战败的话,也让他在没有遇见它们以前,知道至少我对于他的可怕的命运是很担心的。"

美狄亚正在这样自寻苦恼,英雄们却走在回到船中的路上。阿耳戈斯对伊阿宋说:"也许你会拒绝我的劝告,但我仍然要对你说。我知道一个女子会调制一种神异的药剂,那是地狱女神赫卡忒教给她的。假使我们能争取到她的援助,我敢断定你这件工作必可胜利。假使你同意,我将去试探她,获得她的好感。"

"去吧,"伊阿宋说,"我不阻止你。但是如果我们得依靠女人才能回家,那是很可悲的!"

谈着话,他们已经来到阿耳戈船上。伊阿宋告诉同伴们他所遇到的难题,和他所作的诺言。好一会他的朋友们坐在那里默默无言地互相望着。最后珀琉斯站起来说:"假使你相信你能做你所允诺的事,那你自己准备好。假使你不能完全确信可以得胜,那么,离开吧,也不要寻求别人的帮助,因为除了死,他们还会有什么别的结局呢?"

听到这话,忒拉蒙和别的四个青年人都跳了起来,他们一想到这是一种艰难的冒险,就充满了兴奋和快乐。但阿耳戈斯使他们安静下来,他说:"我知道一个擅长魔法的人。她是我母亲的妹妹。让我去找我的母亲,劝她争取这个女子来参加我们的计划。只有到了那个时候,讨论伊阿宋所答应执行的工作才会是有用的。"

他刚刚说完这话,天上就显现出一种预兆。一只被鸷鹰追逐的鸽子,逃来躲在伊阿宋的衣襟里,紧追在后面的鸷鹰则落在船尾的甲板上。这时英雄们中的一人想起菲纽斯曾经一起预言过,在他们回去时阿佛洛狄忒会帮助他们。因此所有的人,除了阿法柔斯的儿子伊达斯,没有不赞成阿耳戈斯的意见的,他暴躁地站起来说:"天哪,我们来到这里是为了当妇人的宠儿的吗?我们依靠阿佛洛狄忒而不依靠阿瑞斯吗？是不是看到鸷鹰和鸽子就可以使我们免于战争？好的,那么忘却战争,依仗欺骗柔弱的女人来获得光荣吧!"他愤怒地说着,许多英雄都赞成他,并嘟哝着不同意伊阿宋的计划。但他仍然决定接受阿耳戈斯的意见。船靠岸停泊,英雄们等待着他们派出去的使者的归来。

同时埃厄忒斯王也在宫殿外面把科尔喀斯人召集起来。他告诉他的人民外乡人的来到,他们的要求和他在心里为他们安排好的结局。当领袖一被神牛杀死,他将砍伐一整个树林的树木来焚烧船舶和所有的水手。他还要为他的外孙们设计一种可怕的处罚,因为他们引导这些冒险者来到他的国土。当这边正在安排时,阿耳戈斯已找到他的母亲,并请她征求她妹妹的援助。卡尔喀俄珀十分怜悯这些外乡人,但不敢触怒父亲。现在她的儿子的请求正合她的意思,所以她答应援助他们。

美狄亚躺在床上不能安睡,为焦虑的梦境纷扰着。她好像看见伊阿宋预备和神牛决斗,只是那不是为着金羊毛的原故,而是要将她作为妻子带回到故乡。在她的梦中,制服神牛的是她自己,但她的父母失约,不给伊阿宋锦标。因为应当由他而不是她来驾驭神牛。在这一点上,他的父亲与外乡人发生了激烈的争论,双方都推举她作公断人。但在梦中,她的公断却偏袒着外乡人!他的父母在暴怒和悲愤中大叫,——而美狄亚也就醒了。

梦后产生的那种心情,使她不能不去找她的姊姊。只是由于羞愧和犹豫,她在前庭徘徊了很久。有三次她走上前去,但三次都退回来,结果还是伏在自己的床榻上啜泣起来。她的一个可靠的年轻的侍女,看到她在那里悲伤流泪,很同情她,将这事报告卡尔喀俄珀。侍女走到她那里,她正坐在她的几个儿子中间,讨论着如何可以说服美狄亚。她听到报告就连忙到她妹妹这里,看见她双手蒙着脸,哽咽着。"亲爱的妹妹,你是怎么的?"她极关切地询问。"你心里悲愁些什么?是不是神祇使你患病?是不是父亲对你辱骂我和我的孩子们?啊,但愿我远离我的父母的住所,另到一个地方,在那里科尔喀斯的名字,永远也不再提起!"

美狄亚答应援助阿耳戈英雄们

美狄亚因她姊姊的询问而赤红着脸,羞愧使她沉默。有时话已来到唇边,但又吞咽到肚里去。最后,爱情终于使她鼓起勇气,她巧妙地说道:"卡尔喀俄珀,我心里痛楚,是为着你的孩子们。我恐怕我的父亲将他们和外乡人一道杀害。一个焦虑的梦给了我这些预感,但我祈祷着神祇阻止它们实现。"

这话使卡尔喀俄珀很吃惊。"我到你这里来也正是为这件事,"她说。"我请求你援助我们反抗我们的父亲。假使你拒绝,那么被杀害的儿子们和我,即使到地狱里也会如同复仇的女神一样出来作祟,使你不安。"她抱着美狄亚的双膝,将头伏在她的衣裾上,两姊妹都哭泣起来。

最后美狄亚说:"姊姊,为什么要提到复仇女神呢? 我敢指着天地发誓,任何能够救你孩子的事,只要我能做,我都乐意去做。"

"那么,好的,"卡尔喀俄珀进一步说,"为了我的孩子们的缘故,请给这外乡人一些魔药,使他能从和神牛的可怕的战斗中保全生命。因为他派遣我的孩子阿耳戈斯来请求你的援助。"

美狄亚快乐得心跳起来,可爱的脸上泛着红晕,发光的眼睛也因晕眩而突然黯淡。她急切地说:"卡尔喀俄珀,假使我不将你和你的孩子们的生命看得比我自己的还重要,我明天便看不见太阳! 因为,正如母亲常和我说的,当我还是婴儿的时候,你不是把我和他们一起哺育的么? 因此我不仅以一种姊妹之情爱你,而且以一种女儿之情爱你。明天清早我就到赫卡忒的神庙去,为外乡人取来可以驯服神牛的魔药。"卡尔喀俄珀离开妹妹的寝室,并告诉儿子们这个可庆幸的消息。

一整夜美狄亚同自己斗争着。"我许诺得太过分吧?"她说,"我应当为一个外乡人做这些事么? 为了使这个计策成功,我就同他单独见面并接触么? 是呀! 我将援救他的生命! 让他去他所想去的地方。但他胜利之日就是我的死期。一根绳或一杯毒药将解脱我所厌恨的生命。但是恶毒的流言不是要在科尔喀斯全境攻击我么? 他们不会低声谤毁我有辱门庭以一死殉外乡人的爱情么?"她一面在心里纠缠着这些问题,一面取来盛着致死的和还魂的药物的小匣。她将它放在膝上,已经揭开盖子正要服毒,突然想到所有的生命的甜美,所有的快乐和所有的伴侣们。太阳也好像比以前更美丽。于是她因死之恐惧而颤抖,将匣子放在地上。这时,伊阿宋的保护神赫拉已经改变了她的心情。她等不到天明就配制好所许诺的魔药,并带着它到她正在热爱着的英雄那里去。

伊阿宋和美狄亚

阿耳戈斯忙着将可喜的信息带到船上。天刚破晓,美狄亚就从床榻上起来,梳扎好由于悲愁而披散到面颊上的她的金黄的美发,并洗去泪痕,涂上名贵的香膏。她穿上用弯曲的金钩扣紧的美丽的长袍,罩着雪白的面纱。一切的悲哀都已消失。她蹑着脚走出大厅,并吩咐她的十二个侍女为她套上经常载着她到赫卡忒神庙去的骡车。当一切都准备停当,美狄亚从匣子里取出一种叫做普罗米修斯之油的膏油。无论谁只须在祈祷地狱女神之后,身上涂抹这种膏油,在当天就不会受到刀伤或火伤,但却能击败任何敌人。这种膏油是用一种树根的黑汁做成的,树根在高加索山坡的草地上,吸着从普罗米修斯的肝脏渗滴出来的血液。美狄亚自己取了这种植物的黑汁,盛在介壳里,将它作为稀有的万应的魔药收藏起来。

套好骡车,两个侍女和她们的女主人坐了上去。女主人自己执持缰绳和鞭子,驱车出城。其余的侍女们则步行跟随在后面。一路上,人民都恭敬地站在一旁,让国王的公主通过。当她横过广阔的田野,到达神庙时,她轻捷地跳下车来,巧妙地哄骗侍女们说:

"我想我犯下了大错,没有远远避开来到我们国内的这些外乡人。现在,我的姊姊和她的儿子阿耳戈斯要求我接受他们的领袖的礼物,并用魔术使他不会受到伤害。我假装允诺,并约他到这神庙里来让我独自一人和他见面。他来到时,我将接受他的礼物,留到后来我们大家平分,但却给他一种致死的药。现在你们都散去,以免引起他的怀疑,因为我曾经告诉他我是独自一人接见他的。"

侍女们听到她的计策都很欢喜。她们都退到神庙里去的时候,阿耳戈斯和他的朋友伊阿宋带着预言家摩普索斯出发上路。今天赫拉使伊阿宋变得这样美丽,以致从来没有一个人甚至神之子孙会比得上他。她赋予他一切美好的特点。无论何时,他的两个同伴从旁边看他,也惊奇于他的神采——就好像那是一颗化为人形的星星一样。同时美狄亚和侍女们在神庙里等待他,尽管她们用唱歌来缩短时间,但因她们的女主人心里想着如此不同的事,没有一支歌能引起她长久的兴趣。她并不看着侍女们,只是渴望地注视着庙门外大道的那边。每一步履声,每一阵微风的响动,都使她焦急地抬起头来。

不久,伊阿宋进到神庙,高大美丽,就如同海上升起的天狼星一样。美狄亚觉到心房突突地跳动。眼前的世界变黑了,热血涌到她的面颊上。她的侍女们都离开了她。好一会,这个英雄和国王的女儿面对面地无言地望着。他们好像在山头上深深扎下了根的两棵互相挨近的笔直的橡树,周围宁静得没有一丝儿风声。但忽然一阵暴风雨来到,所有枝干上的叶子都在颤抖,震动,摇摆。他们两人也正是这样,由于爱的感触,突然热情活泼地交谈起来。

伊阿宋最先突破沉默。"为什么你要怕我呢?现在只有我独自一人和你在一起。"他问她,"我并不像别的男子一样自负,从来不,甚至在我自己的家里。别踌躇,问你心中所要问,说你心中所要说的话吧。只是要记住我们是在一个神圣的地方,在这里说谎便是渎神。因此,不要以空言欺骗我。我来请求你给我你答应你姊姊给我的那种神药。迫切的需要使我不能不请求你的援助。随你要求你所喜欢的报酬吧。要知道你的援助将免除我的同伴们的母亲与妻子的焦灼的忧虑,她们也许已经在我们故乡的海岸上悲悼我们了;而你的不朽的荣名也将传遍希腊全境。"

这女郎让他说完。她低沉着眼皮,嘴角泛着隐约的微笑。她的心沉醉于他的赞美之中。她抬头看着他,言语涌到唇边。她恨不得立刻说出一切心事,但爱情使她的舌头变得迟滞。所以她只是从芬芳的包巾里取出小匣子。他很欢喜地即刻从她的手上接过,假使她向她要求灵魂,她也是愿意给与的,因为厄洛斯已经在伊阿宋的金色头发上燃烧起热爱的火焰,她已经沉迷于它们的光辉和气息。她的心灵就好像玫瑰花上的露珠在朝阳照耀下开始发热一样。两人都垂下眼睛,然后又相向而视,睫毛下闪着爱慕的眼光。过了很长时间,用了最大的努力,她才开始回答。

"听着,我将告诉你必须怎么做。在我的父亲给你可怕的毒龙的牙齿要你播种之后,你便独自一人在河水里沐浴,穿上黑袍,并挖掘一个圆形土坑。在坑里堆上柴草,杀一只小羊羔,将它烧成灰烬。于是向赫卡忒献祭蜜的奠礼,从你的杯里倾洒蜜汁,并离开火葬场。听见步履声,听见犬吠声都不要回头,否则献祭不会生效。第二天的清晨,用这神异的膏油涂抹你自己。它会给你以巨大的威力和不可思议的膂力。你将感觉到你不仅能与人类甚至也能与神祇匹敌。你也必须涂油于你的矛,你的剑和你的盾,那便不会有任何人类的金属武器或神牛喷出的火焰可以伤害你或抗拒你了。这些只能在当天有效,但我还给你别的援助。当你已驾驭那些硕大的神牛,耕犁了土地,而种下去的毒龙的种子也已得到收成的时候,你就投掷一巨石于这些泥土所生的人当中。他们便会如狗之争食面包皮那样为争这石头而战,当他们正在自相残杀,你便可冲进去杀死他们。然后你就可以从科尔喀斯毫无阻拦地取去金羊毛,并到,是的,到你所喜欢的任何地方去。"

她一面说,一面想到这高贵的英雄就要航海远去,她的眼泪忍不住簌簌地流到面颊上。她悲伤地说下去,并用手拉着他,因为她的悲痛已使她忘形了。"当你到家,请不要忘记美狄亚的名字。你远去之后,我也将想念着你。现在告诉我你要乘着美丽的船回去的那地方的名称吧。"

女郎说着话,伊阿宋已被不可控制的爱所征服。他急切地说:"尊贵的公主哟!假使我得到活命,每时每刻我都不会忘记你。我的家是海摩尼亚地方的伊俄尔科斯,在那里,普罗米修斯的儿子丢卡利翁建筑了许多城市和庙宇。在那个地方,甚至于你们的国家都不大知名。"

"那么你是生长在希腊了,"女郎说,"或者那里的人比这里的可亲近些。别告诉他们你在科尔喀斯的遭遇,并请在你孤独的时候想念我吧。至于我,当此间任何人都忘记了你,我还是会想念你的。但是假使你忘记我,——啊,但愿那时有一阵风会带着一只鸟从伊俄尔科斯飞到我这里来,通过它,我可以使你想起你曾由于我的援助而逃脱。啊,但愿那时我自己会在你的屋子里,亲身使你想念起我来。"她忍不住啜泣起来。

"让风去吹,让鸟去飞吧,"伊阿宋回答,"这都是闲谈。但假使你自己去到希腊并到我的家里去,所有的男人和女人将如何地尊敬你,甚至崇拜你如同女神一样啊,因为由于你,他们的儿子,兄弟和丈夫们才逃脱了死亡,并平安而健全地回到故乡。而你,你将是我的,我一个人的,我们相爱一直到死。"

听到这话,她已感到销魂,但同时也隐约地感觉到离开自己的故国的可怕。不过一种强力已驱使她渴望着希腊,因为赫拉已将这种渴望安置在她的心里。这女神希望美狄亚离开科尔喀斯到伊俄尔科斯去,带给珀利阿斯以毁灭。

同时,侍女们等待着女主人,沉默而且焦灼,因为回家的时间早已过了。假使不是比较精细的伊阿宋提醒她,因为快乐地谈心,她自己真的要忘记回了。当然,即使是伊阿宋,也还是很晚才想起来。"该是分别的时候了,"他终于说,"恐怕日落黄昏我们仍在这里,别人会疑心我们。让我们在这里再会面罢。"

伊阿宋如命驾驭神牛

他们在这种情形中分别。伊阿宋回到船里,看见同伴们,心中充满快乐。美狄亚去看她的侍女们,她们连忙向她走来。但她没有留意到她们的焦灼,因为她的灵魂好像在云雾里一样。她轻快地坐上了车,赶着骡子回了宫殿。卡尔喀俄珀充满对于儿子们的焦虑,已经期待她很久。她低垂着头坐在一条凳子上,眼里含着泪。她正在想着她是陷落在恶魔的网罗里。

同时伊阿宋也告诉他的朋友们,这女郎如何地给他一种神异的油膏,并拿出来给他们看,大家都欢喜。只有伊达斯咬牙切齿地坐在一旁。第二天早晨,他们派两个人到埃厄忒斯国王那里去取龙齿。那正是卡德摩斯在忒拜所杀死的毒龙的牙齿。埃厄忒斯很放心地交给他们,因为他相信伊阿宋即使能驾御神牛,也将不能在战斗中逃出活命。在这天的夜间,伊阿宋沐浴,并祭献赫卡忒神,一切如美狄亚所吩咐。女神听到她的祈祷,从地下的洞府中走出,她的可怕的头上缠绕着扭结的毒蛇和燃烧的树枝。脚边奔跑着地府的恶狗,并在她的周围狂吠。她的步履使田野颤抖,法细斯河的女神们也在恐怖中悲号。甚至于当伊阿宋预备回船的时候,心里也很恐惧。但他听从他情人的话,并不回顾。这时光辉的黎明女神用紫色曙光染红了高加索山的雪峰。

于是埃厄忒斯穿上他的铁甲,那是阿瑞斯在佛勒格剌战地上从巨人弥玛斯那里夺来的。他头上戴着四羽的金盔,手中执持着四层牛皮的大盾。那盾除他自己及赫剌克勒斯以外,无人可以举起。他的儿子也牵来快马,套上战车。他乘在车上,执着缰绳,在城中如飞一样地驰过,人民们都拥挤着跟随在后面。即使他只是去作一个旁观者,他也愿意全副武装,就好像他自己临阵一样。

伊阿宋照着美狄亚的指示,用神异的油膏涂抹他的枪,他的盾和他的剑。他的伴侣们围成一个圈,每人都和他较量着他的枪,但都不能损伤它,甚至不能使它弯曲,它在他的坚牢的手里如同石头一样。这使阿法柔斯的儿子伊达斯很恼怒,他瞄准枪头底下的柄狠狠一击。但他的剑被挡回来如同铁锤打在铁砧上一样。这使得青年们欢呼雀跃,认为胜利是可以预期的。现在伊阿宋在身上涂抹油膏了。神异的力贯彻到四肢,双手筋脉奋张,他渴望着战斗。如同临阵以前的战马一样,昂头竖耳,嘶叫着,马蹄踢踏着尘土,这埃宋的儿子已经准备出战,不安地顿着两脚,并挥舞着手中的盾和枪。

英雄们摇桨送他们的领袖到阿瑞斯田野,在那里,埃厄忒斯王和科尔喀斯人正期待着他们。国王坐在河岸上,他的人民则散布在高加索山的突出的山麓。船停好了,伊阿宋持着盾和枪跳到岸上,随即接受一顶金光闪闪的满是锐齿的战盔。他佩着剑前进,如同阿瑞斯或阿波罗一样的威严。他向田地四周环视,很快就发现放在地上的轭、犁和犁头,一切都是铁铸的。他仔细地观察了这些工具,就将枪头扎在结实的枪柄上，并放下战盔。然后他执盾前进，寻求神牛的足迹。但这些被关闭在地洞里的神牛，走了出来，突然从另一方面向他冲来。它们口中喷着火，全身围绕着烟雾。伊阿宋的同伴们看见这些怪物都恐惧得发抖，但他自己却张开两腿站着，执盾等待着它们的突击，就如同被海浪冲击着的岩石一样。当它们向他奔来，昂着角，向他冲击，但并没有使他后退。好像在一所巨大的冶炼厂里，当风箱煽起来时，忽而火光熊熊，忽而无声无息。现在这些神牛也咆吼着，一再向他冲击，喷着火，火光阵阵地在这英雄的周围闪耀着，如同闪电一样。但神药却使他不曾受伤。最后他执着牛角，全力拖曳着它，到铁轭所在的地方，并踢着它的铜蹄，使它跪下。另一只向他冲来，他也同样地制服了它。现在，虽然火焰舐击着他，他丢开他的盾，双手紧执着跪在地下的两只神牛。即使是埃厄忒斯也不禁惊叹他的神力。最后，如他们事先商量好的，卡斯托耳和波吕丢刻斯给他铁轭，他以准确而敏捷的两手将它驾上它们的脖子。最后他将铁犁套上。现在这双生的弟兄飞快地跳开，因他们不像伊阿宋一样可以免于火焚。伊阿宋又拾起盾，将它背在背上。然后他拿起盛着龙齿的战盔，执着枪，将它当做鞭子，抽击着暴怒的神牛拽犁前进。耕者和耕牛的神力在地下犁出很深的垄沟，巨大的土块在垄沟里粉碎。伊阿宋以坚定的大踏步在翻起的泥土里种下龙齿，并小心地回头看着是否毒龙的子孙已经长出并追击着他。神牛则踏着铜蹄前进。

当一天仅仅过了三分之二，到了晴朗的午后，约有四亩大的全部田地业已耕完。现在他取下牛轭，用他的武器威胁着神牛，它们就在恐怖中逃遁回去。伊阿宋自己则回到船里，因为垄沟里还没有长出生命。

他的同伴们包围着他，大声欢呼，但他沉默着，只是用战盔饮着河水，浇熄如火一样的焦渴。他觉得心中和两腿又充满雄赳赳的战意，有如野猪磨牙期待着猎人一样。如今田里的庄稼已长成。整个的阿瑞斯田野都闪灿着盾牌，长枪和战盔，光辉夺目。伊阿宋想起美狄亚的话。他拾取一块巨大的圆石。四个有强力的人都搬不动它，但伊阿宋却不费力地拿着它，远远地向着泥土所生的战士们掷去。他胆大心细，屈膝跪在地上，用盾牌遮盖着自己。科尔喀斯人大声呼叫，声震天地，犹如冲击岩石的巨浪，埃厄忒斯王也在不可掩饰的惊惶中注意着这奇异的投掷。但那些泥土所生的人们却如猛狗一样互相撕咬，每个人怒怒着互相杀戮，各为长枪刺杀，像被旋风连根拔起的松杉或橡树一样倒在地上。当战斗达到最火热的时候，伊阿宋却如流星一样的飞突在他们中间，像是神祇显示的一种异兆。他拔出宝剑，忽左忽右地刺杀着，将已经长出的砍倒，将刚露出肩头的如同割草一样地削平，将跑来参加战争的人砍去脑袋。田垄中血流成河。死伤狼藉。有些甚至于像播种时那样深地沉没到泥土里去。

埃厄忒斯王的心中大怒。他没有说一句话，离开海岸回到城里去，只是想着如何收拾伊阿宋并给他致命的伤害。这些事发生在白天。现在已是黑夜。伊阿宋在疲劳后得到休息，朋友们都欢喜地包围着他。

美狄亚取得金羊毛

一整夜，埃厄忒斯王和人民中的长老在宫中商议，如何以智力击败阿耳戈英雄们。因为他十分知道，白天所发生的事情没有他女儿的帮助是不会成功的。神后赫拉看到威胁着伊阿宋的危险，使美狄亚心中充满疑惧，好像在森林深处听到猎犬吠声的小鹿一样地发抖。她预感到她的父亲发觉了她的秘密，并害怕她的侍女们也知道这隐情。她禁不住眼泪如雨一样地夺眶而出。耳中也轰轰作响。她披着头发，如守丧的人一样。假使不是命运女神还别有用意，这时她真的会服毒自杀。她已经举起毒杯，赫拉却鼓舞起她的勇气，并使她转念，所以她又将毒药倾注到瓶子里去。她恢复了镇定，决心逃跑。她亲吻她的床榻和门柱，最后一次抚摩她的住室的墙壁，并从头上剪下一绺头发放在床上，留给她的母亲作为纪念。

"别了，亲爱的母亲哟，"她哽咽着说，"别了，卡尔喀俄珀和宫中所有的人们！啊，外乡人哟，你与其来到科尔喀斯，不如事先在大海里溺死！"

于是她离开她所珍爱的家庭，如同俘虏之逃脱囚禁着他的阴暗的牢狱。她低声念着咒语，宫廷的大门就自动敞开。她赤脚沿着小路奔跑，左手拉着面网遮盖面颊，右手却提着拖在地上的长袍的衣裾。看守人没有认出她。不久她跑出城外,并从一条少有人知的小道到达神庙。因为在采集树根和药草调制膏油和药剂的时候,她已经知道所有田野和树林中的小道。用清光普照着大地的月亮女神塞勒涅看见她奔逃,微笑着说:"别的人也是为爱情而痛苦,如同我之对于我的美丽的恩底弥翁一样。你常常以你的魔法从天上驱逐我,现在你自己也遭受对于伊阿宋的苦恼!好的,随你去罢,但别想着你的聪明会使你逃脱这一切苦痛中最甚的苦痛。"

塞勒涅自言自语地说着,美狄亚却飞快地逃跑。现在她转向海岸走去,那里,阿耳戈英雄们整夜焚烧着大火炬来庆祝伊阿宋,现在大火炬的火光引导着她前进。当她达到船对岸,她喊着她姊姊的最小的儿子佛戎提斯,而他与伊阿宋听得出她的声音,所以她三次呼唤,他们也三次回答她。英雄听到而且见到了她,起初很惊异,但后来就摇船来迎接她。船还没有泊定,伊阿宋就一跃上岸,佛戎提斯和阿耳戈斯也跟随着。

"救救我,"这女郎呼叫着,抱着他们的双膝,"从我的父亲手里救出我和你们吧。一切已被发觉,现在无法可想。在他骑上快马以前,让我们乘船逃跑吧。我决定使毒龙睡着给你们取来金羊毛,但你,啊,外乡人哪,对神祇和当着你的朋友们的面前发誓,你永不羞辱我,当我孤单一人去到你们国土的时候。"

她悲哀地这么说,伊阿宋的心情却十分快乐。他从他的膝下扶起她来,拥抱着她,并且说:"亲爱的,让宙斯和赫拉,这婚姻的保护神,作我的见证。我们一回到希腊,我就将你作为合法的妻子迎到我的屋子里。"他发着誓,并握住她的手。于是美狄亚吩咐英雄们当夜摇船到圣林去取金羊毛。船如飞矢一样地驶去。伊阿宋和女郎在黎明前离开船舶,走那条横过草原的小道。在树林中他们看见最高的橡树上悬挂着的金羊毛,它在黑夜中放光,如同朝阳映照着的朝霞一样。不眠的毒龙在对面看守着,它的锐眼盯视着远方。它向来人伸长颈子并如此凶猛地嘘气,以致河边和整个森林都响着它的回声。如同火焰从燃烧着的树林钻出来一样,它以闪灼发光的鳞甲在路上蜿蜒爬行。但女郎却勇敢地走上前去,以一种甜美的祈祷请求神祇中最有威力的睡眠神,诱致毒龙安息。她也请求伟大的地狱神后为她降福。伊阿宋恐惧地跟随在后面，但毒龙已在这女郎的神异歌唱中渐渐地睡眼朦胧。它的弓形的龙背渐渐落下，并伸展开盘曲的庞大的身躯。只是可怕的头还直立着，并张着巨口好像要吞食他们两人。美狄亚用杜松的小枝把神异的露水洒进龙眼，同时又向它念着神咒。露水的芬香使它昏迷：它闭着嘴，伸着腰，即刻在树林里熟睡。

听从她的吩咐，伊阿宋从橡树上拖下金羊毛，同时她继续用露水洒在毒龙的头上。然后他们从密林中逃出。伊阿宋远远地举起金羊毛，它的光辉照在他的前额和头发上，也照明了黑夜中的路途。他左肩上扛着这发光的宝物，这宝物从他的颈子上一直下垂到他的脚踝。随后他又将它卷起来，恐怕遇到恶人或神祇将它劫去。在天晓时，他们上船，阿耳戈英雄们，包围着他们的领袖，并叹赏这如同宙斯的闪电一样灿烂发光的金羊毛。每个人都想用手去摩它，但伊阿宋不允许他们摩它，他将它藏在一件斗篷下面。他让这女郎坐在船尾，并对朋友们说："现在让我们飞快地回到故乡去。这女郎的建议和援助使我们的事业成功。回家以后，我将娶她为我的合法的妻子。你们也必须帮助我保护她，因为她是全希腊的恩人。此外，我相信埃厄忒斯必会率领他的武士追来，并阻止我们离河入海。所以让我们一半人摇桨，一半人持着大牛皮盾面对着敌人，掩护我们退却。因为我们能否回到我们的故乡，以及全希腊的荣辱，都掌握在我们自己手中。"

说着，他割断船缆，手持武器，在舵手安开俄斯的旁边，紧靠这女郎站着。快桨击打着流水，船舶飞速地航行到河口。

阿耳戈英雄们和美狄亚的逃跑

同时埃厄忒斯和所有科尔喀斯人知道了美狄亚的恋情，她的行动和她的逃跑。他们全副武装，在市场上集合，即刻出发到河边去，武器响动的声音如同雷霆一样。埃厄忒斯乘着太阳神给与他的四马拖曳的精美的战车。左手执着圆盾，右手执着大火把。在他的旁边插着他的高大的长枪。他的儿子阿布绪耳托斯执着缰绳。但当他到达河口时，不屈不挠的桨手已经划着阿耳戈船驶出大海。盾和火把从国王的手中掉下来。他向天举起双手，请求宙斯和阿波罗证明敌人对他所作的这些罪行，并凶暴地向他的臣民们宣布，他们如不能在陆上或海上捉到他的女儿并带来给他，使他能够随心所欲地报复，那么他们全要杀头。这些吓慌了的科尔喀斯人就在当天扬帆出海，飞快地追赶美狄亚。他们的舰队由埃厄忒斯的儿子阿布绪耳托斯指挥，航行在海上，正如遮天蔽日的无数鸟群一样。

但顺风吹满阿耳戈船的船帆，在第三天的清早，他们到达哈吕斯河，并在帕佛拉戈尼亚的海岸下锚。在这里，应美狄亚的要求，他们献祭曾经救出他们的赫卡忒女神。这时他们的领袖和别的英雄们回忆到年老的预言家菲纽斯曾经吩咐他们回来时须另走别的路途。没有人熟悉这一带地方，但佛里克索斯的儿子阿耳戈斯却有了办法，因为他从祭司们的记载中知道他们正向着依斯忒耳河进发，这河发源于里派安山，分为许多支流，流入伊俄尼亚海和西西里海。阿耳戈斯正向他们说明，突然在他们应当前进的远方，高空中出现虹彩。海上一再吹着顺风，天空中一再显示着征兆。直到他们安全地到达依斯忒耳河注入伊俄尼亚海的河口。

但科尔喀斯人并没有停止他们的追击。因为他们的船比较轻，行驶得快，他们比阿耳戈英雄们先到达依斯忒耳河口，并分散在不同的港湾和岛屿上。他们在这里等待着英雄们，当他们在河口的三角洲停泊之后，封锁了入海的道路。阿耳戈英雄们震惊于敌人数量之多，上岸占据了一个岛屿。科尔喀斯人紧紧跟随他们，战机一触即发。然后，被劫持的希腊人开始和他们协商，最后双方同意阿耳戈英雄们可以带走国王为伊阿宋的工作而许诺过的金羊毛。但国王的女儿美狄亚必须放在另一岛上，在狩猎女神阿耳忒弥斯的神庙中，等候一个以公正著名的国王来判定她应该送归她的父亲，还是随同英雄们到希腊去。当女郎听到这，她心怀恐惧，将她的情人拖在一边，哭泣着向他请求："伊阿宋，你怎么处置我呢？你的幸福使你忘记你在可怕的困难中对我所说的庄严的誓言么？我如何的愚蠢，将我的希望寄托于你，看轻我的光荣，离开我的故乡，我的家，我的双亲，和我所最爱的一切！那正是由于我为你所作的一切，我才来到这遥远的海上。我的痴心为你取得了金羊毛。为了你，我付出了我的处女的贞洁，并作为你的人，作为你的妻子，跟随你到希腊去。因为这些，你必须保护我。不要使我单独一个人留在这里！也不要让别的国王来裁判我！假使我被迫判归我的父亲，我的生命就会完结。这样，你回去还有什么快乐呢？宙斯的妻，你夸说是你的保护女神的赫拉，又怎能赞成这样的行径？假使你遗弃了我，有一天你会在深的灾难中想念到美狄亚，金羊毛也会如同梦幻一样失去。那时复仇的鬼魂将驱使你离开故乡，如同我之被你拐骗离开我的故乡一样。"

她说着，兴奋得发狂，好像要烧毁船，烧毁一切，而自己投身于火焰之中似的。伊阿宋望着她，心情迟疑不决。他的良心责备他，他解释道："请你放心吧！我并不是认真地订立这个条约的。只是为了你，我们才设法延缓这场战争，因为我们的敌人像夏天的蝗虫一样众多。所有住在这里的人都是科尔喀斯人的朋友，都愿意帮助你的弟弟抢劫你送回去给你的父亲。此外，假使我们此时开战，我们会悲惨地毁灭，你的命运也会更加不幸，因为我们死了，你必然成为敌人的俘虏。这个条约，我明告你，只是一种策略，希望由此击败阿布绪耳托斯。只要他们失去领袖，科尔喀斯人的邻居们便不会再援助他们。"

他这样劝慰她，现在美狄亚向他提出了一个残酷的计划。"我曾经一度放弃我的责任，"她说，"由于感情的蒙蔽，我铸下大错。我不能回头，所以我只有继续向罪恶走去。我将引诱我的弟弟直到他自己落在你们的手里。准备丰盛的酒席接待他。我将劝使者们都离开他，让他单独和我在一起。——这时你可以杀死他，并消灭没有领袖的科尔喀斯的队伍。"

他们两人计划着怎样杀害阿布绪耳托斯。他们送给他许多礼物，包括楞诺斯的女王所赠给伊阿宋的一件华丽的长袍。那是美惠三女神亲手为狄俄倪索斯纺织的，在紫色衣料的精美的纤维中有着天国的芬香，因为酒神在沉醉的时候曾披着这件衣服熟睡。美狄亚很机敏地鼓动使者们在深夜中带阿布绪耳托斯到另一岛上，到阿耳忒弥斯的神庙中，假装说她正为他设法取得金羊毛带回去献给他的父亲。至于她，——她撒谎说，——已经被佛里克索斯的儿子们强迫着给与外乡人。她这样欺骗了和平使者之后就把大量的魔药洒在空中，使它的芬香甚至可以诱致高山上的最凶猛的野兽。她所希望的事发生了。在半夜里，阿布绪耳托斯为庄严的诺言所欺骗，摇着船来到这神圣的岛上。他单独的和他的姊姊在一起，他探察他姊姊的多诈的心思，想看出她究竟是否真的为外乡人设下圈套。但这正如一个儿童想涉渡即使是成人也不能安然渡过的幽深的山溪一样，当他们密谈到深处，他的姊姊好像已经预备做他所要求的一切，这时伊阿宋突然从埋伏中冲出，挥着雪亮的宝剑。这女郎退去并以面网遮盖着眼睛，好不看见她弟弟的死。如同祭坛上的羔羊一样，这国王的儿子被伊阿宋一剑杀死，美狄亚的衣裾也溅上她弟弟的血。但无所不察的复仇女神却从她的秘密的住所以愤怒的目光向外观望，看到了在这里发生的恐怖的事件。

伊阿宋洗去手上的血并埋葬尸体，美狄亚举起火把对阿耳戈英雄们发出信号。这是预先商量好的，所以他们就摇船靠近阿布绪耳托斯乘着来到阿耳忒弥斯岛的渡船，涌上船去，杀戮没有领袖的科尔喀斯人，就如同鹰扑一群鸽子或狮子进入羊群一般。科尔喀斯人没有一人生还。这时伊阿宋跑来援助他的朋友已属多余。胜负之局已经决定。

阿耳戈英雄们在归途中

由于珀琉斯的劝告，英雄们离开河口，并在残留的科尔喀斯人还没有知道发生事变以前，飞快地远去。后来科尔喀斯人知道这一切，立即出发追击敌人，但赫拉却在天上击着闪电阻挠他们。他们畏惧她的警告，但若不带着他的女儿和他的儿子回去，也怕国王发怒。因此他们就留居在河口的阿耳忒弥斯群岛。

英雄们继续前进，经过许多岛屿和海岸，其中有阿特拉斯的女儿卡吕普索所居住的岛屿。他们想他们已经看见远处升起的故乡的最高的山峰，但赫拉由于畏惧宙斯的计谋，激起一阵强烈的暴风雨，将船送到荒凉的安柏耳群岛。现在从多多那得来，由雅典娜镶在船首的那神异的橡树木片开始说话了。大家都惶恐地听着。"你们不能逃避宙斯的激怒,你们将漂流在海上,"橡木说,"除非请女巫师喀耳刻来禳除你们谋杀阿布绪耳托斯的罪行。让卡斯托耳和波吕丢刻斯向神祇祈祷,请求指点你们到喀耳刻——太阳神与珀耳塞所生的女儿那里去的路途。"

阿耳戈船的船头在黑夜中这么说着。英雄们听到这不幸的预言都呆坐着发抖。只有卡斯托耳和波吕丢刻斯勇敢地站起来,请求不朽的神祇保护他们。但阿耳戈船冲到伊里丹纳斯河中,正是法厄同被太阳车烧死坠海的地方。即使到现在,在河底上,他的被烧灼的创口仍然从河底喷出火焰和烟雾。因为火焰会把船舶吞没,所以船舶不易从这里通过。沿着河岸,法厄同的几个姊妹,赫利俄斯的女儿们,现在已变成白杨树,在风中叹息,并流着晶莹的琥珀泪珠,落在地上,让太阳晒干,让河水冲走。感谢他们的坚固的船,阿耳戈英雄们总算渡过险境,只是已失去一切饮食的欲望。白天他们被烧焦的尸体的恶臭所困扰,夜间听赫利俄斯的女儿们的悲叹,听着她们的金色的眼泪如蜜蜡一样渗滴到海中。他们沿着厄里达诺斯河的河岸摇桨,来到洛达诺斯河口。如果他们再前进,必然遭到毁灭。这时赫拉突然出现在岩石上,以清晰的神圣的声音叫他们离开。她降黑雾包围着船舶,他们无日无夜地航行,经过刻尔提克家族繁殖着的许多地方,后来看见提瑞尼亚海,随即安全地到达喀耳刻的岛屿。

他们看见这女巫师在海岸上,伏在海边,以海水洗面。她曾经梦见她的住室,她的全部的房屋都血流成渠,一场大火烧毁了她所有的用以迷醉外乡人的药草和药酒,而她用手掬血,努力浇熄火焰。在黎明时噩梦使她惊醒并驱使她来到海边。她在这里洗浴着衣裾和头发,就好像它们真的涂染了血污一样。大群的猛兽追随着她,如同牛群之追随着牧人,但那却不是我们所习见的动物,因它们的四肢是一类动物的,而头或身体又会是别种动物的。英雄们恐慌地站着,因为他们一见到喀耳刻就知道她是残忍的埃厄忒斯的妹妹。这女神洗去了夜间的恐怖之后,她转身回家,叫唤着那些怪兽,并抚拍它们如同爱抚小狗一样。

伊阿宋让所有的水手都留在船上。只是他和美狄亚上岸。一到岸上,他就把不情愿的美狄亚拉到喀耳刻的宫殿去。这女巫师不知道外乡人来做什么。她请他们坐在华丽的椅子上,但他们却沉默而忧愁地坐在火炉的旁边。美狄亚低着头,双手蒙着脸;伊阿宋则将杀死阿布绪耳托斯的宝剑插在地上,手掌抵着剑柄,下巴支在上面,眼睛下垂。这时喀耳刻知道他们是哀求者,由于要消除罪孽,由于流亡的辛苦,他们来向她求救。为向哀求者的保护神宙斯献祭,她宰杀一只乳猪,并祈祷宙斯请允许为他们净罪。她吩咐她的仆人水中神女们收集屋子里面所有的赎罪的用具。她自己则在火炉上焚烧圣饼,不断地祈求复仇女神息怒,并请神祇赦免那些手上有着谋杀的血污的人。做完这些法事,她先让外乡人坐在椅子上,自己面对着他们坐着。她问他们旅途情况,从何处来,为什么在她的岛上登陆,并为什么请求她的保护;因为她想起了那个流血成渠的噩梦。但当美狄亚抬头回答,喀耳刻看到这女郎的两眼却大吃一惊,因为美狄亚正如同她一样是太阳神的子孙,凡太阳神的子孙都是两眼闪耀着金光的。喀耳刻注意到这,她要求这逃亡者用故乡的言语说话。美狄亚开始用科尔喀斯地方所用的言语告诉她埃厄忒斯和英雄们之间所发生的事情,十分真实地,只是隐瞒了对于她的弟弟阿布绪耳托斯的谋杀。但这女巫师甚至知道那没有说出来的事。她同情她的侄女。她说:"可怜的孩子哟,你逃出家庭,留下一个坏名声,并且铸成大错。你的父亲当然会追到希腊,为他的被杀的儿子复仇。我不伤害你,因你是一个哀求者,并且是我的侄女。但你必须和这外乡人一起离开,无论他是什么人,因为对于你们的计划和你们的可耻的逃亡,我都不敢赞同。"听到这话,这女郎的心情很痛苦。她用面网蒙着脸,伤心地哭泣起来。直到伊阿宋用手牵着她,她才跟跟跄跄地跟随他离开喀耳刻的宫殿。

赫拉对于她所选择的被保护人是很同情的。她派遣她的使者伊里斯走着五色虹彩的道路,召来大海女神忒提斯,将船和英雄们交托她,要她照顾。伊阿宋和美狄亚上了船,和风就吹起来。怀着欣快的心情,英雄们拔锚,并扯上船帆。阿耳戈船乘风急进,不久他们看见一个满是花草的美丽的岛屿,这是媚惑人的女妖们的住所,她们以她们的歌声诱惑过客,然后又将他们毁灭。她们是半鸟半女人的形状,总是躺在海岸上,等待新的牺牲者。走近她们去的人没有一个可以幸免。现在她们对阿耳戈的英雄们也唱着甜美的歌声。他们正要系缆停船,这时俄耳甫斯,这特刺刻的歌手,开始从坐位上站起,弹着神圣的竖琴,奏出美丽高昂的音乐,掩盖着那诱致他的朋友们趋于死亡的歌声。同时诸神也向船尾吹来一阵迅急有声的大风,使女妖们的歌声随着水流消失。只有一个英雄,忒勒翁的儿子部忒斯,听到这银样的歌曲不能自持。他从摇桨的位子上站起,跃到水里,泅泳着去追逐令人销魂的歌声。假使不是管领着西西里厄律克斯山的阿佛洛狄忒搭救,他真的要遭殃了。她从漩涡中将他提起,投掷在西西里岛的海岬上。从此以后他就住居在这里。英雄们悲悼他,以为他死去了,然后他们又冒险前进。

他们到达一处海峡,一边是斯库拉山,这是向海中伸出去的陡岩,好像要将阿耳戈船撞成碎片;一边是卡律布狄斯的大漩涡,波涛急遽下漩,好像要把船舶吞没。两者之间又特多从深海中断裂的浮岩。过去这里曾经有过赫淮斯托斯的炼铁厂,但现在却只有从水中冒出的浓烟还弥漫在空中。当英雄们到达这里,突然海洋的女仙,涅柔斯的女儿们,从各方面来会他们,她们的女皇忒提斯亲自给他们把舵。她们在船的周围游泳,当船遇到浮岩,她们就将它推开,传给别人,如女郎们之作球戏。船忽而随着海浪飞到空中,忽而又沉到海底。赫淮斯托斯肩上荷着大铁锤,在高岩的绝顶观赏着这趣事,宙斯的妻子赫拉则在星光闪烁的苍天上眺望着。但由于禁不住眩晕,所以她紧握着雅典娜的手。最后,他们平安地通过危险,航行到大海,并来到淮阿喀亚人和他们的贤王阿尔喀诺俄斯的岛上。

科尔喀斯人继续追击

他有礼貌地招待他们,而他们也得到休息,这时候有一支科尔喀斯人的大舰队从别的道路绕来,突然出现,并有大批的战士登陆。他们要求得到国王的女儿美狄亚,要将她带回去献给她的父亲。假使不将她交出,他们便要和希腊人开战,更糟的是埃厄忒斯也会带着更大的队伍赶来。当战争正要开始,贤明的国王阿尔喀诺俄斯却止住他们,他愿意不流血地解决双方的争执。

美狄亚抱着国王的妻子阿瑞忒的双膝。"我请求你,"她说,"别让他们将我带回去给父亲吧!你们也属于容易犯罪,并突然陷入灾难的人类种族。我的行为诚然没有经过思索。但我与这人的逃跑也不是轻率的,只是由于畏惧我的父亲。伊阿宋要将我带回国去。所以请你同情我,并愿神祇保佑你长寿,多子多孙,并以永久的荣名给予你的城邦。"

她也一一向英雄们下跪,每个人都鼓励她,舞着枪,挥着剑,并答应假使阿尔喀诺俄斯企图着将她交给她的敌人,他们将援救她。

夜间国王和妻子讨论着关于从科尔喀斯逃来的女郎的问题。阿瑞忒为她求情,并告诉他伊阿宋将娶她为他的合法的妻子。阿尔喀诺俄斯是一个慈心的人,听到这,他的心更和软了。"为了这女郎,"他回答他的妻子,"我愿意用刀枪驱逐科尔喀斯人。但我又不愿意违反宙斯的以礼接待人的法律。此外,开罪于埃厄忒斯也是不智的,因他是有权势的国王,即使他住得很远,他也很能给全希腊带来战争。所以这是我的决定:如这女郎还是处女,她必得归还她的父亲;假使她是伊阿宋的妻子,我便不能使她离开她的丈夫,因为这时她已属于她的丈夫而不是属于她的父亲。"

阿瑞忒听到国王的决定很惊慌。当夜她即遣使告诉伊阿宋,并劝他们在天明前结婚。伊阿宋将这意外的建议对英雄们说,他们都很高兴,在一处神圣的岩洞,俄耳甫斯奏着音乐,美狄亚成为伊阿宋的妻子。

第二天清早,海岸和露水的田野浴着阳光,淮阿喀亚人拥挤到城里的街上。在岛屿的另一端,科尔喀斯人全副武装站立着。按照他的诺言,阿尔喀诺俄斯来到宫殿,执着黄金的王杖来宣布对于这个女郎的判决。国中的贵族们,扈从着他。妇女们也聚拢来好奇地看望希腊的英雄们,许多乡下人也来了,因宙斯已将这消息普遍地传出去。一切都在城墙前面准备好了,献祭的香烟直升到天上。英雄们等了很久。最后国王坐上宝座,伊阿宋走上前去,宣布埃厄忒斯王的女儿美狄亚已是他的合法的妻子,并发誓永不变心。阿尔喀诺俄斯听到这话并询问了几个参加婚礼的证人之后,就庄严地宣誓:美狄亚不能交出并将保护他的宾客。科尔喀斯人反对也无效。国王劝他们或者留居在他的国土作为和平的住民，或者乘船离去。因为得不到美狄亚，他们不敢回去见国王，他们选择前项办法。在第七天，阿耳戈英雄们向阿尔喀诺俄斯告辞，他依依不舍地和他们分手，并赠给他们丰富的礼物。他们上船又继续航行。

阿耳戈英雄们的最后一次冒险

他们又经过许多岛屿和陆地的海岸，刚刚远远地望见他们的故乡珀罗普斯地方的山峰，突然从北方来的一阵猛烈的暴风雨袭击着他们的船，整整九天九夜吹着他们漂过利比亚海，走着完全陌生的航程。后来，他们向着非洲的沙漠漂去，到达绪耳提斯海湾，这里满是水草和浮沫，形成危险的沼泽。周围除了沙漠什么也没有，没有鸟雀，也没有野兽。船只紧靠着海岸航行，船底摩擦着沙岸。他们大吃一惊，走下船，看见无边无际的陆地，荒旷得如同天空一样。没有泉水，没有道路，没有荫蔽。死寂的沉默笼罩着一切。

"糟了，"他们悲叹着说，"这地方叫什么名字呢！暴风雨将我们吹送到什么地方了呢？还不如在浮岩中间砸碎了好！假使我们是做了一些违反宙斯神意的事情，让我们在一次光荣的攻击中牺牲，那也比较好啊！"

"是呀，"掌舵的人说，"潮水将我们浮得很高，但即刻退去，并不再来。一切航行和回家的希望都已断绝。现在如果有谁能够并愿意把舵，就请他来吧！"说着，他放开舵柄，坐在船上哭泣起来。就好像在瘟疫流行的城市大家悲伤地徘徊，等候着死亡，英雄们都怀着悲愁，在荒漠的海岸上踯躅着。晚间，大家互相握手道别，饿着肚子用斗篷包裹着躺在沙地上，在悠长的不眠的黑夜中等候着死。在距离不远的地方，阿尔喀诺俄斯作为赠礼赠给美狄亚的侍女们聚在她们的女主人的周围，悲叹着，如同临死的天鹅，低唱着最后的悲歌。真的，假使不是管领着利比亚的三个半神半人的女仙同情他们，所有男男女女，都会无声无息地死去。

在灼热的中午，她们走来，身上披着羊皮，轻轻地揭开伊阿宋盖在头上的斗篷,让他露出头来。他吃惊地跳起来,恭敬地把眼光从女仙身上移开。"不幸的人哟,"她们说,"我们知道所有你们的苦难。但不要再悲愁了。当海洋女神从波塞冬的车子上解下马匹时,感谢长久孕育过你的母亲吧。从此以后你们就可以回到幸福而光荣的希腊。"

说完,女仙们突然消失。伊阿宋将这隐晦的,安慰的话告诉同伴们。他们还在疑惑不定,第二个同样神异的奇迹又在他们的面前出现。一匹高大的马,颈子上分披着金色的鬣毛,从海里跑出,抖落身上的水滴,飞奔而去,好像御风而行一样。珀琉斯快乐地叫起来:"这神谕的第一部分已经说明。海洋女神已卸下她的车子,那车子原是这匹神马拖曳着的。至于母亲,在她的肚子里这样长久地怀孕了我们——那便是我们的船!为此我们要感谢她!让我们举起她,扛在我们的肩上,顺着沙地上海马的足迹走去。因为他是不会从大地上消失的,它会指示我们入水的码头。"

说了就做,英雄们将船扛在肩上,在它的重压下呻吟着走了整整十二天和十二夜。走了又走,仍是一片荒旷的沙漠。假使不是神祇给他们力量,他们在第一天就会全都死掉。但——后来他们仍然精力饱满地来到了特里托尼斯海湾。在这里,他们放下肩上的重负,由于焦渴,所以这里那里地奔跑着寻觅水源,如同疯狗一样。在寻觅中,歌手俄耳甫斯找到金嗓子的赫斯珀里得斯女孩儿们,她们居住在巨龙拉冬看守着金苹果的圣园。俄耳甫斯请求她们领他到有泉水的地方去,她们被感动了。埃格勒,她们中之最庄严者,告诉他一件奇异的事。

"昨天在这里出现的那个大胆的强盗,"她说,"那个杀死了巨龙,偷去了我们的金苹果的人必会帮助你们。他是一个野蛮人,眼睛在皱紧的眉毛之下闪闪发光。肩上披着狮皮,手中执着橄榄木的木棒和射死巨龙的箭。他也是在走过大沙漠之后感到焦渴。当他找不到水源,他就用脚踢岩石;如同魔术一样,石罅中流出泉水。这巨人伏在地上,双手捧水作牛饮,饮足以后,睡在地上休息。"

埃格勒说着,指着从岩石中流出来的泉水。英雄们都拥上来,当他们业已解渴,他们又变得十分快乐。

"真的,"有一个人说,一面用最后一口水来冷却灼热的嘴唇,"即使赫剌克勒斯没有和我们在一起,他还是救出了他的同伴们的生命。但愿我们在前面某个地方遇到他吧!"于是他们分头到处去找。当他们聚拢来以后,都说没有看见他,只有锐眼的林叩斯说曾在远处看见他一眼,但是那只像农夫看见流云后面的新月一样,他告诉他们说,要追到赫剌克勒斯是不可能的。

由于不幸的意外事件,死去了两个阿耳戈英雄。同伴们给他们适宜的埋葬以后,又上船航行。他们企图离开港口到大海上去,但逆风阻挠他们。他们在港口里横来横去,就好像一条徒然想离开洞穴的蛇一样,两眼发光,口中咝咝有声,这里那里地伸着头试探。依照俄耳甫斯的提议,他们上岸将船上最大的三脚祭坛献给当地的神祇。在回去的途中,遇到海神特里同,他装成一个青年的样子,从地上拾起一块土递给欧斐摩斯作为地主之谊的表示。欧斐摩斯将它藏在胸前。

"我的父亲派遣我来看守这一带海面,"海神说,"看呀!你们看见那块地方?那里的海湾是黝深而宁静的。向那里摇去,你们将发现从海湾到大海的狭窄的通道。我将送给你们一阵顺风,使你们很快地到达伯罗奔尼撒。"他们满心欢喜地上船。特里同将三脚祭坛扛在肩上,消失在海中。

几天以后,他们来到卡耳帕托斯的岩岸,从那里他们想到美丽的克瑞忒岛去。但岛上有巨人塔罗斯守卫着。只有他一人是过去从枹木所生的青铜世纪的人类留下来的人。宙斯使他看守着欧罗巴并吩咐他每天在岛的周围用铜脚巡行三次。他的身体是青铜的,所以不会受伤。只有脚胫的一小块地方是肉,有着筋脉和血管。谁知道他这块小地方并击中这里就一定可以杀死他,因为他并不是永生的。当英雄们来到这里,他正在海边的悬岩上巡视。他一看见他们,就搬起大石块向船上掷来。英雄们都很吃惊,并摇桨后退,假使不是美狄亚站起来告诉他们要耐心,虽然他们为焦渴所苦,也会放弃在克瑞忒岛登陆的计划的。

"听着,"她说,"我知道怎样征服这怪物。你们所要做的只是把船留在远处,不为他的投石所掷中。"于是她提起她的紫袍,沿船步行,伊阿宋在前面作向导。她小声地念着神咒,三度召唤掌管生命的命运女神,和奔跑在空中追逐生命的地府的猎狗。她念着神咒使塔罗斯闭下眼皮,并使噩梦侵袭他的灵魂。塔罗斯渴睡得头晕眼花,他弯下腰去拾取岩石来保卫港口,但脚胫碰在尖锐的岩石上,伤口喷流鲜血,如熔融的黑铅一样。如同被樵夫砍伤之后,大风吹倒的松树一样,塔罗斯摇晃着,雷鸣似的大吼一声,倒栽入海。

现在英雄们可以平安登陆了,他们在这美丽的岛上休息直到第二天的黎明。但他们刚刚离开克瑞式,他们又遭遇到一种新的可怕的危险。在无月的夜间,天上没有一颗星光。天空是漆黑的,好像全世界的黑暗都聚集在这里,他们也不知道自己究竟是航行在海上还是航行在塔耳塔洛斯的潮水上。伊阿宋高举双手,请求福玻斯·阿波罗使他们从这妖异的漆黑中得救。恐惧的泪流到面颊上,他许愿献给他以无价的祭品。太阳神听见了。他从俄俄波斯圣山降下,跃到高岩上,手执金弓,向这地方射出一支银箭。在闪光中他们看见已经驶近了一个小岛,他们在那里投锚等候天明。当他们在阳光中航行在大海上,欧斐摩斯想起在那一夜他所做的一个梦:特里同给与他的,一直珍藏在他胸前的那块泥土,好像吃饱奶,有了生命,长成一个可爱的少女,并对他说:"我是特里同和利彼亚的女儿。将我交给涅柔斯的女儿吧,这样我可以在靠近阿那斐的海上生活。然后我将重新回到太阳光中生活,因我命定要赡养你的子孙。"

由于他们在那里等待着天明的这个小岛名叫阿那斐,所以欧斐摩斯想起这个梦。伊阿宋听他说到他的梦,立刻明白它的意义。他劝他的朋友将怀中的泥土投在海里。当他这么做了之后,看哪!在英雄们的眼前,海上出现了一个满是鲜花和果木树的丰裕的岛屿。他们称它为卡利斯式,意即一切中之最美丽者。后来欧斐摩斯的子孙就住在这里。

这便是英雄们最后的冒险。不久他们就到了埃癸那,并从这里驶到他们的故乡,一直进到伊俄尔科斯的海湾。伊阿宋在科任托斯海峡把阿耳戈船献祭给海神波塞冬。当它破成粉碎之后,神祇们将它安置在天上,它在南部的天空闪闪放光,如同光明的星座。

伊阿宋的结局

伊阿宋没有得到伊俄尔科斯的王位,尽管为了王位,他作过危险的探求,从美狄亚的父亲那里夺来美狄亚并邪恶地杀害了她的兄弟阿布绪耳托斯。他不能不将王国让给珀利阿斯的儿子阿卡斯托斯,自己与年轻的妻子逃到科任托斯去。他们在这里生活了十年,在这期间美狄亚为他生了三个儿子。开首两个是双生的,一名忒萨罗斯,一名阿尔喀墨涅斯。第三个提珊得耳年纪小得多。在这些年中,伊阿宋敬爱他的妻子,不单是因为她美,而且因为她机智多才。但后来她年老色衰,他另爱上一个美丽年轻的女子·格劳刻,她是科任托斯国王克瑞翁的女儿。他隐瞒着美狄亚向她求婚,在得到国王的同意并刻日结婚的时候,才告诉美狄亚,并强迫她解除婚约。他发誓说并不是他已经厌恶她,而是为着孩子们的利益他不能不和王室结亲。美狄亚悲愤地听着他的要求,她请求神祇来为他以前对她所作的誓言作证。但他不顾美狄亚的怨愤,决心和国王的女儿结婚。

美狄亚失望地徘徊在她丈夫的宫殿里。"唉,苦命的我,"她哭泣着,"但愿天上的神火将我击死吧! 为什么我还要活下去呢? 愿死神可怜我吧! 啊,父亲哟! 啊,我在羞耻中逃离的故乡哟! 啊,我所害死的兄弟哟,你的血现在流到我身上了。但并不是我的丈夫伊阿宋应该责罚我! 为了他我才犯罪呀! 啊,正义女神哟,请求你毁灭他和他的情妇!"

当她正在宫中发怒,伊阿宋的岳父克瑞翁向她走来。"你面有怒容,"他说,"你怀恨你的丈夫。即刻带着你的孩子们离开我的国土。我非将你逐出我的国境我不回去。"

美狄亚隐忍着愤怒,和平地回答国王道:"克瑞翁哟,为什么要怕我作恶呢? 你待我没有错,我与你无怨无仇。你将你的女儿许给你所同意的人,我为什么要干涉你呢? 我只恨我的丈夫,他对不起我! 但事已如此,就让他们作为夫妇同居下去吧。只是让我仍然住在你的国内,因为即使我受了极大的委屈,我将保持沉默,并屈服于那些比我权力大的人。"

但克瑞翁看见她的怒容,不相信她,甚至当她抱着他的双膝并以她的情敌即他的女儿格劳刻的名字祈求他,他也不敢相信她。"去吧,"他说,"别麻烦我。"她请求他稍缓一天再驱逐她,她好为她的孩子们找一个住处。他回答道:"我并不是狠心的人。许多次我因为不恰当的怜悯愚蠢地让步了。现在我也感到做的很傻,但——就让你这样办吧。"

美狄亚一得到她所希求着的延期放逐,又狂暴起来了,她准备把她心中模糊想到过而尚未决心实行的毒计加以实现。但首先,她仍然作最后一次努力去让她丈夫承认他的不信和无义。"你欺骗了我,"她哭泣着。"即使我已替你生了孩子,你还是另娶别人。假使你没有儿子,我还可以原谅你,你也还有理由。但事实上你却毫无理由。你以为替你的誓言作证的那些管理世界的神祇已不存在,或者现在的人都已信奉一种新的法律,所以你敢破坏你的诺言吗?告诉我——我还将你当做朋友一样来问你,你要我到什么地方去呢?你要将我送回我的父亲那里么,那我曾欺骗他并为着爱你的原故而谋杀他的儿子的父亲?或者请你告诉我在什么地方藏身?真的,假使你的前妻和孩子们如同乞丐一样地在人间飘零,那才会给一对新婚夫妇增加光彩呢!"

伊阿宋不理睬她的责难。他答应给她和孩子们黄金,并写信给朋友们收留她,但她反对这种救助。"去结婚去吧,"她说。"你的婚礼将会有一个悲惨的结局。"

伊阿宋离开之后,她很懊恨她说出了最后的一句话。并不是她的心情改变,乃是她恐怕引起他的提防,使她不能实施她的毒计。所以她又把伊阿宋请来,态度温和地婉言对他说:"伊阿宋,请你原谅我所说的话。因为我气愤得神志不清。现在我很知道你所做的都是对的。我们如同穷困的流亡者一样来到这里。由于你的新的结婚,你希望赡养你自己,你的孩子们和我。你的孩子离开你一会,你会想念他们并让他们来分享他们的兄弟姊妹们的幸福的。来吧,我的孩子们,别怨恨你的父亲,如同我之不再怨恨他一样。"

伊阿宋真的相信她已放弃对他的怀恨。他很欢喜,并对她和孩子们作各种的保证。同时美狄亚进一步使他更加相信她的好意。她要求他留下孩子们，让她独自一人离开。为了要得到格劳刻和国王的同意，她将她所保存着的几件珍贵的金袍交给伊阿宋送给国王的女儿。起初他犹豫着，最后她说服了他，他就命令仆人将礼品送给新妇。但那些美丽的衣袍是用曾在毒药里面浸过的料子缝制的。美狄亚假装向丈夫亲爱地告别之后，就时时刻刻期待着使者来报告她的礼物如何地被接受的消息。最后使者回来并远远地叫嚷着："美狄亚哟，快上船逃跑吧！你的情敌和她的父亲都已死去。你的孩子们进入宫殿并在他们的父亲身边时，我们仆人们都高兴这仇恨总算消释。年轻的公主微笑着迎接你的丈夫，但当她看见孩子们，她用面网蒙着眼睛，掉过头去，好像她很厌恶他们似的。伊阿宋勉力安慰她，为他们说好话，并将礼物拿出来给她看。这华贵的衣袍使她衷心欢喜。她变得温和了，并答应新郎同意他所要求的一切。当你的丈夫和孩子们离开了她，她马上把这美妙的衣裳拿来，将金斗篷披在身上，将金的花冠佩结在头发上，并喜悦地注视着从明洁的镜子里反映出来的发光的身影。她在房中缓步而行，儿童一样地为自己的新装骄傲。但她的心情忽然一变。她面色惨白，四肢发抖，双脚摇摆着，还没有走到座位那里，就倒了下去。她面无血色，翻着白眼，口中吐着泡沫。宫殿里一片哭声。有几个仆人跑去告诉她的父亲，别的又去告诉她的丈夫。同时她头上的花冠喷出火焰。毒药和火焰争相啮裂着她的肌肉。当她的父亲大声悲号着向她跑来，他只看见他的女儿的不成形体的尸体。在绝望中，他抚抱着她，这时杀人的衣裳上的毒药也对他发生了作用，因而他也死了。伊阿宋的情形我们还不知道。"

这可怕的叙述不但没有平息美狄亚的愤怒，相反的，更煽起她熊熊的怒火。如同复仇女神一样，她跑去给她的丈夫和她自己以致命的打击。夜间，她慌忙地去到她的孩子们熟睡的屋子里。"硬起心肠吧，"她一路上自言自语。"为什么在做这可怕而又必需的事情时要发抖呢？忘记他们是你的孩子，忘记你曾经生育过他们。只在这一瞬间忘记他们，然后用你的一生去悲悯他们吧。现在你正是替他们作一件好事。假使你不杀死他们，他们也必然会死于他们的敌人之手。"

　　当伊阿宋忙着回家寻觅谋杀他的年轻的新妇的女人并向她复仇时,他听到他的孩子们尖声叫喊。他跑到他们的住屋,门敞开着,他看见使他们的致死的创口正流着鲜血,如同神坛上被杀死的羔羊一样。哪里都找不到美狄亚。他离开屋子的时候,听见头上隆隆的声音。他抬头一看,看见她坐在以魔法召来的龙车上,腾空而去,离开了她行凶的场所。要惩罚她是不可能的。绝望吞没了他。他的灵魂深处回想起对阿布绪耳托斯的谋杀,于是拔剑自刎,死在自己的住屋的门槛上。

墨勒阿革洛斯和野猪

卡吕冬王俄纽斯以丰收季节的新鲜果物献祭神祇:谷物献给得墨忒耳,葡萄酒献给狄俄倪索斯,油脂献祭雅典娜,每一神祇都献祭适当的祭品。只有狩猎女神阿耳忒弥斯被忘却,在她的祭坛上没有香烟缭绕。这触怒了这位女神,她决定对于漠视她的人报复。她放一只巨大的野猪在国王境内。它的眼中喷火,它的颈上竖立着鬣毛。流涎的口中好像闪着电火,粗大的獠牙和象牙一样。这野兽蹂躏草原田野,把仓库和顶楼都夷为平地,得不到预期的收获。它连枝带叶地吞食葡萄和橄榄。没有牧人和猎狗和最凶猛的牡牛能抵御这怪物,保护他们的牧群。

最后,国王的儿子,美丽的墨勒阿革洛斯,集合所有的猎人和猎犬来扑杀这只野猪。全希腊最有名的英雄都被邀请参加追击,其中有阿耳卡狄亚的阿塔兰忒,即伊阿索斯的英雄的女儿。她幼小时被遗弃在森林中,由野熊哺乳。后来被猎人发现,将她养大。她长得很美,但却厌恶男人,喜欢在山林狩猎。她不仅拒绝亲近她的男人,甚至射杀了两个执意追求她的肯陶洛斯人。现在因为她喜欢游猎,她才参加了英雄们的队伍。她结着发结,肩上挂着象牙的箭袋,左手执着弓。她的面貌在男子看来好像女郎,在女郎看来,又好像男子。当墨勒阿革洛斯看见她的美丽,他心里想:"被她认为值得做她的丈夫的男子多幸福啊!"但他没有工夫再想下去,因为危险的狩猎已迫在眼前。

猎人们向布满平原和山坡上的古老森林走去。他们来到这里,有些人布置网罗,有些人放出猎犬,别的人又寻觅野猪的脚迹。现在他们来到一处为急流冲蚀的陡峻的峡谷。峡谷里面长满浓密的芦苇,丛草和水杨,这便是野猪的巢窟。猎犬的狂吠,惊起野猪,它从树林中奔出,如同从浓云穿过的闪电一般,一直奔赴敌人群中。青年们都高声叫喊,执矛刺杀,但野猪却避开他们,且将猎犬冲散。枪矛不断地向它投去,但只能擦破它的厚皮,增加它的暴怒。它眼中闪烁着火光,腹部起伏着,向着猎人们的右侧猛冲过去,如同从投石器掷出的石块一样,冲倒三个人并即刻咬死他们。第四个人涅斯托耳,那命定将来要成为一个大英雄的,爬到野猪磨着可怕的毒牙的一株橡树上救出自己。双生的两弟兄卡斯托耳和波吕丢刻斯则骑着雪白的战马追击。他们的矛刚要投中它,它却逃到人不能入的密林中去。这时阿塔兰忒在弓弦上瞄准箭头,从丛树中射中这个怪物。箭头正中它的耳根,现在它头上的鬣毛都染着鲜血。墨勒阿革洛斯最先看到伤口,他欢欣地指给他的同伴看。"阿塔兰忒呀,"他叫唤着,"只有你才应当得到勇士的锦标!"男子们因见胜利为一个女子夺去,觉得很可耻。大家立刻掷出他们的矛。但由于矛像雨点似的一阵乱发,竟没有一支击中那野猪。

现在阿耳卡狄亚人安开俄斯骄傲地双手举起双刃的战斧准备一击,但还没有砍到野猪,野猪已将獠牙戳进他的胁部,内脏流出,他死在自己的血泊中。伊阿宋也投出他的矛,但没有命中,却斜掠而过,击中刻拉冬。最后墨勒阿革洛斯连投两矛,第一矛落在地下,第二矛却射入野猪的背部。这野兽暴怒,绕着圈子跑,口中吐着泡沫和鲜血。墨勒阿革洛斯再在它的脖子上打了一下,四面八方的枪尖也向它刺来。临死的野猪躺在地下,在从伤口流出的血泊中打滚。墨勒阿革洛斯一只脚踏着它的头,用利剑剥着野猪的厚皮。他将这皮、头和獠牙献给勇敢的阿塔兰忒。"请接受这些战利品,"他说。"这是我应得的,但你也应当分享我的光荣。"

但这样的光荣归于一个女人,猎人们都很愤怒,大家忿忿不平地嘟哝着。墨勒阿革洛斯的母亲的几个兄弟即忒斯提俄斯的儿子们向阿塔兰忒挥着拳头,并大声地威胁她。"女人,即刻放下这些战利品!"他们大声喊叫。"那原是属于我们的,别妄想骗去这战利品。你的美貌和那个把礼物平白送给你的痴情的墨勒阿革洛斯,都救不了你。"说着就抢去她的野猪皮和猪头,认为墨勒阿革洛斯没有权利处置它们。墨勒阿革洛斯忍不住切齿愤恨,并咆哮着:"你们这些强盗呀,让我叫你们知道我的行动胜过你们的威胁。"他的娘舅们还来不及知道那是什么意思,他就动手用剑逐一刺死了他们。

墨勒阿革洛斯的母亲阿尔泰亚正在途中,要去神庙献祭神祇,感谢她的儿子的得胜。这时她的兄弟们的尸首却被抬来了。她悲痛地捶着胸,急忙回到宫里,换下喜庆的金袍,另穿上悲哀的黑服,使全城都充满悲愁。后来她听到凶手乃是她的亲生儿子,她才揩干眼泪。她的悲哀,变成行凶的念头。她想起了她久已忘记的一件事。

当墨勒阿革洛斯诞生不几天,命运三女神出现在他母亲的榻旁。"你的儿子将成为一个勇敢的英雄,"第一个女神说。"你的儿子将是一个伟大人物,"第二个又预言道。"你的儿子,"第三个接着说,"将活下去,直到炉子上的那块木片被火烧完。"三女神刚刚消失,阿尔泰亚就从火炉里取出那块木片,并用水浇熄,因为焦虑着儿子的生命,所以将它藏在密室里。

现在,她在复仇的愤怒中想到这木片,立刻来到封锁着的密室里。她生好炉子,当火焰熊熊上升时,她拿着从密室中取出的木片。但在她的心中,母子之间的爱和姊弟之间的爱冲突着。她的面色惨白,忽又变得通红。有四次她伸出手去想把木片投入火中,却又四次缩回她伸出去的手。最后姊弟之间的爱终于战胜了。

"眼光望着我,"她说,"望着我,复仇的女神哟! 望着这献给复仇女神的祭品! 而你们,我的兄弟们的灵魂,刚才离开身体的灵魂哟,你们知道了为了你们我正在做什么事。接受我的不幸的亲生骨肉,作为你们安葬的礼品吧。啊,这么昂贵的礼品呀! 我的心由于母亲的爱而破碎,不久我也将跟着他去了,为了你们,我已夺去了他的生命。"她这样说着,掉过头去,颤抖着手指将木片掷在火炉里。

那时墨勒阿革洛斯回到城里,纠缠着胜利、恋爱和犯罪的心情。突然他觉得他的内心有如火烧,他苦痛得倒在他的床上。他像一个英雄一样地忍住痛楚,但却深悔不曾临阵而死,因此羡慕与野猪搏斗而死的同伴们。在悲痛中,他呼叫着他的兄弟,他的姊妹,他的年老的父亲和他的仍然站在火炉那里,木然地望着火焰焚烧木片的母亲。她的儿子的苦痛随着火焰而增加,当火焰渐渐熄灭,除了白灰以外,一无所有,他的苦痛也渐渐减少。当最后的一个火花消失时,他也停止了呼吸,灵魂离开了他的身体。他的父亲,他的姊妹们和全卡吕冬人都在他的椽车旁哀悼。但他的母亲不在那里。他们发现她已缢死在仅有着余烬的炉子旁边。

坦塔罗斯

　　宙斯的儿子坦塔罗斯统治着吕狄亚的西皮罗斯。他富有人世间各种物品，并以他在亚洲和希腊的财富而著名。如果说俄林波斯圣山的神祇曾向一个人类致敬，那正是向他。因为他的祖先是神祇，他们看待他如同一个友人，最后并许可他在宙斯的餐桌上饮宴，听神祇们的言谈。但他的虚荣的人类的灵魂受不住天上的福祉，所以他开始用各种的方法对诸神犯罪：他泄露他们的秘密。他从他们的餐桌上窃取美酒和香膏，分给人世间的朋友。他隐藏别人从克瑞忒的宙斯神庙里偷来的用黄金雕铸的金狗，当诸神之父宙斯要他归还，他发誓说他没有看见。最后，他在无比的傲慢中，为酬谢诸神，邀请诸神到他的宫殿里来，并试探他们是否真的明察一切，他杀了他的亲生儿子，为他们预备酒席。只有得墨忒耳吃了这可怕的肴馔——一块人类的肩胛骨。别的神祇知道摆在他们面前的是些什么，所以将这孩子的割裂的肢体投在一只盆里。从这盆里，命运三女神之一的克罗托将他取出，仍然美丽完整。但有一只肩膀却是象牙做的！

　　以此，坦塔罗斯恶贯满盈，神祇们将他打入地狱，受着酷烈苦痛的惩罚。他站在大湖中央，湖水深齐他的下颔，他却焦渴着不能有滴水沾唇。当他俯身就水，水即随之而退，脚下只剩一片焦干的黑土。同时他也不能不忍受饥饿的痛苦。在他的后面，在湖边，生长着美丽的果木树，枝叶低垂到他的头上。他抬头看见蜜梨，鲜红的苹果，火红的石榴，甜熟的无花果和绿色的橄榄。但当他想要摘取，一阵大风就把树枝吹到云中去。他的最可怕的痛苦则是永续不断的对于死神的恐惧。一块大石头悬挂在他的头上，永久威胁着要将他压成粉碎。这样，嘲笑了神祇的不敬的坦塔罗斯，命定在地狱里永久地遭受三种苦刑。

珀罗普斯

坦塔罗斯对诸神犯罪,他的儿子珀罗普斯却虔诚地敬奉神祇。他的父亲被打落在地狱里之后,由于和邻人特洛亚国王发生战争,他被迫离开自己的国土吕狄亚,旅行到希腊。这青年的下巴虽然刚刚长出柔毛,但心里却早已选中了一个妻子。她是希波达弥亚,厄利斯的俄诺玛俄斯国王的女儿,一个最不容易得到的锦标。因为有一个神谕曾经预言:女儿结婚时,国王就会死亡,所以俄诺玛俄斯尽其所能阻止前来求婚的人们。他布告全国,凡愿意和他的女儿结婚的人,必须先在乘车的竞赛中胜过她的父亲,如果国王获胜,对手就得丧失生命。这竞赛起于庇塞,终于科任托斯海峡的波塞冬神坛;他规定自己在比赛之前先向宙斯献祭一只羔羊,同时让求婚者乘着四马的战车先出发。献祭的仪式完毕之后,他才开始竞赛,手中执着矛,坐在由车夫密耳提罗斯驾驶的车子上追赶竞赛者。如果他追到他,他就有权刺穿对手的胸脯。

所有爱慕希波达弥亚的美貌的青年听到这些条件,都充满了勇气,因为他们以为国王是一个衰弱的老人,知道不能赛过青年,所以出发时给他们这大的便宜,好以宽宏大量来掩饰自己可能的失败。青年们一个跟一个地来到厄利斯,向国王要求和他的女儿结婚。他很有礼貌地逐一接待他们,给他壮丽的四马战车,并宰杀羔羊献祭宙斯,毫不显出匆忙的样子。然后他才乘上由他的两匹牝马费拉与哈耳品娜拖曳着的轻车;它们奔跑得比疾风还快。每次离目的地很远就追及求婚者,残酷的国王就用枪矛刺杀他们。就这样他已杀死了十二个以上的青年。

珀罗普斯向着他所爱的女郎的地方走来,半路上他在一个半岛登陆,这半岛后来以他而得名。不久他听到所有在厄利斯发生的事情。晚上他来到海岸呼唤他的保护神三尖叉之神波塞冬,但见海浪分开,他从海里涌出。"啊,波塞冬哟,"珀罗普斯祈求道,"假使阿佛洛狄忒的礼物使你欢喜,那么使俄诺玛俄斯的矛尖不会伤害我罢。用最快的车送我到厄利斯去,使我得到胜利。他已经杀死了十三个求婚者,如今仍然使他的女儿不能结婚。巨大的危险需要一个勇敢的灵魂来对付。我决定去试试我的运气。总有一天我要死的,那么为什么要愁苦地坐着,等待默默无闻的暮年到来而不参加光荣的冒险呢?我要去从事这种竞赛。请求你保佑我成功!"

珀罗普斯的祈求不是没有效的,因为海浪又汹涌地分开,一具由四只有翼的马匹拖曳着的发光的金车如箭一样从深海中升起。珀罗普斯乘着这车子,如意地指挥着海神的马,比风还快地来到厄利斯。俄诺玛俄斯看见他来,立刻惊慌失措,因为他一看见就知道这是波塞冬的神车。但他并不拒绝按照平日的条件和这个外乡人竞赛。珀罗普斯的马匹在海峡上得到了休息以后,他驱策着它们参加竞赛。他刚刚逼近目的地,依照惯例以羔羊献祭过了的国王突然追及他,并挥着手中的长矛给这勇敢的求婚者以致命的刺杀。但珀罗普斯的保护神波塞冬却在国王奔跑得最快的时候弄松他的车轮,使车子摔得粉碎,国王也即刻坠地而死。就在这瞬间,珀罗普斯到达目的地。他回头看,看见国王的宫殿冒着大火,一阵闪电烧着了它。直到只剩下一根柱子。珀罗普斯乘着带翼的车子飞奔到火窟中,从废墟里救出了他的新妇。

尼俄柏

忒拜的皇后尼俄柏有着许多可骄傲的地方。司文艺、美术的九女神赠给她丈夫安菲翁一具竖琴,它的声音这样的美妙,所以有一次,当他正演奏着,许多的石头都自动接合起来建立了忒拜的宫殿。她的父亲坦塔罗斯,是神祇的上宾。她自己也统治着一个强大的王国,并以她的高贵的灵魂,她的美丽、庄严而远近知名。但使她更欢喜的是她的十四个子女,七个儿子和七个女儿。人们都知道她是人间最幸福的母亲,假使不是她太过分地夸耀她的幸福,她也真会如此。但她的自满终于招致她的毁灭。

一天,忒瑞西阿斯的女儿,女预言家曼托,在街上大声呼叫,要忒拜的妇人们敬奉勒托和她的双生子女阿波罗和阿耳忒弥斯。她吩咐她们在头上戴着桂冠,并献祭供品,作热诚的祈祷。当妇人们正集合着听她讲说,尼俄柏带着她的侍从突然出现。她穿着金线织成的长袍。她容颜美丽,但这时却带着怒色,美发一直披到肩上,她站在准备着在露天下面献祭的妇人们中间。她以傲慢的目光环视众人,说道:

"你们发疯了吗?你们敬奉荒诞的神祇,而忽视在你们中间的为天国所宠信的人类。你们为勒托建立神坛!为什么不为我的神圣的名字焚香呢?我的父亲坦塔罗斯不是在宙斯的餐桌上饮宴的唯一的人类么?我的母亲狄俄涅和在天上像灿烂的星座一样照耀着的七星普勒阿得斯们是姊妹。我的一个祖先阿特拉斯力气大得曾把苍天扛在肩上。我的父亲的父亲就是宙斯。连佛律癸亚的人民都服从我。卡德摩斯的城池,它的墙是听着安菲翁的演奏而自己竖立起来的,都听命于我和我的丈夫。我的宫殿的每间屋子里都充满奇妙的珍宝。此外,我有着如同女神一样的容貌,有着别的母亲们所不能夸耀的孩子:七个美丽如花的女儿和七个强健的儿子。而且不久我将有相等数目的女婿和儿媳。

而你们却胆敢不敬奉我而敬奉勒托,这提坦的不知名的女儿,对于她,大地曾经连一小块地方都不愿给她来为宙斯生产孩子,直到得罗斯的浮岛怜悯她才给她以暂时的住处!在那里,这可怜的东西生了两个孩子,仅仅是我的可喜的收获的七分之一。谁不承认我的幸福?谁怀疑我不能长久这样?即使命运女神要损伤我的财富,她们也要感到烦难。即使她们要夺去我的一两个子女,那也不会只剩下两个如同勒托一样。所以,把供品拿开!摘下头上的花环!散开并回家去!再不要让我看见你们做这样的蠢事。"

妇人们都畏惧她。她们撕掉头上的桂冠,献祭还没有完,就奔回家去,并以沉默的祈祷敬奉这个被得罪了的女神。

在得罗斯的铿托斯山高峰上,站立着勒托和她的双生子女,用慧眼明察着远在忒拜所发生的事情。"看哪,我的孩子们,"她说,"我,你们的母亲,这么荣幸地生育了你们,除了赫拉以外我并不比任何女神低微,难道我必须忍受这傲慢的人类的侮蔑么?除非得到你们的帮助,否则我将从我的古老的神坛被人赶出。是的,尼俄柏将你们看成不如她自己的子女,那也同样地侮辱了你们!"她正这样抱怨着,福玻斯却打断了她的话。

"母亲,别悲痛了,"他说,"这徒然耽搁了惩罚的时机。"他的妹妹也附和着他。两个人都披着云霞,穿空而过,来到卡德摩斯的城边。在城外是一片空地,不耕不种,只是供车马竞赛。在这里,安菲翁的七个儿子快乐地嬉游着。最年长的伊斯墨诺斯正乘马绕圈飞奔,用一只有把握的手控制住缰绳,几乎要抓住衔在满是泡沫的马嘴里的嚼子。这时忽然呻吟起来,"哎哟!"缰绳从他无力的手上滑落。他的心窝中了一箭,慢慢地从马的右侧跌落下来。离他最近的兄弟西皮罗斯听到空中箭翎飞鸣的声音,即策马飞奔,如同舵手之扬帆急驰,要到港口里躲避暴风雨一样。但仍然从天上射出一支箭,射中他的后颈,箭镞从喉管穿出。他从飞奔着的马的鬃毛上跌落,满地全是鲜血。别的两个,一个以外祖父之名命名的坦塔罗斯,一个是淮狄摩斯,两人正抱着胸脯,互相角力。弓弦响处,一支箭又射穿两人。他们悲号着,在地上挣扎,肢体绞扭,眼睛模糊,同时在地上死去。第五个儿子阿尔斐诺耳看见他们倒下,捶击着胸脯向他们跑来,双手抱着两个哥哥的冰冷的尸体,企图给他们以温暖。但当他正在这样表示他的爱,阿波罗却给他致命的一箭。他从他的胸口上拔出箭镞,亦即流血而死。第六个儿子达玛西克同,一个可爱的有着长发的青年,被射中膝窝。他仰身拔取箭镞,第二箭却射中他的张着的口,一直深入到箭翎。他血流如注地死去。最后是最小的一个伊利俄纽斯,仅仅是一个孩子,他看见他的哥哥们一个跟一个地死去,于是双膝跪下,张开两臂,向神祇祈求:"啊,神祇,所有的神祇哟,请饶我吧!"即使这残忍的射手也被感动得发生同情,但那已经太晚,射出的箭已不能收回。这孩子倒地死去,但却没有痛苦,因为箭头正中在他的心上。

这不幸的消息不久就散布到全城。当安菲翁听到这恐怖的恶耗,他拔剑刺心而死。那些仆人和人民的大声悲号立刻传到尼俄柏的宫室。很久很久她还不能理解她的不幸。她不肯相信神祇们有这大的能力,他们敢这样做,已经这样做!但很快她知道这是真的了。唉,现在的尼俄柏与刚才的多么不同啊!刚才,她从伟大女神的神坛前驱散人民,并在城中高视阔步!那时好像连她的最亲爱的朋友们都要妒忌她,但现在甚至她的敌人都要怜悯她了。她奔跑到旷地上,自己伏在她的孩子们的冰冷的尸体上,一个一个地亲吻他们。最后她向天空举起疲乏的手,并哭叫着:"幸灾乐祸地看着我的不幸吧!让你的愤怒的心得到满足吧,残酷的勒托啊!这七个儿子的死,也会将我送到坟墓里去!你征服了我,你胜利了!"

现在她的七个女儿,穿着丧服,披着头发,站在她们已死的兄弟的旁边。尼俄柏看到她们,惨白的脸上闪射着一种怨恨的光芒。她忘记了自己的身份,侮蔑地睨视着天空,她说:"胜利么? 不,即使我在不幸中,我所有的也比在胜利中的你还多! 虽然这七个儿子都已死去,我仍然是比你富有的人!"

当她刚说出这话,空中就传来弓弦的声音。每个人都战栗着,但尼俄柏除外,因为灾祸已经使她迟钝了。突然一个女儿抚摩着胸脯,拔出一支箭。她晕厥了,倒下时还将垂死的眼光转向身旁的兄弟的尸体。别的一个女儿忙到母亲那里,想安慰她,但一支看不见的箭飕地射来,使她永远不能开口。第三个刚要逃跑,即已倒下。别的几个在俯下身去看她们死去的姊妹时,也一样栽倒了。只剩下最小的女儿。她跑到她母亲那里,把脸藏在她的双膝中,抱着她,并躲藏在她的衣裾里面。

"留下这唯一的一个给我吧!"尼俄柏在悲痛中向天哭喊,"这许多人中的最幼小的一个呀!"但即使她祈求饶恕,这最小的孩子也终于双手松开,躺在地上。现在只有尼俄柏一人坐在她的儿子和女儿们的尸体中间。她因悲痛变得僵硬。她的头发不再在微风中飘拂。她的双颊已褪去容光。她的两眼只是在丑陋的脸面上木然地凝视着。血液已在她的血管中冻结。她的脉搏停滞。她的颈子,她的手臂,她的两腿也完全硬化。甚至她的心也已变成顽石。她已没有生命,只是僵化的眼睛还不断地流着眼泪。现在一阵暴风将她吹到空中,横过大海,到她的吕狄亚的老家,并将她安置在西皮罗斯的悬崖上。这里,在山峰上,她静静地站着,成为大理石的石像,直到现在还是以泪洗面。

萨尔摩纽斯

厄利斯的统治者萨尔摩纽斯，乃是一个有着傲慢心情，富有而不义的王子。他建立了一座美丽的城，并称它为萨尔摩涅亚。他变得如此骄盈，以致命令他的人民敬奉他如同一位尊神。他想被人如同宙斯一样看待，所以他乘车巡游他的国内和希腊的许多地方，这辆车是模拟雷霆之神的车子制造的。为了完成他的想象，他在空中挥着火炬模仿闪电，并以奔马践踏铜桥模仿雷霆。他甚至杀伤人民，假说这是他的闪电殛灭他们。但在俄林波斯圣山的绝顶，宙斯却看到他的愚行。他驾着浓云，挥起真正的雷电轰击这个下界的疯狂而傲慢的人类。闪电击毙国王，也毁灭了他所建立的城和所有城里面的住民。

赫剌克勒斯的故事

婴儿时代的赫剌克勒斯

赫剌克勒斯是宙斯与珀耳修斯的孙女阿尔克墨涅所生的儿子。他的后父安菲特律翁也是珀耳修斯的孙子,是提任斯的国王,但已离开那城,寄居在忒拜。宙斯的妻赫拉仇恨她的情敌阿尔克墨涅,并嫉妒她有一个宙斯预言将来有着光荣前途的儿子。所以当阿尔克墨涅生赫剌克勒斯时,她想他在宫中得不到安全,为了恐惧万神之母的嫉恨,她将他放置在田野里,那地方后来人们仍然称为赫剌克勒斯的田野。在这里,假使不是一种神奇的机会使雅典娜和赫拉看见他躺在大路上,他真的会不能生存。雅典娜惊奇地看着这个生得美好的孩子,很可怜他,并劝诱她的同伴用她的神圣的乳哺育他。他贪馋地吸食乳汁,不像一般婴儿,咬痛了赫拉,所以她粗暴地将他放回地上。雅典娜将他抱起来,带到附近的城里,作为一个可怜的弃儿,要求王后阿尔克墨涅代为养育。但当他的真正的母亲因为恐惧赫拉而不敢爱他,甚至愿意让他毁灭时,他的满怀敌意的继母却不自觉地救活了她的情敌的儿子。她对他的恩惠还不止此!虽然赫剌克勒斯在她的乳房上仅仅啜吸了片刻,但这女神的几滴乳汁已足使他日后不朽。

阿尔克墨涅一眼就认出了这孩子,所以她欢喜地将他放在摇篮里。但赫拉也觉察到在她胸脯上吃乳的是谁,并觉察到她如何不注意地放过了报复的机会。即刻她命两条可怕的毒蛇爬到阿尔克墨涅的敞开的内室,在熟睡的母亲和她的女仆还没有发觉以前,就爬到摇篮里缠着这孩子的脖子。他被惊醒,尖声哭叫并抬起头来。但这不平常的项链苦恼着他。就在这时他已证明他的超人的力量。他两只手各握着一条蛇的脖子,用力一捏,就把它们捏死。他的乳母这时才看到这蛇,但由于恐怖,不敢前去援救。阿尔克墨涅被他的哭声惊醒。她从床上跳起来,奔向这孩子,并大呼救命。但发现两条毒蛇已经死在孩子的手里。忒拜的贵族们听到她的叫喊,都拿着武器跑到她的内室。国王安菲特律翁爱护他的义子,并以为这是宙斯给与的一种赠礼,现在也挥舞着雪亮的宝剑跑来。当他听到且看见所发生的事情,他恐怖得发抖,同时也为他的新生幼儿的神异的力量高兴。这件事在他看来好像是一个先兆。所以他召来忒瑞西阿斯,这宙斯赋予预言的能力的人。这预言家对国王和王后和所有在座的人预言这孩子的未来:他将如何地杀戮陆上和海上的许多怪物,他将如何地与巨人斗争并击败他们,并且,在他经历过人间的苦难之后,他将享有神祇们的永生的生命,并与永远年轻的女神赫柏结婚。

赫剌克勒斯的教养

当安菲特律翁听到等候着这孩子的高贵的命运,他决定给他一种配做一个英雄的教育,并到各地聘请伟大的人物把应该知道的教给年轻的赫剌克勒斯。安菲特律翁自己教他驾驶战车的技术。欧律托斯教他如何张弓射箭。哈帕吕科斯教他角力和拳击。宙斯的双生子之一的卡斯托耳教他全副武装在阵地上作战。阿波罗的年老的儿子利诺斯则教他歌唱,并如何正确而美丽地弹着竖琴的琴弦。赫剌克勒斯是一个能干的学生,但他不能忍耐折磨,而年老的利诺斯也正是一个苛刻的教师。有一次当他责打这孩子的时候,——在孩子看来那是不当的,他抓起他的竖琴,摔在他先生的脑袋上,他即刻死了。这事使他后来很悔恨。他作为谋杀者被传到法庭。但公正而著名的法官剌达曼堤斯免了他的罪,并为此订一条新的法律,即为自卫而致人于死者不得判处死刑。

但安菲特律翁现在害怕这有过分强力的儿子会再犯同样的罪过,所以他派他到乡下去放牧。赫剌克勒斯就在这里长大,力量和身体都比所有的人高大。这宙斯的儿子,看去是很足令人吃惊的。他有一丈多高,两眼奕奕有神。无论何时当他射箭或投掷标枪,总是百发百中。在他十八岁的时候,他已成为希腊最漂亮最强壮的人。现在已是时候了,要看看他究竟应用他的天赋在人间为善还是为恶。

赫剌克勒斯在十字路口

赫剌克勒斯离开牧人们和他们的牧群去到寂静的地方,思考着他的生命的路途应当是怎样的。有一次,他坐着沉思,看见两个高大的妇人向他走来。一个美丽、高贵而有礼貌,穿着雪白的长袍。另一个艳丽动人,她的雪白的皮肤搽了香粉和香水。她这样地傲岸,好像她比实际要高一些,而她的服装也尽可能的迷人。她自满地以明亮和闲适的目光看着自己,又四处望望有没有别人在注意她,并时常欣羡地顾盼着自己的影子。当她们走近,第一个人仍然安详地走着,但后面的这个人却忙上前去,招呼这个青年。

"赫剌克勒斯,我看你还没有决定在生命中究竟要走什么路。假使你选择我作你的朋友,我将引导你走最平坦最安适的路。那里没有你尝不到的快乐,也没有你不能避免的不幸!你将不参加任何战争和艰难。你将不用心思,只是享受丰盛的饮食和美酒,极耳目视听之乐,极身体和肉感的满足,睡着柔软的床榻,凡这些享受都不要费事也不要费力。万一你缺少过这种生活的条件时,别担心我会强迫你去从事体力或脑力劳动。恰恰相反!你将收获别人的劳力的果实,并得到一切对你有利的东西。因为我给与我的朋友这样一种权利:利用任何人或任何物来满足自己的享受。"

赫剌克勒斯听到这诱惑的诺言,他诧异地问她:"你叫什么名字?"她回答:"我的朋友们称我为'幸福',我的敌人侮辱我,给我另一个名字叫做'堕落的享受'。"

同时,前一个妇人也来到面前。"我也来了,"她说,"我知道你的父母,你的秉赋,和你所受的教养。所有这些使得我存着这样的希望,如果你选择我指示给你的路,你将成为一切善良与伟大的事业中的卓越人物。但我没有怠惰的快乐来贿赂你。我将告诉你神祇对于人类的意愿。要明白,人类不经过努力和辛苦,神祇是不会使他们有所收获的。假使你愿意神祇慈善地待你,你必须敬奉他们。假使你愿意朋友们爱你,你必须援助他们。假使你愿意全城对你尊敬,你必须为它服务。假使你愿意全希腊都称赞你的美德,你必须成为全希腊的恩人。假使你愿意收获,你必须耕种。假使你想战斗得胜,你必须学会战斗的技术。假使你想能够支配你的身体,你必须工作和流汗使它坚强。"

在这里"享受"打断了她。"现在你看,亲爱的赫剌克勒斯哟!"她说,"要达到这妇人所说的目的,要走多么遥远和艰难的路途呀!但我愿以最近便和最轻易的路引导你得到幸福。"

"可怜的生物哟!""美德"对她说,"你没有一点真正美好的东西。你怎能这样呢?你不知道真实的快乐,因为在你还没走到它们面前,你就心满意足了。你在饥饿之前饱食,在焦渴之前痛饮。为了刺激食欲,你寻找巧妙的厨师,为了加深酒瘾,你追求豪奢的美酒。在夏天你妄想着冰雪。任何柔软的床榻都不能使你满足。你让你的朋友们在夜中饮宴,在白天睡眠。这就是为什么人们在青年时享乐,在老年时苦恼,羞愧于他们的过去,而仍然背负着现在的重负。而你自己,虽然你是不朽的,却为神祇所放逐,为良善的人们所嘲弄。你从没有听过最悦耳的声音:真实的赞美!你从没有见过最悦目的事物:你自己的良好的工作!但我却为神祇和善良的人们所欢迎。艺术家称赞我是他们的安慰者,父亲们称赞我是忠实的守护人,侍仆们称赞我是他们的慈善的帮助者。我是和平的正直的支持者,是战时的信实的盟友,是友情的忠贞的伙伴。饮食睡眠对于我的朋友们比对于怠懒者更有意义。年轻人受到老年人的夸奖,他们很喜欢;老年人受到年轻人的尊敬,他们很快乐。他们回忆过去的行为感到甘美,他们对于现在的作为感到快乐。由于我,神祇保佑他们,朋友爱护他们,他们的国家尊敬他们。当末日来到,他们也不会死得默默无闻。他们的光荣仍然留存人间,供后世纪念。啊,赫剌克勒斯哟,选择这种生命罢,幸福的命运将是属于你的。"

赫剌克勒斯最初的冒险

幻象消失了,赫剌克勒斯又是独自一人。他决定走"美德"的路而且不久就有一个使他为善的机会。那时的希腊仍然到处是森林和沼泽,里面繁殖着凶猛的狮子,粗暴的野猪及其他危害人的野兽。要清除这些怪物并赶走在僻静地方伺隙劫掠的强盗,乃是古代英雄们的最大的目标之一。赫剌克勒斯注定要来继续这种工作。

当他回到国内,他听说有一只凶猛的狮子窟居于喀泰戎山,在这山麓放牧着国王安菲特律翁的牛羊。这青年英雄的耳边仍然清晰地响着"美德"的言语,所以他即时做出一种决定。他武装自己,爬上山去,征服狮子,将狮皮披在肩上,并以狮子的巨颚戴在头上作为战盔。

当他从他的冒险归来,遇到弥倪安斯的国王厄耳癸诺斯的使臣,来向忒拜人勒索不义和可耻的每年一次的贡品。现在赫剌克勒斯把自己作为一切被压迫的人们的斗士,他迅速地解决了这些作过多次苛扰的使臣,砍断他们的手足,用绳索捆着他们的脖子送回去给他们的国王。厄耳癸诺斯要求将罪人交给他,忒拜王克瑞翁因为畏惧他的权力,准备服从他的命令。但赫剌克勒斯却纠合一些勇敢的青年同他一道反抗敌人。只是在民间找不到武器,因为弥倪安斯人恐怕忒拜人叛变,已没收所有的武器。这时雅典娜召赫剌克勒斯到她的神庙里去,以自己的盔甲装备他,别的青年则取用庙里的武器,那是过去他们的祖先在战争中掳获并献祭神祇的战利品。装备停当以后,这英雄和他的一小队人马向着弥倪安斯进军,直到他们到达一处狭道,在这里,敌人的强大兵力是无用的。厄耳癸诺斯自己战死,他的全部军队被击败而且溃散。但勇敢的安菲特律翁,赫剌克勒斯的后父,在战争中为流矢所中,因伤致死。战争结束以后,赫剌克勒斯飞快地向弥倪安斯京城俄耳科墨诺斯挺进,冲进城里,焚烧王宫,毁坏这座城。

全希腊人都赞美他的卓绝的勇敢,忒拜国王克瑞翁为了报答他,将女儿墨伽拉给他为妻,后来她为他生了三个儿子。他的母亲阿尔克墨涅再醮,嫁给法官剌达曼堤斯。甚至于神祇也给与这胜利的半神人许多的赠礼：赫耳墨斯赠给他一口剑，阿波罗给他神矢，赫淮斯托斯给他黄金的箭袋，雅典娜给他青铜的盾。

赫剌克勒斯和巨人的战斗

赫剌克勒斯不久就得到一个机会来报答神祇的高贵的赠礼。有着可怕的面孔和长须长发并以龙尾代足的巨人们乃是大地女神该亚为天神乌剌诺斯所生的怪物。现在他们的母亲怂恿他们反抗宙斯，这世界的新的统治者，因为他曾经放逐她的年长的儿子提坦们于塔耳塔洛斯。巨人们从地下的厄瑞玻斯冲到忒萨利亚的佛勒格剌的广阔的田野。一看到他们，所有的星星都变得惨白，福玻斯·阿波罗也掉转他的太阳车的方向。

"去吧，为我和更年老的神祇的子孙们报仇，"地母对他们说，"一只鸷鹰撕吃着普罗米修斯；一只大雕剥啄着提堤俄斯；阿特拉斯被判处背负苍天；提坦们则在铁链的束缚中身心憔悴。为他们报仇呀！援救他们呀！应用我的肢体——巨大的山岳作为天梯和武器！爬上星光照耀着的殿堂吧！你，堤福俄斯，从宙斯的双手攫取神杖和雷电！你，恩刻拉多斯，征服海洋，将波塞冬从他的堡垒赶走。洛托斯从太阳神手里夺过缰绳，波耳费里翁夺取得尔福的神坛。"

听到她的命令，巨人们都大声欢呼，就好像他们已经得到胜利，已经领着波塞冬与阿瑞斯走在凯旋的行列中，或者拉着阿波罗的美丽的头发将他拖走。一个人这般说着就好像阿佛洛狄忒已是他的妻子，别的人又计划向阿耳忒弥斯求婚，第三个人又想着雅典娜。他们确信而欢喜地向着忒萨利亚的山岳走去，他们想从那里猛扑俄林波斯圣山。

同时伊里斯，诸神的使者，召集所有居于天上和泉水河流中的神祇们。她甚至也召来地府里的命运女神们。珀耳塞福涅离开她的冥土，她的丈夫——静默的死者们的国王也套上他的怕光的马匹，驱策着它们来到光辉灿烂的俄林波斯圣山。如同被围的居民从各方涌来保护他们的卫城一样，神祇们集合在万神之父的家中。

"你们，所有集合在这里的神祇们，"宙斯向他们说，"看看该亚如何和她的新生的儿子们图谋反抗我们。前进吧,对于她派遣来反抗我们的每一个儿子,你们都要送还她一具尸体。"

当万神之父说完他的话,天上发出一声霹雳,地下的该亚报以猛烈的地震。大自然又陷于混沌,一切如同开天辟地时一样。因为巨人们将山岳一座又一座连根拔起。他们使俄萨山和珀利翁山,俄忒山和阿托斯山互相重叠,并将洛多珀山连同赫布洛斯河的一半河源也拔了起来。他们爬上这笨重的天梯到达神祇的住处,就以巨大石块和作为火把的整条橡树像风暴一样猛袭俄林波斯圣山。

有一个神谕曾经诫告神祇们,除非有一个人类和他们并肩作战,他们不能杀戮任何巨人。该亚知道这,所以她设法使她的儿子们能够不为人类所损害。这需要一种药草。但宙斯前来偷袭。他禁止黎明女神、日神、月神放光。当该亚在黑暗中摸索,他自己飞快地割去药草,并令雅典娜召来他的儿子赫剌克勒斯参加战斗。

在俄林波斯山上,神祇们已在火热的战斗中。战神阿瑞斯驾着怒马拖曳的战车,冲入正在冲锋的敌人的深处。他的金盾煜耀得比火光还要明亮,他的战盔上的羽毛在风中飘动。他杀死蛇足的巨人珀罗洛斯,并驱车辗过他的倒在地下挣扎着的肢体。但直到这巨人看到刚走上俄林波斯圣山的人间的赫剌克勒斯,他才灵魂出窍而死。赫剌克勒斯环视战场,选择他的射箭的目标。他射中阿尔库俄纽斯,他从山顶跌落,但当他触到大地的瞬间他又复活。由于雅典娜的劝告,赫剌克勒斯也跟着下去,将他从他所诞生的大地上举起。他一离开大地就死去了。

现在巨人波耳费里翁进一步压迫赫剌克勒斯和赫拉,要想和他们个对个地战斗。但宙斯马上使他产生要看一看神后的念头,他刚掀开神后用以遮盖自己的面网,宙斯就以雷电将他击中,赫剌克勒斯补上一箭,遂结果了他的生命。随着,巨人厄菲阿耳忒斯从他的兄弟们的队伍挺身站出,以炯炯发光的两眼向前观望。

"我们的箭头有多亮的目标呀!"赫剌克勒斯向在他身边作战的阿波罗说,说着就射中巨人头上的右眼,太阳神则射中左眼,狄俄倪索斯以神杖击倒欧律托斯。赫淮斯托斯单手发出一阵雹雨似的灼热的铁弹将克吕提俄斯打倒在地上。雅典娜则举起西西里岛向正在逃跑的恩刻拉多斯掷去。巨人波吕玻忒斯被波塞冬追击,越过火海,逃亡到科斯岛,但波塞冬即刻劈裂科斯岛的一片土地,将他压住。赫耳墨斯头上戴着地狱神祇普路同的战盔,杀死希波吕托斯。命运女神们则以铜棒击毙另外两个巨人。其余的则为宙斯的闪电击毙或为赫剌克勒斯的利箭射杀。

由于这些功绩,诸神对于这半神人的英雄有着更深的好意。所有参加战斗的神祇们,宙斯称之为俄林波斯人,这是使勇敢者别于怯懦者的一个名词。人间的母亲为宙斯所生的两个儿子也得到这种光荣的称号,那便是狄俄倪索斯和赫剌克勒斯。

赫剌克勒斯和欧律斯透斯

在赫剌克勒斯诞生以前,宙斯曾经有一次在诸神的会议上宣布让珀耳修斯最长的孙子统治所有其他的珀耳修斯的子孙。他有意将这种荣誉给他和阿尔克墨涅所生的一个儿子。但赫拉嫉恨她的情敌的儿子得到这种光荣,所以使用诡计,让同样是珀耳修斯子孙的欧律斯透斯提前诞生,虽然他原来应该是在赫剌克勒斯之后出世的。这样遂使欧律斯透斯成为阿耳戈斯地方的密刻奈的国王,并使后来诞生的赫剌克勒斯成为他的臣民。国王渐渐注意到他的年轻的亲属的成名,所以如同召见臣民一样地将他召来,要他做各种艰难的工作。因为他不肯服从,但宙斯又不愿违犯自己的规定,所以告诫他为阿耳戈斯的国王服务。这半神人的英雄不甘心成为一个人类的仆役。他来到得尔福请求神谕。神谕告诉他神祇将纠正欧律斯透斯由于赫拉的阴谋而得到的统治,但赫剌克勒斯必须做国王交给他做的十二件工作,以后他即可升格为神。

这神谕使赫剌克勒斯感到烦恼。替比他低卑的人服役,这是有损他的骄傲和伤害他的尊严的,但他觉得不服从他父亲宙斯的命令既属不智亦不可能。这时赫拉仍然仇恨赫剌克勒斯,虽然在与巨人们作战时他曾经救援过神祇们。她乘机改变他的忧闷成为野性的疯狂。他变得完全疯狂了,以致想谋杀他所珍爱的侄儿伊俄拉俄斯,而当这侄儿设法逃跑时,他却射杀墨伽拉为他所生的孩子们,并想象他是在射杀巨人。他疯狂了很久才清醒过来。但当他发觉他的错误后,他悲哀得垂头丧气,并将自己关闭在屋子里,拒绝和人们打任何交道。悲愁减轻以后,他决定接受欧律斯透斯的工作并到提任斯(他的王国的一部分)去谒见他。

赫剌克勒斯最初的三件工作

国王交给赫剌克勒斯做的第一件工作乃是要他为他取来涅墨亚狮子的毛皮,它生活在阿耳戈利斯地区的珀罗奔尼撒,在克勒俄奈与涅墨亚中间的大森林里。这只狮子不能为人间的武器所伤。有些人说它是巨人堤丰与巨蛇厄喀德那所生的儿子,又有人说它是从月亮掉落到地上来的。现在赫剌克勒斯出发捕捉狮子,背上背着箭袋,一只手执着一张弓,另一只手执着从赫利孔连根拔起的野生橄榄树做成的木棒。当他进入涅墨亚的大森林,赫剌克勒斯敏捷地四方窥视,要在这野兽看见他以前先看到它。这时正是当午,他看不到狮子的足迹,也无人可问通到狮子的洞穴的道路,因为他没有遇到任何人,没有遇到一个牧人或一个樵夫。所有的人都逃回家去,离狮子出没之处远远的,并在恐怖中关起门来。

整个下午赫剌克勒斯都在树林中巡游,并决定在看见狮子的瞬间证实一下自己的力量。但直到黄昏以后,狮子才从树林中的小路慢慢走来,在猎食之后想回到峡谷里去休息。它已食得饱饱的。它的头,鬣毛和胸脯还滴着血,舌头也在舐着从嘴里滴出来的血滴。赫剌克勒斯远远地看见它,就躲在矮树林背后等候着它走近,并用箭头瞄准它的腰部。但他的箭并没有射伤它,倒如同射在石头上一样反跳回来,落在满是苔藓的地上。狮子昂起它的浴血的大头,搜寻似的四面八方转动着眼睛,并露出可怕的牙齿。现在它正对着这半神人的英雄,他向它的胸部——全身的致命处射出第二支箭。这次也一样,箭没有擦破它的皮,只是落在它脚下。他刚要将第三支箭搭在弦上,这怪物却看见了他。它把它的长尾夹在两腿中间。它的脖颈因愤怒而膨胀,鬣毛竖立着,弓着背,大声地吼叫。它向它的敌人扑来。这时赫剌克勒斯扔下手中的箭,丢开身上所披的狮皮,右手挥着木棒向狮子的头上打来,击中它的颈子使它跌在地上,它随即跳起来,但扑了一个空。然后它摇摇摆摆地站起来,摇震着大头。赫剌克勒斯立即冲上去。这时他丢开身上所背的弓和箭袋,腾出手来,从狮子的后面紧抱着它的脖颈,活活地将它勒死,它的灵魂疾忙回到哈得斯那里去。赫剌克勒斯用尽方法要剥下它的皮,但它的皮不为木石或铁器所伤。最后他想出一个办法来,用它自己的爪来剥,终于将狮皮剥了下来。后来他用这张美丽的狮皮为他自己做一面盾,用它的上下颚为自己做一具新的战盔。但暂时他仍然把他所带来的狮皮和武器收拾好,将涅墨亚狮皮扛在肩上,出发回提任斯去。当欧律斯透斯看见他带着那可怕的狮皮归来,赫剌克勒斯的非凡的神力使他恐怖得蜷伏在一只大铜锅里。从此以后他就不敢看赫剌克勒斯,只是叫珀罗普斯的儿子科普柔斯为他传达命令给住在城外的这个半神人。

赫剌克勒斯的第二件工作乃是杀戮许德拉。许德拉也是堤丰和厄喀德那所生的孩子。她在阿耳戈利斯的勒耳那沼泽中长大,常常爬到岸上撕裂牲口的肢体,并蹂躏田野。她不单是凶猛可怕,且身躯庞大,是一条有九个头的水蛇,其中八个头可以杀死,第九个头即中间的一个却是杀不死的。要作这种冒险,赫剌克勒斯也准备着充足的勇气。他乘车以他的不可分离的同伴即他的堂兄伊菲克勒斯的儿子伊俄拉俄斯为驾车的人。他们驱车到勒耳那,看见许德拉在阿密摩涅泉水附近的小山上。伊俄拉俄斯勒住马停止前进。赫剌克勒斯跃下车来,用箭将蛇从她所隐伏的地方赶出。她嘘着气冲出来,摇动着九个头,就好像暴风雨中的树枝一样。赫剌克勒斯无畏地走上去,用大力的手抓住她,紧紧地抓着。但她却缠着他的一只脚,不打算和他作正面斗争。现在他开始用木棒打她的头,但是无效,因为当他打碎她的一个头,就在原地方生长出两个新的头来。此外许德拉有一巨蟹参加作战,它用巨螯钳赫剌克勒斯的脚。他用木棒将巨蟹打死,并呼唤伊俄拉俄斯来援助他。伊俄拉俄斯执着火把在等候着。他烧着附近的树林,以燃着的树枝烧灼刚刚生出来的蛇头,使它们不能长大。这才解除了对于这个英雄的不断的新的威胁。现在他砍下她的不死的头,将它埋在路边,并以巨大石块镇压着。他将蛇身切为两段,并在她有毒的血液中浸润他所有的箭。从此以后他给敌人的箭伤是无药可医的。

欧律斯透斯给与他的第三件工作乃是要生擒刻律涅亚山上的赤牝鹿。这美丽的动物有着金的鹿角和青铜的蹄,住在阿耳卡狄亚的一座小山上。她是阿耳忒弥斯最初练习射猎的五鹿之一,只有她被留下来在树林中生活,因为命运女神规定了有一天赫剌克勒斯将为追逐她而精疲力竭。整整的一年他追逐着她,并在漫游中来到许珀耳玻瑞俄和伊斯忒耳河的发源处。最后他在离俄诺城不远,邻近阿耳忒弥斯山的拉冬河的河岸上,追着了这匹赤牝鹿。他唯一能捕获她的方法乃是用一只箭射中她的脚使她不能奔跑,并背着他经过阿耳卡狄亚。在这里他遇到女神阿耳忒弥斯和她的哥哥阿波罗。她斥责他设计捕杀这只献祭给她的生物,甚至要想夺去他的猎获物。

"伟大的女神哟,"赫剌克勒斯为自己辩护,"我做这事不是闹着玩,而是有绝对的必要。否则我如何能满足欧律斯透斯的意愿呢?"这话总算平息了她的愤怒,他遂带着这生擒的赤牝鹿回到密刻奈去。

赫剌克勒斯的第四、五、六件工作

紧接着他又从事于他的第四件工作。这是要毫无损伤地为国王捕捉厄律曼托斯山的野猪。这也是献祭给阿耳忒弥斯的圣物,它曾蹂躏厄律曼托斯一带的地方。在他到这些山上去的路途中,他因遇到西勒诺斯的儿子福罗斯而停下来。福罗斯如同一切马人一样,一半是人形一半是马身;他殷勤地款待他的客人,献给他烤肉,而自己则吃生的。但当赫剌克勒斯向他要求美酒来佐食这种佳肴时,他说:"亲爱的客人,真的,我们有一坛酒藏在地窖里,但那属于我们全体人民,我不敢打开它,因为我知道我们马人们是不欢迎外乡人的。"

"别担心,请打开它吧,"赫剌克勒斯回答。"我答应保护你不受任何人的攻击。我现在很渴。"

酒神狄俄倪索斯自己将这坛酒送给了一个马人,并告诉他不要打开,直等到一百二十年以后赫剌克勒斯到这地方来。现在福罗斯走到地窖里,他刚刚打开酒坛,马人们就嗅到了强烈的酒香。他们集合起来并拥挤到福罗斯的洞前,每个人拿着石块和松木棒子。首先冒险进去的人,赫剌克勒斯用火棒将他打回去。其余的,他射箭追击,甚至追到他的老朋友喀戎居住的玛勒亚半岛。喀戎的马人弟兄们就在他这里避难。赫剌克勒斯向他们一箭射去,箭头擦伤一个敌人的臂膀,射中喀戎的膝盖,牢牢地钉在那里。现在赫剌克勒斯才看出那正是他幼年时很要好的朋友。他很关心地向他跑去拔出箭来,给他敷药,那药正是精通医药的喀戎过去送给他的。但因为箭头已蘸过许德拉的毒血,他的伤口是医不好的。喀戎要他的弟兄们把他抬进他的洞穴,希望能够死在他的朋友的怀里。但这是多么空妄的一种愿望啊!可怜的喀戎,他忘记了他是不死的,他的苦痛也将永久延续下去。赫剌克勒斯流着眼泪和他告别,答应不惜以任何代价去请死神,这苦难的解脱者,到他这里来。从普罗米修斯的故事里,我们知道他已经实践了他的诺言。当赫剌克勒斯回到福罗斯那里时,却发现他的温厚的主人已死在洞穴里。他从他的兄弟们的身上拔出一支箭,并在手中拈着,思忖着怎么这样小的一支箭会射倒巨大的生物,这时箭却从他的手中滑落,刺伤他的足,毒发,即时毙命。赫剌克勒斯悲哀地为他举行光荣的葬礼。他将他埋葬在大山下面,这山从此以后就叫做福罗山。

赫剌克勒斯又继续上路寻觅野猪。他大声吼叫将它从茂密的丛林中逐出,跟随着它爬上冰雪的山坡,终于用活结套上这疲惫的野物,将它捉住。他将它活生生地带到密刻奈,一切都如命做到。

此后欧律斯透斯派他去做第五件工作。这却是一个英雄所不屑做的工作。他要他在一天内就将奥革阿斯的牛棚打扫干净。奥革阿斯乃是厄利斯的国王,养着无数的牛群。按照古代的习惯,他将他的牛群关闭在宫殿前面的大围墙里。很久以来,这里就养育着三千匹牛,粪秽堆积得很高。赫剌克勒斯必须在一天内将它打扫干净。这桩工作一则是屈辱的,再则也是几乎不可能做到的。

这半神人的英雄站在奥革阿斯的面前,准备为他服役,并且没有提到这是欧律斯透斯的命令,奥革阿斯打量着这身披狮皮的汉子,想着这么一个高贵的战士却愿意做奴仆贱役,他忍不住笑起来。但他又想重赏之下必有勇夫,或者他来做这事是贪图厚利。他想给他重赏是无妨的,因为在一天内将牛棚打扫干净,这是无论何人都不能做到的事。所以他自信地说:

"外乡人哪,假使你真能在一天之内清除这些粪秽,我将把我的牛群的十分之一给你。"

赫剌克勒斯接受这个条件,国王以为他即刻就要动手用铲子了。但在赫剌克勒斯叫来奥革阿斯的儿子费琉斯作证人之后,就在牛棚的一边,在地上挖一条沟,让附近阿尔甫斯河和珀涅俄斯河从一个沟口流进来又从另一个沟口流出去,因此也就将大堆的牛粪冲刷干净。他这样执行一种屈辱的命令,而没有降低自己的身份去做一种神祇所不屑做的工作。但当奥革阿斯知道赫剌克勒斯是奉欧律斯透斯的命令来做这事时,他不但不给他重赏,并且否认他所作的诺言。不过他同意让法庭来判决这事。当法官坐堂,费琉斯应赫剌克勒斯的要求出庭作证,却反对他自己的父亲,宣称那是真的,他父亲曾答应给赫剌克勒斯重赏。奥革阿斯在暴怒中,他命令他的儿子和外乡人即刻离开他的国土。

又经历一些冒险之后,赫剌克勒斯回到欧律斯透斯那里,但国王宣布这次工作因为他要求报酬所以不能算数。国王立刻派他做第六件工作,即赶走斯廷法罗斯湖的怪鸟。这是像鹤一样大的食肉鸟,并有着铁翼、铁嘴和铁爪。它们栖息于阿耳卡狄亚的斯廷法罗斯湖的四周,能投掷羽毛如同射箭一样,它们的喙也可以啄穿青铜的盾。在那地方它们已伤害无数的人畜。阿耳戈船的英雄们在路途中所遭遇的也正是这种怪鸟。在短短的旅程之后,赫剌克勒斯来到大树林包围着的湖边。大群的怪鸟由于躲避豺狼的侵害,正逃到这里的树林里来。赫剌克勒斯无助地站着,正犹豫着他怎能制服这么一大群敌人,这时忽觉得有人轻轻地拍着他的肩膀,他回过头来,看见庄严的雅典娜。她给他两面巨大的铜钹,那是赫淮斯托斯为她铸造的。她教他怎样使用这铜钹来驱逐怪鸟,说完话就突然不见。赫剌克勒斯于是爬在湖边的小山上,摇动铜钹恐吓怪鸟。它们无法长此忍受这刺耳的响声,结果都恐惧地飞出树林,这时赫剌克勒斯弯弓搭箭,一一将它们射落。剩下的也离开那地方，一去不回。

赫剌克勒斯的第七、八、九件工作

克瑞忒的弥诺斯王曾经向波塞冬许愿，要将深海里最初出现的无论何物献祭给他，因他认为在他的领土以内没有一种生物值得献给这样一个伟大的神灵。海神使一匹美丽的牡牛从海浪里升起。但国王极喜欢这美丽的动物，所以他将它掺混到他的牛群里，另以一匹牡牛替代，献祭海神。这使海神很愤怒，作为一种惩罚，他使这牛发疯，并在克瑞忒岛上大肆破坏和扰乱。赫剌克勒斯的第七件工作便是要驯服它，并将它带回献给欧律斯透斯。

他旅行到克瑞忒，并告诉弥诺斯他来的目的。国王想着能够除去国内这么一个危险的野物，所以十分喜欢，甚至帮助赫剌克勒斯把它捉住。这半神人的英雄将这狂暴的野牛驯服得这么驯良，甚至可以骑着它到海岸上，并从这里回到珀罗奔尼撒去，而它安详地走着像航行在平静的海上的船舶一样。

欧律斯透斯对于他这次的工作很满意，但在他很欢喜地看过这捕捉的野物之后，他又将它放走。牡牛一感觉到没有了赫剌克勒斯的控制，立刻又发起疯来。它跑遍拉科尼亚和阿耳卡狄亚，通过海峡到达阿提卡的马拉松，并蹂躏这地方，如同过去蹂躏克瑞忒岛一样。直到很久以后才被忒修斯完全制服。

赫剌克勒斯的第八件工作乃是要将特剌刻的狄俄墨得斯的牝马们带到密刻奈来。狄俄墨得斯是战神阿瑞斯的儿子，是好战的比斯托涅斯人的国王。他的牝马这样强壮而凶猛，必须用铁链子将它们锁在铜马槽上。它们吃的也不是雀麦！任何寻找狄俄墨得斯城堡的不幸的外乡人，都被丢在马槽里，好让马来吃他们的肉。赫剌克勒斯来到这里，他首先做的事乃是擒拿凶残暴厉的国王，征服管理马厩的卫士，然后拿国王来喂他自己的牝马。这些马匹饱食国王的肉以后，性情变得温驯，他驱策着它们来到海边。但比斯托涅斯人却全副武装来追击他，所以他不能不回头和他们作战。他将所有的马匹交给他的最好的朋友也是永恒的伙伴阿布得洛斯看守。阿布得洛斯是赫耳墨斯的儿子。当赫剌克勒斯离开,马匹们吃人肉的野性又发作。所以当赫剌克勒斯驱走比斯托涅斯人再转回来时,他发现阿布得洛斯已是尸骨狼藉。赫剌克勒斯深深地悲悼他的死,并为纪念他而建立阿布得剌城。最后他又驯服所有的马匹,并平安地带着它们去见欧律斯透斯。他将这些马匹献给赫拉。后来这些牝马都生育马驹,长期繁殖下来。据说马其顿的亚历山大所骑的一匹马就是它们的子孙。赫剌克勒斯做完这件工作以后,就参加伊阿宋和阿耳戈英雄们去探取金羊毛。关于这次远征科尔喀斯的故事,已在前书说过。

在长久漂泊之后,这英雄开始和阿玛宗妇人国作战来完成他的第九件工作,即夺取阿玛宗女皇希波吕忒的腰带献给欧律斯透斯。阿玛宗人居于蓬托斯的忒耳摩冬河的周围。这是一个妇人国,她们买卖着男子,并且只养育她们的女儿。她们常常全体出发作战。为要表示她的威严,她们的女皇希波吕忒经常佩着阿瑞斯亲自赠给她的一根腰带。

赫剌克勒斯征求自愿帮助他作这次冒险的人,并把他们集合在一只船上。经过许多危险之后,他进入黑海,到达忒耳摩冬河口,又驶入阿玛宗的忒弥斯库拉的港口。希波吕忒遇到这些外乡人,并震惊于这半神人的俊美有力。当她知道他们远来的目的,她答应把她的腰带给他。但赫拉,由于憎恨赫剌克勒斯,所以变形为一个阿玛宗人,杂在众人当中散布谣言,说一个外乡的野蛮人就要拐走她们的女皇。即刻所有的人都骑上马,向住在城外帐篷里的赫剌克勒斯袭击。普通的阿玛宗人和他的随从作战,最高贵的人则和赫剌克勒斯本人对抗。最先和他作战的是埃拉,一名暴风,因为她可以飞快地奔跑如同旋风一样。但赫剌克勒斯比她跑得更快。埃拉被迫败退,她虽然像风一般奔跑,他还是追上去将她杀了。第二个阿玛宗人刚一交手就被击倒。第三个叫普洛托厄,她在个人对个人的斗争中曾经七次获胜。在她以后,赫剌克勒斯又打翻了八个人,其中有三个是在阿耳忒弥斯的狩猎中被挑选的百发百中的勇士。但这次她们却射不准确,并且即使她们企图躲藏在盾牌下面,赫剌克勒斯也终于击中了她们。曾誓言一生不嫁的阿尔喀珀也倒了下去。她的誓言总算实行,只是生命亦已缩短。当阿玛宗人的无敌领袖墨拉尼珀被俘,其余的人都狂乱逃散,希波吕忒就献出了腰带,那是在没有想到会有战争以前就已许诺了的。赫剌克勒斯接受它作为对墨拉尼珀的赎金,将她放回。

在回家的路上,一种新的冒险在特洛亚的海岸上等待着他,因为他在这里发见拉俄墨冬的女儿赫西俄涅被锁在岩石上,在无言的恐怖中等待着来吞食她的海怪。海神波塞冬曾经为她的父亲建筑特洛亚城垣,但这国王却吝惜着他所许诺过的报酬。波塞冬使一个海怪来蹂躏特洛亚地方,直到拉俄墨冬在绝望中同意献出他的女儿来拯救他的国土。赫剌克勒斯经过这里,这不幸的父亲招呼他,请求他援助,并答应赠给他宙斯给与他父亲的壮丽的马匹,作为救出他女儿的报酬。赫剌克勒斯停住船,等待着海怪。当它张开大嘴来吞食这个女郎,他就跃进它的喉咙里,割裂它的脏腑,并爬着出来,如同从莹穴里爬出来一样。但拉俄墨冬又一次失约,没有给赫剌克勒斯马匹,因而这英雄说着愤恨的恐吓话走上自己的征途。

赫剌克勒斯最后的三件工作

当赫剌克勒斯将希波吕忒女皇的宝带献在欧律斯透斯的足下,他仍然不让他得到休息,即刻又派他去捉革律翁的牛群。革律翁是住在伽得伊剌海湾厄律提亚岛上的一个巨人。他有一群漂亮的栗色的牲口,由另一巨人在一只双头狗的帮助下替他看守着。他大得不可想象,三头六臂并有三个身体和六只脚。没有一个人类的子孙敢和他作战。赫剌克勒斯也十分知道,要从事于这艰险的工作,必须有谨慎小心的准备。全世界都知道革律翁的父亲克律萨俄耳是全伊柏里亚的国王,由于他的富有,所以外号叫做“黄金宝剑”;除革律翁以外,他还有着三个身体庞大的勇敢的儿子,各人统率着一队强壮而善战的人马为他作战。也就是为了这个原因,欧律斯透斯将这件工作交给赫剌克勒斯,希望这次的远征,在这样一个国家,这半神人的可憎恨的生命从此可以完结。但赫剌克勒斯对于这新的危难,较之过去的冒险并无惧色。他在克瑞忒岛召集那些他从野兽口里救出来的军队,乘船前进,并先在利比亚海岸登陆。在这里他和巨人安泰俄斯斗争。这巨人的力量无论何时当他一触到作为他的母亲的大地，就立刻可以恢复。赫剌克勒斯知道这，所以将他举起，在空中双手将他扼死。然后他肃清利比亚的食肉兽，因他最憎恶凶猛的动物和恶人，他们使他联想起逼迫他多年从事于艰险工作的不义的统治者。

在沙漠地方经过一段长途旅行，他到达一处丰饶的大河流域。他在这里建立一座巨大的城池，称之为赫卡同皮罗斯，这是有着一百扇城门的城池。最后他到了伽得伊剌湾的对面，在大西洋上，他建立了两座石柱，这便是有名的赫剌克勒斯石柱。炎日如火地晒着他，使他不能支持。他抬头望着天，瞄准箭头，想射落太阳神。阿波罗惊叹着他的大无畏精神，愿意帮助他，借给他自己在夜间旅行所用的一只金碗。他在这只金碗中渡海到伊柏里亚，他的舰队则紧靠着他的身边航行。在这里他发见克律萨俄耳的三个儿子，各有庞大的军队，营幕互相衔接着。但是赫剌克勒斯不必要和军队作战。他向他们的领袖们个对个地挑战，并逐一地杀死他们，征服他们的国土。

以后他来到厄律提亚，革律翁和他的牛群住在这里。当那只双头狗嗅出有新人来到，向他扑来，但赫剌克勒斯坚定地执着木棒，一棒将它打死。他又杀死了来援救双头狗的看守牛群的巨人，然后带着牛群赶快离开。但革律翁追上了他，随着发生一场恶战。赫拉亲自来帮助革律翁，但赫剌克勒斯一箭射伤她的胸部，这女神被迫逃遁。第二箭他射中巨人的腹部，这正是巨人的三个身体连接着的地方，所以他也倒地死去。

赫剌克勒斯经由陆路回家，经过伊柏里亚和意大利，驱策着牛群走在他的前面，处处都有着光荣的冒险。在下意大利，在邻近瑞癸翁的地方，有一匹牛逃走，泅水渡过海峡，向西西里岛逃去。赫剌克勒斯即刻驱着其余的牛下水，执着其中一匹牛的角泅水到西西里，又立下许多功绩以后，他终于离开意大利，回到希腊和连接特剌刻与伊吕里亚的地峡。

现在他已经完成了十件工作，但因为有两件工作欧律斯透斯认为不能算数，所以他不能不再做别的两件来抵补。

在很久以前，宙斯与赫拉结婚的时候，所有的神祇都带着礼物来献给新婚夫妇，该亚也很慷慨。她从海洋西岸带来一株枝叶茂盛的树，结着许多的金苹果。夜神的四个女儿被派定看守栽种这株金苹果树的圣园，并由巨龙拉冬帮助看守。它是百怪之父福耳库斯与大地的女儿刻托所生的百个头的巨龙。它永不睡眠。它的一百张嘴发出一百种不同的声音，所以那种震耳的嘘声使你一听就知道它在哪里。按照欧律斯透斯的命令，赫剌克勒斯就是要从这怪物那里夺取金苹果。

这半神人的英雄走上他的迢遥而险峻的旅途。他胡乱地走着，因为他不知道赫斯珀洛斯的女儿们在什么地方。最初他来到忒萨吕，那是巨人忒墨洛斯的地方。这巨人的前额坚硬得如同岩石一样，他遇到旅行的人，就跑上去用铁头将他撞死。但这次当他的头撞在神圣的赫剌克勒斯的头上，却被碰得粉碎。他又前进，来到厄刻多洛斯河的附近，遇到另一个恶怪库克诺斯，他是阿瑞斯与皮瑞涅的儿子。当赫剌克勒斯问他到夜神的女儿们的圣园怎样走时，他不但不回答，且向赫剌克勒斯挑战，要和他单打。但他被赫剌克勒斯杀死了。这时战神阿瑞斯出来为他的儿子报仇，赫剌克勒斯被迫应战。因为宙斯不愿他的儿子们互相残杀，所以掷出雷电将他们分开。此后，赫剌克勒斯漫游于伊吕里亚，横过厄里达诺斯河，来到宙斯与忒弥斯所生的女仙们那里。她们住在河岸上。他问她们到夜神的女儿们那里去的路途。"去问年老的河川神祇涅柔斯去吧，"她们回答。"他是一个预言家，知道一切的事情。在他熟睡的时候，制服他并把他捆起来，他就会告诉你正确的方向。"赫剌克勒斯听从她们的劝告，并制服涅柔斯，虽然他如同往常一样将自己变化为各种不同的形象。但这宙斯与阿尔克墨涅的儿子没有放开他，直到他问清楚在世界的哪方他可以寻觅到金苹果。最后他由利比亚向埃及前进。

海神波塞冬与吕西阿那萨的儿子部西里斯乃是那地方的国王。在九年饥荒和大旱之后，从库普洛斯来的一个预言家宣布了一个残酷的神谕：如果每年杀戮一个外乡人献祭宙斯，可使大地变得肥沃。部西里斯为了表示感激他所说的神谕，就以预言家本人作最先的一个祭品。渐渐地这残暴的国王对于这每年的献礼感到这么大的兴趣，以致所有到埃及来的外乡人都遭杀害。赫剌克勒斯也被擒获并绑赴宙斯的圣坛。但他却劈开锁链，杀死国王部西里斯和他的儿子和助他为虐的祭司。

他又继续前进，从高加索山上释放普罗米修斯，并顺着这个被解放的提坦所指示的方向，来到阿特拉斯站立着并以双肩背负着天的地方。在他的附近，夜神的女儿们看守着枝叶繁茂的结着金苹果的圣园。普罗米修斯劝他不要亲自去偷金苹果，最好先派阿特拉斯去。赫剌克勒斯应允在阿特拉斯离开时，承担他的负荷，以自己强力的双肩背负着苍天。同时阿特拉斯进到圣园，引诱以龙尾盘缠着树身的巨龙睡去，并杀死它，用计骗过看守的女仙们，平安地摘了三个金苹果带回来。但他已尝到自由的快乐！"我的双肩已感到轻松，"他说，"我不愿再让它们受罪了！"于是他将金苹果掷在赫剌克勒斯脚边的草地上，让他背负着那不能忍受的重负。但这英雄即刻想出一条计谋来解脱自己。

"让我绕一根绳子在我的头上吧，"他对阿特拉斯说，"否则这重量将会压碎我。"阿特拉斯认为这是一个合理的要求，就承担了。他以为只要他代替一两分钟。但这时如果他想赫剌克勒斯来接替他，就得永远等待下去，骗子反而受骗了。赫剌克勒斯拾起地上的金苹果走开了。他将它们带回献给欧律斯透斯。欧律斯透斯原希望他会在攫取金苹果时丧失生命，但结果却活着回来，因此即以金苹果赠他。他将它供在雅典娜的圣坛上，但这女神知道这些圣果是不能放在别处的，所以又将它们送回由夜神的女儿们看守着的圣园。

欧律斯透斯一直没有能毁灭他所憎恨的敌手，反而帮助他在命运女神所规定的遭遇中得到了更大的光荣。由于他的不畏艰险，征服困难，他显然是人间的卓越的勇士和一切残忍行为的复仇者。但现在狡猾的欧律斯透斯安排给他的最后一次的探求乃是任何英勇的力量都无能为力的。他得去和地府里的恶势力搏斗，带来冥王哈得斯的看门狗刻耳柏洛斯。这怪物有三个头，下身是一条龙尾，猖猖的大嘴流着毒涎，头上和背部的毛则全是纽结着的毒蛇。

要准备作这种可怕的探求，他来到阿提刻的厄琉西斯城。在这里，聪明的祭司们领导着一种关于天上地下的神祇的教仪。在这个神圣的地方,在他对于马人们的屠杀行过净罪礼以后,祭司欧摩尔波斯授给他神秘的教义。怀着这些神秘的知识和面对恐怖的地府的心理准备,他去到珀罗奔尼撒的泰那戎城,这里有一个通向地府的入口。在冥冥中引导人类灵魂的赫耳墨斯陪着他下降到幽深的地峪里,来到普路同王的京城。阴魂们都在城门的周围凄惨地移动着(因为地府里的生活不像在有阳光的世界里那样快乐),一看到有血肉的人就立即逃避。只有墨勒阿革洛斯和戈耳工怪物墨杜萨的灵魂敢于坚定地面对有血肉的生命。赫剌克勒斯挥着宝剑好像要杀死戈耳工,但赫耳墨斯拉住他的手臂,并为他解释,死人的灵魂只不过是空虚的影子,不会为人间的利剑所伤。但对于墨勒阿革洛斯的灵魂,赫剌克勒斯却和他温和地谈话。并答应为他向他的在人间的姊姊得伊阿尼拉问候。

当他走近哈得斯的大门,他看见由忒修斯陪同到地府里来向冥后珀耳塞福涅求爱的庇里托俄斯。普路同对于他的这种狂妄的想头十分愤怒,将他们两个锁在他们坐下来休息的大石头上。他们看见他们的老朋友赫剌克勒斯,向他伸出祈求的手,并战栗着希望再看见地上太阳的金光。这半神的英雄真的握了忒修斯的手,并斩断他的镣铐,但当他同样地要释放庇里托俄斯时,他却失败了,因为大地开始在他脚下猛烈震动。再往前行,赫剌克勒斯又遇见阿斯卡拉福斯,他过去曾毁谤珀耳塞福涅,说她偷食哈得斯的石榴,因此使他不能再回到人间去。他为他移去他身上的石头,那是得墨忒耳伤心于不能再见她的女儿时加在他身上的,差一点没有把他压碎。最后赫剌克勒斯为了使焦渴的鬼魂得到血食,他袭取普路同的牛群,并杀死一条牛。但这却为牧人墨诺提俄斯所不喜,他向赫剌克勒斯挑战,要他和他角力。赫剌克勒斯即刻抱着他的腰肢并挤断他的肋骨,直到珀耳塞福涅自己走来调解,他才将他释放。在死城的门口,冥王普路同挡着进路。赫剌克勒斯搭箭射中他的肩膀,但他忍受了人类的痛苦,所以当赫剌克勒斯温和地要求他许可带走他的地狱的恶狗时,他并不拒绝,只是提出一个条件:必须不用他所带着的武器去制服恶狗。所以赫剌克勒斯放下一切,只是穿着胸甲和狮皮,去寻觅这只怪物。他看见它蹲伏在阿刻戎门口。不管它的三个头猖狂狂吠,轰震着如同千百个闷雷一样,他终于用两腿夹着它的三个

冥土。中坐者为冥王哈得斯及其妻珀耳塞福涅,左为复仇女神,右为贪婪女神及死神

神祇中的怪物。自左至右：斯芬克斯，提丰，厄喀德那，喀迈拉，格赖埃及巨蛇

头,两手紧紧抱着它的脖颈,但这怪物的尾(本身便是一条龙)却抽击着他,并用利齿咬着他的胁部。但他仍死死抱住它不放,并扼着它的喉管,直到这恶狗屈服。这时他举起它,带着它离开地府,从阿耳戈利斯的特洛曾附近的另一个出口,平安地回到人间。但当这恶狗刻耳柏洛斯见到地上的阳光,却恐惧得发疯,并四处呕吐毒涎。于是地上钻出有毒的乌头树,这种植物直到现在还在那个地方繁殖。赫剌克勒斯即时去到提任斯,将枷锁着的恶狗献给欧律斯透斯,他差不多不能相信自己的眼睛。现在他才知道要除掉这宙斯的强有力的儿子是不可能的。他只好将自己委诸命运,并打发赫剌克勒斯仍然将这头恶狗送回地府交给它的主人。

赫剌克勒斯和欧律托斯

在这些辛苦和努力之后,赫剌克勒斯终于不必再给欧律斯透斯服役并回到忒拜去。他再不能和他的妻子墨伽拉相处,因为她为他所生的几个孩子已为他发疯时所射杀。现在他得到她的同意,将她给与他所爱的侄儿伊俄拉俄斯,自己开始寻求一个新的妻子。现在他梦想着欧玻亚的俄卡利亚国王欧律托斯的美丽的女儿伊俄勒。当赫剌克勒斯在童年的时候,欧律托斯曾教他射箭。欧律托斯宣布,谁和他以及他的儿子们比赛箭术,箭术比他们高强,就可以得到他的女儿。听到这,赫剌克勒斯忙着来到俄卡利亚,混在许多竞赛者之中,并即刻证明自己不愧是年老的欧律托斯的青出于蓝的学生,因为他终于得到胜利。国王优礼这个贵宾,但心中却忧虑着,因为他想起墨伽拉的遭遇,恐怕他的女儿也会得到同样的命运。因此他一天又一天回避赫剌克勒斯,并说他需要充分的时间来考虑这件婚事。同时欧律托斯的长子伊菲托斯正与赫剌克勒斯同年,他豁达地赞美赫剌克勒斯的强力和勇敢,一点也不妒忌,成为这英雄的好友,并设法影响他的父亲对于这个高贵的外乡人发生好感。但欧律托斯仍固执地拒绝他。

受到这深的打击,赫剌克勒斯离开王宫,长时期地在异地漫游。当他离开之后,有人来报告欧律托斯说有一个强盗偷去了王家的牛群。

这犯人乃是恶徒奥托吕科斯，他的偷盗是远近驰名的。但国王正在恼怒中，他说："除了赫剌克勒斯没有别人敢做这事！因为我没有将我的女儿许配他，他就做出这样卑鄙的报复，这亲手杀死自己孩子的刽子手！"伊菲托斯温和而婉转地为他的朋友辩护，并提议自己去寻找他，以便在他的帮助下，寻到已失的牛群。赫剌克勒斯殷勤地接待国王的儿子，并愿和他一起去寻找失去的牛群。但是他们没有成功，并且当他们爬上提任斯城墙想从高处看望失去的牛群时，赫剌克勒斯的疯病突然发作，因为愤怒的赫拉又使他失去了理智。他将他的忠诚的朋友伊菲托斯当做欧律托斯的恶意的同谋者，将他从城头上扔下去。

赫剌克勒斯和阿德墨托斯

当赫剌克勒斯忧闷地离开俄卡利亚的王宫，作很广很远的漂泊，一桩新奇的事却发生了。在忒萨利亚的费赖城居住着国王阿德墨托斯和他的年轻美丽的妻子阿尔刻提斯。两人有着几个美丽的孩子，并为幸福的人民所爱戴。很久以前当阿波罗杀死库克罗普斯，逃到俄林波斯圣山并被迫服役于人类时，斐瑞斯的儿子阿德墨托斯恳切地欢迎他，让他为他牧羊。后来阿波罗为宙斯赦免，他成为阿德墨托斯的保护神，一直在保佑他。当阿德墨托斯短促的生命濒于完结，阿波罗因为是神，已预先知道，就强迫命运女神答应假如有别人代替国王死，代他到地府里去，就可以让他逃脱将来临的死亡。然后阿波罗离开俄林波斯圣山来寻觅他过去的主人，警告他死期将近，同时又告诉他逃脱死神的方法。阿德墨托斯是一个诚实人，但他爱恋生命。不单是他，而是所有他的家族和人民，知道将失去这王室的栋梁，这贤夫和慈父，这万民爱戴的明君时，都大大地吃惊。所以国王四处找寻可以替死的人。但没有一个人愿意替死。虽然人民听到不久就要遭受的损失，都大声悲叹，但听到国王可以延长寿命的条件，却又沉默下来。甚至他的父亲斐瑞斯和他的年老的母亲，知道他们已是风烛残年，但仍不愿放弃他们最后几小时的生命来拯救他们的儿子。只有年轻美貌的阿尔刻提斯，只有他的妻，他的几个孩子们的母亲，正当玉貌华年，却纯洁无私地爱着她的丈夫，愿意代替他死。当她说出这话,死神立即到王宫里来,预备带她的阴魂到地府里去,因他知道命运女神所规定阿德墨托斯之死的正确的时日。阿波罗看到死神来临,就飞快地离去国王的宫殿,因他是生命之神,不愿为死神的不祥所沾污。

现在忠贞的阿尔刻提斯感觉到她的死期临近,准备献身死神,她先在清泉里沐浴,穿着节日的华服,佩着珠络,然后在家里的神堂向地府女神祈祷,最后把丈夫和孩子们拥抱在手臂里。她一天一天地消瘦,直到最后,规定的时间到来,她走进客厅去接待地府的使者。她的家族和女仆们伴随着她。她严肃地和他们告别。"让我告诉你我心里的话吧,"她对她的丈夫说。"因为我爱你的生命甚于我自己的生命,所以我愿在命运规定的时间以前为你而死,虽然我本来可以选择第二个丈夫,一个忒萨利亚的贵族,并享受一个悠久甚至可能是幸福的生活。但没有你看着我的无父的孩子们,我活不下去。你的父母不愿替你死,虽然他们这么做要比较合适,因为这样你就不致孤独地去抚养失去母亲的孩子们。但神祇既已如此安排,我只有请求你记住我所做的事情,不要将你和我一样热爱着的孩子们委给一个后母,因为她由于妒忌,可能会虐待他们。"她的丈夫含着眼泪发誓说,她活着是他的妻子,死后也只有她而没有任何第二个人会是他的妻子。于是阿尔刻提斯带着号哭的幼小的孩子们向他走来,随即晕倒在地。

当他们正预备举行葬礼,赫剌克勒斯恰好漫游到费赖城并走到王宫的门口。仆人们让他进去,他正在和他们说话,国王走了出来。他隐藏着悲愁,热烈地欢迎他。赫剌克勒斯看见他穿着丧服,因问他发生了什么事,他不愿使他悲伤或者甚至走掉,只暧昧地回答他,所以给客人的印象好像仅是一个旅行到这里的远亲突然死在宫里了。因此赫剌克勒斯并没有改变他的快乐的心情,他叫一个仆人领他到客房去,并给他酒喝。当他看到这个仆人的忧郁气色,他还责备他。"你为什么这么严肃呢?"他问他。"仆人的职务乃是接待宾客。异乡的一个妇人死在这里,那算得什么呢?死是凡人的共同命运。忧能伤生。去吧,和我一样地头上戴着花冠,并和我干杯吧!我十分清楚满溢的酒杯可以抹去你额上的皱纹。"

但这仆人悲哀地走开了。"我们遭受一种不幸，"他说，"这使我失去欢笑和饮宴的心情。费瑞斯的儿子是好客的，真的，或者太好客了，所以他让一个心情快活的外乡人到他的悲伤的屋子里来喝酒。"

"我为什么不应当快活呢？"赫剌克勒斯说，"为着一个不相识的妇人的死么？"

"唉，不相识的妇人！"这仆人诧异地叫起来，"她对于你或者是不相识的，但对于我们可不是这样呀！"

"但阿德墨托斯并没有告我全部实情，"赫剌克勒斯沉思地说。

"随你去快活吧。国王的伤痛，只有他的朋友和那些服役于他的人才会关心，"仆人说。

现在赫剌克勒斯诘问着他，直到他找出这事情的究竟。"那是可能的么！"他叫起来。"阿德墨托斯丧失了美丽而尊贵的妻子，还会如此殷勤周到地接待一个外乡人么？ 在进城门的时候我还感到隐约有些勉强。而现在我在哀伤的屋子里竟戴着花冠并且饮酒作乐！ 告诉我，阿尔刻提斯葬在什么地方？"

"假使你走通往拉里萨的大道，"仆人回答，"你将看见一座已经建立在她的坟墓上的壮丽的纪念碑。"他边哭边说地走开了。

当赫剌克勒斯独自留在那里时，他并不悲伤，只是做出一个迅速的决定。"我必须救活这个已死的妇人，"他自言自语地说。"我必须将她带回给她的丈夫。除此以外无可报答他的礼遇。我将去到她的坟上，并等待着死神，这死之统治者。我将看见他饮酌倾注在纪念碑上的祭品的血。这时我从隐伏的地方跳出来捉住他。世上任何力量都不能使我将他放走，除非他将死者的阴魂送回。"怀着这个决心，他秘密地，默默地离开宫殿。

阿德墨托斯回到他的寂静的屋子并看到他的孤独的孩子们。他深深地悲悼他的妻子，任何忠实的仆人都不能安慰他的悲楚。突然赫剌克勒斯从大门进来，牵着一个戴着面纱的妇人。"那是不应该的，国王哟，对我隐瞒着你的妻子的死，"他说。"你接待我就好像你仅仅在哀悼一个疏远的人。同样，由于不明白事实，我也犯了大错。在死去主妇的屋子里灌酒于地。但我将不再扰乱你的悲愁。我回来只是为了一件事情,这是我在这里比赛得胜时赢得的一个女子。我正要去从事于新的竞赛。在我离开时,你可以使她作你的侍女,保护她如同保护一个朋友的珍物一样。"

阿德墨托斯对于赫剌克勒斯所说的话感到惊异。他说:"并不是因为我蔑视或看不起朋友而对你隐瞒我妻子的死,乃是不愿意由于你离开我到别人家去而增加我的悲哀。至于这个女人,请你给费赖城的任何人,不必给我,我的负担已够沉重。你在城里必然有很多朋友!我怎能看见这个女人在我的屋子里而不哭泣?此外她也不能在男人的屋子里住,而我也不能将她安置在我死去的妻子的屋子里。别打搅我吧!我畏惧费赖城人民的闲言和死者的责难。"

但国王虽然拒绝,眼睛却好奇地盯着这被面纱遮着的妇人。"无论你是谁,"他对她说,"你的身材这么出奇地和我的阿尔刻提斯相像。神祇在上,赫剌克勒斯,请你带走这个女人,别使一个已经够悲惨的人再增加痛苦。无论何时我看见她,我会感到如同看见我的妻子一样。我将流泪,我的悲伤将没有尽头。"

赫剌克勒斯隐藏着真意,忧郁地回答:"啊,但愿宙斯给了我这种力量使我从地府里救回你的高贵的妻子,使她重见世界的阳光,用以报答你的伟大的友情!"

"我知道,假使你能够,你会这样做的,"阿德墨托斯回答,"但何曾有过死去的人又会活回来的呢?"

"好呀,"赫剌克勒斯比较愉快地继续说,"正因为这是不可能的,那么让时间来减轻你的悲哀吧。生者的忧伤并不会使死者愉快。别总是想着第二个妻子不会给你带来欢乐。最后,为我的缘故,还是接受我带给你的这个女子。至少也试试看!在你发觉她使你苦恼的时候,她就会离开你的。"

赫剌克勒斯这样逼迫阿德墨托斯,阿德墨托斯也不想过拂友人的盛情。他很勉强地,叫一个仆人带她到内室里去,但赫剌克勒斯却不愿意。"别将这无价之宝交到仆人的手里,"他说。"我的朋友,假使你愿意,请自己带着她进去吧。"

"不,"阿德墨托斯说,"连我的手指也不能碰她一碰。对于我,即使是最轻微的接触,也算是破坏我对于死者的誓约。"

但赫剌克勒斯仍不放过他,直到他牵着这个带着面纱的妇人的手。"现在珍爱她吧,"他说,"仔细地看看她,弄清楚她的确和你的妻子一样,并终止你的悲伤吧。"说着就揭开她的面纱。国王不能相信地大吃一惊,他已看见他自己的妻子!他激动得几乎晕倒,抱着她,这重新活回的人,悲喜交集地尽情地看着她,同时这半神人的英雄却叙述着他与死神打交道的情况:怎样在墓地上捉到他,并和他争斗,夺回他的宝物。最后国王知道她的确是阿尔刻提斯,他双手拥抱着她,但她仍然沉默着不能回答他的热情的言语。"你还听不到她的声音,"赫剌克勒斯解释,"要到第三天拂晓时,死的束缚才可以完全割断。别疑惑,先带她到你的内室,并庆祝你们的团圆吧。为着报答你对于外乡人的高贵的款待,她又属于你了。现在让我去走我自己的路吧。"

"祝你平安,赫剌克勒斯!"阿德墨托斯在后面大声喊道,"你指引我回复到更美的生命,因为现在我不仅是幸福,并以感恩的心情体会到我的幸福了。所有我的人民将以歌唱和跳舞来进行庆祝。所有的圣坛将升腾着献祭的熏香。在这一切里,我们将怀着无限的感谢和爱戴纪念你,啊,宙斯的伟大的儿子哟!"

赫剌克勒斯为翁法勒服役

虽然赫剌克勒斯是在疯狂中杀死伊菲托斯的,他的心里仍然感到沉重的负担。他这里那里地漫游,访问各地国王寻求净罪。最先他访问皮罗斯的涅琉斯,然后访问斯巴达王希波科翁,两人都拒绝他的请求。第三个人亚密克莱的国王得伊福玻斯同意为他净罪。但神祇却惩罚他,使他患一种重病。这位向来健康有力的英雄,渐渐地病弱得不能支持。他来到得尔福,希望皮提亚的神谕可以治好他的疾病。但那里的女祭司拒绝向这杀人者说话。这使他很愤怒,他偷取她的三脚圣坛,带到旷野中,自己作起神谕来。由于他的这种狂妄和僭越,阿波罗即刻出现,单独和他挑战。但这一次宙斯不愿兄弟们互相残杀,在他们中间轰击着闪电,终止他们的决斗。最后赫剌克勒斯被告谕,如要疾病得救必须卖身三年为奴；又为消除杀人罪孽，必须将卖得的钱送给死者的父亲。赫剌克勒斯因为十分病弱，所以不能不屈服于这苛刻的条件。他和他的朋友们航海到亚细亚，朋友中的一人，得到他的同意，将他卖给伊阿耳达诺斯的女儿翁法勒。她是在当时叫做迈俄尼亚后来叫做吕狄亚那个地方的女皇。按照神谕所示，卖者并将出卖赫剌克勒斯所得的钱全部送给欧律托斯，他不接受，又送给被杀死的伊菲托斯的孩子们。即刻赫剌克勒斯的疾病得到痊愈。

虽然他还是翁法勒的奴隶，可是当他的体力一恢复，他就开始作一切英雄的作为，继续造福于人类。他肃清他女主人境内及附近地方的强盗。他诛灭一部分住在厄斐索斯四周的掠劫乡村为害人民的刻耳科珀斯人，有些并用铁链子锁着献给翁法勒。波塞冬的一个儿子，即奥利斯地方的国王绪琉斯，他劫掠过客，并强迫他们为他耕种葡萄园，如今也被赫剌克勒斯用铁铲打死，并将他所有的葡萄藤连根挖毁。他也毁坏伊托涅斯的城，因为他一再侵略翁法勒的土地，并奴役所有的人民。在佛律癸亚，弥达斯的私生子利堤厄耳塞斯无恶不作。他是一个极富有的人，很客气地邀请一切过路的外乡人作他的贵宾，但在晚宴以后，就强迫他们为他耕种，如果他们敌不过他就要被杀头。赫剌克勒斯杀死这个暴君，并将他投入迈安得洛斯河。

在他的一次远征中，他来到多利刻岛，看见被海浪冲到海岸上的一具死尸。这是伊卡洛斯的尸体，他佩着他父亲为他所造的羽翼，从克瑞忒的迷宫飞出，因过于接近太阳，坠海而死。怀着无限的同情，赫剌克勒斯埋葬这个孩子，并为了纪念他，将这个岛改名为伊卡里亚。为了报答他，伊卡洛斯的父亲，即大艺术家代达罗斯为赫剌克勒斯在庇萨建立一座巨大的极为肖似的石像。一次，赫剌克勒斯夜中到达这里，在黑暗中这石像像活的一样。他自己的英雄姿态好像是一个对他威胁着的敌人，所以他以巨石对它投去，破坏了这个为他建立起来的美丽的纪念碑。狩猎卡吕冬野猪的故事也发生在赫剌克勒斯替翁法勒当奴隶的时候。

翁法勒女皇颇赞美她的奴隶的勇敢，并猜出在她的家人里有一个世界闻名的英雄。后来她知道他是宙斯的儿子赫剌克勒斯，她不但承认他的功绩,使他恢复自由,并招赘他作丈夫。在东方人豪华享乐的生活中,赫剌克勒斯忘记了美德女神在十字路口给与他的教训。他变得纵欲而懦弱,翁法勒亦以屈辱他为乐。她自己披着他的狮皮,却让他穿着吕狄亚女人的华美的衣服。他对她的盲目的爱狂热到使他服从她的命令坐在她的足边为她纺织。那曾经顶住阿特拉斯的重负尚以为轻的脖子,现在却戴着妇人的黄金的项链。粗壮的手臂也带着满镶着珍珠的手镯。长发披拂到肩上,并带着吕狄亚女人的发饰,披着女人的华丽的长服。他和翁法勒的侍女坐在一起,面前放着纺车,以瘦长多筋的手指纺织着纤细的线,并小心翼翼地恐怕不能完成当天的工作,受到女主人的责罚。当女皇高兴的时候,这男扮女装的汉子也不能不对女皇和宫女们述说他的光荣的青年时代的冒险:怎样用婴儿的双手捏死两条毒蛇,怎样在少年时代杀死巨人革律翁,怎样割下许德拉的不可杀死的头,以及怎样到地府里去和三头恶狗搏斗。妇人们都喜欢他的英雄故事,就如同孩子们喜欢保姆跟他们讲的故事一样。

对于翁法勒的服役终于满期,赫剌克勒斯也从他的迷恋中觉醒。他厌恶地摔下妇人的服饰,并毫不费力地恢复本来面目,成为宙斯的强有力的儿子,充满着英勇的决心。在他的新的自由中,他决定向他的敌人复仇。

赫剌克勒斯以后的功业

首先,他出发去惩罚特洛亚国王拉俄墨冬,拉俄墨冬曾建筑特洛亚城,是一个傲慢而专制的统治者。因为当赫剌克勒斯和阿玛宗人战争回来的时候,曾从毒龙口中救出拉俄墨冬的女儿赫西俄涅。拉俄墨冬不但违约,不给他所许诺的宙斯的骏马作为报酬,反而以侮蔑的言语辞退了他。现在他带着六只船,和一小队战士,其中包括几个希腊最著名的英雄如珀琉斯、俄琉斯和忒拉蒙。赫剌克勒斯穿着狮皮去看忒拉蒙,他正坐在甲板上。他站起来招待客人,并用金杯酌酒献给他。赫剌克勒斯很为他的盛情所感动,于是举起双手向天祈祷:"父亲宙斯呀,假使你过去曾慈爱地倾听过我的祈求,现在也请倾听我吧。我请求你给忒拉蒙一个勇敢的男儿,一个嗣子,他将如同穿着这身狮皮的我一样的无畏。让他永远为高贵的精神所鼓舞!"

他刚刚说完这话,神祇就打发一只鸷鹰,鸟中之王,飞翔在他的头上。这英雄满心欢喜,并用狂喜的心情和有力的声音如同预言家一样地说道:"是的,忒拉蒙,你将得到你所希望的儿子,他将和这只威严的鸷鸟一样威风凛凛。埃阿斯是他的名字,他将在神圣的战争中取得声望。"

说完这话,他在甲板上坐下。不久,他和忒拉蒙以及别的英雄们就出发远征特洛亚。

当他们登陆后,赫剌克勒斯吩咐俄琉斯看守船只,他和其余的人向城里走去。拉俄墨冬即刻率领队伍攻击船只并在战斗时杀死俄琉斯。但当他动身归来时却发现已为赫剌克勒斯的勇士们所包围。同时英雄们也围困了特洛亚城。忒拉蒙首先攻破城垣并攻进城里。赫剌克勒斯随后攻入。在这半神人的一生中,他落于人后还是第一次。深深的嫉妒蒙蔽了他的灵魂,一种恶毒的阴谋在他心中滋长。他举起剑来,正要挥击走在他前面的朋友,忒拉蒙回头一看,由他的姿态看出他的用意。他极其沉着地开始堆积身边的石头。当他的对手问他这是什么原因,他回答说:"我为赫剌克勒斯,这胜利者建立圣坛!"这话消融了他的嫉妒和愤怒。两个英雄又重新并肩作战。赫剌克勒斯用箭射杀拉俄墨冬和他的几个儿子,只有一个儿子除外。特洛亚城征服以后,他把拉俄墨冬的女儿赫西俄涅送给忒拉蒙,作为胜利的奖品。他并许可她选择一个她所心愿的俘虏释放。她选择他的弟弟波达耳刻斯。"这很好,"赫剌克勒斯说,"他将属于你,但首先他得忍受耻辱,并为别人的奴隶。然后你可以用钱将他赎回。"这孩子被卖为奴之后,赫西俄涅摘下头上的金冠,用以赎取他的兄弟。以后他更名为普里阿摩斯,意即被卖的人。

赫拉嫉恨这半神英雄的胜利。在他回去时,使他遭遇猛烈的暴风,但宙斯却搭救他,使她的阴谋不能实现。此后经过别的一些冒险,赫剌克勒斯决定第二个必须报复的人是奥革阿斯国王。他也曾拒绝给他所许诺的报酬。他攻入他的国内,杀死他和他的儿子们。他将厄利斯王国赠给了那个由于和他友好而被放逐的费琉斯。

　　这场战争得胜之后，赫剌克勒斯恢复了奥林匹克竞技会，并建立了一个圣坛献给竞技会的开创者珀罗普斯，另建六个圣坛献给别的十二位神祇，每两人一个。在这时候，据说宙斯曾化身为人与赫剌克勒斯角力，却遭受失败，并祝愿他的儿子以非凡的力量而获得幸福。然后赫剌克勒斯出发征讨皮罗斯及其国王涅琉斯，因为他曾拒绝为他净罪。他攻入他的城，杀死他和他的十个儿子。只有年幼的儿子涅斯托耳幸免，因为这时他正远在革瑞尼亚地方读书。在这次的战争中，赫剌克勒斯甚至杀伤了冥王哈得斯，因他也来帮助皮罗斯人作战。

　　现在唯一剩下来要惩罚的人是斯巴达的希波科翁，另一个不为赫剌克勒斯净罪的人。此外希波科翁的几个儿子的敌意也增加赫剌克勒斯的仇恨。因为有一次，赫剌克勒斯和他的舅父兼好友俄俄诺斯来到斯巴达，当俄俄诺斯正在观看宫殿的时候，有一只巨大的摩罗西亚猎狗袭击他。俄俄诺斯拾起一块石头掷去，国王的几个儿子们就涌出来用棍棒打死这个外乡人。现在为他自己的恼恨和朋友的死而报仇，他召集一队人去进攻斯巴达。当他们经过阿耳卡狄亚时，他邀请刻甫斯国王和他的二十个儿子加入他的远征，最初他拒绝，因为恐怕他的邻邦阿耳戈斯人乘虚侵入。雅典娜曾赠给赫剌克勒斯一束墨杜萨的头发，盛在铜罐子里。现在他将它赠给刻甫斯的女儿斯忒洛珀，并对她说："当阿耳戈斯人逼近的时候，你只要在城头上高举起这束头发三次，而你自己却不看它，这时你的敌人就会逃跑。"刻甫斯听到这话，就亲自参加这次的征战。但是，虽然阿耳戈斯人真的被迫逃跑，他自己却接连惨败，最后，他和他所有的儿子都被杀死。赫剌克勒斯的兄弟伊菲克勒斯，也在战斗中阵亡。但赫剌克勒斯自己征服了斯巴达，杀死希波科翁和他的儿子们，并使卡斯托耳和波吕丢刻斯的父亲廷达瑞俄斯回到城里，重登王位。但他保留着将来由自己的子孙继承他所给与廷达瑞俄斯的王位的权利。

赫剌克勒斯和得伊阿尼拉

赫剌克勒斯在珀罗奔尼撒作过许多英勇的作为以后,他来到埃托利亚的卡吕冬,来到国王俄纽斯那里。俄纽斯有一个美丽的女儿得伊阿尼拉。比之于埃托利亚的别的女人们,她更加被一个最不受欢迎的求婚者所烦扰。在她来到卡吕冬以前,她居住在她父亲的领域内的另一个城普琉戎,那里的阿刻罗俄斯河曾变为三种形象向她求婚。最初变形为一只牡牛,其次变形为有着闪光的龙尾的龙,最后则是一个有着牛头的人形,在多毛的面颊上流着泉水。得伊阿尼拉看着这奇形怪状的求婚者十分苦恼。所以她祈祷神祇但愿一死。她在长时期中坚执地拒绝他。但他越变得放肆而固执,她的父亲也好像并非不愿意将他的女儿嫁给这古代神祇后裔的河川之神。

现在第二个求婚者虽然出现较晚,但也还正是时候。这便是赫剌克勒斯。他的朋友墨勒阿革洛斯曾经对他说过得伊阿尼拉如何地美丽。这英雄已经料到这个美丽的女郎是不会轻易赢得的,所以作好战斗准备。当他向宫廷走来,微风吹着他背上的狮皮,箭在箭袋里震响着,他在空中抡着他的木棒。河神看到他走来,牛头上青筋暴胀,低下头,企图用利角突击他。俄纽斯看着他们两人都有大力而斗志激昂,并不想干涉他们,只是应允将他的女儿嫁给在战斗中得胜的人。

凶猛的斗争开始了,国王、王后和他们女儿都在那里旁观。赫剌克勒斯用铁拳猛击,用箭连射,但这河神的巨大的牛头却一再躲开,并寻伺着要以利角狠狠地冲刺他的敌手。最后这种斗争转为肉搏。手臂扭抱着手臂,大腿绞缠着大腿。两人都满身是汗,并如雷鸣一样地喘息着。最后宙斯的儿子占了上风,将大力气的河神摔在地上。他即刻变形为毒蛇。但赫剌克勒斯正是捉蛇的好手,假使不是阿刻罗俄斯又突然变为牡牛,他真的会将他打死。但即使这样,也没有使赫剌克勒斯张皇失措。他紧握着他的一只角,要他跪下,因用力过猛,这只角折断在他的手里。河神承认失败,得伊阿尼拉遂成为胜利者的锦标。至于阿刻罗俄斯的角,过去女仙阿玛尔忒亚曾送给他一只丰饶的角,满装着各

种的果子如石榴、葡萄之类。现在他将这只角赠给赫剌克勒斯，赎回他
自己的角。

赫剌克勒斯的结婚并没有改变他的生活态度。仍如同以前一样，
这里那里地漫游冒险。一次，当他回到俄纽斯的宫殿，在食饭时不幸杀
死一个正递水给他洗手的侍童。因此他又不能不逃亡。他的年轻的妻
和她为他所生的儿子许罗斯也伴随着他。

赫剌克勒斯和涅索斯

他们从卡吕冬来到在特剌喀斯的朋友刻宇克斯那里。在这里，赫
剌克勒斯遭到生平最危险的事，因他到达欧厄诺斯河时，他遇到马人涅
索斯，他按规定价钱背负着旅行的人渡过河去。他说神祇们将这任务
委托给他，表示相信他的诚实。赫剌克勒斯自己是不需要这种服务的，
因为他能够用大而有力的脚步跨过那打漩的河水。但是他将得伊阿尼
拉交给涅索斯，他将她放在肩上，带她过河。在半渡的时候，他迷惑于
她的美丽，开始拥抱她。赫剌克勒斯在对岸听到她的呼救，立即回转
来。他看见这多毛的半人半马的怪物欺凌他的妻子，就毫不迟疑地从
箭袋中抽出一支箭，在涅索斯快要上岸的时候一箭射去，射穿他的胸
脯。得伊阿尼拉从涅索斯的手中逃脱，正向丈夫奔去，这时候涅索斯虽
已濒于死亡，仍然满怀仇恨，他叫她回来，并用谎言欺骗她。

"听我说，俄纽斯的女儿！因为你是我背负的最后一个人，所以你
应从我的服役得到一些好处，只要你照我所说的去做。收集从我那致
死的伤口里流出的鲜血。在浸过许德拉的毒血的箭所射入的地方，血
液凝结，容易拾取。你可以用它作为一种魔药来管束你的丈夫。假使
你用它来涂染他的紧身衣，除你以外他就不会再爱别的妇人。"他说完
这个阴毒的劝告之后，即刻毒发而死。得伊阿尼拉虽然对于丈夫的爱
并不怀疑，但也终于如他所说地收集这些凝结的血，盛在她所带的一只
小瓶子里，并保存着，不让赫剌克勒斯知道。他离得很远，也看不见她
所作的事。经过别的一些冒险之后，他们到达特剌喀斯，和国王住在一
起，并带着那些无论到哪里总跟随着赫剌克勒斯的阿耳卡狄亚好汉们。

赫剌克勒斯,伊俄勒和得伊阿尼拉。
赫剌克勒斯的结局

赫剌克勒斯最后一次的冒险乃是远征俄卡利亚的国王欧律托斯,由于怀恨过去他拒绝把他的女儿伊俄勒给他。他召集希腊的一支强大的军队进军到欧玻亚,将欧律托斯和他的儿子们围困在他们的城里。后来他得胜。巍峨的宫殿毁为平地,国王和他的三个儿子被杀,整个城池都被摧毁。仍然还很美丽和年轻的伊俄勒成为赫剌克勒斯的俘虏。

得伊阿尼拉渴望地期待着她丈夫的消息。最后皇宫里响起一阵快乐的喧哗。一个使者飞快地跑回来,将他的消息报告给热心的听众。"啊公主哟,你的丈夫还活着,"他叫起来。"他将要全胜而归,甚至正在带着献给故乡神祇的战利品归来。跟随着我回来的他的一个仆人利卡斯现在正向城外平原上的人民宣告胜利。他自己所以来迟,乃是因为他正在欧玻亚的刻奈翁半岛对宙斯作感恩的献祭。"

不久,赫剌克勒斯的随从利卡斯也来到了,并带着许多俘虏。"祝贺你,我的王后,"他对得伊阿尼拉说。"神祇是嫉恶如仇的。他们成全了赫剌克勒斯的正义事业。生活豪华而巧言欺人的人都被打到地府里去了。但我们带来的这些俘虏,你的丈夫却希望你饶恕他们,尤其这跪在你脚边的不幸的女人。"

得伊阿尼拉同情地看着这美丽得放光的可爱的年轻女郎,把她从地上扶起来,并说:"当我看到不幸的人流落异乡,自由的人遭受到奴役,我总是怜悯得心疼。啊宙斯哟,啊征服者哟!但愿你的手永不要将这样的忧愁加在我们身上!但你是谁呢,可怜的女郎?你好像还是一个处女,并诞生于高贵的家庭。告诉我,利卡斯呀,她的父母是谁?"

"我怎么知道呢?你为什么要问我呢?"他推诿地回答,但面部的表情泄露出他隐藏着一种秘密。停一会,他又继续说:"她一定不是从俄卡利亚的小户人家出来的。"

因为这女郎总是叹息并保持沉默,得伊阿尼拉不好再追问下去,只有叫人将她带到屋子里,有礼貌并且慈爱地对待她。当利卡斯去执行她的吩咐时,首先来到的那个使者却对他的女主人偷偷地说:"得伊阿尼拉,不要相信你的丈夫所派来的这个人。他对你不说真话。我在市场中,当着许多见证人的面,听他说过你的丈夫摧毁俄卡利亚的巍峨的宫殿,惟一的原因,就是为着这个女郎。她便是你欢迎到屋子里来的人,她的名字叫伊俄勒,是欧律托斯的女儿,赫刺克勒斯在认识你以前曾热爱过她。现在她来了,那不是你的奴隶,乃是他的庶妻和你的情敌。"

得伊阿尼拉听到这话,悲伤地大声哭泣,但很快就镇定下来,并派人去把利卡斯找来。开头他指着宙斯万神之王宣誓,他所说的都是真话,他实在不知道这女郎的父母是谁。很久很久他坚执着他的谎言。但当着同一的宙斯,得伊阿尼拉也请求他不要再作弄她。"即使我可能怨恨我丈夫不忠实,"她流着眼泪说,"我还不致于卑贱到仇视这个女郎,因她从未触犯过我。对于她我只有同情,因为她的美丽不单是给自己招来不幸,甚至也毁灭了她的国家。"

利卡斯听完她这样好心肠的表白之后,他承认了一切。得伊阿尼拉在让他走开时没有丝毫要斥责他的表示,只是要他等着以便她为她的丈夫预备礼物,作为他送给她这批俘虏的报答。

她严格遵照着马人的指示,秘密地珍藏着她从他的中毒的伤口收集起来的凝结的血液,不让它见着一点阳光。现在,自从她将它秘密地藏好以来,她第一次在嫉妒的苦痛中想到这魔药。她不知道涅索斯所安排下的圈套,却以为那只是一种爱的魔药,除了可以挽回丈夫的爱以外,再不会有别的作用。她必须即刻行动!她偷偷地溜到屋子里,用一簇白羊毛蘸上魔药,涂染即将送给赫刺克勒斯的一件华贵的紧身服。当她忙着这样做时,她小心谨慎地不让羊毛和她所染的东西露在阳光中,将这件紫色的紧身服折叠得很整齐,锁在一只匣子里。一切做完以后,她将无需再用的羊毛丢在地板上,并召来利卡斯,将这献给赫刺克勒斯的礼物交托给他。"将这带给我的丈夫去,"她说。"这是我亲手织成的一件衣服。除他以外任何人都不能穿。在他穿上这件衣服举行祀神的大祭以前,他不能将它放置在火旁或阳光中。因为我许下心愿,假使他胜利归来,一切都必须照着这么做。这是我的真实的愿望和我的口信,凭着我交托给你的信物,他就会知道的。"

利卡斯答应一切如女主人所吩咐的去做。他即刻离开宫廷赶到欧玻亚去,使他的正在预备献祭的主人能尽先收受到这件珍贵的礼品。几天以后,赫剌克勒斯和得伊阿尼拉所生的长子许罗斯去谒见他的父亲,并将母亲的想念告诉他,催促他迅速归去。同时得伊阿尼拉偶然走进她用魔药涂染衣服的那间屋子。她看见她不经心丢在地下的那簇羊毛,不禁惊惧得瑟缩着,原来,它在阳光中受到了日光的温热,碎为灰尘,并嗞嗞地响着喷出一种有毒的泡沫。对过去所做事情的一种阴郁的预感,沉重地压在她的心上,她在宫中各个房间里苦痛不安地徘徊着。

最后许罗斯回来了,但只是独自一人。"啊,母亲哟,"他向她叫喊着,声音因为仇恨而变得粗卤,"我希望世界上从来没有你这个人,或者你不是我的母亲,或者神祇所赋予你的不是这样一个灵魂!"这王后本来已经为一种不可知的预感所苦恼,现在听到儿子的话更大吃一惊。"孩子哟,为什么这样地仇恨我呢?"她问。

"母亲,我从刻奈翁半岛来,"他回答她,哽咽得不能继续下去。"那正是你,你毁灭了我的生父!"

得伊阿尼拉面容变得如同死人一样惨白,但仍强作镇定地问他:"我的孩子,这是谁告诉你的? 谁敢拿这样可怕的罪名加在我身上呢?"

"不,"他回答,"没有人告诉我。也不必要,因我亲眼看到我父亲的悲惨的结局。我到刻奈翁半岛的时候,正值他为全能的宙斯建立圣坛,并宰杀祭品作感恩的献祭。这时他的仆人利卡斯带着你的礼品,这致死的紧身衣来到。照着你的意思,我父亲即刻穿上,并开始献祭。起初由于很喜欢你送来的这美丽的衣服,他欣快地泰然地祈祷着。但当祭坛上的火焰向着天空升腾,他就开始流着汗滴。这衣服好像由铁匠熔铸在他身上一样,他由头到脚都震颤着。如同毒蛇攻心一样,他大声叫喊利卡斯,这带来这件有毒衣服的无罪的人。利卡斯来了,仍然天真地重说一遍你所吩咐的话。我的父亲即时抓住他的脚,将他在海滨的岩石上摔死,并将残破的肢体投掷到沸腾着的海上。这种疯狂的举动使所有的人都震恐着,但没有人敢向他走去。他时而在地上翻滚,时而又跳起来,苦痛地尖声叫着,使岩谷和山林都发出回声。他诅咒你和使他丧命的婚姻。最后他看着我说道:'我的儿子,假使你觉得你的父亲可怜,即刻将我带上船去,使我不至于死在异乡。'所以我们将他抱上船。现在,在苦痛的挣扎中他总算回到了自己的故乡。你即时可以看到他,或者还在活着,或者业已死去。而这都是你干的好事,啊母亲哟!你可耻地谋杀了这千古最伟大的英雄!"

得伊阿尼拉对于他的严厉的责备没有回答,也没有企图为自己解说,只是在沉默的悲痛中离开了她的儿子。后来还是几个仆人告诉这个孩子他对他母亲的愤怒是不公平的,因为他们听她说过涅索斯给与的魔药怎样可以保持丈夫的爱。他去追她的母亲,但已来不及,她已经在屋子里用利剑刺胸自杀,死在她丈夫的床上。许罗斯双手拥抱着母亲,伏在床上,悲悔着自己的粗暴的言语。但他的父亲忽然走来,打断了他的自责。"儿子哟!"他叫着,"你在哪里?拔出你的宝剑,用它来杀死你的父亲吧!割下我的首级,并治好你的不信神的母亲用以坑害我的癫狂吧。别迟疑呀!可怜可怜我吧,一个英雄竟哭得像女人啊!"然后他又转身向他周围的人们苦痛的伸出双手,并悲号着:"你们还认识这双手么,虽然它们已被夺去所有的力量?但这仍是那双手,它们曾经扼杀牧人们的巨敌——涅墨亚的狮子,诛灭勒耳那的许德拉,帮助结果了厄律曼托斯山的野猪,并从冥土捉来三头狗刻耳柏洛斯。没有戈矛,没有山林野兽,没有巨人的队伍可以征服我,但我现在却死在妇人的手里。我的儿子哟,杀死我并惩罚你的母亲吧。"

但当许罗斯告诉他的父亲——并誓言这是真话——他的母亲绝无意害死她的丈夫,并以一死来为她的这种轻率的行为赎罪。这时赫剌克勒斯的悲愤才开始平伏,并转为悲哀。他让他的儿子许罗斯娶伊俄勒为妻,这个他从前所爱过而现在已成为他的俘虏的人。因为得尔福的一种神谕说过他将在特剌喀斯地方的俄忒山上完结他的生命,所以即使在剧痛中,他仍然叫人把他背到山之绝顶。在他的命令下人们将他安置在火葬堆上。他叫大家从下面燃起柴火,但无人愿意这么做。在痛苦中他极力地请求,直到最后他的朋友菲罗克忒忒斯才同意他的要求。为了感谢他,他赠给他没有人可以抵抗的常胜弓箭。柴火刚刚点着,天上就发出闪电,加速火焰的飞腾。然后雷声大作,一片云霞下降,包围着柴火堆,将这不死的英雄送到俄林波斯圣山上去。当火焰熄灭,伊俄拉俄斯和别的朋友们从灰烬中捡拾他的遗骨,却一点也找不到。他们不再怀疑,神祇的命令业已应验,赫剌克勒斯已从人间解脱,成为天神。他们献祭他和敬奉他如同神祇一样。所有的希腊人都把他当做神祇来崇拜。

在天上,雅典娜接待这永生的英雄,并引导他进入诸神的团体。现在他既已走完人间的历程,即使赫拉也已和他和解。她把她的女儿赫柏,这永久青春的女神给他为妻。她在光辉的俄林波斯圣山上为他生育孩子们,美丽的永生的孩子们。

柏 勒 洛 丰

埃俄罗斯的儿子西绪福斯乃是所有人类中的最奸猾的人,他建立并统治着在两海和两个国家之间的地峡上的美丽城邦科任托斯。由于他的许多欺诈的行为,他被罚在地府里用手脚将一块巨大的岩石从平地滚到山顶上去。每当他想着已经到达山顶,突然岩石又滑落下来。所以这为恶的人永远来回滚转沉重的岩石上山,直到他苦恼地弓着身子,全身汗滴如雨。

他的孙儿柏勒洛丰,即格劳科斯的儿子,乃是科任托斯的国王。因为过失杀人,这青年被迫逃遁,流亡到提任斯地方。这里的国王普洛托斯很慈爱地接待他,并为他净罪。神祇曾赋给柏勒洛丰美丽的仪表和所有男子的美德,因此普洛托斯的妻子安忒亚企图诱惑他。但柏勒洛丰对于她的诱惑十分冷淡,结果,她对于他的爱遂一变而为仇恨。她想出一种足以使他毁灭的谎言,然后在她丈夫跟前说:"如果你想免于羞辱的死亡,请你杀死柏勒洛丰吧!你的客人向我表白他很爱我,并设法让我对你不忠实。"

国王听到这话,沸腾着盲目的愤怒。但因为他爱过这庄严而热情的青年,他不想杀害他,想用别的方法使他毁灭。他派遣他的无罪的客人去到他的岳父即吕喀亚国王伊俄巴忒斯那里,并由他带着一封密闭的书简作为引见之物。但事实上,信里却要伊俄巴忒斯斩杀来人。柏勒洛丰毫不怀疑地出发,全能的神祇也沿途给他保护。

当他渡海到亚细亚,到达名为克珊托斯的金河,他就求见吕喀亚的国王伊俄巴忒斯。这慈爱而有礼的国王,依照古老的礼节来接待这外乡人,并不问他是谁,也不问他从哪里来。他的仪表,他的美丽的面容和高贵的举止已足够向他说明,他所接待的并不是一个普通宾客。他给他一切可能的尊敬,每天为他举行宴会,每晨为他宰杀祭品献祭神祇。这样经过九天，直到第十天拂晓时伊俄巴忒斯才询问他的贵宾的姓名和他来此的目的。柏勒洛丰告诉他，他的女婿普洛托斯派遣他来，并呈上所带来的书简作为信物。伊俄巴忒斯看完内容，知道要他杀害柏勒洛丰，他十分惶惑，因他已很喜爱这个青年。但他不相信他的女婿没有重大的原因会处死他，所以他勉强得出结论，以为柏勒洛丰必是犯了不可饶恕的死罪。只是他不忍下手杀他，这个业已在此作客多天并以他的温文尔雅赢得了他的敬爱的人。

为了摆脱这一困境，他决定派遣他去作一些必致丧命的冒险。首先他必得杀死危害吕喀亚的喀迈拉怪物。这怪物出身不凡，它是可怕的巨人堤丰与巨蛇厄喀德那所生的儿子。它的前肢是狮子，后肢是巨龙，中间一部分是山羊。口中喷着火焰和热风。甚至于神祇自己都怜悯这个青年去作这种冒险，所以派遣波塞冬与墨杜萨所生的一只飞马珀伽索斯援助他。但珀伽索斯怎样援助他呢？这永生的飞马生来没有让凡人骑过。它也不能被捉住或被驯服。柏勒洛丰经过一切无用的努力之后，感到疲惫，就在他发现这飞马的庇瑞涅井边睡去。在这里他做了一个梦，梦见他的保护神雅典娜。她站在他的面前，手中持着镶金的辔头。她说："你怎么睡了呢，啊，埃俄罗斯的子孙呀？给你这个，这于你有大用处。宰杀一头美好的牛犊献祭波塞冬，以后就可以使用这副辔头。"女神在他的梦中这样说，说完之后，她摇动着她的黑色的盾牌，突然消失。他醒来，一跃而起。他伸出手一摸，看呀！虽然他现在已经完全清醒，在梦中得到的金辔头真的在眼前呢！

现在柏勒洛丰去见预言家波吕伊多斯，并告诉他他的梦和所发生的奇迹。这预言家要他即刻照着雅典娜所吩咐的去做，杀一匹牛犊献祭波塞冬，并为他的保护女神建立一座圣坛。当这些事做完以后，柏勒洛丰非常容易地驯服了飞马，将金辔头套在它的头上，自己穿着盔甲骑上去。珀伽索斯腾空而行，他在空中射箭，将喀迈拉射死。

后来伊俄巴忒斯派遣他去攻打索吕摩人。这是居住吕喀亚边地的一个好战的种族。当他出乎意外的奏凯以后，国王又命令他去远征阿玛宗人。但他仍然毫无损伤地得胜归回。现在国王想着这已是执行他女婿的命令的时候了。他挑选国内最强壮最勇敢的汉子设置埋伏，狙击柏勒洛丰。但没有一个人回来,因为柏勒洛丰将所有袭击他的人完全诛灭。这个给国王证明了这青年不是罪人,而必是神祇的骄子。他并不坚持要迫害他,反而让他留居国内,和他分享王位,并让他和他的美丽的女儿菲罗诺厄结婚。吕喀亚人献给他肥沃土地与丰盛果园。他的妻子为他生了两个男孩和一个女儿。

但柏勒洛丰的幸福到此为止。他的大儿子伊珊得耳成为一个伟大的英雄,但却死于与索吕摩人的战争。他的女儿拉俄达弥亚为宙斯生了一个儿子萨耳珀冬,但她后来为狩猎女神阿耳忒弥斯一箭射死。只有他的幼子希波罗科斯活到光荣的老年,并派遣了一个高贵的儿子格劳科斯参加特洛亚战争。格劳科斯与他的表兄弟萨耳珀冬带着一队勇敢的吕喀亚人援助特洛亚人。

柏勒洛丰自己后来变得傲慢而矜骄,因为他有飞马,他骑着它到俄林波斯圣山,虽然他是一个凡人,却想参加诸神的集会。但他的神马反抗他的这种野心,在空中直立起来,将他颠覆坠地。柏勒洛丰没有摔死,但从此为诸神怀恨。他离开他的亲族,孤独地到处飘零,并回避人们居住的地方,在不光荣与忧虑中度过他的晚年。

忒修斯的故事

忒修斯的出生及青年时代

雅典王忒修斯乃是埃勾斯与特洛曾国王庇透斯的女儿埃特拉所生的儿子。从他父亲这方面说，他是厄瑞克透斯与传说上所谓直接出生于大地的雅典人的后裔。他的母亲方面的祖先则是珀罗普斯。珀罗普斯有几个极有作为的儿子，使他成为珀罗奔尼撒的最有权势的国王。

埃勾斯本来没有儿女，他统治雅典相当于伊阿宋出发探求金羊毛以前的二十年。有一次他去访问珀罗普斯的一个儿子，即特洛曾城的建立者庇透斯，因为他受过他的优待。埃勾斯十分畏惧他的兄弟帕拉斯的五十个儿子，因他们对他怀有敌意，并轻视他没有自己所生的儿子。所以他瞒着他的妻子，秘密企图再婚，希望生一个儿子娱乐他的晚年，并承继他的王位。他将他的计划和庇透斯商量，很幸运的是，特洛曾的国王刚刚受到一种神谕，预言他的女儿不会得到一个公开的美满婚姻，但将生出一个有名望的儿子。这使庇透斯想起将他的女儿埃特拉秘密地嫁给一个已有妻室的男子。因此埃勾斯与埃特拉结婚，在特洛曾住不几天就回去雅典。他在海岸上和新妇道别时，他把他的宝剑和绊鞋埋藏在一块大石板下面，告诉她："假使神祇保佑我们的婚姻（我不是轻易和你结婚的，而是想为我的家族和王国生一个承继人），使你诞生一个儿子，希望你秘密将他抚育，不对任何人说出他的父亲的名字。当他长大有力，能够搬动这块石头时，领他到这地方来，让他拿出宝剑和绊鞋，带着它们到雅典城去见我。"

埃特拉果然生了一个儿子。她名他为忒修斯，使他在她的父亲庇透斯的保护下生长。遵照着丈夫的吩咐，她没有告诉任何人这孩子的真正的父亲是谁。他的外祖父也为他制造一种流言，说他是这城的保护神波塞冬的儿子。特洛曾的人民尊敬波塞冬，每年献给他以他们田地里最初收获的果实，并以他的三尖叉为特洛曾城的国徽。因此，在这个国家，国王的女儿为海神生育了一个儿子，这完全不是不光荣的事。后来这孩子长大，不单是美丽强壮，而且勇敢坚定，对于一切如有宿慧。这时他的母亲带他到海滨的大石板这里来，告诉他他的真正的父亲是谁，并叫他取出可以向他父亲证明来历的宝剑和绊鞋，旅行到雅典去。忒修斯抱着大石板，毫不困难地将它掀开。他将绊鞋穿在脚上，将宝剑挂在腰间。

他不愿走海道去，虽然他的外祖父和母亲都苦劝他，因为在那时候，通到雅典的陆路特多拦路的盗匪和恶徒。那时代的男子虽然身强力壮，却不能造福人类，只是残害别人并任性为恶。这些人中已有一部分人为赫刺克勒斯所诛灭。当时赫刺克勒斯正卖身为吕狄亚女皇翁法勒的奴隶。当他正在替那个国家消除混乱时，希腊又重新陷于混乱。因此由陆路到雅典去是最危险的。忒修斯的外祖父惊心动魄地为他一一描叙这些强盗和恶徒，特别是他们对于外乡人的残酷。

但忒修斯很久以前就以赫刺克勒斯为他的榜样。他在七岁的时候，这英雄来访问过他的外祖父。他坐在国王的餐桌旁饮宴，小小的忒修斯和别的特洛曾的孩子们被许可在旁边观看。在宴会时，赫刺克勒斯解下身上所披的狮皮。别的孩子看见这，都吓跑了，但忒修斯毫无畏惧地走上前去，从一个仆人的手里抢来一把斧头，挥舞着向狮皮奔去，因为他以为那是一只真的狮子。自从这次看见赫刺克勒斯以后，他一直这样地羡慕他，以至在黑夜梦见他，在白天也只是想着将来如何像他一样建立功业。此外，赫刺克勒斯也是他的亲戚，因他们的母亲们是表姊妹。现在十六岁的忒修斯心想，当赫刺克勒斯正在寻觅恶人，制止他们的暴行，他自己是万难回避他可能遭遇到的斗争的。"如果我只是在安全的海面上作怯懦的旅行，人们当做我的父亲的海神波塞冬，将会怎么说呢？"他焦躁地问。"又假如我带回去的信物，绊鞋上没有尘土，剑锋上也没有血迹，我的真正的父亲又会怎么说呢？"这些话使他的外祖父很高兴，因他自己过去也是一个勇敢的英雄。她的母亲祝福他，他出发走上他的征途。

忒修斯在出发去寻访父亲的路上

他最先遇到的人乃是大盗珀里斐忒斯,他随身带着一根铁棒,所以外号叫做棒子手。谁来到他的面前,他就一棒将他打死。

当忒修斯来到厄庇道洛斯地方时,这无法无天的大盗从浓密的树林里冲出,并挡着他的去路。但这青年大声向他叫喊:"可怜的恶棍呀!你来得正好!你的铁棒正可以作为在盗匪世界中要成为赫剌克勒斯第二的人的武器!"说着就向强盗奔去,战斗几个回合,将他杀死。他拾起死者的铁棒,带着它,作为一种胜利品和武器。

在科任托斯地峡他遇到别的一个恶徒辛尼斯,亦称扳松贼,因为任何人经过他的路时,他就用他的大力将两棵松树扳下来,在树梢上绑扎着他的俘虏,然后让树伸直,使他的肢体撕裂为两半。忒修斯挥着铁棒打死这残忍的怪物。辛尼斯有一个温柔而美丽的女儿珀里顾涅。当忒修斯打杀她父亲时,他看见她逃到树林中去了,现在他四处寻找她。这女郎躲藏在长满灌木的密林中,并天真地向树枝祈求,说她绝不损伤它们或焚烧它们,只要它们遮蒙她并搭救她。她絮絮叨叨地说着就好像它们会听懂她所说的话似的。忒修斯叫她出来,并向她保证不仅不伤害她并且愿意照顾她,她才从隐藏着的地方出来。从此以后她就在他的保护之下。后来他将她嫁给得伊俄纽斯,即俄卡利亚国王欧律托斯的儿子。她的子孙们都遵守她的诺言,对于那曾经隐蔽过她的树林永不焚烧一树一木。

忒修斯不单是沿途肃清所有的坏人,并且随时想到赫剌克勒斯,认为与有害的野兽挑战也是他的一种责任。在以后的勇敢事业中,他曾到墨伽拉,并遇到住在墨伽拉与阿提刻之间的悬崖上的第三个著名大盗斯喀戎。这傲慢且无恶不作的人有一种坏习惯,即伸出两腿要外乡人为他洗脚。当他们给他洗时,他就一脚将他们踢到海里。现在忒修斯也如法炮制,将他淹死。后来他到达阿提刻,在厄琉西斯城附近,遇到刻耳库翁。刻耳库翁常潜伏路边袭击过客,要他们和他角力,胜不过他的人就得被杀。忒修斯接受他的挑战，并自己得胜，因此又为人间清除一害。他又前去，遇到最后也是最凶狠的一个拦路大盗达玛斯忒斯，外号叫铁床匪。这个坏蛋有两张床，一张很长，一张又很短。假使矮个子的外乡人经过他的路上，他领他到长床那里，并向他说："你看这床对于你太长，让我将你弄得更合适！"说着就用力将他拉长，直到他气绝身死。但假使有一个高个子的客人来过夜，他却将他领到短床上去，并说："朋友，对不起！这床对你很不适合，那太短了。但我有办法。"说着就砍去他的脚以及从床上伸出来那截腿。因为达玛斯忒斯是身躯高大的人，所以忒修斯强迫他睡在短床上，碎断肢体，终至十分痛苦地死去。忒修斯就这样恰如其分地惩罚了当时的恶徒。

直到此时，我们的英雄在路上没有碰到一桩快乐的事。现在他到达刻菲索斯河，看见费塔利得斯的种族，他们很殷勤地招待他。应他的要求，他们举行一种适当的仪式，为他净除他所流的血污，并将饮食陈列在他的面前。当他恢复精力后，他热烈地感谢他们，并向着他父亲所在的方向前进。

忒修斯在雅典

在雅典，这年轻的英雄没有得到所希望的幸福与和平。城市在混乱中，居民自相残杀。他父亲埃勾斯家中的情形也似乎不宜于他的到来。美狄亚自从离开科任托斯和不幸的伊阿宋分手后，就乘着毒龙拖曳的车子流亡到雅典。她蛊惑年老的埃勾斯接待她，答应用她的一种魔药恢复他的气力和青春。因此她与国王同居度日。因为她是一个女巫师，所以在忒修斯到来的消息还没有传入宫中以前，她就知道他来了。埃勾斯由于城内的党争，正怀疑一切新来的人，自然也不认识自己的儿子，因此她挑唆他说，这个外乡人是极危险的探子，最好的办法乃是假意欢迎他进来，然后将他毒害。

忒修斯进宫早餐，却没有将自己的实情说出。他满心欢喜，以为他的父亲会发现面对着他的是谁。毒酒安置在他的面前。美狄亚怕他会将她逐出宫去，正在焦急地等待着这新来的客人喝酒，因为她已经安排好哪怕微小的几滴也可以使他丧命。但忒修斯热望着父亲的拥抱更甚于饮酒。他拔出那曾经为他留在大石头下面的宝剑，好像要用它切肉的样子，但实际上是要使埃勾斯看见，并知道这正是他的儿子。国王一看到这宝剑，知道是他的故物，立刻将忒修斯面前的酒杯掀在地上。他略略向他询问，知道这真是他从命运女神那里祈求得来的儿子，他紧紧地拥抱着他。忒修斯被介绍给周围的人民，他告诉他们在旅途上所经历的冒险故事。这青年人这样年轻就如此坚毅果敢，他们都向他欢呼表示欢迎。国王觉得不忠的美狄亚几乎破坏了他的新找到的幸福，因此对于这残酷的女巫师只感到厌恶，遂将她驱逐出境。

忒修斯和弥诺斯

忒修斯作为阿提刻的王子和王位的继承者所立下的第一件功劳乃是诛戮他叔叔帕拉斯的五十个儿子。这些青年人都希望在无子嗣的埃勾斯死后继承他的王位。现在他们愤怒地想着不仅埃勾斯是雅典王潘狄翁的养子，而且这新来的流浪汉和冒险家将来也会支配他们和全国。于是他们全副武装设下埋伏。但和他们一起的一个外乡人，将他们的图谋向忒修斯告发，忒修斯冲到他们埋伏的地方，将他们五十个人一起杀死。为了使他的这种迫于自卫的杀戮不会引起人民的反感，他出外作一种于大家有利的征剿：他制服曾经横行阿提刻四省地方并危害人民的马拉松野牛。他驱策着它通过雅典的大街，让人们都出来观看，最后杀死它，献祭于阿波罗的圣坛。

就在这时候克瑞忒的弥诺斯王派遣使臣来索取每九年一次的进贡。理由是：据说弥诺斯的儿子安德洛革俄斯在阿提刻被人阴谋杀害。他的父亲为儿子复仇向这个国家的人民挑战，神祇们也使这个地方遭到荒旱和瘟疫。于是阿波罗的神谕宣示，神怒和人民的灾患可以解除，只要他们与弥诺斯和解并得到他的宽恕。因此雅典人向他求和，订约九年一次送七个童男七个童女到克瑞忒作为进贡。据说这些童男童女到达克瑞忒以后，弥诺斯将他们拘禁在他的有名的迷宫里，让他们饥渴而死，或为一种半人半牡牛的可怕的怪物弥诺陶洛斯所杀害。现在又轮到第三次进贡,有童男童女的父母们都恐惧自己的子女可能得到的悲惨的命运。大家都对于埃勾斯怀恨且有怨言。他们说,这种灾祸因他而起,但只有他可以逃脱它的后果;又说他让一个冒险家,一个私生子承继他的王位,而对于别人的亲生子女被夺去的悲痛是漠不关心的。

忒修斯是以人民的忧患为忧患的,所以他们的命运很使他痛苦。他在人民中站出来宣布他自己愿意去,并不用拈阄。所有的人民都赞美他的崇高无私。他的父亲刚刚得到一个儿子和一个继承人,切望他不要破坏他的新的幸福,但忒修斯不顾这些,坚持他的决定。他的决心是坚定的,但他安慰他的父亲,以高傲的确信保证不仅他不会毁灭,也不让别的童男女受到损害,且必能克服弥诺陶洛斯。以前凡是载不幸的牺牲者到克瑞忒的船舶都挂上黑帆作为他们绝望的一种表记。现在埃勾斯听到他的儿子的这种大无畏的信心,他让船上的装备一切照旧,只是另给舵手一面白帆,如果忒修斯平安地归来,就改悬白帆。否则,仍然挂上黑帆,使人们远远一看就知道是失败了。

拈阄以后,忒修斯带领那些抽中了的童男童女到阿波罗神庙,代表他们献上用白羊毛缠绕着的橄榄枝作为祈求保护的献礼。忒修斯作过严肃的祷告以后,就和其余的十三个童男女为人民陪伴着走到海边,乘上令人悲恸的船舶。

得尔福的神谕曾告诉他选择爱情女神作他的向导,并祈请她的保护。忒修斯尽管不懂得这意思,但仍向阿佛洛狄忒献祭。后来这意思才逐渐明白。因为当他在克瑞忒登陆,被带着去见弥诺斯国王时,这么一个英勇俊美的青年站立在那里,引起了美丽的阿里阿德涅公主的注意。她偷偷地和他相会,向他表白她的爱,并给他一个线球。她教他将线球的一端紧拴在迷宫的入门处,然后放着线通过多歧而混乱的路到弥诺陶洛斯那儿去。她还给他一柄魔剑用来斩杀这个怪物。弥诺斯将所有的童男女带进迷宫里面。但忒修斯领导着他们找到弥诺陶洛斯,并以阿里阿德涅给与他的魔剑将它杀死,然后顺着线路走回来,通过多歧的路走出迷宫。出来以后,由于阿里阿德涅的帮助,他们和她一起逃跑,因此她成了忒修斯这次功业的意外的宝贵奖品。他听从了她的劝告,凿穿了克瑞忒人的船底,使她的父亲无法追捕他们。忒修斯自己想着得到了这美丽的胜利品,现在很安全了,所以停下来住在后来被称那克索斯的狄亚岛上。一天晚上,狄俄倪索斯在他的梦中显现,宣称阿里阿德涅业经命运女神规定给他自己作为妻子,除非他放弃对于她的爱,他将使他遭遇到灾祸。他的外祖父曾告诫他敬畏神祇,现在为了避免狄俄倪索斯的恼怒,他将悲愁的公主留在寂寞的孤岛上。这天夜里,阿里阿德涅的真正的新郎来了,并将她带到德里俄斯山。在那里他突然不见,不久以后她也变成看不见的了。

忒修斯和他的朋友们都悲痛失去了阿里阿德涅,所以他们忘记了船上仍然挂着离开阿提刻海岸时就挂上了的黑帆。他们没有用白帆将它掉换,让他们的船在带着悲哀的标志向着故乡驶去。当船出现时,埃勾斯正在海岸上,从高处望着广阔的大海。当他看见黑帆,他以为他的儿子必死无疑。充满着不可忍受的悲痛和对于人生的绝望,他即刻投身大海溺水而死。后来为了纪念他,这海遂叫做埃该海(爱琴海)。

同时忒修斯亦已登陆。在没有离开港口以前,他依照出发时所许的心愿对神祇献祭,并遣使到城里报告他和同伴们平安得救的消息。这使者对于他所遇到的接待不知道如何应付。有些人满心欢喜地迎接他,并以花冠戴在他的头上,因为他带来了吉利的消息,另一些人则沉于悲哀和苦痛,就好像没有听到他所说的话似的。他不能解答这个谜,直到他听说国王埃勾斯已死,这时他的死讯已逐渐传遍全城。当他知道这,他仍然接受献给他的花冠,却不戴在头上,只是缠在他的节杖上即刻回到海边。他发现忒修斯仍然在忙着祭献神祇,所以站在祭坛外面,不想以悲哀的消息扰乱神圣的祭仪。当祭品的灰烬倾倒在地,他才宣告国王的死。在悲痛中忒修斯晕倒在地上。当他再站立起来时,所有的人都急忙回到城里,但不是如所希望地那样愉快,而是带着对于死者的悲怆和哀悼。

忒修斯国王

忒修斯含着眼泪和悲痛埋葬了他的父亲,并如所许愿,将载着阿提刻童男女悲哀地出发却平安地归来的船舶献给阿波罗。这是可以容纳三十个水手的一只船。因为雅典人要对这次神异的归来永远保持新鲜的记忆，他们设法保全这只船，甚至随时修补每一朽烂的木板。就是因为这个缘故，许多年以后，在阿勒克珊德洛斯大帝时还可能看到这珍贵的纪念物。

从此忒修斯继承他父亲为雅典的国王。事实证明他不单是战争和冒险的英雄，也是政治的天才的组织者，在承平时候可以使人民得到幸福。在这点上，他甚至超过他引以为模范的赫剌克勒斯。他着手从事于一种伟大惊人的事业。当他开始执政的时候，阿提刻最大多数人民还是散居在雅典小城和卫城周围的农庄和小村落里。因此不容易将他们召集拢来讨论有关公共福利的事，并且常常为着些小的争端引起邻近各小邦之间的毫无意义的战争。忒修斯将阿提刻的公民都团结起来，将散漫的村落组织成一个统一的国家。他并不像暴君那样，用武力来完成这一事业，而是一村一家地去访问，使他的计划得到他们的同意。说服穷人和平民并不费力，因他们和富人联合起来，并不吃亏。为了说服富人和有权势的人，他宣布将从来没有限制的国王的权力加以削弱，并答应给他们一种可以保障自由的宪法。"我自己，"他说，"在战时是你们的领袖，在平时则是法律的维护者，除此以外一切权利都与公民平等。"许多贵族认识到这种改革可能提供的利益，别的守旧的人则又畏惧他在人民中的威信，他的权力和他的出名的勇敢，而且只要他愿意，他可以强迫他们听命，所以他们宁愿接受他的劝说。

这样他废除了各城镇的半独立的权力，而将这些权力都集中于雅典。他规定一个全阿提刻公民的假日，称为泛雅典节。从此以后，雅典才发展为一个真正的城市。过去，雅典不过是一座以其创立者命名的刻克洛普斯宫殿，周围有着稀疏的几家人家。为了更加扩大这个城市，忒修斯招徕各地方的人民，使他们住居在这里，给他们公民的权利，因为他愿意使雅典成为许多民族的城市。为了使大量涌来的人民不至于影响到这新都市的秩序，他区分人民为贵族、农民和艺匠三个阶级，为各阶级规定了它的独特的权利和义务。贵族以其地位和对国家的服务受到尊敬，农民因其生产有利于人民而受欢迎，艺匠则以人数众多而得势。忒修斯如所许诺过的自己削弱了国王的权力，并使他的权力受到贵族会议和人民大会的节制。

忒修斯和阿玛宗人战争

忒修斯建立新国家之后，为了使这国家安全和巩固，他教育人民敬畏神祇。为此他以雅典娜为雅典的保护神，并为了纪念长久被认为是他的父亲的波塞冬，他创始，或者至少是复兴科任托斯地峡的神圣的赛会，如同赫剌克勒斯为庆祝宙斯而举行奥林匹克赛会一样。但当他正忙着这些事情，雅典却受到一种新奇的意外的战争的威胁。

在忒修斯早年冒险的时候，他曾经登陆于阿玛宗妇人国的海岸。这里，好战的妇人们并不畏惧男子，她们对于这美丽的英雄并不回避，甚至如同主人之对于宾客一样，送给他许多礼物。忒修斯很喜欢这些礼物，但更欢喜送礼物来的人——一个美丽的名叫希波吕忒的阿玛宗妇人。他请她到他的船上，并在她上船以后就带着她扬帆远行。他们回到雅典，他就和她结婚。希波吕忒一点也不反对做一个英雄并且是国王的妻子。但好战的阿玛宗人愤怒于这种大胆的拐骗，很久以后仍然怀着报复之心。他们乘雅典不备，突然乘舰队登陆，占领地方，围困雅典城，并如同暴风雨一样冲进去。她们甚至在城中心安营驻扎，使居民都恐慌得逃避到卫城上去。双方相持着。最后忒修斯献祭复仇女神，得到神谕，才开始攻击。开头，雅典的男人遇到妇人的队伍即被迫败退，退到复仇女神欧墨尼得斯的神庙。其后战斗向相反的方向发展，阿玛宗人的右翼被击退，大多数阿玛宗人被杀。据说在这次战争中，希波吕忒皇后，并不管自己的出身，站在丈夫的这一面，但是当她正在帮助丈夫作战，一根利矛刺来，将她刺死。后来战争和平解决，阿玛宗人离开雅典，退回本国。为了纪念希波吕忒，雅典人为她建立了一座纪念的石柱。

忒修斯和庇里托俄斯

忒修斯是以有着非常的力气和勇敢著名的。庇里托俄斯也是古代最著名的一个英雄，是伊克西翁的儿子。他因为十分想试验一下自己的勇力，所以偷去属于雅典国王的牛群。即刻他听说忒修斯全副武装紧紧地追击他。他非常高兴，不仅不逃跑，且转身迎接敌人。当他们逼近到可以互相较量时，两人都为对方的美丽和勇敢所震惊，因此像得到一种信号一样，两人都放下武器，并迅速地向着对方走来。庇里托俄斯向忒修斯伸出右手，请他作关于偷去牛群的裁判，并声言无论忒修斯怎样决定他都可以服从，使他满足。"我所要求的唯一的满足，"忒修斯闪烁着明亮的眼睛回答，"乃是和敌对的、要伤害我的人成为同伴和战友。"因此两人互相拥抱，并结盟为永久的朋友。

不久，庇里托俄斯向拉庇泰族的忒萨利亚公主希波达弥亚求爱，并请忒修斯参加婚礼。婚礼在拉庇泰人的国内举行。拉庇泰人是忒萨利亚最著名的山居的野蛮种族，是最先驯服马匹的人类。新娘虽出生于这个种族，但却完全与他们不相同。她的身材苗条，面目迷人，宾客们都认为庇里托俄斯赢得了她的爱情是一种幸福。忒萨利亚的所有的贵族都参加婚宴，庇里托俄斯的亲属也来参加。他们是半人半兽的马人，为伊克西翁（庇里托俄斯的父亲）误认为是赫拉拥抱云雾所生的怪物的子孙。因此他们常被称为"云雾之子孙"。他们与拉庇泰人是长久敌对的敌人。但这次，由于那些马人是新郎方面的亲属，所以大家捐弃旧恨，举行欢宴。庇里托俄斯的宫殿充满富丽的装饰并拥挤着宾客和仆役。到处欢腾着赞美新娘的歌声。客厅中熏蒸着馔食和葡萄酒的热气和芬香。客厅里容纳不下的人则两家互相错杂坐在树阴中的长桌周围。

长时间，大家都在快乐地饮宴。但因为过量的酒使马人中最粗暴的欧律提翁心情迷乱，他看见美丽的希波达弥亚，想着要将她抢走。没有人知道那是怎么一回事，没有人注意到那是怎样发生的，突然宾客们看见欧律提翁倒拖着希波达弥亚的美丽发光的长发从客厅中走过，希波达弥亚抵抗着，并惊呼求救。马人们这时都吃醉了酒，以为这是一种信号，在拉庇泰人和他们的宾客还来不及从座位上站起，便各人抢劫一个在王宫中服役的忒萨利亚女郎作为战利品。宫廷和花园顿时好像变成了被征服的城池。妇女的呼叫充满了大厅。即刻，新娘的亲友们从座位上跳起来。"欧律提翁呀！"忒修斯大声叫道，"你发疯了么，居然在我还活着的时候侮辱庇里托俄斯，并为了激怒一人而得罪两个英雄？"说着便从欧律提翁的毛手里将女郎夺回。欧律提翁没有说话，因他没有理由为自己辩护，他抢起拳头，对着这雅典国王当胸一拳。忒修斯手边没有武器，顺手抓到附近的一个铜壶，向他的脸上打去，使他受伤倒地。

"动手呀！"仍然还留在餐桌旁的马人们鼓噪着。起初是酒杯，酒瓶，碗碟在空中飞舞。后来一个狂乱的家伙抢掠附近的神庙和圣坛里的献给神祇的珍贵的器皿，另一个则摘下墙壁上插着火炬照耀饮宴的铜环，还有一个却拿着挂在门头上作为装饰和还愿的献礼的鹿角进行战斗。

拉庇泰人被残忍地杀戮。洛托斯，一个仅次于欧律提翁的暴徒，从圣坛攫取一根火烬插入敌人的伤口，在那里，鲜血咝咝地叫着，如同在火炉里的熔铁一样。但一个最勇敢的拉庇泰人德律阿斯向他还击，把一根燃烧着的火柱掷在洛托斯的脖颈和肩胛之间。他倒了下去，这使得正在大肆杀戮的他的伙伴们突然停止。这时德律阿斯趁机接连杀翻了他们五个人。庇里托俄斯挥着他的矛向一个正从地里拔起一棵橡树作为武器的巨大的马人珀特赖俄斯刺去。他正在用力拔树，矛尖将他的胸部钉在多节的树干上。另一个马人狄克堤斯被忒修斯打倒，倒下去的时候，啃了一嘴的泥土。第三个人想为他报仇，但忒修斯用沉重的橡木棒将他打死。

库拉洛斯是马人最年轻且最美丽的。他有着金色的长发，飘拂在他的脸上，他的颈和双肩，胸部和两手就好像艺术家雕刻的一样。他的身体的下半部是马身，也一样地美好，背部宽阔，胸脯挺出，除了淡色的腿和马尾以外，浑身毛色黝黑。他和他的美丽的爱人许罗诺墨来参加婚礼。在宴会时她温柔地偎倚着他，现在她却顽强地和他并肩作战。一只不知是谁的手，用矛刺中他的心房，他受伤倒在她的怀中死去。她抱着他的死尸，吻着他，并作各种徒然的努力想要保持他的呼吸。当她看见他死了，她从他的心上拔出利矛，伏在矛尖上自杀而死。

这战争愈益残酷地继续下去，直到拉庇泰人完全征服马人为止。

当他们只有靠逃跑和黑夜来免于被杀的时候,战斗才告结束。庇里托俄斯无可争议地占有了他的新娘。第二天早晨,忒修斯和他的朋友告别。由于这次的共同作战,更加强了他们之间的永不破裂的兄弟般的友谊。

忒修斯和淮德拉

忒修斯已达到他的幸福的顶端和转捩点了。他企图在自己的炉边建立幸福,而不是从勇敢和不断的冒险去追求,这才使他陷于抑郁和痛苦。当他正在年轻的时候,他从克瑞忒劫得弥诺斯的女儿阿里阿德涅,而她的幼小的妹妹淮德拉也伴随着她。后来狄俄倪索斯带走阿里阿德涅,淮德拉不敢回去见暴力的父亲,随着忒修斯到雅典来。直到弥诺斯逝世,她才回到她的克瑞忒的故居。在这里,在她的哥哥即弥诺斯的长子,正在执政的丢卡利翁的宫殿里,她长成一个女郎,美丽而且聪慧。忒修斯自从希波吕忒死后就没有再娶,现在听到各方面的人都赞美淮德拉美丽动人,希望看到她像他的第一个情人即她的姊姊阿里阿德涅一样地可爱。克瑞忒的新王丢卡利翁对于这个英雄发生了好感。当他从庇里托俄斯的大流血的婚宴回来之后,这两个国王遂结成攻守同盟。这时忒修斯要求和淮德拉结婚,得到国王的同意。不久他就和淮德拉从克瑞忒航海回国。真的,她的面貌和她的态度这样地和她姊姊相像,在忒修斯看来,就好像他青年时候的希望在晚年得到实现一样。

倾满他的幸福的金杯,淮德拉在结婚的头一年就为他生了两个儿子,阿卡玛斯和得摩福翁。但她并不是像她的美丽一样地贞洁贤淑。国王的一个年轻的儿子希波吕托斯,刚和她同年,她喜爱他更甚于他的年老的父亲。他是忒修斯从阿玛宗拐骗来的希波吕忒所生的儿子。希波吕托斯在儿童时代就送到特洛曾,在祖母埃特拉的兄弟们那里教养。长成以后,这个纯洁而美丽的青年决定献身给处女神阿耳忒弥斯,并永不对女人发生欲望。后来他来到雅典和厄琉西斯,并在那里参加神圣的庆典。就在这里,淮德拉第一次看见他。她看着他就好像是面对着青年时代的忒修斯一样。这青年的美丽的身体和纯洁的灵魂点起了她心中的火焰，她热爱着他。但她隐藏着她的感情，她沉默着。青年走了之后，她就在雅典的卫城上建立了一座神庙奉祀爱情女神。站在这里可以眺望特洛曾，后来这庙遂被称为远眺的阿耳忒弥斯神庙。她每天在这里眺望着大海。后来忒修斯旅行到特洛曾看望亲戚和他的孩子，她伴随着他，并在这里留住很久。开头，她和她的热情挣扎，逃避到孤独中，在桃金娘树下流着相思泪。后来，她将她的苦恼告诉她的年老的乳母，一个狡黠而无知的妇人，她只是以盲目的无理性的忠实侍奉她的女主人。她向这个青年传达他的继母对于他的热爱。当希波吕托斯接到她的信，他有些厌恶，而当不义的淮德拉提议他推翻他的父亲和她分享王位时，就变得十分憎恶她。由于他的极端憎恶，他诅咒一切妇人。在他看来，仅仅听到这罪恶的提议也就感到亵渎。这时忒修斯恰好不在特洛曾，他的不贞的妻子大可利用这个机会。但希波吕托斯宣称他不能和她片刻相处。他将他的回答告诉了年老的乳母之后，就跑到野外狩猎，为他的神圣女神阿耳忒弥斯服役，远离宫殿，住居在大森林里，直到他父亲回来，他希望那时他能向他倾吐他的痛苦的心情。

淮德拉不能忍受她的爱情和计划被人拒绝。良知和私欲在内心中交战着。但最后受伤的骄傲所引起的仇恨终于得胜。

当忒修斯归来，他发现她已自缢。右手紧握着她在临死前写下的一封信。信上说："希波吕托斯要侮辱我。这是逃避他的唯一的方法。与其不忠于丈夫，不如一死。"

很久很久，忒修斯在恐怖和激动中站着发呆。最后他清醒过来，他高举双手向天祈祷，"波塞冬，我的父呀！你总是爱护我如同你自己的儿子一样。从前你说过可以满足我三个愿望。现在我请求你就实行！我只有一个愿望渴求满足：让我的儿子就在今天毁灭！"他刚刚说完他的诅咒，希波吕托斯就从狩猎回来，知道他的父亲已归，立刻进入宫殿。他顺着悲声，来到他的父亲和已死的继母的尸体的面前。他温婉地宁静地回答他的父亲的责问："我的良心是清白的。我知道我自己无过。"但忒修斯好像没有听见，只是将他继母的信递给他，并将他驱逐。希波吕托斯只有呼求他的保护女神阿耳忒弥斯为他的纯洁作证，悲叹着流着眼泪离开养育他的故乡——特洛曾。

就在这天的黄昏,一个使者来到宫殿,当他被带到国王的面前,他说:"啊,国王和主人哟,你的儿子已经离开人间!"

忒修斯冷淡地听着这消息并苦笑着说:"他是因为污辱了别人的妻子,正像他想污辱他父亲的那样,所以被人杀害的么?"

但使者回答:"否,国王! 是他自己的马车和你亲口所说的诅咒杀害了他。"

忒修斯举手向天感谢。"啊,波塞冬呀,"他说,"今天你对我真的如同自己的父亲一样,听从我的请求。但告诉我,使者,我的儿子是怎样死去的? 报应的挞伐怎样殛死这个逆子?"

使者告诉他这故事:"我们正在海边给我们年轻的主人希波吕托斯洗刷马匹,我们听到他已被逐,不久他在一大群儿时的朋友簇拥下来了,大家都流泪悲叹。他告诉我们为他预备旅行的马车。当一切都准备好,他举手向天祈祷:'宙斯哟,请毁灭我,假使我是有罪的人! 无论我是死是活,也让我的父亲明白他斥责我是没有理由的。'于是他执着马鞭,跃上车,紧握缰绳,向着阿耳戈斯和厄庇道洛斯驰去,我们都跟随在后面。大家到达荒旷的海岸,右边是大海,左边是从山上突出来的岩石。突然我们听到闷雷般的深沉的隆隆声。马匹都惊诧地竖起耳朵,我们也警惕地四面观望,寻觅着响声所来自的地方。当我们看到海上的时候,发现可怕的事:巨浪排空,遮断了前面的海岸和地峡。排山倒海的雪白的浪涛吼叫着,向我们的马匹所走的道路汹涌而来。接着浪涛分开涌出一个怪物,一只巨大的牡牛,它的鸣叫使山岳响震。看到这怪物,马匹都惊吓得狂奔。我们的主人是最善于驾驭马匹的,他双手紧握缰绳,就如同有经验的水手把握着船舵一样。但马匹已不可控制,它们格格地咬着马嚼子,拼命狂奔。当它们沿着平坦的道路奔走时,水怪阻拦着去路,当它们转向岩边,它又紧紧地追迫。这样终于逼使车子碰在岩石上。你的不幸的孩子倒栽下来,马匹仍然拖曳着他和倾覆的车子在砂石上狂奔。事情发生得这样快,所以我们都来不及援助他。但他虽然肢体残破,仍然叫呼着他的平素很听话的马匹,并向空中哭诉他被父亲诅咒的悲哀。后来他在山道的转弯处消失。海怪也不见了,就好像大地把它吞食了一样。别的仆人正力竭声嘶地去追赶车子,我忙着回来把你儿子的遭遇告诉你。"

忒修斯沉默地盯着地板。过了一会他才说话,好像他很悲伤并有些怀疑。"对于他的不幸我并不欢喜,也并不悲哀,"他说。"但我愿他还活着在我的面前,我可以问问他并和他谈谈关于他所做的事情。"他的话为一老妇人的喊叫所打断。她衣服撕破,白发散乱,排开仆人们跑来,并跪在国王的面前。这是王后淮德拉的老乳母,她因为听到希波吕托斯的死讯,为自己的良心所责,不能再隐瞒,所以哭泣着跑来揭发她的女主人的罪过,和他的儿子的纯洁。不幸的父亲还没有清醒过来,希波吕托斯已躺在担架上被抬进宫殿,虽然肢体破碎,但还可以呼吸。忒修斯悔恨而悲痛地伏在临死的儿子的身上。他以最后的残喘问着:"我的无辜被证明了么?"身边一个人默默地点了点头回答了他的询问并安慰了他。"父亲呀! 你被人欺骗了!"这青年呻吟着,即时气绝身死。

忒修斯将他埋葬在桃金娘树下,这正是淮德拉在树阴下与爱情挣扎的同一棵树。由于感情的不安,她常常用手指拉扯它的小枝和揉碎它的发光的绿叶。因为这是她所喜爱的地方,她也被埋葬在这里并仍然保留不动,国王并不想羞辱他的已死的妻子。

忒修斯和海伦

忒修斯日益衰老和孤独,但他和年轻的庇里托俄斯的友情激起了他的勇敢甚至是卤莽的冒险的欲望。庇里托俄斯与希波达弥亚结婚后不久就失去了他的妻子,忒修斯也是鳏居,所以两人一同出发,欲以武力为自己夺取妻子。这时宙斯与勒达所生的女儿海伦(她后来很有名)还是一个女孩子,生长在她的后父斯巴达王廷达瑞俄斯的宫廷里。但她已经是这时代的最美丽的女郎,她的美丽动人已传遍全希腊。当忒修斯与庇里托俄斯远征到斯巴达,他们在阿耳忒弥斯神庙看见过她跳舞。两个人都燃烧起对于她的爱情。怀着傲慢的勇敢,他们从神殿里劫夺这公主,并将她带到阿耳卡狄亚的忒革亚地方。他们为她拈阄,并互相保证帮助得不到她的人另行劫取别的美女。结果忒修斯得胜。

他将海伦带到阿提刻的阿菲德那,将她交给他的母亲埃特拉并由另外一个朋友保护着。然后他仍然和他的战友在一起,计划一桩如赫剌克勒斯所做的冒险事业。庇里托俄斯要在失去海伦之后求得安慰,他决定从地府里拐走普路同的妻子珀耳塞福涅。

前面已说过,这两个朋友的计划失败了,被普路同定罪,永久拘禁在地府里,后来赫剌克勒斯想营救他们两人,但结果只放走了忒修斯。当忒修斯正从事于这不幸的冒险并被囚禁在地府里的时候,海伦的两个哥哥卡斯托耳和波吕丢刻斯却到阿提刻去要抢回他们的妹妹。起初他们没有用武力,只是负着和平使命到雅典去要求接回海伦。但城里的人民都说这年轻的公主不在那里,也不知道忒修斯将她放置在何处,于是这两弟兄都发怒,预备和所带去的人一起对雅典人作战。这使他们恐惧,其中一人叫做阿卡得摩斯的,曾经用各种方法知道了国王的秘密,告诉他们海伦被隐藏在阿菲德那。卡斯托耳和波吕丢刻斯围困那个地方并以暴风雨之势乘胜冲进城去。

同时在雅典,发生了另一件对于忒修斯不利的事。厄瑞克透斯的一个孙子即珀透斯的儿子墨涅斯透斯,现在自立为人民的领袖。他想篡夺王位,乃诱惑暴民,鼓动贵族反叛,借口国王将他们乡村的资产归并到城市,因而控制和奴役了他们。对于那些自由人民,他宣传说,他们放弃了他们农村的圣殿和神祇而追求虚空的自由的梦,不信靠自己的许多纯良而温雅的贵族,却服役于一个唯一的统治者,一个外国人和一个暴君。加之在听到阿菲德那被廷达瑞俄斯家人攻破的消息时,雅典城十分恐慌,墨涅斯透斯充分利用了人民中的这种混乱和不满,劝他们开城迎接廷达瑞俄斯的两个儿子,因他们只是反对忒修斯个人劫去了他们的妹妹。墨涅斯透斯的话是真实的,卡斯托耳与波吕丢刻斯虽然走进大开着的城门,来到城里,却没有伤害一人。他们只是要求像别的出身高贵的雅典人和赫剌克勒斯的戚属一样可以正式参加纪念得墨忒耳的厄琉西尼亚祀神祭的秘密仪式。这要求被接受以后,他们就带着海伦,为爱戴和尊敬他们的市民护送着,离开雅典回到故乡去。

忒修斯的结局

同时,忒修斯为赫剌克勒斯所释放,从地府回来。但现在他的王位并不稳固。他刚刚恢复执政,各地就发生叛乱。墨涅斯透斯是他们的领袖,后面且有大批的贵族支持。这些贵族为纪念忒修斯的叔叔帕拉斯和他的被打败和杀死的儿子们,乃自称为帕拉斯党人。那些过去怀恨国王的人也渐渐地失去畏惧,而被墨涅斯透斯鼓动的普通人民,也拒绝听命,愈来愈热中于权势。开始忒修斯还企图用武力镇压,后来叛乱愈形扩大,使他的努力归于失败,这不幸的国王遂决定自动离开这不可控制的城市,并预先偷偷地送出他的两个儿子阿卡玛斯和得摩福翁,交给欧玻亚的厄勒斐诺耳。他在阿提刻的一个叫做伽耳革托斯的地方宣布他对于雅典人的诅咒,多少年以后,他站在那里诅咒人民的地方仍然被记忆和标明着。最后他拍去脚上的尘土,离开雅典,航海到斯库洛斯岛,那里有他父亲留给他的大宗财产。他看待岛上的居民如同他自己的朋友一样。

这时,吕科墨得斯是这岛上的国王。忒修斯去见他并索回财产,因他想在这里久住下去。但命运女神却引他走一条艰险的道路。或者是因为吕科墨得斯畏惧他的名声太大,或者他与墨涅斯透斯有着秘密的默契,总之他想种种的方法来毁灭这个自投罗网的客人。他带他到岛上的一座高峰,一个向海里突伸出去的悬岩,说是要让他好好地观看一下他父亲在岛上所有的财产。当忒修斯走到山顶,正欣赏着展开在他面前的丰富的果园,这时阴毒的国王从后面推他,他从悬岩上倒栽下来跌到大海里去。

忘恩的雅典人民不久也忘记了他。墨涅斯透斯统治着雅典,就好像他是从有悠久历史的祖先那里合法继承来的王位一样。忒修斯的两个儿子后来作为普通的战士随着厄勒斐诺耳从事于特洛亚战争。直到墨涅斯透斯死后,他们才回到雅典将王杖掌握在自己的手里。

几百年以后,雅典人开始像一个英雄一样尊崇忒修斯。这是由于:当他们正在马拉松平原抗击波斯人时,这久已死去的国王全副武装从坟墓中站起，领导人民击败侵入的野蛮人。于是得尔福的神谕要雅典人取回忒修斯的骸骨，重新光荣地举行葬礼。但他们怎样去找他的骸骨呢？即使找到他在斯库洛斯岛上的坟墓，又如何能从凶猛的野蛮人手里夺回他的遗骨呢？就在这时候，弥尔提阿得斯的儿子，即雅典的喀蒙，在一次胜利和光荣的远征中征服了斯库洛斯岛。他正在热心地寻觅祖国的英雄的坟墓，看到一只鹰在一座小山上翱翔。他跑到这地方，鹰也从天空落下，用脚爪拨着地上的泥土。喀蒙认为这是上天所显现的兆示。他命令随从人员向地下挖掘，在很深的地方，他们果然发现一个巨人的棺木，旁边并有一支枪和一柄青铜剑。他和他的从人都不怀疑已经发现忒修斯的尸骨。他用三橹战船将这神圣的遗骨载回雅典，雅典人倾城排队迎接，沿途欢呼，并作庄严的祭奠，就像忒修斯活着回到自己的故乡一样。就这样，几世纪以后，他的人民的子孙对于这位给他们以自由和宪法但为他的无知的同时代人所反对的英雄，重新给与无限的感谢和尊敬。

俄狄浦斯的故事

俄狄浦斯的出生，他的童年，
他的逃亡和对于父亲的杀害

卡德摩斯的后人拉布达科斯的儿子拉伊俄斯是忒拜的国王。他和城里的贵族墨诺扣斯的女儿伊俄卡斯忒结婚，许多年她没有为他生过一个孩子。由于渴求子嗣，他到得尔福请求阿波罗的神谕，但所得到的答复是："拉布达科斯的儿子拉伊俄斯，你渴望一个儿子。好的，你将有一个儿子。但命运女神规定你将死在他的手里。这也是克洛诺斯之子宙斯的意愿，因他听到珀罗普斯的诅咒，说你过去曾劫去他的儿子。"拉伊俄斯在年轻时候犯过这个错误，当时他被迫逃离本国，投靠珀罗普斯国王，结果却以怨报德，在涅墨亚赛会时劫去珀罗普斯的美丽的儿子克律西波斯。

拉伊俄斯深知自己过去所做的事情，相信神谕，所以长时期和妻子分住。但由于两人的极端相爱，虽然得到警告，仍又彼此同居，结果伊俄卡斯忒为她的丈夫生了一个儿子。当孩子摆在他们眼前时，他们想起了神谕，为了逃脱命运的规定，他们决定将新生的孩子两脚脚踝刺穿，并用皮带捆着，放置在喀泰戎的山地上。但奉命执行这残酷命令的牧人怜悯这无辜的婴儿，将他交给另一个在同一山坡上为国王波吕玻斯牧羊的牧人。然后他回去，假言已遵命将婴儿遗弃在荒山上。国王和他的妻子伊俄卡斯忒都确信这孩子必死于饥渴或饱野兽的馋吻，阿波罗的神谕当不会实现。他们用这样的想法来安慰自己，认为牺牲儿子可使他免犯杀父之罪。他们仍然很快活地过着日子。

同时波吕玻斯的牧人得到这个婴儿，解开他的束缚，但不知道他是谁,也不知道他是哪里来的,因为他的脚踝受伤,故称他为俄狄浦斯,意即"肿疼的脚"。随后他将他送给他的主人科任托斯国王。国王很同情这个弃儿,因嘱他的妻子墨洛珀好生抚养如同自己亲生的儿子一样,宫里和全国的人也真的这样看待他。后来他成长为一个青年王子,从不怀疑他是波吕玻斯的儿子和嗣王,而国王除他以外也没有别的儿子。但一次偶然的事件却粉碎了他这种快乐的自信。一次在宴会上,一个纯粹由于嫉妒而对他怀恨的科任托斯公民,因为酒醉,大声叫着坐在他对面的俄狄浦斯,说他不是国王的真儿子。这辱骂使他很苦痛,几致不能终席。他一整天暗自怀疑着,第二天清早,他向国王和王后询问这事情的究竟。波吕玻斯和他的妻子对于胆敢说出这话的恶棍很愤怒,并用遁词安慰这个青年。他们所说的话充满热爱,使他暂时平静,但怀疑仍不时地在心中咬啮着,因他的敌人所说的话已给他一个很深的印象。他决定悄悄地离开宫殿,不让养育他的父母知道,去祈求得尔福的神谕,并希望太阳神证明他所听到的话是假的。但阿波罗并没有回答他的询问,相反地,他预言一个新的更为可怕的不幸。"你将杀害你的父亲,"这神谕说。"你将娶你的生母为妻,并生下可恶的子孙留传在世上。"俄狄浦斯听到这神谕非常震恐,因为他仍然想着波吕玻斯和墨洛珀是他的生身父母,因此不敢转回家去,恐怕命运女神会指使他的手杀害他的父亲,同时神祇会使他这样疯狂,以致邪恶地娶了他的母亲。

他离开神坛取道向玻俄提亚去。当他正走到得尔福与道利亚城中间的十字路上,他看见一辆车子向他驶来。在车上坐着一个他从来没有见过的老人,有一个使者,一个御者和两个仆人。老人和御者焦急地推挤着在狭道上步行的人。俄狄浦斯本来容易生气,他冲到御者的面前,这时老人挥起马鞭狠狠地打在这个傲慢青年的头上。这激起俄狄浦斯的暴怒。他生平第一次尽所有的力量举起行杖,向老人打去,老人向后仰翻,跌下车来。因此发生一场恶斗。这青年为了自卫不能不招架着三个人。但他究竟是比他们年轻,有力量。结果两个人被杀死,一个人逃跑。俄狄浦斯继续前进。

他做梦也没有想到这有什么特别,以为只不过是几个普通的福喀亚人或玻俄提亚人企图伤害他,他向他们报复罢了。因为并没有任何表征足以显示这老人的尊严和高贵的出身。但实际上他正是拉伊俄斯,是他的父亲,即忒拜的国王,他是想到皮提亚神殿去的。就这样,命运女神实现了她所给与父子双方,而双方都十分用心地规避着的预言。一个从普拉泰亚来的汉子达玛西斯特拉托斯发见几具尸体狼藉在地上,激起心中的怜悯,将他们一一安葬。几百年后,旅行的人还可以看见这茔墓:十字路口的一大堆石头。

俄狄浦斯在忒拜城

不久,一个可怕的怪物在忒拜城外出现,一个有翼的斯芬克斯,她有美女的头,狮子的身子。她是巨人堤丰与妖蛇厄喀德那所生的诸女儿之一。这多产的妖蛇曾生了许多怪物,如冥土的三头狗刻耳柏洛斯,勒耳那的九头蛇许德拉和喷火的喀迈拉。斯芬克斯蹲在一座悬崖上面,询问忒拜人民以智慧女神缪斯所教给她的各种的隐谜。假使过路的人不能猜中她的谜底,她就将他撕成粉碎并将他吞食。这怪物的出现,正是全城悲悼国王在路上为一个不知道来历的人所杀害的时候。现在王后伊俄卡斯忒的兄弟克瑞翁继他为国王。斯芬克斯是这样大胆,甚至也吞食了克瑞翁国王自己的儿子,因他经过时未能解答她所提出的隐谜。这最后的打击迫使国王号召全国:无论谁为忒拜城斩除这个恶怪,就可以获得王国并娶他的姊姊为妻。正在这个时候,俄狄浦斯来到忒拜城。危险与锦标两者都在向他挑战,此外他也并不看重他自己为不祥的预言所苦恼着的生命。他爬上斯芬克斯所蹲踞的悬崖,自愿解答隐谜。这怪物决定以一个她以为不可能解答的隐谜来为难这个勇敢的外乡人。她说:"在早晨用四只脚走路,当午两只脚走路,晚间三只脚走路。在一切生物中这是唯一的用不同数目的脚走路的生物。脚最多的时候,正是速度和力量最小的时候。"

俄狄浦斯听到这隐谜微笑着,好像全不觉得为难。"这是人呀!"他回答。"在生命的早晨,人是软弱而无助的孩子,他用两脚两手爬行。在生命的当午,他成为壮年,用两脚走路。但到了老年,临到生命的迟暮,他需要扶持,因此拄着杖,作为第三只脚。"这是正确的解答。

斯芬克斯因失败而感到羞愧。她气极，从悬崖上跳下摔死。克瑞翁为了实践他的诺言，将忒拜王国给与俄狄浦斯，并将他的母亲伊俄卡斯忒给他为妻。她为他生了四个孩子：最先是双生的两个男孩厄忒俄克勒斯和波吕尼刻斯，其次则是两个女儿，大的叫安提戈涅，小的叫伊斯墨涅。这四个人不仅是他的子女，且也是他的兄弟和姊妹。

发　觉

多少年以后这可怕的秘密仍然没有揭露。俄狄浦斯虽然有着罪过，却是一个纯良而正直的国王，他与伊俄卡斯忒共同治理忒拜，很得到人民的爱戴和尊敬。但后来神祇在国内降下瘟疫，这使人民受害，且无法可以施救。忒拜人以为这种灾害是神降的惩罚，认为国王是为神祇所宠爱的，所以都向他要求庇护。大队的男女老少为祭司们率领着，手中持着橄榄枝，涌到宫殿来，坐在宫门外神坛的周围和台阶上，要求谒见国王。俄狄浦斯听到人声喧哗，走出来询问原因，并问为何全城都缭绕着献祭的熏烟，到处都听到人民的悲泣。年纪最大的祭司代表众人回答国王。"啊，主人哟，你可亲眼看见，"他说，"我们遭受着怎样的灾祸。干旱和炎热烧焦了田野和山林，瘟疫流行到我们每一个人的家宅。血海和悲惨使这城池抬不起头来。所以我们特来求你庇护，啊，敬爱的国王哟！你曾经使我们免于斯芬克斯的灾难，这一定有神力在冥冥中帮助你。所以我们信靠你，相信通过神力或人力你可以再一次救援我们。"

"我的可怜的孩子们，"俄狄浦斯说，"我明白你们的祈求。我知道你们正陷于疾病。我的心情比你们更悲痛，因为我不是为一两人悲哀，而是为全城悲哀。你们来这里对于我并不是突然的，因为我并没有熟睡！我深虑你们的忧患，正设法补救，我想我终于找到了办法。我已派遣我的内弟克瑞翁到得尔福去请求阿波罗的神谕，问问这城要如何才可以得救！"

俄狄浦斯正说着，克瑞翁在人丛中出现，当着所有的人民向国王报告阿波罗的神谕。但那神谕并不能使人民十分安心。"神谕吩咐我们抉除正藏匿在国内的一桩罪恶,"克瑞翁说,"别姑息它,因它不是净罪可救赎的。杀害国王拉伊俄斯的血腥的罪恶使全国陷于沉沦。"国王俄狄浦斯再也想不到正是由于他杀死了那个老人,神祇才迁怒于他的人民的。他要他们告诉他这谋杀的故事,但听完之后,他的心里仍然不明白这事实的真相。他宣布由他亲自负责来处理这个问题,并遣散集合着的人民。然后他向全国宣告,无论谁,只要知道杀害国王拉伊俄斯的凶手的情形,都应尽其所知前来报告;假使是别国的人来报告,忒拜城将给以感谢和重赏;但如为袒护朋友而沉默,或隐匿同谋,则将拒绝其参加各种宗教仪式,不得享受圣餐,并不许与国人交往。对于谋杀者本人,他要用恶毒的诅咒咒骂他,使他一生困苦不幸,得到悲惨的结局。即使他隐藏在王宫里,也不能逃脱毁灭。此外俄狄浦斯又派遣两个使者去邀请盲目的预言家忒瑞西阿斯,他预测未来和见所未见的能力差不多可以和阿波罗媲美。即刻这年老的预言家来到国王和围集着的人民的面前。一个孩子牵着他的手为他领路。俄狄浦斯告诉他全国人民所遭到的灾祸,并请他用他的神异的能力帮助找出杀害国王拉伊俄斯的凶手。

但忒瑞西阿斯悲叹着,并向国王伸开两手,好像要挡开一种可怕的东西似的。他大声呼叫:"这种知识是恐怖的!它带给那个知道它的人悲痛!让我回去吧!啊,国王哟,背负你的重担,让我也背负着我自己的!"这隐晦的言语使俄狄浦斯更加坚持,所有的人也跪下来要求这预言家说个明白。但他拒绝。国王很愤怒,辱骂他是谋杀者的心腹甚至是帮凶。他说假如他不是老朽的瞎子,他会以为就是他本人犯了这桩罪行。这种责骂迫使忒瑞西阿斯不能不说真话。"俄狄浦斯呀,"他大声喊道,"服从你自己所宣布的命令!别再和我说话,别再和人民说话。那正是你呀!你的罪恶使全城遭殃!是的,那正是你,你杀害了国王,而和你所爱的人在罪恶中一起生活!"

但俄狄浦斯还是不明白这事实的真相。他称这预言家为恶汉和骗子,并责备他和克瑞翁合谋篡夺王位,所以设此谎言,要将对于解救全城有功的国王推翻。现在忒瑞西阿斯再也不含糊地称他为谋杀父亲的刽子手和娶母亲为妻的人;一面说,一面就牵着引他走路的孩子的手,悻悻地离开宫殿。同时克瑞翁听到国王对他的毁谤，也冲到俄狄浦斯的面前。两人激烈地争辩起来，伊俄卡斯忒用尽方法也不能使他们安静。结果他们各人怀着各人的苦痛和恼怒分开。

伊俄卡斯忒比国王更不明白这事实的真相。当她一听到忒瑞西阿斯说他是拉伊俄斯的杀害者，她就表示不同意这预言家和他的言过其实的才能，"现在事实证明，"她轻蔑地说，"这些预言家如何地无知！譬如说：神谕曾经说过我的前夫拉伊俄斯将死于自己的儿子的手。但实际他却在十字路口为强盗所杀害。而我和拉伊俄斯的唯一的儿子却在出生三日后就捆绑着手脚放置在荒山上。神谕所说的话原来就是这样实现的！"

王后讥嘲地笑着，但她所说的话却得到与她的意图极端相反的结果。"在十字路口么？"俄狄浦斯震恐地询问。"你不是说拉伊俄斯死在十字路口么？他多大岁数？他的样子如何？"

伊俄卡斯忒并未发觉丈夫的激动，仍然爽利地说："他是高大而头发灰白。有点儿像你。"

现在俄狄浦斯真的感到恐怖。就好像闪电劈开了他心中的疑团。"忒瑞西阿斯并没有盲目！"他叫道。"他看到一切，他知道一切！"他虽然心里已明白一切真相，但仍然问了又问，希望有充分的答案能证明他所发现的是一种错误。但回答却使它更坚定不移。最后他听说一个逃回的仆人曾叙述过国王被杀害时的情形；这仆人在俄狄浦斯即位时，请求远离城市，到最遥远的牧场上为国王放牧。现在，他被召回来，但是当他到达的时候，从科任托斯来的一个使者也来了，后者报告俄狄浦斯说他的父亲国王波吕玻斯已死，要他回去接受王位。

当王后听到这，她很得意地说："神谕呀，你所说的真实在哪儿呢？被认为横死的俄狄浦斯的父亲，现在证明是平安地寿终正寝的。"但更敬畏神祇的俄狄浦斯，所想到的恰恰相反。他愿意相信波吕玻斯是他的父亲，但又不能相信神谕是不真实的。同时他还为另一理由踌躇着不想到科任托斯去。因为神谕的第二部分还值得考虑！他的母亲墨洛珀还在活着，命运还可以迫使他与她结婚。但他的怀疑也随即被来召他的那位使者打消，因为他就是多年以前在喀泰戎山上的那个牧人，他从拉伊俄斯的仆人那里接受婴儿,并解开那些捆扎被刺伤的脚踝的皮带。所以由他来证明即使是科任托斯嗣王的俄狄浦斯也不过是波吕玻斯的养子,乃是一件极容易的事。当俄狄浦斯追问将婴儿交给牧人的那个仆人是谁时,他发现那正是在国王被杀时逃遁了,后来一直在国土边境放牧的仆人。

当伊俄卡斯忒听到这,她离开丈夫和围集着的人,绝望地大声痛哭着走开了。俄狄浦斯仍然想逃避这桩不可避免的事。他对于她的走开作这样解释:"她害怕,"他对人民说。"她是一个高傲的妇人,恐怕我会是出身卑贱的人。在我,我认为我是幸运的骄子,我并不惭愧我生于这样的家世。"现在被召的牧人已经来到。从科任托斯来的使者即刻认识他正是过去将婴儿交托给他的那个仆人。这老人恐惧得脸色发白,并绝对否认。但俄狄浦斯使他戴上镣铐,并威吓他,他终于说出了真相:俄狄浦斯乃是拉伊俄斯与伊俄卡斯忒的儿子,因为神谕曾经预言他会杀害他的父亲,所以他们将他舍弃,但他由于怜悯而救了他。

伊俄卡斯忒和俄狄浦斯给自己的惩罚

现在一切都已显示得通明透亮。俄狄浦斯从大厅跑出,在宫殿中狂奔,要寻找一柄剑从人间斩除那个又是他母亲又是他妻子的妖怪。但没有人理他,因为大家看着他疯狂而暴怒地跑来都远远避开了。最后他走到他的寝室,撬开锁闭着的房门,进到屋子里去。抬头一看,却愕然站着。在床榻上面吊着伊俄卡斯忒,头发遮盖着脸面。他面对着这死尸,悲痛得不能说出一个字。最后他大声哭起来,并将绳索解开,将尸体放下。他从她的外衣上摘下金钩子,紧紧地抓住它们,高高举起,深深地戳穿自己眼睛,直到眼窝里血流如注,好让他可以不再看见他所做过的和他所遭受的一切。他要仆人们开门,并引他到忒拜人的面前,使他们可以看见这杀害父亲的刽子手,这以母亲为妻的丈夫,这大地的怪物,这神祇所憎厌的恶徒。仆人们如命将他引出,但由于人民长久对于这统治者的爱戴和尊敬,他们对于他只有同情。甚至被他不公正地责骂过的克瑞翁也不嘲笑他,或因他不幸而快乐。他忙着将这神所惩罚的罪人从众人的眼前带走，将他交给他的孩子们看护。俄狄浦斯为他的这种慈爱所感动。他任命他的舅子为他两个年幼的儿子摄护王位，要求将他的不幸的母亲埋葬，并请新国王保护两个无母的孤女。他自己由于罪上加罪，愿意被放逐出国，再到过去他被父母弃置的喀泰戎山地上，或生或死，全听命于神意的安排。于是他将他的两个女儿叫来，抚摩着她们的头，作最后的诀别。他感谢克瑞翁所给与他的这么多的他不应当享受的慈爱，并至诚祈祷，在新国王统治之下，忒拜人民将重新得到神祇的保佑和爱护。

克瑞翁将他领回宫殿。现在这曾经为千万人所爱戴的国王，这作为忒拜的救星而闻名世界的国王，这曾经解释过最难的谜但在解决自己生命之谜时却已太晚了的国王，如今已准备好走出他的宫门，如同盲目的乞丐一样，向他的王国的迢遥的边境走去。

俄狄浦斯和安提戈涅

在最初的瞬间，当俄狄浦斯发现关于自己的一切真相时，他情愿即刻死去。假使他的人民起来反对他，或以石头掷击他，他会是很欢喜的。只是因他还得不到死的恩典，所以他请求放逐，并欣喜地接受这一惩罚。但当他的狂乱的心情减轻之后，独自一人坐在黑屋子里，这时他开始想到盲目无助，流浪到远方异国之可怕。他的无限爱乡的心情油然而生，同时想到自己既已双目失明且失去妻子，那么过去所误犯的罪过已经得到救赎。他毫不犹豫地将他想留住在忒拜的意思向克瑞翁和他的两个儿子厄忒俄克勒斯与波吕尼刻斯说出。但现在看来，克瑞翁对于他的慈爱已成过去，他的两个儿子也极自私无情。克瑞翁仍要求这不幸的亲戚依照他最初的决定去做，而他的两个儿子——他们的主要责任应该是帮助父亲，现在也拒绝给他援助。他同他们的交谈是白费了。他们将一根行乞的手杖强塞在他的手里，逼迫他即刻离开王宫。

只有他的两个女儿怜悯他。最年幼的伊斯墨涅留在两个哥哥的家里来料理父亲的一切。年长的安提戈涅则和他一起放逐，为这盲目的老人引路。她伴随着他，走上充满艰苦的旅程。她过去娇养深宫，现在却赤足长途跋涉，忍饥挨饿，风吹雨打，但只要她的父亲能得到一顿饱餐，她就十分满足。最初俄狄浦斯计划求取灾祸，在喀泰戎山的荒凉地区寻死。但因为他敬爱神祇，不得神意许可不敢这么做，所以他作为一个巡礼的人到得尔福去请求阿波罗的神谕。在这里他总算得到小小的慰藉。神祇们都知道，俄狄浦斯不是在自知和自愿违犯自然法律和人类最神圣的道德原则的。这样严重的罪过必须救赎，尽管是无知误犯；但是惩罚也不能永远继续下去。神谕告诉他经过一个长时期以后，就可以得到解脱，那时他将到达命运女神所指定的地方，在那里，严厉的复仇女神愿给他以解脱。复仇女神亦称"慈悲女神"，乃是人类对于三位复仇女神为了讨好和尊敬她们而称呼的另一名称。但这神谕，仍极暧昧而神奇。复仇女神会给俄狄浦斯和平并饶恕他的逆伦的罪过么？但是俄狄浦斯虔信神祇，将这一预言的实现委诸命运，自己开始在希腊全境流浪。他的女儿引领他并照顾他，他靠着同情者的施舍过活。他生活节俭，且自待极薄，但那已足够了，因他的长期放逐，他的悲苦，他的高贵的精神，已教会他除了最低的需求以外，不需任何别的东西。

俄狄浦斯在科罗诺斯

在经过乡村城市，旷野荒山的长久流亡以后，一天黄昏，俄狄浦斯和安提戈涅来到大树林包围着的一个和平的小村子里。夜莺在树林中飞动，空中飘扬着它们的悦耳的歌声。正在开花的葡萄藤放散着沁人的芳香，灰色的岩石半为桂枝和橄榄树所荫蔽。即使俄狄浦斯双目不见，他的其他的感官也使他感到这里风景的美丽和可爱，而由于他的女儿的叙述，他更知道他们必是来到了圣境。远处可以看见一座城池的城堡，经安提戈涅询问，才知道这是属于雅典的地方。因为走了一整天路，感到疲乏，俄狄浦斯就坐在石头上休息。但一个过路的村人却要他站起来，告诉他这是圣地，不能为人们的足迹所玷污。他说他们如今是在科罗诺斯，并已来到明察一切的复仇女神们的圣林，复仇女神们乃是雅典人尊敬复仇女神的另一称号。现在俄狄浦斯知道他已到达流亡的终点，他的困恼的命运即将解除。他的风采使村人转念，决定让外乡人仍然留在这里,只是将这事报告给国王去。

"你们的国王是谁呢?"俄狄浦斯询问,因他流浪了这样久,早已不知世界上的事情。

"你听说过忒修斯——我们的高贵而威严的国王么?"村人回问。"他的声名已经传遍了全世界!"

"假使你们的国王真的这么高贵,请将我的口信带给他,请他到这地方来。告诉他我以最大的报酬祈请他一点微末的好意!"

"一个瞎眼睛的人有什么可以报酬国王的呢?"这农人微笑着,半可怜半嘲弄这个外乡人。"但是,"他又沉思地说,"假使你不是双目失明,你的高大的身躯和庄严的脸面还是会引起我尊敬的。所以我将如你所说地将你的要求告诉国王和我们本国人。请留在这里,听我的回信。让别人来评判你是否可以留下或必须离开。"

当俄狄浦斯又独自和安提戈涅在一起时,他站起来,俯伏在地上,虔心地祈祷复仇女神,这黑暗与地母的三个女儿,她们选择了这幽静的地方作为她们的住所。他向她们祷告:"你们引起恐怖,但你们也是慈爱的,请你们实现阿波罗的神谕!请指示我生命的道路,并告我是否我还得比过去遭受更多的灾难。请怜悯我吧,啊,黑夜的女儿哟!啊,雅典城哟,请怜悯站在你前面的国王俄狄浦斯的影子,因他虽然还在呼吸,但他的肉体早已死去。"

他们的寂寞并不久。当态度高贵的老瞎子坐在不许俗人停留的森林里休息的消息传遍全村时,村里的长老们都很吃惊。他们走出来,聚集在他的周围,想禁止他进一步污渎圣地。但当他们知道这盲目的老人被命运女神所驱逐时,他们更加恐慌,因为他们怕神祇也同样会降罪给他们,如果他容许这个为神祇所厌弃的人停留在圣地。因此他们要求他即刻离开。但俄狄浦斯请求他们不要将他从他的流亡的终点赶走,这个终点已经由神祇预言过了。安提戈涅也婉言哀求他们。"如果你们不怜悯我的白发苍苍的父亲,"她说,"那么,为了我的原故,为了我这个无辜受罪的人的原故接受他罢。给我们以我们所不敢想望的东西,给我们以你们的好意吧。"

村人们还在踌躇着究竟怜悯外乡人还是敬畏复仇女神,这时安提戈涅看见一个女子向他们走来,她骑着一匹小马,脸面半为旅行帽遮盖着。一个仆人骑着马跟随在后面。"这是我的妹妹伊斯墨涅!"她惊喜地叫着。"她正带给我们家里的消息!"这真的是国王俄狄浦斯的小女儿,她下了马,在他们的面前站着。她和一个忠实可靠的人离开忒拜来告诉他的父亲国内的情形。好像他的两个儿子都面临着自己招惹来的灾难。起初由于他们家庭的厄运威胁着他们,他们想将王位让给他们的舅父克瑞翁。后来他们对于父亲的记忆逐渐消失了,他们就悔恨过去的冲动,并要求权力和国王的荣耀和威严,同时两人互相嫉妒起来。波吕尼刻斯以长兄的权利首先做国王,年幼的厄忒俄克勒斯不满意他所建议的轮流办法,乃怂恿人民叛乱,夺取王位并驱逐他的哥哥。据说波吕尼刻斯已逃亡到珀罗奔尼撒的阿耳戈斯。他在那里娶了国王阿得刺斯托斯的公主,得到朋友和盟国援助,正要兴兵报复,以武力威胁本国。同时一个新的神谕宣示:国王俄狄浦斯的儿子们如无父亲即毫无作为。假使他们要求幸福,他们必须找回他们的父亲,无论他已死去或者还活着。

这便是伊斯墨涅所带给她父亲的消息。科罗诺斯的人民都愕然地听着。俄狄浦斯也站立起来。"原来是这样!"他说,他的瞎眼的脸面上放射着国王的威严的光辉。"他们要求一个流亡者一个乞丐的援助!现在,当我已成为废物时,我会是他们所请命的人么!"

"是的,"伊斯墨涅继续说着,"因为神谕如此,我的舅父克瑞翁会即刻到这里来。我是赶在他的先头来的。因他将尽力说服你,或者挟持你到忒拜的边地,以便由于你的出现满足神谕的要求,因而对他自己和厄忒俄克勒斯有利,但又不致亵渎忒拜城。"

"这是谁告诉你的?"他父亲问她。

"在得尔福路上的巡礼的人们。"

"假使我死在忒拜附近,他们会将我葬在忒拜的土地上么?"

"否,"女儿回答。"你的血腥的罪恶使他们不会这么做。"

"那么,他们永远得不到我了!"国王悲愤地说,"假使我的两个孩子贪求政权更甚于爱我,神祇便会使他们永久成为死敌。假使他们要我裁判他们的争端,那么,现在执持王杖的人便应让出王位,被逐出的人也不应当回归故土。只有我的两个女儿是我的忠实的孩子。让我的罪过不要连累她们吧！我为她们，祈请神祇降福，我为她们请求你们的保护。给我和她们以援助，你们的城也将得到报酬和光荣！"

俄狄浦斯和忒修斯

俄狄浦斯虽在穷困和放逐中仍然保持着国王的风度，科罗诺斯的人民都十分尊敬这盲目的老人，并劝他举行灌礼救赎污渎圣林的罪过。直到此时村中的长老们才知道这国王的名字和他的无心的罪恶。假使忒修斯没有在这时得到消息从城里赶来，由于老人的行为所引起的畏惧，很难说会不会使他们再硬着心肠来驱逐他。忒修斯有礼貌而严肃地走到这盲目的外乡人面前，同情地对他说话。"不幸的俄狄浦斯哟，我知道你的遭遇。你的刺瞎的眼睛已充分向我说明你是什么人。你的不幸使我感动。现在请你告诉我，你怎样找到了我的城，你召我来有什么事。无论你要求什么，我是不会拒绝你的。我并未忘记，我和你一样，是在异地生长并历尽了艰难和危险的。"

"由你的简单的几句话，"俄狄浦斯说，"我已看出了一个高贵的灵魂。我到这里来向你作一个请求，这请求同时也正是一个赠礼。我将自己的疲倦的身子交付给你，这是一种微不足道的可是宝贵的财产。请你埋葬我，你的仁爱和公正将得到丰裕的酬报。"

"你所要求的好意是极轻微的，"忒修斯惊奇地说，"提出更多更大的要求吧，我会遵命的。"

"这要求并不如你所想的那么轻微，"俄狄浦斯继续说，"为了我的苦命老朽的骸骨，你将不得不进行一场战争。"于是他将自己遭到放逐的原委以及他的亲属为着自私的理由企图找到他的情况告诉他。然后他要求忒修斯给他慷慨的援助。

忒修斯用心倾听着。"单从我的厅堂要迎接每一个客人来说，"他严肃地说，"我就不能将你除外。何况你是神祇引到我的炉边并愿意祝福我和我的国家的宾客，我又怎能不接待呢？"因此他请求俄狄浦斯自己选择或者随他到雅典去，或者就留在科罗诺斯做他的上宾。俄狄浦斯选择后者。因为命运女神规定他要在那里克服他的仇敌，并度过他的高贵而荣耀的晚年。忒修斯答应充分保护他，说完就回到城里去了。

俄狄浦斯和克瑞翁

不久忒拜王克瑞翁和武装的随从们侵入科罗诺斯，当即来到俄狄浦斯那里。"我来到阿提刻，必然使你们吃惊，"他对围集着的村人说。"但请不必惊愕也不必发怒。我还不至于幼稚到很轻易地和全希腊最强大的城市挑战。我已是老年人，我到这里来，只是因为本国人民要我来敦促俄狄浦斯回到忒拜去。"于是他掉头向着俄狄浦斯，用花言巧语假装表示他对于他和他的女儿的可悲的命运的同情。

但俄狄浦斯举起行杖，示意他不愿他走近他的面前。"无耻的叛徒呀！"他骂道。"假使你将我抢走，那不过是在我的悲苦的满杯里再斟上最后的一滴。别想利用我来免除你们所应受的惩罚。那种惩罚是必然要来的。我不愿和你一起回去，我只是要派遣复仇的恶魔与你同去。我的两个忤逆的儿子，除了用作埋葬他们尸骨的墓地外，不能有忒拜的一尺一寸的土地！"

现在克瑞翁想用武力劫走这盲目的国王，但科罗诺斯的公民们反对他，并引用忒修斯的权力，不让他把他劫走。于是他向他的随从们示意，他们不管村人的反对即刻将伊斯墨涅和安提戈涅从他的父亲身边拖走。克瑞翁并嘲弄地说："我至少已劫去你的靠山。现在，你，盲目的老人，凭你的运气，继续流浪下去吧！"他因为胜利而壮起胆来，再一次走上前去，正想向老人动手，这时忒修斯听说有武装的人侵入，赶到这里。他看到并听说所发生的一切，即刻派人徒步和骑马去追赶劫走两个女郎的忒拜人。然后他对克瑞翁说，除非他将俄狄浦斯的两个女儿放回，否则决不放他走。

"埃勾斯的儿子哟，"克瑞翁假装谦卑地说，"真的，我来并不是要和你及你的城市作战。我原是对他一番好意，我不知道你的人民这么热心地爱护我的这个盲目的亲戚，也不知道你的人民宁愿庇护一个杀父娶母的罪人而不愿将他送回他的本国去!"

但忒修斯命令他住嘴,并要他立刻说明两个女郎被藏匿在什么地方。过了一会安提戈涅和伊斯墨涅重新和她们的父亲在一起。克瑞翁和他的随从们被迫离开科罗诺斯。

俄狄浦斯和波吕尼刻斯

但即使如此,俄狄浦斯仍然不得安静。忒修斯将他的宾客的两个女儿追回来以后说,俄狄浦斯的一个亲人,虽然不是从忒拜来的,现在已到达科罗诺斯,并在忒修斯刚刚作过献祭的波塞冬神庙的圣坛前伏地祈祷。

"这是我的儿子波吕尼刻斯!"俄狄浦斯恼怒地说,"我的这个儿子除了仇恨之外,什么也不配得到。我甚至不愿再和他说话。"但安提戈涅却喜爱这个哥哥,因他是两个哥哥中比较温和慈爱的。所以她劝她的父亲不要再恼恨,并同意至少听听这个不幸的儿子的来意。俄狄浦斯请求他的保护者准备好帮助他,万一来人企图用武力将他带走。然后他召见他的儿子。

一开始波吕尼刻斯的态度就与他的舅父克瑞翁大不相同,而安提戈涅也成功地使她父亲注意到这一点。"我看见一个人正向这边走来。"她喊道。"他独自一个人来,且满面流泪。"俄狄浦斯只是把头掉开问:"是他么?""亲爱的父亲,正是他。"她回答。"你的儿子波吕尼刻斯已来到你的面前。"

波吕尼刻斯跪在他父亲的面前并抱住他的双膝。他抬头看着他,见他穿着乞丐的褴褛衣服,两个空洞的眼窝,灰白的头发在微风中飘荡,他心中很悲恸。"我看见这一切太迟了!"他悲叹地说。"我忏悔——我诅咒自己,——我忘记了我的父亲!假使不是我的妹妹奉侍他,他会变成什么样子!父亲哟,我虐待了你!你能饶恕我么?你沉默么?啊,说话呀,不要这么愤恨地转过头去!我的妹妹们,请帮助我,请他那悲苦的嘴唇说话吧!"

"先告诉我们你到这里做什么,"安提戈涅温和地说,"也许你自己的话会引起他打破沉默的。"于是波吕尼刻斯告诉他们他的兄弟怎样将他逐出忒拜，他怎样逃到阿耳戈斯，国王阿德剌斯托斯怎样招待他，并使他和国王的公主结婚，他在那里怎样争取了七个王子和他们的军队同他结成联盟来进行一种正义事业，并且已围困了忒拜城。最后他请他的父亲和他同归，并应允只要他的可恶的兄弟被推翻，他愿意将王冠奉还他的父亲。

但他儿子的悔悟并不能使这深受打击的人回心转意。"无耻的奸人哟，"俄狄浦斯大声喊道，没有让那个跪在地下的哀求者起来。"当王位和王杖在你们的手里，你们驱逐你们的父亲。你亲自让他穿上这身乞丐的衣服，到现在，当你遭遇到同样苦难的时候，你才为它所感动。你和你的兄弟不是我的真儿子。假使我要依靠你们，我早就死了。但神祇的惩罚在等待着你们。你和你的兄弟必死在你们自己的血泊中。这便是我的回答，你可以告诉和你联盟的七个王子。"

波吕尼刻斯惶恐地站起来并畏缩地后退。安提戈涅立刻走上去要求他："你听我至诚的劝告。将你的军队撤退到阿耳戈斯去！不要给你的故乡带来战争。"

"这是不可能的，"他踌躇一会回答，"退避对于我不仅是耻辱，而且是毁灭。我宁肯两败俱伤，绝不愿兄弟和好。"他逃脱他妹妹的拥抱，怀着苦恼的心情走开。

俄狄浦斯就这样，拒绝了两方面的亲人给与他的诱惑的诺言，而将他们委之于复仇的神祇。现在俄狄浦斯的命数将要终尽了。雷霆一阵阵地轰鸣，俄狄浦斯了解这来自天上的声音，他急切地呼叫忒修斯。暴风雨之前的黑暗笼罩大地，这盲目的国王战栗着恐怕他会在说出对于东道主所给与他的盛意的感激之前死去或失去知觉。但这时忒修斯已经来到，俄狄浦斯向他说出对于雅典城的庄严的祝福。最后他请求忒修斯服从神意，领着他到他可以死的地方去，死时不要让任何人的手碰到他，葬地也只许一人看见。死后不可将这地方指示给任何人，永远不可说出他的坟墓所在，因为这样可以防卫雅典，比利矛坚盾或许多同盟者的强力更能抵抗敌人。他的两个女儿和科罗诺斯的人民被许可陪送他一程。他们鱼贯而行，走入复仇女神的圣林的浓荫。任何人都不准摩触他,一直被引到此地的盲人好像突然可以看见了一样,他昂然而强健地走在行列的前面,领头向命运女神所指引的目的地走去。

在复仇女神圣林中大地开裂,开口处有着青铜的门槛,由许多弯曲的小道通到那里。据古代的传说,这地洞便是地狱的入口。俄狄浦斯自己选择了一条迂回的小道,没有让同去的人走到洞口。他停在一棵空心树下,坐在石头上,解下束缚着褴褛衣服的腰带。然后他要了一些泉水,洗去长久流亡的满身泥土,并穿上他的女儿为他带来的节日的华服。他神清气爽,精神抖擞地站立起来,地下传来隆隆的雷声。安提戈涅和伊斯墨涅恐怖地依偎在他的怀里。他亲吻她们,并说:"别了,我的孩子。从今天起,你们便是孤儿了。"但当他仍然紧紧抱着她们时,一种金属的声音不知是从天上还是从地心大声叫唤:"俄狄浦斯呀,为什么还要延迟?为什么还要耽误呀?"

这盲目的国王听着,知道神祇在叫唤着自己。他放开他的女儿们的手,将它们放在忒修斯的手里,表示今后把她们交托给他。然后他吩咐所有的人们都背转身去并且离开。只许可忒修斯一人走到铜门槛那里。跟随着他的人和他的女儿都听他的话背转身去,直到走了一程才回头看望。这时出现了一个奇迹。国王俄狄浦斯已经消逝了。不再有电火在空中闪击,不再有雷霆的轰震,不再有暴风雨横扫树林。空气宁静而澄清。地府的黑门无声地张开,解脱了老人的一切痛苦和悔恨,好像被载在精灵的翅膀上,降落到地府的深处去了。忒修斯独自一人站着用手遮蒙着双目,好像一种神奇可怕的现象使他眩晕得睁不开眼睛。他们看见他向着俄狄浦斯圣山举起双手,又伏在地上向着天上地下的神祇祈祷。做完祈祷,他向国王俄狄浦斯的两个女儿走来,向她们保证他一定保护她们。他心中充满了神圣的感觉,一言不发地回到雅典去。

七雄攻忒拜的故事

阿德剌斯托斯的上宾波吕尼刻斯和堤丢斯

阿耳戈斯王塔拉俄斯的儿子阿德剌斯托斯生有五个孩子，其中有两个女儿即得伊皮勒和阿耳癸亚。关于她们有过一种奇特的神谕，说她们的父亲必以她们中的一个许配给狮子，一个许配给野猪。塔拉俄斯思索着这奇特的预言，不明白是什么意思。当两个女儿长成，只想着尽速为她们择配，或者这可怕的预言不会实现。但神祇必然会使他们所说的话应验的。

这时流亡者从不同的两个方向来到阿耳戈斯。一是从忒拜来的，即被兄弟厄忒俄克勒斯逐出的波吕尼刻斯。另一个从卡吕冬来，即俄纽斯的儿子堤丢斯；他在一次狩猎中，不经心地杀害了一个亲戚，所以逃避到阿耳戈斯来。两个人在阿耳戈斯的王宫前相遇。正值夜里，他们在黑暗中互以对方为敌人而开始搏斗。阿德剌斯托斯听到厮杀的声音，持着一只火炬走来，将他们分开。这两个壮健的英雄分站在国王的左右，使得他大吃一惊，好像看到怪物一样，因为他看见波吕尼刻斯的盾上刻绘着狮子头，堤丢斯的则是一只野猪。波吕尼刻斯因为崇拜赫剌克勒斯，所以选择雄狮作为自己的徽章。堤丢斯则以野猪来纪念墨勒阿革洛斯和他狩猎卡吕冬的野猪的故事。现在阿德剌斯托斯才明白神谕的意义，就把这两个流亡者招为女婿，以年长的女儿阿耳癸亚许配波吕尼刻斯，以年幼的女儿得伊皮勒许配堤丢斯。阿德剌斯托斯并答应用武力援助他们复国，仍为故国的国王。

第一次的远征系以忒拜为目标。阿德剌斯托斯召集国内的英雄，连他一起共有七个王子，带着七队大军。这七个王子的名称是阿德剌斯托斯,波吕尼刻斯,堤丢斯,阿德刺斯托斯的姊丈安菲阿刺俄斯,他的侄儿卡帕纽斯,国王的两个兄弟希波墨冬及帕耳忒诺派俄斯。但国王的姊丈安菲阿刺俄斯曾多年与国王为敌,他是一个预言家,他预断这次征战必然失败。起初他企图使国王和别的英雄们变更他们的决定,后来知道这不可能,就自己隐藏起来,除了他的妻即国王的姊姊厄里费勒,没有人知道他所隐藏的地方。他们四处寻觅他,因为国王称他为军中之眼目,没有他是不能出征的。

原来当波吕尼刻斯被迫离开忒拜时,他曾随身带着两件家传的宝物,即哈耳摩尼亚与忒拜的开创者卡德摩斯结婚时,爱神赠给她的项链和面网。但这两件东西对于佩戴者是充满凶杀之祸的,它们已经使哈耳摩尼亚,狄俄倪索斯的母亲塞墨勒和伊俄卡斯忒接连死于非命。最后享有这项链和面网的人是波吕尼刻斯的妻子阿耳癸亚,而她也将是要饮尽生命的苦杯的,现在她的丈夫决定用这项链贿赂厄里费勒,要她说出她的丈夫所隐藏的地方。厄里费勒早就嫉妒她的侄女有着这件外乡人所带给她的珠宝,所以当她看到这用金链穿起的闪闪发光的宝石项链时,她拒绝不了这种诱惑,只好领着波吕尼刻斯去到安菲阿刺俄斯所隐藏的地方。现在这预言家不能再拒绝他的同伴们,特别是因为当他与阿德刺斯托斯的仇恨得到和解而后者把他的姊姊嫁给他时,他曾答应以后若再有争执可由厄里费勒作裁判。因此安菲阿刺俄斯佩上武器,集合起他自己的战士。但在出发之前他把他的儿子阿尔克迈翁叫来,要他作一种庄严的宣誓,即如果他听到父亲的死耗,他必须为他向出卖他的妻子复仇。

英雄们出发。许普西皮勒和俄斐尔忒斯

别的英雄们也预备停当,不久阿德刺斯托斯出现在大队人马的当中,他们分为七队,由七个英雄率领出发。他们离开阿耳戈斯城,心中充满高度的希望和确信。号角的响声和军笛的吹奏使他们加速前进。但当离目的地还很远,灾难却突然袭击他们。他们到达涅墨亚的大森林。所有的泉水,河川和湖泊都已干涸,他们苦于焦渴和炎热。沉重的

盔甲压在肢体上,手中的盾也愈来愈重,走路时所扬起的灰尘纷纷落在他们的焦枯的嘴唇和口里。马匹的涎沫也在嘴唇上枯干了,它们张大鼻孔,啃着马口铁,舌头也渴得肿胀起来。

当阿德剌斯托斯和别的一些人正在树林中寻觅溪流和泉水,他们遇见一个奇丽而悲愁的妇人。她坐在树阴下面,怀中抱着一个小男孩,衣服虽极褴褛,但长发披拂,态度高雅,样子好像女皇一样。阿德剌斯托斯很吃惊,他想这必是林中女仙,所以他向她跪下,请求她救他和他的焦渴的人马。但这妇人低垂着眼皮,谦逊地回答道:"外乡人哟,我不是女神。假使你看出我有什么非凡的地方,那必定是由于我比常人遭受了更大的痛苦。我是托阿斯的女儿许普西皮勒。从前我是楞诺斯岛妇人国的女皇。后来我为强盗所掳,经过难言的苦难以后,被卖为涅墨亚国王吕枯耳戈斯的奴隶。我所抚育的这个孩子不是我自己的。他叫做俄斐尔忒斯,是吕枯耳戈斯国王的儿子,我被派看护他。对于你们,我极愿帮助你们获得所需的东西。在这寂寞的荒原上,仅有一处唯一的泉水,除我以外更无一人知道这秘密的地方。那里有足够的泉水可以解决你们全军人马的焦渴。跟我走吧!"于是这妇人站起来,轻轻地将这孩子放置在草地上,唱着一支短歌催他入睡。

阿德剌斯托斯和他的从者招呼着别的所有的人,即刻全部人马追随着许普西皮勒拥挤在树林中的小道上。他们曲折地穿过灌木林,来到一处大峡谷。峡谷顶上浮动着一片清洌的水雾,雾气吹在他们的干热的脸上。他们都已抢在女皇和他们的领袖之前,让湿气浸润着他们的皮肤。这时流泉倾泻在岩石上的声音已愈来愈响。"水呀!"他们都欢欣鼓舞地叫着,跳到峡谷里,站在潮湿的大石头上,摘下盔来接取水珠。"水呀!水呀!"全队人马都欢呼着。他们的声音在这流泉上面响震着,飞岩上激起欢呼的回声。他们都伏在从峡谷流出的溪边的草地上,一大口一大口地饮着这甘甜清凉的泉水。后来他们发现可以通车的宽阔的山道,御者来不及卸下车子,只是赶着马一直走到水里,让马匹的汗湿的身体也感到凉意,将疲惫的头浸在水中。

现在所有的人马都恢复了精神,许普西皮勒领着阿德剌斯托斯和他的随从回到大路上,一面告诉他们楞诺斯岛的妇人的事业和所遭受的痛苦,全队人马隔开适当的距离跟在后面。当他们还没有走到先前他们遇见许普西皮勒的地方,她的由于乳母的职守而变得特别敏锐的耳朵听到了小孩子的惊恐的哭叫。她自己有几个孩子,但因为自己被掳,将心爱的孩子丢在楞诺斯岛,现在所有她的母爱都寄托在俄斐尔忒斯的身上。她的心带着一种预感急速地跳着。她飞快地跑去,赶到原来哺育孩子的地方,但孩子已经不见,她再也听不到他的声音了。她四处搜索,突然明白了在她替阿耳戈斯军队帮忙的时候孩子所遭遇到的惨祸,因为她看见在离树不远的地方,有一条大蛇,鼓着大肚子,懒洋洋地盘在地上睡觉。她恐怖得头发倒竖,并在战栗的苦痛中叫号。英雄们听到她的叫声都赶来营救她。最先看见这条大蛇的人是希波墨冬。他即刻从地上搬一块大石头向这怪物掷去,但石头掷中有着鳞甲的蛇身,却被反弹回来并且粉碎得如同泥土一样。他又用他的矛投去,正中它的张开的大嘴,矛尖从后脑穿出,脑浆溅满草地。蛇身紧紧地在矛杆上缠绕,并嗞嗞地叫着,渐渐无力死去。

现在这可怜的保姆鼓起勇气追踪孩子的足迹。地上染着他的鲜血,最后,离树身很远的地方,她发现这孩子的一堆啃光了的骨头。她跪下,将骨头收拾起来,交给阿德刺斯托斯。他埋葬这为他们而牺牲的孩子,并为他举行一种庄严的葬礼。为了纪念他,他们创立涅墨亚赛会,并崇拜他如同一个半人的神祇,称他为阿耳刻摩洛斯,意即早熟的人。

许普西皮勒没有逃脱吕枯耳戈斯的妻子欧律狄刻由于丧子而生的忿怒。她将她囚禁在监牢里,并立誓要给她最残酷的死。但由于一种幸运,许普西皮勒的年长的儿子们已经出来寻觅他们的母亲,不久他们到达涅墨亚,将她从奴隶的束缚中解救出来。

英雄们到达忒拜

"这便是这次远征的结局的一种预兆啊!"预言家安菲阿剌俄斯看到俄斐尔忒斯的骨头的时候忧郁地说。但别人更注意对于大蛇的杀害,以为这是一种胜利的象征。又因为全部人马刚刚从焦渴中恢复过来，大家都精神饱满，并不注意这不祥的预言家的叹息。几天以后，他们到达忒拜城外。

厄忒俄克勒斯和他的舅父克瑞翁准备长期顽强地防守这个城。俄狄浦斯的儿子对人民号召："记着，公民们，你们得感谢这城，这城如慈母一样，养育你们，并使你们长成，成为坚强的战士。所以我号召你们全体，从未成年的孩子到头发斑白的老年人，都来保卫你们故乡神祇的圣坛，你们的父母妻子和你们所立足的这块自由的土地！一位能够看出鸟飞所给与的预兆的人告诉我，就在今天的夜里，阿耳戈斯人必会集中力量攻城。所以到城门口去！到城头上去！赶快武装起来！据守着城垛！看守着望楼！防堵着每一入口处，不要害怕敌人众多。各处都有我的侦探，随时可以发现敌人的诡谋。我会依据他们的报告来做出我的决策。"

当厄忒俄克勒斯正动员他的人民，安提戈涅站在宫殿的最高的阳台上，身旁有一个老年人，这是从前她的祖父拉伊俄斯的卫士。自从她的父亲死后，她和她的妹妹伊斯墨涅因为十分渴念故乡，所以谢绝国王忒修斯的保护回到故乡来。她们暗中希望能帮助她们的哥哥波吕尼刻斯并决心分担她们所热爱的，在那里生长的城市的命运，虽然她们哥哥的围城她们是不赞成的。克瑞翁和厄忒俄克勒斯张着两手接受安提戈涅，因他们以为她是一个自投罗网的人质，是一个受欢迎的中间人。

这天她爬上用香柏木建造的古老宫殿的楼梯，并站在阳台上倾听这老年人对于敌人阵势的说明。庞大的军队驻扎在城墙周围的田地里，沿着伊斯墨诺斯河，并环绕着自古即已著名的狄耳刻泉水。人们在移动着。他们在调度队伍，遍地闪烁着兵器，如日光下的海洋一样。大队的步骑兵士涌到城门口来。这女郎看着很惊恐，但老年人却安慰她。"我们的城墙高大而坚固，"他说。"我们的橡木的城门上都有铁栓。这城很巩固，并由不畏恶战的斗士们保卫着。"然后为了回答她的询问，他向她指点着各个领袖。"喏，那个战盔在日光中放光，轻松地挥舞着晶亮的盾，并走在他的队伍前头的，是王子希波墨冬，他生长在靠近勒耳那沼泽附近的密刻奈地方。他身躯高大，如同古代从泥土出生的巨人一样！在右边一点，你看见么？那正骑着大马跃过狄耳刻泉水的人,他穿着类似野蛮人的盔甲——那是堤丢斯,俄纽斯的儿子,你嫂子的兄弟。他和他的埃托利亚人都拿着沉重的大盾,并以善用标枪著名。我从他的标记上认识他,因我作为一个使者曾到过敌人的营幕。"

"那青年的英雄是谁呢?"这女郎问,"年轻但却有着成人的胡须,他的顾盼这样的凶猛?他正从坟地上走过,他的人马缓缓跟随着他。"

"那是帕耳忒诺派俄斯,"这老人告诉他,"他是狩猎女神阿耳忒弥斯的朋友阿塔兰塔的儿子。但你看到在尼俄柏的女儿们的坟墓附近的另外两个人么?年长的是阿德剌斯托斯,他是这次远征的统帅;年轻的一个,——你还认识他么?"

"我只能看到他的两肩和身体的轮廓,"安提戈涅怀着悲苦的激情回答,"但我认出这是我的哥哥波吕尼刻斯。但愿我能够飞,像一片云霞一样飞到他那里,双手拥抱着他的脖子!他身披金甲,是如何的闪烁发光——如同早晨的太阳一样呀!但那是谁,这么坚定地执着缰绳,驾驶着一辆银白的战车,并且这么镇静地挥着马鞭子?"

"那是预言家安菲阿剌俄斯。"

"那环绕城垣走着,在测量它,寻找最适宜进攻的地点的人是谁呢?"

"那是傲慢的卡帕纽斯,他嘲笑我们的城,并威胁着要掳去你和你的妹妹,送到勒耳那湖沼附近的密刻奈去做奴隶。"

安提戈涅脸色惨白,要求带她回去。老人用手搀扶着她走下楼梯,送她回到她的内室。

墨 诺 扣 斯

同时克瑞翁和厄忒俄克勒斯在举行军事会议,决定派遣七个领袖分别把守忒拜的七道城门。这样,七个忒拜的王子将抵抗波吕尼刻斯和他的六个同盟军。但在开战以前,他们希望从鸟雀的飞过可以看出一种预兆,可以推测未来的结局。在忒拜城中住着预言家忒瑞西阿斯,他是欧厄瑞斯与女仙卡里克罗的儿子。在他年轻的时候,曾和她的母亲出乎意外地去探望雅典娜,他偷看了他所不应看见的事情,结果遭受女神惩罚,使他双目失明。卡里克罗恳求她的女友使她儿子的眼睛恢复,但雅典娜无能为力。她怜悯他,在他的耳边念着一种神咒,突然他可听懂鸟雀的语言。从此以后,他就成为忒拜人的预言家。

克瑞翁派遣他的小儿子墨诺扣斯引导这年老的预言家到王宫里来。不久忒瑞西阿斯来到国王的面前,双膝哆嗦着站在他的女儿曼托与这孩子的中间。他们逼他说出飞鸟所给与这城池的预兆,他沉默了好一会。最后他说了,但他的话是很悲哀的。"俄狄浦斯的儿子们对他们的父亲犯下大罪。他们将带给忒拜地方苦恼和忧愁。阿耳戈斯人和卡德摩斯的子孙互相屠杀,兄弟死于兄弟之手。我知道拯救这城的唯一的办法,但即使这城得救,这办法也是极可怕的。我的嘴不敢说出来。再会罢!"说完转身就走。但克瑞翁严厉地要求他,最后忒瑞西阿斯终于让步。"你一定要听么?"他严肃地问。"那么,我只好说出来。但先告诉我,引导我来的你的儿子墨诺扣斯在哪里呀?"

"他站在你身边呢,"克瑞翁说。

"那么在我说出神祇的意愿之前,让他尽快地跑开吧!"

"为什么呢?"克瑞翁问,"墨诺扣斯是他父亲的忠实的孩子。必要时,他会保持沉默的。让他知道可以拯救我们全体的办法也是好事。"

"那么,请听我说我从飞鸟所知道的事,"忒瑞西阿斯说,"幸福女神会再降临,但她必须跨过的门槛是可悲的。龙的子孙中最小的那一个必得死亡。在这次会战中,只有由于他的死你才可以得到胜利。"

"哎呀!"克瑞翁叫道。"老人,你说的话是什么意思?"

"如要全城得救,卡德摩斯后裔中最小的一个必得死去。"

"你要求我的可爱的儿子,我的儿子墨诺扣斯死亡么?"克瑞翁傲慢地向前一步。"滚你的罢!离开我的城池!我没有你悲观失望的预言也过得去!"

"因为真情使你悲愁,你便觉得它是无用的吗?"忒瑞西阿斯严肃地问。现在,克瑞翁感到恐惧,他跪在他的面前,抱着他的双膝,指着他的白发请求他收回他的预言。但这预言家很坚定。"这牺牲是不可免的,"他说。"在毒龙曾经栖息的狄耳刻泉水那里,必须流着这孩子的血。从前大地曾用毒龙的牙齿把人血注射给卡德摩斯,现在你必须以血债偿还,使它接受卡德摩斯亲属的血,它才会同你友好。假使墨诺扣斯同意为全城牺牲自己,他将由于他的死成为全城的救主,阿德剌斯托斯和他的军队便不能平安回去。现在只有这两条路,克瑞翁,请你选择吧。"

忒瑞西阿斯说完,就和他的女儿离开宫廷。克瑞翁深深地沉默着。最后他苦痛地大声喊道:"如果我自己为祖国而死,我是如何地高兴啊!但要我献出我的儿子,……唉,去吧,我的儿子,飞快地跑开吧。离开这可诅咒的地方,这个对于你的纯洁不适宜的罪恶的地方吧。取道得尔福,埃托利亚和忒斯普洛提亚到多多那的神坛,就住在那里的圣殿里。"

"好的,"墨诺扣斯说着,两眼放着光辉,"给我在路上所必须的东西,你可以相信我自会寻路走去。"克瑞翁对于儿子的恭顺感到安慰,所以自己忙去处理自己的要事。这时墨诺扣斯伏在地上,对神祇们作热诚的祈祷:"你们永生的,请原谅我,即使我说了谎话,即使我用谎话免除了我的父亲的不必要的恐惧!对于他,对于一个老年人,恐惧不会是可耻的。但那是如何地懦怯啊,假使我出卖这个我从而得到生命的城市,听着我的誓言,啊,神祇哟,并且慈爱地接受它吧。我将以一死拯救我的国家。逃避是太可耻了。我将爬上城头,并跳到深邃黝黑的毒龙之谷,因为据预言家说,这样我就可以拯救忒拜城。"

这孩子匆忙地走到宫墙的最高处。略略看了一眼敌人的阵容,并对他们说着庄严的诅咒。于是他从紧身服抽出他藏在那里面的短刀,割断自己的喉咙,从城头上滚落下去。他的粉碎的肢体,正落在狄耳刻泉水的边上。

向忒拜城进攻

神谕是实现了。克瑞翁竭力抑制自己的哀愁。厄忒俄克勒斯则为守卫七道城门的七个英雄安排七队人马,骑兵不断地上前补充,步兵亦出发做战士的后援,使每一个可以攻击的处所都有着安全的保卫。现在阿耳戈斯人跨过平原向前推进,暴风雨一般的攻城战开始了。从忒拜城头到敌人的阵营都呼声震天,号角呜呜地鸣叫。

　　首先,女狩猎家阿塔兰塔的儿子帕尔忒诺派俄斯领着他的队伍,以密集的盾牌掩护,向一座城门突进。他自己的盾牌上刻绘着他的母亲用飞矢射杀埃托利亚野猪的图像。预言家安菲阿剌俄斯向第二座城门进军,在他的战车上载着献祭神祇的祭品。他的武器没有装饰,他的盾牌也是光亮而空白的。希波墨冬攻打第三座城门。他的盾牌上的标记乃是百只眼睛的阿耳戈斯监视着被赫拉变成小母牛的伊娥。堤丢斯领着队伍向第四座城门前进。他左手执着的盾上绘着一只毛毨毨的大狮子,右手愤怒地挥舞着一只大火炬。从故国被放逐的波吕尼刻斯领导着对第五座城门的进攻。他的盾牌的徽章是一队怒马。卡帕纽斯的目标是第六座城门。他夸耀着他可以和战神阿瑞斯匹敌。在他的铜盾上刻画着一个巨人举起一座城池,并将它扛在肩上,这在卡帕纽斯心中是象征着忒拜城所要遭逢到的命运。最后一道,即第七道城门则由阿耳戈斯王阿德剌斯托斯负责。他的盾饰乃是一百条巨龙用巨口衔着忒拜的孩子们。

　　当这七个英雄逼近城门,他们就以投石,弓箭,戈矛开战。但忒拜人这么顽强地抵抗他们的第一次攻击,以致他们被迫后退。但堤丢斯和波吕尼刻斯大声吼叫:"同伴们,我们难道要等着死在他们的枪矛之下吗? 要在,就在这瞬间,让我们的步兵,骑兵,战车一齐向城门猛攻吧!"这话如同火焰一样在军队中传播,阿耳戈斯人又鼓舞起来。他们如浪涛一样地汹涌前进,但结果也仍然和第一次的攻击一样,守城者给与迎头痛击,他们死伤狼藉。成队的人死在城下,血流如河。这时帕耳忒诺派俄斯如同风暴冲到城门口,要用火和斧头将城门砍毁并将它焚为平地。一个忒拜的英雄珀里克吕墨诺斯正防卫着城垛,看见他来势汹汹,就推动一块城墙上的巨石,使它倒塌下来,打破这围城者的金发的头,并将他的尸骨压为粉碎。厄忒俄克勒斯看到这道城门现在已经安全,他就跑去防守别的城门。在第四道城门,他看见堤丢斯暴怒得像一条龙,他的头戴着饰以羽毛的军盔,急遽地摇晃着,手中挥舞着盾牌,周围的铜环也叮当作响。他向城上投掷他的标枪,他周围拿着盾牌的队伍也将矛如同雹雨一样的投到城上,以致忒拜人不能不从城墙边沿后退。

这时厄忒俄克勒斯赶到了。他集合他的武装战士如同猎人之集合四散的猎犬，率领他们回到城墙边。然后他一道城门又一道城门地巡视着。他遇到卡帕纽斯，后者正抬着一架云梯攻城，并夸口说即使宙斯也不能阻止他将这被征服的城池夷为平地。一面说着傲慢的话，一面将云梯架在墙上，冒着矢石的暴雨，用盾牌掩护着，顺着溜滑的梯级往上爬。但他的急躁和狂妄所得到的惩罚并不是忒拜人所给与的，而是当他刚刚从云梯上跃到城头时，等候在那里的宙斯用一阵雷霆将他殛毙。这雷霆的威力甚至使大地也为之震动。他的四肢被抛掷在云梯周围，头发被焚，鲜血溅在梯子上。他的手脚如同车轮一样飞滚着，身体在地上焚烧。

国王阿德剌斯托斯以为这事是诸神之父反对他这次侵略的兆示。他率领着他的人马离开城壕，下令退却。忒拜人看到宙斯所给与的吉兆，从城里用步兵和战车冲出，与阿耳戈斯军队混战。车毂交错，尸横遍野。忒拜人大获全胜，将敌人驱逐到离城很远的地方，才退回城来。

两兄弟单独对阵

这便是攻打忒拜城的结局。但当克瑞翁和厄忒俄克勒斯退保城垣时，被击败的阿耳戈斯人又重新集合，准备再行进攻。忒拜人一看就明白了，感到第二次的抵抗希望很小，因他们的人数和力量都在第一次作战中削弱了。于是国王厄忒俄克勒斯做出勇敢的决定。当阿耳戈斯人重新前进并在城壕附近扎营以后，他派遣使臣到他们的军队里去。他命使臣叫他们沉默，然后他自己站在最高的城头上，向城里的忒拜人和城外的阿耳戈斯人喊话。"达那俄斯人和阿耳戈斯人呀，"他大声说道，"所有来围攻这座城池的人和忒拜的人民，你们双方都不必为我和波吕尼刻斯而牺牲更多的生命！不如让我个人迎敌，去和我的哥哥单独对阵。假使我杀死他，我即为王。假使我在他的手下丧命，这王国即为他所有，而我的敌人都可以放下武器，回转家去，不必再多流血了。"

波吕尼刻斯即刻从阿耳戈斯的队伍中跃出，声明愿意接受他的挑战。为一二人的利益作战,双方原已感到厌倦,因此敌对着的军队都欢呼赞成厄忒俄克勒斯的提议。双方订立一个条约,两个领袖都郑重宣誓遵守。于是这俄狄浦斯的两个儿子,都从头到脚全副武装。忒拜的贵族为他们的国王装备,阿耳戈斯人的领袖们也为流亡的波吕尼刻斯准备停当。他们全身铠甲在阵前相遇,兄弟们各个以强横而坚定的眼光打量着对方。"记住,"波吕尼刻斯的朋友们向他呼叫,"记住宙斯希望你为他在阿耳戈斯建立一座纪念碑,来感谢他行将给与你的胜利!"忒拜人亦鼓舞厄忒俄克勒斯王子。"你是为你的国家和你的王位而战,"他们说。"让这双重的代价鼓励你得到胜利!"

在决斗开始前,双方的预言家都聚拢来,献祭神祗,要从火焰的形象看出战争的结局。但这预兆很暧昧,他们可以解释为双方都可以得胜或失败。当献祭终了,两兄弟已准备完毕,挺身而出。波吕尼刻斯掉头望着阿耳戈斯地方,举起双手祈祷:"赫拉,阿耳戈斯的保护神哟,我从你的国土娶我的妻子,我居住在你的国土里。让我——你的公民得到胜利,使我的右手涂染我的敌人的鲜血!"

同时厄忒俄克勒斯也仰望着忒拜的雅典娜神庙。"啊,宙斯的女儿哟,"他祈求着,"请你使我的枪头对准目标,刺中那胆敢攻打我的祖国的敌人的胸脯!"当他说完最后的一个字,号角吹奏,宣布战斗开始。于是两弟兄向前冲出,互相突击,就如同龇裂着獠牙争斗的野猪一样。他们的枪在空中飞过,并各从对方的盾牌上反弹回来。他们各以矛对准对方的脸和眼睛投,但仍然被盾牌挡住。旁观者看到这场凶猛的争斗,大家都汗流浃背。厄忒俄克勒斯用右脚踢开阻在他的路上的一块石头,因而不小心让左脚从盾牌下面暴露。即刻波吕尼刻斯抢上一步,用利矛刺穿他的脚胫,这时阿耳戈斯人都高声欢呼,以为这一创伤已可决定胜负。但厄忒俄克勒斯虽然觉得受了伤,仍忍住痛,寻伺机会。他看见对方的肩头暴露,即一矛刺去,但刺得不深,矛头折断,忒拜人也微微欢呼。厄忒俄克勒斯更后退一步,拾起一块石头用力投去,将他哥哥的矛打成两段。此时双方各失去了一种武器,又是势均力敌了。他们各抽出利剑相对砍杀。盾牌碰击盾牌叮当有声,空气亦为之震荡。厄忒俄克勒斯忽然想起从忒萨利亚人学得的一种战术。他突然改换位置,后退一步,用左脚支持着身体,小心地防护着身体的下部,然后冷不防用右腿跳上去,一剑刺穿他哥哥的腹部。他的哥哥没有防备这突如其来的袭击,所以重创倒地,躺在血泊中。厄忒俄克勒斯相信自己已经获胜,丢下宝剑,向着垂死的哥哥俯下身去摘取他的武器,但这恰好是自取灭亡。因为波吕尼刻斯倒下后仍紧握着剑柄,现在他挣扎着用力一刺,刺入正俯身下视的厄忒俄克勒斯的胸脯。他随即倒在垂死的哥哥的身旁。

现在忒拜城门都大开着,妇人和奴隶们都涌出来悲悼他们的死去的国王。但安提戈涅紧靠着他所爱护的哥哥波吕尼刻斯,她要听他的最后的遗言。厄忒俄克勒斯差不多是即刻死去。他大声地抽一口气,就不再动弹了。但波吕尼刻斯还在喘息,他转动灰暗的眼睛望着他的妹妹,并说道:"我如何地为你的命运悲哀,妹妹哟,也如何地悲悼我死去的兄弟,从前我和他互相友爱,后来成为仇敌。只是在现在我临死的时候,我才知道我是如何地爱他!至于你,我希望你将我埋葬在故乡的土地上。请不要让忒拜城拒绝我的这个要求。现在用你的手将我的眼皮闭下吧,因为死的阴影已冰冷地落在我的头上。"

他死在他妹妹的怀里。即刻双方的军队因意见不合大声鼓噪。忒拜人相信他们的国王厄忒俄克勒斯是胜利者,同时阿耳戈斯人则以为胜利应属于波吕尼刻斯。死者的朋友们亦各有不同的看法。"波吕尼刻斯是最先用利矛刺中对方的!"有些人如此主张。"但他也是最先倒下的!"别的人又这么反驳。因为争论激烈,又准备重新作战。但在忒拜这方面却很幸运,因当两弟兄对阵时和对阵以后,他们仍然全副武装。阿耳戈斯人以为必然获胜,所以轻易地放下了武器。因此当忒拜人在对方来不及武装的情况下突然袭击时,没有遇到任何抵抗。阿耳戈斯人到处奔突乱窜,结果成千成万的人都死于忒拜人的枪下。

这时珀里克吕墨诺斯把预言家安菲阿剌俄斯一直追到伊斯墨诺斯河边。安菲阿剌俄斯乘战车奔逃,因阻于河水,马匹不能前进。因为忒拜人紧追在后面,所以他被迫冒险渡河。但马蹄还没有下水,敌人已来到岸上,矛尖几乎刺着了他的脖子。然而宙斯不愿让这个他曾赋予预言天才的人不光荣地死去,所以他以一阵雷霆轰裂大地。大地张着黑暗的大嘴,将这预言家和战车都吞食进去。

即刻忒拜周围四乡的敌人也被肃清。忒拜人携着死去了的敌人的盾牌和从被追及的俘虏手中掠得的战利品,由四面八方拥挤而来。他们满载着胜利品,举行一种凯旋的入城式。

克瑞翁的决定

经过这一次胜利的庆祝,他们想着要埋葬他们的死者。因为俄狄浦斯的两个儿子都已战死,所以他们的舅父克瑞翁成为忒拜的国王,同时他也就有责任监督埋葬他的外甥。他即时为保卫城池的厄忒俄克勒斯举行一种庄严的葬礼,如同国王的葬礼一样,人民都列队送葬。但波吕尼刻斯的尸体则被弃置和暴露着。克瑞翁派遣一个使者向全忒拜人宣布,对于他们国家的敌人,那个企图以战火来毁灭这个城,残杀自己的人民,驱逐神祇并奴役所有幸存的人民的敌人,大家不得哀悼他的死,也不能将他安葬;他的尸体应被暴露,由鸟雀和野兽吞食。同时他命令人民小心谨慎地服从他的命令,并派人看守死尸,使人不能将它偷去或埋葬。如有人违反命令,就在城里的大街上将他用石头击死。

安提戈涅听到这个在她看来是极残酷的命令,同时想起自己对于临死的哥哥所作的诺言。怀着沉重的心情,她去找她的妹妹伊斯墨涅,企图劝她帮助移去波吕尼刻斯的尸体。但伊斯墨涅是软弱而胆小的人,在她的血管中没有一滴英雄的热血。"姊姊哟,"她回答她,眼中饱含着眼泪,"你忘记了我们的父亲和母亲的可怕的死了么? 我们两个哥哥的不幸的毁灭你已经淡忘,因而你要我们这剩下的人也都得到同样的结果么?"

安提戈涅冷淡地从怯懦的妹妹那里转来。"我不要你的援助,"她说,"我将独自一人埋葬我的哥哥。做完这事之后,我愿意死去,死在他——我一生挚爱的人的旁边。"

不久,一个看守尸体的人飞快地苦着脸来到国王的面前。"你要我们看守的尸体已被人埋葬,"他喊道,"我们不知道是谁做的这件事,并且不论他是谁,他已经逃跑了。我们真不知道为什么这是可能的!

在白天看守的人告诉我们发生这事情的时候,我们大家都发怔。只有薄薄的一层土盖着尸体,刚足为地府的神祇们所接受,认为这已是一个被埋葬的人。那里没有锄铲和车轮的痕迹。我们互相争论,互相归咎于对方并彼此动武。但最后,国王啊,我们决定将这事情向你报告,而这报信的使命却落在我头上!"

克瑞翁十分愤怒。他威胁所有看守尸体的人,要即时交出罪犯,否则他们就全得绞死。听到这命令,他们立即将尸体上的泥土扒去,并恢复看守。由日出到正午,他们都在烈日下坐着。这时突然吹起一阵暴风,灰尘弥漫在空中。当看守兵还在思忖这光景的意义时,他们看见一个女郎走来,偷偷地啜泣,如同发现自己的小巢被倾覆了的鸟雀一样。她手中提着一只铜罐,飞快地在铜罐里装满泥土,小心翼翼地走到尸体的附近。她没有看见远远站在高处监视的人们。因为久未埋葬,尸体的腐臭使看守的人不敢逼近。这时她走到尸体面前,向尸体倾撒泥土三次,以此代替埋葬。看守们立刻走上前去,捉住她。他们拖曳着这个当场被捕的罪犯来见国王。

安提戈涅和克瑞翁

克瑞翁即时看出这是他的外甥女安提戈涅。"蠢孩子呀!"他喊道,"现在你垂头丧气地站在那里! 你究竟是忏悔还是否认所被控的罪行呢?"

"我承认!"这女郎一面说一面倔强地抬起头来。

"你知道我的命令么?"国王继续审问她,"如果知道,却又这么大胆地明知故犯么?"

"我知道,"安提戈涅从容坚定地回答,"但这不是永生的神祇所发的命令。而我知道别的一种命令,那不是今天或明天的,而是永久的,谁也不知道它来自何处。无人可以违犯这种命令而不引起神祇的愤怒;也就是这种神圣的命令迫使我不能让我的母亲的死去的儿子暴尸不葬。假使你认为我这种行动愚蠢,那么骂我愚蠢的人才真是愚蠢呢。"

"你以为你的顽强的精神不会被折服么?"克瑞翁问,并因女郎的反抗而更加愤怒。"越是不曲的钢刀越容易折断。落在别人手中的人就不应该再那么傲慢!"

"充其量你不过是杀死我,"安提戈涅回答,"为什么迟延呢?我的名字不会因被杀而不光荣。而且我知道,国内的人民只是惧怕你才保持沉默。在他们的心中他们都是赞成我的,因为一个妹妹的首要责任就是爱护她的哥哥。"

克瑞翁大声叫道:"好呀!假使你必定要爱护他,那么到地府里去爱护他罢!"他正要吩咐仆人们将她拖下,伊斯墨涅(她已知道姊姊被捕)怒冲冲地冲进宫来。她好像已经摆脱了她的软弱和怯懦,勇敢地走到舅父的面前,宣称她已知道埋葬尸体的事,要求和安提戈涅一起处死。但她提醒克瑞翁,安提戈涅不单是他的姊姊的女儿,也正是他自己的儿子海蒙的未婚妻,因此如果他杀死她,他便迫使嗣王不能与所爱的人结婚。克瑞翁没有回答,只是命令仆人将她们姊妹都带到内廷里去。

海蒙和安提戈涅

当克瑞翁看见他的儿子慌忙向他走来,他知道必是他听说关于安提戈涅的判罪,所以出来反抗他的父亲。但海蒙却恭顺地回答他父亲的怀着疑虑的询问,只有在对他的父亲表明他的心迹之后,他才冒昧请求对于他的爱人的怜悯。"你不知道人民正说些什么话,父亲哟!"他说。"你不知道他们正在口出怨言,由于你的严厉的眼色,他们才不敢当面说你所不愿听的话。但这一切我却知道得很清楚!我可以告诉你,全城正为安提戈涅的遭遇不平;每一公民都认为她的行动是永久值得尊敬的;没有人会相信,一个妹妹不让野狗咬兄长的骨头,不让鸟雀啄他的肉而应该处死。所以,亲爱的父亲,听听民间的舆论吧!防民之口甚于防川。不听他们的话,洪流会溃决的呀。"

"这孩子是来教训我么?"他轻蔑地说,"好像你是在袒护着一个女人,所以来反抗我。"

"是的,如果你是一个女人!"这青年热情而激昂地抗议着,"因为我说的这些话都是卫护你的。"

"我十分清楚，"他父亲仍然恼怒地回答，"对于罪犯的盲目的爱情将你的精神束缚住了。但是只要她活着你就不能向她求爱。这是我的决定：在最远的远方，没有人迹可到的地方，她得禁囚在一个石头的坟墓里，只给她以必要的粮食，免使杀戮的血污来渎辱忒拜城。在那里她可以向地府的神祇们祈求自由。她会知道，与其听从死人，不如听从活人，但这对于她已是太晚了。"他说着就掉过头去，下令即刻执行他的决定。现在公开地当着忒拜人民，安提戈涅被带到墓地去了。她祈告神祇，呼唤着她希望能够团聚的亲爱的人们，毫不畏惧地走进那作为她的茔墓的岩洞。

同时波吕尼刻斯的尸体已渐渐腐烂，但仍然被暴露着。野狗和鸟雀啃食他的尸体并将腐肉带到城里使各处都满是恶臭和污秽。过去曾进谒过俄狄浦斯的年老的预言家忒瑞西阿斯出现在克瑞翁的面前，并从献祭的香烟和飞鸟的言语预告灾祸的来临。他曾听到饥饿的恶鸟的鸣叫，而神坛上的祭品也在熏烟中烧焦了。"这是显然的，神祇对我们很愤怒，"他这样作结论。"因为我们对于俄狄浦斯的被杀的儿子处置不当。啊，国王哟，请不再坚持你的命令。请顾念死者并停止杀戮。荼毒已死的人，这算是什么光荣呢？我说还是收回成命吧！我说这话正是为着你的利益！"

但正如同过去的俄狄浦斯一样，克瑞翁也不听这预言家的劝告。他咒骂他说谎，企图骗取金钱。为此这预言家很愤怒，他无情地当着国王面前揭示未来的事情。"那么，你看吧，"他严厉地说。"除非你为这两个死者牺牲掉一个你的亲骨肉，否则太阳将不会沉落。你犯了两重罪过：既不让死者归于地府，又阻止应该活在光天之下的生者留在世上。快些，我的孩子，引领着我离开这里。让这人凭他的命运去吧，我们不必理他。"说着他拄着杖，由他的引领的人牵着走开。

克瑞翁受到惩罚

国王用目光送走这阴沉的预言家，他战栗了。他召集城里的长老们商议现在该如何办。"从石头的墓穴释放安提戈涅，并埋葬波吕尼刻斯，"他们都一致决定。克瑞翁桀骜不驯的性情本不易听信别人的意见，但此时他已失魂落魄。他赞成如忒瑞西阿斯所说去做，因为只有这可以使他的全家免于毁灭。首先，他自己引导随从们来到波吕尼刻斯暴露尸骨的旷野，然后又来到安提戈涅被囚禁着的山洞。他的妻子欧律狄刻独自一人留在宫廷里。

不久她听见大街上悲号的声音；当嘈杂声越来越大时，她从内室走到前廷。这里她遇到一个使者，这正是引导她丈夫去埋葬她的外甥的尸骨的人。"我们向地府的神祇们祈祷，"他说。"随后我们将尸体举行圣浴，又将这可怜的遗骨焚毁，并用他的故乡的泥土堆成一座坟茔将他埋葬。最后我们去到那因禁着女郎准备将她饿死的山洞。一个走在前面的仆人远远听到悲痛的哭声从那可怕的岩洞上传出来。他赶回来将这墓穴中的哭声报告国王。克瑞翁虽然只隐约地听见了，但已知道那是他儿子的哭声。他吩咐我们跑去，并从岩缝中偷看。我们看见什么呢？在岩洞的后面吊着安提戈涅，她用面纱扭成套索，吊死在那里。你的儿子海蒙则跪在她面前，抱着她的双膝。他悲悯他的情人并咒诅着使他失去新妇的父亲。现在克瑞翁到达石头墓穴，并从门口进去。'不幸的孩子，'他叫唤海蒙，'你要作什么呢？你的疯狂的眼光预示着什么呢？到我这儿来！我跪着求你！'但海蒙只是在绝望中木然地望着他。他一声不响，只是从剑鞘中拔出宝剑。他的父亲为了回避他的袭击，从岩洞中逃出。海蒙伏剑自杀。当他临死，他伸手拥抱着安提戈涅，将她搂紧。现在他们两人在最后的拥抱里死在墓穴中。"

欧律狄刻沉默地听着。他说完之后，她仍然一言不发。最后她忙着从屋子里出来。当仆人们用枢车抬着国王的唯一的儿子伴随着他回到宫殿时，他得到的报告是欧律狄刻已在内室以短剑自杀，躺在自己的血泊里。

忒拜英雄们的埋葬

俄狄浦斯的一家人中，只有死去的两兄弟的两个儿子和安提戈涅的妹妹伊斯墨涅活着。关于伊斯墨涅的事迹,自来很少传说。她没有子女,也没有结婚。她的死结束了这不幸的家族的故事。关于攻打忒拜的七个英雄,只有阿德剌斯托斯幸免于最后一次大会战的追击和屠杀。他乘着海神波塞冬与农业女神得墨忒耳所生的有翼的神马阿里翁飞奔逃脱。他平安地到达雅典,寄住在一所神庙的圣殿,作为一个祈祷者坚守着祭坛。他高举着橄榄枝,请求雅典人帮助他为死在忒拜城外的英雄们举行光荣的葬礼。雅典人答应他的请求,并在忒修斯的领导下伴随他回到这个城池。因此,忒拜人也不能不同意对于这些英雄的埋葬。阿德剌斯托斯为死去的英雄们的尸体堆起七个火葬场,并在阿索波斯河附近举行一种献祭阿波罗的葬礼赛会。当卡帕纽斯的火葬场熊熊燃烧时,他的妻子欧阿德涅,即伊菲斯的女儿,纵身跳入火中自焚而死。为大地所吞食的安菲阿剌俄斯的尸首无法觅到,这使得国王因不能崇敬自己的老友而感到悲恸。"我丧失了我军中的眼目,"他说。"我丧失了一个大预言家和战场中最勇敢的战士。"

当葬仪完成,阿德剌斯托斯在忒拜城外建立了一座最美丽的神庙献给报应女神涅墨西斯。然后,他和他的雅典的同盟军离开了这个国家。

后辈英雄们

十年以后，攻打忒拜城死难英雄的儿子们决定再作一次征讨，为他们死去的父亲们复仇。他们共有八人，称为厄庇戈诺伊（意即后辈）：即安菲阿剌俄斯的儿子阿尔克迈翁和安菲罗科斯，阿德剌斯托斯的儿子埃癸阿勒俄斯，堤丢斯的儿子狄俄墨得斯，帕耳忒诺派俄斯的儿子普洛玛科斯，卡帕纽斯的儿子斯忒涅罗斯，波吕尼刻斯的儿子忒耳珊得耳和墨喀斯透斯的儿子欧律阿罗斯。年老的国王阿德剌斯托斯是第一次攻打忒拜城还活着的唯一的英雄。他也参加这次的远征，但却不做领袖，因为他要一位年富力强的人来担当这重要的职务。于是英雄的儿子们请求阿波罗赐以神谕为他们选择一个领袖。神谕以为安菲阿剌俄斯的儿子阿尔克迈翁最为适宜。但当大家奉他为领袖时，他却迟疑着，不知在为父亲报仇以前是否可以接受这种光荣。他也请求神谕为他决定如何处理，结果神谕告诉他，两者可以做。

在这以前，他的母亲不仅保有那个使人遭殃的项链，并设法要得到面网——即阿佛洛狄忒的第二件宝物。继承这面网的人波吕尼刻斯的儿子忒耳珊得耳，也以他父亲赠给她项链的同样理由将面网赠给她，即作为一种贿赂，使她促成她的儿子阿尔克迈翁参加这次对于忒拜人的战争。为服从神谕，阿尔克迈翁先出任领袖的职务，并拟回来以后再为他的父亲报仇。他率领着一支相当大的军队，因为他不仅召集了阿耳戈斯人，而且许多渴求着机会要表现自己勇敢的武士们都来参加，所以这是一支强大的军队。他们向忒拜城前进。在这里，这些儿子们又围困着十年前父亲们所攻打的城。但新生的一代却很幸运，阿尔克迈翁得到了一次决定性的胜利。这后辈英雄中只有一人阵亡，那是国王阿德剌斯托斯的儿子埃癸阿勒俄斯。他为厄忒俄克勒斯的儿子拉俄达玛斯亲手所杀，而拉俄达玛斯又死在这后辈英雄的领袖阿尔克迈翁手中。

忒拜人失去这个领袖和别的战士们，他们就放弃阵地，退保城垣。他们请求盲预言家忒瑞西阿斯指示他们，这预言家还活着，但已是百岁以上的人。他劝他们走唯一可行的路：派遣使臣向阿耳戈斯人乞和，同时弃城而逃。他们如他所说，派遣使臣到敌人的阵营，和他们商量条件，一面用大车载着妇女和小孩逃离忒拜城。在黑夜中他们到达玻俄提亚的提尔孚西翁城。盲目的忒瑞西阿斯也和他们一起逃亡，他在城外一冷泉中饮了一大口水，立即死去。但即使在地府中，这睿智的预言家仍然与众不同；他不像别的阴魂那样以空虚无聊的心情茫无目的地到处徘徊。他保持着思考伟大问题和预见凡人所不能知的事物的能力。他的女儿曼托没有和他一道逃跑。她留在后面，为入据空城的征服者所掳获。他们曾经对太阳神阿波罗许愿，要以在城中所获最高贵的胜利品献给他。现在他们认定曼托是最受神祇欢迎的胜利品，因她继承了她父亲的先知的才能。所以这后辈英雄们将她带到得尔福，献给太阳神，作为他的女祭司。在这里她的预言的天才愈来愈完美，她的智慧更加高深，她成了那时代最著名的女预言家。在她所主管的神庙里，人们常常看见一个老年人时来时往。她教给他充满活力，甜美和光辉的诗歌，这些诗歌不久便传遍希腊。这老人便是迈俄尼亚的歌者——荷马。

阿尔克迈翁和项链

　　阿尔克迈翁从忒拜凯旋归来,他决定实行神谕的第二部分,即为他的父亲报仇。当他发现他的母亲不仅以受贿赂出卖她的丈夫并以受贿赂而欺骗她的儿子时,他对她就更加怨恨了。他不假思索拔剑杀死他的母亲。最后他带着项链和面网离开父母所住的他所厌恶的屋子。虽然神谕要他为他的父亲报仇,但杀害母亲也违反了自然法则,神祇对于这事不会不惩罚的。他们使复仇女神追袭他,使他陷于疯狂。他丧失了理智,流浪到阿耳卡狄亚国王俄依克琉斯那里去,但复仇女神仍然使他不能安宁,所以他又被迫继续流浪。最后他逃避到在阿耳卡狄亚的另一个城普索菲斯,这里的国王是斐勾斯。国王为阿尔克迈翁净罪,并使他和他的女儿阿耳西诺厄结婚,因而又成为那不祥的项链和面网的所有人。阿尔克迈翁的疯病已愈,但灾祸并没有离开他,他所居住的地方因他的缘故遭到大旱。他祈求神谕,得到的回答却不能令人满意。神谕以为他只有去到在他杀害母亲时还没有在地面上出现的国家,他才可以得到安宁。因此他绝望地离开他的妻子和幼小的儿子克吕提俄斯,漫游到远方去。经过长久的漫游以后,他明白神谕的指示,来到阿刻罗俄斯河,发现不久以前才在水中出现的一个岛屿。他住在这里才摆脱了灾祸。

　　但他的得救和幸福只是使他变得傲慢不逊。他忘记阿耳西诺厄和他的幼子,另与河神阿刻罗俄斯的女儿卡利洛厄结婚,并生了两个儿子阿卡耳南和安福忒洛斯。因为到处传说阿尔克迈翁有着无价的宝物,所以他的妻子要求看一看这灿烂的项链和精致的面网。但当他秘密地离开他的前妻时,这两件宝物却留存在她的手里。他不愿卡利洛厄知道他过去的婚事,所以臆造出一个遥远的地方,假说宝物藏在那里,他可以去将它们取来。因此他又回到普索菲地方的前妻那里。为了给自

己的久别找借口,他告诉她和她的父亲,因为疯病发作,失去理智,所以
迫使他离开了他们,现在这病还没有复原。"只有一个办法可以使我
完全摆脱这个灾难,"他狡猾地说。"有人告诉我,假使我将过去给你
的项链和面网带到得尔福去作为一种献神的礼物,就一切都会好转。"
斐勾斯和他的女儿相信他的欺骗的谎话,将两件宝物给他。阿尔克迈
翁欢喜地带着宝物离开,绝想不到这宝物会使他毁灭,如同它已使别人
毁灭一样。他的一个仆人知道这秘密,报告国王说他已第二次结婚,他
这次正是将项链和面网带给他新婚的妻子。因此被遗弃的阿耳西诺厄
的兄弟们追踪着他,在路上狙击他,使他在毫无防备的情况下被杀。他
们将这两件宝物夺回,仍带回给他们的妹妹,并夸耀着他们业已为她复
仇。但阿耳西诺厄仍然热爱着阿尔克迈翁,即使知道了他的不义和负
心,所以她怨恨她的哥哥们将他杀害。现在这不祥的礼物也将证明它
对于阿耳西诺厄一样的发生作用。她的忿怒的哥哥们觉得对于她的忘
恩负义即使给以最苛酷的惩罚也不为过。他们将她捉住,锁闭在一只
柜子里,将她带到忒革亚,送给对他们很友好的阿伽珀诺耳国王。在这
里她后来得到很悲惨的死。

　　同时卡利洛厄知道了她丈夫的不幸的结局,她在悲哀中渴望着要
为她的丈夫复仇。她俯伏在地,祈求宙斯降下奇迹,使她的幼小的儿子
阿卡耳南和安福忒洛斯突然长大成人,向杀害他们的父亲的敌人报仇。
因为她是无罪而虔诚的,所以宙斯接受了她的祈祷。她的儿子,临上床
睡觉时还是两个孩子,但第二天醒来已是成人,充满强力和复仇的欲
望。他们出发报仇,首先到忒革亚去。他们到达那里时,斐勾斯的儿子
们也刚刚带着他们的不幸的妹妹阿耳西诺厄来到,并准备到得尔福去,
将阿佛洛狄忒的不祥的宝物献给阿波罗的神坛。当这两个青年向他们
冲上去要为被杀死的父亲报仇时,阿革诺耳与普洛诺俄斯还不知道这
攻击者是谁。而且在知道原因之前,即已惨死刀下。阿尔克迈翁的两
个儿子于是向阿伽珀诺耳为自己的行为辩护,并告诉他过去所发生的
一切事情。随后,他们又旅行到阿耳卡狄亚的普索菲斯,并一直进入宫
廷,杀死国王斐勾斯和王后。他们逃避追击,安全地到达他们的岛上,
并告诉他们的母亲,他们已为父亲复仇。他们听从外祖父阿刻罗俄斯

的劝告,出发到得尔福,将项链和面网都献给阿波罗的神坛。当这事完成以后,安菲阿拉俄斯家族所遭逢的不祥才最后终止。他的孙儿,即阿尔克迈翁与卡利洛厄的两个儿子,后来在厄庇洛斯招募移民,建立阿卡耳那尼亚。在父亲被杀以后,阿尔克迈翁与阿耳西诺厄所生的儿子克吕提俄斯也怀恨地离开母亲方面的亲戚们,逃避到厄利斯地方,并居住在那里。

赫剌克勒斯的后裔

赫剌克勒斯的后裔来到雅典

当赫剌克勒斯被接纳到天上去,他的侄儿阿耳戈斯的国王欧律斯透斯就不再畏惧他,他转而压迫这半神人英雄的子孙们,他们大部分居住在阿耳戈斯的首都密刻奈,同赫剌克勒斯的母亲阿尔克墨涅在一起。当他们觉到国王要迫害他们,他们逃避到特剌喀斯,求得国王克宇克斯的保护。但欧律斯透斯要求这弱小的国王交出他们,并以战争相威胁。他们感到在特剌喀斯的不安全,又从这里逃出。赫剌克勒斯的一个朋友也是著名的亲戚伊俄拉俄斯如同父亲一样照顾他们。在青年时他曾参加赫剌克勒斯的一切冒险和艰苦,现在他已是白发苍苍的高年,他保护着这故人的子孙和他们一起漂流世界各地。他们出发去占领珀罗奔尼撒,这是他们的父亲用武力所征服的地方。

在路途上,欧律斯透斯仍然不断追击他们,于是他们来到雅典。这时雅典的统治者是忒修斯的儿子得摩福翁,他刚刚驱逐篡位的墨涅斯透斯重新取得王位。赫剌克勒斯的子孙们到达雅典之后,就一直走到市场并伏在宙斯的圣坛前面,祈求雅典人的保护。他们刚住下不久,国王欧律斯透斯派遣的一个使者也来到了,他挑衅地指责伊俄拉俄斯,十分蔑视地对他说:"你想着你们在此很安全,这城里的人将是你们的盟友!愚蠢的伊俄拉俄斯呀!你想想会有人放弃强大的欧律斯透斯而和你这样一个弱者联盟么?快些和你所保护着的人们一起离开,回到阿耳戈斯去。在那里你将得到公平的裁判,——用乱石头将你打死!"

伊俄拉俄斯镇定地回答他:"你所说的,我做不到。因我知道住在圣坛这里可以得到保护,不仅不怕像你这样无价值的人,也不怕你的主人的强大的军队。我们来到的这土地是一块自由的土地！"

"那么，你要知道，"这个名叫科普柔斯的使者继续说，"我并非独自一人来到此地。还有更多的人随后即来，从这个你们以为很安全的城池将你们抢走。"

当赫剌克勒斯的子孙们听到这话，他们悲哀地哭泣起来。但伊俄拉俄斯大声地对雅典人民演说。"雅典的公民！"他说，"请不要让宙斯所保护的人被人用武力劫走，也不要让我们求神者头上所戴的花冠被人污渎，因为这会是对你们的神祇的侮辱，也是你们城中的羞耻！"

由于他这样呼号求助，雅典人从四面八方涌来，这时他们才看见这一小队流亡的人拥挤在神坛的周围。"这高贵的老人是谁呢？这些有着飘拂的长发的美丽的孩子们又是谁呢？"成百的人这样询问着。当他们知道这些寻求他们保护的人是赫剌克勒斯的后裔时，他们不单是同情，而且肃然起敬。他们吩咐正要拖走这些孩子们的这个使者放下他们，并要他依照手续先向这里的国王陈述他的要求。

"这里的国王是谁呀？"科普柔斯问道，由于那些雅典人的坚定高傲的态度而颇为难堪。

"他是一个你必须服从他的裁判的人，"他们回答，"不朽的忒修斯的儿子得摩福翁便是我们的国王。"

得摩福翁

不久，在宫廷里的国王听到了关于市场上的流亡者，一支外国的军队欧律斯透斯和一个使者要求交出这些哀求者的消息。他亲自到市场上并从使者自己的嘴里听到欧律斯透斯的要求。"我是一个阿耳戈斯人，"科普柔斯告诉他。"我想带回去的也是阿耳戈斯人，因此这是在我们国王的权限之内的。你不应这么无理，啊，忒修斯的儿子哟，你不应成为全希腊人中同情这些流亡者的唯一的人，并为他们的原故引起与欧律斯透斯及其许多强大的同盟军的战争。"

得摩福翁是聪明而能容忍的。对于这个使者的不逊的谈话他只是回答："在听到双方的理由之前，我如何能决定谁是谁非呢？老人，你是这几个孩子的保护人，现在说说你自己的理由吧。"

伊俄拉俄斯听到得摩福翁的话，就从神坛的石阶上站起来，向国王鞠躬致敬并回答他："现在我知道我真是在一座自由的城里了，因为在这里一个人可以为他自己辩护，并有倾听他说话的人。在别的地方，他们只是驱逐我和我所保护的人，并不许可我们开口说话。我们的不幸的真正原因是：欧律斯透斯逼迫着我们逃出阿耳戈斯。在他的国内我们不能有一刻的停留。当他剥夺我们的一切人民的权利，他如何能说我们是他的人民，并要求我们如阿耳戈斯人一样地服从他的法令呢？假使他所说的话是真的，那么一个逃离阿耳戈斯的人也就会自绝于全希腊了！但感谢神祇，幸而雅典不是这样！住在这光荣的城里面的人们都不愿从他们的土地赶走赫剌克勒斯的子孙。你，啊，国王哟，你也绝不容许一个哀求的人被人用武力从神坛这里抢走。我的孩子们，放心吧！你们现在已是在一个自由的国度，而且也是和你们的亲属在一起。啊，国王哟，要知道你不是庇护外乡人。你的父亲忒修斯和这些孩子们的父亲赫剌克勒斯都是珀罗普斯的孙子。他们两人之间更有着一种比亲属更坚固的联系，他们两人是战友。赫剌克勒斯曾经从地府里释放你的父亲。"

伊俄拉俄斯一面说着，一面跪下去抱着国王的双膝，拉着他的手，抚摩他的下颌。国王将他从地上扶起来，并对他说："有三个理由我要保护你。第一是宙斯和这神坛；第二是你所保护的人和我的关系；第三是赫剌克勒斯对于我父亲的恩惠我应当报答。假使我让你被人从这神圣的地方带走，这国土便不是自由的国土，不是遵循道义和尊敬神祇的国土。"然后他转身向着科普柔斯。"使者，"他命令他，"即刻回到密刻奈去，并将我的话告诉你们的国王。"

"我去，"科普柔斯说，并威胁地挥着手中的行杖，"但我会再来，带着阿耳戈斯的军队再来。有一万个武装的士兵正等待着国王的信号。他会亲自指挥他们。真的，他已经到达你的边境。"

"见你的鬼！"得摩福翁鄙夷地说，"我不怕你，也不怕你们所有的阿耳戈斯人。"

使者退去，于是赫剌克勒斯的孩子们，一小队强壮而美丽的青年，快乐地从神坛台阶上跳起来,将他们的手放在他们的亲戚即国王的手里,并欢呼他为他们的救护者。伊俄拉俄斯又替他们讲话,并感谢得摩福翁和雅典人。"假使我们还可以回到我们的家里,"他说,"假使赫刺克勒斯的孩子们还可以再住到他们父亲的屋子里,他们将永不会忘记他们的朋友们,他们的救护者。他们永远不向这个款待他们的城作战,并永远怀着最大的诚意以它为宝贵的同盟军。"

现在得摩福翁准备对付新的敌人的进攻。他召集他的预言家们,吩咐他们作庄严的献祭。他请伊俄拉俄斯和他所监护的人们作他的宫廷的贵宾,但老人宣称他不愿离开宙斯的神坛,并愿留在那里为雅典城祈祷幸福。他说:"除非由于神祇的保佑你们得到了胜利,我们的疲乏的肢体不愿意在你们的屋顶下面休息。"

同时国王爬到宫殿中最高的望楼上,观测已经到达的敌人的实力。他召集他们的队伍,命令他们保卫城池,并和预言家们商议。当伊俄拉俄斯和他所监护的人们正在向神祇至诚地祈祷,得摩福翁急步向他们走来,脸上充满愁容。"怎么办呢,我的朋友们?"他呼唤着他们,表情很痛苦。"那是真的,我的队伍准备迎接敌人,但所有我的预言家都断言如果我要击败阿耳戈斯人必须有一个条件,而这是我不能实行的!听听神谕怎么说的:'你不用宰杀母牛或公牛,只要牺牲一个出身高贵的女郎,然后你和你的城池才有希望得到胜利!'这怎么能呢?我自己有一个女儿,年轻美丽如同花朵一样。谁希望当父亲的人会牺牲这样的一个女儿?生有女儿的雅典的高贵公民,谁又愿意将女儿交出来呢,即使我大胆向他们要求?假使我这么做,那么在和外敌作战的时候我便得同时从事内战。"

赫刺克勒斯的孩子们听到他们的保护者的迟疑和恐惧,他们的心情很沉重。"伤心呀!"伊俄拉俄斯叫起来。"我们好像沉了船的水手,原来想着已经到达海岸,却又被狂暴的风雨吹回大海里去。为什么我们要以无益的希望和梦想来欺骗自己呢?我们完了!得摩福翁将不顾我们,而我们又如何能责备他呢?"但突然他的眼中闪烁出一种希望的光辉。"你知道么,啊国王哟,神灵给我什么样的鼓舞?怎样才能救出我们全体呢?但愿你能帮助我们完成这件事!以我替代赫刺克勒斯的孩子们,送给欧律斯透斯! 能够强迫我,一个伟大英雄的永久伴侣死于屈辱,他必然欢喜。但我已是衰老的人,我愿意为这些青年牺牲我自己的生命。"

"你作了一种崇高的贡献,"得摩福翁悲愁地说,"但这于事无补。你以为欧律斯透斯杀死一个老人就会满足么? 不,他的要求乃是杀死赫剌克勒斯的年轻而美丽的孩子们,使他从此绝后。请说说你的别的意见。你现在的这个提议是无用的。"

玛卡里亚

这时候,喧嚷和悲叹不单是从赫剌克勒斯的子孙们,也一样地从市场上集合的公民们中发出,声音这样响,一直传到了国王的宫殿。在逃亡者到后不久,赫剌克勒斯的年老衰弱的母亲阿尔克墨涅和得伊阿尼拉为他所生的美丽的女儿玛卡里亚被带到宫里,隐藏着不让外人看见,现在她们正在等待行将到来的一切。阿尔克墨涅衰老而聋聩,不知道她周围的世界发生什么事情。但她的孙女儿留心听着从城市中心传来的悲叹的声音,她这般想念她的兄弟们,以致忘记自己是一个在深闺长大的女郎,忘记自己没有人陪伴,独自一人来到市场上,径直走到人丛中。看到她走来,不单是得摩福翁和雅典人,甚至于伊俄拉俄斯和他所监护的人都大吃一惊。

她在人丛中蹀躞着,听说了威胁着雅典和赫剌克勒斯家属的危机,和看来难以获得愉快结局的不祥的神谕。她用坚定的步履走到国王的面前。"把我作为一个祭品,"她说,"这个祭品可以保障你得到胜利,并可从暴君的愤怒中救出我的可怜的兄弟们。神谕告诉你要杀戮一个出身高贵的女子。你忘记了高贵门第的赫剌克勒斯的女儿住在你的宫廷里么? 我自愿牺牲,这一定使神祇更欢喜,因为这是我自己愿意。假使雅典城这么好义,为赫剌克勒斯的家属不惜从事战争并献出它的成百成千的儿女,那么为什么赫剌克勒斯的子孙们不应当有一人为保证这些高贵的人们得到胜利而牺牲自己的生命? 如果我们之中竟没有一人这样想,我们便不值得保护,不值得救济。所以,带我到我可以献身的地方去吧。用花冠装饰我,如同你们装饰一只准备献祭的母羊或牛犊一样。操刀吧,因为我很欢喜我能献出我的生命。"

这女郎说出最后的激昂的话以后,伊俄拉俄斯以及和他在一起的人都沉默了许久。最后这家属的监护人说:"玛卡里亚,你已证明你配做你父亲的女儿。我赞颂你的勇敢,虽然同时我也悲悼你的命运。但在我看来,似乎应该由所有赫剌克勒斯的女儿们一起来拈阄决定谁应当为她的兄弟们而牺牲。"

"我不愿拈阄去死,"玛卡里亚说,"别再踌躇,否则敌人攻上来,神谕也成为徒然。吩咐城里的妇人们随着我来罢,因我不愿我的死让男子们的眼睛看见。"

如此,由雅典的高贵的妇人们护送着,玛卡里亚自愿地,坚定而快乐地走向死亡。

战　争

国王和雅典公民十分崇敬地望着她走去,伊俄拉俄斯和她的兄弟们,赫剌克勒斯的家属,则悲哀而痛苦地低垂着眼皮。但命运不让他们长久悲哀和感伤,因为当玛卡里亚的影子刚一消失,一个使者就飞快地向着神坛跑来,面上带着吉利的光彩,快乐地大声喊叫:"向你们致敬,啊,赫剌克勒斯的儿子们!但告诉我,伊俄拉俄斯在哪里?我正带给他快乐的消息。"伊俄拉俄斯从神坛站起来,但悲愁的痕迹一时尚未消失,因此使者询问他悲愁的原因。

"我为我所爱的人们而烦恼,"老人说,"别再问下去罢,只是告诉我你所说的快乐的消息。"

"你不认识我么?"这使者问,"你不知道赫剌克勒斯和得伊阿尼拉的儿子,许罗斯的老仆人么?你应当想得起来,我的主人和你在漂泊的旅途上分手,为着你和他自己去寻求同盟军。现在,正是千钧一发的时候,他带着一支强大的军队来到,并已面对着国王欧律斯透斯的军队扎下营幕。"

一阵由于快乐的兴奋而产生的骚动即刻从神坛周围的人丛传遍雅

典所有的公民们。这消息甚至使年老的阿尔克墨涅从宫闱中走出来了。白发斑斑的伊俄拉俄斯也自己披上盔甲,叫人们给他送来武器。他将赫剌克勒斯的幼小的孩子们和年老的老祖母交托留在雅典城里的长老们代为照顾。他自己和国王得摩福翁和青年们出发参加许罗斯的队伍。

同盟军列队出阵,旷野中一望无际地闪烁着盔甲的光辉,这时在距欧律斯透斯(他站在无边的武装队伍的前头)的军队仅一投石的距离处,赫剌克勒斯的儿子许罗斯从战车上走下,站在两军阵前的狭道上呼唤阿耳戈斯国王:"欧律斯透斯国王哟! 在我们流血之先,在两支强大军队为少数的几个人而作战并互以毁灭威胁之先,请听着我的提议!让我们两人单独作战来决定胜负。假使我失败在你的手里,请即带走赫剌克勒斯的儿子,即我所有的兄弟们,并一切听凭你处置。假使我击败你,那么让我父亲的主权,他的王宫和他在珀罗奔尼撒的统治,仍然归还我和我的家属。"

同盟军都大声欢呼表示赞成这种提议,阿耳戈斯人也暗暗表示赞同。但是欧律斯透斯很久以来就以怯懦著名现在又一次表现出贪生怕死,他断然地反对这种提议,不愿离开他的军队。因此许罗斯又回到自己的队伍,预言家们又作祀神的祭献,即刻战争的号角吹奏起来。

"公民们!"得摩福翁号召他的人民,"记住,你们是为你们的家庭,为你们生于斯长于斯并受到它的保护的城而作战!"

在那一边,欧律斯透斯要求他的队伍不要羞辱阿耳戈斯和密刻奈,要更增加国家的光荣。现在堤瑞尼亚人的喇叭高声吹奏,盾与盾冲击,战车与战车对阵,飞矛投射着,宝剑叮当,其中还夹着受伤的人的呻吟。有一瞬间情况很可怕,在阿耳戈斯人长枪的攻击下,赫剌克勒斯家属的同盟军被迫后退,几乎被他们突破阵线。紧接着他们就展开反击,如狂涛一样地涌上前去,击退敌人。经过很长的时间,战争的结果未见分晓。最后阿耳戈斯人阵脚混乱,武装的步队和战车都向后奔逃。这时高年的伊俄拉俄斯突然渴望以最后一次勇敢的作为来创造他的晚年的光荣。当许罗斯追击逃亡的敌人驶着战车从他的身旁驰过时,他向这青年的英雄伸出右手,要求跳上战车替代他的位置。许罗斯因尊敬父亲的老朋友和他的兄弟们的保护人,所以将自己的位置让给了他。

老年人的双手要控制四马拖曳着的战车的飞奔是不容易的。但他仍然向前奔逐。当他到达雅典娜的神庙时,他看见欧律斯透斯的战车正风尘滚滚,在他前面奔逃。于是他奋然向青春女神赫柏祈祷,祈求在这一天赐给他青年人的气力,使他可以向赫剌克勒斯的敌人复仇。接着一种奇迹出现:两颗大星从天上缓缓下降,落在马鞍子上,即刻一阵浓雾包蔽着整个的战车。但随即雾和星都消失了,伊俄拉俄斯挺立在战车上,强健而年轻。他有着粗强的手臂,两手坚定地紧握着四马的缰绳。他向前飞奔,追上了已经越过斯喀洛尼亚山岩并正要进入阿耳戈斯人以为是很安全的大峡谷的欧律斯透斯。欧律斯透斯不认识这追击者,返身应战。伊俄拉俄斯因为有神祇所赋予的青年的强力,所以获得胜利,将他从战车上打落,活捉住他,绑在自己的战车上,作为第一个战利品,向着自己的同盟军驰回。这时胜利之局已定,阿耳戈斯人因失去领袖,散漫地四处逃窜。所有欧律斯透斯的儿子们和别的数不清的战士都已被杀,很快就没有一个敌人残留在阿提刻的土地上。

欧律斯透斯和阿尔克墨涅

凯旋的战士进入雅典,伊俄拉俄斯仍然变成一个衰迈的老人。他将一个尚武民族的可耻的侵略者捆绑着手脚带到赫剌克勒斯的母亲的面前。

“那是你么,可恨的欧律斯透斯?”这年老的妇人庆幸地叫道,“神祇的报应终于临到你身上了么? 别低垂着头看着地下,正视你的敌人呀! 这正是你,多少年来你用艰难的工作和侮辱折磨着我的儿子。你叫他去打杀毒蛇猛兽,希望他死于非命。那也是你,你使他走到黑暗的地府,以为他再也不会回到人间。然后,你用各种毒计,用各种权力来迫害我——他的母亲,迫害他的孩子们,从一个地方到另一个地方,想将我们逐出希腊,并想从供我们避难的神坛劫取我们。但你却碰到并不惧怕你的强权的人们! 你来到自由的城池! 现在你必得一死,但如果你马上死了，还应该自己庆幸，因为你所犯的罪孽实在是死有余辜的。"

欧律斯透斯表示在一个妇人的面前并不畏惧。他振作起精神，假装镇静地说："你不要指望听到我的哀告。我并不反对死亡，但让我说一句话为我自己辩护：并不是我主动地将赫剌克勒斯看做一个敌人。那是女神赫拉吩咐我要我永远迫害他的。但是当我一经和这个巨人，这个半神为敌之后（虽然这是违反我的愿望的），我不是就不得不尽可能逃避这个英雄的愤怒么？即使在他死后，我不是被迫去追击他的子孙，这些正在成长的敌人，这些将为他们的父亲复仇的人么？现在听凭你处置吧。我并不求死，但死也不至于使我悲痛。"

欧律斯透斯说着，显得在死亡面前仍然很镇静。许罗斯自己替这个俘虏辩护，雅典公民们也要求照着这城池的宽大的习俗，对于击败的敌人表示怜悯。但阿尔克墨涅不肯和解。因为她不能忘记她的不朽的儿子曾经被迫作这残暴的君主的奴隶。她也想起她的可爱的孙女儿的死，后者伴随着她来到雅典，但由于要击败欧律斯透斯和他的优势的大军，所以她自愿牺牲自己。她生动地描绘她和她的孙儿们可能遭遇的命运，假如欧律斯透斯是作为一个胜利者而不是一个俘虏站在她的面前的话。"不，要他死！"她大声喊道。"不许任何人饶恕这个我所仇恨的恶人。"

最后欧律斯透斯转身向着所有的雅典人，他说："我的死不会带给你们以不幸。你们已经这么慈悲地为我祈求。假使你们为我在雅典娜的神庙旁边，在我所被追击的地方，为我作光荣的埋葬，并将我的坟墓也安置在那里，我便将作为一个感谢你们的礼遇的宾客保护你们的土地，使任何敌人不能越过你们的边界。你们必须知道，终有一天你们所保护的这些青年人和孩子们的子孙，必会持戈攻击你们，以恶意来报答你们对于他们的祖先的好意。那时，我这个赫剌克勒斯的世代的仇人，将是你们的救护者。"说完这些话，他从容地被杀死去。他的死总算比他的生还光荣。

许罗斯和他的子孙

赫刺克勒斯的孩子们发誓对得摩福翁永久感谢,并由他们的哥哥许罗斯,他们的朋友伊俄拉俄斯率领着离开雅典。现在他们发现各方面都是同盟军,他们旅行到原是属于他们的父亲的伯罗奔尼撒地方。有一整年他们逐城逐镇地争战着,直到除阿耳戈斯人以外其他的人都被征服了。就在这时,这半岛遭受一种可怕的瘟疫,无法防止。最后,一个神谕启示赫刺克勒斯的子孙们说,这种灾祸的原因是他们在规定的时间以前归来了。所以他们又离开他们以武力征服的伯罗奔尼撒,仍然流亡到阿提刻去。他们住在这里的马拉松平原上。同时许罗斯完成了他父亲的愿望,娶美丽的伊俄勒为妻,这是赫刺克勒斯过去曾向她求过婚的。现在许罗斯不断地想着怎样可以重新获得他的遗产。最后他祈求得尔福的神谕,得到这样的回答:"第三次庄稼收获时你们可以胜利归国。"许罗斯单纯地理解这意义,以为他应等候到第三年田野秋收的时候。所以当第三年的盛夏过去,他又侵入伯罗奔尼撒。

在欧律斯透斯死后,坦塔罗斯的孙子,珀罗普斯的儿子阿特柔斯成为密刻奈的国王。当他知道许罗斯侵入,他的军队与忒革亚城和别的城镇联合在一起,出去迎击赫刺克勒斯的儿子们。在科任科斯地峡两军相遇。许罗斯总想着要使希腊免受战争的破坏,他仍然要求个人单独对阵。他向敌人队伍中任何愿意和他对敌的个人挑战,并确信着他是应验神谕而来,当可以得到神祇的保佑。所以他提出这个条件:假使他得胜,欧律斯透斯的王国便归赫刺克勒斯的子孙统治;假使他失败,赫刺克勒斯的子孙们在五十年以内不得进入伯罗奔尼撒。

当这话传到敌人的营幕,忒革亚国王厄刻摩斯,正当盛年的一个战士,立即接受他的挑战。双方都以极大的勇敢和机敏斗争,但许罗斯被击败了。即使在临死时,他仍然念念不忘那个引他进入战争的暧昧的神谕。赫刺克勒斯的子孙们遵守条约,停止作战,仍退回阿提刻,住居在马拉松附近。一直过了许多年,赫刺克勒斯的子孙们从未失约。他们从未企图夺回他们的遗产。同时许罗斯的儿子克勒俄代俄斯已经度过五十岁。和平条约所规定的年限已满,他可以不受约束。这时已是特洛亚战争结束之后三十年,他和赫剌克勒斯的别的子孙们侵入伯罗奔尼撒。但他也是如同他父亲一样地不幸,在战斗中牺牲,所有他的人也和他一起毁灭。二十年后,他的儿子,即许罗斯的孙子,赫剌克勒斯的重孙阿里斯托玛科斯,再作侵略的尝试。这时俄瑞斯忒斯的儿子提萨墨诺斯正统治着伯罗奔尼撒。阿里斯托玛科斯也被一种神谕的隐晦的言语引入迷途。这神谕说:"神祇保佑你们从狭窄的小道获得胜利。"所以他从地峡侵入,结果被击退,并如同早先他的父亲和他的祖父一样牺牲了生命。

再三十年后,即特洛亚战后八十年,阿里斯托玛科斯的三个儿子忒墨诺斯,克瑞斯丰忒斯,阿里斯托得摩斯又出发去夺取他们祖传的遗产。虽然神谕在作弄他们,但他们仍坚强地虔信着神祇,所以又到得尔福去询问女祭司关于他们的事业的后果。但她给与他们的两个回答和他们祖先过去所得到的回答一字不差,即"第三次庄稼收获时你们可以胜利归回"和"神祇保佑你们从狭窄的小道获得胜利"。

三个儿子中年长的忒墨诺斯悲哀地说:"我们的父亲,祖父,曾祖父遵从这神谕,但都遭到了失败!"最后神祇怜悯这三个人,由女祭司的口,为他们解释这神谕的意义。

"你们的祖先们的不幸是自取的,"她说,"他们不明白神祇的智慧的言语。神祇所说的第三次庄稼收获,乃是你们种族的种子的第三次收获。第一次是克勒俄代俄斯,第二次是阿里斯托玛科斯,第三次,即被许可得到胜利的,乃是你们三弟兄。至于所谓'狭窄的小道'也被不幸死去的人所误解。神祇的意思不是指地峡,乃是相反的一条小道,即科任科斯海峡!现在你们明白神谕的意义了吧,你们可以出发去从事你们的事业,祝你们在神的照顾下一帆风顺。"

忒墨诺斯听到这话恍然大悟。他立即和他的两个兄弟武装一支强大的军队并在罗克里斯建造战船。后来为纪念这事,这地方遂名为瑙帕克托斯,即船厂的意思。但这次的远征,即使是在前途很有希望的情况下举行的,也还是经过艰难困苦,使赫剌克勒斯的子孙付出了多少心血和眼泪。当军队集合的时候,兄弟中最年轻的阿里斯托得摩斯被雷电殛毙。他的妻子阿耳癸亚,即波吕尼刻斯的重孙女成为寡妇,他的双生的儿子欧律斯忒涅斯和普洛克勒斯成为孤儿。当阿里斯托得摩斯已被安葬,舰队即将离开罗克里斯之际,有一个受神意鼓舞并说着神谕的预言家突然出现。但赫剌克勒斯的子孙们以为他是一个巫师,是伯罗奔尼撒人派遣来破坏他们军队的侦探。他们怀着疑虑并苛刻地迫害他,最后赫剌克勒斯的重孙即费拉斯的儿子希波忒斯,用标枪投中这个老人,他即刻死去。这事激起神祇们对于赫剌克勒斯子孙们的愤怒。一阵暴风雨粉碎了他们的船只并使他们沉溺在海里。他们的陆上的军队也遭到饥荒,不久也全部瓦解。

关于这种失败,忒墨诺斯也祈问神谕。神谕的回答是:"因为你们杀死预言家,所以使你们遭到不幸。你们必须将凶手从国内放逐十年,并使三只眼睛的人指挥军队。"神谕的第一部分很快就实行了,希波忒斯即刻离开军队,从国内放逐。但神谕的第二部分却使赫剌克勒斯的子孙们濒于绝望。因为他们在什么地方又怎么能够找到三只眼睛的人呢? 但他们仍旧毫不倦怠地寻觅这样的人,他们是这样的虔信着神祇啊! 最后他们偶然遇到俄克绪罗斯,他是埃托利亚王族的人,是海蒙的儿子和俄纽斯的后裔。恰好在赫剌克勒斯的子孙进攻伯罗奔尼撒的时候,俄克绪罗斯因为犯了杀人罪,被迫离开埃托利亚的故土,逃到伯罗奔尼撒的厄利斯地方。现在一年已过,他正在骑着小驴子回归故乡,路上遇到赫剌克勒斯的子孙们。俄克绪罗斯只有一只眼睛,别的一只眼睛则在儿童时候为箭射瞎,他的小驴子给他代步,人兽合计共有三只眼睛。赫剌克勒斯的子孙们发现这奇特的神谕已经应验,因推选俄克绪罗斯为他们的领袖。这样,命运女神所安排的条件都已得到满足。他们以新的生力军和一只新的舰队攻击敌人,杀死伯罗奔尼撒的军事领袖提萨墨诺斯。

赫剌克勒斯的子孙瓜分伯罗奔尼撒

这样一来,赫剌克勒斯的子孙就完全征服了伯罗奔尼撒,这时他们建立三个神坛献给他们的父系祖先宙斯,并举行献祭。然后他们开始拈阄瓜分城池。首先要分的一个城池是阿耳戈斯,其次是拉刻代蒙,最后是墨塞涅。他们同意将阄投进一个装满清水的罐子,并且由每人将自己的名字写在阄上。忒墨诺斯和阿里斯托得摩斯的双生子欧律斯忒涅斯和普洛克勒斯将两个有标记的石子投入水中,但狡猾的克瑞斯丰忒斯因渴望得到墨塞涅,却投下一块土,即时溶解在水里。现在他们决定谁的石子最先拈出就得到阿耳戈斯,结果拈出写着忒墨诺斯名字的石子。其次拈拉刻代蒙,拈出的是阿里斯托得摩斯的双生儿子的名字。剩下的第三个城就用不着拈了,所以克瑞斯丰忒斯得到墨塞涅。

于是他们和他们的从人们都各走向三个神坛对神祇献祭,神祇分别给他们奇异的兆示。每一起人都在他们的神坛上面发现一种动物,而三种动物又各不相同。拈阄得到阿耳戈斯的人发现一只蟾蜍;得到拉刻代蒙的人发现一条蛇;得到墨塞涅的人所发现的则是一只狐狸。他们沉思着这些兆示,并请当地的一个预言家为他们解释。"得到蟾蜍的人,"他说,"最好留在城中住宅里,因为蟾蜍容易受伤,它的外出得不到保护。在他们的神坛上盘着毒蛇的那些人将是最大的侵略家,不必畏惧越过自己的疆界。看见狐狸的人最好是攻或守都尽力避免,他们要临机应变才可以得到安全。"

这三种动物后来都成为阿耳戈斯人,斯巴达人,墨塞涅人的盾牌上的标记。赫剌克勒斯的子孙们又想到独眼的俄克绪罗斯,送给他厄利斯王国,作为对于他的援助的报答。在伯罗奔尼撒全境,只有阿耳卡狄亚的山地是唯一没有被赫剌克勒斯的子孙们征服的地方。斯巴达是建立在半岛上的三个王国中唯一支持得较久的一个王国。在阿耳戈斯,忒墨诺斯将他所挚爱的女儿许耳涅托嫁给赫剌克勒斯的一个再重孙子得伊福涅斯,一切要政都和女婿商决而行。最后谣传说他要将他的王位传给许耳涅托夫妇。这使他的儿子们很伤心,因此他们阴谋反抗他,并将他杀死。阿耳戈斯人固然仍奉国王的长子为王,但他们因爱护平等和自由超于一切,所以他们限制国王的权力,使他和他的子孙们只不过保留着国王的虚名而已。

墨洛珀和埃皮托斯

墨塞涅国王克瑞斯丰忒斯比他的哥哥忒墨诺斯并不见得更幸福些。他娶阿耳卡狄亚国王库普塞罗斯的女儿墨洛珀为妻,她为他生了许多孩子。这些孩子当中最小的是埃皮托斯。克瑞斯丰忒斯曾为自己和他的孩子们建立一座壮丽的宫殿。但是他在这座豪华的宫殿里并没有享多久福。因为他爱护普通人民,无论何时何地,他都照顾他们。这激怒了国内的富人们,他们将他和他的儿子们都杀死,只剩下最小的埃皮托斯,由母亲藏匿着将他送到阿耳卡狄亚她的父亲库普塞罗斯那里。同时赫剌克勒斯的另一个后裔波吕丰忒斯,夺取了墨塞涅的王位,并强娶被杀的国王的寡妻。当他听说王位的一个合法的嗣子仍然活着,他就悬重赏购买他的头颅。但没有人想得到这种重赏,即使想也不可能,因为大家都没有确切的依据,没有一个人知道嗣子究竟藏在哪里,只不过隐隐约约地有这么一种传说而已。

埃皮托斯长大成人之后,他秘密地离开外祖父的宫廷,不告诉任何人他的目的,一个人出发到墨塞涅去。在这里他听说国王悬重赏购买他的头颅。他鼓着勇气走到国王波吕丰忒斯的宫廷,在那里甚至连他的母亲也不认识他,他当着王后墨洛珀的面对国王说:"啊,国王哟,我来告诉你,我想获得你购买威胁着你的王位的克瑞斯丰忒斯的儿子的重赏。我对他如同对我自己一样地熟识,我愿将他交到你的手里。"

他的母亲听到这话吓得面无人色。她即刻派人去请一个老年的忠实的仆人,他曾经帮助过她营救埃皮托斯,因为畏惧新国王,如今居住在离宫廷很远的地方。她秘密地派他到阿耳卡狄亚去保护她的儿子,或带他到墨塞涅来率领憎恨暴虐统治的人民反抗波吕丰忒斯,并继承父亲的王位。

当这老仆人来到阿耳卡狄亚,他看出国王库普塞罗斯和整个宫廷都在混乱和苦恼之中,因埃皮托斯已经失踪,无人知道他出了什么事。这仆人焦虑地赶回墨塞涅,告诉王后所发生的一切。现在两人都这么想:出现在国王面前并提出要赢得重赏的这个外乡人,必定已在阿耳卡狄亚将埃皮托斯杀害,并将他的尸首带到墨塞涅来了。他们在悲哀中已无暇作更多的考虑。波吕丰忒斯已让这个外乡人居住在他的宫廷里。就在当天的夜里,老仆和王后持着一柄巨斧偷偷地到他屋子里,想在他熟睡时将他杀死。这青年在他们进屋时还没有醒。月光照着他的脸面,他安静地熟睡着。他们俯身在床边,王后正双手举起斧头准备将他劈死,老仆人因为更近床边,更清楚地看出了这青年的面容,这时突然抓住皇后的手惊呼道:"住手! 你要杀死的这人正是你的儿子埃皮托斯!"墨洛珀垂下手臂,将斧头放在地上,拥抱着她的儿子。她的悲泣使他惊醒过来。两人热烈地长久地拥抱过后,她的儿子告诉她,他来并不是将自己献给那些谋害他的人,而是要惩罚他们,使她从她所嫌厌的后夫那里得到解放,同时要在他希望能争取过来的人民的援助下重执父亲的王杖。

　　于是三人计议用最有效的方法向这个恶毒的君主复仇。墨洛珀穿着丧服走到国王面前,告诉他,她刚得到她的唯一留存着的儿子业已死去的可悲的消息,从此以后她愿意和她的丈夫和平相处并忘记过去的一切不幸。这暴君落进了她的圈套。他很欢喜,因为他多年的心病已经奇迹般地消除了。他宣布要对神祇作谢恩的献祭,因为世界上再不会有他的敌人了。他召集人民到市场上来参加这种仪式,但是他们都垂头丧气,勉强走来,因为一般人民都爱戴善良的克瑞斯丰忒斯国王,现在又悲悼他们寄托以最后希望的王子的死。当人民到齐,国王正作献祭时,埃皮托斯冲上前去用匕首戳入他的胸脯。墨洛珀和老仆马上对墨塞涅人宣布,他们认为是外乡人的这个青年正是王位的合法的继承人。人民听说,都大声欢呼。埃皮托斯就在当天继承父亲的王位。由他的母亲引导着,他进入宫殿成为墨塞涅的国王。他的第一件事乃是惩处谋害他的父亲和他的兄弟们的凶手,和所有参与其事的罪人。但当死者的仇恨业已报复,他仍然是一个宽大而慈爱的统治者,在墨塞涅的贵族和平民中都同样得到爱戴。他是这样地受到尊敬,所以他的子孙们都被称为埃皮托斯后裔而不再称为赫剌克勒斯后裔了。

特洛亚的故事（上）

特洛亚城的建立

在很古的时候，宙斯与一个海洋女仙所生的两个儿子伊阿西翁和达耳达诺斯统治着爱琴海的一个岛屿萨摩特剌刻。伊阿西翁因为自知是神祇的子孙，所以敢于觊觎俄林波斯圣山上的女郎。由于不能自制的热情，他向农业女神得墨忒耳求婚，他的父亲为了惩罚他的狂妄，用雷霆将他击死。达耳达诺斯十分悲痛兄弟的死，因此弃王位，远离国土，旅行到亚细亚大陆，到密西亚的海岸。在这里，西摩伊斯和斯卡曼德洛斯河在入海以前在此汇合；高峻的伊得山脉则渐远渐小，一直消失在大平原上。

这地方的国王是透克洛斯，他的祖先是从克瑞忒岛迁移来的，他的人民是一种游牧民族，因他而得名被称为透克里亚人。这国王优礼接待达耳达诺斯，以女儿许配他为妻，并赏赐他一块土地。他叫这块土地为达耳达尼亚，居住在这里的透克里亚人则称为达耳达尼亚人。他的儿子厄里克托尼俄斯继他为王，并生子特洛斯，从此以后这个国家遂被称为特洛阿德，都城则称为特洛亚。现在透克里亚人和达耳达尼亚人都被认作特洛亚人。特洛斯死后，长子伊罗斯继父为王。

有一次，他访问邻国佛律癸亚，佛律癸亚的国王要求他参加最近在那里发起的竞赛。伊罗斯在角力中获胜，得到五十个童男，五十个童女和一匹斑牛的奖赏，国王将这些给他，并再三说明一个古代的神谕，即在这斑牛所躺下的地方他将建立一座城堡。伊罗斯随着斑牛走去，因这牛躺在自特洛斯以来即作为国都并被称为特洛亚的附近，所以他就在这里的山上建立一座坚固的城堡，称为伊利罗斯堡，或伊利翁，亦有时被称为珀耳伽摩斯。从此以后,这全部地方亦被称为特洛亚,或伊利翁或珀耳伽摩斯。但在动工以前,他请求他的神圣的祖先宙斯给他以兆示,是否这种计划使他喜欢。在第二天,一尊帕拉斯·雅典娜的神像从天而降,正落在他住屋的门前。这神像高约三肘,两脚合着,女神的右手执着一根矛,左手执着纺线竿和纺锤。这神像的故事是这样的:

据古代的传说,这女神生下来就由海神——特里同养育,海神自己也有一个女儿帕拉斯正和雅典娜同岁。这两个女孩成为不可分离的伴侣。有一次他们互相游戏比赛,要看看谁强一些。当海神的女儿帕拉斯正以矛尖指着她的女友,宙斯恐怕他的女儿受伤,用一面羊皮盾遮着她。帕拉斯对于这意外的情景很吃惊。她怯生生地望着天,在这瞬间雅典娜却给了她致命的一击。女神深深地哀悼她的死。为纪念这位爱友,她为她造了一尊像,并使它带着和羊皮盾一样的胸甲。她将这神像安置在宙斯的神像前,给它以崇高的尊敬。从这时候起,她自称为帕拉斯·雅典娜。现在宙斯得到他的女儿的同意,将这神像从天上降落到伊利翁境内,暗示这堡垒和城堡将在他和他的女儿的保护之下。

国王伊罗斯和欧律狄刻的儿子拉俄墨冬是一个任性而暴戾的人,他不单欺骗本国人,也一样欺骗神祇。他为了要使没有像城堡一样设防的特洛亚城安全,想用城墙来围绕它,使它成为一个真正的城堡。这时阿波罗和波塞冬正因为反抗万神之父被逐出天国,在下界流落无依。宙斯的意思是要他们帮助拉俄墨冬建筑特洛亚城墙,使这个由他与他的女儿雅典娜保护的城可以抵御外来的侵略。当筑城刚开始的时候,命运女神将这两个漂泊的神祇带到特洛亚城区。他们向国王自荐并要求得到一定的薪给。国王同意,于是遂开始他们的服役。波塞冬帮助着建筑城墙。在他的指导之下宽阔而威严的城墙建筑起来,足为这城池一种坚固的防御。同时福玻斯·阿波罗则在树木繁茂的伊得山的蜿蜒的峡谷和盆地中为国王放牧牛群。他们服役的期限订为一年。十二个月过了,这壮丽的城墙在各方面都已完成,但无信的国王却不给他们酬劳。当他们为此争论,雄辩的阿波罗并提出激烈的责骂时,国王却将他们驱逐,威胁着说要捆缚太阳神的手脚,并要割掉他们两人的耳朵。两个神祇怀着嗔忿离开国王,并从此对于拉俄墨冬和全特洛亚人民有了不可和解的敌意。一直将这座城置于她的保护之下的雅典娜也从此撤回对于它的好意。所以特洛亚这个刚刚建立了壮丽的城墙而得到安全保障的城,如今在宙斯的默契下,连同它的国王和人民都被弃置听凭诸神去毁灭;在这些神祇中后来又加上万神之母赫拉,她怀着强烈的仇恨反对这个都城了。

普里阿摩斯,赫卡柏和帕里斯

关于拉俄墨冬与他的女儿赫西俄涅所遭遇的事情在别处已有叙述。拉俄墨冬的儿子普里阿摩斯承继王位,他的后妻赫卡柏乃是佛律癸亚国王底玛斯的女儿。赫卡柏生了一个儿子赫克托耳。当她怀第二个孩子的时候,她做了一个可怕的梦。她看见自己诞生一只熊熊的火炬,燃烧着整个特洛亚城,并将它烧成灰烬。在惊怖中她将这事告诉她的丈夫。普里阿摩斯即刻召来他前妻的儿子埃萨科斯。他是一个预言家,曾从他的外祖父墨洛普斯学会占梦的技艺。埃萨科斯宣称他的后母赫卡柏将诞生一个儿子,这儿子将引致本国城池的毁灭。因此他劝告在这儿子出生时就将他遗弃。王后果然像他所预言的那样生了一个儿子。对于国家的关心胜过了母子之爱,她许可普里阿摩斯将新生的幼儿交给一个奴隶将他弃置在伊得山上。这奴隶的名字叫做阿革拉俄斯。他如命将婴儿弃置荒山,但一只母熊却哺乳这个幼儿,五天之后阿革拉俄斯再到原地方去,看见幼儿仍然躺在草地上吃得饱饱的。他将他抱回来,作为自己的儿子,在自己的一小块土地上抚育他,为他取名为帕里斯。

在牧人的看顾之下这国王的儿子成长为一个青年,以身体的俊美和膂力引起人们的注意。他保护伊得山的牧人们反抗在这些地方出没的强盗,因此人们尊称他为阿勒克珊德洛斯,即人类的救助者。

有一天他偶然来到为高大的松杉和繁茂的橡树所荫蔽着的峡谷,这里离他的牧群很远,因他们找不到这深山中绿树荫翳的峡谷的入口。他正在抱着双手背靠着一株树从群山的空隙中眺望着特洛亚的宫殿和远处的大海,忽然听到震动大地的神祇走路的声音。他还没有集中他的精神,就已看见神祇之使者赫耳墨斯飞近。手中持着黄金的神杖,但是尽管他看来是这样神奇,他不过是一种更奇妙的景象的先行者而已,因为,在他之后还有俄林波斯圣山的三位女神,她们的轻灵的脚已经落在从来没有锄过或啮食过的草地上。青年觉得毛骨悚然,但有翼的赫耳墨斯却呼唤他:"别害怕!这三位女神走向你来,以便由你评判她们。她们选择你来决定她们中谁是最美丽的。宙斯吩咐你接受这个使命。他不会拒绝援助和保护你的。"

赫耳墨斯说完这话就鼓着双翼,飞出狭窄的山谷,即刻消失。帕里斯听到赫耳墨斯的话,鼓着勇气,抬头看望站在面前的三个女神,她们都有着神圣的尊严和美丽,在等候他的决定。起初在他看来好像每一个人都可以称为最美丽的。但越看下去,他越迟疑,有时觉得这个人最美,有时又好像是另一个人。渐渐地他觉得那个最年轻最优雅的美人比其余的更迷人可爱。他觉到她的双目媚惑而迷人就好像一种炯烁的光辉将他裹住了一样。

现在三人中之最骄傲者,她比其余两人都高大,对这青年说:"我是赫拉,是宙斯的姨妹和妻子。如果你同意给我这个金苹果——这个刻着'送给最美丽的人',由不和的女神厄里斯在珀琉斯与海洋女神忒提斯的婚宴上掷给宾客们的金苹果,那你便可以统治大地上最富有的王国,即使你过去曾被人家从宫殿里掷出而现在也不过是一个牧人。"

"我是帕拉斯·雅典娜——智慧之女神,"第二个说。她的前额宽阔,庄严而美丽的面庞上两眼蔚蓝如同青天一样。"假使你赞成我是胜利者,你将以人类中最智慧者和最刚毅者出名。"

第三个人,她一直只是用眼睛表情,现在才最热情最亲切地对这个牧童说:"帕里斯,你一定不会为那些包含危险而又最不可靠的诺言所诱惑。我将赠给你一件东西,它除了快乐不会带给你别的。我将赠给你的东西是你的幸福所必需的:我要将世界上最美丽的妇人给你做妻子。我是阿佛洛狄忒,是爱情的女神呀!"

当阿佛洛狄忒对帕里斯说出她的诺言时,她正束着她的腰带,因此更增加她的无比的美丽。在她的周围闪着一种神异的希望的光辉,在这种光辉的面前别的两个女神都显得黯然失色。为她的光耀所炫惑,帕里斯将那个从赫拉得到的金苹果递给爱情的女神。赫拉和雅典娜嗔怒地背转身去,并誓言由于他对她们不公平,她们一定要向他的父亲,特洛亚和所有特洛亚的人民报复。从此以后,特别是赫拉,成了特洛亚人的死敌。阿佛洛狄忒则一再庄严地说着她的诺言,并以神祇的誓言作保证。然后她离开这个牧童,她的态度温柔而庄严,使他沉醉在幸福中。

在这以后,帕里斯作为一个不知名的牧人住在伊得山的山坡上,希望有一天能实现阿佛洛狄忒的诱惑的诺言。但当她在他心中所激起的热望不能满足时,他娶了俄诺涅为妻,她生长在当地,据说是河神与一个仙女所生的女儿。在她的陪伴下,他在荒漠的山坡上度过许多快乐的日子,远离开人世,看顾着他的牧群。但最后他被引诱来到他从没有到过的城里。这是由于普里阿摩斯在埋葬一个亲属之后举行了一个殡仪的赛会。会场上要举行许多的竞赛,奖品是国王命令从他的伊得山牧群里捉来的一匹牡牛。这匹牡牛恰好是帕里斯所最喜爱的,他不好拒绝他的主人即国王,因此他决定至少得参加竞赛来赢回这匹牡牛。后来他果然得到胜利,甚至于胜过他的弟兄们,甚至于胜过他们中最勇敢最强壮的赫克托耳。国王普里阿摩斯的一个儿子得伊福玻斯因失败而感到愤怒和羞愧,不能自制,一直冲向这牧童要将他击倒。但帕里斯逃避到宙斯的神坛里,在那里,普里阿摩斯的女儿卡珊德拉,一个曾被神祇赋予预言天才的人,她一眼就看出他是她的哥哥。他的父母也在重逢的欢喜中拥抱着他,忘记了在他出生时预言家所说的警告,仍然将他作为亲生的儿子接待。

帕里斯暂时回到他的妻子和牧群那里去,但现在却住居在适于王族身份的华丽的房子里。不久机会到了,国王要委任他一项事情,他走上旅途,但并不知道这一去将获得爱情女神所许诺给他的锦标。

海伦被拐走

我们知道,当国王普里阿摩斯还在童年的时候,赫剌克勒斯曾征服过特洛亚,杀死拉俄墨冬,并劫去他的女儿赫西俄涅赠给他的朋友忒拉蒙为妻。即使忒拉蒙以她为合法的妻子,并为统治萨拉弥斯的王后,普里阿摩斯和他的家属仍然不能捐弃这种仇恨。有一次,当大家又开会商议这件事的时候,普里阿摩斯表示十分渴念他的远方的姊姊,这时他的儿子帕里斯站起来说,假使给他率领一支舰队到希腊去,由于神祇的帮助,他必然能夺取他父亲的姊姊并十分荣耀地全胜归回。他将他的这种远大的希望寄托于阿佛洛狄忒对他的保佑,并且他向他的父亲和他的兄弟们述说他在伊得山坡上放牧时所发生过的事情。

普里阿摩斯并不怀疑帕里斯受着神祇的保护,得伊福玻斯也似乎确信假使他的兄弟在战斗上一显身手,阿耳戈斯人必不能不归还赫西俄涅。在普里阿摩斯的许多儿子中有着预言家赫勒诺斯。他忽然说出一大串的预言,以为他的兄弟帕里斯如果从希腊带着一个妇人归来,阿耳戈斯人必会追到特洛亚,杀死国王和他所有的儿子,并将特洛亚城夷为平地。这种预言遂在会议上引起争论。国王普里阿摩斯的最小的儿子特洛伊罗斯是一个生气勃勃和勇于行动的青年,他对他哥哥的预言感到不耐烦,甚至于责骂他是懦夫,并激励着其余的人不要因他的毫无根据的警告而临阵退缩。有一些人可是有点怀疑。但普里阿摩斯因为十分焦虑和想念他的姊姊,是站在帕里斯这一边的。

于是国王召集人民宣称,过去他怎样派遣使节在安忒诺耳率领之下去到希腊,要求对于赫西俄涅的劫取给与满意的回答并将她带回祖国。但安忒诺耳的要求被无理地拒绝。现在,普里阿摩斯说,假使人民赞成,他愿意派遣他自己亲生的儿子帕里斯带着一支强有力的军队用武力来完成这用礼貌所没有完成的任务。安忒诺耳拥护他的意见,他站起来生动地述说作为一个和平使节他在希腊所得到的冷视,并描述阿耳戈斯人在平时如何傲慢,临阵又如何畏缩。他的话激起人民的愤怒,都一致喧嚷着要求战争。但普里阿摩斯是很贤明的国王,他不愿将这事轻率决定,他要求凡对这事有疑问的人都可以站起来陈述自己意见。因此特洛亚的一个长老潘托俄斯从会场中站立起来,叙述他幼年时候从他父亲俄特律斯所听到,而他的父亲又是从神谕所听到的一个故事。那故事说,如果拉俄墨冬家族的一个王子从希腊带一个妻子回来,所有的特洛亚人将濒于完全毁灭。"所以,我的朋友们,"这老人在

帕里斯的裁判。自左至右：赫耳墨斯，帕里斯，阿佛洛狄忒，帕拉斯·雅典娜，赫拉

结束时说，"让我们不要受战斗的光荣的诱惑。让我们安居乐业地生活，不要为了战斗的光荣而将我们的一切作赌注，也许我们会失掉一切，甚至我们的自由。"但人民都不满地嘟哝着，要求国王不要听信老年人的怯懦的言语，只是将心中已经决定的事情立刻见诸实行。

于是普里阿摩斯下令在伊得山建造船只，作一切航海的准备，并派遣他的儿子赫克托耳到佛律癸亚，帕里斯与得伊福玻斯到邻国派俄尼亚去，为特洛亚征集军队。凡能执戟的特洛亚人都准备作战，因此在短时期内遂组成了一支强大的军队。国王命令以帕里斯为统帅，并指派他的兄弟得伊福玻斯，潘托俄斯的儿子波吕达玛斯和王子埃涅阿斯为他的参将。然后大舰队出发，向着希腊的库忒拉岛航行，他们希望在这里首先登陆。在半道上他们遇到斯巴达国王墨涅拉俄斯的船只，他要到皮罗斯去访问贤明的涅斯托耳。这堂堂皇皇，浩浩荡荡的大舰队使他很吃惊，而特洛亚人看到他的十分美丽且装饰豪华的船只也极诧异，这显然是希腊的最有名的王子所乘载的船只。双方互不相识，双方都不知道对方究竟要航行到何处去。就这样，彼此在海面上飞掠而过。特洛亚的舰队平安地在库忒拉岛上登陆。帕里斯想从这里到斯巴达去和宙斯的双生子卡斯托耳和波吕丢刻斯交涉，要求归还他父亲的姊姊。如果阿耳戈斯的英雄们拒绝他的要求，大舰队便将直航萨拉弥斯湾，用武力夺取。

在航海到斯巴达之前帕里斯希望在阿佛洛狄忒和阿耳忒弥斯的神庙里作祀神的献祭。同时岛上的人民也将这强大舰队的到来报告斯巴达。这时因为国王墨涅拉俄斯在外，政事由王后海伦一人主持。这是宙斯与勒达所生的女儿，是卡斯托耳和波吕丢刻斯的妹妹，是当时世界上最美丽的妇人。当她还是女孩的时候，曾为忒修斯抢走，但由于她的两个哥哥的追究，终于将她要回。后来她在她的后父斯巴达国王廷达瑞俄斯的宫中长成，她的美丽吸引着大批的求婚的人，但是国王恐怕如果择其中一人为婿，便会遭到其余的人的仇恨。后来机敏的伊塔刻国王俄底修斯向他作一聪明的建议：要求所有求婚的人发誓用他的武器保护被选作女婿的人，使不为任何因未中选而怀恨在心的人所危害。廷达瑞俄斯接受这聪明的建议，让所有求婚的人都发了誓，然后选择阿耳戈斯国王，阿特柔斯的儿子，阿伽门农的兄弟墨涅拉俄斯作他的女婿，并让他统治他的王国。海伦为他生了一个女儿赫耳弥俄涅，当帕里斯来到希腊时，她还只是一个婴儿。

当美丽动人的海伦独处宫中，抑郁寡欢，忽然听说一个带着强大军队的外国王子来到库特拉岛，她怀着一种妇人的好奇心想看看这个王子和他的武装的扈从们。为了满足这种愿望，她在库特拉岛的阿耳忒弥斯神庙安排一个庄严的献祭，并正值帕里斯的献祭刚刚完毕时进入神堂。他一见王后，那高举着向天祈祷的双手就不自觉地低垂下来，他的心中充满惊奇，好像他又看见他在伊得山放牧时曾一度遇见的爱情女神阿佛洛狄忒。他很久以前就听到关于海伦的美丽动人的传言，他渴望着亲眼看见她，但又想着爱情女神所许诺给他的女人一定比他所听到的海伦美丽得多。而且在他心目中的是一个处女，而不是别人的妻子。但是现在，当他面对面地看到这可与女神比美的斯巴达的王后，他突然非常清楚地知道这便是爱情女神为了报酬他的评判而赠给他的唯一的女人。他父亲所委给他的使命，他的远征的全盘计划，他的善战的队伍，都已在他的心中烟消云散。他觉得他和成千成万的武装战士的远征只不过是为了得到海伦。当他默默地站着，为海伦的美丽而失神时，海伦看着这从亚细亚来的俊美的王子，有着长长的鬈发和穿着华丽的金紫的长袍，也隐不住心中欢喜。她丈夫的形象已在她的记忆中消失，代替了他的乃是这容光焕发的年轻的外乡人。

但海伦终于勉强走开，回到斯巴达的宫殿里，努力从心上抹去这个美丽的形象，并强使自己去想念仍然留在皮罗斯的墨涅拉俄斯。但不久帕里斯和所挑选的几个随从来到斯巴达城里，并强调使命的重要，即使国王不在仍然一直进入王宫。王后海伦依照对于外乡人和对于王子的特殊礼遇接待他。他的琴艺的美妙，他的言词的温雅甜美和他的热烈的爱情，使海伦不能自制。当帕里斯看出她心中的信念已经动摇时，他忘记了他的父亲的事业，也忘记了他的人民，除了爱情女神的诱惑的诺言以外他什么都记不得了。他召集随他来到希腊的武装战士，用富丽的劫掠品诱惑他们，说服他们同意援助他，完成他心中的愿望。然后他袭击国王的宫殿，掠夺了墨涅拉俄斯的财富和珍宝，并劫走美丽的海伦。她虽然反抗,但并非完全不愿意地随着他到了他的舰队。

　　船舰驶过爱琴海时,疾风止歇,匆遽奔逃的船只如今航行在平静的海面上。在载着帕里斯和海伦的船只的前面,海浪分劈开来,年老的海神涅柔斯从浪花中伸出戴着水草花冠的头,须发上水滴淋漓。舰只如同钉在海面上一样,大海在船的两侧如同铁墙,一动也不动。于是涅柔斯向他们说着可怕的预言:"不祥的恶鸟从你们的面前飞过,你们被诅咒的贼徒哟!阿开亚人会带着大军追来,他们将拆散你们这种罪恶的结合,攫走你们,并粉碎普里阿摩斯的古国。唉唉,我看见多少的马匹!多少的战士!为你们要牺牲多少的达耳达诺斯的子孙!帕拉斯·雅典娜已戴上战盔,执着盾,并挥着她的愤怒的武器。血流成河,大屠杀要经过多少年月,只有一个英雄的愤怒可以延缓你们的城池的毁灭。但当指定的时日来到时,阿耳戈斯人的火焰将吞食所有特洛亚人的家宅!"

　　这年老的海神说完预言就沉没到海里去。帕里斯惶恐地听着。当和风再起,海伦的雪白的手又紧握在他的手里的时候,他即刻忘却他所听到的警告。后来舰队在克剌奈岛停泊,无信而薄情的海伦已经自愿归于帕里斯。在新婚的快乐中两个人都忘记了自己的家庭和祖国。他们在这里依靠他们所带的财富长期地过着十分豪华的生活。好多年以后他们才航海回到特洛亚城去。

阿耳戈斯人

　　作为一个使节到斯巴达去的帕里斯,他的罪行严重地违犯了支配着宾主之间和人民权利的法律。他的行为即刻产生后果。在希腊英雄中最有力量的一个王室被激怒了。斯巴达国王墨涅拉俄斯和他的哥哥密刻奈国王阿伽门农都是坦塔罗斯的后裔。他们是珀罗普斯的孙子,阿特柔斯的儿子,出身于在历史上充满战功的家庭。不仅阿耳戈斯和斯巴达,大部分伯罗奔尼撒的国家都受他们两弟兄的支配,希腊其余各地的君主则全是他们的盟友。当墨涅拉俄斯听到海伦被劫走的消息,他即刻离开他的老友涅斯托耳,从皮罗斯赶到密刻奈,这是他哥哥阿伽门农和海伦的异父姊妹克吕泰涅斯特拉统治的地方。阿伽门农分担他兄弟的苦恼和愤怒,但却安慰他,并答应促请过去曾经向海伦求婚的人履行他们的誓约。于是两弟兄遍游希腊各地,要求所有的王子都参加反抗特洛亚人的战争。最先接受这个要求的人是著名的洛得斯岛的国王特勒波勒摩斯,赫剌克勒斯的儿子,他愿装备九十只战船远征叛逆无道的特洛亚城。其次堤丢斯的儿子狄俄墨得斯也来参加,他愿意献出八十只船,且以希腊最勇敢的汉子充作水手。在这两个王子和斯巴达的阿特柔斯儿子一度商议以后,宙斯的儿子和海伦的兄弟们卡斯托耳和波吕丢刻斯也被邀请加盟,只是他们业已出发在先,因为刚一听到妹妹被劫走的消息,他们就扬帆追捕贼人,并已逼近特洛亚海岸的勒斯玻斯岛。他们在这里遭到暴风雨,船舶沉没,诸人因此失踪。据后来传说他们不是在大海中溺死,却被他们的父亲宙斯将他们安置在天上成为荣耀的星座。在那里,多少年以来,他们都职司着保护航行在海上的船舶,成为航海人们的保护神。

现在全希腊人都响应阿特柔斯儿子的号召。只有两个国王还在迟疑不决。一是伊塔刻的足智多谋的俄底修斯,他不愿为斯巴达王后的不贞而远离他的年轻的妻子和他的尚在褓褓中的儿子忒勒玛科斯。当墨涅拉俄斯的好友,欧玻亚王子瑙普利俄斯的儿子帕拉墨得斯和斯巴达国王来访问他时,他假装发疯,驾一牛一驴极不调和地蹒跚着耕种自己的土地,并在垄沟里播种以食盐代替谷物的种子。他让这两个英雄看到他做出这种奇怪的事,希望以此避免参加这次他所不乐意的战争。但帕拉墨得斯能看透所有人类的诡计。当俄底修斯正在耕田,他秘密地到宫殿里抱来摇篮中的婴儿忒勒玛科斯,并将他放在俄底修斯正要耕犁的地方。俄底修斯小心地将犁头举起不使婴儿受伤,这时两个英雄向他大叫,证明他理智很清楚。现在他不能再拒绝参加远征,虽然在心里仍对帕拉墨得斯有着很深的仇恨,他答应从伊塔刻及其附近的岛屿献出八只船归墨涅拉俄斯使用,所有的水手也准备齐全。

另一个尚未答应参加并且不知去向的王子则是阿喀琉斯,他是珀琉斯与海洋女神忒提斯所生的年轻而美丽的儿子。当他出生时,他的神祇的母亲也想使他成为神人。所以每到夜间,不让珀琉斯知道,她将这孩子放置在天火里，烧毁他所从父亲遗传的人类的成分，使他圣洁。在白天，她用膏油治愈他的烧灼的肌肉。她每夜都这么做。但有一次她的丈夫偷看她，看见他的儿子在火焰中发抖，大叫起来。这阻止了忒提斯继续完成她的工作。她很悲痛地抛弃了这个她没有能使之完全成为神人的儿子，她自己也不愿回到宫里去，于是她立即到涅柔斯的女儿们居住的冰冷的海洋王国去了。珀琉斯想着这孩子已受到极危险的创痕，将他抱起来，带到喀戎那里请他医治。这贤明的马人曾抚育过多少英雄，他慈爱地抚抱那孩子，并喂他熊的骨髓和狮子与野猪的肝脏。

当阿喀琉斯九岁的时候，一个希腊的预言家卡尔卡斯曾经宣示：远在亚细亚的特洛亚城虽注定要被阿耳戈斯人毁灭，但如果没有珀琉斯的儿子参加，那城也不能征服。他的母亲忒提斯从海底听到了这种预言，并知道她的儿子会牺牲于这次的战争，所以她从海浪中走出，秘密地进入她丈夫的宫殿，使这孩子穿上女孩的衣服，然后将他带给斯库洛斯岛的国王吕科墨得斯。他将他作为一个女儿养大，并使他学习公主们的精致的女红。但当这孩子长大成人，嘴唇上长出最初的胡子，他向国王的美丽的女儿得伊达弥亚揭示自己的秘密。两人之间遂发生一种亲切的爱情，这时岛上的人民还以为阿喀琉斯是国王的一个女眷，实际上他已是得伊达弥亚的丈夫了。

现在他正是征服特洛亚所不可缺少的人物。预言家卡尔卡斯知道他的住处，也知道他所负的使命，所以告诉阿特柔斯怎样可以找到他。他们即刻派遣俄底修斯和狄俄墨得斯去邀请他加入作战。当这两个英雄来到斯库洛斯岛，他们被引进谒见国王和国王的女儿，女眷和侍女们。阿喀琉斯的脸面是这样的美丽，即使阿该亚的两个王子有着精细的眼力，也仍然不能从大批女郎中将他发现。于是俄底修斯使一诡计。他将一矛一盾放到女郎们聚居的屋子里，但装做这不是故意安排的，然后他命令一个从者吹奏喇叭好像大敌业已迫近的样子。听到军号的吹奏，女郎们都逃出这间屋子，只有阿喀琉斯仍然留下，并勇敢地拿着矛和盾。当他看出他的伪装已被发觉时，他同意献出五十只船参加阿该亚人的军队，并同意由他自己来统率他的密耳弥多涅斯人或忒萨利亚人，并带着教练过他的福尼克斯和同他在珀琉斯宫廷里一起长大的朋

墨涅拉俄斯在梦中，梦见爱妻被人诱走

友帕特洛克罗斯同行。

各国人民的领袖们推选阿伽门农为联军的统帅,因为他是对这事最出力的人。他选定欧玻亚海峡附近的波俄提亚的奥利斯港作为所有阿耳戈斯的王子们以及他们所统率的军队和船舰会合的地点。除了已经叙述过的以外,还有别的英雄们。其中最高贵者是萨拉弥斯的忒拉蒙的儿子大埃阿斯和他的异母弟透克洛斯——一个百发百中的射手;从罗克里斯来的小埃阿斯;雅典的墨涅斯透斯;阿瑞斯的儿子阿斯卡拉福斯和伊阿尔墨诺斯和他们所统率的俄耳科墨诺斯地方的弥倪阿斯的子孙;从波俄提亚来的珀涅琉斯,阿耳刻西拉俄斯,克罗尼俄斯及普洛托诺耳;从福喀斯来的斯刻狄俄斯和厄庇斯特洛福斯;从欧玻亚来的厄勒斐诺耳和阿班忒斯人;狄俄墨得斯,卡帕纽斯的儿子斯忒涅罗斯,墨喀斯透斯的儿子欧律阿罗斯及一部分的阿耳戈斯人和别的珀罗奔尼撒人;从皮罗斯来的是曾经是三朝元老的年迈的涅斯托耳;从阿耳卡狄亚来的安开俄斯的儿子阿伽珀诺耳;从厄利斯和别的城市来的安菲玛科斯,塔尔庇俄斯,狄俄瑞斯和波吕克塞诺斯;从杜利喀翁和厄喀那得斯来的费琉斯的儿子墨革斯;此外和埃托利亚人一起来的还有安德赖蒙的儿子托阿斯;从克瑞忒来的伊多墨纽斯和墨里俄涅斯;从洛得斯岛来的赫剌克勒斯的后人特勒波勒摩斯;从绪墨来的尼柔斯,他在阿耳戈斯将帅里是最美丽的人;从卡吕德奈来的赫剌克勒斯的后人菲狄波斯和安提福斯;从费拉刻来的伊菲克勒斯的儿子皮达耳刻斯;从忒萨利亚的斐赖城来的阿德墨托斯和贞洁的阿尔刻提斯的儿子欧墨罗斯;墨托涅,陶玛喀亚和墨利玻亚派来了菲罗克忒忒斯;从特里刻,伊托墨,俄卡利亚来的长于医药的波达利里俄斯和玛卡翁;从俄耳墨尼翁来的欧埃蒙的儿子欧律皮罗斯;从阿耳癸萨来的是庇里托俄斯的儿子也是忒修斯的好友波吕波厄忒斯;此外还有代表库福斯地方的顾纽斯,和代表玛格涅西亚地方的普洛托俄斯。

这便是阿特柔斯儿子,俄底修斯,阿喀琉斯以外的希腊人的王子和领袖;他们每人都带着一支强大的舰队在奥利斯港集合。那时候,希腊人有时又被称为达那俄斯人,因曾在伯罗奔尼撒的阿耳戈斯住居的埃及国王达那俄斯得名;有时又被称为阿耳戈斯人,因希腊最重要的阿耳戈斯地方而得名。他们亦间或自称为阿开亚人,因为在更古的时候,希腊是被称为阿开亚。直到后来他们才被称为格里克人,因忒萨罗斯的儿子格剌伊科斯而得名。或称希腊人,因丢卡利翁和皮拉的儿子希腊而得名。

先派遣和平使节

在阿开亚人准备着出征特洛亚的同时,阿伽门农与可信靠的朋友和各方的领袖举行会议,决定先采取和平手段,派遣和平使节向普里阿摩斯国王抗议破坏法纪和强劫阿耳戈斯的王后,并要求归还海伦及墨涅拉俄斯的财宝。会议推选帕拉墨得斯,俄底修斯和墨涅拉俄斯担负这个使命。俄底修斯在心里虽然十分仇视帕拉墨得斯,但为全体的利益他同意服从这个在全希腊人中以最有眼光和富于经验著名的王子的智慧的决断,也不反对他在普里阿摩斯的宫廷里代表他们发言。

特洛亚的国王和人民对于这些使节乘着这么巨大华丽的船舰来到,都感到惊惶失措。他们完全不知道这是什么一回事。因此时帕里斯仍留居克剌奈岛,国内完全不知道他的消息。国王普里阿摩斯和人民都以为由帕里斯统率着去要求归还赫西俄涅的,特洛亚的战士必然遇到了强烈的反抗,全军覆没,所以阿耳戈斯人更加傲慢,渡海来远征他们的本国。因此希腊使节已经来到的消息使每个人都满怀着疑虑和十分紧张。但城门仍然大开着。希腊的三个王子被引到国王的宫殿,谒见国王。这时国王已经在会议厅召集所有的儿子们和城里的重要首长进行商议。帕拉墨得斯首先以全希腊人的名义严厉地谴责帕里斯劫走海伦这桩可耻的违犯宾主之间礼节的行为。随后他又说这种行动可能会引起对于普里阿摩斯和特洛亚人的战争,并列举全希腊的王子和英雄们的名字,说他们将统率着无数的战士,乘上千艘的战舰远征特洛亚城;因此他要求归还他们的被劫走的王后。"啊,国王,"他说,"你不知道你的儿子所冒犯的是什么一种人。他们是达那俄斯人,他们宁愿死,而不能白受外乡人的侮辱。但他们这次来报仇却不是来寻死,而是要得到胜利,因为他们的战士如同海里的沙粒一样众多,他们都有着真英雄的勇敢，要彻底洗雪国家所遭受到的耻辱。为了这理由所以我们的统帅，强大的阿耳戈斯的国王，全希腊最有名的王子阿伽门农和所有达那俄斯人的王子都嘱咐我来通知你：'把你们偷走的王后还给我们，否则你们全得毁灭！'"

这种挑衅的话激怒了国王的儿子们和特洛亚的长老。他们都拔剑在手，以刃击盾，一个个杀气腾腾。但国王普里阿摩斯却命令他们镇静，并从座位上站起来说："外乡人，你们代表你们的人民给了我们这么多的责备，但首先请让我消除我的诧异。因你们向我们所控告的，我们一无所知。在我们看来，我们才正是应当向你们谴责你所说的这种罪行。那正是你们的同乡赫剌克勒斯在我们安居乐业的时候来侵略我们。他从我们的城里抢去我的无辜的姊姊赫西俄涅，并将她赠给忒拉蒙为奴。幸而由于那个王子的好意，使她成为他的合法的妻子，而不是他的奴隶和姬妾。但这不足以补偿对于我们的抢劫和侮辱。我们过去也曾向你们遣派使节。现在我的儿子帕里斯又去到你们的国家要求归还我的姊姊，使我在晚年时候可以手足团聚。至于帕里斯如何执行我的命令，他做了些什么事情，现在他在何处——我一无所知。只是我可以十分肯定地说：在我的宫廷，在我们的城里并没有一个阿耳戈斯的妇人。所以，即使我愿意，我也无法满足你们的要求。如果我的儿子帕里斯能像他父亲所希望地那样平安归来，如果他真的带着一个他所拐走的阿耳戈斯的女人，又如果那个女人不是一个逃亡者也不要求我们的保护，那么，她当然得归还你们。但即使这样，也还得有一个条件，即从萨拉弥斯地方送回我的姊姊赫西俄涅，使我们得以团聚。"

所有参加会议的特洛亚人都对国王的话欢呼赞成。但这时帕拉墨得斯又说话了，他的话显得愤怒而傲岸，他说："国王，你答应我们的要求不能附有任何条件。我们相信你所说的墨涅拉俄斯的妻子还没有来到你们的城里。但她一定会来！你不必怀疑！你的不义的儿子将她拐走，已经是千真万确的事。至于我们，在我们的祖先时代赫剌克勒斯所做的事我们不能负责。但你的一个儿子在我们的时代犯下了罪行，我们要你满足我们的要求。赫西俄涅自愿归于忒拉蒙，她并派遣她的儿子埃阿斯来参加这次的战争，如果你不及早挽救，这战争就迫在眉睫了。但海伦的被劫取，却不是她所心愿的。感谢神祇吧，因为贼徒帕里斯还在外面耽延，所以你还可以苟延残喘；你必须及早决定，使你和你的人民免于毁灭。"

普里阿摩斯和特洛亚人听到帕拉墨得斯不逊的言语都激怒得不能忍耐，但仍保持着对于使节应有的礼貌。会议即刻终止。由特洛亚的一个长老即埃绪厄忒斯与克勒俄墨斯特拉的贤明的儿子安忒诺耳保护着三个外国的王子使免于群众的袭击，并将他们领到自己家里，给与优厚的款待。第二天清晨，他送他们到达海岸，在那里他们走上载着他们来到特洛亚的华贵的船舰。

阿伽门农和伊菲革涅亚

当大舰队会集在奥利斯港时，王子阿伽门农曾以狩猎作消遣。有一次，一只献给阿耳忒弥斯的赤牝鹿跑到射程以内，他很兴奋，一箭射中，并自己夸耀说即使是狩猎女神本人也不能射得这么准确。女神对于他的这种不敬的行为感到恼恨，她使阿耳戈斯人的舰只，马匹，战车集合所在的奥利斯港平静得没有一点微风。时光一天天地过去，大舰队滞留在水面上。在困苦中，达那俄斯人去询问大预言家忒斯托耳的儿子卡尔卡斯，他已经为人民做了不少好事，这次也以一个祭司和预言家的身份参加他们的远征。他的回答是："如果阿耳戈斯人的统帅阿伽门农将克吕泰涅斯特拉为他所生的爱女伊菲革涅亚献祭给阿耳忒弥斯，这女神的愤怒就可以平息。那时将吹起一阵顺风，神祇再不会阻碍你们远征特洛亚了。"

阿伽门农听到这话，心情很沮丧。他派遣达那俄斯人的传令使，斯巴达的塔尔堤比俄斯向全希腊人宣布：阿伽门农正在辞去阿耳戈斯全军的统帅，因为他的良心不允许他杀害他所挚爱的女儿。但这个决定向阿开亚人宣布之后，他们威胁着要反叛。最后墨涅拉俄斯来到他的屋子里，向他报告他的这种决定所引起的反感，并说如果他，墨涅拉俄斯的妻子仍留在敌人手里，他所遭受的耻辱将永远不能洗雪。他提出这么多的理由，并婉转地劝说，使得阿伽门农终于同意作这种可怕的事。

他派遣一个人到密刻奈要求他的妻子克吕泰涅斯特拉将伊菲革涅亚送到奥利斯港的军营中,并为这一奇怪的要求假造借口说,要在出发远征特洛亚以前使自己的女儿和珀琉斯的年轻的儿子,佛堤俄提斯的光荣的王子阿喀琉斯订婚,因为阿喀琉斯与得伊达弥亚的秘密结婚还是没有人知道的。但使者刚刚出发,阿伽门农就因良心的自责感到苦痛。他犹豫而悔恨他的这种错误的决定,在深夜中叫一个年老而忠信可靠的仆人另送一信给他的妻子。他在信中要她不必将女儿送来,因他已改变计划拟将这婚期延到明年的春天。仆人持着信慌忙动身,但他永远没有到达目的地,因为墨涅拉俄斯看出了他哥哥的犹豫不决,已严密监视着他的一切作为,因此在天晓时,这仆人刚一起床,他就被墨涅拉俄斯捉住了。

他读完信就拿着信来找他的哥哥。"世界上再没有比迟疑不决还坏的事!"他愤怒地对他说。"再没有比这个还不义和无信的事!你不记得么,我的兄长,你如何热心地想统率全军,你如何渴望着想当远征特洛亚的领袖?你伪装对所有阿耳戈斯的王子谦让恭顺,并亲切地和每一个人握手。你的大门永不下键,最卑贱的人都可以自由出入,而这些友好的表示只不过是为了要得到你心中所希望的一种地位。但当地位到手,事情就不同了。你已不再像以前一样是你老友们的朋友。大家不容易再看见你,你也不常在军中露面。这不是一个高贵人物应有的态度;一个高贵人物在朋友们急切需要他的时候是应该对他们最忠实的。但是你怎么样呢?当你统率希腊大军来到奥利斯港,当你期待着顺风,当神祇阻挠我们,我们的人们开始抱怨并大声叫嚷:'让我们航行,不要死守在奥利斯港呀,'这时候你如何地迷惘失神,你显得多么无助啊!就在这时候你来要求我设法,恐怕你会失去你引为很骄傲的地位。后来当预言家卡尔卡斯要你牺牲你的女儿献祭阿耳忒弥斯时,你答应得也并不十分勉强。你写信给你的妻子,要她将伊菲革涅亚送来——并假托说要她与阿喀琉斯订婚。但现在你又反悔。你写另一封信去,说你不忍心牺牲你的女儿。但我为什么要对你的这种犹疑不决感到惊奇呢?千千万万人都和你一样,他们渴望着权势,但当发觉获得这种指挥别人的特权要牺牲个人的利益时，却又临时退缩。所以我说，没有很大的智慧和毅力，在苦难烦恼的面前，不能保持这些品质的人，便不配统率军队或管理一个国家。"

这样的责难，且是出自自己的兄弟之口，并不能平息阿伽门农心中的苦痛。"为什么这样严厉地责备我呢？"他问道。"你的眼睛里有着愤怒的凶焰。你觉得谁硬要跟你作对呢？为什么这样恼怒？为了你的美丽的妻子海伦吗？我不能负责将她夺回。为什么你自己不更小心谨慎地守住她呢？你好像以为我在理智更清醒的瞬间来纠正在焦躁时所犯的错误是愚蠢的。但在我看来，要找回一个不如放弃为妙的薄幸的妻子才是更大的愚蠢。不，我不能犯残害自己骨肉的罪过！至于你——你倒最好是依法惩处你的不贞的妻子海伦！"

当两弟兄正互相争论，一个使者突来报告阿伽门农国王说，他的女儿伊菲革涅亚业已来到，女儿的母亲和他的幼子俄瑞斯忒斯也随后就来。使者一走开，阿伽门农就觉得自己已完全绝望了，这时墨涅拉俄斯走去握他的手。阿伽门农一面伸手一面热泪夺眶而出。他悲痛地说，"好罢，兄弟，胜利是你的，我已经毁了！"

但墨涅拉俄斯却坚决要撤回他先前的要求。他请求他不要杀害他的孩子，并慨然宣布他绝不愿仅仅为海伦的缘故而伤害兄弟的感情。"别流泪吧！"他喊道。"如果由于神谕的缘故我对于你的女儿也有一分权利的话，我也愿意放弃并将我的一分让给你。别奇怪，为什么我的感情忽然由愤怒变成友爱。一个人在激愤的心情平息以后，不是会做出更好的判断吗？"

阿伽门农拥抱着他的弟弟，但他的女儿的前途仍是他最关切的事情。"我感谢你，"他说。"你的高贵的心情使我们重新和好，这是超出我所希望的。不过，我的命运已经注定。伊菲革涅亚必得牺牲。全希腊要求这样做。卡尔卡斯与狡黠的俄底修斯已经达成默契。他们将得到人民的支持，杀死你和我，然后牺牲我的女儿。相信我吧，即使我们逃回阿耳戈斯，他们也会追去将我们从城里拖出，并将库克罗普斯的古城夷为平地。所以我的亲爱的兄弟，我请求你尽可能对克吕泰涅斯特拉保守秘密，直到我们遵照神谕牺牲了我们的女儿为止。"

现在妇人们都先后来到。弟兄们的谈话给打断了,墨涅拉俄斯苦恼地沉思着,独自离开了他们。

夫妇俩见面时仅略事寒暄,在阿伽门农这方面显得冷淡而不自然。但年轻的女儿却双手搂抱着父亲,心中充满爱和快乐,她向她的父亲大声说:"啊,父亲哟,离开你我是如何地想念你,现在看见你又是如何地快乐呀!"她亲切地看着他又继续说:"但为什么你的眼光这么忧郁而且充满焦虑?你一向是很喜欢看见我的呀!"

"够了,我的孩子,"阿伽门农回答,心中充满剧痛,"一个国王总是有许多责任,并有许多事情使他苦恼。"

"但现在,请抹去你额上的愁纹,用欢喜的眼睛望望你的女儿吧!"伊菲革涅亚说。"啊,为什么你流泪了?"

"因为我们要长久分别,"她的父亲回答。

"假使我能参加你们这次的远行,那我多快乐啊!"这女郎渴望地说着。

"你也要作一次远行的,"阿伽门农严肃地说。"但在这之前,我的孩子,我们必须献祭——这一次献祭你一定要参加,我的女儿。"他说话的时候,差不多哽咽得不能出声。但女儿并没有任何坏的猜想。最后他送她回到她的侍女们居住的屋子里。她走后,阿伽门农又不能不编出一大串的谎言来应付他的妻子,她不断地询问他所选中的女婿的财产和家世。当他支吾过去以后,他就去与卡尔卡斯详细商量关于这看来已不可避免的献祭的事。

但时机不凑巧,这时克吕泰涅斯特拉正好面对面地碰到阿喀琉斯,他是因为他的密耳弥多涅斯人公开反对行军的迟延来寻找阿伽门农的。她以为他既是她的女婿,所以毫不迟疑地说着亲切的话向他问候,并述说关于未来婚礼的事情。但阿喀琉斯听到这些话很吃惊,只是瑟缩后退。"你说的是什么婚礼呀?"他问道。"在我,我从没有向你的女儿求婚,阿伽门农也从来没有鼓励我这么做。"克吕泰涅斯特拉看出她是受骗了。她站在阿喀琉斯面前感到怀疑而且羞愧。但他怀着青年人的热情企图安慰她。"别恼恨,即使有人故意欺骗你,"他说。"如果我的坦率的话伤害了你,请你不必在意,也请饶恕我。"他正要离开她,阿伽门农和克吕泰涅斯特拉两人的那个忠实的仆人，即墨涅拉俄斯从他劫去信函的人，正由统帅的住屋向他们走来。

"请听我的话！"他对女主人低声说。"这是你应当立刻知道的事！伊菲革涅亚的父亲正预备亲手杀死自己的女儿。"现在母亲已从仆人的口中知道了本来对她严密保守的秘密，她悲痛和恐怖得发抖。她跪在珀琉斯的年轻的儿子面前，如同一个哀求者，抱着他的双膝，向他哭诉：

"我跪在你面前的尘土里并不感到耻辱。我是一个凡人，跪在你——神祇的儿子的面前。一种母亲的爱使我忘记了骄傲。啊，女神的儿子哟，请从绝望中拯救我和我的孩子。那正是为了你，我给她戴上花冠，领着她来，以为她会成为你的新妇。现在即使我知道这不是真实的，但我仍然想你是她的新郎。当着一切的神祇，当着你的神祇的母亲，我请求你援救我的女儿。在这里没有我可以躲避的圣坛。我的唯一的圣坛便是你的双膝。现在你已知道阿伽门农就要做出的残忍的事。你可以看出我是无助的，一个妇人在强暴的军队中有什么办法呢？但如果你肯援助我们，一切还会好转过来。"

阿喀琉斯很尊敬地扶起这个王后，并对她说："啊，克吕泰涅斯特拉，勇敢些！我是在一个忠诚而慈爱的人类的家庭教养大的。在喀戎的炉边我看见过多少真纯的善行。当阿特柔斯的儿子们领着我走向光荣的路时，我愿意追随他们，但却不愿服从罪恶的命令！所以我愿意尽我所有的权力保护你。你的女儿——她的名字已和我的配成一对绝不会被人杀害。如果由于那个假意要她来这里和我结婚的诡计致她于死，那我自己也要承认有罪。如果我容许你的丈夫借用我的名义来杀害他自己的女儿，我将自认是懦夫和流氓的儿子。"

"这真是你衷心的话么？"克吕泰涅斯特拉知道有救，不觉快乐地叫起来，"要我的女儿来抱着你的双膝如同我一样么？这可能不是一个姑娘所应该做的事，但如果你愿意，她将纯洁而骄傲地来到你的面前，不辱没一个公主的身份。"

"不！"阿喀琉斯即刻回答，"不要带她到我这里来，恐怕这样会引起流言和恶意的讥嘲。在没有家庭温暖的庞大的军营里，人们都喜欢说着各种闲言闲语。请相信我！我是从不说假话的。我以生命担保誓必援救你的孩子！"珀琉斯的儿子作了这一庄严的保证后，就离开了克吕泰涅斯特拉，后者也径直来到丈夫阿伽门农的屋子里，对他表现出无可隐藏的怨恨。

他不知道她已揭破他的秘密，仍然用暧昧的言语向她招呼："从屋子里把女儿叫出来，因为水，面粉和婚宴前要屠宰的祭品——所有这些都快准备好了！"

"哼！"克吕泰涅斯特拉叫起来，眼光恶意地闪烁着，"出来，伊菲革涅亚，你已明白你的父亲的用意了。带着你的小兄弟俄瑞斯忒斯在一起。"女儿从内室走出来以后她又继续说："看，阿伽门农，她站在这里，十分听话，而且由你摆布。但首先请你回答我：别推诿，别说谎，你是否已经弄好圈套要杀害你我的女儿？"

国王站在那里久久默无一言。最后他打破沉默："啊，命运女神，为什么你泄露了我的秘密呢？"

"现在听我说完。"她说，"我将向你倾诉所有我心中的苦痛。我们的结婚是以罪恶开始的。你用武力劫夺我，杀死我的前夫，抢去我正在哺乳的幼儿，并将他杀害。我的哥哥卡斯托耳和波吕丢刻斯已经跳上马背统率一大队武装的人马追击你。但当你向我的年老的父亲廷达瑞俄斯请求保护时，他却拯救了你，并使你成为我的丈夫。你不能不承认我一直在信守我结婚时的誓言，做一个使你在家感到快乐，在外乡人面前感到骄傲的妻子。我为你生了三个女儿和一个儿子。现在你要抢去我最大的女儿，而且如果有人问你为什么，你会回答：'为了使墨涅拉俄斯能夺回他的不贞的妻子。'奉神祇之名，我请你不要这么做，否则我会硬着心肠来反对你。不要硬着心肠来反对我吧！你要牺牲你的女儿么？当你杀害她的时候，你将怎样祈祷呢？当她死去，你为你自己祈求什么样的福祉呢？祈求一个不幸的归程如同你们出发时一样么？或者你希望我为你求福？但我绝不会祈求神祇来保佑一个谋杀者！为什么必须以你的亲生儿女作为牺牲？为什么不对阿开亚人说：'假使你们愿意舰队去到特洛亚，那么拈阄来决定谁的女儿应该牺牲吧。'为什么我——你的忠诚的妻子要失去她的女儿，而那个你为他而从事征战的墨涅拉俄斯却能幸运地保全着他的女儿赫耳弥俄涅,同时他的不贞的妻子也知道他的女儿在斯巴达很安全地活着呢?你说我所讲的话哪一句不真实?但是如果你承认我的话都是实在的,那么就不要杀害你的女儿!想想吧!听从你的良心的忠告吧!"

现在伊菲革涅亚也跪在她父亲的面前,她说话的声音颤抖着。"父亲哟,假使我有俄耳甫斯的可以感动石头的神异的声音,我将用雄辩的话引起你的同情。但我,唉,我没有这能力!我只有哭泣并用双手代替橄榄枝抚摩着你的双膝。不要让我这么年轻轻地就死去,大地的光辉是可爱的。不要逼我走进黑暗的地府里去。想想,当我还是儿童的时候你多怜爱我呀!你所说过的一切我都记得这样清楚:你说你希望将我嫁给一个高贵世家的男子,希望看着我长成花朵一般的少妇,当你征战归来,快快乐乐地来迎接你。现在这些话你忘记了么?我的母亲在苦痛中诞生我,现在想到我的死就感到更深的苦痛,我以她的名义请求你放弃你的可怕的计划。海伦与帕里斯的事与我有什么相干?帕里斯来到希腊,为什么我就非死不可?啊,看看我吧!亲吻我,让我死去时带着你的爱的印记,因为我的话已不能使你感动。也看看你的儿子,我的小兄弟!他不说话,只是在沉默中祈求着。他还是一个小孩子。但我已将近成人。将你的心肠放软些,怜惜我吧。对于人,再没有比生命更可爱的!在悲惨中生活也胜于最光荣的死!"

但阿伽门农仍然非常坚决。冷酷得像一块岩石,他站在那里说:"我有同情,当法理许可我这么做的时候。我爱我的孩子,——只有发疯的人才不!我是怀着沉重的心情来作这种牺牲的,但是我必须这么做。你们看见这强大的舰队归我统率。你们看见这么多的英雄和战士们在我周围。他们不能到特洛亚去,他们不能征服敌人,除非我遵照神谕,除非我牺牲我的女儿。所有在这里集合的人决定不让阿耳戈斯妇人再被掠劫。他们的意志很坚决。假使我拒绝服从神祇的命令,他们便要杀死我,然后也杀死你们。我的权力到此为止,已经无能为力了。我不是在顺从我的兄弟墨涅拉俄斯,而是顺从全希腊人。"

说完,国王就离开了她们,再不听她们的任何的辩白。但她们在哭泣中突然听到兵器响动的声音。"那是阿喀琉斯!"克吕泰涅斯特拉快活地叫起来。伊菲革涅亚这时已来不及回避她父亲假说是她的新郎的青年人,因而觉得很窘。带着一批武装战士,这珀琉斯之子大踏步走到厅堂里来。

"勒达的不幸的女儿,"他向王后大声喊道,"军队都公开叛乱。他们要求牺牲你的女儿,当我大声反对他们固执的要求时,他们几乎要用石头砸我。"

"你的密耳弥多涅斯人呢?"克吕泰涅斯特拉几乎说不出话来。

"他们是首先反叛的人,"阿喀琉斯回答,"他们说我是个害相思病的多嘴傻子。我带着这少数亲信的人来保护你,反抗正在向这里来的俄底修斯。请你们母女紧抱在一起,我将用我的身子屏蔽你们,看看他们是否敢于攻击这个与特洛亚的命运息息相关的一个女神的儿子。"这最后的一句话总算又闪着一线希望,使克吕泰涅斯特拉感到小小的安慰。

但伊菲革涅亚却挣脱母亲的拥抱,昂着头勇敢而决绝地面对着王后和阿喀琉斯。"听我说罢,"她毫不犹豫地说。"亲爱的母亲,你生我父亲的气,那是无用的,因为他不能变更众人决定的事情。这外乡人的热情值得我们的感谢和赞美,但对于这事他将懊悔,你也将受到毁谤。我已经考虑好了,我准备去死。我愿意从精神上洗却一切卑怯的感情。美丽的希腊国土上所有的眼睛都望着我。这大舰队的出发,特洛亚城的攻破,阿耳戈斯妇人们的光荣都系在我一个人身上。我的名字将被称颂,因为他们将称我为祖国的救星。假使阿耳忒弥斯女神为我的祖国要求我的生命,我,一个凡人能反对她么?不,我心甘情愿地献出我的生命。牺牲我而征服特洛亚城——这便是我的纪念碑,这便是我的结婚的盛宴。"

伊菲革涅亚的樱唇说出这高贵激昂的言语,她在母亲和阿喀琉斯的面前荣耀威严得像女神一样。这时英俊而勇敢的阿喀琉斯双膝跪下大声喊道:"阿伽门农的女儿!真的,神祇们将斟满我的幸福的金杯,假使他们让你成为我的新妇。我嫉妒你所属于的希腊,我嫉妒你许身给它的希腊。现在我看到了你的美丽和大无畏的精神,我爱你,我渴慕你。多想想吧!死是可怕的!我要领你去的是走向生命和快乐的路呀。"

伊菲革涅亚微笑地回答:"由于海伦,妇人的美丽已经引起够多的屠杀和战争。你不当为我而死,也不当为我而从事杀伐。如果我能够,就让我来拯救希腊吧。"

"崇高的心啊!"阿喀琉斯说,"你愿意这么做就这样做吧,但我要带着武器先赶到圣坛那里阻止你死。你不当为你的无私而牺牲。也许到了冷刀子接触你的喉咙时,你会同意吧。"说完,他就先走了。伊菲革涅亚请求她的母亲不要哭泣,紧握着她的幼弟的小手,欢欣地从容地为了拯救祖国走向死亡。克吕泰涅斯特拉悲恸得倒在地上,无法跟着女儿前去。

同时阿开亚的军队已齐集奥利斯城外阿耳忒弥斯的芳菲的圣林中。神坛已安排好,旁边站立着祭司和预言家卡尔卡斯。当战士们看见伊菲革涅亚和她的亲信的侍女们进入圣林并向她的父亲走来时,军队中沸腾起一阵惊异而同情的呼声。阿伽门农深深地叹息着转过身去,默默流泪。女儿来到他的面前说道:"亲爱的父亲,我来到这里。来到女神的圣坛前面,我遵从神谕并为阿耳戈斯军队,为祖国的幸福献出我自己的生命。我将为你的幸福,为你的胜利,为你的平安的归来感到欢喜。我不要任何人扶着我。我将英勇地从容就义。"

看到她的无比的勇敢,拥挤着的人群都在惊奇地啧啧私语。现在传令使塔尔堤比俄斯站在围场中间,叫大家肃静并作祈祷。预言家卡尔卡斯抽出一把锋利而雪亮的宝刀,放在神坛前面的金匣子里。在这庄严的肃穆中,阿喀琉斯突然全副武装,挥舞着手中的利剑走来。只是一看到伊菲革涅亚,他的决心动摇了。他将利剑投在地上,以圣水溅泼神坛,并双手捧持金匣子环绕神坛而行如同祭司,并喃喃祈祷:"啊,阿耳忒弥斯,伟大的女神呀!请接受这神圣的自愿的牺牲,接受一个处女的纯净的血,这是阿伽门农和全希腊人所献祭给你的。让我们的舰队一帆风顺,让我们的枪矛毁灭特洛亚城。"阿特里柔斯的儿子们和全军的战士都寂静无声地听着,并低头致敬。卡尔卡斯持着宝刀,念着祷词,看准女郎的脖颈。大家都分明地听到他挥刀的声音。但这时却发生了一个奇迹:在这瞬间,人的祭品在全军的面前突然不见了,而在原地方却变成一只美丽的赤牝鹿在神坛前面的血泊中挣扎。原来阿耳忒弥斯已怜悯并赦免了伊菲革涅亚,将她摄走了。

"阿耳戈斯联军的领袖们,"卡尔卡斯在惊骇稍定以后喊道:"你们都已看见女神送给我们的祭品,这比她所珍惜的处女的血更使女神欢喜。阿耳忒弥斯恢复了对我们的喜爱。她将使我们航行顺利并保佑我们征服特洛亚。奋勇前进吧,就在今天你们就能离开奥利斯港。"他一面说,一面注意地看着献祭的牝鹿在火焰中焚烧。当火光熄灭,宁静的空气中忽然听到刷刷的风声。所有的眼睛都望着海港,他们看见大风激荡着海浪,船只都在海面上摇簸着。战士们都大声欢呼离开圣林,并各自整装待发。

阿伽门农回到屋子里,克吕泰涅斯特拉已经不在。他的亲信的仆人已先将伊菲革涅亚得救的消息告诉这悲恸欲绝的王后。她衷心感谢地向天高举双手,但她并没有说感恩的话,她悲痛地大声呼喊:"我同样地永远失去了我的孩子!我的丈夫葬送了我的幸福。让我们快离开,因为我不愿看见这杀人的凶手!"仆人即刻套车并召集她的侍女。所以当阿伽门农从祀神的宴会回来,他的妻子已远在回到密刻奈的途中了。

阿耳戈斯人出发。菲罗克忒忒斯被遗弃

就在当天阿耳戈斯舰队出发,一阵顺风使他们飞快地航行在大海上。经过短短的航程,他们在克律塞小岛登陆,补充他们的饮料。在这里,波阿斯的儿子,与赫剌克勒斯并肩作战的战友,他的百发百中的箭术的继承者菲罗克忒忒斯发现一个破败的神坛,那是过去伊阿宋统率着阿耳戈英雄们在航海途中为这小岛的女神帕拉斯·雅典娜建立的。菲罗克忒忒斯对于他的这种发现很高兴,正想献祭阿开亚人的保护女神,这时一条看守神堂的大蛇向他奔来咬伤了他的脚胫。他被抬到船上,大舰队仍然继续航行。但在路上伤口肿了起来,使他越来越痛苦,同伴们也不能忍受他身上的腐臭和不断地从他的脚胫流出的毒脓的恶气。他在剧痛和恐怖中的号叫使同伴们不能工作,甚至也打扰他们的

向神祇的献祭。最后病人周围那些人的怨言渐渐传播到全军,阿特柔斯的儿子们与多谋的俄底修斯秘密商议。他们恐怕到特洛亚时病伤的菲罗克忒忒斯会带来一种疫病,而他的无法止住的痛楚也会引起全军的不安。所以他们决定将他遗弃在他们正经过的楞诺斯的荒漠无人的海岸上。但他们没有考虑到,他们一失掉这个人也就是失掉了他的无敌的弓矢。机敏的俄底修斯被选定来执行这个任务。他在背上负背着这熟睡的英雄,用小船划到海岸上,将他放置在岩洞里,并留给他足够生活一个时期的饮食和衣服。船只仅仅停泊了一会儿,以便将波阿斯的儿子送到岸上。等到俄底修斯归来后又继续航行,并很快地赶上前面的大队船舰。

阿耳戈斯人在密西亚地方。忒勒福斯

大舰队平安地到达小亚细亚的海岸。但因为他们对于这地方不熟悉,竟让一阵顺风吹得离开了特洛亚城而来到密西亚地方,他们在这里下锚。在沿着海岸的地方,随处都遇到武装的看守兵,他们以国王的名义,在没有得到国王允许以前不许任何人登陆。密西亚的国王也是一个阿耳戈斯人,名叫忒勒福斯,是赫剌克勒斯与奥革的儿子,他在惊险的冒险之后回到了密西亚国王透特剌斯的宫廷,和他的母亲团聚。后来他与透特剌斯的女儿阿耳癸俄珀结婚,并在她父亲死后继承了他的王位。

阿开亚人没有询问这里的国王是谁,对守兵的盘问也不置答,只是用武力进攻沿岸的看守兵。只有少数守兵逃脱了,他们回去向国王忒勒福斯报告有成千的不知名的敌人突然来到,侵入国土,杀翻守兵并占领了海岸。国王立刻动员所有的武装力量抵御侵略的外乡人。国王自己是一个刚毅而享有荣誉的人,不愧是显赫一时的父亲的儿子。他曾经用阿耳戈斯人的方式训练他的战士。因此达那俄斯人出乎意外地遭遇到强敌,发生了一场势均力敌的剧战。阿耳戈斯人的勇士之一忒耳珊得耳是俄狄浦斯国王的孙子,波吕尼刻斯的儿子,狄俄墨德斯王子的并肩作战的战友。忒耳珊得耳冲入忒勒福斯的军队中,并杀死在他身边作战的他所最爱的战友。这激起了忒勒福斯的疯狂的愤怒,他开始单独与忒耳珊得耳对阵。结果赫剌克勒斯的儿子得胜,忒耳珊得耳为他的矛头刺伤倒地。他的朋友狄俄墨得斯从远处看见他倒下,立即吼着奔来,忒勒福斯还没有来得及剥取死者的武装,就背起死尸飞快地大步逃回。他背负着死者经过埃阿斯和阿喀琉斯的面前,他们也十分地悲愤。他们重新布置军队,将它分为两组,并运用巧妙的策略,扭转战局,使阿耳戈斯人又得到优势。忒勒福斯的异母弟透特然提俄斯为埃阿斯的矛掷中倒地。正在追逐俄底修斯的忒勒福斯赶来救他,但却为葡萄藤绊倒,因为狡狯的阿开亚人已渐渐将敌人引诱到葡萄园里,在他们更有利的地区作战。他刚要从地上爬起来,阿喀琉斯就抢上去用他的长矛刺中他的左腿。但忒勒福斯仍然站了起来,拔出矛,并在他的军队掩蔽下逃脱。双方反复战斗,互有胜负,若非黑夜到来,两军得退下来整理休息,战斗会无止境地继续下去。密西亚人回到城里,阿耳戈斯人回到船舶停靠着的海岸上。双方都死去很多勇敢的英雄,并有许多人受伤。

第二天密西亚人与阿耳戈斯人遣使要求暂时停战,俾双方收尸,并埋葬死者。阿开亚人大吃一惊,因为他们现在才知道以这样卓越的英勇来保护自己的国土的国王乃是自己本国人,是最伟大的半神赫剌克勒斯的儿子。同样忒勒福斯也看出他自己手上染了同乡人的鲜血。在阿耳戈斯人的军队中有三个王子:赫剌克勒斯的儿子特勒波勒摩斯,赫剌克勒斯的孙子忒萨罗斯国王的两个儿子菲狄波斯和安提福斯,这使得他们与忒勒福斯成了亲属。他们三个人跟随密西亚的使者去到他们的兄弟和叔父那里向他说明在他的国土上登陆的是什么人并为什么来到亚细亚。国王忒勒福斯热诚地款待他们并非常有兴趣地倾听他们所说的故事。他明白了帕里斯侮辱全希腊人的罪行,也知道墨涅拉俄斯和他的哥哥阿伽门农正统率着所有的联军出发。"因此,亲爱的兄弟,"国王的异母兄弟特勒波勒摩斯代表其余的人对他说:"你也是希腊人,请不要离开你的人民。我们的父亲赫剌克勒斯甚至在天涯海角都为希腊人作战,所以希腊到处都有表彰他对于祖国之爱的纪念碑。为了弥补你作为一个阿耳戈斯人而伤害了阿耳戈斯人的过失,请加入我们的联军征讨特洛亚吧。"

忒勒福斯因为被阿喀琉斯刺伤,这时很吃力很痛楚地从病榻上坐起,以友好的态度回答:"我的乡亲们,你们的责难是不公平的!你们不作为和我有同样血液的朋友和亲属,而作为我的敌人,这是你们自己的过错。我海岸上的守兵只是遵从我的命令问你们是什么人并从哪里来。他们不是像野蛮人那样对待你们,而是遵照着阿耳戈斯人的礼节行事。而你们,以为对待野蛮人是没有什么可考虑的,就跳到岸上,不回答有礼貌的询问,更不理睬他们的话,就动手将我的人民杀翻。而我(他指着他的大腿)也受到创伤,这恐怕会使我一生都不会忘记昨天的鏖战。但我既不抱怨你们,也不觉得为了在我的国内能愉快地招待我的亲属和阿耳戈斯同乡,我所付出的代价太高。至于你们要求我参加你们的征战——不要指望我反对普里阿摩斯!我的后妻阿斯堤俄刻是他的女儿。再则,他究竟是一个可尊敬的老人;他的其余的儿子们也很正直坚定,与帕里斯的堕落的行为没有关系。看,这是我的儿子欧律皮罗斯!我怎么能帮助你们毁灭他的外祖父的王国?但我虽不伤害普里阿摩斯,也并不反对我的乡亲。所以,请接受我赠与的一支军队,并取用你们所需要的装备。然后出发与敌人作战,由神祇来决定胜负吧。我是两边都不参加的。"

这三个王子将他的至情的回答带到阿耳戈斯人的军营中,并满怀着欢悦向阿伽门农和其他军事领袖们报告他们已和忒勒福斯建立了良好的友情。军事会议立刻决定派遣埃阿斯和阿喀琉斯去报聘他的好意,并慰问他的创伤。他们看出他在极端的苦痛中,阿喀琉斯甚至感动得流泪,并伏在他的床上,悲叹自己在无意中杀伤了赫剌克勒斯的勇敢的儿子。但国王由于他们的到来欢喜得忘记了痛苦,只是因为没有及早得知他们要来,所以未能以王礼迎接贵宾,觉得很抱歉。最后他隆重地邀请阿特柔斯的儿子们到他的宫殿,献出丰盛的宴席并赠送许多辉煌的礼物。应阿喀琉斯的要求,墨涅拉俄斯和阿伽门农带了举世闻名的医师玛卡翁和波达利里俄斯去为忒勒福斯疗伤。但他们对于这一点却无能为力,因为阿喀琉斯的矛头赋有特殊的威力,一经杀伤就不能医治。但他们至少可以用一种镇静药减轻他的痛楚,在这较为安适的时刻国王对阿开亚人作了许多有价值的建议，为他们补充全舰队的装备，并挽留他们住居在岛上，直到冬天的暴风季节（它在他们登陆时刚好开始）过去。他告诉他们特洛亚城的正确的位置，指示他们怎样可以到达那里，并告诉他们唯一良好的登陆口岸是在斯卡曼德洛斯河的河口。

帕里斯的归来

虽然特洛亚人还不知道强大的舰队已经逼近他们的海岸，但城里自从阿耳戈斯的使节走了以后，总是人心惶惶，恐惧着战争的来临。这时帕里斯已带着他的美丽的锦标和他出发时所统率着的舰船归来。国王并不喜欢这不祥的儿媳，并立刻召集儿子们开贵族会议。但他的兄弟们都为他所预备分送给他们的大宗的财富和海伦带来的大批美丽的侍女所诱惑。帕里斯很愿意将这些侍女许配给还没有结婚的人。其次大部分帕里斯的弟兄都很年轻好战，因此讨论的结果是将这外乡人安置在宫殿里，绝不归还阿开亚人。但在普通人民中情形恰恰相反！他们因恐惧围城，并不欢迎帕里斯和他所抢劫的美妇人的归来。当他带着拐骗来的新妇去见他的父亲时，许多人在路上唾骂他，甚至这里那里地向他投掷石子。但由于对国王的尊敬和不愿违反他的命令，特洛亚人才没有更加坚决地反对这宫廷里面的新来的人。

既然普里阿摩斯所召集的会议已经决定不将海伦从国内逐出，国王乃派遣赫卡柏到她那里，调查墨涅拉俄斯的妻子是否真是自己愿意到特洛亚来的。海伦宣称从她的祖先来说，她是特洛亚人的亲属正如同是达那俄斯人的亲属一样，因为达那俄斯和阿革诺耳是她自己的祖先，也正是特洛亚王室的祖先。她说她被带走虽不是出于自愿，但已和帕里斯同处这久，她已爱上她的新夫，并愿和他白头偕老。况且——她这么说——她绝不能得到她的前夫和本国的人民的饶恕，如果他们将她送还阿耳戈斯人，她除受辱和一死以外，必然无路可走。

她一面泪流满脸地说着，一面跪在赫卡柏的面前。王后慈爱地将她扶起，并告诉她，国王和他所有的儿子们都决定保护她，使她不致受到任何危害。

阿耳戈斯人到达特洛亚城外

海伦在特洛亚国王的宫殿里安适地生活了一个时期,后来她和帕里斯移住到他们自己的宫殿。人民渐渐赞美她的美丽和可爱,因此当敌人的大舰队出现在特洛亚的海岸时,人民倒不像在害怕某种说不清楚的未来的危险时那样恐惧了。

领袖们都忙着调查居民和应允来援的同盟军的情况,觉得他们在数量和装备上都能和阿耳戈斯人相匹敌。同时由于神祇的保佑(因为除阿佛洛狄忒以外还有几个别的神祇如战神阿瑞斯,太阳神阿波罗,甚至万神之父宙斯都站在他们这一边),他们希望能够守得住城,并在一个不太长的时间内将敌人击退。

国王普里阿摩斯年已老迈,不能作战,但他有五十个不同年岁的堂堂的儿子。五十个儿子中有十九个是赫卡柏一人生育的,有些正当青年,有些正值壮盛有为,第一个是赫克托耳,其次是得伊福玻斯,最卓越的还有预言家赫勒诺斯,潘蒙,波利忒斯,安提福斯,希波诺俄斯和美丽的特洛伊罗斯。有四个可爱的女儿围绕在他的宝座的周围,即克瑞乌萨,拉俄狄刻,卡珊德拉和波吕克塞娜,她们在少女时代就已经非凡的美丽。赫克托耳是全军的统帅,正在布置防务,个子高高的,戴着有着羽饰的战盔。其次执掌大权的是埃涅阿斯,他是国王普里阿摩斯的女婿,克瑞乌萨的丈夫,阿佛洛狄忒和特洛亚人仍然引为骄傲的老英雄安喀塞斯的儿子。别的一支军队则为吕卡翁的儿子潘达洛斯所统率。他的弓是阿波罗给他的神弓,以善射著名。其他军队(其中包括一些特洛亚的同盟军)的领袖则是阿德剌斯托斯,安菲俄斯,阿西俄斯,希波托俄斯,皮莱俄斯,阿卡玛斯,欧斐摩斯,皮赖克墨斯,皮莱墨涅斯,荷狄俄斯和厄庇斯特洛福斯。克洛弥俄斯和恩诺摩斯是密西亚援军的领袖;福耳库斯和阿斯卡尼俄斯是佛律癸亚援军的领袖;墨斯特勒斯和安提福斯是迈俄尼亚人的领袖;那斯忒斯和安菲玛科斯统率卡里亚人;萨耳珀冬和格劳科斯则统率吕喀亚人。

　　同时阿耳戈斯人已在西革翁和洛忒翁两半岛间的海岸登陆。营幕前后连绵，看去就像整个的一座城池。他们将船只移上岸来，排列成行，由于地势从海滨倾斜而上，所以船只也排成一层层的。参加征战的不同民族所属的舰队是按照它们拢岸的先后依次排列的。每一船舶的下面都用石块垫着，避免船底受潮腐烂。从陆上看去，第一排是埃阿斯和阿喀琉斯的船舰，他们都对着特洛亚的方向扎营。阿喀琉斯的营幕更像舒适的住屋。附近则有仓房，马厩，战车和牛棚，也有竞走，游戏，殡葬和宴乐庆祝的场所。从埃阿斯顺次下去则是普洛忒西拉俄斯的营幕，其次是别的忒萨利亚人，其次是克瑞忒人，雅典人，福喀斯人，玻俄提亚人。在第一排的最末端则是阿喀琉斯和他的密耳弥多涅斯人。第二排中有罗克里斯人，杜利喀翁人和厄珀亚人；第三排是比较不著名的民族的船舰，但也有涅斯托耳和他的皮罗斯人，欧律皮罗斯和俄耳墨尼亚人，最后则是墨涅拉俄斯。第四排也是最后的一排，沿着海岸，靠海最近，有狄俄墨得斯，俄底修斯和阿伽门农：俄底修斯在中间，阿伽门农在右边，狄俄墨得斯则在左边。

　　在俄底修斯营房的前面是所谓的"阿戈剌"，即集会和献祭神祇的场所。这广场一直贯穿第三排的船舰并将它分开，因而涅斯托耳在广场的右边，欧律皮罗斯则在左边。靠海一带是没有这么多空地的，而且由于广场占了很大的面积，所以第三排和第四排的船舰数量最少。这座包括船舰和棚舍的营盘如同城池一样，有着大街和小巷贯通着，但主要的大街则是贯串着整个四排的通衢。从陆地到海这一方向是按国家划分的横街。而船舰和水手所居的棚舍之间也有小的空隙，每一国家的部队又按不同城市或领袖而分区。棚屋是用木板和泥土筑成的，上面盖以芦苇。每一领袖的棚屋都在他所统率的军队的前面，这些棚屋又按照主人的身份等级而有质量高低之分。船舰则保护着整个营盘。在这船舰组成的城堡的前面，阿耳戈斯人更堆上泥土，直到围城的末期才为一座真正的有堡垒的城墙所代替。在土墙的前面有一壕沟，里面有密闭的木栅。

　　特洛亚的国王和贵族会议花了这么长久的时间讨论着最有效的抵抗方法，所以使阿耳戈斯人有着充分的机会来用心地建立他们的营房并完成一切布置。每个战士都值岗看守船舰。粮食由公共粮站分配,其余与生活有关的事情都由个人负责。普通的士兵都用轻武器并徒步作战。较高身份的人则乘战车作战,并各有自己的战车。那时候的人尚不知道使用骑兵。大英雄们的战车总是立在第一线,随时准备着冲锋陷阵。

在阿耳戈斯人船舰和特洛亚城中间则是斯卡曼德洛斯河和西摩伊斯河,它们在达那俄斯人的营幕附近汇合,并包围着斯卡曼德洛斯的美丽的草地和特洛亚的平原。这地段这么宽阔,要四点钟的时间才能徒步走过。这真是一处良好的战场。在这后面则是庄严的特洛亚城,它的高耸的城垣,城垛和碉堡都是神祇亲手建造的。它建筑在高地上,所以很远就可望见。城里面丘陵起伏,通衢纵横。这城只能从两方面到达——甚至还只能部分地到达。一面是斯开亚城门,另一面是达耳达尼亚城门,都有着许多碉堡。别的两面因地势如此高低不平,且树丛茂繁纠错,所以从这里的城门或小道入城是连想都不必想的。城中的高处卫城上是普里阿摩斯国王和帕里斯的宫殿,还有赫卡忒,雅典娜和阿波罗的神庙,最高处则是宙斯的神庙。在特洛亚城的前面,西摩伊斯河的附近,阿耳戈斯人的左边是卡里科罗涅山;右边有一条大路沿着斯卡曼德洛斯河并经过巴提厄亚山,它在城区之外,可以偷袭。在特洛亚城的后面则是伊里亚田野,它渐渐倾斜而上,是树林荟蔚的伊得山的最低的地方,山的最高峰称为伽耳伽戎,从这里向阿耳戈斯人所在的左右方伸出两臂,构成西革翁和洛忒翁两个半岛。

在双方战斗开始之前,达那俄斯人获得机会来欢迎一位贵宾。这是密西亚的国王忒勒福斯,他曾经给他们十分慷慨的援助,并为阿喀琉斯的矛所伤,而波达利里俄斯和玛卡翁所给与的药剂亦久不见效。在不可忍受的痛楚中,他请求他奉祀在国内的阿波罗的神谕,得到的回答是只有造成这伤口的矛尖才可以将它治愈。虽然他不能解释这神奇言语的意义,但还是乘船追随着阿耳戈斯人的舰队赶来。当来到斯卡曼德洛斯河口,他吩咐他的随从人员将他抬到阿喀琉斯的营房。这青年英雄一看到他的苦难,禁不住感到自己的歉憾和苦痛。他悲痛地将他的矛放置在忒勒福斯的床脚边,因他不知道怎样用它来医治他的脓溃的创伤。许多英雄们围绕着国王,都想不出办法,最后还是俄底修斯想起仍去请教随着大军同来的两个著名的医师。两个医师应命来到,他们听到阿波罗的神谕,这阿斯克勒庇俄斯的两个智慧而有经验的儿子立刻明白它的意义。他们刮削阿喀琉斯矛尖上少许的铁屑敷在伤口上。于是发生了一个奇迹:当铁屑接触到肿胀脓溃的创口,创口即时在英雄们的眼前愈合。不几点钟以后,高贵的国王忒勒福斯果然如神谕所说为刺伤他的矛头治好了创伤。他极快乐而健全地上船,离开他的东道主们,如同最近他们之离开他一样,心中充满感谢和祝福。但他究竟要赶快回去,不愿亲眼看见这即将在他所爱护的亲戚和他所尊敬的朋友之间爆发的战争。

战斗开始。普洛忒西拉俄斯。库克诺斯

当阿耳戈斯人正在将忒勒福斯及其随员送到他的船上,特洛亚的城门忽然大开,特洛亚军队的战斗行列如潮水一样地涌过斯卡曼德洛斯河的大平原。他们由赫克托耳统率着,没有遭遇抵抗就来到毫无准备的达那俄斯人的舰队前面。那些营房离海岸最远的阿耳戈斯人即刻拿起武器成散群向敌人迎战,但以众寡不敌,很快地被敌人击退了。但这小小的接触却阻挡了特洛亚人,使其余的阿耳戈斯人得以集合起来,布成阵势向敌人进攻。现在战争正式开始,但发展是很不平衡的,赫克托耳所到的地方特洛亚人就占优势,但距离他很远的达耳达尼亚人则为阿耳戈斯人所击溃。在阿开亚人的许多英雄中,首先被埃涅阿斯的剑锋杀死的是普洛忒西拉俄斯。他远离祖国到特洛亚来时正当青年,是阿耳戈英雄阿卡斯托斯的美丽的女儿的未婚夫,也是登陆时第一个跳上岸的人。如今他最先阵亡了,他的未婚妻拉俄达弥亚曾那么悲伤地和他告别,现在永远不能欢迎她的新郎回去了。

阿喀琉斯仍然远离阵地。他欢送当初为他杀伤后来又为他的矛头治愈的密西亚的国王忒勒福斯,一直走到海岸,看着他上船,并十分惜别地看着他的船只远去,直到在海面上完全消失。忽然他的战友帕特洛克罗斯用左手从后面拍着他的肩膀喊道:"你到哪里去了?阿耳戈

斯人正需要你！战斗已经开始！普里阿摩斯国王的长子·赫克托耳统率着他的军队,凶猛得如同一只被猎人们包围着的狮子。国王的女婿埃涅阿斯已经杀死了高贵的普洛忒西拉俄斯,那个和你一样年轻勇敢只是力量不如你的青年。如果你还不来作战,我们还得牺牲更多的英雄。"

阿喀琉斯好像从梦中惊醒。他转身望着他的朋友,同时也听到远处的喊杀的声音。他没有回答,只是奔跑着穿过营盘中巷道,一直回到他的营房。到了这里,他才大声呼唤他的密耳弥多涅斯人拿起武器,并和他们一起如同暴风和雷霆一样地冲出。甚至赫克托耳也不能抵抗他的攻击。这珀琉斯的儿子杀了国王的两个儿子,国王在城头上悲痛着他的两个儿子被阿耳戈斯人杀死。埃阿斯紧靠着阿喀琉斯作战。他的高大的身躯超出所有别的阿开亚人。由于这两个英雄的冲击,特洛亚人如同鹿群遇到凶猛的猎犬,纷纷败退。他们退回到城里,并紧闭城门。达那俄斯人平安地回到他们的船边,继续建筑他们的营盘。阿伽门农指定阿喀琉斯和埃阿斯看守船舰,而他们又派定了别的英雄们分别守护着各部分舰队。

于是他们埋葬普洛忒西拉俄斯。他们将他高高地放置在火葬堆上焚化,并将他的骨灰埋葬在伸入海中的半岛上的一株繁茂的大榆树下面。他们刚刚完成殡葬的仪式,葬仪竞赛还在进行,敌人又发动了惊人的第二次的攻击。

在特洛亚附近的科罗奈地方的国王是库克诺斯。这国王乃是海神波塞冬与一个女仙所生的儿子,由忒涅多斯海岛上的一只天鹅将他抚养成人。因此他名为库克诺斯,意即天鹅。他是特洛亚人的盟友,因此当他看见外来的军队登陆时,他认为去援助他的老朋友乃是他应尽的责任,即使国王普里阿摩斯并没有向他求援。所以他召集一支相当大的军队,在阿耳戈斯人的营盘附近埋伏着,他们刚刚隐蔽好,达那俄斯人正第一次得胜回来,开始追悼死者。达那俄斯人围绕着火葬场站着,他们已卸除武装并正在专心举行葬仪,这时他们突然发觉已被战车和战士们包围,他们还来不及奇怪这些战士究竟是从地里涌出的呢,还是从别的什么地方冲出来的,库克诺斯国王和他的队伍就已经开始他们的无情的屠杀。

幸而只是有一部分阿耳戈斯人参加葬礼。别的在船舰附近和营房里的人由阿喀琉斯统率着,手头仍有武器,他们全副武装涌来援救同乡人。他们的领袖,珀琉斯的儿子立在战车上,让所有的人看了都感到恐惧。他挥着致死的长枪接二连三地刺杀敌人,冲入敌阵,这时发现敌人的最高统帅挺立在战车上奋勇厮杀。他驶着白马拖曳的战车向国王库克诺斯奔去,面对面地向他飞舞着手中的长枪,并大声呼叫:"无论你是谁,你死了也应感到欣慰,因为是阿喀琉斯——忒提斯的儿子将你刺死的!"说着就对准敌人投出手中的枪,但枪却仅仅砰的一声从敌人的胸脯擦过去了。阿喀琉斯以惊奇的眼光打量着对手,因为对手好像是刀枪不入的人。

"不用惊奇,"库克诺斯微笑地对他说,"使你吃惊的不是我的战盔,也不是我右手所执的大盾。我佩着这些只是一种装饰,正如战神阿瑞斯有时执着武器只是一种游戏一样,因为战神绝不需要武器来保护他的永生的身体。即使我卸下我的盔甲,你的枪仍然不能刺伤我的皮肤。因我由头到脚都坚硬得如同钢铁一样。总之你必须认清我不仅仅是一个海洋女仙的儿子,而是统治着海神涅柔斯和所有他的女儿们以及所有海洋的海神的儿子。现在你已面对面地遇到波塞冬自己的儿子了!"

说着即向阿喀琉斯投掷他的矛。矛尖射穿他的青铜的盾面和九层生牛皮,但到第十层矛尖却扎住了。阿喀琉斯抖擞盾牌使矛落地,然后用他的枪向国王投来。但国王仍然无伤,甚至第三枪也没有损伤他分毫。这激起珀琉斯的儿子的暴怒,正如一头牡牛攻击一块挑逗它的红布一样,它用牛角去触击,但总是落空。他又狠狠地用他的白杨树刻削成的长枪刺去,刺中他的左肩,看见流血如注,他欢喜得大叫。这阵欢喜并不长久,因为所流的不是波塞冬的儿子的血,这是在库克诺斯身边作战的墨诺忒斯被别人刺伤所流的血。阿喀琉斯更愤怒得切齿,他跳下战车来,向他的敌人扑去,用他的宝剑猛刺敌人。但这有力的武器碰到库克诺斯的钢铁一样的肌肉仍然弹回来了。他在绝望中举起他的十层牛皮的大盾,三次四次地摔击这个不可损伤的敌人的头部。现在库克诺斯发昏了。他的眼睛发黑。他略略后退，为石头绊倒。阿喀琉斯抢上去捏着他的脖子将他按在地上。他用他的大盾紧压着他，双膝跪在他的胸脯上，用他自己的战盔的皮带将他绞死。

科罗奈人看见他们的国王倒下，都失去斗志，在惊惶失措中纷纷逃散。战场上只剩得尸体狼藉，双方的尸体都散布在还未完工的普洛忒西拉俄斯的坟地的周围。现在阿耳戈斯人悲悼着他们的死去的战士并为他们掘墓安葬。

在这次恶战之后，达那俄斯人侵入库克诺斯的王国，并从它的都城门托剌带走他的孩子们作为胜利品。然后他们又攻伐附近的城喀拉，它的城堡虽然坚固，也终于将它完全征服。最后则满载着大量的胜利品回到他们的小心防守着的营盘。

帕拉墨得斯之死

帕拉墨得斯是阿耳戈斯军营中最聪慧的人。人人都知道他精勤，公正，坚定而深思远虑。他生得秀俊且长于歌唱和演奏竖琴。正是由于他的辩才才使大部分希腊的王子们都赞同远征特洛亚的战争；由于他的机智才发现拉厄耳忒斯的儿子即俄底修斯的诡计。因此俄底修斯对于他怀着不可和解的敌意，日夜都想着向他报复，而且睿智的帕拉墨得斯愈是得到别的王子们的尊敬，他就愈加阴险地想谋害他。现在阿波罗的神谕启示阿耳戈斯人，要他们在特洛亚人所谓的阿波罗·斯明透斯的神像和神庙所在的地方举行百牲大祭，帕拉墨得斯被指定为押送祭品的人。阿波罗的祭司克律塞斯将接受他送来的圣羊并作献祭。这地方对于太阳神的崇拜原有着很奇特的来源。在远古时候，当国王透克洛斯和他的人民由克瑞忒岛东来并在小亚细亚的这一带地方的海岸登陆时，一个神谕命令他们就居住在他们的敌人从地里爬出的地方。后来当他们来到那地方的哈玛克西托斯城，小耗子们从地洞里出来在黑夜中咬啮他们的盾。他们以为这是神谕的应验，因此就居住在那里的城郊，并建立一座阿波罗的神像，脚边伏着一只小耗子。埃俄利亚地方的土语，斯明透斯便是耗子的意思。

因此祭司克律塞斯在距克律塞岛不远的山上的阿波罗·斯明透斯庙里将帕拉墨得斯送到那里去的一百只圣羊向太阳神献祭。事实上，太阳神选定了帕拉墨得斯来作这件事并给他特殊的光荣，这反而加速了他的毁灭。因为如今俄底修斯开始满怀嫉妒，设计陷害他。他悄悄地亲手藏匿一些金钱在他所憎恨的帕拉墨得斯的屋子里，然后又以普里阿摩斯的名义写一封信给帕拉墨得斯，感谢他出卖了阿耳戈斯人的军事秘密。他让这信落在从佛律癸亚来的一个奴隶的手里，并假装被自己偶然发现。他即刻下令杀死这无辜的持信人。最后他在阿耳戈斯王子们的大会上将这信公布出来。愤怒的英雄们立刻组织军法会审，阿伽门农委任阿开亚人里的显赫人物为审判官，俄底修斯获得首席的地位。他提议派人搜查被告的住屋，结果搜出俄底修斯自己埋藏在床底下的金子。审判官们并不知道其中的隐情，即一致宣判帕拉墨得斯应处死刑。帕拉墨得斯不想为自己声辩。他看出全部的阴谋，但既没有希望说明自己的纯洁，也无法证明他的敌人的罪恶。当他听到他们要用石头打死他时，他只是大声呼喊："啊，阿耳戈斯人哟，你们将杀死一只最纯洁、最智慧、歌声最美的夜莺！"但无知的王子们仅仅嘲笑这种奇特的辩护方法，并将他——他们中最崇高的人——领到可悲的死亡里去，他从容而英勇地接受了它。当第一阵石子将他打倒以后，他叫着："欢呼吧，真理，因为你死在我的前面！"当他说出这话，怀着仇恨的俄底修斯就用一块大石头向他的头上打来，他垂下脑袋死去了。但正义的保护神祇涅墨西斯从天上的城楼看到了这事，她决定惩罚阿开亚人和骗他们犯罪的俄底修斯，要使他们在达到心愿的紧要关头遭受挫折。

阿喀琉斯和埃阿斯

在这以后的几年，关于围攻特洛亚的战争，传说上很少提到。阿耳戈斯人并不松懈，只是因为特洛亚人蓄精养锐，对于他们很少攻击，所以他们转而侵略特洛亚城附近的地区。阿喀琉斯不断地由海上攻破并掳掠了十二个城镇，由陆上征服了十一个城镇。在对密西亚的掠夺战争中,他劫取阿波罗祭司克律塞斯的美丽的女儿克律塞伊斯。当他侵入吕耳涅索斯时,他占据了城里的国王兼祭司的布里修斯的宫殿,以至于使他自缢身死。他的美丽的女儿布里塞伊斯亦名希波达弥亚,落到阿喀琉斯的手中,他将她带回作为他的最宠爱的奴隶。勒斯玻斯岛和建筑于喀利喀亚的普拉科斯山麓的忒拜城也被迫向他投降。

忒拜的国王厄厄提翁是国王普里阿摩斯的亲家,因为他的女儿安德洛玛刻嫁给了特洛亚的最伟大的英雄赫克托耳。他的七个美丽年轻的儿子仍然在他的宫殿里。但阿喀琉斯迅速攻破他们的高耸的城门,杀死了国王和他所有的七个儿子。当厄厄提翁的尸首威严地躺在尸床上,年轻的阿喀琉斯甚至感到恐怖,不敢上前卸除他的武器作为战利品。

他将国王的穿戴着金光灿烂的全副铠甲的尸体焚化,并作一巨坟将他埋葬。这坟在多年以后仍然是这地方的一个古迹,它巍峨地耸立在浓密高大的榆树阴中。但是他将厄厄提翁的妻子劫去为奴。后来他得到很大的一笔赎金将她释放。她回到家里,坐在纺车前面纺织,却为狩猎女神阿耳忒弥斯所发的一支神箭射死。阿喀琉斯从国王的马厩里夺去骏马珀达索斯,这虽是生于人间的马匹,但力大而善跑,足与他自己的神马相匹敌,且能和它们一起拖曳战车。他从国王的武器库中获得许多辉煌的战利品,其中有一只巨大的铁饼,它的铁如果改造成一个农人的农具,足够他使用五年。

仅次于阿喀琉斯的最高大勇猛的另一个英雄是忒拉蒙的儿子埃阿斯。他也没有荒废时日空等战争的来临。他乘着他的船舰驶向特剌刻的刻耳索涅索斯地方,这里有波吕墨斯托耳的王宫。特洛亚的国王普里阿摩斯曾将他的姬拉俄托厄为他所生的最小的儿子波吕多洛斯送到这里,希望他远离战争的危险,平安地在特剌刻地方养大。为了酬报对于这个孩子的抚育和看顾,他赠给国王很多的黄金和财宝。但当埃阿斯侵入他的国内并包围他的卫城时,他却用这些财富和孩子向阿耳戈斯人求和。他出卖普里阿摩斯国王,并将他所接受作为养育波吕多洛斯的钱和谷子分散给阿开亚的战士们。对于埃阿斯本人他则赠给他从他的盟邦那里得来的金银财宝,最后并赠给他这个孩子。

埃阿斯并没有带着他的战利品即刻回到阿耳戈斯舰队来。他更向佛律癸亚的海岸出发。在这里他攻入透特刺斯的王国,并在阵前杀死国王,掠取他的尊严而美丽的女儿忒克墨萨为奴。她的稀有的美丽和高贵的精神取得他的重视并赢得他的爱情。他尊重她如同他自己的妻子一样,并且,假使不是阿耳戈斯人的习俗不许和野蛮人结婚,他会正式娶她为妻的。

从掠夺的战争凯旋归来,这珀琉斯的儿子和忒拉蒙的儿子同时到达特洛亚城外的军营,战舰上满载着战利品。达那俄斯人都到海岸上迎接他们,向他们欢呼。英雄们都拥挤在阿喀琉斯和埃阿斯的周围,他们两人在人丛中间接受战胜的奖品:大家欢呼着将橄榄枝的花冠戴在他们的头上。在这仪式之后则是召集会议分配战利品,因他们认为这是阿开亚人公有的。现在女俘虏们被牵引出来,她们的美丽使大家都很吃惊。阿喀琉斯分得布里修斯的女儿,埃阿斯对尊严的忒克墨萨的所有权得到大家承认。珀琉斯的儿子复被许可留下狄俄墨得亚,因为她是布里塞伊斯的女伴并和她一起在宫中长大,现在不愿和她分开。当她被带到英雄们的面前,她跪在阿喀琉斯的足下,满脸流泪地要求他,请不要使她离开她的年轻的女主人。祭司克律塞斯的女儿克律塞伊斯在阿喀琉斯的同意下被赠给全军统帅阿伽门农,作为对于他的王权的尊敬。其他的战利品——奴隶和财富——则平均分配给每一个战士。又由于俄底修斯和狄俄墨得斯的提议,从埃阿斯的船舰上所卸下的国王波吕墨斯托耳的财富,都归埃阿斯。但阿伽门农也从中分得大量的金银。

波吕多洛斯

现在英雄们讨论到他们最宝贵的战利品波吕多洛斯,特洛亚国王的最小的儿子。经过简短的讨论之后,他们一致决定由俄底修斯和狄俄墨得斯将这孩子送还普里阿摩斯国王作为交换海伦的条件。海伦的丈夫墨涅拉俄斯也被派为使节,于是三个人带着年幼的波吕多洛斯出发。特洛亚人让他们进到城里去并无留难,因为按照国与国之间相交往的法律,使节自来是被尊重的。

　　普里阿摩斯和他的儿子们远住在离城很远的卫城上,不知道下面所发生的事情。这时希腊的使节已来到特洛亚的市场上。特洛亚人拥挤在他们的周围,墨涅拉俄斯对听众演说,严厉责备帕里斯因抢劫他最珍贵的所有物——他的妻子海伦而犯的严重错误。他雄辩滔滔且这么激昂地说着,所有的听众,包括特洛亚人的长老们都很感动。他们对他的遭遇同情得流泪,并认为他的要求是合理的。俄底修斯看准这种风头,也开始说话。"特洛亚的长老和公民们,"他说,"我想你们应该知道,阿耳戈斯人并不是轻举妄动的人,他们习惯于在任何举措中寻求光荣。甚至在你们国王的儿子帕里斯拐走了阿耳戈斯的一个公主海伦使我们遭受凌辱以后,我们仍然派遣和平使节和你们友好地商量解决这事,不想兴师动众。只是在和平使节失败后,我们才开始用武,而这也还是先由你们出手攻击! 即使是现在,当你们已知道我们的力量,你们的同盟国和属地已被毁灭,同时你们也感到了长久围城的痛苦,但和平解决的希望仍然操在你们的手里。只要你们偿还从我们所劫去的,我们即刻收兵,上船,拔锚,统率着已经给你们这多损害的大舰队永远离开你们的海岸。并且我们也还不是白手作这种要求。我们已为你们的国王带来一件珍宝,这比你们不得已而庇护并且只有对你们不利的那个异国女人要宝贵得多。我们已带来普里阿摩斯的小儿子波吕多洛斯,这是埃阿斯从波吕墨斯托耳国王那里夺来的,现在他被捆绑着站立在你们的面前,等待你们和你们国王的决定。如在今天将海伦交出,我们也即刻松开这孩子的绑,将他送回他父亲的屋子里。如果你们拒绝,你们的城池便得毁灭,并且你们的国王得首先瞧瞧他宁愿丢掉性命也不要看的一个场面。"

　　俄底修斯说完之后,特洛亚人都沉默着。最后耄老而贤明的安忒诺耳回答:"你们阿耳戈斯人哟,你们曾经是我们的亲爱的贵宾! 所有你们所说的我们都知道,我们在心里都很赞同。但我们有心无力,不能将这事纠正过来。我们生活在一个国王有着无限权力的国度里。我们国家的法律,我们祖先传下的忠诚,和我们人民的良心,都使我们不能违抗他的命令。只有在国王召集我们征询意见的时候,我们才对于国事有发言权,但尽管我们说了,他仍然可以随心所欲地去做。但为了要使你们知道我们人民中最卓越的人对于你们的要求所持的意见,我们的长老们将集合在你们的面前,说出他们心里的话。这便是唯一的我们所能做的事,甚至国王也不能干涉我们。"

于是就这么办了。安忒诺耳召集了一个长老会议,并让使节们出席。他一一询问这些人民中的知名之士对于横暴的帕里斯的意见,大家都说他的行动是无礼而非法的。只有充满恶意和渴求战争的安提玛科斯才对于阿耳戈斯公主的掠夺妄作辩护。帕里斯曾送给他大批的贿赂,以便在必要时他会站在他那一边反对将海伦交回。现在他就是这么主张,并背着长老们煽惑人民杀死作为和平使节的这三个勇敢智慧的阿开亚人。当人民不听从他的话,他又鼓动他们将这三个人拘禁,至少要他们交出他们的俘虏波吕多洛斯,而不提赎取或交换的话。这提议仍然被拒绝,并且因为安提玛科斯继续公开地侮辱阿耳戈斯的英雄,所以他的同乡人们用恶语将他驱逐出去,借以对使节表示他们反对他的意见和他的非礼的行动。

安提玛科斯在激怒中跑到卫城上报告国王所发生的事情。国王普里阿摩斯和他的儿子们即时召集会议,他的心腹朋友,尊贵的潘托俄斯也被邀出席。他们对于这事辩论得很久,各人有各人的主张。最后潘托俄斯转身望着赫克托耳,这普里阿摩斯国王的最勇敢、正直、有德的儿子,要求他听从特洛亚长老们的意见,并抛弃那个引起战争的祸根——海伦,她对于她的主人是有百害而无一利的。"帕里斯已经享有他这非法得来的女人这多年,"他说,"到此时也当乐极生悲了。我们同盟国的许多城市都已毁灭,这种毁灭预先警告我们自己的命运。此外你的最小的兄弟还在他们的手中,如果我们拒绝交还海伦,你兄弟的结果将不可想象!"

赫克托耳一想到帕里斯的可耻的行动就红着脸,眼中含着眼泪。但他也不赞成交还抢来的公主。"我们必须记住,"他回答潘托俄斯,"她是向我们请求保护的人。我们是在这种情况下接受她的。否则,我们就不会让她走进我们的宫殿。我们不单是让她进来,而且还为她和帕里斯建筑他们自己的宫殿,使他们豪华而舒服地生活这多年,这时即使大家都知道战争不可免,但却没有人出来反对。为什么现在我们要将她驱逐出去呢?"

"我是说过了的,"潘托俄斯回答,"我的良心是清白的。我告诉了你们我的父亲的预言。我警告过你们!我再一次警告你!无论结果如何,即使你不听从我的劝告,我仍然要忠诚地帮助你保卫国王和城池。"说完,他即刻离开贵族会议。

最后由于赫克托耳的提议,他们决定不交出海伦,只是以相等价值的礼品偿还与海伦同时被带走的一切财富。他们并愿意以国王普里阿摩斯的公主,贤淑的卡珊德拉或者美丽如花的波吕克塞娜代替海伦与墨涅拉俄斯结婚,并给他一份王室的丰厚妆奁。当阿耳戈斯人的使节被带到国王面前并被通知这种建议时,墨涅拉俄斯十分愤怒。"事情真的愈来愈妙了,"他说,"如果多少年来,没有我自己选择的妻子,我可以独身生活下去,如今我倒要让我的敌人来替我挑选妻子!留着你们野蛮人的女儿罢,我只是要我年轻时候所娶的女人。"

最后国王的女婿,克瑞乌萨的丈夫埃涅阿斯站了起来,他向含着轻蔑的微笑说话的墨涅拉俄斯粗鲁地喝道:"假使事情由我和所有爱护帕里斯和尊重这古老王室的人们来决定,你就既不能取回妻子,也不能得到公主。普里阿摩斯王国不是没有人!即使国王的姬妾所生的儿子波吕多洛斯丧失了,普里阿摩斯也还有很多别的儿子。我们应当鼓励阿耳戈斯人抢走更多的女人么?但是话已经说够了!如果你们和你们的舰队不即刻离开,你们将感觉到特洛亚人的力量。我们有无数的青年战士渴望战争,更大更强的同盟军一天一天地加入到我们这边来,即使附近的盟国已经被你们削弱或者征服了。"

埃涅阿斯的这些话得到所有特洛亚王子们的欢呼拥护,如果没有赫克托耳,三个和平使者就一定遭了他们的毒手。他们勉强忍着愤怒,带着波吕多洛斯(国王普里阿摩斯仅从远处看见了他)离开,回到他们的船上。当消息传播出去,人人都知道安提玛科斯的可恶,又知道除了赫克托耳,普里阿摩斯诸子和埃涅阿斯都桀骜不驯,所有的阿耳戈斯人都聚集成群,激怒地要求报复。甚至没有请示过王子们,大家就漫无秩序地集议,决定将国王普里阿摩斯及其诸子的罪恶报复在不幸的波吕多洛斯身上，并立即执行判决。这孩子被带到城墙区内，当国王普里阿摩斯和他的儿子们被扰攘叫嚣的声音引到城头上时，孩子的第一声悲痛的叫喊即冲口而出。特洛亚人被迫亲眼看着执行俄底修斯曾经威胁着要施用的酷刑。大石头从各方面向这孩子的光头和没有遮拦的身体投去，直到这孩子在无数的石头的打击下倒地惨死。阿耳戈斯的王子们答应将破烂的尸体送还普里阿摩斯国王去举行光荣的葬礼。即刻国王的仆人们由特洛亚的一个英雄伊代俄斯率领着走来，含泪将这孩子的尸首载在车上带回去给他的不幸的父亲。

克律塞斯。阿波罗。阿喀琉斯的愤怒

战争第十年年初，埃阿斯满载着战利品从沿岸各地的征战归来。由于波吕多洛斯的死更激起了两个民族的疯狂的仇恨。现在神祇们也公开加入作战。赫拉，雅典娜，赫耳墨斯，波塞冬和赫淮斯托斯站在阿耳戈斯人这一面，同时战神阿瑞斯和阿佛洛狄忒则帮助特洛亚人。所以在围城的第十年，即最后的一年，可歌唱可述说的事却十倍于以前的九年。因此诗歌之父荷马就以这个时期发生的事——阿喀琉斯的愤怒和这最伟大的英雄所带给阿耳戈斯人的多少苦难来开始他的史诗。

阿喀琉斯愤怒的原因是这样的，当他们的使节从特洛亚归来，阿耳戈斯人就提防着特洛亚人的威胁，准备作决定性的战争。他们正在准备，这时阿波罗的祭司克律塞斯因为他的女儿被阿喀琉斯劫走并赠给了阿伽门农，所以持着和平的金杖，上面缠着祭献神祇的桂叶，向军营中走来，并献出巨大的赎金，要求归还他的女儿。他向阿特柔斯的两个儿子和全军提出这个要求说："阿特柔斯的儿子们，希腊的英雄们哟，假使你们尊敬我所信奉的射神阿波罗，收受我献上的赎金，并归还我的挚爱的女儿，俄林波斯圣山的神祇们必会保佑你们征服特洛亚人并安全地凯旋归去。"

大家都赞成他的话，提议对这祭司表示尊敬，并收受他献出的赎金。但阿伽门农不愿失去他的美女，他反对他，并说："老人，从今天起，不许你在我的船舰附近出现。你的女儿是我的奴隶，今后将仍然是这样。她活着一天就得坐在我的阿耳戈斯王宫里的纺机前面。提防着使我恼怒,赶快滚开!"

克律塞斯怀着恐惧走开。他默默地来到海岸上,举手向天,向着他所奉祀的太阳神祈祷:"请倾听我的申诉啊,阿波罗·斯明透斯,你管领着克律塞,喀拉和忒涅多斯岛的大神!如果我曾经装饰你的神坛使你喜欢,并敬谨选择祭品献祭给你,那么请为我向阿开亚人报复,并用你的箭射死他们们吧!"

他这样大声祈祷,阿波罗听到他的祈求,于是在肩上背着弓和盛满神矢的箭袋,离开俄林波斯圣山。他带着阴沉愠怒的脸色赶到阿耳戈斯人的军营。他走近他们,连连从银弓上发射神矢,弓弦飕飕地响着。无论谁,只要为这不可见的神矢射中,就突然患一种疫病并飞快地死去。起初他只是射击军营中的骡马和狗,后来也一样地射击人,直到人们一个一个倒下去,火葬场上的焰火也日夜不断地燃烧着。

足足九天,疫病在阿耳戈斯军营中蔓延着。到第十天,阿喀琉斯受到阿开亚人的保护神祇赫拉的启示,才召集会议,建议人们请教一个祭司,一个预言家或一个占梦者,看要如何祈禳才可以使阿波罗息怒,并消除军营中的疫病。

这时军营中的明智的预言家卡尔卡斯走来,他能从鸟雀的飞向得到预兆。他宣称如果阿喀琉斯保护他,他愿意说明这射神为什么对阿耳戈斯人发怒。珀琉斯的儿子叫他鼓起勇气,答应支持他,于是他说:"这神祇并非由于我们不遵守誓约或不作献祭而不满。他的愤怒是由于阿伽门农不尊敬他的祭司。他将对我们继续降灾,除非我们将克律塞斯的女儿无条件地送还她的父亲,并以百倍的赎罪礼品送到克律塞去。这是唯一的道路,由此我们可以重新获得神祇对于我们的保佑。"

听到这话,阿伽门农的血液在脉管中沸腾着。他的眼中爆发着愤怒的火花,他向这预言家呵斥:"你这厄运的预言家哟,你从没有对我说过有利的话,现在却鼓动人们反对我,说因为我拒绝了克律塞斯对女儿的赎取,以致引起这神弓的射手对我们降灾。不错,我要将她留在我的屋子里!因她对我比我年轻时所娶的克吕泰涅斯特拉更亲爱,她的身体和面庞的美丽动人,她的智慧和灵巧,也可以和我的妻子匹敌。但是，与其亲眼看着阿耳戈斯战士死亡，我还是宁愿将她送回去。如果要我这么做，我得要求一件东西作为补偿！"

当这国王结束他的说话，阿喀琉斯回答他："阿特柔斯的伟大的儿子，"他说，"我不知道在你的贪欲中，你向阿耳戈斯人要求什么样的抵补！我们已没有大量的公共财富。我们从被征服的城池掠得的战利品早已大家平分，现在我们当然不能将已分给每个人的又要回来！因此，请释放克律塞斯的女儿吧！假使将来宙斯保佑我们征服特洛亚城，我们对于你的损失将三倍四倍的赔偿给你。"

"珀琉斯的儿子，"国王对他说，"别想着你可以欺骗我！别妄想我会听从你并放弃我作战所得的锦标，而你自己的锦标却完全保留。不，即使阿耳戈斯人拒绝赔偿我，我也会从你们那里夺取我所需要的东西，无论那是属于埃阿斯的，或者俄底修斯的，甚至或者是你阿喀琉斯的！无论你怎么愤怒，我都满不在乎！但这事留到以后再说。现在只是准备一只船和百牲大祭，将美丽的克律塞斯的女儿带上船去，并派遣一个王子（我只属意于阿喀琉斯）押运这只船舰。"

阿喀琉斯的眼珠愤怒得冒火。他回答道："啊！无耻的王子哟！你只想到你个人的舒服，达那俄斯人怎愿服从像你这样的统帅呢？特洛亚人并没有对不起我，但我追随你，帮助你来为你的兄弟墨涅拉俄斯报仇。现在你忘恩负义，想要夺去我用我的强力夺得，并由阿开亚人决定归于我的锦标！我征服一城又一城，但我所分得的战利品总是不如你多！我一向拼死战斗，但当分战利品的时候，你却取得最好的一部分，而我战斗得精疲力竭回到船里，只能得到很少的一点点。但现在我要回家乡佛提亚去，不愿再为你添增你的堆积如山的财富了！"

"好吧，请随便，"阿伽门农回答。"没有你，我们仍然有足够的勇士，并且你是一个总是爱引起争端的人。但首先我得告诉你，我准备将克律塞斯的女儿归还她的父亲，但同时我要从你的屋里取得布里塞伊斯以作抵补，并以此教训你，让你知道我比你伟大，也警告别人再不要像你这样来违抗我的命令。"

阿喀琉斯心情激愤，他在踌躇着还是立刻抽刀杀死这阿特柔斯的儿子，还是暂时忍耐。但突然，为别人所不能看见，雅典娜在他的身边出现，并执着他的棕黄色的长发。"抑制你的愤怒，"她低语着。"别动刀！但你可尽情地怒骂。如果你听从我，我将给你三倍以上的赏赐。"

阿喀琉斯听到这警告，将刚要抽出的宝剑按着银柄送到剑鞘里。但愤怒的言语却如火焰一样地爆发着。"你这没有价值的阿特柔斯的儿子，"他说，"你从来没有想到自己应该在生死搏斗的战场上与阿耳戈斯的最高贵的英雄们一起向敌人袭击或搏斗！当然，从一个敢于反对你的人偷取锦标，那是最便宜的事。但我指着这支杖对你发誓，正如这杖之不能再像树枝发芽抽叶一样，从此时起，你也休想珀琉斯的儿子会重新回到战场上。当凶狠的赫克托耳如割草一样地屠杀阿耳戈斯人时，你也休想能得到我的援助。将来你在心中悔恨不该唐突阿开亚人的最宝贵的英雄也毫无用处了。"阿喀琉斯这么说着，即将手杖投掷在地，并自己坐下。高年的涅斯托耳极力以和平而温婉的言语使两人和解，但仍然无效。

最后阿喀琉斯从会议的座位上站起来，向国王说："你想怎么做都请随便，只是别梦想我会服从你！为这个女子的原故我也不屑举手反对你或任何人。你将她给我，你也可以将她取去。只是别想碰一碰我屋子里或舰船上其他的财产，否则我的枪尖就得饮吸着你的鲜血。"

散会后，阿伽门农将克律塞斯的女儿和献祭的一百只圣羊载上舰船，由俄底修斯押送回去。然后这阿特柔斯的儿子召来塔尔堤比俄斯和欧律巴忒斯两个传令使，命令他们从阿喀琉斯的营房将布里塞伊斯带来。他们只是因为畏惧他才满心不愿地去执行这个命令。当他们来到营房，看见阿喀琉斯坐在他的屋子外面，见他们来，十分地不高兴。尊敬和胆怯封锁着他们的嘴唇，所以他们不敢说出他们的来意，但阿喀琉斯先已猜测到他们到此的目的。"不必苦恼，"他对他们说。"走近来，啊，你们两位宙斯与人的使者。这是阿伽门农的过错，不怪你们。来，帕特洛克罗斯，带那个女孩子来，将她交给他们。但必得他们在神祇和人的面前为我作证，即将来有任何人要我援助而我没有应命时，那就不能责备我，而应责备阿特柔斯的儿子！"

阿喀琉斯的朋友帕特洛克罗斯将布里塞伊斯领出，她很勉强地跟着两个使者走去，因她已爱上她的温和的主人。她走后，阿喀琉斯一个人坐在海边流泪,望着幽深的大海,祈求他的母亲海洋女神忒提斯援助他。果然,从海的深处他听到她的声音。"唉,我的孩子哟,只怪我不该生了你!你的生命如此短促,但你必得遭受这多的侮辱和悲愁!我将亲自去谒见司雷电者,请求他援救你。但这不是立刻就可以做到的事,因昨天他才动身到俄刻阿诺斯去享受虔敬的埃塞俄比亚人的盛馔,要十二天后才能回来。那时我将即刻赶去向他抱膝哀求。直到那时候为止,你得留在你的船舰附近。"阿喀琉斯从母亲那里得到了回答,就离开海岸,在闷郁的沉默中坐在自己的屋子里。

同时俄底修斯已来到克律塞斯的住处,将他的女儿归还他。这祭司满怀着惊喜,举手向天,感谢神恩,并请求阿波罗终止对于阿耳戈斯人所降的灾疫。即刻,疫疠消除。当俄底修斯回到营盘时,他看出疫病的流行业已终止。

现在是阿喀琉斯闭门而居的第十二天的黎明,忒提斯并没有忘记她的诺言。通过清晨的雾霭,她从海面上升,来到俄林波斯圣山。在嶙峋的最高的山峰,远在其余的神祇们之上,她看见万神之父的宙斯。她用左手抱着他的双膝,右手抚摩着他的下颔,以哀求者的姿态对他说:"父亲哟,假使我曾经在口头上或行为中侍奉过你,那么请你允许我的祈求。请看顾我的孩子,命运女神要他短命地死去。阿伽门农侮慢了他,并夺去了他在战争中作为战利品所赢得的锦标。所以我祈求你,万神之父哟,让特洛亚人保持胜利,直到阿耳戈斯赔偿我儿子所应得到的尊荣!"宙斯沉默得很久,一动也不动。但忒提斯更亲切地拥抱着他的双膝,并低声说:"现在请允许我的要求,或者断然拒绝,让我知道你在诸神中最不爱我!"

她这样用诡计和诱劝的手段纠缠着宙斯,直到他以并不高兴的声音回答。"你请求的并不妙,你要我做出与赫拉的意愿相违背的事,而赫拉总是和我作对的。赶快离开,不要让她看见你到了这里。我点头允许你,我答应你的哀求。"即使他这么说时,他也只是以眉头示意,但俄林波斯圣山已感到很大的震动。忒提斯这时才很欢喜地回到大海里去。但赫拉早已窥见他们在谈话,她去向宙斯寻衅,并责骂他。但他却和平地对她说:"别以为你能够猜透我所作的决定。安静些,服从我的

阿喀琉斯拔剑欲杀阿伽门农，被雅典娜阻止

忒提斯向宙斯祈求胜利

命令。"赫拉听到她丈夫,这人与神祇之父所说的话,感到惶恐,不敢再责备他,或反对他所作的决定。

阿伽门农对于阿耳戈斯人的试探

宙斯想到了他对于海洋女神忒提斯的允诺。他派遣幻梦之神来到阿耳戈斯人的军营,并吩咐他进入阿伽门农正在熟睡的营幕。幻梦之神变形为在一切长老中阿伽门农所最敬重的涅斯托耳,站在他的床头对他说话。"你还在睡么,阿特柔斯的儿子?"他问道。"掌管着全军的行动的人不应当睡得这么久。听着我所要说的话,我是宙斯派遣来的使者。我命令你集合阿耳戈斯军队,因为已到征服特洛亚城的时候。神祇已作决定,特洛亚城即将毁灭。"

阿伽门农醒后就立即起床。他足上绑着绊鞋,身穿紧身服,并荷剑执杖,在清晨的雾霭中大踏步向他的船舰走来。他命令传令兵到每一座营房召集军队,并吩咐王子们都到涅斯托耳的船舰上开会。阿伽门农首先发言。"朋友们,"他说,"上天赐了我一个梦,梦中涅斯托耳告诉我说,宙斯已决定要毁灭特洛亚城。让我们试试看能否鼓舞起由于阿喀琉斯的愤怒而散漫不满的军心。最初我将以言语试探他们,劝他们上船并离开特洛亚海岸。然后就要由你们来转圜了。你们散布在军营中,有些人在这里,有些人在那里,大家怂恿他们留下。"

阿伽门农说完,涅斯托耳就站起来向王子们演说:"假使是别人向我说出这样的一个梦,我们将责备他扯谎而且不去理睬他。但现在说这话的人乃是达那俄斯人中最高的领袖,我们只有相信他。所以,让我们遵从他的计划。"

涅斯托耳离开会场,别的王子们也跟随在后面,都走到人们如蜂群一样拥挤着的大街上。九个传令兵号召他们分队并站成一大圆形。渐渐地他们的喧闹转为低语,终于鸦雀无声。然后阿伽门农站立在当中,举起他的王杖开始说:"集合在这里的阿耳戈斯民族的勇武的战士们,宙斯的昏聩糊涂欺骗了我们。过去他郑重许诺我们可以征服特洛亚城,奏凯而归,但现在,他——这个已经毁灭了许多城池并以他的强大的威力将再毁灭更多城池的神,却命令我们不光荣地回到阿耳戈斯去,因此凡是战死的人都算是白白地牺牲了。真的,当后代子孙知道伟大的达那俄斯人对于这么弱小的敌人不能获胜,那是多么可耻的事。如果是在和平时候,并且可以计算特洛亚人和我们自己的人数的比例,如果我们指定每一个特洛亚人为每十个阿开亚人斟酒,那我相信有许多餐桌上的酒杯会得空着。诚然,他们有来自许多城市的强大的同盟军,阻止我们不能如我心中所想望的那样,将特洛亚城夷为平地。纵然如此,九年已经过去了。我们船舰的木头已在裂开,船绳也在腐朽;我们的妻子儿女在家中期待我们,渴望我们。所以,最好还是服从神意,大家都上船,回到我们亲爱的祖国去。"

阿伽门农的话引起人群的骚动,就如同大风之激扬着海浪一样。即刻全军混乱。他们飞奔到船舰去,以至尘土滚滚,形成浓云。他们互相鼓励,要将船舰拖曳入水。这边他们在拉扯着垫在船底上的枕木,那边他们在疏通从军营通到海上的水道。

甚至俄林波斯圣山上那些支持阿耳戈斯人的神祇们看见他们这么热诚地听信阿伽门农的话也感到诧异。赫拉促使雅典娜即刻降到地上去以巧言阻止达那俄斯人的奔逃。帕拉斯·雅典娜应命从巍峨的俄林波斯圣山飞降到阿耳戈斯人的军营中。她看见俄底修斯正站立在自己的船舰前面。他不想去移动或触及他的船舰,正在心中发愁。雅典娜向他走来,现出形象,温和地对他说:"你们真的要逃回去么? 你们要使普里阿摩斯得到胜利么? 你们真的要将海伦留给特洛亚人么? 为了她,有这么多阿耳戈斯的战士远离祖国,死亡在战场上。当然,你们不会容许这么做的! 赶快到军队中去! 不要再退缩! 用你所有的机智和雄辩,说服他们,阻止他们吧!"

听到雅典娜的话,俄底修斯即刻丢下披衣,跑到军队中去。他遇到每一个王子或贵族,就用和平而坚决的语气阻止他。"那是对的吗,我的英勇而体面的朋友,像懦夫一样在战斗时逃亡?"他向他们发问,"假使你能安静,你也会使别人安静下来。想想阿特柔斯的儿子的真意究竟是什么。或者他只是要试探阿耳戈斯人呀!"但当他遇到叫嚣吵闹的普通的战士,他就用他的手杖打他,并大声威吓他:"坏蛋! 别妄动,听别人的话,你们这些人在作战和开会时都是算不了什么的!我们阿耳戈斯人不能人人都做国王。群龙无首,这没有什么好处。谁掌握着宙斯所给与的王杖,其余的人便得服从他!"

就这样,俄底修斯的激昂的声音响彻整个军营,最后终于使人们都离开船舰,仍回到集合的广场。渐渐地他们安静下来,听候命令。在一片清静中只听到一个人的声音。这是忒耳西忒斯,他仍如同平时一样总是怨怼和责备所有的王子们和领袖人物。他是由希腊到特洛亚来的最丑陋的人:斜眼睛,跛脚,驼背,凹胸,尖脑袋并有着一头的乱发。

俄底修斯和珀琉斯的儿子阿喀琉斯比别人更恨这个捣乱的家伙,因为他经常诽谤他们。但现在忒耳西忒斯却斥责着军队的总帅阿伽门农。"阿特柔斯的儿子哟,你有什么不平的呢?"他尖声叫着。"你需要什么?是不是你屋子里没有充满珍宝和美人?你过得多舒服而快乐呀!为什么我们要让你使我们陷于悲惨?我们不如乘船回到我们的故乡去,让你独自一人留在特洛亚贪馋地吞食你自己的财富。"后来忒耳西忒斯又转身向着同伴们挑拨。"他曾经侮辱伟大的阿喀琉斯!"他大叫道。"他曾剥夺他在战争中得到的锦标!但这孱头的阿喀琉斯却没有胆量,否则这暴君早就没有活命了!"

忒耳西忒斯正说着,俄底修斯已来到他的面前。他厌恶地看看他,然后举起王杖,狠狠地打在他的驼背上喝道:"假使我再看见你像疯子一样地叫嚷,我不剥光你的衣服,鞭挞你,送你哭叫着回到船上去,我便不是人,也不是忒勒玛科斯的父亲!"忒耳西忒斯在他的鞭打下挣扎着,背上肿起一个大青包。他蹲下去开始啜泣,大滴的眼泪滚到他的鼻子上。但在阿开亚人中每个人都用肘触着旁边的人,愉快地大笑着,大家都为这多嘴的人受到这应得的处罚而开心。

现在俄底修斯站在战士们的前面,雅典娜则变为传令兵站在他的旁边,叫集合着的人保持肃静。俄底修斯自己高举着王杖要人们注意,并对他们说:"阿特柔斯的儿子!真的,事情已临到尴尬的境地,阿耳戈斯人预备使你丢脸,并破坏不征服敌人就不回去的诺言!他们都如同妇人孩子一样怀念着家乡,并互相抱怨他们所必须忍受的困苦。但想想,我们在这里待了这么多年月,现在却空手回去,是如何地可羞!

我的朋友们哟！再忍耐些时候！想想我们离开奥利斯港时我们所得的预兆，当时我们围着从地下涌出的泉水，在一株繁茂的大槭树下向神坛献祭我们的百牲大祭。在我看来这好像是昨天的事情一样！一条黝黑的巨蛇从神坛下面爬出，并蜿蜒着爬上树。在树枝上有一个鸟雀的小巢，有八只小雏在巢中拥挤着，第九只则是抚育它们的母鸟。它恐怖地叫着，翩飞着掩蔽它的幼雏，直到巨蛇向它伸过头来，并咬着它的翅膀。当巨蛇吞食了母鸟和它所有的幼雏后，于是指使它出现的宙斯就制造奇迹，突然使它变为石头。这时你们阿耳戈斯人都为之震惊，但预言家卡尔卡斯却喊道：'你们没有看见宙斯用这奇迹所作的预兆么？这九只小雀便是我们必须在特洛亚作战九个年头。在第十年我们必能征服这壮丽的城池。'这是卡尔卡斯的预言，现在即将应验。战争中的九个年头业已结束。第十年已经到来，并将使我们得到胜利。所以让我们再忍耐些时日，达那俄斯人哟！请留下，直到我们攻破普里阿摩斯国王的卫城！"

阿耳戈斯人听到俄底修斯的话都大声欢呼，明智的涅斯托耳充分利用群众心理的转变，建议阿伽门农赶快让那些不能放弃还乡念头的人各自上船回家。但是他提出，在这以后，他应该按照部落将军队重新调整，并开始作战。照这样做，据涅斯托耳说，他可以立刻知道这些战士或领袖们谁是勇敢，谁是怯懦，并知道战争的拖延下去究竟是由于神意还是畏惧，或者是缺乏作战的经验。

阿伽门农赞成这个英明的提议，并回答他："涅斯托耳，你年纪大，智慧高人一等。假使我有十个像你这样的人在我的军营中，特洛亚人的巍峨的卫城立刻可以踏成平地。在我自己，我承认我为着一个女人和阿喀琉斯相争，这是很愚蠢的事。宙斯必定是使我愚昧了。如果我们两人和解，特洛亚的陷落即在最近的将来。现在让我们准备进攻。每个人得饱食，并准备好盾和矛，喂饱马匹，检视战车，一心一意地从事于战斗。那些心怀畏惧并留在船舰上的人，让他们的身体成为老鹰和野狗的食品。"

阿伽门农说完话，阿耳戈斯人都一齐高吼着，就如同南风吹起的潮浪突然涌到岸边，冲激着突出的悬岩一样。人们都从自己的地方跃起来。每个人忙着回到营房,即刻炊爨的烟雾升腾起来,大家都在预备饱餐。阿伽门农宰杀一条牡牛献祭给宙斯,并召集阿开亚的贵族们在一起。当士兵饱食以后,他吩咐传令兵下令出战,于是他们涌到斯卡曼德洛斯的原野,像一群群的白鹤或天鹅沿河飞行一样。领袖们指挥队伍,阿特柔斯的儿子是其中的最高统帅,他是很俊伟的,目光和前额像诸神之父的一样威严,宽阔的胸脯像波塞冬一样强壮,而他的胸甲,盾和矛则和战神阿瑞斯的一样精良。

帕里斯和墨涅拉俄斯

阿耳戈斯人的军队如涅斯托耳的建议依照家族和部落编好了队,准备作战,他们终于看见特洛亚人的城垣后面烟尘滚滚,原来他们在前进了。阿耳戈斯人也开始向前推进。当两军逼近,即将开始作战时,从特洛亚人的队伍中跃出帕里斯,腰围豹皮的战裙,肩上背着弓,身旁挂着宝剑。他挥舞着两支铜尖的长矛,向达那俄斯人中的最勇敢的英雄单独挑战。当墨涅拉俄斯看见他从军队中跃出,他兴奋得如同饿狮遇着了羚羊和牡鹿一样。他全副武装从他的战车上跳下,迫切地要惩罚这掠夺了他的家室的贼徒。但帕里斯看到这样的对手,却感到惶恐。就好像他看到毒蛇一样,陡然面无人色,退到人丛中去。赫克托耳看见他瑟缩退回,他愤怒得大叫:"兄弟,你空有英雄的外表,在心里却怯懦得如同女子,除了做一个拐骗的能手之外一无长处。我宁愿你在向海伦求婚以前就死了! 你不看见阿耳戈斯人都在笑你么,因为你不敢和你劫取他的妻子的对手决战。现在你应当知道你所侵犯的是什么样的人。而现在,即使你受伤倒地,你的美发也染上尘土,我是不会同情你的。"

帕里斯回答他:"赫克托耳哟,你是意志刚强的人,你的精神如同造船匠用以砍伐木材的巨斧一样坚定,但是你对我的责备是不公平的。别嘲笑我的美貌,美貌也是神祇所赐与的呀! 假使你要看我战斗,那么请吩咐特洛亚人和达那俄斯人都放下武器。为着海伦,为着她所有的财富,我愿意当着人们的面前单独与英雄墨涅拉俄斯决斗。谁得胜,谁就将她带回家去。这一点必须立下条约,这样你们就可和平地耕种特洛亚的土地,对方的人也可以回到阿耳戈斯去。"

赫克托耳听着他兄弟的话欢喜得吃惊。他执着矛从队伍中出来,制止特洛亚人的冲锋。当阿耳戈斯人看见他,大家争先用箭射他,用石头向他投击。但阿伽门农对他们说:"住手!别用武器伤害他!戴着羽饰战盔的赫克托耳想和我们说话呢。"阿耳戈斯人于是住手等待。赫克托耳大声向双方的军队宣布他的兄弟帕里斯的建议。但听完他的话大家都沉默着。最后墨涅拉俄斯发言。

"听我说!"他大声喊道,"听我说,大家精神上的负担以我最为沉重!你们特洛亚人和阿耳戈斯人同样遭受到帕里斯所引起的战火的苦痛,现在我希望你们和睦地分手。只是我们两人必得听从命运女神的决定拼个你死我活。其余的人都可以和平地回去。让我们献祭而且立誓,然后开始战斗。"

大家听到这话都十分欢喜,因为他们都渴望着战争的结束。双方驾驶战车的人都勒着马头,英雄们也跃下战车,解下他们的盔甲放置在地上。赫克托耳即刻派两个使者到特洛亚城去取献祭的羔羊,并请普里阿摩斯国王到战场上来。国王阿伽门农也派遣传令兵塔尔堤比俄斯到船舰上去取祀神的祭品。神祇之使者伊里斯也立即赶到特洛亚城,化身为普里阿摩斯国王的女儿拉俄狄刻去告诉海伦现在所发生的事情。她看见她坐在纺机前面,在华丽的紫袍上织着战地风景;她双目低垂,正一心一意地织着。"来呀,可爱的美人!"伊里斯叫她。"你将看见一件奇事。短时间以前还是互相敌对的特洛亚人和阿耳戈斯人现在都沉默而安静了。他们将矛插在地上,倚着他们的盾牌站在那里。战争已经结束。只是帕里斯和墨涅拉俄斯还要单独决战,谁得胜谁就夺取你作为他的妻子。"

女神说着,海伦的心里就充满对于她原来的丈夫,她的故乡和她的朋友们的怀念。她即刻戴上银白色面网,遮蔽着泪眼,领着两个侍女埃特拉和克吕墨涅来到斯开亚城门。在这里的城垛上有普里阿摩斯国王和几个特洛亚人中最年长而智慧的长老:潘托俄斯,堤摩忒斯,兰波斯,克吕提俄斯,希刻塔翁,安忒诺耳和乌卡勒工。最后两人是特洛亚城最聪明的人。他们的高年使他们没有参加战争,但在国事会议上他们的意见是最有远见的。他们从高处看见海伦走来,他们对她的美貌感到惊奇,并互相低语:"难怪为着这样的一个女人特洛亚人和阿耳戈斯人甘愿遭受这多年战争的痛苦。她不是神采美丽得如同女神一样么?但是,不管她多么美好,还是让她和阿耳戈斯人的舰队一起回故乡去,不要使我们和我们的子弟受到她的祸害吧。"

普里阿摩斯慈爱地叫海伦来到他的面前。"来吧,可爱的女儿,"他说,"来坐在这里,在我的旁边,我将指给你看你从前的丈夫,你的朋友们和你的亲戚。我并不以为你对于这战争要负责。这是神祇们使它发生的。现在告诉我,那有威严的仪表,在达那俄斯人中显得容光焕发的是谁?在他的队伍中虽然不乏比他身躯高大的人,但都不像他那样威严而雄伟。"

海伦恭敬地回答国王:"我的可尊敬的父王哟,当我到你们这里来我羞惭而生怯。我与其离开我的家庭,离开亲人和我的女儿随你的儿子到这里来,还不如身遭惨死。我铸下大错,理应泪流成河。但现在你问我这个问题。好吧,你想知道的那人,他是阿伽门农,是希腊王子中的最优秀最勇敢的战士。而他,唉,过去乃是我的夫兄!"

"啊,阿特柔斯的幸福的儿子,"普里阿摩斯一面远眺这个英雄一面惊叹。"啊,天之骄子,无数的阿耳戈斯人在他的王杖前低头。我过去也是强大军队的领袖。那时我很年轻,我们抵御从佛律癸亚来的阿玛宗人。但我的军队也没有这样多。"然后他又转身向着海伦。"现在,可爱的女儿,"他要求她,"告诉我那边那个人的名字。他没有阿特柔斯的儿子那样高,但却宽胸阔背。他的武器放置在地上。他出入于队伍中就好像公羊之在羊群中一样。"

"那是拉厄耳忒斯的儿子,"海伦回答,"他是足智多谋的俄底修斯。他的家在伊塔刻的多岩石的岛上。"

现在高年的安忒诺耳加入他们的谈话。"你说的很是,公主,"他说。"我很知道他,因他和墨涅拉俄斯过去曾作为和平使节到过我的家里。当他们站立在一起,墨涅拉俄斯似比他高大,但坐着时,俄底修斯却比墨涅拉俄斯更威严。墨涅拉俄斯很少说话但他的话却有分量。

当俄底修斯要准备说话的时候,他执杖不动,双目下视,好像是很不安似的,所以很难猜透他是怀有恶意或是愚鲁不堪。但他一开始发言,却又声如洪钟,滔滔不绝,再没有人比他更雄辩的了。"

同时,普里阿摩斯眺望着远处。"在那里,那巨人是谁呀?"他喊道,"那高大有力,站立在人丛中的人?"

"那是埃阿斯,"海伦回答,"他是阿耳戈斯人中的重要支柱。在附近,如同神祇一样站立在克瑞忒队伍中的则是伊多墨纽斯。我很知道他,墨涅拉俄斯常常招待他住居在我们的宫殿里。现在我差不多认识每一个壮健的战士了。如时间许可,我可以告诉你每一个人的姓名。只是不见我的哥哥卡斯托耳和波吕丢刻斯,他们是我的亲手足。他们是不是没有来,或者是觉得他们的妹妹可耻而不愿在战场上出现?"她思索着这个问题,转而沉默了。她并不知道她的两个哥哥早已死了。

当他们正在谈话时,两个使者从城里取来两只献祭的羔羊和一羊皮袋灌礼用的美酒。第三个使者伊代俄斯则持着一只灿烂的调酒碗和一只金杯跟随在后面。当他们经过斯开亚城门,伊代俄斯走到国王普里阿摩斯面前,向他请求:"国王啊,请你起来,特洛亚人和阿耳戈斯人都愿意你到战地上为一个庄严的条约宣誓。你的儿子帕里斯和墨涅拉俄斯决定为海伦单独决斗。谁胜利了,谁就可以获得她和她所有的财宝。决定之后阿开亚人也将收兵回国。"

国王很惊异,但吩咐为他套车。于是他乘上车,安忒诺耳坐在他的身边。普里阿摩斯自己掌握着缰绳,马匹通过城门向战场跑去。当他达到两军阵前,他和安忒诺耳下车,站立在两军中间。阿伽门农和俄底修斯随即向他走来。使者们牵出四只献祭的羔羊,用金碗将酒混合,用圣水溅洒两个国王。阿伽门农抽出随时佩在身上和大剑鞘悬挂在一起的圣刀,割下羔羊前额上的羊毛作为祀神的献祭,并祈请宙斯为双方的缔约作见证。然后他将四只羔羊杀死在地上。使者作祈祷,并用金杯奠酒于地,所有的特洛亚人和希腊人也大声祷告:"啊,宙斯和所有永生的神祇们!让破坏这神圣誓约的人自己和他们子孙的脑浆如同这酒醴一样流在地上。"

盟誓既毕,普里阿摩斯说道:"我要回到伊利翁的卫城去,因为我不忍看见我的儿子和墨涅拉俄斯国王作生死决斗。他们的胜负只有宙斯知道。"于是这老人和他的老友乘车回到特洛亚城。

现在赫克托耳和俄底修斯测量决斗的距离，并在青铜的战盔里拈阄决定谁是首先向对手投矛的人。赫克托耳摇动战盔，结果先拈出帕里斯的名字。两个英雄随即紧束铠甲大步走到两军阵前，他们都佩戴着胸甲和战盔，手中执着长矛。两个人的眼中都蕴蓄着怒火，双方的人见他们走出时都惊怖地看着。他们面对面地隔着一定的距离站立，傲岸地高举着长矛。由于拈阄所决定，帕里斯首先投出他的长矛。长矛尖投中墨涅拉俄斯的盾牌，矛尖弯曲如同刺在钢铁上一样。

然后墨涅拉俄斯举起长矛并大声祈祷："宙斯呀，请保佑我惩罚这首先侵犯我的人，让我们的后代子孙再不敢凌辱他们的东道主。"说着就投出他的武器。它穿透帕里斯的盾牌，刺穿他的胸甲，并刺破他的紧身服。墨涅拉俄斯更拔出宝剑对准帕里斯的战盔砍去。但当的一声宝剑却已折断。"残酷的宙斯呀，为什么你不愿我胜利？"墨涅拉俄斯叫着，并冲上去抓紧帕里斯的战盔，拖着他，转身向阿耳戈斯的军队奔跑。假使不是阿佛洛狄忒看到帕里斯的危险，暗中割断了皮带，他一定会被墨涅拉俄斯一路拖着，让颈带勒死。结果墨涅拉俄斯抓到一顶空无一物的战盔。他将这战盔投掷给阿耳戈斯人，又准备向他的敌人冲去。

但阿佛洛狄忒却降下浓雾遮蔽着帕里斯，将他带回特洛亚城。她使他坐在一间芳香的内室里，然后变形为一个斯巴达老妇，去找正在碉楼上和特洛亚的妇人们一起坐着的海伦。这女神拉拉她的衣裙，说道："来吧，帕里斯正在找你。他在内室穿着赴宴的衣服等候你。看见他，你就会想象他不是刚从决斗归来，而是准备好去参加舞会。"

海伦抬头观看，这美妙动人的女神已突然消失。她乘别的妇人不注意偷偷离开，回到她自己的宫廷。她看见被阿佛洛狄忒装扮好的帕里斯。他舒适地躺在床上。海伦面对着他坐下，看见他从容不迫的样子就转过脸去，并斥责他："从决斗回来么？我宁愿你死在那个强有力的英雄——我的前夫的手下。刚才你还夸口说你能够用你的手臂和矛征服他。那么去罢，再去和他挑战！不，等一等，别走！你第二次去会更危险的！"

"请不要讥讽我，"帕里斯回答，"如果墨涅拉俄斯胜过我，那是因为雅典娜帮助他。下一次我会战胜他的，因为神祇们并没有抛弃我。"后来还是阿佛洛狄忒使海伦的心受到了感动。她仍然亲爱地望着她的丈夫，并亲吻他。

在战场上，墨涅拉俄斯仍然疯狂地在军队中寻觅帕里斯。但双方的人都不知道他在何处，特洛亚人当然他们也真的不会隐匿他，因为他们都恨他。最后阿伽门农大声叫道，"听我的话，达耳达尼亚人和达那俄斯人呀！这很显然，墨涅拉俄斯是胜利者。所以，交出海伦和她所有的财宝，此后并永远向我们纳贡。"阿耳戈斯人都欢呼赞成这一提议。但特洛亚人却沉默着。

潘 达 洛 斯

神祇们在俄林波斯圣山上集议。赫柏来回地斟酒，神祇们都从金杯里干杯并俯视着特洛亚城。就在这时候，宙斯和赫拉决定毁灭特洛亚城。万神之父命令他的女儿雅典娜即刻到战地上去鼓励特洛亚人破坏他们所同意的誓约并侮辱正在庆祝胜利的阿耳戈斯人。

于是雅典娜变形为安忒诺耳的儿子拉俄多科斯混杂在特洛亚人中间。她找到吕卡翁的儿子即高傲的潘达洛斯，她认为他是最适宜于执行他父亲的命令的人。潘达洛斯是来自吕喀亚的特洛亚的同盟军，他统率着大批的战士。

这女神看见他站在他的队伍中间，她轻拍他的肩膀，对他说："听我的话，聪明的潘达洛斯！现在正是采取一种行动来赢得全特洛亚人的感谢和赞美的时候，特别是帕里斯，他无疑地会给你无价的报酬。你看见站在那里的墨涅拉俄斯么，这样地傲慢，这样地骄矜于自己的胜利？为什么不向他射出一支冷箭，——你敢么？"这改变了装束的女神的话，鼓动了潘达洛斯的愚蠢的心。他飞快地拿起弓，从箭袋抽出一支箭，扣紧弓弦，飕的一声向对方射去。但雅典娜引导着这支箭射中墨涅拉俄斯的腰带，虽然穿过皮革，透过铠甲，却只擦伤了墨涅拉俄斯的皮肤。但血液仍然涌流，以致墨涅拉俄斯为之颤抖。

海伦被阿佛洛忒狄忒引向帕里斯

阿伽门农和他的朋友们惊惶地拥到他的周围。"亲爱的兄弟,"国王叫道,"我们缔结了一个誓约,但狡猾的敌人违背了它,所以将你害死。这得他们来赎罪,我相信特洛亚和普里阿摩斯以及他的人民都将同归于尽。但你的受伤使我十分忧虑。如果我回去时没有了你,如果你的白骨埋葬在特洛亚的黄土,而我们的工作仍然没有完成,这将使我在故乡感到多么耻辱啊!因为没有你,我就不能征服特洛亚并夺回海伦。而特洛亚人也将践踏你的坟墓,并轻蔑地谈论着你和我。这真使我愧无容身之地。"

但墨涅拉俄斯安慰他的哥哥。"请你安静,"他说,"我的伤不是致命的,我的腰带保全了我。"

"但愿如此!"阿伽门农叹息着,并即刻派遣使者召来长于医药的玛卡翁。玛卡翁将箭头拔出,解开皮带和铠甲,检验伤口。他用自己的口吮出淤血,并为他敷上止痛药。

当医师和英雄们正忙着为墨涅拉俄斯医治,特洛亚人的军队已在前进。阿耳戈斯人也重新穿上铠甲。阿伽门农将他的马匹和战车交给欧律墨冬,命令他,如果他看见他在军队中步行太过疲乏时,就将车马带来接他。他于是走到战士的队伍中,鼓励他们应战,奖励那些勇敢的,斥责那些临阵退缩的。他来到克瑞忒人的队伍,他们围绕着站立在队伍当中的领袖伊多墨纽斯,斗志昂扬如同暴怒的野猪一样。阿伽门农看见这支英勇的队伍,他才略略放心。"你是最卓绝的人物之一,伊多墨纽斯!"他向他叫道。"你一切都高出众人,无论是作战,无论是饮酒。当大碗的酒倾倒出来,别人只能小口饮啜,你却和我一样总是大口干杯。现在你要和我并肩作战,正如你平日所许的誓愿那样。"

"是的,我将是你的一个忠实的战友!"伊多墨纽斯回答,"去鼓励别人去吧,我是不需要这个的!我们一定要歼灭那些破坏誓约的特洛亚人!"

现在阿伽门农来到两个埃阿斯的面前,在他们的后面跟随着如潮水一样的大队步兵。国王一面匆邃地走着,一面鼓励他们:"如果全体的阿耳戈斯人都像你们这样勇敢,普里阿摩斯的卫城便可即刻攻破。"继续前进,他看见涅斯托耳正在调度他的队伍。在前面他布置有着马匹和战车的战士,最后则是许多勇敢的步兵,在两者中间则挟持着怯懦的人们前进。他一面这样调度,一面以明智的言语告诫他们:"不许有一个人前进得太远,也不许有一个人后退。如果战车碰着战车,就用枪来攻击敌人。"

阿伽门农听到他这样训勉他的军队,就向他喊道:"老人,但愿你的双足劲健,你的身体也能和你英气勃勃的雄心比赛! 但愿有人能缩短你的年岁,使你又回到少年!"

"我是多么希望能回到少年呀!"涅斯托耳回答,"但神祇不能同时给人一切。所以在现时,让年轻人们执矛前驱,我只有贡献出我的经验来完成我的责任。"

阿伽门农继续向前走,他看到珀透斯的儿子墨涅斯透斯。在他的周围,拥挤着雅典人。他的旁边则是俄底修斯指挥着的刻法勒涅斯人。两队战士都互相期待着别的一支队伍当先冲杀。这使国王很恼怒,他斥责他们:"为什么你们挤在一起等待别人先去冒险? 饮酒吃肉时你们总是在先,而现在如果有十队阿耳戈斯人马抢在你们前头作战,你们看见倒不会觉得不舒服!"

俄底修斯皱着眉头回答:"为什么这样说呢,阿特柔斯的儿子? 你说我们是懒汉么? 等到我们俄底修斯向前冲锋的时候,你将发现我们怎样和特洛亚人拼命,我怎样带头作战。现在请别这么早就说废话!"

阿伽门农看见这英雄反驳他,他就微笑着回答,"我十分知道,拉厄耳忒斯的高贵的儿子,你是不需要责难也不需要劝告的。在心里你和我一样是高尚的人。所以让我们都不要以恶言相加。"他离开他又急忙朝前走。

后来他遇到堤丢斯的儿子即骄傲的狄俄墨得斯站立在他的威严的战车上,旁边则是卡帕纽斯的儿子斯忒涅罗斯,他是他的御者也是他的朋友。阿伽门农也对他表示了一些不高兴,目的在试探他。"好像堤丢斯的儿子很沮丧似的,"他说。"这与你父亲进攻忒拜城的时候多么不同啊! 他总是挺身在战斗的最前线!"

狄俄墨得斯听到国王的责难,默不作声,但他的朋友斯忒涅罗斯却替他回答。"你应当知道,阿特柔斯的儿子,"他说。"我们敢夸口我们的力量超出我们的父亲们,因我们征服了正是他们在那里失败了的忒拜城。"但狄俄墨得斯却打断他的话,严肃地说:"别多话。国王鼓舞达那俄斯人作战,我并不见怪。因为如果我们胜利了,那正是他的光荣,如果我们失败了,也正是他的悲哀和损失。所以我们必须是必胜不败!"说着狄俄墨得斯跳下战车来,胸甲叮当地响着。

一队一队的人马走向战场,就如波涛之汹涌到海岸。领袖们大声传令,战士们沉默前行。对方的特洛亚人则如鸣叫着的羊群一样喧哗吵嚷,从队伍中可以听出不同民族的口音。在一切喧声之上则是神祇们叫战的声音。战神阿瑞斯鼓励着特洛亚人奋勇当先,帕拉斯·雅典娜则煽起阿耳戈斯人心中的战火。

两军大战。狄俄墨得斯

不久以后双方的军队向前猛进,面对面地交战。盾牌碰击,长矛交错;到处都是扰攘的人声,有的悲号,有的欢呼。就好像晚春时节两股汹涌的泉水汇合起来,从山腰一泻而下,现在双方军队的吼声也合为一种声音。最先倒下的英雄是特洛亚的厄刻波罗斯。他因为突出太远,被涅斯托耳的儿子安提罗科斯射穿他的脑门,他如巨塔一样倒下。一个希腊的王子厄勒斐诺耳即刻抢上前去,倒拖着他的脚,要将他从他的伴侣那里抢过来,夺去他的铠甲。但当他正俯身拖他时,他的盾牌防备不周,特洛亚人阿革诺耳得到机会舞着长矛刺入他的腰胁,他也倒地死去。于是战斗越发凶猛,战士们如同饥饿的狼群一样互相扑杀着。

年富力强的西摩伊西俄斯冲出队伍,即刻被大埃阿斯当胸一击,矛尖从背部穿出,他在地上爬行着。埃阿斯扑上去剥取了他的胸甲。特洛亚的安提福斯顺手掷出他的枪,但没有投中埃阿斯,却击中俄底修斯的朋友琉科斯,他正在拖曳这个青年的尸体。这使俄底修斯愤怒而悲痛,他机警地环顾周围一眼,投出他的标枪,但安提福斯却躲闪过去。他刺杀了普里阿摩斯的私生子得摩科翁,矛尖贯穿他的太阳穴,訇然一声倒地死去。这使得特洛亚人的前锋(其中有赫克托耳)略略后退。这时达那俄斯人大声欢呼,推开尸体,更深入到特洛亚人的阵地。

这使阿波罗很恼怒,他策动特洛亚人前进。"别将阵地放弃给阿耳戈斯人呀,"他大声呼叫,声音盖过战场上人马嘈杂的声音。"他们并不是钢铁或石头铸成的,他们中最英勇的阿喀琉斯并没有参加作战。他怀恨地留在后方的舰船的附近。"在另一方面,雅典娜也鼓舞达那俄斯人奋勇作战,所以双方的英雄们都死伤很多。

接着雅典娜给与堤丢斯的儿子狄俄墨得斯稀有的强力和勇气,使他在阿开亚人中超凡出众地得到不朽的荣名。她使他的战盔和盾牌像秋夜天空的星星那样闪闪发光,然后驱使他闯入敌人的核心。原来在特洛亚人中有一个富裕而有权势的人,名叫达瑞斯,他是赫淮斯托斯的祭司,派遣了两个儿子斐勾斯和伊代俄斯参加这次的战争,他们都是大无畏的斗士。现在他们离开队伍,乘着战车直向徒步作战的狄俄墨得斯冲来。斐勾斯先投枪,从狄俄墨得斯的肩头擦过,没有伤到他。狄俄墨得斯回敬他一矛,刺穿他的胸脯,使他从战车上倒下。他的兄弟看到这情形,甚至不敢掩护他哥哥的尸体,立即跳下战车没命奔逃,但他的父亲的保护神赫淮斯托斯即刻降下黑雾遮蔽着他,因为神祇不愿他的祭司同时丧失两个儿子。

这时雅典娜握着他兄弟战神阿瑞斯的手,她对他说:"兄弟,我们最好对阿耳戈斯人和特洛亚人都暂时放手,让他们各自作战,看看我们的父亲究竟希望何方得胜。"阿瑞斯听她的话,和她一起离开战场,让人们自己去战斗。但雅典娜知道她所宠爱的狄俄墨得斯仍是用她所赋予的强力在继续杀敌。

现在阿开亚人紧紧地压迫敌人。碰到阿耳戈斯的每一个领袖,特洛亚人都得丧命。阿伽门农的矛尖刺入荷狄俄斯的肩膀;伊多墨纽斯则戳翻淮斯托斯,使他从战车上倒栽下来;最机敏的猎人斯卡曼德里俄斯则为墨涅拉俄斯的长枪所击倒;墨里俄涅斯杀死曾为帕里斯建造远征船舰的斐瑞克罗斯;此外还有别的许多特洛亚人在达那俄斯人的手下丧命。

堤丢斯的儿子愤怒地在敌人队伍中冲击,如同暴发的山洪一样。他时而在这里,时而在那里,甚至看不出他究竟是特洛亚人还是阿耳戈斯人。当他在随着战争的浪潮进退时,吕卡翁的儿子潘达洛斯注视着他，张弓向他瞄准，射中他的肩部，使他血流如注，染红了铠甲。潘达洛斯看见这，欢呼着向后号召他的战友们："来呀，特洛亚人，快马加鞭，冲向前去。我已射中他们中的最英勇的领袖，不久他就会倒下。阿波罗曾亲自叫我从吕喀亚来，就是为了要对付这个敌人。"

但狄俄墨得斯的伤还不至于丧命。他站起来，站在他的战车的前面对他的朋友和御者斯忒涅罗斯说："亲爱的同伴，快从战车上下来，拔出我肩上的箭头。"斯忒涅罗斯如命将箭头拔出，鲜红的血从铠甲的连锁处涌流出来。于是狄俄墨得斯向雅典娜祈祷："宙斯的蓝眼的女儿！你过去曾保护我的父亲，现在也请你保护我！请你使我的矛能杀死那个射伤了我并要庆幸我死去的敌人。让他即刻到地府里去！"雅典娜听到他的祈祷，使他的四肢有力。他突然感到轻捷如同飞鸟一样，伤口也不再疼痛，于是又投身到战斗中去。

"前进呀！"她对他说，"我已使你的伤口愈合，并使你摆脱了肉眼的翳障，现在你可以在战场上看出谁是神祇，谁是凡人。当你看见神祇向你走来，你可不要反抗他。但如果阿佛洛狄忒来到你的面前，你的矛却不要将她放过。"

狄俄墨得斯听到这话，鼓勇向前，如同猛狮一样，因为他的力量和勇气陡然增加了三倍。他一枪刺中阿斯堤诺俄斯的肩胛骨，使他倒地。他也用枪戳穿许庇戎，并杀死欧律达玛斯的两个儿子和淮诺普斯晚年所生的两个儿子，现在淮诺普斯在世界上除了悲哀而外再没有别的了。然后他又将普里阿摩斯的儿子厄肯蒙和克洛弥俄斯从战车上打下来，剥下他们的铠甲，他手下的战士们则把他的战车抢过阵来。

普里阿摩斯国王的勇敢的女婿埃涅阿斯看见狄俄墨得斯所到的地方，特洛亚人即披靡后退。他冒着如雨一样的矢石跑到潘达洛斯那里。"吕卡翁的儿子，"他对他说，"你的弓呢？你的无人可以匹敌的箭和荣誉呢？瞄准这残杀特洛亚人的敌人，将他射死！——除非他竟是一个化身为人的神祇！"

潘达洛斯回答："他如果不是神祇，那么必是堤丢斯的儿子狄俄墨得斯。我还以为我已将他射死了。但如果真是他，那刚才一定有神祇保护他且仍然在援助他。唉，这是我在这次战斗中遭到的不幸！我射中两个阿耳戈斯王，但两个都是伤而不死，结果只有更激起他们的暴怒。我是在最不吉利的时候背着弓箭跨过特洛亚城门的。假使我能回家去，我要是不将这无用的弓箭折断投掷在火里，就让外乡人砍去我的头！"

但埃涅阿斯安慰他。"你最好乘上我的战车，"他说，"看一看特洛亚的战马多么快捷。如果宙斯真的要使狄俄墨得斯得到胜利的光荣，这些马匹也会平安地将我们带回家去。我愿意下车，徒步作战。"但潘达洛斯因对于驾驭的技术不娴熟，仍请他驾驶战车。于是两人乘上战车，直奔狄俄墨得斯。

斯忒涅罗斯看见他们奔来。"注意呀！"他警告他的朋友，"两个无畏的人正向着你一直奔来，一是潘达洛斯，一是阿佛洛狄忒的儿子半神的埃涅阿斯。对于他们，你的勇敢和力量将没有多大用处。我们不如乘车逃跑！"

狄俄墨得斯皱皱眉头回答："不要和我谈什么恐惧不恐惧！畏缩和退却不是我的道路。我的力量仍然是攻不破的。待在战车上不便活动只有使我恼怒。不，正像现在这样，我要徒步去迎击他们。假使我杀死他们，你就停下来，把缰绳系在车辕上，将埃涅阿斯的马匹带回船去作为我们的合法的战利品。"他正说着，潘达洛斯的枪已向他掷来，穿过他的盾，却被他的胸甲挡回去。

"没有投中呀！"狄俄墨得斯高兴地向特洛亚人大叫，同时投出他的矛，飞过空中，一直刺入敌人的脸面，刺穿敌人的牙齿和舌头，矛尖从下颌底下出来。潘达洛斯跌下战车，武器叮当地响着，他全副戎装地倒在地上，在死亡的苦痛中挣扎。他的马匹惊跳，脱缰逃跑。但埃涅阿斯跳下战车，在死者的身旁巡回如同暴怒的狮子。他持矛执盾，准备要杀死任何敢于触及他朋友的人。但狄俄墨得斯从地上抓起一块巨大的石头，那是两个普通人所不能搬动的，他却高高地举起，猛击安喀塞斯的儿子的腿骨，将它击得粉碎，并使筋脉折断，这英雄跌在地上，失去知觉。假使不是阿佛洛狄忒即刻跑来，以白臂拥抱着他的爱子，并以她的银袍裹着他带他离开战地，他一定死了。

同时斯忒涅罗斯如他朋友所吩咐地将埃涅阿斯的马匹和战车送回

船舰,又驾驶着自己的战车回到狄俄墨得斯这里来。狄俄墨得斯因有雅典娜给与的慧眼,所以能看见阿佛洛狄忒。他跟着她穿过阵地,在她带着儿子走开时追上了她。这英雄用枪向她投去,枪尖刺破她的手上的皮肤,流着鲜红的血。受伤的女神尖声叫喊,让埃涅阿斯落在地上。她忙去找她的哥哥阿瑞斯,他正坐在战场的左边,战车和马匹则隐藏在云雾里。"啊!哥哥哟!"她祈求着。"将我带走,并借给我你的马匹,让我飞快地逃到俄林波斯圣山去!我的手受伤了!狄俄墨得斯这个人间凡人,他伤害了我!我相信他也敢于反抗我们的父亲宙斯本人的!"

阿瑞斯借给她战车。当阿佛洛狄忒到达圣山,她就伏在她的母亲狄俄涅的怀里哭泣。她抚慰她,并领她去见神祇的父亲。他微笑着接待她。"现在你看,我的可爱的女儿,"他说,"这就说明你为什么不能从事于战争了。你的职司乃是缔结婚姻,战争的事让阿瑞斯去主持。"但赫拉和她的姊姊雅典娜斜眼睛看着她并嘲笑她。"怎么回事呀?"她们恶意地询问。"那个从希腊来的美丽而无信的妇人必定诱惑了我们的妹妹到特洛亚去。在那里她必定抚摩了海伦的长袍,将自己的手在金扣上擦破了。"

同时在人间的战场上,狄俄墨得斯已扑到埃涅阿斯的身上。他三次使劲给他致命的打击,但三次都被愤怒的阿波罗用盾护住了受伤者,因阿波罗在阿佛洛狄忒离开以后即赶到这地方来。狄俄墨得斯用他的利剑作第四次攻击,这时阿波罗用可怖的声音威吓他:"你这凡人,不要冒险和神祇抗争!"狄俄墨得斯听了感到羞惭和畏缩,即刻退了下来。

阿波罗带着埃涅阿斯离开战地,将他带到他的特洛亚的神庙里,由他的母亲勒托和他的姊姊阿佛洛狄忒照顾。在这英雄所躺过的地上,神祇则以他的假像放置在那里,所以阿开亚人和特洛亚人都为着那假像而拼死战斗。然后阿波罗嘱咐阿瑞斯从战地上调开这堤丢斯的敢于和神祇作战的不逊的儿子。于是阿瑞斯变形为特剌刻的阿卡玛斯,杂混在战士中,来到普里阿摩斯的儿子们的面前,叱责他们:"王子们哟!你们让那个阿开亚人杀戮到几时呢?你们愿意这战争逼近城门下么?你们不知道埃涅阿斯已经倒下了么?来呀!让我们从敌人的手上救出

诸神会议，在宙斯之下是俄林波斯至山的山神

我们的伙伴!"

阿瑞斯就这样激励特洛亚人。吕喀亚国王萨耳珀冬跑去见赫克托耳。"你的著名的勇敢到哪里去了?"他问道。"刚才你还夸口即使没有同盟军,甚至没有军队,你和你的弟兄们和你的姊丈也可以保卫特洛亚城。但现在我没看见他们中有一人在战场上。他们都如同遇到雄狮的狗子一样地蹲伏着。逼得我们同盟军不能不孤军作战。"赫克托耳心想他是应当受到责备的。他跳下战车,挥着矛,从军队中大步走出,鼓舞着他所遇到的人,又重新燃起熊熊的战火。他的弟兄们和别的特洛亚人即刻转身向着敌人前进。阿波罗也治愈了埃涅阿斯的伤口,增加他的气力,将他又送到战场上。他突然十分健全地出现在他的队伍中间,他们都向他欢呼;但是大家都没有多说话,只是向敌人冲去。

阿耳戈斯人由狄俄墨得斯,两个埃阿斯和俄底修斯率领着,严阵以待,静肃得就好像一堆重叠的云一样。阿伽门农则奔走在军队中号召着:"现在,我的朋友们,大家要勇敢些,确信你们自己的力量。一个种族如果有自信,那么胜利的机会比失败要多得多,但逃避的人却是既无帮助又无光荣的。"他一面下令,一面最先向特洛亚人投出他的矛。它正中埃涅阿斯的朋友得伊科翁,他是一个总在前线作战的人。但埃涅阿斯的强力的手也杀死了两个最英勇的阿开亚英雄,即狄俄克勒斯的两个儿子克瑞同和俄耳西罗科斯,他们在伯罗奔尼撒的斐赖城一起长大,都坚强得像山中的狮子一样。墨涅拉俄斯为他们感到悲痛,并自己挺矛加入战斗。阿瑞斯怂恿他前进,因他希望他会被埃涅阿斯打倒,但涅斯托耳的儿子安提罗科斯担心着国王的生命,当两雄正高举着矛要相互斯拼的刹那,他奔到他的身旁。埃涅阿斯看见有两个英雄和他对阵,他后退了。墨涅拉俄斯和安提罗科斯从敌人手中救出这两具尸体,交给朋友们守护。接着他们又回头斯杀。墨涅拉俄斯刺杀皮莱墨涅斯,安提罗科斯的剑也砍入他的御者密冬的前额,他跌下来,倒栽在尘土里,这时正被安提罗科斯驱向阿耳戈斯的阵营的马匹将他踢翻了,并践踏在脚下。

赫克托耳带着特洛亚的最勇敢的战士们冲出,战神在他的前后护卫着。当狄俄墨得斯看见战神走来,他惊愕得发呆,如同旅客之看到轰震的大瀑布一样。他招呼他的军队："朋友们，不要为赫克托耳的英勇而惊骇。他有神祇保护他，使他不会受伤。因此，如果我们被迫后退，那是为神祇而后退的！"他说着，特洛亚人已经逼近。赫克托耳杀死同在一辆战车上的两个阿开亚的战士：安喀阿罗斯和墨涅斯忒斯。忒拉蒙的儿子埃阿斯要为他们两人复仇，他用枪击中特洛亚的一个同盟军安菲俄斯，刺入他的腰部，使他倒栽在地下。然后他用脚踏着尸体拔出他的枪，但一阵的矛雨却阻止他剥取他的牺牲者的铠甲。

在战场的另一部分，厄运驱使赫剌克勒斯的儿子特勒波勒摩斯向萨耳珀冬走来。他老远就向着他叫骂："为什么你还站在这里发抖呢，你这从亚细亚来的弱者，你曾夸口是宙斯的儿子如同我的父亲赫剌克勒斯一样！你是一个胆怯的人，但即使你勇敢善战，你还是不能逃脱一死！"

"假如在这以前我没有获得战胜的光荣，"萨耳珀冬回答，"现在就得以你的死来换取它！"刚说完话，两雄各举起他们的枪，萨耳珀冬刺中他的过分矜傲的敌人的喉咙。枪尖从后颈透出，他倒在地上死去。同时特勒波勒摩斯亦刺中了萨耳珀冬的腿骨，如果不是由于他的父亲宙斯不愿意他死，他也会殒命的。他的朋友带着他离开战场。他苦痛得战栗，但因为他们跑得很快，所以无人注意到他仍然拖着那支刺在他腿骨上的枪。阿耳戈斯人就在这时候夺回特勒波勒摩斯的尸体。

俄底修斯在失去了领袖的吕喀亚人队伍中混战并逼近萨耳珀冬时，看见了赫克托耳，他小声地叫他："普里阿摩斯的儿子呀！不要将我丢在这里做阿耳戈斯人的俘虏！保护我，使我即或不能归回祖国看见我的妻儿，也至少可以安静地死在你们的特洛亚城里。"赫克托耳没有回答。他只是这么凶猛地驱逐着萨耳珀冬周围的阿耳戈斯人，甚至使俄底修斯也不敢前进。特洛亚的战士们把萨耳珀冬抬到斯开亚城门附近，在祭献宙斯的一棵椽树下面躺下。萨耳珀冬的朋友珀拉工拔出他腿骨上的枪头。受伤者晕厥了片刻，但随即苏醒过来，一阵凉风吹过又使他的精神得以恢复。

现在阿瑞斯和赫克托耳压迫着阿耳戈斯人，一直使他们被迫退到他们的船舰上。赫克托耳独自一人杀死六个有名的英雄。赫拉从俄林波斯圣山看着特洛亚人在阿瑞斯的帮助下所进行的屠杀而感到震惊。于是这万神之母命令准备她的战车,这战车的车轮是青铜铸的,边缘饰以黄金,有着白银的车轴和黄金的辔头,赫拉用这辔头套上她的飞马。同时雅典娜也穿上她父亲的铠甲,将黄金的战盔戴在头上,持着刻绘戈耳工头的盾,执着长矛,并乘上她的用金链子缚在车轴上的银车。赫拉和她并排站立,并挥着鞭子,所以马匹奔跑得更快。由时光之神把守着的天宫的大门都自动地敞开,于是两个最伟大的女神离开嶙峋巍峨的圣山。在圣山的绝顶上坐着宙斯。他的妻子暂时勒住马头对他说:"你的儿子阿瑞斯违反命运女神的意愿压迫阿开亚人,你不感到愤怒么?阿佛洛狄忒和阿波罗也得意忘形,因为他们已鼓动战神来达到他们的意愿。现在请你许可我对于这狂妄的恶徒给与打击,使他飞快地离开战场!"

"你可以试试,"宙斯从山峰上回答,"派我的女儿雅典娜和他对阵,因她英勇有力,并知道如何作战。"现在战车在空中飞驰,上面是星光闪烁的青天,下面是大地。最后它们降落在西摩伊斯河和斯卡曼德洛斯河汇合的地方,马匹在这里着陆。

两个女神即刻驰到战斗的核心,在那里勇敢得像雄狮和野猪一样的战士们正包围着堤丢斯的儿子搏斗。赫拉变形为斯屯托耳混杂在他们中间,并用斯屯托耳的洪钟一样的声音大声呼叫:"可耻呀,阿耳戈斯人!只是阿喀琉斯和你们一起战斗时你们才能抵御敌人吗?现在因为他留在船舰上,所以你们便注定要失败!"他的责骂激励着阿耳戈斯人的勇气。雅典娜则径自去找狄俄墨得斯本人。她看见他站在他的战车旁边,正在包裹从潘达洛斯所受到的创伤。他的大盾重压着他,他双手无力,汗滴如雨。甚至他解开带子,揩去血迹都感到吃力。

雅典娜斜倚着马轭对他说:"堤丢斯的儿子原来和他父亲很不一样!他父亲是小个子但比所有的战士都英勇。他在忒拜城外作战,本来是违反我的意愿的,但他是如此的倔强和勇敢,所以我不能拒绝对于他的援助。你也可以得到我的保护和援助,假使不是因为你——但是我还不能说出你到底是怎么回事。你究竟是由于久战而疲惫了呢,或者是因为心怀恐惧而四肢麻痹了呢?无论怎样,在我看来你总不像是

赫拉与雅典娜下降，协助希腊人

凶猛的堤丢斯的儿子。"

听到她的说话，狄俄墨得斯抬起头来，很惊讶地看着她的脸面。他说："我认识你，宙斯的女儿呀！我要将实情告诉你。不是恐惧也不是力乏使我退避，而是神祇中最强有力者之一逼迫我后退了。是你自己使我有了慧眼，所以我能看见他。那是战神阿瑞斯，我看见他指挥特洛亚人作战。就是为这理由我才退后，并命令别的阿开亚人都聚合到我这里来。"

这时雅典娜回答："狄俄墨得斯呀，我所选中的朋友！从现在起，你不用畏惧阿瑞斯和别的神祇，因有我和你在一起。驱策着你的马匹直向愤怒的战神驰去！"她这么说着，轻轻触一下他的御者斯忒涅罗斯，斯忒涅罗斯欣然下车，使她可以坐在狄俄墨得斯旁边。由于载着女神和阿耳戈斯人中一个最勇敢的英雄，车轴压得吱吱地叫着。

她即刻执缰挥鞭一直奔向阿瑞斯。他正在剥取埃托利亚人中最坚强的英雄珀里法斯的铠甲。他看见狄俄墨得斯乘着战车向他冲来（雅典娜已用看不透的浓雾隐蔽着自己），他即刻放下珀里法斯奔向狄俄墨得斯，前身倾伏在马轭和缰绳上面，并把枪瞄准。但雅典娜用不可见的一只手将枪拨转到另一方向，所以它落空了。接着，雅典娜却使狄俄墨得斯的矛正中阿瑞斯的小腹。战神大声咆哮，就如同千万人的吼声合在一起一样，阿耳戈斯人和特洛亚人都十分震惊，以为这是晴天的霹雳。只有狄俄墨得斯看见阿瑞斯乘云急升到天上，就如同驾驭着一阵急风似的。在天上，战神阿瑞斯坐在他父亲的旁边，将创口指给他父亲看。但宙斯严厉地看着他，并对他说：

"我的儿子，别抱怨我！在所有俄林波斯山的神祇们中，你使我最不欢喜。你总是喜爱战争和搏斗，而你的顽强和违拗的态度也更像你的母亲。现在你的痛苦当由你母亲负责。虽然，我也一样的不忍看见你的受苦。神祇中的医师会来看顾你的。"说着就命令神医派厄翁为他诊治，即刻伤口愈合，他仍然健全如初。

同时别的神祇也离开战地回到俄林波斯圣山，让特洛亚人和达那俄斯人单独作战。最先忒拉蒙的儿子埃阿斯突破特洛亚的阵地，并射中特剌刻最伟大的英雄阿卡玛斯，为他自己的队伍开辟一条道路。接着狄俄墨得斯也杀死阿克绪罗斯和他的御者。别的三个特洛亚英雄也在欧律阿罗斯的手下丧命,庇底式斯在俄底修斯的手下丧命。透克洛斯杀死阿瑞塔翁,安提罗科斯杀死阿布勒洛斯,阿伽门农杀死厄拉托斯。阿德剌斯托斯被他的马匹颠覆在地下,当即为墨涅拉俄斯所活捉,而他的马则拖着空车子和别的无主的马一起奔回城去。这俘虏躺在地上抱着墨涅拉俄斯的双膝哀求他:"阿特柔斯的儿子,请保全我的活命! 你将得到我父亲所蓄积的大量青铜和黄金的赎金,如果他能见到我生还。"

墨涅拉俄斯为他的话所感动,但阿伽门农恰好在这时向他走来并斥责他:"墨涅拉俄斯,你饶恕敌人么? 没有一个人,即使是还在母亲的怀里吃奶的婴儿,可以逃脱我们的报复。凡是生长在特洛亚城的人都得毫无悯惜地杀死。"听到这话,他只得拒绝阿德剌斯托斯,让阿伽门农一枪将他刺死。

涅斯托耳不断地在后面大声叫喊:"朋友们,别只顾抢掠和剥取战利品。现在都得动手杀敌。以后有空再慢慢地清理战利品不迟!"

特洛亚人几乎完全毁灭并逃避到城里去,幸有普里阿摩斯的儿子赫勒诺斯(他可以从鸟雀的飞翔预卜未来)跑去见赫克托耳和埃涅阿斯并对他们说:"一切都依靠你们两人。假使你们能阻止我们的人逃进入城,我们仍然可以恢复我们的战斗力量。埃涅阿斯呀,神祇选择你担负这个重任。而你,赫克托耳,应即转回城去,给我们的母亲一个信息。请她召集城里的贵妇人到卫城雅典娜的神庙去,将最尊贵的衣袍献在她的膝上,并许愿以十二个纯净的小母牛献祭她的神坛,求她能悲悯特洛亚城的妇人孩子和他们的城池,帮助他们抵御这堤丢斯的可怕的儿子。"赫克托耳随即从战车上跳下,从他的部队中大踏步走过去并鼓舞他们的勇气,然后急忙赶回城去。

格劳科斯和狄俄墨得斯

在战场上,从吕喀亚来的柏勒洛丰的孙子·格劳科斯和堤丢斯的儿子狄俄墨得斯正各从队伍中冲出,面对面地准备厮杀。狄俄墨得斯逼近地看着他的对手,并上下打量着,他对他说:"你是谁?我过去没有遇见你,现在你却从队伍中站出来。我警告你挡我者必死。但如果你是化身为人的神祇,我将拒不作战,因我不愿举手反对神灵。如果你是人,那么来罢,你是绝不会有活命的。"

但柏勒洛丰的孙子回答:"狄俄墨得斯,为什么问我的家世呢?我们人类都是如同树林里的叶子,随着秋风摇落,到春天又在枝头重生。如果你愿知道,请听吧。我的祖先是埃俄罗斯,是赫楞的儿子。他生了足智多谋的西绪福斯。西绪福斯生格劳科斯,格劳科斯生柏勒洛丰,柏勒洛丰生希波罗科斯,而我便是希波罗科斯的儿子。那便是他派遣我来反对阿耳戈斯人,而我也将奋勇作战不辱祖先。"

当他说完话,狄俄墨得斯即将枪插在地上,并用友爱的声音对他说:"高贵的王子,原来我们的父辈都是好友!有二十天我的祖父俄纽斯曾在他的王宫招待你的祖父柏勒洛丰。他们彼此都惠赠高贵的礼品。我的祖父赠给你的祖父一根紫红的腰带,你的祖父则回赠一只双耳的金杯,这现在还被我保存着。所以你如果到阿耳戈斯去,你便是我的贵宾,我到吕喀亚去,你也将是我的东道主。所以让我们在战场上不要动武。有着够多的特洛亚人供我杀戮,也有着够多的阿耳戈斯人供你杀戮。让我们交换我们的武器,使别人知道我们如何地骄傲着我们祖先的友情。"于是他们都从战车上跳下,互相握手,并盟誓定交。但因为这时的宙斯已在随处祖护阿开亚人,他使格劳科斯的心里糊涂,竟以自己的黄金的盔甲掉换狄俄墨得斯的青铜的胸甲。这就好像人们以一百条牡牛交换九条牡牛一样。

赫克托耳在特洛亚城

同时赫克托耳来到斯开亚城门和宙斯的圣橡树下面。在这里特洛亚人的妇女们都拥挤在他的周围询问关于他们的丈夫、儿子、兄弟和亲友们的消息。他不能详细回答每一个人所问的问题,只是要求她们都向神祇祷告。即使这样,他的话语仍使许多人充满沉闷和苦痛。现在他来到他父亲的宫殿。那是最美丽的建筑,两侧有着用石柱支撑着的

狄俄墨得斯与阿瑞斯的战斗

广阔的走廊。里面则有五十间相连的大理石的宫室。国王的儿子们和他们的妻子都居住在这里。内廷的另一面则有十二间互相连接的大理石建筑的厅堂,国王的女儿和女婿们住居在这里。整个的建筑都有城堡围绕着,它的本身便是一座卫城。在这里赫克托耳遇到他的母亲赫卡柏,她正要到她的最美也是她所最爱的女儿拉俄狄刻那里去。

这年老的王后急忙向赫克托耳走来,握着他的手并充满无限的慈爱和关心询问他:"儿子,你怎么会在战斗中来到这里呢?那必是阿耳戈斯人加紧围困我们,所以你来伸手向宙斯祈求。等着,让我拿芬芳的美酒来,使你可以举行灌礼,然后喝一口来恢复精神。要使疲惫的战士振作再没有比酒更好的东西。"

赫克托耳回答她:"不要酒,亲爱的母亲,免得我的心情昏沉,四肢无力。我也不想用不洁的双手向宙斯举行灌礼。我请你和所有特洛亚的贵妇们都手持熏香,到雅典娜的神庙去,将你的最华贵的衣袍献在女神的面前,并许愿献祭她十二只纯净的小母牛,请她悯恤我们。同时我还去邀请我的兄弟帕里斯出战。我愿大地立即将他吞没,因为他是生来要使我们全城毁灭的!"

母亲即刻如儿子所说去做。她进入芳香的内室,取出她的美丽的丝袍,那是帕里斯经过漫长的航程带着海伦回家时从西顿地方带来送给她的。其中最美丽的一件是用最复杂的花样织成的,她从箱底上将它取出,带着它同所有特洛亚的贵妇们到卫山上的雅典娜神庙去。安忒诺耳的妻子即雅典娜在特洛亚的女祭司忒阿诺打开神庙的圣堂。妇人们都在雅典娜的神像周围举手向她祈祷并且悲泣。最后由忒阿诺从王后手中将衣袍放置在神像的膝上,并向这宙斯的女儿哀求:"帕拉斯·雅典娜,保护城池的最伟大的女神!请碎断狄俄墨得斯的矛吧!让他在特洛亚城门外面倒栽在地上,脸埋在泥土里。请怜悯这城池,请可怜妇女和小孩子们。你能保佑我们,我们将献祭你十二只纯净的小母牛。"

但在帕拉斯·雅典娜的心里,她是拒绝她们的哀求的。这时赫克托耳已来到帕里斯的宫殿,它在卫城的最高处,国王和赫克托耳的宫殿的附近。因这两个王子的宫殿是和国王的宫殿分开的。赫克托耳手中执着矛。那有十一肘长,矛杆和青铜矛头接榫的地方用一金环箍着。

他看见他的兄弟在检视武器并在修理他的弓。海伦则坐在她的侍女中间指挥她们,大家正在作各种日间的操作。当赫克托耳看见帕里斯,他斥责他:"在这里过舒服的日子是罪过的! 正是因为你,人们都在我们的城外恶战。你看见任何人在这紧急的时刻偷懒,你也会不满的。来帮助我们防守城池,在它没有被敌人攻破并被敌人焚毁以前。"

帕里斯回答:"兄长,你责骂我才是罪过呢。因我悲痛,我才在这里消遣。现在海伦鼓励我回前线作战,我就要去了。等一等,我束上我的铠甲。或者你先走一步,我随后就来。"

赫克托耳没有回答,但海伦谦恭地对他说:"哥哥,我真的是带来了灾祸。我宁愿在我和帕里斯在这里的海岸登陆以前被海浪卷去。但事已至此,我愿我的丈夫更争气一些,希望他重视自己所受的侮辱和轻视。但他却没有骨气,他的怯懦所引致的不幸结果不久就会来到。但你,赫克托耳,请你进来,请来休息一会,为着我和我的懒怠的丈夫,你辛苦了。"

"不,海伦,"赫克托耳回答,"别让我休息,我绝不能休息。我的心渴望着援救特洛亚人。你的任务是激励帕里斯作战。让他快来,在我出城以前使他可以和我会合在一起。但是我得先去我的住屋看看我的妻子,我的小儿子和仆人们。"说着他飞快地走开。但他在住屋里看不到妻子。"当你的妻子听说特洛亚被加紧压迫和阿耳戈斯人得到胜利时,"看门的女仆人对他报告,"她就怀着焦虑惶惑地离开宫殿爬到碉楼上去,保姆只得抱着孩子跟在她的后面。"

赫克托耳又飞快地转到特洛亚的大街上。当他来到斯开亚城门,他的妻安德洛玛刻,喀利喀亚的忒柏城国王厄厄提翁的美丽的女儿立即向他走来。一个女仆跟随在后面,怀中抱着像星星一样灿烂的幼儿阿斯堤阿那克斯。父亲对着幼儿安静地微笑,安德洛玛刻却泪流满面,温和地握着他的双手。她说:"真的,由于你的勇敢,你必定会牺牲。但你不怜悯你的幼儿和你的即将守寡的不幸的妻子么? 假使我没有了你,我最好也死去。阿喀琉斯杀死了我的父亲,我的母亲被阿耳忒弥斯的神箭射死,我的七个兄弟也同时被珀琉斯的儿子杀死。现在你,赫克托耳,便是我所有的一切。你便是我的父母和兄弟。因此望你怜悯我和我一起待在碉楼上。不要使你的孩子成为孤儿！将你的军队调到那长满无花果树的小山上。因那里的城墙没有防护,敌人容易攻进来。有三次,勇敢的阿耳戈斯人——两个埃阿斯,阿特柔斯的儿子伊多墨纽斯和狄俄墨得斯——或者是他们听到预言家的指示,或者是凭着他们的直觉的认识,都曾向着那地点攻来。"

赫克托耳温和地回答她:"亲爱的,所有这些也使我感到心情沉重,但是如果我停留在这里,远远站着旁观,我便是一个懦夫,便要在特洛亚人的面前丢脸！我的勇气也不许可我这么做,它总是驱使我到最前线。我的心预感到不久神圣的特洛亚城会沦为废墟,普里阿摩斯国王和他所有的人民都被毁灭。但为你所感到的痛苦,比之于特洛亚人的灾难和死于阿耳戈斯人的刀剑下的父母兄弟更使我难过。阿开亚人将抢走你作为俘虏。你将悲号哭泣。在阿耳戈斯那边你将纺织或者到河中取水;看到你流泪的人都会说:'那是赫克托耳的妻子呀！'让黄土深深埋葬我,不要让我听到你被抢走时的哭声。"

他一面说着,一面伸手抚抱他的幼儿。但孩子惊叫着躲藏在乳母的怀里,因他看见父亲的作战装束,看见他的青铜盔和迎风飘动的高耸的马鬃盔饰而感到恐惧。赫克托耳微笑着将战盔摘下放置在地上,亲吻这孩子,并抱着他摇晃。最后他向神祇祈祷:"宙斯和所有的神祇们！让这孩子如同他父亲一样,成为人们的领袖。让他将来长得有力量,统治特洛亚城。当他满载着战利品从战争凯旋归来时让人们说:'是呀,他甚至比他的父亲更勇敢。'"说着他将孩子放在他妻子的怀里,她紧紧地抱着他,含着眼泪微笑。

赫克托耳悲愁地抚拍着她的手,对她说:"别悲痛！假使我命不该死,就无人可以杀死我。但没有人可以逃脱他的命运！还是去纺织,并照管你的女仆们去。特洛亚的男子,尤其是我,必须担负这战争的重大责任！"于是赫克托耳戴上战盔离开她。

安德洛玛刻回到宫殿去,一路频频回顾并悲哀地流泪。她的女仆们看到她,也悲不能禁,所以在赫克托耳的宫殿里,就像他真的死去了一样地凄凉。

赫克托耳与其妻安德洛玛刻告别

帕里斯并不延迟。佩着青铜的灿烂的武器，大步在城内穿过，就好像饱食后松开缰绳奔跑到河岸去的大雄马一样。他遇到他的哥哥赫克托耳，这时他刚刚离开他的妻子。"我劳你久等了么？"他远远地就向赫克托耳喊道。"我没有更快地赶来，让我的长兄久等了。"

但赫克托耳慈爱地回答他："好兄弟，我不能不说你是一个勇敢的战士，只是你常常落后并荒废时日。当我听到为你遭受这么大灾祸的特洛亚人切齿怨恨地谈到你时，我很痛心。但这事留待以后再谈，那时候我们将阿开亚人逐出了我们的海岸，从容舒适地坐在宫殿里饮酒庆祝自由，那时我们再来谈论这事。"

赫克托耳和埃阿斯决斗

雅典娜从俄林波斯圣山看到这两弟兄正走向战地，她即刻来到特洛亚城。在宙斯的圣橡树下面她遇见阿波罗，他已离开卫城并在指挥特洛亚人作战。"你为什么这样焦急地从俄林波斯赶到这里来呢？"他问他的妹妹。"你仍然固执着非特洛亚陷落不可么？但愿你听我的话不要在今天进行决战！让他们下一次再打吧，我知道你和赫拉是不会甘心的，除非巍峨的特洛亚城完全毁灭。"

雅典娜回答他："远射者哟，就像你所说的那么办吧。我也正是怀着这种想法从俄林波斯下来的。但告诉我你想怎样让这些人停止战斗？"

"我们所要做的事，"阿波罗说，"乃是鼓舞赫克托耳的勇气，让他向达那俄斯人单独挑战。这时让我们瞧着，看他们自己怎么解决。"帕拉斯·雅典娜赞成这意见。

预言家赫勒诺斯的心灵听到了神祇这谈话，他飞快地跑去见赫克托耳并对他说："普里阿摩斯的聪明的儿子，这次请听我的劝告，因我是你的弟兄且是最爱你的人。吩咐所有别的人们，无论特洛亚人或阿耳戈斯人都一样，要求停战。但你自己则要求和阿耳戈斯英雄中最勇敢者单独决斗来确定这次战争的胜负。你可以这么做，绝无危险。相信我，我是预言家，我知道你这时还不会死的。"

赫克托耳听了很高兴。他喝止住特洛亚军队，横矛站立在两军阵前。他们注意到这种表示，双方停止战斗，阿伽门农也命令他的军队停止前进。同时阿波罗和雅典娜则变作两只鹰栖息在宙斯的圣槲树上面，欣赏着这里的杂遝和纷乱。最后大家都带着发光的盾，盔和矛坐下来，静静地就和一阵细微的西风吹过的海面一样。现在赫克托耳站在中间开始发言：

"特洛亚人和达那俄斯人，请听我的衷心的提议。宙斯并不赞成我们最近所缔结的和约。他倒是愿意双方的军队在特洛亚城陷落或者达那俄斯人被驱逐出海外以前不要停息战斗。全希腊最勇敢的英雄们都和你们的军队同来了。谁敢和我单独决斗，请站出来。这是我的提议，并请宙斯作证：如果我的对手的矛将我杀死，他将剥取我的铠甲带回船去作为战利品，我的尸体则请他送回特洛亚城，俾可以在故乡的土地上火焚并举行光荣的埋葬。但如果阿波罗使我得胜，我杀死我的对手，那么我将摘取他的铠甲悬挂在特洛亚城的阿波罗神庙，你们也可以为他举行豪华的葬礼，并在赫勒斯蓬托斯建立高大的坟墓使未来的人都可以凭吊：'看哪，这是一位古代战士的茔墓，他是和伟大的赫克托耳决战而被杀死的。'"

他这样说着，但阿耳戈斯人保持沉默，因为要拒绝这挑战是可耻的，而要接受这挑战又是危险的。最后墨涅拉俄斯站出来并斥责他的伙伴。"唉！"他说，"你们是多么怯懦啊！你们是妇人而不是男子汉！如果没有一人敢和赫克托耳对敌，那真是使我们羞愧无地！你们这些怀着畏缩的心情坐在那里的人，我真愿意你们都变为土，化为水！我自己将去决斗，一切结果听凭神祇决定。"说着就束紧他的铠甲。但阿耳戈斯的王子们都惊跳起来，将他拖回，否则他必死无疑。

阿伽门农握着他的右手对他说，"兄弟，稍待一会！你想些什么？你发疯了么，你敢和比你强大的敌手，一个连更有力的人都害怕的敌手决斗！对于他即使阿喀琉斯也不敢鲁莽从事。我们都请求你三思而行。"

阿伽门农用这番话改变了墨涅拉俄斯的决心。现在涅斯托耳向他的军队演说，告诉他们他和阿耳卡狄亚的厄柔塔利翁决斗的故事。他在结束时说:"假使我当年的精力还在,赫克托耳不用等多久就会有一个对手的。"这些寓有责备之意的话一说完,即刻有九个王子跳起来愿意和赫克托耳单独决斗。其中第一个是阿伽门农,其次是狄俄墨得斯,其次是两个埃阿斯,其次是伊多墨纽斯和他的朋友墨里俄涅斯,其次是欧律皮罗斯,托阿斯和俄底修斯。"现在来拈阄决定,"涅斯托耳说。"无论谁拈到,阿耳戈斯人都会高兴,他自己决斗获胜时也会同样高兴的。"

于是每个人各作一阄,都放在阿伽门农的战盔里,由涅斯托耳摇动战盔。最先摇出的是忒拉蒙的儿子埃阿斯的阄。一个传令兵拿着它传给其余的八个英雄看,大家都不认识,直到送给作阄者本人埃阿斯,才认出来。埃阿斯将它投在地上高兴地叫道:"这是我的呀! 我很高兴,因我希望战胜赫克托耳! 在我准备的时候,你们都默默地或大声地祈祷吧!"

人们都遵从他的意思。于是他束紧金光灿烂的铠甲,大步走到战场,好像战神本人一样,严肃的面孔上略带微笑,手中挥舞着他的沉重的长矛。所有的阿耳戈斯人看到他都欢喜,而特洛亚人的队伍则为之悚惧。甚至于伟大的赫克托耳也怦怦心跳,但他既已提出挑战,所以当然不能后退。

埃阿斯走到他的面前,用那面青铜和七层生牛皮做成的大盾(一个瞎眼睛的巧匠为他制造的)掩蔽着自己。当他逼近赫克托耳,他威胁地对他说:"赫克托耳,现在你当知道除了珀琉斯的狮心儿子以外,达那俄斯人还有着别的英雄,别的许多英雄! 现在我们开始吧!"

赫克托耳回答:"忒拉蒙的威武的儿子,别恐吓我,拿我当做怯懦的妇人孺子。我有着多少次战斗的经验。我知道怎样或左或右舞着我的盾,我知道怎样走着战神的步伐,并在混乱中驾驭着马匹。那么来吧! 我不用诡计,只是当着你的面向你投出我的矛。"

说着就投出他的矛,这矛有力地飞出,一直射中埃阿斯的盾牌,贯穿他的六层生牛皮,只是第七层没有穿透。现在埃阿斯投枪,它穿透了赫克托耳的盾,击破他的胸甲,如果不是赫克托耳急闪在一旁,它甚至会射入他的腹部。现在双方持矛而刺,来回角逐如同两只愤怒的野猪。

赫克托耳对准埃阿斯的盾的中心刺去，但矛尖折断不能穿透青铜盾面。埃阿斯则刺透对方的盾，并划破他的脖子，即刻血流如注。赫克托耳略略后退，用他的筋脉奋张的大手从地上拾取巨石向埃阿斯投去。这击中埃阿斯的大盾，发出当的一声巨响。埃阿斯拾起一块更大的石头用力向赫克托耳掷去以致对方的盾牌凹了进去，打伤他的膝部，使他仰面倒下。但他并没有放松他的盾；站立在他旁边不为人所见的阿波罗即刻将他从地上扶起。两人正要执剑彼此突击，立决胜负时，双方的使者（伊代俄斯代表特洛亚人，塔尔提比俄斯代表阿耳戈斯人）冲出来阻止他们决斗。"别再战斗了，"伊代俄斯大声喊道。"你们双方都是勇士，都是宙斯所爱护的人。我们大家都看得很清楚。但天时已晚！请听从黑夜的命令停战！"

"向你自己的人说去，"埃阿斯回答他，"向阿耳戈斯的最勇敢的英雄挑战的是他。如果他愿意，就先由他开始停战！"

现在赫克托耳向对方说："埃阿斯，神祇给了你强劲的四肢和无比的勇力，给了你投矛的技术。今天且让我们去休息。将来我们再决斗，直到宙斯将胜利和荣耀给与两个民族中的任何一方。现在让我们互相赠礼作为纪念，使将来的特洛亚人和阿耳戈斯人都这样说：'他们对敌时如同仇敌，但离别时却如好友。'"

说着，赫克托耳就赠给对方银柄的剑，还有剑鞘和剑扣。埃阿斯也解下了他的紫色的腰带赠给赫克托耳。最后他们告别。埃阿斯回到阿耳戈斯军营，赫克托耳回到特洛亚人的队伍。特洛亚人都庆幸他们的英雄能从凶暴的敌人手里活着回来。

休　战

阿耳戈斯王子们聚集在他们的统帅阿伽门农的屋子里，埃阿斯愉快地走来，引起一片欢呼。他们宰杀了的一只五岁的肥牛献祭宙斯，胜利者分到最好的一块——从牛背上割下的牛肉。在他们已酒醉饭饱后，涅斯托耳宣布会议开始，并提议明天双方停战，俾可以用牛车和驴车收集战场上阿耳戈斯殉难英雄们的尸体，在船舰附近将它们焚化，将来回国时再将他们的骨灰带回交给他们的子女。他的提议大家都欢呼赞同。

在另一方面,特洛亚人也在卫城上国王普里阿摩斯的宫廷前集议。他们都对于战争的结局感到惶惑而失望。明智的安忒诺耳首先发言:"记住我的话,特洛亚人和我们的同盟军!"他说。"我们已经失信了。只要我们仍然固执地违反被潘达洛斯破坏了的庄严誓约,继续战争,这对于我们将毫无益处。因此我不能再隐忍不言。我劝你们将海伦和她所有的财富都送回给阿耳戈斯人去。"

他说完之后,帕里斯站起来回答:"安忒诺耳呀,假使你真是郑重地作此建议,那必是神祇让你糊涂了。在我,我可以直说,我不愿交出海伦。让他们拿回我从阿耳戈斯抢来的财富好了。我还乐于从自己的积蓄中加上他们所要求赔偿的财富。"

接着,年老的国王普里阿摩斯用平静的语调说:"朋友们,今天我们不必再采取什么措施了。只是分配夜饭给每个战士,布置警卫,然后大家都安心地休息。明天我们的使者伊代俄斯可以到阿耳戈斯的军营传达我的儿子帕里斯的谈和的条件,同时并看看他们是否愿意在我们焚化我们的死尸以前,停止战争。如果和平无望,那么在死者的坟茔完成后再重新作战。"

结果就这么做了。第二天和平使者伊代俄斯来到阿开亚人面前,传达帕里斯和国王的提议。阿耳戈斯英雄们听完他的话,大家都保持沉默。最后狄俄墨得斯发言:"同乡们,"他说,"不要只是想着财富;即使他们同时交出海伦,也不要这样。你们当中最老实的人也极容易从这种提议里看出特洛亚人已经知道自己走到了末路。"

所有的王子们都大声赞成。于是阿伽门农对使者说:"你已听到达那俄斯人对于你们的提议的答复。但我们并不拒绝让你们去焚化你们的死者。发雷霆者宙斯可以为我的这话作见证。"说着,他向天高高举起他的王杖。

伊代俄斯转回特洛亚城,看见特洛亚人正在集议。当他报告对方的回答后,全城即刻动员。有的搬运尸体,有的砍伐山坡上的树林。在阿耳戈斯的军营中也同样地忙碌着。在拂晓的阳光中,对敌的人彼此和平相遇,各从对方的阵地寻觅本国人的尸体。因为死去的战士都被剥去了铠甲,且血迹模糊,所以不容易分辨出谁是敌人,谁是朋友。特洛亚人洗涤着尸体上的血渍,他们眼睛都哭红了,因为特洛亚人的死者是远较阿耳戈斯人为多的。但普里阿摩斯禁止他们大声悲泣,所以他们压抑着悲愁,默默地将尸体搬到车上,送上火葬堆。阿开亚人也这么做。他们也悲哀,直到最后的火光熄灭时他们才回到他们的船舰。这一工作费了整整的一天,现在已到夜饭时候。从楞诺斯岛,伊阿宋和许普西皮勒的儿子欧纽斯用货船载着几千坛美酒送来给阿耳戈斯人,因他和他们是很要好的。这礼物来得正是时候。于是大开盛宴,阿耳戈斯人在火葬了死者以后开怀痛饮。

特洛亚人也希望从战争的疲劳中得到恢复,但宙斯使他们不得休息。整个夜晚他始终在断断续续地以轰隆的雷霆恐吓他们,每一雷声都好像预兆着新的灾祸。大家的心里都怀着恐惧,举杯时也非得先泼酒于地对愤怒的宙斯作灌礼的献祭,否则不敢沾唇。

特洛亚人的胜利

但宙斯暂时又撤回他的决定。"好好地记住我的话!"第二天清晨他向在圣山集议的诸神和女神们说。"在今天,你们中有谁敢援救达那俄斯人或特洛亚人,我就将这叛逆者投入塔耳塔洛斯的陷坑里,那陷坑的深度如同天与地之间的距离一样。然后我要将地府的铜门槛铁门下键,使他永远不能再看到俄林波斯圣山的天光。假使你们怀疑我是否有力量这样做,那么用金链子拴着天宫,你们一齐用力拉,看看是否你们能将我拖到地上去。正相反,我可以将你们和大海陆地都一起扯上来并将链子锁在圣山的绝顶上,让整个大地悬吊在半空中。"

听了宙斯这些激怒的话,神祇们都十分畏服。但宙斯却乘上他的发雷霆的金车驰到伊得山去,那里有着献祭给他的圣林和神坛。他坐在山顶上十分威严地观察着特洛亚城和阿耳戈斯人的营幕。每个人都正在紧束铠甲。特洛亚人数量较少,但他们也奋勇备战,因为,要保卫他们的父母和妻子。立刻城门大开,他们的军队如潮水一样地涌出,有的乘着战车,有的徒步,都大声叫嚷和呐喊。这天早晨,双方不分胜负,双方都有死亡。但当午间太阳当顶时,宙斯将两个死亡的筹码放在黄金的天平的两端,在天空中称量。阿耳戈斯人的这一边向地倾斜,特洛亚的一边则向天高举。

宙斯立刻以闪电和雷霆警告达那俄斯人这命运的改变。他们看到这凶兆都战栗起来,即使最勇敢的英雄也感到沮丧。伊多墨纽斯,阿伽门农和两个埃阿斯都站在那里发抖。独有年迈的涅斯托耳仍在前线作战,但只是因为他退不回来。因帕里斯击中了他的一只马的脖子,这匹马惊怖得直立起来,然后倒在地上痛苦地挣扎。他正要用剑割断第二匹马的缰绳,这时追击着希腊人的赫克托耳乘着战车向他追来。

假使不是狄俄墨得斯赶去援救,高贵的涅斯托耳的生命定将不保。狄俄墨得斯大声责骂背转身向船舰逃回的俄底修斯,但也无法阻住他。于是他来到涅斯托耳的马前,将马交给斯忒涅罗斯和欧律墨冬,将这老人抱上他自己的战车一直奔向赫克托耳。他投出他的矛,虽没有投中赫克托耳,却投中他的御者厄尼俄剖斯,使他胸部受伤即刻倒地。赫克托耳深深地悲痛着他的朋友,让他躺下,另掉换一个御者。然后他向狄俄墨得斯冲来。现在如果他拔剑和堤丢斯的儿子砍杀,他必会丧命,但万神之父的宙斯十分知道他的死将是战局的转捩点,阿耳戈斯人会在当天攻破特洛亚城。宙斯不愿这事发生,所以他在逼近狄俄墨得斯的战车处闪击雷电。涅斯托耳惊怖得丢下缰绳,叫道:“狄俄墨得斯,逃跑吧! 你不看见宙斯不愿你在今天征服敌人么?”

“你说的对,”狄俄墨得斯回答,“但是如果有一天赫克托耳会在特洛亚人的大会上说:‘堤丢斯的儿子因为害怕而自己逃回去了。’那我一定要气死了!”

涅斯托耳说:“你以为你所杀死的特洛亚人的朋友和妻子会相信赫克托耳的话,说你是懦夫么?”说着,他就驱策马匹离开阵地,赫克托耳和特洛亚人在后面追赶,并大声呼喊:“堤丢斯的儿子,从来阿耳戈斯人在饮宴和集会时都对你表示敬意。从此时起他们将蔑视你。征服特洛亚并把我们的妇女用船载走的不会是你了!”狄俄墨得斯犹豫着。接连三次他在心中盘算究竟应否回身重上战场并一直奔向嘲弄他的赫克托耳。但宙斯也一连三次在伊得山轰击雷霆使大地震动,所以狄俄墨得斯仍然继续逃跑,赫克托耳仍然继续追击。

赫拉看到这一情景,为之大惊失色。她想鼓励达那俄斯人的保护神波塞冬援救希腊人,但没有成功,因为他不敢反对他的更有威力的兄长。这时逃亡者已纷纷来到船舰外面的壕沟和围墙,如果不是赫拉使阿伽门农重新振作,召集惊惶失措的达那俄斯人勉力抵御,赫克托耳真的会攻入营幕并放火焚烧船舰。阿伽门农走上俄底修斯的远远高出于其他船只之上的巨舰。他笔直地站在甲板上,肩上披着发光的紫色的披风,向左边埃阿斯的营房和右边珀琉斯的儿子的营房大声呼喊。"可耻呀!你们干杯时的勇气都到哪里去了?我们居然输给一个人,赫克托耳一个人就把你们打退了!他即刻会焚烧我们的船舰的。宙斯哟,你给我降下了多大的灾难!如果我曾用祈祷和献祭表达过对你的崇敬,请别让特洛亚人在我们的船舰这里征服我吧!"他声泪俱下地说着。万神之父很怜悯他,于是向阿耳戈斯人显示一种吉兆:一只巨鹰,脚爪攫着一只小鹿,将它投落在阿开亚人为宙斯建立的神坛前面。

阿耳戈斯人看到这吉兆都很兴奋,他们又奋勇向前抵抗侵入的敌人。狄俄墨得斯从壕沟里跃出,走在阿耳戈斯人的前面,举矛刺入正驱策着战车回跑的特洛亚人阿革拉俄斯的背部。在他之后则是阿伽门农和墨涅拉俄斯,其次是两个埃阿斯;在他们之后是伊多墨纽斯和墨里俄涅斯,其次是欧律皮罗斯。最后第九个人是透克洛斯。由他的异母弟埃阿斯用大盾保护着,他将特洛亚人一一射杀。他刚刚好射倒了第八个人,这时阿伽门农高兴地看着他叫道:"就是这样,我的朋友!这样继续下去作为阿耳戈斯人的榜样。假使宙斯和雅典娜使我们攻破特洛亚,第一个从我接受光荣的赠礼的人必定是你!"

"国王,我不需要你许诺我什么,"透克洛斯回答,"我不会吝惜我自己。现在我尽了我所有的力量,只是还没有射死那只疯狗。"于是他用箭瞄准赫克托耳射去。但却射中国王普里阿摩斯的一个养子戈耳古提翁;他的头被战盔压得低垂在一边,就如同春雨中压弯了的一棵罂粟一样。透克洛斯又发射第二箭,但阿波罗使它不能中的,它射中赫克托耳的御者阿耳刻普托勒摩斯的胸部。赫克托耳为这个朋友十分悲痛,但也只好让他躺下,并叫第三个人来替他驾车。然后他疯狂地向前冲出,当透克洛斯弯弓搭箭的时候,用巨石击中他的腰部。弓弦断了,透克洛斯的腰部麻痹,即刻瘫痪下来。但埃阿斯看守着他的兄弟,在他的周围用盾牌保护他,直到两个朋友走来将呻吟着的他抬上船去。

现在宙斯又煽动特洛亚人的勇气。赫克托耳眼中放射着凶焰狂暴地追击着阿耳戈斯人,就如同在山林中追击野猪的猛狗,并杀死每一个他的矛所能达到的人。阿耳戈斯人又纷纷后退,并痛苦地向他们的神祇祈祷。赫拉听到他们的祈祷,激起心中的怜悯。她转身向雅典娜。"达那俄斯人危急了!"她说。"不是已到我们援救他们的时候了么?看看赫克托耳如何追击他们,他如何地大肆杀戮呀!"

"是呀,我父亲是很残酷的!"雅典娜回答,"他已忘记我如何忠诚地援救他的儿子赫刺克勒斯,当他作各种冒险的时候。现在忒提斯已经以她的娇嗔和温柔得到他的欢心,他一看见我就厌恶。但我想不久以后,他仍然会称我为他的可爱的蓝眼睛的女儿。赫拉,帮助我套上马匹。我将亲自到伊得山去劝说我父亲去。"

宙斯预见到她的来意。他皱着眉头吩咐使者伊里斯急风一样地飞到俄林波斯圣山的天门阻止两个女神的车辆前进。她们听到他的命令即刻归回。随即,宙斯自己乘上发雷霆的金车,整个的圣山因他的来临而震撼着。虽然他的妻子和女儿对他哀求,他也没有动心。"明天特洛亚人将得到大得多的胜利,"他对赫拉说。"伟大的赫克托耳将一直追击,直到阿耳戈斯人在船舰的船舱上作战,阿喀琉斯听到他们的喧嚷从他自己的屋子里挺身站出。这是命运女神的决定。"赫拉沉默着,面容忧郁。

天已黄昏,船舰周围的战斗渐渐沉寂。赫克托耳将他的战士们召集到战场的一边,坐在斯卡曼德洛斯附近的草地上集议。"要不是天黑了,"他说,"现在我们已经消灭了他们。但即使黑夜来到,我们也不要回去。只是派少数人去搬运牛,羊,酒和面包来。当我们饮食和照顾伤员时,我们的营火会保护我们使不受到敌人突然的攻击。天一破晓我们就继续冲杀,攻击他们的船舰。这时我们可以知道究竟是狄俄墨得斯从城头上将我摔死,还是我从他的死尸剥去他的铠甲。"一阵欢呼的潮浪在特洛亚人的军队中汹涌着。他们遵从命令,整夜休息,四周焚烧着熊熊的营火。每次五十人饮酒食肉。他们的马匹也在鞍鞯旁边嚼食着小麦和燕麦。

阿耳戈斯人去见阿喀琉斯

在阿耳戈斯的军营中,败退时发生的混乱和恐怖还没有终止,这时阿伽门农悄悄地按名召集王子们举行会议。他们怀着沉重的焦虑和悲愁集拢来,阿特柔斯的儿子向他们演说,一边说,一边叹气。"我们民族的朋友们和战士们,宙斯对我很苛刻。他给过我很好的吉兆,说我将征服特洛亚城并全胜而归,而现在他却欺骗我,要我失败而归,使多少英勇的战士被遗弃在战场上。他毁灭了这么多的城池,而且还要毁灭更多的城池;要反抗他的决定是没有用的。我们命定不能征服特洛亚。因此让我们乘上我们的船舰飞快地归回祖国去吧。"

听到这些丧气的话,希腊的英雄们都沉默着久不做声。后来狄俄墨得斯发言:"就在刚才,"他说,"国王啊,你还当着阿开亚人嘲弄我没有胆量!现在在我看来,宙斯使你高踞王位,却没有给你为王应有的勇气。你当真相信希腊的汉子们都如你所说的那样不敢作战么?如果你渴望回乡,请你自己回去就是。路是敞开着,你的船舰也准备在那里。但我们其余的人,所有别的阿耳戈斯人却愿意一直留下,直到普里阿摩斯国王的宫殿化为灰尘。即使别的人都愿意回去,我和我的朋友斯忒涅罗斯也要留下,仍然确信我们是神祇指引来的。"

当他说完,英雄们都大声喝彩。涅斯托耳也说:"虽然你如同我的最小的儿子一样的年轻,但你所说的每一个字都正确有力。来,阿伽门农,给这些英雄们举行一次欢宴。你的屋子里有足够的酒。那些守卫的人应在壕沟周围土墙旁边分享这次饮宴,而我们则在这里碰杯,并听听我们中间最智慧者的言语。"

于是王子们和阿伽门农坐下来饮宴,宴会毕,涅斯托耳又站起来向他们演说,"阿伽门农,你知道自从你违反我们的意见,强迫从阿喀琉斯的屋子里带走布里修斯的美丽女儿以后所发生的一切事情。我对于

318

这事曾怀着至诚向你警告。现在我们必须设法说服被侮辱的珀琉斯的儿子放弃他的怨恨和愤怒。"

"你说的很是，"阿伽门农回答，"我承认这是我的错。我愿意纠正错误，并给与充分的赔偿：十塔兰同金子，七个铜三脚祭坛，二十个炊鼎，十二匹马，七个我从勒斯玻斯岛作为战利品抢来的可爱的女人和美丽的布里塞伊斯本人。我虽然将她从阿喀琉斯的屋子抢来，但并没有碰过她，这一点我敢当着神祇发誓。等到战胜了特洛亚人并瓜分战利品时，我自己愿意使他的船舰装满金子和铜，并让他自己选择特洛亚的海伦以下的二十个最美丽的女人。当我们回到阿耳戈斯，他并可娶我的一个女儿为妻。我将以七座城池作为新娘的妆奁。我要像爱女婿那样爱他，待他如同我的独子俄瑞斯忒斯一样。只要他不恼恨，我保证一切都照着这么做。"

"真的，"涅斯托耳说，"你答应给阿喀琉斯的这些礼物已不算微薄了。让我们就派人去：福尼克斯领头，其次是大埃阿斯，俄底修斯，传令使荷狄俄斯和欧律巴忒斯也和他们同去。"

在郑重举行灌礼以后，涅斯托耳提名的王子们离开会场出发到密尔弥多涅斯人的船舰去。他们看见阿喀琉斯正在弹一架有银的横档的精制的竖琴。这是他从厄厄提翁得到的战利品，现在他正和着琴弦歌唱英雄们光荣的战绩。他的朋友帕特洛克罗斯坐在他的对面静静地听他唱完他的歌曲。这时珀琉斯的儿子看到他们由俄底修斯领头走来，吃惊地站起来，手中仍然抱着他的竖琴。帕特洛克罗斯也站了起来。两人都走上前去迎接他们。阿喀琉斯拉着福尼克斯和俄底修斯的手说："你们好，我的朋友们！我想你们此来必有要求，但我是这样地爱你们，爱你们超过任何别的阿耳戈斯人，所以即使我在恼怒中我仍然欢迎你们。"

帕特洛克罗斯即刻捧出一碗酒。阿喀琉斯由奥托墨冬帮助着烧烤一块山羊背，一块绵羊背和一块肥嫩的小猪腿。然后大家围着餐桌饮宴，当酒醉饭饱，埃阿斯向福尼克斯眨眼，但俄底修斯却已首先发言。他为阿喀琉斯干了一杯，然后握着他的手说："谢谢你，珀琉斯的儿子！这次饮宴真是丰盛极了。但我们到这里来并不是贪图丰盛的享受；一

帕特洛克罗斯与阿喀琉斯接待俄底修斯，埃阿斯，福尼克斯

种最大的不幸逼使我们到你这里来！因为现在已经到了我们得救或者是毁灭的地步，而这全凭你是否援救我们来决定。特洛亚人已迫近围墙和船舰。赫克托耳凶焰逼人，他信托着宙斯，放肆横行。在这最后关头拯救阿耳戈斯人吧，他们的命运已临绝境。请你别再骄傲！相信我的话，友情究竟比敌意可贵！当你出发远征特洛亚时，你自己的父亲珀琉斯也曾经这样对你说过。"接着俄底修斯计算着阿伽门农愿意奉献给他的丰厚的赠礼。

但阿喀琉斯回答："拉厄耳忒斯的高贵的儿子，对于你的好话我必须毫不迟疑地回答一个'不'字。阿伽门农之使我憎恶，正如地府之门一样。无论他和任何达那俄斯人都再不能引诱我重新回到他们的队伍中去。难道我吝惜过我的工作和辛劳吗？正如母鸟宁愿饿着肚子觅食哺育它的幼雏一样，我曾经日夜操劳流着如雨一样的血汗为那个不义的王子争夺一个妇人，并将获得的一切财富献给阿特柔斯的儿子。他贪得无厌，自己占有最大部分，只以其中最微小的部分分给我们其余的人。连我自己的战利品，我的美女，也被他夺去。就是为这理由，所以在明天拂晓，在我献祭宙斯和别的神祇们之后，我的船舰即将在赫勒斯蓬托斯的海上航行。我希望在三天以后可以达到佛提亚我的故乡。阿伽门农曾经一度欺骗我，我绝不会第二次上当。让他满足于他自己现在所有的东西。请回去将我的意思告诉他，但如果福尼克斯愿意留下，他可以和我一道上船回故乡去。"

他的老教师福尼克斯无论怎样劝说都不能使这青年英雄的决心改变。阿喀琉斯只是示意要帕特洛克罗斯为福尼克斯预备床位。最后埃阿斯站起来说："俄底修斯，让我们回去。这冷心肠的人不懂得友爱。友情不能使他感动。他是无法和解的人。"俄底修斯就从餐桌旁站起来；他们先洒酒于地对于神祇举行灌礼，然后和传令使们一起离开阿喀琉斯的屋子。只有福尼克斯一人留下。

多隆和瑞索斯

俄底修斯回来传达了阿喀琉斯的话，阿伽门农和其余的王子们都沉默着。阿伽门农两兄弟一夜没有合眼。离天亮还远,他们就怀着苦恼的心情起来分头去工作。墨涅拉俄斯依次去到每一营房,催促他们起床并鼓舞他们的勇气。阿伽门农则来到涅斯托耳的住屋去。他看见这老人睡在床榻上,他的铠甲,盾牌,战盔,腰带和两支枪都放在他的身边。他从梦中惊醒,用手肘支着头对阿伽门农说道:"你是谁?深更半夜,人们正在熟睡,你却从船舰中间走来,好像是来找人,又好像是寻找一只走失了的骡子?说呀,你这闷声不响的人!究竟来干什么?"

"难道你不认识我么,涅斯托耳?"阿伽门农小声地回答,"我是阿伽门农,宙斯使我陷入了悲痛的深渊。我不能睡。我的心剧痛,且四肢发抖,因为焦虑着阿开亚人的命运。让我们走去看看守卫的人是否都醒着。因为说不定敌人会在今天夜里袭击我们。"

涅斯托耳即刻披上毛织的紧身服,外加紫色披衣,伴随着阿伽门农在船舰各处巡视。最先他们叫醒俄底修斯,他即刻背着盾跟他们走来。后来涅斯托耳来到堤丢斯儿子的住屋,用脚踢他的脚踵,并用严厉的话叫醒他。但这英雄半睡半醒地回答他:"不倦怠的老人,你从来不睡觉么?不是有很多青年人可以在晚上巡视军营并叫醒大家么?你总是对一切都不放心!"

"你说得正对,"涅斯托耳说,"我有足够的人更不要说我的儿子们能代替我做这种工作。但是阿耳戈斯人的处境是这样地危险,以致我不能不受良心的驱使亲自出来。现在是千钧一发的生死关头。所以起来吧,帮助我们叫醒埃阿斯和费琉斯的儿子墨革斯。"狄俄墨得斯即刻起来,将狮子皮披在肩上,并叫醒涅斯托耳所提到的英雄们。他们一同来检视看守兵,没有一个偷懒睡去的人;大家都清醒地执着武器,随时准备着战斗。

渐渐地王子们都集拢来,于是举行会议。涅斯托耳首先发言:"如果能有一个勇敢的人去到特洛亚人军营劫取一个熟睡的士兵,或者窃听他们的会议,探明他们仍将停留战地或者作为战胜者回城去,那不很好么?有人敢于承担这个任务,便将受到重赏。"

涅斯托耳说完,狄俄墨得斯就站起来自告奋勇去担任这桩冒险的使命,只是要求有一个人同去。许多人都愿意去:两个埃阿斯,墨里俄涅斯,安提罗科斯,墨涅拉俄斯和俄底修斯。最后狄俄墨得斯说:"如果让我从你们挑选和我同去的人,我如何能放过俄底修斯呢?他能临危不惧,且是帕拉斯·雅典娜所爱护的人。如果他和我同去,我想我们绝无危险,因为他总是能够比任何人更快更好地想出办法来克服困难。"

"不要过分赞美或过分斥责我,"俄底修斯说,"要记住你是在富有经验的人的面前说话的啊!现在让我们走吧。星星已走得很远,黑夜只剩下三分之一了。"

于是两人都紧束铠甲,并各化装。狄俄墨得斯将自己的剑和盾都留在船上,另从特剌绪墨得斯借来他的双刃剑,牛皮盾和既没有鸟羽盔饰也没有马毛缨毡的战盔。墨里俄涅斯也将自己的弓,箭袋,一柄短剑和顶上镶着野猪牙的熟牛皮战盔给俄底修斯。他们这样装束停当,在黑夜中离开阿耳戈斯人的军营。他们从右方听到飞过头上的一只苍鹭的鸣声,他们很欢喜,以为这是雅典娜所显示的吉兆,因向她祈祷请求保佑他们这次的侦察。他们在黑夜中大步前进,踏着武器和死尸,通过血的泥塘,他们英勇得如同两只狮子。

当阿开亚人正计划着侦察特洛亚人,赫克托耳在特洛亚人的会议上也做出同样的提议,且保证从他个人将分得的阿耳戈斯人的战利品中拨一辆战车和两匹骏马奖赏给那个侦探敌情的人。特洛亚人中有一个名叫多隆的,他是使者欧墨得斯的儿子,颇负盛名且为人所尊敬。多隆有许多金银财宝。他是相貌不扬的小个子,但跑得最快。他听到赫克托耳的话,想到阿耳戈斯人的最优良的战车和两匹良马(那是属于阿喀琉斯的)的奖赏,很为动心,因此表示愿意到敌人军营和阿伽门农的船舰去侦察阿开亚人会议的情形。他即刻背着弓,戴上獭皮战盔,执着矛,迈步出发。但他所走的路使他和来作同样侦察工作的阿耳戈斯的两个英雄正好碰在一起。

俄底修斯听到脚步声音,悄悄地对他的伙伴说:"狄俄墨得斯,有人正从特洛亚的营盘里来呢!他或者是探子,或者来剥取死尸的铠甲。等他走过,然后我们追上去捉住他,或者把他赶到我们的船舰那边去。"

两人蹲伏在路旁死尸中间，而多隆毫无疑虑地飞快地走过。当他越过他们已有一箭的距离时，他听到他们追来的声音，立即站住，以为或者是赫克托耳派人来召他回去。但当两个英雄走入矛可以达到的距离后，他看出他们乃是敌人。于是他拔腿飞跑，就如同被猎犬追逐的山兔一样。"站住，否则我的矛即刻射来！"狄俄墨得斯大声叫喊并掷出他的矛。但没有投中，青铜的尖从奔跑者的肩头上飞过，直射到地上，多隆恐怖得面无人色地停下来。他的下颌发抖，牙齿打战。

当两个英雄赶上去捉住他时，他哭泣着哀求："请饶我活命。我是富有的人，我可以给你们所要求的金银赎回我自己！"

"勇敢些，"俄底修斯对他说，"不必想到死，但必须真实地告诉我们，你来这里做什么。"当多隆战栗而恐惧地说出一切，俄底修斯微笑着说："你真想要珀琉斯的儿子的马匹么，你的口味倒不坏！但现在必须毫不迟疑地告诉我，你是在哪里和赫克托耳分手的？他的马匹在哪里？还有他的铠甲呢？其余的特洛亚人和同盟军都在哪里？"

多隆回答："赫克托耳和王子们在伊罗斯大坟附近开会；战士们都睡在营火周围，并没有比平时更多的守卫；从远地来的同盟军因没有家室的忧虑，所以和大军分开来睡，没有守卫。当你们进入特洛亚人军营，你们最先遇到的人必是新近来到的特剌刻人。他们集合在国王瑞索斯的周围，瑞索斯是厄依俄纽斯的儿子。他的马匹一色的雪亮，高大而跑得飞快，这是我从来没有见过的。他的战车用金银装饰着，他自己穿着光辉灿烂的黄金铠甲，就像天神下降一样。现在你们既已知道了一切，就将我带回你们的船舰去，或者将我绑在这里，同时你们自己去证明我所说的并非虚妄。"

但狄俄墨得斯对这个俘虏怒目而视，他说："你这骗子，我明白你想逃走，只是我要使你永远不再危害阿耳戈斯人！"多隆惊恐地举起右手抚摩着狄俄墨得斯的下颌哀求，但堤丢斯的儿子却拔剑砍去，他的头颅即时滚落地上。于是两个英雄取下他的獭皮战盔，从尸体上剥下他的狼皮铠甲，解下他的弓箭，从他的手里拿过他的矛并将铠甲安置在柽柳树上，作为指示他们归途的标记。后来他们前进，走到正在熟睡的特剌刻人的军队那里。他们每人身旁都有一小队不安地踢踏着的马匹。

他们的武器整齐地放置地上，成为三列，都闪闪发光。在中央睡着瑞索斯，他的马匹用缰绳拴着站在战车后面。

"这正是我们所要寻觅的人，"俄底修斯小声地向狄俄墨得斯低语，"现在让我们即刻行动。你解开马匹——或者你杀人，将马匹交给我罢。"

狄俄墨得斯没有回答，却左右斩杀，有如狮入羊群，剑锋所到之处，只听见一片垂死的呻吟，地上流满鲜血。很快他就杀死了十二个特刺刻人。但敏捷的俄底修斯却拖曳着死尸的脚将他们移在一旁，让出马匹的道路。现在狄俄墨得斯杀死的第十三个人，就是瑞索斯国王，他正在神祇给他的噩梦中呻吟。同时俄底修斯从战车上解下马匹，拉着缰绳，以弓作马鞭驱策着它们离开军营。然后他轻轻吹着口哨作为向他的同伴呼唤的暗号。狄俄墨得斯正在犹豫究竟是拖着辕杆将这美丽的战车拉走还是用肩头扛回去，这时帕拉斯·雅典娜走来警告他，要他快逃。狄俄墨得斯即刻跃上一匹马。俄底修斯同他并辔而驰，用弓击打着马背，飞快地奔向自己的营幕。

特洛亚人的保护神阿波罗看见雅典娜和狄俄墨得斯在一起。这使他很恼怒。他降落在特洛亚人的军队中间，惊醒国王瑞索斯的朋友希波科翁。当他注意到国王的马匹已经不见，人们都在地上的血泊里挣扎，他悲哀地呼叫着他的朋友。特洛亚人随即涌来援助他们的同盟军，看见这种惨状都为之发怔。

同时希腊的两个英雄已来到他们杀死多隆的地方。狄俄墨得斯从马上跳下来，将多隆的铠甲递到他朋友的手里又即刻上马。俄底修斯跃上另一匹马，他们都向船舰奔来。涅斯托耳首先听到马蹄的声音并告诉王子们，但是他们还来不及仔细谛听，两个英雄已经来到，下了马，和朋友们握手，述说他们的冒险经过，战士们听到这故事都欢呼起来。俄底修斯驱马通过壕沟，别的阿耳戈斯人跟随着他进入堤丢斯的儿子的屋子，他们将马匹拴在满盛着麦粒的马槽边。但血污的铠甲则放在船舰后面，留待将来将它洗干净作为对于雅典娜感恩的献祭。现在两个英雄先在海水里洗去身上的血汗，然后坐在盛满温水的大盆子里用油脂擦他们的身体，并享受晨间的早餐，饮着满杯的酒，但他们并不忘

厄里斯被宙斯遣向船舰

记先对于雅典娜举行灌礼。

阿耳戈斯人又一次溃败

现在已是白天。阿伽门农命令战士们都穿上铠甲,他自己也穿上他的美丽的胸甲,这胸甲是用十排青铜片和十二排金片,二十排锡片交织成的。保护脖颈的部分曲回作蛇形,灿烂如虹彩。这是库普洛斯国王喀倪剌斯的赠品。然后他将宝剑用镶金的带子背在肩上。剑鞘是银的,剑柄则饰以黄金的钉头。他持着他的圆盾,周围有十道青铜箍,上面有二十颗锡钉。在暗蓝的盾面中央刻绘着可怖的墨杜萨的头,盾带则是一条有三个扭结着头的紫龙。在头上他戴着一顶嵌着四只角的战盔,上有马缨飘荡,顶饰威严地抖动着。最后他执着两支有雪亮的青铜枪尖的长枪,大步走上战场。天上的赫拉和雅典娜看到这国王,也用欢欣的雷霆向他致敬。现在军队飞速地前行。首先步兵越过壕沟。在步兵之后则是战车。大队人马都喧声震耳地向前移动。

在战场的对面,特洛亚人已占据一座小丘。他们的领袖是赫克托耳,波吕达玛斯和埃涅阿斯。其次重要的是安忒诺耳的三个儿子波吕玻斯,阿革诺耳和阿卡玛斯。赫克托耳煜耀而辉煌如同黑夜天空的巨星,他倏地出现在军队的前锋,倏地又来到队伍的后面布置部队。他的青铜铠甲灿亮得如同宙斯的闪电。双方的军队凶勇狂奔,向前冲杀,如同收获者在麦田中割麦一样。阿开亚人首先突破敌人的队伍,阿伽门农闯上前去,杀死王子比厄诺耳和他的御者。后又向国王普里阿摩斯的两个儿子,安提福斯及其御者伊索斯冲去。他用剑杀死安提福斯,用矛将伊索斯挑下战车,并即刻剥去他们的铠甲。现在他遇到了安提玛科斯的两个儿子;安提玛科斯就是得到了帕里斯的贿赂并劝阻别人不要献出海伦的那个人。

这两个青年松开手中的缰绳,蜷伏在战车上请求饶恕。但阿伽门农想到他父亲的可恨,用枪刺死其中的一个,另一个则用剑砍去他的双手和头颅。阿耳戈斯人,无论步兵和战车,都愈来愈深入到敌人的阵地,正如蔓延在树林里面的大风吹起的烈火一样。

从血流成河的混战中，宙斯亲自指引赫克托耳逃脱，并保护他不被流矢伤害，让他经过满是无花果树的山坡逃到古代国王伊罗斯的大坟，并由此向城里奔逃。但双手涂染着特洛亚人鲜血的阿伽门农大声呼叫着追逐他。刚刚来到宙斯的圣橡树附近，离斯开亚城门不远的地方，赫克托耳和同他一起逃亡的战士们终于站住了。宙斯派遣伊里斯吩咐他在阿伽门农勇往直前的时候自己不要出战，而令别的人抗击，直到阿伽门农受伤为止。然后万神之父必然保护他，使他获得胜利。赫克托耳遵从神祇的命令。他鼓舞他的战士向前冲杀，新的大战又开始了。

阿伽门农仍然前进，深入到特洛亚人及其同盟军的行列中。他最先遇到的人是安忒诺耳的儿子伊菲达玛斯，他是一个伟大英勇的英雄，曾在特刺刻地方由他的外祖父抚养长大，这次刚刚结婚就离开特刺刻来到他的出生地作战。阿伽门农的枪没有投中他，伊菲达玛斯的矛尖也因刺到敌人的银腰带而折断。阿伽门农迅速地抓住他的矛杆并用剑砍他的脖子。这样，伊菲达玛斯在远离年轻的妻子的地方，为自己的民族作战而牺牲，他的僵硬的尸体长眠在那里，没有一个人注意。阿伽门农卸去他的铠甲，并在阿耳戈斯队伍中炫耀他的光荣的战利品。但安忒诺耳的长子，特洛亚的一个最优良的战士科翁看到了他，内心充满了对于被杀死的兄弟的无限悲痛。但他的悲痛并没有减低他的机敏，他从侧面悄悄地来到阿特柔斯的儿子的身边，在他不注意的时候突然举矛刺入他臂上接近手肘的地方。阿伽门农觉得全身一阵颤抖，但仍继续作战。这时科翁想拖着他兄弟尸体的脚要抢回去，但阿伽门农的枪却从盾牌下刺中了他，他倒在兄弟的死尸上死去。

阿伽门农虽然手臂上鲜血直流，仍然在特洛亚军队中用枪，用剑，用石头奋战。最后血液凝结，一种剧痛迫使他离开战场。他即刻乘上战车，吩咐御者驱车回船舰去。一阵尘土飞扬，他的战车飞快地奔向阿耳戈斯人的营幕。

赫克托耳看见阿忒柔斯的儿子离开，他想起宙斯的命令，于是赶到特洛亚人和吕喀亚人的前锋队伍中，向他们大声呼叫："现在请勇敢些，朋友们，尽速围攻阿耳戈斯人。达那俄斯人的最勇敢的英雄已经离开战场，宙斯将使我们得到胜利。前进呀！驱策着马匹冲进阿耳戈斯队伍,使我们取得更大的胜利。"他一面叫喊,一面如同风暴一样领头冲击。不久就有九个阿开亚王子和许多的普通士兵在他的突击下死亡。他几乎要将阿耳戈斯人赶回他们的船舰了,这时俄底修斯却鼓舞堤丢斯的儿子挺身出战。

"那是可能的么,"他大声喊道,"我们不能驱退敌人? 走近些,朋友们,站立在我的身边。让我们宁死不要看见赫克托耳劫取我们的营幕!"狄俄墨得斯点点头,就向特洛亚人廷布赖俄斯掷出他的短枪;短枪直贯入他的左胁,他从战车上滚下来死在地上,俄底修斯也杀死他的御者摩利翁。他们继续向特洛亚人冲击,这时别的阿开亚人才稍稍喘过气来。宙斯仍然在伊得山的绝顶上观战,他使阿耳戈斯人和达耳达尼亚人的命运保持平衡。但现在赫克托耳认出了这两个英雄,他指挥着他的队伍一直向他们两人奔来。狄俄墨得斯为了救自己,也向赫克托耳的战盔投出他的枪。枪并没有击中,但赫克托耳急忙倒退并且滑倒在地。他用右手撑住身体,觉得一阵昏眩。这时,狄俄墨得斯去捡回自己的枪,赫克托耳即乘机跳上战车,在他的战士们的保护下逃去。

狄俄墨得斯恼怒地转身向着别的一个特洛亚人,将他击倒在地,并准备剥去他的铠甲。但帕里斯抓住这个机会。他躲在伊罗斯大坟后面,紧紧地伏在墓碑上,一箭射中这半跪下的英雄的右脚,箭头射入脚跟牢牢地钉在那里。这时他从隐伏中跳出并嘲笑他的敌人。狄俄墨得斯向四周观望,当他看见帕里斯时就对他说:"原来是你啊,妇人们所宠爱的人! 在光天化日下你不能和我对阵,现在你却夸耀你从背后射伤了我的脚踵。但这不过像妇人孺子所造成的小小伤害而已,并不会给我多大的苦痛。"同时俄底修斯赶到这地方来,用他的身体屏蔽着这受伤的朋友,使狄俄墨得斯可以从脚跟上将箭头拔出。伤口很痛楚,但他的手法也敏捷而准确。最后他乘上战车,在他的朋友斯忒涅罗斯的身边,由他将他带回船舰。

现在只有俄底修斯一人还在敌人阵中,没有别的阿耳戈斯人敢来支援他。这英雄正考虑着究竟是逃走还是坚定地留在原地方,但他即刻知道,要获得战争的光荣就必须留下,杀死敌人或者被敌人杀死。当他正在这么想着,特洛亚人从四周向他包围,如同猎人猎犬围攻着正愤怒得磨牙的野猪一样。俄底修斯坚定地站着，不久就有五个特洛亚人被杀死倒在地上。第六个人索科斯看见他的兄弟被他杀死，便大声呼喊："俄底修斯，今天你或者杀死希帕索斯的两个儿子并剥取他们的铠甲作为战利品而光荣地归回，或者就在我的长枪之下丧命。"说着就用枪刺破俄底修斯的盾牌，并刺伤他的肋骨。但雅典娜不让枪尖刺入更深。俄底修斯知道这伤口是不会致命的，所以略略后退，然后用矛投掷正向后奔跑的敌人；他刺中敌人的背心，矛尖从前胸穿出，使他跌在地上死去。俄底修斯直到此时才将身上的枪尖从伤口拔出。特洛亚人看见他鲜血涌流，就更逼近地包围着他，他只得后退并三次呼叫求援。

墨涅拉俄斯最先听到他的呼声，向在身边的埃阿斯说："让我们猛力冲入敌阵。我听到俄底修斯求救的呼声。"即刻两个英雄奔到他的面前，这时他正挥击着长枪抗拒无数的敌人。埃阿斯持盾站立在他的前面如同巨塔一样，使特洛亚人都恐惧得发抖。墨涅拉俄斯乘机拉着俄底修斯的手，扶他乘上他的战车。同时埃阿斯冲入敌人核心，清除前面堆积着的死尸，正如冬天暴发的山洪冲刷着干枯橡树和松杉一样。赫克托耳没有看见他。他在战场的左方即斯卡曼德洛斯河的河岸上战斗，屠杀着那些紧随着伊多墨纽斯的年轻战士。战士们是不会退让的，假使不是帕里斯射出的一支有三个倒钩的箭射中了阿耳戈斯军营中最著名的医师玛卡翁的右肩。这时伊多墨纽斯惊恐得大声呼叫："涅斯托耳，来援救我们的朋友乘上你的战车。一个能够剜治箭伤和精于医药的人抵得上千百个其他的人！"涅斯托耳连忙将玛卡翁扶上战车，驱策着马匹奔回船舰。

现在赫克托耳的御者使他注意到特洛亚军队的右翼，由于埃阿斯的冲杀而发生一片混乱。赫克托耳即刻奔来向阿耳戈斯人攻击，但他避免和埃阿斯作战，因宙斯曾警告他不要与一个更有勇力的敌人较量。同时宙斯也使埃阿斯的心中感到恐怖，因此他看见赫克托耳就将盾牌背在肩上，并由于耽心船舰的安全而离开特洛亚人的阵地。他的敌人们看到他逃跑，就向他背在背上的盾牌纷纷投掷他们的矛。但当埃阿斯一回头，他们又恐惧得后退。到他来到通向船舰的小路时，他才停下来抵抗攻击者。他们的矛或者扎在他的蒙有七层生牛皮的大盾上，或者钻入土里，都没有触到他的身体。当勇敢的欧律皮罗斯看见他受到这大的压迫，立即跑来援救他，用矛投中特洛亚人阿庇萨翁的胸脯。欧律皮罗斯正剥取死者的铠甲，却被帕里斯射中左腿，他退到他的朋友们那里，由朋友们高举着枪和盾牌保护着他。

同时涅斯托耳的马匹载着他和受伤的玛卡翁从蹙额注视的阿喀琉斯面前经过。他正坐在船尾上静静地看望着特洛亚人追击他的同乡人。做梦也没有想到他的话会成为对他朋友的凶兆，他叫唤帕特洛克罗斯："去问问涅斯托耳，他从战地带回的是谁，不知为什么，我的心灵突然对阿耳戈斯人发生怜悯之情。"

帕特洛克罗斯如命向船舰跑来。他到达时，涅斯托耳正好下了马，将马匹交给他的仆人欧律墨冬，然后进屋子里去和玛卡翁一起享受由仆人赫卡墨得所预备的饮食。当这老人看见帕特洛克罗斯站立在门口，他从椅子起身向他走来，握着他的手，请他坐下。但帕特洛克罗斯没有进屋子去。他说："我得即时回去。阿喀琉斯叫我看看你从战地带回的是谁。现在我已知道是长于医药的玛卡翁，我得即刻回去告诉他。你知道我的那个朋友，他很性急，他对于无过失的人也会常常谴责的。"

涅斯托耳用感慨的语调回答："为什么如今阿喀琉斯的心情也会对于受了伤几至于死亡的阿耳戈斯人感到不安呢？所有最勇敢的英雄都受伤躺在船上；狄俄墨得斯受到箭伤，俄底修斯和阿伽门农被矛掷中，而我刚刚带回来的这人，即无比的医师玛卡翁也被箭头射伤。阿喀琉斯是无情的。是不是他要等到我们的船舰都被火焚，我们也一一死在血泊中才甘心呢？啊，想起当年我年富力强的时候，我作为一个胜利者到珀琉斯的家里。就是在那时候，我看到你的父亲墨诺提俄斯和你以及幼小的阿喀琉斯。他的父亲当时已是一个半老的英雄，他鼓舞他事事当先，成为最杰出的人物，而你的父亲则告诫你永远做珀琉斯的儿子的朋友和指导者，因为他虽比你力强，你却比他年长。将这事告诉阿喀琉斯。或者他现在会听你的话呢。"老人追述着他勇敢的青年时代的往事，直到帕特洛克罗斯听得怦然心动。

他归回时路过俄底修斯的船舰，遇到欧律皮罗斯，后者被箭射中了大腿骨,正忍痛跛着脚走回来。他叫墨诺提俄斯的儿子用阿喀琉斯所教给他的马人喀戎的医药来医治他的剧痛。帕特洛克罗斯很同情他,扶着他走进屋子里。在屋子里他使他躺在一张牛皮上,然后用尖刀剔出腿骨上的箭头,用温水洗去黑血,在手掌上揉碎一种苦药草,敷在创口上直到血液开始凝固。他这样照料这个受伤的英雄。

围墙边的战斗

阿耳戈斯人曾挖掘壕沟和建筑围墙保护他们的船舰,但因为当时没有献祭神祇,所以这些防御工事命定地不能保护他们。现在当围城的第十年,波塞冬和阿波罗决心用山洪和海浪冲毁整个的建筑。他们决定在特洛亚城陷落时就这样做。

战争逼近到营盘附近,阿耳戈斯人害怕赫克托耳的凶猛,都密集着靠紧他们的船舰。赫克托耳如同雄狮一样率领着他的队伍前进并命令他们越过壕沟。但是马匹都畏缩不前。它们到达沟边都打着响鼻,竖立起来,因为壕沟宽阔陡峻,壕边且栽有尖头木桩,只有步兵可以冒险通过。波吕达玛斯看到这种情况,就和赫克托耳商议:"如果我们强迫马匹通过,我们都得惨死在壕沟里面。不如让战车停在沟边,我们所有穿着青铜铠甲的人由你率领着步行过去突破围墙。"

赫克托耳赞成他的计划。他命令所有的英雄们,除御者以外都一律跳下战车,分成五队。第一队由赫克托耳和波吕达玛斯率领,第二队由帕里斯率领,赫勒诺斯和得伊福玻斯则率领第三队,埃涅阿斯负责第四队,萨耳珀冬和格劳科斯则统率所有同盟军作为第五队。在所有战士中只有阿西俄斯不愿离开他的战车。他转向左边的一条小道去,那是阿耳戈斯人留下来供自己的战车和马匹出入的通道。在这里他看见大门敞开着,因为达那俄斯人正在等待可能最后逃归营幕的人。阿西俄斯一直冲到这里,特洛亚人徒步跟随在他的后面。但在入口处却遇到两个厉害的看守兵,勒翁透斯和庇里托俄斯的儿子波吕波厄忒斯。他们站立门边如同山上的两株高大橡树,在地上长久生根,甚至急风暴雨都不能使他们离开原处。而且他们突然冲向正在前进的特洛亚人,同时从围墙上的碉楼阿耳戈斯人又掷下雨点般的石块。

当阿西俄斯和他的战士在这里进行遭遇战并死去许多人的时候，别的战士们则通过壕沟进攻其他的营门。现在阿开亚人集中力量来保卫他们的船舰，那些保护他们的神祇也从俄林波斯圣山忧愁地俯视着。在特洛亚的队伍中只有人数最多且最英勇，为赫克托耳和波吕达玛斯所统率的一队还在壕沟前面逡巡，没有立刻冲过来，因为他们看见一种不吉利的兆示：一只鹰雕从军队的左方飞过，鹰爪中攫着一条赤练蛇，这蛇却回缠过去咬鹰雕的脖子；鹰雕受痛，将赤练蛇掷下，正落在特洛亚人的队伍中间。他们恐怖地看着蛇在地下挣扎，认为这是宙斯所显示的预兆。

"让我们停止前进！"潘托俄斯的儿子波吕达玛斯怀着恐惧叫唤他的朋友赫克托耳。"这鹰不能将所抢到的蛇带回去，正昭示着我们的命运也将是如此。"

但赫克托耳轻蔑地回答他："鸟雀的事与我们有什么相干呢？让它们自由地飞来飞去！我只信赖宙斯。我所关心的只是拯救我的祖国。为什么一想到战争就害怕呢！即使我们都在船舰前面牺牲，你也不必害怕，因为你根本没有勇气去和敌人交战。但是我警告你，如果你真的临阵脱逃，我的枪便会落在你的身上。"赫克托耳说着就大步向前，所有的人都跟随在他的后面并大声呐喊。宙斯从伊得山吹来一阵大风，飞沙走石，直扑船舰。因此阿耳戈斯人的信念动摇，而特洛亚人则信靠着神祇的吉兆和自己的力量，预备挖倒达那俄斯人的围墙并掘毁木桩。

但阿耳戈斯人并不退让。他们手执盾牌，坚定地站立墙头，并用矢石和投枪回击敌人。两个埃阿斯在墙上来回奔走，鼓励碉楼上守望的战士，慰勉英勇的人，威吓作战不力的人。大石头始终如浓密的雪片一样这里那里地飞来。赫克托耳不能冲毁营门的巨大门闩，直到宙斯指示他的儿子吕喀亚萨耳珀冬持着他的金边的大盾像一只饥饿的山狮冲上前去，并叫唤着他的朋友格劳科斯："如果我们不能在坚苦的恶战中显出自己的卓越，我们怎么能在宴会上像神祇一样受到尊敬并最先享受满溢的金杯呢？来呀，让我们争取我们的荣名，或者以我们的死造成别人的光荣!"

格劳科斯为他的同伴的言语所激动,两人率领着吕喀亚战士们一直前冲。墨涅斯透斯从碉楼上看见他们凶猛前进督促着他的同乡人时,大为震惊。他悄悄地四面观望,看看有没有救兵。他看见两个埃阿斯在很远的地方,在附近透克洛斯正从帐篷里转来,但因战盔和武器碰击的声音和军队的大声吼叫,透克洛斯不能听到他的号呼求救的声音。所以他派遣传令兵托俄忒斯带信给两个埃阿斯要忒拉蒙的儿子和他的哥哥透克洛斯快来援救。大埃阿斯即刻同透克洛斯和背着弓箭的潘狄翁,沿着围墙里面奔向碉楼。刚好在吕喀亚人爬上墙垛时,他们达到了墨涅斯透斯的碉楼。埃阿斯搬动巨大的石块击碎萨耳珀冬的朋友厄庇克勒斯的战盔和头颅。使他从墙垛上跌下来如同跳水的人一样。格劳科斯正在爬上墙垛,这时透克洛斯刺伤了他的手臂,他悄悄退下,恐怕阿开亚人看见他并讥嘲他受了伤。

萨耳珀冬见他的朋友偷偷地离开了战地,感到很痛心,他自己爬上墙垛用枪刺中忒斯托耳的儿子阿尔克迈翁,并奋力摇震墙垛,使它崩裂,开辟出特洛亚人可以前进的路。埃阿斯和透克洛斯上前抵御。透克洛斯一箭射中萨耳珀冬的盾带,埃阿斯的大枪则刺中他的盾牌,他的大枪的刺杀这样地有力,那位吕喀亚人不能不暂时后退。但他即刻又站上去并回头向他的军队大声喊道:"你们忘记了要参加进攻么?即使我是全世界最勇敢的人,我也不能单独一人将敌人突破呀!只有我们齐心合力才能开辟一条达到舰船的路。"于是吕喀亚人都集合在国王周围,迅速前进。在里面,阿耳戈斯人加强兵力,所以双方在这里僵持不下;只隔一座碉楼,狠狠地相互狙击,像农民在争着一块土地一样。在碉楼和墙垛附近,血流成河。

战斗久久相持不下,但最后宙斯使赫克托耳占了上风。他来到营门,他的战士们跟随着他或者从两边爬过围墙。营门口有块尖顶的大石,门里面有两根大木闩闩住。赫克托耳以非凡的力量将这巨石从土中拔起,用它来敲击门枢和门扇,结果门闩给打断了,营门因之大开,巨石也落在里面。赫克托耳披着灿亮的青铜甲胄,令人望而生畏,他圆睁两眼,挥舞着两支发光的长枪如雷霆和闪电一样地冲进去。他的战士们蜂拥在他的后面,同时攀登上围墙的战士也有好几百人。接着是一阵巨大的咆哮,特洛亚人齐声呐喊冲进围墙,达那俄斯人则纷纷向后方的船舰奔逃。

保卫船舰的战斗

当宙斯使特洛亚人获得这一幸运的发展以后,他将阿开亚人留在失败的灾祸中,自己坐在伊得山上将视线从船舰移开,去巡视特刺刻地方。同时波塞冬已忙碌起来。他坐在树林茂密的萨摩特刺刻的最高的山峰。在他的眼底是伊得山,特洛亚城和达那俄斯人的船舰。他悲愁地看着阿耳戈斯人为特洛亚人所击败。他离开嶙峋的山岩,以一种使山林震动的神祇的步履,四步就走到埃该附近的海岸,那里在汹涌的海浪下面巍立着他的辉煌而不朽的黄金的宫殿。他穿上他的黄金的铠甲,套上他的银鬃的马匹,执着发光的金鞭,跳上战车,从海浪中驶过。海怪们知道这是它们的国王,都从岩石的罅隙中涌出,游泳在他的周围。海浪自动地分开让他通过,没有一滴水沾上青铜的车轴。他飞快地来到阿耳戈斯人的船舰。他先到忒涅多斯与印布洛斯之间的岩洞,卸下马轭,用金带子绊着马脚,并以仙料喂它们。然后他飞快地来到战斗的怒火中。这时特洛亚人如浓云一样集结在赫克托耳的周围准备占领船舰。

波塞冬变化成预言家卡尔卡斯的样子混杂在阿耳戈斯人中间。最先他叫唤着不需鼓励即已急于上阵的两个埃阿斯。"如果你们两人能够集中你们的力量,"他说,"你们就可救出你们的队伍。即使特洛亚人同时也从别的地方越过围墙,我并不耽心,因为在那里我们的团结的力量必能抵抗敌人。我只是耽心着这里会出差错,因为赫克托耳猛烈得如同柴火一样。但愿一个神祇会启示你们集中力量防守这个地方,并鼓励别的地方的人们也这样做!"一面说着,这大地的震撼者一面用他的神杖轻轻地触着他们。他们忽觉精神振奋,四肢也轻捷有力,同时神祇如同鹰隼一样飞快地离去。

俄琉斯的儿子埃阿斯最先明白这个人是谁。"埃阿斯,"他喊和他

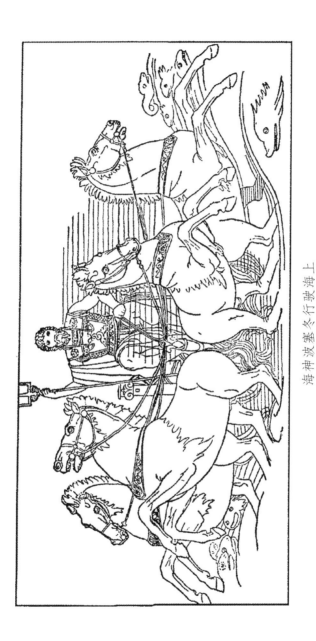

海神波塞冬行驶海上

同名的人，"那不是卡尔卡斯！那是海神波塞冬！我从他的仪表和神态知道他。神祇是极容易看出的。现在我渴望着决定胜负的战斗。我的手脚已经痒起来了。"

忒拉蒙的儿子回答他："现在我的手也分外坚牢地执着长矛。我的心情轻快，我的两脚好像要飞一样。我十分渴望单独与赫克托耳决战！"

他们正彼此交谈，波塞冬已来到无秩序而疲倦地站立在船舰附近的英雄们中间。他鼓励他们，直到他们振奋起来并和两个埃阿斯站在一起，从容而坚定地等待着赫克托耳和特洛亚人。他们这么密集地站着，所以长枪林立，盾靠着盾，战盔接连着战盔。盔上的羽饰彼此接触，长矛都紧执在手里。但特洛亚人也由赫克托耳率领着全力奔来，如同山崩地裂一样。

"特洛亚人和吕喀亚人，要坚强呀！"赫克托耳回头号召他的军队。"敌人组织良好的队伍必定在我的长矛之下崩溃，因为发雷霆者在援助我。"他这样地叫喊，鼓舞着他的战士。在这些战士中有着普里阿摩斯的英勇的儿子得伊福玻斯，他用盾牌掩护着，大无畏地大步前进。墨里俄涅斯的矛向他投来，但得伊福玻斯执盾抵御，矛尖碰到盾面就折断了。这使墨里俄涅斯很愤怒，他转身回营去将他的一支更强的矛取来。

剧战正在进行，人人都大声呐喊助战。透克洛斯击中门托耳的儿子印布里俄斯的耳根，他倒下来如同被樵夫的斧头砍倒的山顶上的高耸的槐树一样。赫克托耳为这个尸体与透克洛斯相争，但他所击倒的不是透克洛斯而是安菲玛科斯。他正俯身下去剥取死者的战盔，这时大埃阿斯的枪刺中他的盾面，因此他略略后退。墨涅斯透斯和斯提喀俄斯两人合力将安菲玛科斯的尸体从战地搬回，两个埃阿斯也如同猛狮从猎犬夺取山羊一样将印布里俄斯的尸体拖回阿耳戈斯的队伍。

安菲玛科斯是海神波塞冬的孙子，波塞冬对于他之死感到很愤怒。他即刻赶到营房煽动阿开亚的战士。在这里他遇见伊多墨纽斯正背着一个负伤的朋友送来给医师医治，并从他的屋子里取去另一支长矛。海神变化作安德赖蒙的儿子托阿斯的形象来到他的面前，大声对他说："克瑞忒的国王呀！所有你们的危急算什么呢？凡是今天自动从战地退回的人都不能从特洛亚回到希腊去。不久野狗将撕吃他的尸体。"

"就这样吧,托阿斯!"伊多墨纽斯对正在消失的神祇叫道。他持着更锐利的武器从屋里冲出,光耀得如同宙斯在天空掣出的闪电一样。这时他遇到墨里俄涅斯,后者由于矛尖触到得伊福玻斯的盾牌上折断了所以回来另取一新的矛。"英勇的英雄,"伊多墨纽斯对他说,"我知道你的需要。你将看出靠在我屋里墙上的我从战场上夺得的矛,至少有二十根。你自己挑选最好的使用就是。"墨里俄涅斯选中一根大矛,然后两人重回战地和朋友们站在一起抵御赫克托耳的攻击。

伊多墨纽斯虽然头发灰白,却以青年人的热情鼓励着阿耳戈斯人。他的投枪射伤的第一个敌人是俄特律俄纽斯,他因为向普里阿摩斯的女儿卡珊德拉求婚,所以站在特洛亚人的方面作战。当伊多墨纽斯拖着脚将他的牺牲者抢回时,他喜洋洋地叫道:"快活的新郎呀,现在去和国王的女儿结婚去吧。假如你是我们的同盟军,我们也会给你阿特柔斯的儿子的最美的女儿。现在和我到船舰上去,我们可以在那里讨论婚事,你可以得到十分讲究的妆奁!"他正在嘲笑,阿西俄斯乘着战车飞一般向他奔来为死者复仇。他刚举手投矛,伊多墨纽斯的矛却已刺中他的喉咙,矛尖从颈后钻出,他立刻倒在地上死去。他的御者看见这情景,恐怖得举止失措,双手再也不听从使唤,以至不能驱马逃回,这时涅斯托耳的儿子安提罗科斯也用枪将他击中,死于车下。

现在得伊福玻斯直向伊多墨纽斯奔来,决心为他的朋友阿西俄斯复仇。他向这克瑞忒人投掷他的矛,后者机巧地举盾挡住,矛尖当的一声从盾边滑过,射入王子许普塞诺耳的胸部,他跌倒在地。"阿西俄斯呀,我已为你复仇!"这特洛亚人得意地叫着,"并派了一个卫兵沿途侍候你!"许普塞诺耳在剧痛的呻吟中被两个同伴扶着回去。

伊多墨纽斯仍然面无惧色。他杀死安喀塞斯的女婿阿尔卡托俄斯,并大声吼叫:"得伊福玻斯,我们使数目对等了没有?我给你三个换一个吧!让你亲自看看究竟我是不是宙斯的子孙?"伊多墨纽斯之所以这么说是因为他是国王弥诺斯的孙子,即宙斯的重孙。得伊福玻斯盘算了一会儿,是冒险单独作战,还是叫另一个英勇的特洛亚人来帮助他。他以为第二个办法较妥当,因此他和他的姊丈埃涅阿斯一起向伊多墨纽斯冲去。伊多墨纽斯看见他们两人奔来，并不躲闪，只是等待着他们，如同野猪之期待猎犬一样。但他也招呼在附近作战的朋友们："来援助我，我正在单独一人作战呀！我畏惧埃涅阿斯，因他既英勇又年富力强。"于是阿法柔斯，阿斯卡拉福斯和得伊皮洛斯都在肩上扛着大盾向他奔来。

同时，埃涅阿斯也叫来他的朋友帕里斯和阿革诺耳以及如同羊群一样跟随在后面的特洛亚的战士。双方混战一团，武器叮当作响。埃涅阿斯向伊多墨纽斯投矛，但没有投中，扎在地上。伊多墨纽斯刺中俄诺玛俄斯的腹部，他跌下来，用两手紧抓着泥土死去。胜利者刚刚将他的矛尖拔出，石矢就如雨点一样向他投来，他不能不略略后退。但老人的步履迟缓，得伊福玻斯愤怒地看着他，将他的枪从后面投来，没有投中，却击倒了阿瑞斯的儿子阿斯卡拉福斯。由于宙斯的命令，战神阿瑞斯和别的神祇被禁锢在俄林波斯圣山上的金色的云霞里，所以不知道他有一个儿子战死了。得伊福玻斯正要夺取阿斯卡拉福斯的战盔，却被墨里俄涅斯刺伤右臂，战盔滚落在地上。墨里俄涅斯奔向前去，从受伤者的臂上取出矛尖，飞奔回阵。波利忒斯伸手抱着他哥哥得伊福玻斯的腰，领他离开战地，越过壕沟，乘上等待在那里的战车，流着血在疲惫和剧痛中回到城里去。

其余的人继续进行战斗。埃涅阿斯击中阿法柔斯，安提罗科斯击中托翁。特洛亚人阿达玛斯直奔安提罗科斯，但却为墨里俄涅斯的矛掷中，流血致死。在阿耳戈斯人方面，得伊皮洛斯被赫勒诺斯的利剑砍伤头骨，在达那俄斯人的队伍前一路滚过。墨涅拉俄斯满怀悲痛，挥舞着长矛向赫勒诺斯奔去，这时赫勒诺斯正弯弓搭箭向他发射。墨涅拉俄斯的矛刺在盾牌上，赫勒诺斯的箭也没有射中，却被墨涅拉俄斯用枪掷中他的执弓的手，他拖曳着这武器奔回队伍中。他的并肩作战的同伴阿革诺耳替他从手掌上拔出枪尖，并以别的战友们的背带包裹着这预言家的创口。

现在活该特洛亚人珀珊德洛斯倒霉，他直向大无畏的墨涅拉俄斯走去。墨涅拉俄斯用枪掷他，没有掷中，珀珊德洛斯的矛向他的盾面掷来，但矛柄前端折断。于是墨涅拉俄斯拔剑上前，珀珊德洛斯也从盾牌下取出战斧,两人相互砍杀。特洛亚人只是砍去对手战盔上的羽饰,同时却被对手削去了前额,眼珠从涌血的眼窝里冒出,他在苦痛的挣扎中死去。墨涅拉俄斯践踏着他的胸脯,怀着憎恨和欢喜对他说:"狗子!我的年轻的妻优礼招待你们,你们却将她和她所有的财富一起抢走。现在你还想来放火烧毁我们的船舰并屠杀阿耳戈斯军队。你们这些贪婪的武夫,难道你们永不放手么?"说着就从死尸上剥取满是血渍的铠甲,并交给他的朋友们珍藏着。然后他又前进,用盾接住哈耳帕利翁向他投来的枪。墨里俄涅斯击中哈耳帕利翁,哈耳帕利翁倒地而死,他的父亲皮莱墨涅斯将他的尸体搬到战车上。这使得帕里斯怒火中烧,刚好科任托斯的欧厄诺耳从他面前经过,他一箭射去,射穿他的耳根和面颊。

双方这样混战,但赫克托耳并不知道在船舰的左方达那俄斯人已几乎得胜。就在他最初闯入营门的地方,那里的围墙很低,他渐渐深入到阿开亚人的队伍。他们都不能抵挡他。玻俄提亚人,忒萨利亚人,罗克里斯人和雅典人都不能使他后退。两个埃阿斯如同拖曳着犁头的两只耕牛,一步步地向前,忒拉蒙的儿子所统率的军队也坚定的压着阵脚。但罗克里斯人因不耐作这种战争,没有紧跟着俄琉斯的儿子埃阿斯前进。他们曾满怀信心地攻打特洛亚,不需战盔或盾,也不用枪,只用弓箭和投石器。在战争的初期他们曾用他们的矢石好几次攻破特洛亚人的阵地。现在,他们又自己隐蔽着,远远地向特洛亚人射箭和投石,以此引起特洛亚人中间的混乱。

如果不是波吕达玛斯说服固执的赫克托耳,特洛亚人真的会被敌人从船舰和营房前面赶走,并可耻地退到城里去。波吕达玛斯对赫克托耳说:"你以为你是战斗时最英勇的英雄便可以不接受劝告么?你不看见战火正烧在我们的头上,特洛亚人只有或者带着他们的战利品向后撤退,或者在船舰附近分散地孤立作战吗?希望你赶快跑去召集领袖们商议,究竟我们还是冲到巷道复杂的船舰中去,还是平安地撤退。我恐怕阿耳戈斯人会卷土重来报复昨天的失败,同时他们的那个最骁勇的战士还在船上未动。"

赫克托耳听从他的朋友的话,并请他召集会议。他自己回身跑入阵中,遇到每一领袖就吩咐他到波吕达玛斯那里去集合。他在最前线寻觅他的兄弟得伊福玻斯,赫勒诺斯,许耳塔科斯的儿子阿西俄斯和阿达玛斯,发现前两人业已受伤,后两人则已战死。当他看见帕里斯,他愤怒得咆哮:"我们的英雄们到哪里去了,你这奸夫!不久城池就会失陷,你自己也不能逃脱可悲的命运。但现在你得奋力作战,当别人正在开会商议的时候。"

"我乐于跟着你走,"帕里斯安慰他说,"你不会抱怨我的勇气不够的。"于是他们两人深入战斗的核心,最英勇的特洛亚人都如狂风一样向前猛进。即刻赫克托耳来到了最前面。但阿耳戈斯人并不像以前那样恐惧后退,强大的埃阿斯且向他挑战。但这位特洛亚人不顾他的辱骂只是向船舰冲去。

波塞冬增强阿开亚人的力量

当武器在外面碰击得叮当地响,高年的涅斯托耳却安静地坐在营棚里,饮着酒,并看顾负伤的医师玛卡翁。后来战争的叫喊越逼越近,声音越来越大,他将他的宾客交托给赫卡墨得并叫她为他预备温水洗浴。然后他持枪执盾离开营帐。他看到战斗发生了不祥的转变,正在犹豫着究竟就去作战还是去找国王阿伽门农商量,这时阿伽门农,俄底修斯和狄俄墨得斯正从船舰向他走来。三个人都受了伤,都拄着枪走路。他们仅仅出来观察战局的发展,并不以为自己可以参加作战。他们都十分焦虑地和涅斯托耳讨论他们的军队的命运。

"我们已面临绝境,"阿伽门农说,"我们所辛苦挖掘的壕沟和我们满以为可以抵御任何攻击的围墙,现在都不能保护船舰,敌人已进入我们的核心。我相信如果我们阿耳戈斯人不自动撤离,宙斯必然会使我们在这里毁灭,——远离阿耳戈斯故乡可耻地死去。所以让我们将距海最近的船舰都拖下水去,期待着黑夜的来到。那时如特洛亚人退回城去,我们又回去将其余船舰都拖下水,乘黑夜逃脱一切危险。"

俄底修斯听到这提议,轻蔑地微笑。他说:"阿特柔斯的儿子!你应当去做比我们军队胆小些的战士们的领袖!在战争最危急的时候你要我们下船？可怜的达那俄斯人必然会受到绝望的打击,战士们的斗志必然会降低,他们都会从前线败退。"

"我这样做,"阿伽门农说,"远没有违反阿耳戈斯人的意愿,而且也并不是没有听取别人的意见。假使任何人有更好的办法,我极愿撤回我的提议。"

"最好的办法,"堤丢斯的儿子说,"乃是即刻回去战斗。即使我们受伤不能作战,也仍然可以鼓舞作战的人,这才是真正的领袖风度。"

阿耳戈斯人的保护神波塞冬倾听着英雄们的商议,对于这几句话很赞成。他变形为一个老战士向他们走来,握着阿伽门农的右手,并对他说:"阿喀琉斯是可耻的,坐着欣赏阿耳戈斯人的败退。但你们得勇敢呀！神祇并不恨你们,你们不久就会看到特洛亚人拔脚奔逃的尘土飞扬起来。"海神说完径直冲上战场。他一面奔跑,一面向阿耳戈斯人大声呐喊,他的声音有如千万人的呼声,使得每个英雄的心情又重新振作而坚定。

赫拉在俄林波斯圣山的最高峰观战,她看见宙斯的兄弟波塞冬援助她的朋友们,她也忍不住要采取行动。她在心的深处怨恨高坐在伊得山上的宙斯,想用方法骗他,转移他对于战争的注意。最后她想出一种计策。她即刻到她的儿子赫淮斯托斯为她在神祇的宫殿里所建造的那间密室去。他在门上装了为别的神祇所不能打开的门闩。赫拉现在走进房里,将房门反锁住。于是她沐浴,在娇美的身体上涂抹香膏,并梳理发光的美发,穿上雅典娜为她缝制的华丽而精致的锦袍,在胸前簪上金花的别针。她在腰上围着灿烂发光的腰带,耳朵上戴着极珍贵的宝石耳坠,最后又罩上极软柔的轻纱的面网,并在美丽的脚上穿着精美的绊鞋。她这样光华美丽地离开她的密室,来找爱情女神阿佛洛狄忒。

"别怀恨我,亲爱的,"她温婉地说:"因为我帮助阿耳戈斯人,而你却援救特洛亚人。请你不要拒绝我的衷心的要求。请借给我你那条可以媚惑人和神祇的神异的爱情宝带。因为我要到大地的极边去看看我的养父养母俄刻阿诺斯和忒提斯去。他们永不和睦。我要试试是否可以用婉言劝解他们,因此你的宝带对于我就有了极大的用处。"

阿佛洛狄忒看不透赫拉的诡计,毫不迟疑地答应她。"好的,"她说,"你是万神之王的妻子。对于你的要求是不应拒绝的。"说着就解下她的可以媚惑和迷人的锦绣的宝带。"将这藏在你的前胸,在你达到你的目的以后再归还我。"

现在神后赫拉经过遥远的特剌刻来到楞诺斯岛,这是死神的兄弟睡神所居住的地方。她请求睡神使宙斯的煜耀的神眼睡眠。但睡神很惧怕。因过去有一次,由于赫拉的命令他诱致宙斯入睡。那时正是赫剌克勒斯征服特洛亚归来,而他的敌人赫拉要阻挠他,使他转到科斯岛去。当宙斯从睡梦醒来,知道已被欺骗,他把诸神赶得在宫殿中到处奔逃,如果睡神没有逃到夜神的怀抱里(因为夜神对于人和神祇都有约束力),他就一定毁灭了。现在睡神对赫拉提起这事,但赫拉安慰他。"你想些什么呢?"她叫道。"你不能真的相信宙斯热心援助特洛亚人正如他热爱自己的儿子赫剌克勒斯一样啊!请你明白,并依照我的意思。如果你听我的话,美惠三女神中的最美丽最可爱的一个将是你的妻子。"睡神要求她对所许的诺言指着斯堤克斯河发了誓,然后才答应为她服务。

赫拉离开他,美丽动人地飞到伊得山来。宙斯看见她,心中充满狂热的爱,即刻将特洛亚人的战事丢在一边。"你怎样从俄林波斯到这里来的呢?"他问她。"你的马匹和金车在什么地方,亲爱的?"

赫拉很狡狯地回答他:"我要到大地的尽头去调解我的不和睦的养父和养母。"

"难道你总得跟我闹别扭吗?"宙斯大声说,"将来再去吧。留在这里,让我们在观察这两大民族的战争时,一起娱乐一番吧。"

赫拉听到这话感到失望,因她看出,即使她的美丽和阿佛洛狄忒的宝带都不能使宙斯忘却下面平原上的大战和对于阿开亚人的恼怒。但她隐藏住心中的沮丧,伸出雪白的双臂搂抱着宙斯。"我听从你的话,"她温柔地对他说,同时示意跟在她后面偷偷站在宙斯身后等待命令的看不见的睡神。睡神默默地压着宙斯的眼皮。宙斯还来不及回答,就睡眼矇眬地倒在赫拉的怀里深沉地睡去。赫拉立即派遣睡神作为使者到波塞冬那里,告诉波塞冬说:"现在正是时候,实现你的计划,并使阿耳戈斯人得到光荣,因为我已用计使宙斯躺在伊得山的绝顶上酣睡了。"

波塞冬即刻变形为阿耳戈斯英雄，奔赴前线并大声喊叫："我们愿意给赫克托耳这便宜的胜利么？我们愿意他征服我们的船舰并得到不朽的荣誉么？我知道他是依仗着阿喀琉斯的恼怒。但如果仅仅因为珀琉斯的儿子不和我们一起作战我们便被征服了，那是多么可耻呀！拿起你们的大盾，戴上你们的闪烁的战盔，并高举你们的枪吧！让我领头，我们都一致前进！我们看看赫克托耳是不是可以抵御我们！"听到他的大声激励的吼声，战士们又振作起来。受伤的王子们指挥作战，并分配武器；最优良的武器分配给最英勇的英雄，劣等的则分给较弱的战士。然后大家鼓勇向前。大地的震撼者走在前头，右手执着闪电一样发光的利剑。他为大家开路，因为凡在他前面的人都纷纷溃败，无人敢和他正面作战。当他前进时，海浪和潮水也在阿耳戈斯人的船舰后面汹涌沸腾。

但赫克托耳并不畏惧。如同烧山的野火卷过峡谷一样，他仍然勇往直前。双方军队又发生大战。赫克托耳最先以大埃阿斯为目标，投出他的枪。但忒拉蒙的儿子的盾和横跨胸前的剑带保护住他的身体。赫克托耳恼恨失去了他的武器，退入特洛亚人的队伍中。埃阿斯从他后面投来一块巨大的石头，他跌落地上，枪，盾和战盔都向四方飞散，他的青铜铠甲也叮当作响。这个达那俄斯人高兴地大声喊叫，矛如雨点一样投来，并希望将赫克托耳拖走。但特洛亚的最著名的英雄都来援救他：埃涅阿斯，波吕达玛斯，高贵的埃革诺耳，吕喀亚的萨耳珀冬和他的战友格劳科斯。他们用盾牌掩护着他，将他抬到战车上，平安地送回城去。

当阿开亚人看见赫克托耳逃走，他们更合力追击敌人。埃阿斯便是混战的中心点，他的矛和枪向四方刺杀和投掷。即使如此，阿开亚的英雄们仍有死亡，而他们的死亡使他们的朋友感到悲痛。波吕达玛斯杀死了普洛托诺耳，埃阿斯为死者复仇也杀死了安忒诺耳的儿子阿耳刻罗科斯。玻俄提亚的普洛玛科斯被阿耳刻罗斯的兄弟阿卡玛斯杀死，即刻珀涅琉斯为他报仇，将伊利俄纽斯一剑杀死。埃阿斯刺穿许耳提俄斯，安提罗科斯夺去墨耳墨洛斯和法尔刻斯的武器，墨里俄涅斯断送了希波提翁和摩律斯的性命。透克洛斯的箭射中普洛托翁和珀里斐忒斯。阿伽门农杀伤许珀瑞诺耳的下腹。而从罗克里斯来的敏捷的战士小埃阿斯现在大显身手,屠杀特洛亚人,这时敌人已退出围墙,并开始从壕沟边的寨栅逃遁。

阿波罗使赫克托耳复元

特洛亚人一直逃到他们的战车所在的地方才停留下来。他们人心惶惶惊惧万分。这时宙斯在伊得山的绝顶上睡醒了,从赫拉的怀里抬起头来。他一跃而起,立即看到下面的景象:特洛亚人正在逃遁,阿耳戈斯人疯狂追击。在阿开亚人的队伍中,他看见他的兄弟波塞冬。他看见赫克托耳的战车走回城去,现在停下来,赫克托耳被人从车上抬下,放置在地上,他的朋友们都包围在他的周围。普里阿摩斯国王的受伤的儿子业已失去知觉。他喘息着,且口吐鲜血,因为击倒他的并不是一个平凡的英雄呀!

这人类与神祇之父的宙斯望着他,发生无限的怜悯。他铁青着脸面,回头看着赫拉。"骗人精呀!"他威吓地对她说。"你干的好事!你不害怕你将是第一个为你这罪恶受苦的人么?你忘记了过去你怎样被悬吊在半空中,两足缚在铁砧上,双手用金链子捆绑着,所有俄林波斯的神祇如果走近你的身边,没有不被我摔下地去的情景么?那是你煽动北风反对我的儿子赫剌克勒斯所得到的惩罚。你又渴望着再受一次这样的刑罚吗?"

暂时赫拉默不作声。后来她回答:"天地和斯堤克斯的河水为我作见证,鼓动波塞冬反对特洛亚人的并不是我。那必定是他自己要这样做。至于我,我倒是要劝他服从整个宇宙的统治者宙斯的命令!"

宙斯的脸色又变得和悦了,因为赫拉隐藏在胸前的阿佛洛狄忒的宝带仍然在起着它的作用。停了一会他温和地说:"如果你在诸神会议赞同我的意见,波塞冬将被迫遵照我们的意思将他的计划改变。现在,如果你真的要使我欢喜,那么去叫伊里斯从战地召回我的兄弟,叫阿波罗治愈赫克托耳并给他的灵魂注入新的勇气。"

赫拉服从他的命令。她赶到神祇们正在集会用餐的俄林波斯的大厅。她一进来，神祇们都从座位上站立起来，向她举杯进酒。她接过忒弥斯的酒杯，喝了一口酒，然后告诉他们宙斯的命令。伊里斯急风一样飞到战地上。但波塞冬从她口中听到他哥哥的命令后很不高兴。"这不是友爱的兄长的话，"他悻悻地说。"我并不比他差，他不应强迫我改变我的意愿。那是真的，当我们拈阄划分权力时，我的一分只是管理海洋，普路同管理地府，宙斯管理天空。但大地和俄林波斯圣山则为大家所共有。"

"要我将你的这些挑衅的话如实地报告万神之父吗？"伊里斯迟疑地向他询问。

波塞冬细想一会以后，离开达那俄斯人的队伍，并抱怨着："那么，好的，我和你同去。但有一点必须肯定，宙斯也必须了解：假使他仍然反对我和所有保护阿耳戈斯人的神祇，并拒绝使特洛亚陷落，那么我们之间便会发生不可和解的敌意。"他一面说，一面沉没到海底去，阿开亚人的队伍中立刻看不到他了。

宙斯派遣福玻斯·阿波罗来到赫克托耳这里。太阳神看见这普里阿摩斯的儿子已不再躺在地上，而是坐了起来，因为宙斯已经使他苏醒。苦痛的汗业已停止，呼吸已更加平和，四肢也可以略略活动。当阿波罗十分同情地走到他面前时，他悲哀地抬头望着他说："你是谁，神祇中的最慈爱者，是谁来看顾我呀？你没有听说么？我刚要征服阿耳戈斯人，在船舰的附近大埃阿斯就用大石击中了我的胸部，阻止我前进。我原以为就在这一天我会到地府里去的。"

"放心吧，"阿波罗回答，"宙斯派遣我，他的亲儿子福玻斯到你这里来。我将依照他的命令持着盾保护你，如同我过去自愿援助你一样，并为你挥舞我手中的金剑。再乘上你的战车吧。我自己将走在前头，为你的马匹开路，并帮助你逐退阿耳戈斯的队伍。"

赫克托耳一听到神祇的声音，即刻从地上跳起来，如同在马槽上食饱了并性急地挣断了缰绳的马匹一样。他跃上战车。当阿开亚人看见他飞一样地向前奔来，他们就站住不动，停止追击，如同猎人和猎狗追逐一匹牡鹿进入了深山密林，突然看到一只毛发甡甡的雄狮挡住去路，立刻停止前进一样。最先看见赫克托耳的是埃托利亚的托阿斯，一个善于辞令的人，他即刻将他所见到的告诉那些和他一起作战的王子。"哎哟，"他大叫起来。"这是什么样的奇迹！我们亲眼看见为大埃阿斯的巨石所打倒的赫克托耳现在又笔直地站立在战车中，并活泼而勇武地赶到战场上来。这必然是发雷霆者宙斯在援助他！如果你们听从我的劝告，最好命令我们的大军都退回船舰，只留下我们一些最勇敢的人在这里抵挡他。因为即使他凶猛地向前直冲，也不会轻易就攻破我们的队伍。"

英雄们听从他的劝告。他们召唤最英勇的战士，飞快地集合在两个埃阿斯，伊多墨纽斯，墨里俄涅斯和透克洛斯的周围，其余的则撤退到船舰去。同时特洛亚人以密集的队伍冲锋。赫克托耳高高地站在战车上率领军队前进，而他自己则为隐藏在云雾里面，手执武器的阿波罗所指引。阿耳戈斯人肩靠肩站着等待敌人，双方都高声呐喊。现在弓弦飕飕地响着，矛如雨点一样飞射在空中。但投中的总是特洛亚人。他们的矢，石，矛深入敌人的肌肤，因为太阳神和他们在一起，每一次他在达那俄斯人面前摇晃他的大盾，并从浓云中发出一声可怕的咆哮，达那俄斯人就心神震惧，手足失措，不知如何保护自己。

最先赫克托耳杀死玻俄提亚人的领袖提喀俄斯，其次是墨涅拉俄斯的朋友阿耳刻西拉俄斯。埃涅阿斯杀死雅典的伊阿索斯和罗克里斯地方埃阿斯的异母弟墨冬，并剥去他们的铠甲。墨喀斯透斯也在波吕达玛斯的手下丧命。波利忒斯杀死厄喀俄斯和克罗尼俄斯。得伊俄科斯正从战地逃奔，帕里斯用枪投中他的背部，枪尖一直从前胸透出。

特洛亚人剥取牺牲者的武器的时候，阿耳戈斯人就向壕沟和寨栅纷乱逃溃。有些已惊恐得退到围墙后面。这时赫克托耳的声音响彻云霄，他命令他的战士们说："放下那些穿着血污的铠甲的死尸，奔向船舰去！停留者死！"他叫喊着，驱马直奔壕沟，所有的特洛亚英雄们都乘战车追随在他后面。阿波罗以充满神力的双脚踏平陡峻的壕沟边，并为他们造成矛所能投掷那么远的渡桥。太阳神首先从这座桥上跨过壕沟，挥着他的盾摧毁阿耳戈斯人的围墙，如同在海边上游戏的孩子摧毁他自己刚刚用泥沙堆成的玩具堡垒一样。阿开亚人又一次蜂拥着挤入船舰的巷道中,并高举双手向神祇祈祷。当涅斯托耳祈祷时,宙斯用一种预兆慈悲的雷霆回答他。

特洛亚人以为这天降的兆示是于他们有利的。他们的人马和战车一直冲进围墙里面,并乘战车作战,达那俄斯人则纷纷逃上船舰,在甲板上抵御敌人。

当阿耳戈斯人和特洛亚人正为争夺围墙发生剧战,帕特洛克罗斯仍然坐在欧律皮罗斯的优雅的屋子里,为他看顾伤口并调药膏给他医治。但是当他听到特洛亚人摧毁墙垣和阿开亚人惊怖地叫喊着逃亡时,他拍了一下大腿,苦痛地说:"欧律皮罗斯,虽然我还远没有使你的健康恢复,但我现在已不能再留在这里,因为外面的杀声已来得太逼近了。请你的同伴看护你吧。我必须亲自跑去看珀琉斯的儿子,并在神祇的保佑下努力说服他参加这次战争。"刚说完,他就飞快地离开了。

争夺船舰的斗争一直在进行,双方得失相等。赫克托耳和埃阿斯正为争夺一艘船舰而猛烈斗争,普里阿摩斯的儿子既不能将敌人从据点逐出,也不能放一把火烧毁船舰。同时忒拉蒙的儿子也不能将赫克托耳击退。埃阿斯一矛刺死在赫克托耳身边作战的他的一个亲属卡勒托耳,赫克托耳也用枪刺中埃阿斯的战友吕科佛戎。当他倒地时,透克洛斯跑来援救他的哥哥,用枪刺入波吕达玛斯的御者克利托斯的脖子。徒步作战的波吕达玛斯随即用手牵住正要往回逃走的马匹。透克洛斯的第二支箭又向赫克托耳射来,但宙斯使他的弓弦折断,箭镞飞到一边。这射手发现有神祇在阻挠,很感到悲愁。这时埃阿斯劝他的兄弟放下弓箭,持盾执矛作战。他按照这意见办了,并在头上戴上威武的战盔。同时,赫克托耳也号召他的战士们:"勇敢前进呀!我看见发雷霆者已使阿耳戈斯的最勇敢的英雄的弓弦折断。直奔船舰呀,因为神祇是站在我们这一边的!"

在另一方面,埃阿斯也鼓舞他的战士。"阿开亚人,可耻哟!"他喊道,"我们必须救出船舰,否则必死!没有第三条路。如果强力的赫克托耳烧毁船舰,你们能走过大海洋回家去么?也许你们以为赫克托耳是请你们赴舞会而不是作战吧?在生与死之间速作选择,不要迟疑不决,不要为那些受神祇庇护的无价值的人所击倒。"他一面说着,一面刺死一个特洛亚的英雄,但是每当他干掉一个人时赫克托耳也立即杀死他的一个战友。不久战斗的中心又转移到墨涅拉俄斯所杀死的多罗普斯的尸体和铠甲上。赫克托耳召来他所有的兄弟们和亲属,但埃阿斯和他的朋友们则以盾和枪筑成一道结实的围墙,保护着他们的船舰。

后来墨涅拉俄斯激励涅斯托耳的儿子安提罗科斯前进。他说:"在全队伍中,再没有比你年轻活泼的人,也没有比你更英勇的人!如果你从队伍中跳出去,杀死一个特洛亚人,那将是最值得称赞的事!"安提罗科斯即刻从人丛中跳出,凶狠地环顾周围,投出他的发光的矛。当他正瞄准时,特洛亚人都纷纷退避,但他还是投中了希刻塔翁的儿子墨拉尼波斯的胸部。他倒下,他的武器散落在地上。安提罗科斯跑上去,如同猎犬跑向被猎人从隐蔽处射中的小鹿一样,但是当赫克托耳向他冲来时,他即刻逃回,就如撕食了牧人和狗子并且明白自己干了什么勾当的野兽看到人们追来又即时逃遁一样。特洛亚人的矢石跟在他的后面,安提罗科斯一直到安全地逃回自己的队伍才敢回头。

现在特洛亚人如同渴血的狮子冲向船舰。宙斯好像决心使忒提斯的无情的愿望得到满足,因为她的愤怒如同他的儿子阿喀琉斯一样长久不能平息。但当第一只船舰被焚起火,他就让特洛亚的队伍败退和奔逃,而再次以光荣和胜利赐与阿开亚人。赫克托耳拼命苦战。他的口中喷吐着白沫,两眼在浓眉下面闪射着凶焰,战盔上的威武的羽饰在空中飘动。因他的死期不日即至,所以宙斯最后一次赋给他超人的力量和威严。雅典娜已在为他安排一个可怖的死亡。但现在他看见队伍最密铠甲最亮的地方,他就涌上去企图冲破敌人的队伍。他苦战了许久,均未获胜。达那俄斯人密挤地站立着如同一道巨大的岩壁,一切海浪的汹涌冲激都不能使它动摇。最后他猛的向战士们扑去,如同暴风雨中的浪涛冲向船舰,这时阿耳戈斯人才开始恐惧奔逃。有一个战士,即科普柔斯的儿子,密刻奈的珀里斐忒斯(他为人比他的丑陋的父亲好些)被他的盾绊倒向后倾跌,赫克托耳的枪立刻扎入他的胸脯。

现在阿开亚人从最前一列的船舰撤退,但队伍并没有溃散。羞耻和恐怖更增加他们的团结。他们拥挤在营房周围互相鼓励,特别是高年的涅斯托耳,他的叫吼激励着他们的心情。忒拉蒙的儿子埃阿斯在船舰上大踏步行走着,右手执着一根上面箍着铁环有二十二肘长的竿子。如同敏捷的骑师从这匹马背跃到另一匹马背使旁观者都感到惊异一样,他现在也从这只船跃到那只船,以可怕的声音鼓舞着阿耳戈斯人。但赫克托耳也同样不以在队伍中的平安隐蔽为满足。他如同在天空翱翔并闪击河岸上大群的鹤和野鸭的鹰雕一样,冲上一只船舰,宙斯也亲自在后面推动他,所以他一直前进,他的战士们蜂拥在他的后面。

这时争夺船舰的战争又重新爆发。阿耳戈斯人宁死不退,而特洛亚人也个个希望首先纵火焚烧敌人的船舰。赫克托耳占据了一只美丽的船舰的船尾,这只船曾载着普洛忒西拉俄斯来到特洛亚,但却命定不能载他回去,因他在登陆后不久便战死了。现在双方围绕着这只船舰争斗。弓箭和矛都失掉了作用,大家短兵相接,用手斧,战斧和利剑对砍,用手中的枪刺杀。有多少利剑从死者的手中滑落,或者从战斗者的肩头落下,地上血流成渠。赫克托耳既经占据了船尾就坚不后退,他大声吼叫:"现在带柴火来,并大声呐喊! 因为宙斯给了我们这一天来偿还所有我们过去的损失。前进呀,占据这些曾带给我们那么多苦难的船舰! 我们的父老没有一人会阻止我们充分利用这一瞬间的。宙斯自己也吩咐我们向前猛冲!"

甚至埃阿斯也不能抵抗赫克托耳的攻击。矢石来得太紧太厉害了。他略略后退,倚在船舵旁边的凳子上,但是他毫不停息地观察着在何处可以有效地抵御敌人,并抢着手中的长枪阻止抱着柴火逼近船舰的特洛亚人。同时他用雷霆一样的声音叫唤他的朋友。"要做勇敢的汉子呀!"他大声叫道。"难道你们以为在船外还有人会援救你们,或者还有更厚的围墙可以保护你们吗? 你们不像特洛亚人一样有城池可以逃避。我们是在敌人的土地上,紧靠着海边并远离祖国。我们的安全全依靠我们两臂的力量!"他一面说着,一面用枪刺杀每个抱着柴火逼近船舰的敌人。因此不久就有十二具尸体躺在他面前的地上。

帕特洛克罗斯之死

当埃阿斯所在的船舰成为生死搏斗的中心的时候,帕特洛克罗斯离开了受伤的欧律皮罗斯跑去见到阿喀琉斯。他一进到他的屋子里就泪流不止,如同从山岩上泻下的泉水一样。珀琉斯的儿子同情地望着他,说道:"帕特洛克罗斯,你哭得像孩子一样,如同小女孩追在母亲的后面,哭喊着'抱我呀!抱我呀!'并牵着母亲的衣裾,直到她将她抱在手里。你从佛提亚听到了坏消息么?那消息与我们密耳弥多涅斯人,或我,或你有关系?我知道你的父亲墨诺提俄斯和我的父亲珀琉斯都还健在。或者你的悲愁是关于阿耳戈斯人的?他们的悲惨的失败正是他们专横自私的结果。总之你有什么心事,告诉我吧!"

起初帕特洛克罗斯只是叹息,后来他说:"高贵的英雄,请你不要生气。那是真的,阿耳戈斯人的不幸沉重地压在我的心上。最勇敢的人们都躺在船舰里,或者为箭射伤或者为枪刺中。狄俄墨得斯中箭,俄底修斯和阿伽门农受了枪伤,欧律皮罗斯也被箭射中了大腿。现在这些人都没有在队伍中作战而在由医师医治。但你是不可和解的呀!你的父母不是珀琉斯和忒提斯——人和女神!你必是从黝黑的大海和岩石所生,所以你的心情这么冷酷。好吧,如果是你的母亲的话或别的神祇的命令不要你参加战斗,至少让我和你的战士们同去,带给阿开亚人以安慰。让我穿上你的铠甲。也许特洛亚人看见我就以为是你,因而停止进攻,使我们可以重新整顿我们的队伍。"

阿喀琉斯皱着眉头冷冷地说:"不是我的母亲或任何神祇的命令阻止我走上战场。这是我心头的剧烈的苦痛,即一个阿耳戈斯人敢于抢劫作为同伴的我,敢于抢劫我的合法的锦标。但是我从未有意要永远怀恨在心,并且一开头就决定了,当战争逼近我的船舰时要将这些事情忘却。现在我还无心亲自参加作战,但你可穿上我的铠甲,率领我的战士前去。全力冲向特洛亚人并将他们从船舰赶走吧。只是有一个人你不能和他作战,那便是赫克托耳。并且要十分小心不要落在一位神祇的手里,因为阿波罗爱我们的敌人。你们一经救出了船舰就即刻回来,让其余的人在广场上厮杀吧。因为我宁愿让所有的阿耳戈斯人都毁灭,只剩下我们两人活着来征服特洛亚城。"

当他们说着话,埃阿斯在船舰附近已受到严重的压迫,他喘息起来了。箭和矛射在他的战盔上叮当作响。他的扛着大盾的肩头已感到麻木。四肢上汗滴如雨,但他不能休息。赫克托耳的利剑将他的青铜枪尖砍落地上,使得他只剩下一截枪杆握在手里,这时他知道阿耳戈斯人乃是与神祇在对敌,所以才绝望地后退。赫克托耳和他的战士们将一个大火把扔到船上,熊熊的火焰将船尾笼罩了。

当阿喀琉斯看到熊熊的火焰,他的顽固的心感到剧痛。"啊,帕特洛克罗斯呀!"他喊道,"别让敌人占领船舰,并制止我们的战士们逃遁。我将亲自去召集我的战士们。"帕特洛克罗斯很高兴,飞快地将阿喀琉斯的胫甲束在脚胫上,用他的灿烂的胸甲包住上身,肩上背负着他的利剑,头上戴着他的有着飘荡的马毛盔饰的战盔,左手持着他的大盾,右手执着两根长枪。他当然希望拿着他的朋友阿喀琉斯的那根大矛,但那是过去马人喀戎赠给珀琉斯的,矛杆用忒萨利亚的珀利翁山上的一整株白杨树削成,既大而又沉重,除阿喀琉斯以外没有别人可以使用。现在帕特洛克罗斯吩咐他的朋友也是御者的奥托墨冬套上美人鸟波达耳革为西风之神所生的两只神马克珊托斯和巴利俄斯,此外还有阿喀琉斯从喀利喀亚的忒柏城作为战利品带回来的一匹良马珀达索斯。同时阿喀琉斯召集他的密耳弥多涅斯战士,他们都如饿狼一样,每船五十人,从那五十只船舰奔来。他们的五个领袖是:墨涅斯提俄斯——河神斯珀耳叩斯和珀琉斯的美丽女儿波吕多瑞所生的儿子,赫耳墨斯与波吕墨勒的儿子欧多刺斯,迈玛罗斯的儿子玛珊德洛斯——仅次于帕特洛克罗斯的最英勇的战士,两鬓斑白的福尼克斯和莱耳刻斯的儿子阿尔喀墨冬。

他们出发时,珀琉斯儿子告诫他们:"让我的密耳弥多涅斯的战士们都不要忘记,过去他们如何经常地威胁着特洛亚人,并常常责备我不该恼怒,使他们不能参加作战。现在你们所渴望的时刻来到了。战斗到心满意足吧!"他说完话就退到屋子里,从盛满他母亲忒提斯给他在旅途上使用的紧身服,披衣,锦被和其他珍品的箱子里取出一只精工制

造的酒杯,这酒杯除他自己以外无人饮用过,除宙斯以外没有别的神祇
享受过灌礼。现在他走到门外,倾酒于地对宙斯举行灌礼,并祈祷阿耳
戈斯人获得胜利,他的战友帕特洛克罗斯平安地归来。宙斯听到祈祷
的第一部分略略点头,听到第二部分则摇头,但这些都不为阿喀琉斯所
看见。他回到屋子里将酒杯收拾起,然后又出来观看阿开亚人和特洛
亚人的战争。

　　密耳弥多涅斯人如同蜂群一样拥在他们的领袖帕特洛克罗斯的后
面,奔向敌人。当特洛亚人看见他来到,就心怀恐惧,阵容混乱,因他们
以为他是阿喀琉斯。他们都绝望地四顾,寻找逃亡之路。帕特洛克罗
斯趁着他们心怀恐惧的时候,向包围着普洛忒西拉俄斯的船舰的密集
的敌人投掷出他的发亮的枪。它击中派俄尼亚的皮赖克墨斯,射穿他
的右肩。他苦痛得吼叫着向后栽倒,周围的派俄尼亚人也恐惧得自相
扰乱,纷纷逃避。帕特洛克罗斯将火焰扑灭,因此船舰只烧去了一半。
现在特洛亚人全都逃跑,达那俄斯人在船舰的巷道中追击他们。但即
刻达耳达尼亚人又重新整顿,阿耳戈斯人被迫徒步作战,个人与个人搏
斗。帕特洛克罗斯射中阿瑞吕科斯的大腿,墨涅拉俄斯的枪击中托阿
斯的胸脯,费琉斯的儿子墨革斯杀伤安菲克罗斯的小腿,涅斯托耳的儿
子安提罗科斯射中阿廷尼俄斯的小腹。这时玛里斯由于他的兄弟的死
而激怒,直奔安提罗科斯,一面以身体屏蔽着阿廷尼俄斯的尸体,一面
抢着手中的枪。但涅斯托耳的另一个儿子特剌绪墨得斯用矛刺中他的
肩臂,使他倒地死去。这一对兄弟这样杀死了另一对兄弟之后,小埃阿
斯伶俐地跳上去,以利剑砍伤克勒俄布罗斯的脖子。珀涅琉斯和吕孔
各执枪相对投射,但都没有投中,后来两人拔剑厮杀,阿开亚人终于获
胜。阿卡玛斯正在乘上战车,墨里俄涅斯用枪击中他的右肩,他眼睛发
黑从战车上倒栽下来。

　　大埃阿斯一心一意要用他的矛刺中赫克托耳。但赫克托耳是一个
极机敏而有经验的战士,他用他的大盾这么灵巧地保护着自己,所以箭
和枪只能射在他的牛皮盾上。他已觉到胜利已不再属于他和特洛亚
人,但他仍坚定作战,希望至少可以救援和保护他的亲爱的战友。直到
对方的屠杀愈益凶猛,他才勒转战车,驱着马退过壕沟。但别的特洛亚

人没有这么幸运。有许多马匹撞断了辕杆,把在寨栅木桩之间碰得粉碎的战车丢在那里。凡是那些通过了壕沟的人都尘埃滚滚地向城里奔逃,帕特洛克罗斯大声呼吼着在后追击。有许多人倒栽葱跌落在车轮之下,同时战车也倾覆了。最后珀琉斯的儿子的神马跃过壕沟,帕特洛克罗斯更鞭策它们前进,希望能追及赫克托耳的飞奔的战车。他沿途杀死了所有在围墙与河流中间战地上遇到的敌人。他如同风暴一样地往前冲,普洛诺俄斯,忒斯托耳,厄律拉俄斯和别的九个特洛亚人或者为他的矛投中,或为他的枪刺死,或为他所投出的石头打死。吕喀亚的萨耳珀冬看到这情形很悲痛,他激励他的队伍,并自己全副武装跳下战车。帕特洛克罗斯也跳下来,于是两人都吼叫着相向奔来,就如同两只有着钩嘴和利爪的鹰互相猛扑一样。

宙斯坐在俄林波斯圣山,同情地看着他的儿子萨耳珀冬。但赫拉谴责他。"你在想些什么?"她说。"你想保全一个早就该死的凡人么?如果所有的神祇都使自己的儿子们退出战争,那么你决定要实现的定数将如何了案呢?相信我,最好让他在战场上死去,将他交给死神和睡神,让人民将他运走,埋葬他,并为他立一个坟墓。"宙斯让这个讨厌的女神絮叨,但神圣的两眼却为自己的儿子滴下了一滴眼泪。

现在那两个英雄已进入矛的射程之内。首先帕特洛克罗斯投射萨耳珀冬的勇敢的战友特剌绪得摩斯。萨耳珀冬的矛没有投中帕特洛克罗斯,却投中良马珀达索斯的右胁,当它倒下时喉管中戛戛地响着,使那两匹神马都感到震惊。挽具嘎嘎作响,缰绳纠绊着几乎拉断,这时幸喜御者奥托墨冬从腿上拔出利剑割断死马的皮带。

萨耳珀冬又第二次投出他的矛,但仍然没有投中敌人。但这次帕特洛克罗斯却刺中了这吕喀亚人的肚子,他倒下去如山头一棵巨松被斧砍倒一样,他咬着牙齿,用手抓着血污的泥土。在最后的喘息中他叫唤他的朋友格劳科斯,要他和吕喀亚人抢救他的尸体。说完就断气了。格劳科斯祈祷太阳神治愈他在争夺围墙的战争中从透克洛斯所受到的箭伤,这创伤使他迄今仍不能作战。阿波罗很同情他,即刻使他的伤口不再痛苦。于是他大步穿过特洛亚人的队伍,召唤波吕达玛斯,阿革诺耳和埃涅阿斯去保护萨耳珀冬的尸体。这几个王子听说他死了都很悲恸,因他虽然是外族人,却已成为特洛亚保卫战的有力的支柱。但他们的悲恸更增加了他们的勇敢。他们由赫克托耳率领着凶猛地冲向阿耳戈斯人。

同时帕特洛克罗斯也激励达那俄斯人涌向特洛亚人,并高声呐喊着争夺萨耳珀冬的尸体。最后赫克托耳投一巨石击死阿伽克勒斯之子厄珀勾斯,这时密耳弥多涅斯人才第一次稍稍退却。帕特洛克罗斯十分悲痛着他的朋友的死,奋勇前冲,击伤特洛亚人斯忒涅拉俄斯的背部,将特洛亚人逐退。现在由格劳科斯开始又向前攻击,他用枪刺穿密耳弥多涅斯人巴提克勒斯的胸脯。接着墨里俄涅斯击死拉俄戈诺斯,拉俄戈诺斯的父亲俄涅托耳是伊得山上宙斯神庙的祭司。但当埃涅阿斯向墨里俄涅斯投出矛时却没有投中。于是两个英雄彼此对骂,帕特洛克罗斯却在旁边叫喊:"为什么多说废话,战争得用武力来决定呀!"说着他率领队伍奔向萨耳珀冬的死尸,但特洛亚人拼死抵御,以致死尸从头到脚都盖满了尘土和血污。

宙斯用心地注视着这场战斗,思虑着是否就让帕特洛克罗斯战死,但暂时他觉得应该让他得胜。因此这珀琉斯的儿子的朋友能够将特洛亚人和吕喀亚人一起向特洛亚城逐退。达那俄斯人剥取了萨耳珀冬的铠甲,但当帕特洛克罗斯正要将它递给他的密耳弥多涅斯人时,宙斯吩咐阿波罗从山头降下,将这尸体扛在肩上走到斯卡曼德洛斯河的河岸。他在这里用清水将他洗涤,用香膏涂抹,然后交给死神和睡神那一对孪生的弟兄。他们鼓着翼将他带回他的吕喀亚的故乡。

但帕特洛克罗斯被命运女神所驱使,鼓舞他的御者飞奔前进,追击特洛亚人和吕喀亚人,同时也径直走向自己的毁灭。他杀死九个特洛亚人并剥去他们的铠甲,他这么凶猛而准确地使着他的枪,如果不是阿波罗站在最高的城垛上决意援救特洛亚人并杀害这个英雄,他真的会征服特洛亚城和所有它的碉堡。接连三次这墨诺提俄斯的儿子爬上城去,阿波罗三次都用神手执盾抵御,并大声喝道:"退下去!"帕特洛克罗斯知道这是神祇的命令,就急忙退回。

现在在斯开亚城门口,奔逃的赫克托耳勒住马匹,考虑着还是回到阵中去作战,还是命令他的队伍退到安全的城墙后面去。当他正犹豫

埃阿斯保御船舰

着,手指放松了缰绳,这时阿波罗却变形为赫卡柏的兄弟阿西俄斯走到他的面前,对他说:"赫克托耳,为什么怯战呢?假使我比你强大得像你比我那样多,只是你因为犹豫不决,我就会将你送到地府里去。但是来吧!如果你不喜欢听这样的话,就让你的战车掉头,并驱着马直向帕特洛克罗斯奔去。谁知道阿波罗不会使你获胜呢?"这神祇变形为阿西俄斯在他的耳边这么说着,随即不见了。于是赫克托耳激励他的御者刻布里俄涅斯,又向战地冲去。阿波罗走在前头,在阿开亚人的军队中引起混乱。但赫克托耳没有停下来杀戮任何阿耳戈斯人。他一直奔向帕特洛克罗斯。

阿喀琉斯的朋友看见他奔来,就跳下战车。他左手执着矛,右手从地上拾起一块大石向刻布里俄涅斯掷去。石头正击中他的前额,他跌倒在地,这时帕特洛克罗斯嘲弄他:"天知道,一个机巧的人!就这么容易地钻到土里去了,也许他是一个卖牡蛎的,善于潜水吧。"他如同狮子一样奔向他所嘲弄着的尸体,但赫克托耳保护着他的异母兄弟。他抓着死者的头,帕特洛克罗斯却拖住死者的脚。双方的战士如同西风与南风搏斗一样,互相厮杀。

天晚时阿耳戈斯人得胜。他们夺取刻布里俄涅斯的尸体,并剥去他的铠甲。帕特洛克罗斯又倍加凶猛地冲向特洛亚人,接连三次每次杀死九个特洛亚战士。但当他作第四次的屠杀时,死神已在近旁窥伺,因为这次是阿波罗亲自出来作战。帕特洛克罗斯看不见他,因他隐藏在云雾里。阿波罗从后面用手掌打了他背一下,他的眼前立即一片模糊。然后神祇敲上他头上的战盔,战盔叮当地随着马蹄滚转,羽饰全为泥土和血渍染污。他又使他手中的枪折断,解开他的背在肩头上的盾带和束缚在胸上的胸甲,并使他的心灵麻痹,木然不动地站着。这时潘托俄斯的儿子欧福耳玻斯(他是特洛亚的一个勇敢的战士,当天已杀死二十个阿耳戈斯人)用他的枪刺入帕特洛克罗斯的背脊,随即走回阵去。但赫克托耳又走上去刺穿这受伤英雄的肚子,青铜的矛尖一直从背脊上透出。赫克托耳征服他,就如同狮子征服在同一条山溪争着饮水的野猪一样。他从帕特洛克罗斯的肉体使劲拔取他的矛,并胜利地叫道:"帕特洛克罗斯呀,你想使我们的特洛亚城成为废墟,并抢劫我们的妇女用船舰带回国去作你们的奴隶！现在我总算将做奴隶的不祥的日子推迟了；至于你，让鹰食你的腐肉去吧。你的朋友阿喀琉斯对你有什么用处呢？"

临死的帕特洛克罗斯用微弱的声音回答他。"赫克托耳，尽量去高兴罢，"他说，"宙斯和阿波罗使你得到毫不费力的胜利，因为他们先夺去了我的武器。如果不是他们，我的枪将征服你，并征服像你这样的另外二十个人。神祇里面，是阿波罗将我打倒了，人里面，是欧福耳玻斯将我打倒了。你可以剥取我的铠甲。但我可以预言：你骄傲的日子不多了，因为毁灭已隐藏在你身边，我知道你将在谁的手里丧命。"他挣扎着说完这些话，灵魂就离开他的身体到地府里去了。但赫克托耳又叫他："帕特洛克罗斯！为什么预言我未来的命运呢？谁知道阿喀琉斯不会先被我的矛杀死！"说着脚跟用力，从受伤者身上拔出他的铜矛，让死尸仍然倒在地上。他又抢着浸着帕特洛克罗斯的鲜血的长矛转向他的御者奥托墨冬，但神马载着他逃脱了危险。

其后特洛亚的欧福耳玻斯和阿特柔斯的儿子墨涅拉俄斯为争夺帕特洛克罗斯的尸体发生斗争。"你必得偿命！"特洛亚人叫着，"因为你杀死了我的兄弟许珀瑞诺耳并使他的妻子成了寡妇！"他将他的枪向阿特柔斯的儿子的盾牌投击，但铁的枪尖弯曲了。这时墨涅拉俄斯举起枪刺中敌人的喉咙，枪尖从后颈窝穿出，使得那些用金银带子装束着的黝黑的长发染满鲜血。他倒下来，武器也叮叮当当地散落在地上。即刻墨涅拉俄斯将他的铠甲剥下，正要带走，阿波罗却嫉妒他获得这样的战利品。他变形为喀科涅斯的国王门忒斯走到赫克托耳面前，劝他不要追击由奥托墨冬驱着飞奔的阿喀琉斯的神马，因为这是不易得到的战利品。他劝他即刻回来保护欧福耳玻斯的尸体。赫克托耳转来看见墨涅拉俄斯在俯身剥取尸体上的华丽的铠甲。阿特柔斯的儿子听到这特洛亚英雄的咆哮，知道他不能抵御赫克托耳和他的战士们。他不自主地放下尸体和铠甲向后退却，一面逃跑一面频频回顾，或停下来寻觅大埃阿斯。他终于在左方看到他在人丛中作战，他急向他走去，要求协助夺回帕特洛克罗斯的尸体。当他们两人走近尸体所躺下的地方时，看见赫克托耳已将死者的铠甲剥下，正在割取死者的头颅并将尸体拖给狗吃。但他看见大埃阿斯执着七层生牛皮的大盾走来,就放下尸体走回他的队伍跳上战车,将帕特洛克罗斯的铠甲递给他的朋友们带回特洛亚城作为一种光荣的纪念品。同时,埃阿斯保护着尸体,如同猛狮保护他的幼儿一样,墨涅拉俄斯在他的身边守望着。

吕喀亚的格劳科斯瞪着赫克托耳责备他。"如果你回避一个英雄,"他说,"光荣有什么用呢?现在请想想你一个人怎样保卫特洛亚城。此后吕喀亚人无论怎样也不会再和你并肩作战。你们既不保护深有交情的战友萨耳珀冬王子的尸体,而将他委弃给达那俄斯人和野狗,我们如何能希望你援助一个次要的人?如果特洛亚人有着我们的勇敢,我们会即刻将帕特洛克罗斯的尸体拖到特洛亚的城里。如果阿耳戈斯人能要回那精美的铠甲,他们会愿意将萨耳珀冬的尸体归还我们的。"格劳科斯这么说,因他还不知道阿波罗已将萨耳珀冬的尸体从阿耳戈斯人抢回来了。

"格劳科斯,你是一个傻子,"赫克托耳说,"你以为我畏惧强悍的埃阿斯么?我从不临阵退缩。但宙斯的神意比我们所有的力量都更有威力。现在,请来看,我是否如你所说的那样怯懦。"说着他就追赶他的战友,他们正运着那副从帕特洛克罗斯身上剥下的阿喀琉斯的铠甲往城里去。他赶上了他们,换上阿喀琉斯的神祇的铠甲,那是神祇当珀琉斯和海洋女神忒提斯结婚时赠给他的。后来珀琉斯年迈,他将它给与他的儿子,但可惜他的儿子却命定地不能穿着它活到老年。

人与神祇的统治者从天上俯视,看到赫克托耳正紧束着阿喀琉斯的神圣的铠甲。他严肃地摇头,并在心里说着:"不幸的赫克托耳,你再也梦想不到死神已站立在你的身旁。你已经杀死那使万人发抖的英雄的挚爱的朋友。你剥去他身体上的铠甲,从他的头上劫取战盔,现在你穿着女神之子的神圣的甲胄阔步而行。但因为你将不能从这次的战斗归来,你的妻子安德洛玛刻也再不能看到你,我将使你有一次最后的光荣的胜利。"当宙斯的话刚刚说完,赫克托耳的胸甲显得更紧了,阿瑞斯的精神在他的心里燃烧着,四肢充沛着威势和活力。他大叫一声,统率着他的同盟军,和他们一起冲向敌人。

这时争夺帕特洛克罗斯的尸体的战争重新爆发。赫克托耳的来势是这样的凶猛，所以埃阿斯对墨涅拉俄斯说："现在我关心我们自己的头颅更甚于关心已经死去并将为特洛亚的野狗和飞鸟所争食的帕特洛克罗斯。因为赫克托耳和他的队伍如浓云一样包围着我们。请大声呼救，看看达那俄斯人中的英雄是否可以听到你的呼声。"墨涅拉俄斯尽力喊叫，首先听到的人乃是罗克里斯的埃阿斯，即俄琉斯的敏捷的儿子。他跑到这地方来，随后来到的还有伊多墨纽斯和他的战友墨里俄涅斯以及别的数不清的人，因此这尸体又被英雄们的青铜盾牌团团保卫着。特洛亚人越发加紧压迫，几乎这尸体被他们从人丛中拖去了。但最后大埃阿斯赶来援救。当特洛亚人的同盟军，珀拉斯癸人希波托俄斯正用皮带系上尸体的脚踝准备拖走，这忒拉蒙的儿子就用矛射穿他的战盔的圆顶，使他脑浆迸裂倒地死去。赫克托耳瞄准埃阿斯，但却投中福喀斯人斯刻狄俄斯。埃阿斯还击并射穿淮诺普斯的儿子福耳库斯的胸甲，他正为希波托俄斯的尸体斗争，埃阿斯的投枪却刺入了他的脏腑。

现在特洛亚人甚至赫克托耳本人也略略后退，阿耳戈斯人几乎违反宙斯的神意获得了胜利，但这时阿波罗却变形为年老的使者珀里法斯将大力的埃涅阿斯引到战场上来。埃涅阿斯知道珀里法斯是神祇的化身，所以他大声高呼激励他的队伍，自己也踊跃走在队伍的前头。这时特洛亚人又一次回转身来冲向敌人。埃涅阿斯杀死吕科墨得斯的朋友勒俄克里托斯。吕科墨得斯为他的死去的同伴报仇，杀死派俄尼亚的阿庇萨翁。如今阿耳戈斯人又都举起枪来抗拒敌人，保护帕特洛克罗斯的尸体。

在战场的另一部分战斗也极猛烈，双方的战士们都汗流如雨。"我们宁肯让大地将我们吞没，"达那俄斯人大叫，"不愿将这具尸体委弃给特洛亚人，空手走回船去。"

"即使我们死得只剩最后一人，"特洛亚人也在对面吼叫，"也绝不后退！"

当他们正在战斗，阿喀琉斯的神马站在一旁。它们听说它们的御者帕特洛克罗斯已在赫克托耳的手里丧命，就开始如同人类一样地悲泣。奥托墨冬无论用马鞭，用好话或用威吓都不能驱使它们前进。它们拒绝走回船舰，也不愿驰到阿耳戈斯人作战的地方去。它们站立在战车前面，低垂着头，一动也不动，就好像死人坟墓上的石碑一样。它们的浓密而卷曲的马鬃满是尘土，大滴的眼泪从双目流出。即使在天上的宙斯俯看到它们也不能不感到同情。"可怜的生物哟，"他自言自语地说，"为什么我们将永久壮健且有神性的你们给与珀琉斯呢？难道是为了使你们也如同不幸的人类一样遭到悲愁吗？因为在大地上生息活动的一切再没有比人类更苦恼的！至于赫克托耳，他想驯服你们为他拖曳战车，那是徒然的。我绝对不容许这么做。他已占有阿喀琉斯的盔甲，不是足够了么？"于是宙斯又使这两只神马充满勇敢和力量。

即刻它们摇着头抖去鬃毛上的尘土，飞快地拉着战车驰到特洛亚人和阿开亚人激战之处。但奥托墨冬独自一人在战车上，既不能指挥马匹，也不能向敌人投出他的枪。他正在进退两难，他的朋友，莱耳刻斯的儿子阿尔喀墨冬看见了他，发现他战车上没有御者而感到惊奇。"除了帕特洛克罗斯以外谁能比得上你这个驾驭马匹的好手呢？"奥托墨冬叫唤他。"如果你能为我执缰挥鞭，我便将马匹交托给你，让我可以全力作战。"

当奥托墨冬将位置让给另一个人时，赫克托耳注意到了，他转身向身边的埃涅阿斯说："看那里呀！阿喀琉斯的马匹由没有经验的御者驱策着投入战斗了。你愿意和我一起来捉住它们么？要获得这战利品虽然辛苦却是值得的。"埃涅阿斯点头表示同意；于是两个人即刻拥着大盾冲向前去，克洛弥俄斯和阿瑞托斯则追随在他们的后面。

但奥托墨冬向宙斯祈祷。这司风雨者即刻使他的心中充满稀有的力量。"阿尔喀墨冬，赶着车紧跟在我后面！"他大声说："这里，埃阿斯！这里，墨涅拉俄斯！让别的人去保护死者，都来这里保护我们活着的人！赫克托耳正在追逐我们，赫克托耳和埃涅阿斯两个最勇敢的特洛亚英雄正紧追在后面！"说着就向阿瑞托斯刺去，戳穿了他的肚子，使这英雄在疾进中摔倒在尘埃里。赫克托耳将矛向奥托墨冬掷来，但矛从他的头上飞过，扎在地上。双方正拟拔剑作战，这时两个埃阿斯奔来，将他们隔开，使特洛亚人又回到帕特洛克罗斯的尸体那里去。

争夺帕特洛克罗斯的尸体

那里战斗正在剧烈进行。现在宙斯已另有主意。他隐藏在浓云中，派遣雅典娜作为使者到地上去。雅典娜变形为年老的福尼克斯走向墨涅拉俄斯。墨涅拉俄斯看见这老人走来，他说：“啊，福尼克斯！但愿在今天雅典娜给我力量，使我可以为我的被杀死的朋友报仇。因为我从你的眼光中看出你对于我的谴责。”女神知道他在寻求她的援助，很觉欢喜，使他的两臂和两腿增加力量，使他的心情勇猛而坚定。他挥舞着枪向尸体所在的地方跑去。当赫克托耳的朋友即厄厄提翁的儿子波得斯正要转身逃跑，阿特柔斯的儿子的枪尖已刺穿了他的肚子，使他仆倒地上。

现在阿波罗变形为淮诺普斯，向赫克托耳走来并讥讽他。“如果墨涅拉俄斯将你吓退，达那俄斯人中还有谁惧怕你呢？他曾经杀死你最挚爱的朋友，现在，他，阿耳戈斯人中的最懦弱的，还要从你手中抢去帕特洛克罗斯的尸体！”这话使赫克托耳感到屈辱悲哀，他重新冲上去，青铜的铠甲灿亮得发光。于是宙斯摇晃着他的盾，降浓云遮蒙着伊得山，并以雷霆和闪电使特洛亚人的胜利达到最高点。

波俄提亚的珀涅琉斯因为肩膀为波吕达玛斯的矛尖刺伤，第一个转身逃跑。勒伊托斯的手指节为赫克托耳的矛尖射穿，因此已不能作战。伊多墨纽斯刚刚从船舰步行走来，他向赫克托耳投掷他的矛，没有投中，赫克托耳的回掷也没有中的，却投中科刺诺斯的耳朵和面颊，因他和墨里俄涅斯站在伊多墨纽斯的前面，使伊多墨纽斯躲过这次的危险。矛尖打断他的牙齿和舌头，他跌下车来。墨里俄涅斯从地下拾起缰绳递给伊多墨纽斯，他跃上战车，驱策着马匹向船舰逃回。埃阿斯看到这情形，他这样大声地向在他身边作战的墨涅拉俄斯悲叹，使得宙斯也很同情他，即拨开浓云，闪出阳光普照着战地。埃阿斯对墨涅拉俄斯说：“设法找到涅斯托耳的儿子安提罗科斯，看他是否还活着。他是最适当的使者，让他去告诉阿喀琉斯说，他的最亲爱的朋友帕特洛克罗斯业已丧命。”墨涅拉俄斯用锐眼四处搜寻，如同一只老鹰寻觅伏在林中的野兔一样。不久他终于在战地的左边找到涅斯托耳的儿子。

“安提罗科斯，”他对他说：“你知道吗，神祇使特洛亚人得到了胜利，达那俄斯人受到了灾难？帕特洛克罗斯已经阵亡，所有的阿耳戈斯人对于这个大无畏的英雄的死亡都感到是一种损失。现在只剩下一个比他更勇敢的人:阿喀琉斯。快到他的屋子里去,告诉他这可悲的消息,并要他来抢救那具已被赫克托耳剥去铠甲的尸体。"

这青年听到这话打了一个冷战,禁不住泪流满面。他沉默好一会,然后将他的盔甲脱下递给他的御者拉俄多科斯,向着船舰拔足飞跑。当墨涅拉俄斯又来到尸体所在的地方,他和埃阿斯商量着怎样将死友的尸体抢运回去;他们还不能过分指望阿喀琉斯出来作战,因为即使他被说服了,他的神祇的铠甲却已丧失。他们用大力将尸体从地上扛起,这时虽然特洛亚人凶猛地大声吼叫并挥舞着长矛和利剑追来,但埃阿斯一转身,他们又吓得面无人色,不敢争夺他所背负着的死尸。就这样,他们背负着死者奔向船舰,其余的阿耳戈斯人也纷纷从战地逃回。赫克托耳和埃涅阿斯紧紧跟踪追击,逃亡者惊惶而混乱地越过壕沟,到处都可以看到他们失落在地上的枪和盾。

阿喀琉斯的悲恸

安提罗科斯发现阿喀琉斯在船舰前面,思忖着一种他还不知道的业已实现的命运。当他看见一个阿耳戈斯人向船舰奔来,他感到苦恼并自言自语地说:"为什么阿开亚人从战地跑回来,好像是溃败后逃回营幕似的? 我希望神祇没有成就我母亲曾经说过的预言:在我还活着的时候,密耳弥多涅斯一个最英勇的英雄必死在特洛亚人的手里。"

他正在沉思,安提罗科斯已向他走来,由于所带来的可怕讯息而泪流满面,并远远就叫唤他:"唉,珀琉斯的儿子! 但愿我不得不告诉你的这一切没有发生! 帕特洛克罗斯业已阵亡! 赫克托耳已剥去他的铠甲,现在他们正为他的赤裸的尸体斗争。"阿喀琉斯听到这,眼前突然发黑。他用两手抓起地上的泥土撒在自己头上,脸上和紧身服上。然后他扑在地上,直直地躺着,撕扯自己的头发。阿喀琉斯和帕特洛克罗斯作为战利品掳掠来的女奴隶们,看见她们的王子和主人直躺在地下,都战栗着从屋里涌出来。当她们知道所发生的事情,她们捶着胸脯大声号哭。安提罗科斯也不禁流泪;他抓住阿喀琉斯的双手紧紧地握着,因为他恐怕他会拔出剑来割断自己的喉咙。

阿喀琉斯这么悲痛地大声号哭，以致在深海中坐在白发老父身旁的他的母亲也听到他的声音，并默默啜泣。别的涅柔斯的女儿们听到她的哽咽，也悄悄地进入她的银色的洞府，捶击着柔软的胸膛和她们的姊姊一起悲泣。"我是如何地不幸，"她对她们说，"生育了这么一个勇敢俊美的儿子。他如同一株坚强的小果树，在园丁的灌溉爱护下渐渐长成。后来我送他去从事远征特洛亚的战争。但他永不会再回到珀琉斯的宫殿来了！当他还在太阳光中活着，他必遭受巨大的苦楚，而我对他是无能为力的。但我一定要去看看我所珍爱的孩子，听听他所遭到的悲痛。"说着，这女神就和她的姊妹们升到水面，波涛自动分开，让出一条路来。她来到海岸上，看见她的儿子坐在船舰前面悲泣。

"为什么哭泣呢，我的孩子？"她问他，并抱着他的头。"谁使你伤心了？都告诉我，一点也不要隐藏！不是一切都如意么？不是阿耳戈斯人拥进了你的营幕请求你的援助么？"

阿喀琉斯带着深沉的叹息回答："母亲，这一切还算什么呢？既然那位我爱他甚于爱自己的眼珠的帕特洛克罗斯已被敌人杀死并扔在尘埃里！我的精工制造的铠甲，那是珀琉斯和你结婚时神祇所赠送的礼品，也被赫克托耳从他的身上剥去了。啊，但愿你永久居住在海洋的深处！因为假如珀琉斯娶的是一个人间的妻子，你便不会对于一个命定早死的儿子怀着永恒的悲痛。我永不会回到故乡去，因为我的良心不容许我活在人间，除非我为帕特洛克罗斯报仇，将赫克托耳杀死。"

忒提斯含泪回答他。"我的儿子，"她说，"那时你的青春的生命也将被断送，因为命运女神规定在赫克托耳死后，你的末日也近了。"

阿喀琉斯愤怒地叫起来，"如果命运女神不让我保护我的被杀的朋友，我宁愿立刻死去！他远在异乡丧命，我没有援救他。现在我的短小的生命对于阿耳戈斯人有什么用处呢？我使帕特洛克罗斯遭遇到不幸，使无数被杀死的朋友们遭遇到不幸。现在我坐在船舰这里，成为人世间的无价值的赘物，而我正是阿开亚人中最勇猛的战士，即使在议会里我不如别人。可诅咒的忿怒呀！它无论在神祇或凡人心中，最初使你感到甘甜如蜜，但后来却苦涩难堪。"突然他抑制着悲痛并跳起来说:"过去的事都让它过去吧！我就去为我所爱的朋友报仇。我要杀死赫克托耳。让宙斯和神祇们所规定的命运临到我头上来吧。为了我,许多的特洛亚妇人将以泪洗面。特洛亚人将发现我已休息得够久了。亲爱的母亲,请不要阻止我!"

"你是对的,我的孩子,"忒提斯回答。"你的金光灿烂的铠甲落在特洛亚人的手里。赫克托耳矜傲地穿戴着它。但他的矜傲不会久长。明天日出时,我将带给你新的武器,那是赫淮斯托斯亲手制造的。在我回来以前不要出去作战!"女神说完,就吩咐她的姊妹一起沉入大海的深处。但她自己即刻飞到俄林波斯圣山去寻觅神祇的铁匠赫淮斯托斯。

同时特洛亚人一再向被埃阿斯搬运回去的帕特洛克罗斯的尸体进攻。赫克托耳像火一样向前飞奔,他有三次追及埃阿斯并抓住死尸的脚要将他拖走,但三次都被两个埃阿斯逐退。他退到一旁,然后又站住,并大声呼叫绝不再后退。这时那两个同名的阿耳戈斯英雄想将他吓退,如同牧人们要将一只饥饿的雄狮从血肉模糊的牡牛身边赶走一样。但假如不是伊里斯奉赫拉的命令瞒着宙斯和别的神祇降临到珀琉斯的儿子的面前吩咐他秘密地整备武装,赫克托耳真的会把死尸抢走了。"我如何能作战呢?"阿喀琉斯询问神祇的使者。"我的敌人已抢去我的武器,而我的母亲吩咐我在她没有将赫淮斯托斯亲手制造的盔甲给我以前不能到战地去。没有别的武器适宜于我使用,也许埃阿斯的大盾还可以,但那又是他自己所需要的。"

"我们都知道你的辉煌的武器已被抢走,"伊里斯回答他,"但只要你就是这个样子走到壕沟那边去,让特洛亚人可以看见你。也许他们看见你就会立刻停止前进。阿开亚人已极疲惫,必须有片刻的喘息。"

伊里斯离去之后,神灵一样的阿喀琉斯就站立起来。雅典娜亲自将她的盾挂在他的肩头上,给他的面貌以闪烁的光辉。他大步走出,越过围墙,站立在壕沟旁边。但记着他母亲的警告,还没有卷入战斗。他只是远远看着并且吼叫,雅典娜也附和着和他一起吼叫,这在特洛亚人听来好像是军用喇叭一样。他们听到这金属般的吼声都感到惶恐,各个勒转战车和马头。御者们看见阿喀琉斯的头颅周围闪射着火光，都暗暗发抖。他吼叫三次，特洛亚人就溃乱三次。他们中有十二个勇敢的英雄在混乱中跌倒在地上，为自己的战车碾死或枪矛刺死。现在帕特洛克罗斯的尸体已不复为矢石所能及。英雄们将他放置在榇车上，大家围绕着默致哀悼。阿喀琉斯看到他的并肩作战的亲爱的战友，他又一次来到阿耳戈斯人中间，并伏在死尸身上痛哭。落日以它的最后的霞光闪照着这样生死相对的两个英雄。

阿喀琉斯重新武装

双方军队在顽强的战斗以后休息。特洛亚人从战车卸下马匹，还来不及想到进食，他们就集合商议。他们笔直地站成一个圆圈，没有一个人敢坐下来，因为他们对于阿喀琉斯心有余悸，恐怕他再次出现。最后潘托俄斯的儿子即明智的波吕达玛斯（他能知过去未来）劝告他们不待天明就尽速地撤退到城里去。"当明天清早阿喀琉斯全副武装起来并发现我们在这里时，"他说，"那些逃到城里去的人是幸运的，但许多人便得牺牲，成为老鹰和野狗的食品。但愿上天扭转这种命运！因此我劝你们和所有你们的战士今晚在城里去过夜，那里有高耸的城垣和坚固的城门团团保卫我们。黎明时我们派人看守城垛，让所有从船舰奔来攻击我们的敌人倒霉吧。"

现在赫克托耳发言，他的眼光是坚毅的。"波吕达玛斯，你的话很刺耳。现在宙斯既已使我胜利，我现已将阿耳戈斯人逐退到海边，你的怯懦的建议在人们看来只是愚蠢的，没有一个特洛亚人会听你的话。至于我，我要吩咐所有的战士都饱食并严密戒备。如果任何人担心他的积蓄和财富，那么就让他将家产拿出来，供大家饮宴吧。我们自己享受它总比让给阿开亚人要好一些。天明时我们将到船舰去继续攻击敌人。如果阿喀琉斯真的重回战场，那算是他自走厄运，因为我将坚持战斗，直到他或我夺得胜利的花冠为止。"赫克托耳的错误的言语比波吕达玛斯的合理的提议对于大家的心情有更重大的影响。他们都大声欢呼，并且狼吞虎咽地饱餐一顿。

阿耳戈斯人整夜哀悼着帕特洛克罗斯，阿喀琉斯比别的任何人都感到悲痛。他将他的杀死过多少敌人的双手放在他的亡友的胸脯上说："我那一次为了安慰墨诺提俄斯曾经说过：在特洛亚城陷落之后，我将送他的儿子带着丰富的战利品和荣名回到俄波伊斯，这是什么废话啊！现在命运女神已决心使他和我两人的鲜血都流在异乡的国土，因为我也将不能回到故乡，不能回到我的白发的父亲珀琉斯和我的母亲忒提斯的宫殿。特洛亚的泥土将掩埋我。但既然我命定要死在你之后，帕特洛克罗斯哟，我还不能为你举行葬礼，直到我将你的铠甲夺回，并将杀死你的赫克托耳的头颅也取来向你祭奠。我还要用十二个特洛亚贵族子弟在你的火葬场上献祭。现在，我的亲爱的朋友，暂时安息在船舰这里等待着吧。"他说完，就命令他的伙伴们用大炊鼎烧水，为死去的英雄净身并涂抹香膏。然后他们将他放置在枢车上，用极精细的葛布从头到脚遮盖着，上面再盖上一件雪白的罩袍。

同时忒提斯已来到独脚的赫淮斯托斯为自己所建的铜宫，它如同星光一样灿烂，美丽而且坚固。她看见火神正在风箱前面流汗工作。他已铸就二十只铜三脚鼎，并在每一铜脚上装置小小的金轮，使它可以自动地滚到俄林波斯圣山厅堂内神祇们的膝前，然后再滚回他的工厂。这些器皿看起来是很令人惊奇的，它们除了耳柄以外都已完整，耳柄刚刚做好，他正在用铁锤将它们钉在固定的地方。因他正在工作，他的妻，美惠三女神之一的卡里斯就走来握住忒提斯的手，引她坐在一张银椅子上，并将小踏脚凳放置在她的脚下，然后她去请她的丈夫来。他看见海洋女神，欢喜地大叫："我多高兴啊，神祇中的最高贵者降临到我的屋子，她是我初生时曾经拯救过我的恩人！因为我生下来就是独脚，所以我的母亲将我掷出，如果不是欧律诺墨和忒提斯将我拾起并在海中一石洞里抚养我整整九年，我一定会悲惨地死去的。在那穹隆的岩洞中我精工制作我的奇巧的工艺品，耳坠和戒指，别针和项链。在我的周围海浪汹涌着。现在这救我的恩人居然到我的家里来了！亲爱的卡里斯，请好好款待她，让我先收拾一下工具和这堆乱糟糟的东西。"

这满脸烟煤的火神一面说，一面就站立起来跛行着离开他的铁砧，从火炉边搬开风箱，将他的精美的工具都收拾在银箱子里并用锁锁住，然后用海绵揩拭他的双手，脸，脖子和毛茸茸的胸脯。接着他穿上紧身服，由女仆们扶着跛行到屋子里来。这些女仆都不是父母所生的人，仅仅具有人的形象。她们用金子铸成，有着青春美貌，灵巧而强健，会思想且有声音。她们飞快地从她们的主人那里走开，让他坐在忒提斯身边，握着她的手，并对她说："敬爱的女神，你不轻易到我这里来，为什么今天光临到我的屋子呢？告诉我你的来意，我必尽我所能为你效劳。"

于是忒提斯告诉他她的忧愁，并抱着他的双膝请求他为她的已注定即将死亡的儿子阿喀琉斯制造一顶战盔和一面盾，一具胸甲和一副有着护踝的胫甲，因为神祇赠给珀琉斯的铠甲已在帕特洛克罗斯在特洛亚城外战死时失去。"敬爱的女神，请放心，别让这事使你苦恼，"赫淮斯托斯说。"我将为他制造一副如此坚固壮丽的铠甲使他十分喜欢并使每一个看到的人都感到惊奇，但是如果我能救你的儿子免于死亡，那该多好啊！"

他说完就离开了忒提斯，并将他的风箱搬向火炉。二十个不同的风箱自动地吹火烧着各个装有锡，铜，金，银的坩埚。然后他将铁砧装上，他右手执大锤，左手执钳，先打成一面五层厚的大盾，镶以三道金环，并装置一条白银的盾带。在盾面上他刻绘大地，海洋和有着日月和所有星座的天空；此外还有两座美丽的城池，其一正在举行婚礼，人们拿着火炬送新娘，又在张席设宴开怀痛饮；还有许多人在元老主持下正在讨论对于一个被谋杀者的赔偿问题。另一城市，则为两支大军所围困。在城里有妇女，孩子和蹒跚走路的老人。城外则有埋伏着的战士们，又有牧人在给他们的牛羊饮水。另一边则是一片混战的景象，有受伤的战士，有争夺尸体和铠甲的斗争。他也刻绘和平的田野，那里有掘好的垄沟和耕者与耕牛；有起伏的麦浪和以镰刀割麦的收获者；此外还有葡萄园，金紫色的熟透了的葡萄从银枝上累累下垂，四周则以青铜的水沟和锡的篱笆环绕着。有一条小道通到葡萄园，而且正当葡萄成熟的季节：强健而活泼的青年和美丽的少女们正以精致的篮子搬运着葡萄。他们中间有一个抱着竖琴的少年，另一些人和着他的音乐在周围舞蹈。此外他又刻绘金的和锡的牛群在漫流的河边吃草，四个黄金的

忒提斯为阿喀琉斯向赫准斯托斯请求新武器

牧人和九只猎犬在旁边看守着。有两只雄狮在袭击牧群的先头并攫取了一只牡牛,牧人们嗾使猎犬站在一定的距离之外向猛狮猖猖地吠着。同时他也刻绘了一个幽静的河谷,银的绵羊放牧在山坡上吃草,附近有羊圈、房屋和牧羊人的茅舍,还有打扮得很美丽的青年男女在跳舞,女的都带着花冠,男的则佩着挂在银带上的黄金的刀子。两个跳轻快舞的人在竖琴的伴奏下疯狂地跳着,许多人走来欣赏这种舞蹈和欢乐。盾牌的最外的一环是俄刻阿诺斯河蜿蜒曲折地流着,如同发光的蝮蛇一样。

盾牌完工之后,他又铸造了一副比熊熊的火焰还要光亮的胸甲;然后是硕大的战盔,大小和头部正适合,顶上并有金色的羽饰;最后则以柔软的锡制成胫甲。当一切完工,他将它们放置在阿喀琉斯的母亲的面前。她抓着这副铠甲,正如鹰攫取它的猎获品一样。她深深感谢这位铁匠,然后用纤美的双手将这金光灿烂的盔甲带走。

天刚拂晓,她就赶到他的儿子那里,这时阿喀琉斯仍然在守着帕特洛克罗斯的尸体悲泣。她将这副战甲放在他的面前,它们锵锵地响着。密耳弥多涅斯人看到它们都战栗着,没有一个人敢正视这女神的面孔。但在阿喀琉斯的润湿的睫毛下,两眼却闪着凶猛而快乐的闪光。他一样一样地检视着这赫淮斯托斯的赠礼,满心感到欢喜。然后他将铠甲紧束在身上。"注意呀,"他在离开时告诫他的朋友们,"不要让苍蝇落在我们死去的战友的创口上玷污了他的美丽的身体。"

"这事交给我吧,"忒提斯说,同时用香膏和美酒注入帕特洛克罗斯的半开闭的嘴里。神祇的香膏渗入他的肌肤,他变得同生人一样。

阿喀琉斯大步走向海岸,并用雷霆一样的吼声号召着阿开亚人。凡是能站立起来的人,听到他的号召都奔来了,甚至从未下过船的掌舵人都不再留在船里。狄俄墨得斯和俄底修斯即使受了伤也跛着脚拄着枪向他走来,在他们之后则是所有的英雄们,最后是阿伽门农,他因曾被安忒诺耳的儿子科翁的矛刺伤,到现在还十分虚弱。

阿喀琉斯和阿伽门农的和解

当所有的阿耳戈斯人都已齐集，阿喀琉斯起立发言："阿特柔斯的儿子呀，我宁愿在我将布里修斯的女儿作为我征服吕耳涅索斯的战利品带回来的当天，阿耳忒弥斯就在船边将她杀死了，我不忍由于我心怀愤怒致使许多阿开亚人在战场上牺牲。让过去的事都被忘记吧，即使我们的心里都还怀着隐痛。至少我个人已是了无怨恨。现在，作战去吧！我们要看看特洛亚人是否还渴望征服我们的船舰。"

听了他的话，阿开亚人都大声欢呼。后来阿伽门农也站起来，只是没有如别的发言者一样走到人群的中心。"停止你们的欢呼吧！"他说。"谁能在这样的吼叫中说话或听得见呢？我将对珀琉斯的儿子解释我的行动，你们别的人好好听着并记住我的话。赫拉斯的儿子们常常责备我在我们感情破裂的那天我所作的事情。但这不是我的罪过。那是宙斯和复仇女神使我在群众大会上丧失了理智。我的过错应由他们来负责。但是当赫克托耳在船舰附近杀死成群的阿耳戈斯人时，我想到了我的过失，并渐渐觉到宙斯蒙蔽了我的心窍。现在我极愿补偿，并献给你，阿喀琉斯，凡是你所要求的东西。只是再和我们一起作战罢，我将给你不久前俄底修斯作为我的使者以我的名义所许诺你的一切。或者，如果你愿意，就在这里等候着，让我的奴隶们将它们从船上搬来，请你亲眼看看我怎样实践我的诺言。"

"伟大的阿伽门农，"阿喀琉斯回答，"是否将那些赠礼给我，这由你去决定。现在让我们别再延误，快来讨论战争，因为还有许多事情要做，而且我渴望走上战斗的最前线。"

但聪明的俄底修斯打断他的话，他说："珀琉斯的神灵一样的儿子，不要驱使阿开亚人饿着肚子上前线去。让他们先饮酒食肉，恢复他们的力量。同时阿伽门农可将他的礼品带到这里来，让大家欣赏。然后他将作为你的主人，用豪华的宴会招待你。"

"我听到你的话很高兴，"阿特柔斯的儿子回答，"而你，阿喀琉斯，可以挑选我们队伍中最高贵的青年们到我的船上去将礼品搬来；并叫传令使塔尔堤比俄斯去取一只野猪来祭献宙斯和太阳神,请神祇保证我们之间的友情。"

"随你便罢,"阿喀琉斯说,"至于我,当我的被杀死的朋友还躺在我屋子里,我绝不饮食。我所渴望的只是屠杀,流血和垂死的人的悲号。"

但俄底修斯努力使他平静,他说:"阿耳戈斯英雄中的最高贵者哟!在投矛作战时你比我强健,比我勇敢。但在计谋方面,或者我要比你强些,因为我比你年长,也有更多的经验。所以请你抑制你的倔强的心,听听我的劝告。达那俄斯人不需要饿着肚子来哀悼他们的死者啊!当一个人死去,我们埋葬他,为他举哀一天。但那些幸存的人必须以饮食来保持他们的力量,进行更凶猛的战斗。"

他说着就与涅斯托耳的儿子们,还有墨革斯,墨里俄涅斯,托阿斯,墨拉尼波斯和吕科墨得斯到阿伽门农的营房去。他们从那里取来所许诺过的赠礼:七个铜三脚鼎,十二匹马,二十只炊鼎,七个无比美丽的妇女;而第八个则是最动人的布里塞伊斯。俄底修斯秤取十塔兰同金子,走在所有捧着其他礼品的众青年的前面。当他们走入集会的人群中,阿伽门农从座位上站立起来,传令使塔尔堤比俄斯捉住那只野猪准备献祭,他先作祈祷,然后割断野猪的喉管,将这只宰了的牲口投到海里给鱼吃,由滚滚的海浪将它卷去。这时阿喀琉斯当着所有的阿开亚人高声叫道:"神父宙斯,你常常使我们世间的凡人变得多么愚昧呀!如果不是你有意使许多的阿耳戈斯人丧命,阿特柔斯的儿子既不会激起我的恼怒,也不会无情地抢去我自己所有的战利品。但是,现在让我们进食并准备作战罢。"

这英雄的话说完,集会即告终。布里修斯的女儿,美丽得如同阿佛洛狄忒,她重新回到她的旧主人的屋里,看见被矛刺死的帕特洛克罗斯躺在尸床上。她捶击着胸脯,抓着她的面颊,俯伏在尸体上哭泣。"啊,帕特洛克罗斯哟,"她哭诉着,"在我流亡的生活中你是我的一个慈爱的朋友。我在这里离开你时,你还是一个容光焕发的英雄,但现在当我归来,你已死去!至于我,悲惨的事故是没有尽头的。我曾亲眼看见我的新郎为矛刺死;我所挚爱的三个同胞兄弟也在同一天被夺去了。

但是当阿喀琉斯杀死我的未婚夫并毁灭我们的城池以后,你看到我悲泣时倒是同情我的。你对我说你将怂恿珀琉斯的儿子在回到佛提亚的时候就娶我为妻,并在密耳弥多涅斯人中间举行盛大的婚宴。我永远悲悼着你,你这有着慈爱心肠的朋友!"她一面说一面哭泣,别的女奴们也围绕在她的周围叹气;但当她们为帕特洛克罗斯叹息时,每个人在心的深处却都在悲泣着自己所遭到的不幸。

同时达那俄斯人的王子们在包围着珀琉斯的儿子劝他进食。但他拒绝他们:"朋友们,如果你们爱我,请不要劝我饮食。我的心情悲痛,我不能下咽。请让我这样,直到太阳沉落到海里为止。"说完这些话,他就叫他们散去,只是阿特柔斯的两个儿子,俄底修斯,涅斯托耳,伊多墨纽斯和福尼克斯仍然留下。他们用尽一切方法使他的心情宽慰,但都无效。他仍然沉默,不与人交谈,即使谈话,也总是带着悲叹,且全是为了死者说的。"在过去的日子里,"他说,"当阿耳戈斯人准备出战的时候,啊,你如何常常热心地将晨餐送到我的屋子里。现在你被杀死躺在我的面前,再不会有丰富的盛馔可以使我恢复精神。再没有比这还使我痛苦的事,甚至我父亲珀琉斯之死,或者是在斯库洛斯岛人们为我养育的我的亲爱的儿子涅俄普托勒摩斯(如果他还在活着的话)之死也不会更使我悲痛。我曾经愉快地想到但愿我个人死在这里,而你回到佛提亚,将我的儿子从斯库洛斯岛带回家去,并将我所有的一切都指给他看。我想我的父亲珀琉斯一定久已逝世。如果他还活着,他也必然由于年老和忧郁而衰弱不堪了,因为他时时恐惧着会得到他的儿子死去的消息。"他一面说一面流泪,周围的王子们也同声叹息,因每个人都怀念留在家里的亲人。

宙斯很同情地俯视着下面悲痛的人们,并转向帕拉斯·雅典娜,说:"我的女儿,你是否还关心这高贵的英雄,当人们都进早餐去了,他仍然水米不沾地沉浸在悲哀里?即刻下去,用酒醴和香膏洗浴他的胸脯,免得他在剧战中感到饥饿。"

这女神早就渴望着能援助她的朋友,现在如同大翼的鹰一样飞过空中,乘战士们正准备作战的时候,她秘密地轻轻地用酒醴和香膏涂抹阿喀琉斯的胸脯。最后她仍旧回到他的全能的父亲的宫殿那里。

现在阿开亚人潮水一样地从船舰涌出,战盔和战盔,胸甲和胸甲,盾和盾,枪和枪互相拥挤着。大地闪着刀光剑影,且在他们的步履下震响。当他们正在前进,阿喀琉斯也一面束紧他的铠甲,一面切齿愤恨,眼里射出凶焰。他首先穿上有着护踝的胫甲,其次将胸甲紧束在胸脯上,肩上背着宝剑,并拿起灿亮得如同月亮一样的大盾。然后他戴上有着高耸的金色羽饰的战盔,这战盔辉耀得如同星星一样。他来回走动试一试这副铠甲是否可以使他的四肢活动自如。它轻捷得如同鸟翼,使他急欲飞翔。然后他从枪架上取出那支没有别个阿耳戈斯人可以使用的他的父亲珀琉斯的大矛。奥托墨冬和阿尔喀摩斯为他套上战马,在马嘴里放上嚼环,将缰绳引到战车上。奥托墨冬跃上战车,执着擦得发亮的马鞭。通身金光灿烂的阿喀琉斯也跃上战车,站立在他的旁边。

"神圣的马匹呀!"他呼唤着他的父亲的战马,"当我们作战终止时,就载着我们回家吧。对待我们,不许像对待帕特洛克罗斯那样将他委弃在战场上啊!"他正说着,神祇对他显示一种可怕的预兆,神马克珊托斯低垂着头,直到马鬃从轭垫披拂到地上。凭着赫拉所赋予它的说话的本能,它悲愁地回答:"伟大的阿喀琉斯啊,这次我们仍载着你活着而且健全地归来,但你毁灭的日子也将临近。帕特洛克罗斯的失败和赫克托耳的得胜并不是由于我们疏忽了或走得太慢,而是神意如此。我们可以和急风中的最快者仄费洛斯竞走而永不疲惫。但命运女神决定你必得在一个神祇的手下丧命。"神马还要再说下去,但复仇女神堵住了他的嘴。

阿喀琉斯很苦痛,他回答它:"克珊托斯,为什么和我说到死呢?我不需要你的预言,因为我已经知道我必然在这远离我的父母的地方遭逢大劫。但即使这样,我仍然要杀死无数的特洛亚人以后才肯罢休!"于是他大声吼叫,驱着他的飞奔的马匹前进。

特洛亚的故事（下）

人和神祇的战争

在俄林波斯圣山上宙斯召集诸神集议,许可他们凭自己的心愿援助特洛亚人或阿耳戈斯人。因为如果没有神祇们参加作战,阿喀琉斯必然会违反命运女神的规定而征服特洛亚城。当神祇们都知道可以自由行事,他们即刻分为互相敌对的两派:万神之母赫拉,帕拉斯·雅典娜,波塞冬,赫耳墨斯和赫淮斯托斯赶到阿耳戈斯人的船上去;阿瑞斯和福玻斯·阿波罗,阿耳忒弥斯,以及他们的母亲勒托,阿佛洛狄忒和被神祇称为克珊托斯的斯卡曼德洛斯河神则动身到特洛亚人那里去。

在两方面的神祇们还没有加入正在前进的队伍以前,阿开亚人因有凶猛的阿喀琉斯在队伍中间,都显得心气昂扬。特洛亚人远远地望见阿喀琉斯穿着金光灿烂的铠甲如同战神一样,都感到恐惧,四肢发抖。但现在神祇们已加入双方的队伍,胜负的结果又未可预定了。雅典娜在壕沟外面和海边上来回指挥,并到处高声呐喊。在另一面阿瑞斯有时在城头高处,有时飞奔在西摩伊斯河岸的队伍中间,吼叫着激励特洛亚人。不和之女神厄里斯则如同风暴一样奔跑在双方军队中。战争的支配者宙斯从俄林波斯圣山发出雷电;波塞冬摇撼着大地,使所有山岳的高峰和伊得山的基础都震动起来,以致地府的管领者普路同也大吃一惊,从他的宝座上跳起来,因他恐怕大地开裂,人和神祇会发现他的地下王国的秘密。现在神祇们已经动起手来:阿波罗箭射波塞冬;雅典娜力战阿瑞斯;阿耳忒弥斯弯弓搭箭正瞄准着赫拉;赫耳墨斯和勒托交锋;赫淮斯托斯和斯卡曼德洛斯厮杀。

当神祇和神祇们正热烈作战,阿喀琉斯一心一意在人丛中寻觅赫克托耳。但阿波罗变形为普里阿摩斯的儿子吕卡翁鼓舞埃涅阿斯和他对敌。他煽动他，使得他如此英勇，穿着青铜的铠甲飞快地向前驰去。但赫拉在杂逻混乱中看见他。她即刻召集和她是同盟军的神祇们，对他们说："波塞冬和雅典娜！请你们考虑到这事的后果。被阿波罗煽动的埃涅阿斯正疯狂地进攻珀琉斯的儿子。或者我们将他摔回去，或者我们中有一人去增强阿喀琉斯的力量，使他感觉到伟大的神祇在支持他。今天他不能为特洛亚人所伤。我们从俄林波斯降临到这里的目的就是为此。以后他必须顺从命运女神的规定。"

"想想这结果吧，赫拉，"波塞冬回答，"我并不认为我们应该合力去进攻别的神祇。那是不公平的，因为我们显然都有着最大的威力。我们不如稳坐在高处监视着战争。但是如果阿波罗或阿瑞斯投身战斗，如果他们阻碍阿喀琉斯使他不能自由活动，那我们便有理由参加作战了，那时我们的对手必然失败，并回到俄林波斯去。"海神没有等待回答，就摇着他的长发，领路到很久以前雅典娜和特洛亚人为赫刺克勒斯所建立的城垣去。波塞冬先到这里，别的神祇们也随着来到；他们坐在这里，隐藏在浓密的云雾中。正对着他们，在卡利科罗涅山上则是阿瑞斯和阿波罗。这样，神祇们在距离不远之处相对安营，他们准备随时作战，只是中止片刻来深思熟虑而已。

同时战场上拥挤着战士们，青铜铠甲和战车闪射着光辉，大地也在他们的足下隆隆震响。不久双方队伍中跃出两个战士，一个是安喀塞斯的儿子埃涅阿斯，一个是珀琉斯的儿子阿喀琉斯。埃涅阿斯首先跃出。他头上的硕大战盔的羽饰飘拂着。他用生牛皮的大盾掩护着身体，并威吓地摇晃着他的矛。珀琉斯的儿子看见他，暴怒得如同猛狮一样跑出来。当他们彼此来到呼声可以达到的距离，他大声喝道："埃涅阿斯，你如何敢离开你的队伍，一个人突出的这么远？你以为你杀死我以后便可以统治特洛亚吗？傻瓜，普里阿摩斯是绝不会这样重视你的。他不是有够多的亲儿子吗？此外，他自己虽然年老，却并不想放弃他的王位。或者特洛亚人答应给你一块美丽的土地作为你杀死我的报酬吧？如果我没有记错，我过去曾追击过你。你还记得吗，当你独自一人赶着牧群，我追着你走下伊得山的陡峻的山坡？你飞奔逃跑甚至不敢回顾,也不敢停脚,一直到吕耳涅索斯城。但我,由于雅典娜和宙斯的援助,将它夷为平地,我获得充足的战利品和大批的奴隶,只是由于神祇的慈悲,我才饶了你的活命。但神祇绝不会第二次又将你救出。所以我劝你退回你的队伍里去。小心呀!别冒犯我,——除非你要自讨苦吃。"

埃涅阿斯反驳道:"别以为可以用言语恫吓我,好像我是一个小孩子!我也可以说些使你痛心的话。我们彼此都熟悉彼此的家底。我知道你是海洋女神忒提斯生的。但我也可夸口我是阿佛洛狄忒的儿子和宙斯的孙儿。此外,我们一定都不会让孩子气的恫吓吓退的,所以我们不必在战场上饶舌如同两个笨孩子一样。倒是让我们试试我们的青铜矛罢。"他说着就投出他的矛。它射到阿喀琉斯的坚固的大盾上,当的一声使空气都震动了。但那只是射穿表面上的两层青铜。第三层是黄金的,矛尖到此即止,不能到达最后的锡的两层。现在轮到珀琉斯的儿子投矛,矛尖射中青铜和生牛皮盾边缘的最薄的部分。当矛穿过盾面并射到埃涅阿斯身后的地上时,埃涅阿斯恐惧得执着盾蹲下去,为这次的危险而战栗着。这时阿喀琉斯已执剑奔来,并凶猛地咆哮着。埃涅阿斯拾起地下的一块巨石,这是两个普通人也不能举起的,他却轻易地投掷出去。假如不是波塞冬眼快注意到这光景,埃涅阿斯的石头一定掷中了阿喀琉斯的战盔或盾牌,而阿喀琉斯也一定在肉搏中用利剑杀死他了。因为坐在特洛亚城头上的神祇们虽然反对特洛亚人,却耽心着埃涅阿斯的生命。"那会是令人遗憾的,"波塞冬说,"如果安喀塞斯的儿子因相信阿波罗的话而降落到地府中去。此外我也恐怕会引起宙斯的愤怒,因为宙斯虽然憎恨普里阿摩斯的家族,却不愿使它完全毁灭,并且正是要通过埃涅阿斯,通过他的儿子们和儿子的儿子们来延续这个强大的王族。"

"随你便罢,"赫拉回答他,"至于我和帕拉斯,我们曾经郑重发誓,无论结果如何绝不想改变特洛亚人的不幸。"

波塞冬飞到战场上。不为人类的眼睛看见,他从埃涅阿斯的盾牌拔出矛,放置在阿喀琉斯的足下,并降一层浓雾遮蒙着这个英雄的眼睛。最后海神将这个特洛亚人高高举起,将他从战车和战士们的头上向战场的极边掷去,在那里特洛亚的同盟军考科涅斯人正在整顿预备作战。波塞冬严厉责备这个被救出的英雄:"埃涅阿斯,是哪位神祇蒙住了你的眼睛,使你敢于对抗神祇的宠儿,与比你高强得多的珀琉斯的儿子作战? 从此以后,无论什么时候看见他都得退避。直到命运女神完结了他的生命,你才可以在最前线作战。"

最后海神离开他,并驱散阿喀琉斯眼前的浓雾。珀琉斯的儿子看见他的矛放置在地上,敌人却已不见,很觉惊异。"让神祇庇护他使他逃脱罢,"他沉闷地自言自语。"我已屡次让他逃脱了。"于是他退回他的队伍,并鼓励他们前进。在另一方面,赫克托耳也激励他的战士们,因此双方又发生猛烈的战斗。当阿波罗看见赫克托耳这么急切地攻击珀琉斯的儿子,他就在他的耳边低语警告他,赫克托耳听了就回到队伍里去。但阿喀琉斯如风暴一样地冲向敌人,他第一次掷出矛去,就击碎了勇敢的伊菲提翁的脑门,他倒在地上并为阿喀琉斯的战车碾碎。接着他又击中了安忒诺耳的儿子得摩勒翁的头部。希波达玛士刚跳下战车也被他的枪刺中背部;而另一个普里阿摩斯的儿子刚从他的面前驱过,他也刺中他的脊骨,以致使他痛楚得怪叫,并双膝跪在地上。

赫克托耳看见他的幼小的弟弟在地上挣扎,他愤怒得两眼发黑。他不能再袖手旁观,只得不顾神祇的警告直奔阿喀琉斯,并挥舞着手中的矛如同闪电一样。阿喀琉斯看见他很高兴。"正是这人,"他说,"他使我痛彻心扉。赫克托耳,让我们彼此不要回避。走近些,这样你会死得更快。"

"我知道你很英勇,"赫克托耳毫不畏惧地回答,"而且我不如你那样有力气。但是神祇或者会保佑我的矛。它或者可以杀死你,虽然它是从一个较弱的人手中发出的。"说着就掷出他的矛。但雅典娜站立在阿喀琉斯的身后,向着它吹了一口气,使它转回去无力地落在阿喀琉斯的脚下。现在阿喀琉斯勇猛向前,投射他的敌人。但阿波罗降一层浓雾包围着赫克托耳,所以珀琉斯之子的矛三次都落空了。当他第四次投掷仍然无效时,他大声威吓道:"狗子! 你又逃脱一死,因你曾祈求阿波罗保护你。但如果在神祇中我也有同盟者,我们将来仍会相逢,你也必然在我的手里丧命。现在我将寻求更多的特洛亚人并全部杀死他们。"说着就用枪刺中得律俄普斯的脖子,使他倒栽下来。其后又杀伤得摩科斯,正中他的膝盖。其后又分别用剑和枪将比阿斯的两个儿子拉俄戈诺斯和达耳达诺斯从战车上打下来。阿拉斯托耳的年幼的儿子特洛斯虽然抚抱着他的双膝,哀求他饶恕他的年轻的生命,他仍然刺穿他的胸脯。然后他用枪刺入摩利俄斯的耳中,青铜的枪尖从另一只耳中穿出来。他又用利剑砍伤阿革诺耳的儿子厄刻克罗斯的头骨,用枪刺伤丢卡利翁的手臂,用剑砍去他的脑袋,使它和战盔一起滚落在地上。他又投中特刺刻人里格摩斯的肚子,并用矛将阿瑞托俄斯从战车上击倒。就这样,威严的阿喀琉斯如同烈风猛吹着的山林中的野火一样势不可当。他的马匹践踏着盾牌和尸体,车轴浸染着鲜血,鲜血溅在车轮和车身上。

阿喀琉斯和河神斯卡曼德洛斯的战争

当逃亡的特洛亚人来到湍急的斯卡曼德洛斯河时,他们在此分为两部分。一部分向城里逃亡,来到一天以前赫克托耳曾经击溃阿耳戈斯人的场地。但赫拉降下浓雾阻止他们继续前进。另一部分迫近河岸,纷纷跃入急流,两岸发出喧嚷的回声。他们如同被火把驱逐到河里的蝗虫一样挣扎着,整个的河流全拥挤着人马和战车。这时珀琉斯的儿子将他的枪斜靠在河岸上的一株怪柳旁,只是挥舞着利剑如同神祇一样向他们追击。即刻河水变得殷红,在他的突击下波浪中发出阵阵的呻吟声和喘息声。他好像一只在河湾里横冲直撞并尽其所能吞食小鱼的巨大的河豚一样。甚至在他的双手因杀戮过多而感到麻痹时,他还捉到十二个没有淹毙的青年,将他们拖到河岸上来(他们差不多都恐怖得失去了知觉),交给他的队伍。他们将被献祭来给他的朋友帕特洛克罗斯。

当这个英雄怀着新的杀欲又冲到河里去时,普里阿摩斯的儿子吕卡翁正从水里挣扎着浮上来;阿喀琉斯看到他,迟疑了一会。过去在一次夜袭中,当他在他父亲的果园里用无花果的嫩枝削制战车的轮缘时,珀琉斯的儿子袭击他。于是阿喀琉斯捉住他,将他送到楞诺斯岛,卖给伊阿宋的儿子欧纽斯为奴。后来伊阿宋的另一个儿子印布洛斯王子厄厄提翁来楞诺斯岛访问他的同父异母的兄弟,他用重金赎取这个极秀丽的青年,并将他带回他的阿里斯柏城。吕卡翁在这里生活了一个短时期后就秘密逃亡,设法回到特洛亚城。现在他脱逃奴役生活不过十二天,却又第二次落在阿喀琉斯的手里。当珀琉斯的儿子看到他两脚无力并随波漂流时,他满心惊疑:"这是什么奇迹呀?我掠卖为奴的这个青年竟然又在这里出现,我想我所杀死的特洛亚人也会起死回生的吧。好的,让他尝尝我的枪的滋味,看看他是否真的还会从地里爬出来!"但他还没有动手,吕卡翁已爬到岸上,一只手抱着他的双膝,一只手抚摩着他的枪。

"请怜悯我,阿喀琉斯!"他哭了起来,"过去我曾经落在你手里。那时我使你获得了一百条牛。现在我的赎金将三倍于那个数目。我从长久的奴役解放还不过十二天,但宙斯一定怀恨我,又使我落在你的手里。请不要杀死我罢。我是拉俄托厄所生而不是赫克托耳的母亲赫卡柏所生的孩子。而杀死你的朋友的人乃是赫克托耳。"

阿喀琉斯皱着眉头,仍然用严厉的声音说道:"你这蠢材!别提及赎金。在帕特洛克罗斯没有死以前,我愿意饶恕你,但现在一切人都得死,连你也在内!不要这样可怜地瞧着我。比你更体面得多的帕特洛克罗斯不是也被杀了吗?而我自己,看看我如何地高大而坚强,但我知道有一天,无论在白天或夜里,我也会在我的敌人的手里丧命。"吕卡翁听到他这么说,就松开手中的枪,摊开两手,让他用利剑砍断他的脖子。阿喀琉斯倒拖着尸体,将它投到水里去,并嘲笑着叫道:"现在让我们看看你们常常致祭的河流会不会救活你的生命!"

这话激起河神斯卡曼德洛斯的愤怒。他本是和特洛亚人站在一边的。现在他在设想如何打击这凶猛的英雄并从那不可和解的双手救出他所保护的人。同时阿喀琉斯跃向珀勒工的儿子即派俄尼亚的阿斯特洛派俄斯,他刚刚高举着两只矛从河里冒出。河神使他充满骄傲和勇气。他悲愤地看着珀琉斯的儿子的残暴行为,大无畏地向他走来。"你是谁,敢来反对我?"阿喀琉斯问道。"只有不幸的父母所生的孩子才敢和我较量!"

　　阿斯特洛派俄斯回答："何必问我的家世呢？我是河神阿克西俄斯的孙子。我的父亲是珀勒工。十一天以前我和我的派俄尼亚人到这里来，作为同盟军援助特洛亚人。现在和我作战吧，你珀琉斯的伟大的儿子！"

　　阿喀琉斯挥着他的枪，但这派俄尼亚人同时投出两支矛，因他的左手和右手一样可以灵活地使用。一支矛射穿他对手的盾牌的三层铜皮，另一支则擦伤他的手肘，即刻血流如注。现在阿喀琉斯投出他的枪，但没有投中，却大半截钉入地里。阿斯特洛派俄斯接连三次用粗大的两手拔它，都不能将它从地上拔出。当他第四次拔它时，阿喀琉斯执剑冲上前去，将它刺入他的肚子，直到他的肠子流出，他在剧痛的挣扎中死去。珀琉斯的儿子胜利地叫吼着剥去他的铠甲，并让他的尸体成为聚集在河滩上的鳗鱼的食品。最后他奔向仍在河岸上张惶失措的派俄尼亚人。他挥着利剑杀死七个派俄尼亚人。他的杀欲还未满足，这时突然愤怒的河神斯卡曼德洛斯变形为一个英雄从滚滚的浪涛中冲上来，并大叫着："珀琉斯的儿子哟，你的凶残暴戾已大悖人性。我的河流已被死尸填塞，差不多不能畅流入海了。快给我滚开！"

　　"我服从你，因为你是神祇，"阿喀琉斯回答，"但在我没有将敌人驱逐到城里并与赫克托耳较量以前，我仍不能停止对于特洛亚人的杀戮。"说着仍追击特洛亚人并将他们向河里赶去。但是当他们为挽救自己的生命而投河时，他忘记了河神的命令，也跟着跳了下去。于是河流因愤怒而泛滥起来，将所有的死尸都推涌到河岸上。急流冲击着阿喀琉斯的盾牌。他蹒跚着，攀握着河岸上的一棵榆树，但榆树连根倒下，离河岸而去。现在他在原野中飞奔，但河神却似狂涛巨浪在后面紧追，并赶上了他，尽管他的两脚行走如飞。每当他企图抵抗时，涛浪就涌过他的肩头并将他脚下的土地冲洗开去。最后这英雄向上天诉苦。"万神之父宙斯呀，"他悲叹道，"没有一个神祇同情我并从这愤怒的河流援救我么？我的母亲骗了我，她说我是被阿波罗的神箭射死的。但愿赫克托耳将我杀死了，但愿强者在强者的手下丧命。现在看样子我得默默无闻地死了，好像一个赶猪的孩子在冬天涉渡山溪时被急流冲走一样。"

他正在悲号,哭泣,波塞冬和雅典娜化身为两个凡人向他走来,握着他的手,安慰他,并对他说他绝不会在河流里丧命。在神祇们离开他以前,雅典娜给他稀有的神力,所以他弯下腿来纵身一跳,又重新站立在陆地上。但斯卡曼德洛斯仍然很恼恨,激起愈来愈高的浪头,并大声呼叫着他的兄弟西摩伊斯。"兄弟,快来!让我们两人合力制服这个强人,否则他今天就会将普里阿摩斯的卫城夷为平地。召来山中的泉水,鼓舞一切急流,并涌起你的狂涛滚卷巨石吧!使他的大力和他的铠甲都无能为力。让他深深地陷落在波涛里,让淤泥将他埋葬。我自己也将以介壳,石子和泥沙堆在他身上,甚至使阿耳戈斯人也找不到他的尸骨。"他说完,就向阿喀琉斯涌来,搅和着水花,血液和死尸;同时他的兄弟西摩伊斯的河流也和他汇合,汹涌的涛浪淹没了阿喀琉斯的头部。

赫拉看到这情景,恐怖得叫喊起来,立即对赫淮斯托斯说:"我的儿子,我的独脚的亲爱的孩子呀,除了你的火力,再没有任何东西能与河流的力量抗衡。快去援救阿喀琉斯的生命!我自己也将从海上鼓起西风和南风,成为一阵狂飙来煽起你的熊熊的火焰,消灭所有的特洛亚人。同时你要放火燃烧所有河岸上的树林,并烧焦斯卡曼德洛斯本人。希望你不要为威吓利诱而后退。只有大火能避免这次的毁灭。"赫淮斯托斯听从她的话,变为火焰,飞翔在战场上。首先他焚毁所有阿喀琉斯所杀死的特洛亚人的死尸。随即大地干涸,洪流被阻止。河岸上的榆树,杨柳,赤柽和丛草也开始燃烧。鳗鱼和别的鱼类在灼热的空气中显得很困窘,喘息着寻求清泉。最后河流本身也成了火流,从河流的深处河神斯卡曼德洛斯屈服地叫道:"火神呀,我并不想和你作战!毕竟特洛亚人与阿喀琉斯的相争与我有什么关系呢?"他祈求着,而他的河水却如同热锅里的油脂一样吱吱地叫着。他又转身向万神之母哀求:"赫拉,为什么你的儿子赫淮斯托斯这么迫害我呀!难道我比别的援救特洛亚人的神祇更有罪么?但是,如果你愿意,我将安静下来,只要他也不再侵犯我。"

于是赫拉对她的儿子说:"住手,赫淮斯托斯!你不能因为偏爱一个人继续使一个神祇吃苦。"火神即刻将火焰熄灭。斯卡曼德洛斯退回河床,在远处的西摩伊斯河神也使他的狂暴的波涛归于平静。

神祇和神祇的战斗

　　别的神祇们也陷于剧烈的纷争。他们彼此仇恨,彼此攻击,以致使大地变色,空气响鸣,如同战斗的喇叭声一样。宙斯在俄林波斯圣山上听着并看着神祇们互相争斗,他喜欢得跳起来。首先出马的是战神阿瑞斯,他抡着他的灿烂的长矛奔向雅典娜,并一面嘲弄她。"啊,你牛蝇呀,"他对她说,"你为什么这样无礼地挑起神祇与神祇间的斗争?你还记得你如何地怂恿堤丢斯的儿子用枪刺我,你自己也用金光灿烂的长矛刺伤我的神圣的身体么? 现在我想我们可以算账了。"说着就用长矛击她的盾牌。雅典娜避开他的攻击,从地上拾起一块巨大的石头掷向他的脖子。他跌落地上,铠甲发出铿锵的响声,身躯约有七竿①长,他的神祇的长发也为泥土所污。

　　于是雅典娜大笑并胜利地说:"啊,愚夫哟,你敢和我较量,全不想想我是比你更高强的人! 现在你也当明白赫拉的憎恨的威力。她怀恨你收回了对于阿耳戈斯人的好感而庇护傲慢的特洛亚人。"她一面说,一面将炯炯的眼光从他身上移开。他仍然在喘息。后来他渐渐恢复,宙斯的女儿阿佛洛狄忒扶持着他离开战场。

　　当赫拉看见他们走近时,她转向雅典娜。"唉,帕拉斯呀,"她说,"你看见那位好心肠的恋爱女神在多么勇敢地扶着凶暴的屠夫离开人马杂遝的战场么? 去,迅速地追击他们!"雅典娜冲上前去,对准娇弱的阿佛洛狄忒的胸部狠狠地一击,她倒下,并将受伤的阿瑞斯拖倒在地。

　　"让敢于援助特洛亚人的都像这样的倒下!"雅典娜大声喊道,"如果那些和我站在同一边作战的都和我一样。特洛亚城早就化为灰土,我们早已享有和平了。"赫拉看见并听到她这么说,嘴角上露出笑容来。

---

① 竿——(rod)量度名,约等于英国五.五码或十六.五英尺。——译者

这时大地的震撼者波塞冬对阿波罗说:"福玻斯,现在别的人已开始战斗,为什么我们还在旁观呢?如我们没有较量一下我们的本领就回到俄林波斯去,那是多么耻辱的事!因为你比较年轻,所以让你先动手。为什么踌躇呢?你不记得,为了特洛亚的缘故我们比别的神祇们遭受了更多的损失?我们如何地为骄傲的拉俄墨冬国王服役,为他建筑巍峨的城垣,而他却不给我们所许诺过的报酬?这些事你一定都已忘记得干干净净,否则你也必然和我一样不致援助那个狡猾的国王的子孙,而会设法毁灭特洛亚城。"

"海洋的统治者哟,"阿波罗回答,"如果为了那些像树叶一样轻易死亡的凡人的缘故,我就和你这样一个令人尊敬的神祇战斗,那我便算是丧失了理智。"说着,阿波罗离开了他,不愿意举手反对他的父亲的兄弟。

但他的妹妹阿耳忒弥斯嘲笑他,侮蔑地对他说:"你这善射者,难道战争刚开始你便退缩,使夸口的波塞冬得到这么便宜的胜利么?那么你背在肩上的弓箭有什么用处呢?难道那不过是孩子们的玩意儿吗?"

赫拉听到她的嘲弄很不高兴。"你这没羞的丫头,既然你背上背着满装着神矢的箭袋,你有胆量和我对敌么?"她这样问她。"你最好还是到山林里去射一只野猪或一只小鹿,别冒昧地来反对崇高的神祇。但因为你太无礼貌,我得给你小小的教训。"她一面责骂她,一面用左手抓着阿耳忒弥斯的手腕,右手抢下她背上的箭袋,并用它狠狠地打她的耳光,使得她左右躲闪,箭袋里的箭也散落在地上。阿耳忒弥斯如同被鹰雕袭击的胆怯的小鸽子一样,丢下箭,哭泣着跑开。她的母亲勒托本来会来援救她的,如果不是赫耳墨斯隐伏在近旁的话。不过他一看见她就缩回来。并说:"勒托,我不会和你争斗。因为和司雷霆者所爱过的妇人争斗是危险的!所以在神祇中你可以夸耀你打败了我。"他这么说着,勒托即刻拾起散乱在地上的弓箭追随着她的女儿回到俄林波斯圣山去。在那里阿耳忒弥斯坐在她父亲的膝上,仍然哭泣着,她的芬芳精美的衣袍仍然因她的四肢的抽搐而微颤着。宙斯慈爱地将她抱在怀中,并询问她:"我的亲爱的孩子,谁敢侮辱了你呢?"

"父亲,"她回答说,"那正是你的妻——愤怒的赫拉侮辱了我,她激起所有的神祇们互相战斗。"但宙斯只是笑着,并轻轻地摩触着她的面颊。

在山下阿波罗已进入特洛亚城,因他恐怕达那俄斯人会违抗命运女神的命令在当天攻破特洛亚城。别的神祇们则赶回俄林波斯圣山,有的洋洋得意,有的充满愤怒和悲愁,都团团坐在发雷霆者——他们全体的父亲的周围。

阿喀琉斯和赫克托耳在城门前的搏斗

普里阿摩斯国王站在特洛亚城的高耸的碉楼上,俯视强横的珀琉斯的儿子追逐着逃亡的特洛亚人,没有人或神祇阻止他前进。国王叹息着走下碉楼,并对保守城门的卫士们说:"大开城门让所有逃亡的人都回到城里来,因为阿喀琉斯正在追击他们。等到我们的人回到城里之后,就将两重城门都下键,否则珀琉斯的凶狠的儿子会攻进城里来的。"卫士们将门栓移去,于是城门大开,安排好一条走向安全的道路。

特洛亚人满身尘土并焦渴万分地从战地逃回,阿喀琉斯则如同一个疯子一样执着枪追击他们,这时阿波罗离开大开的城门,奔来援助那些由他保护的人。他鼓舞安式诺耳的儿子阿革诺耳的勇气,而自己则隐蔽在浓雾中,在宙斯的圣橡树下面,站立在他的身旁。因此阿革诺耳第一个站住了脚,聚精会神,并怀着耻于逃跑的心情对自己说:"那追在你后面的是谁呢?"他说。"他的肌肉不是一样可以用枪尖刺伤么?他不是和其余的人一样是父母所生的么?"他恢复镇静,等待着阿喀琉斯。他举着盾,挥着矛,向他喝道:"别以为你可以这么迅速地攻破特洛亚城!仍然有不少战士为了保全他们的卫城保全他们的父母妻子而奋勇作战!"说着就投出他的矛,击中阿喀琉斯的膝上的胫甲,但矛当的一声搪了回来,他没有受伤。现在阿喀琉斯拼全力向他的敌人扑去,但阿波罗以浓雾遮蒙着将阿革诺耳带走,并用一诡计诱使阿喀琉斯仍然向他追击。因为神祇变成了阿革诺耳的形象,通过麦田向斯卡曼德洛斯河跑去。阿喀琉斯跟踪追击,希望一步就追上他。同时特洛亚人从大开的城门汹涌到城里,即刻全城都塞得满满的。谁也不等待谁,谁也不关心别人的生死;每个人都庆幸着自己得救,安全地逃回坚固的城里。他们揩拭四肢上的汗,饮水解渴,然后坐在城垛上休息。

但阿开亚人都扛着他们的盾牌拥挤着奔向城墙。在所有的特洛亚人中只有赫克托耳留在斯开亚城门外面,这正是命运女神所安排的。阿喀琉斯仍然追着他以为是阿革诺耳的阿波罗,但突然太阳神停下来,转身用神祇的声音对他说:"为什么你这么顽强地追逐我并因我的缘故而放弃对于特洛亚人的追击呢?珀琉斯的儿子,你以为我是人,其实你是在追赶一位你所不能伤害的神祇。"

这时阿喀琉斯即刻醒悟,他苦恼得大叫:"你这欺诈而残酷的神祇呀!你引诱我离开了城垣!不是因为你,多少逃向伊利翁的特洛亚人都得丧命。但是你偷去了我的胜利,使他们毫无损伤地得救了,因为你是神祇并且不用害怕报复,尽管我是多么希望报复你的这种行为呀!"

阿喀琉斯转身向城垣飞奔,像一匹常胜的暴躁的战马一样。最先看见他跑来的是年迈的普里阿摩斯国王,他现在又走到了碉楼的瞭望台上。他看见他闪耀着光芒,如同在黑夜的天空出现预兆着干旱和饥荒的天狗星一样。年老的国王用双手捶击自己的胸脯,并悲愁地向下面呼叫在城门外面等待着敌人的儿子:"赫克托耳呀,你还要鲁莽地将你自己投到这个凶手的虎口里去么?他已吞食了我这么多的儿子!快进城来保卫特洛亚的男人和女人!不要在无数的牺牲者之上又以你的死来增加阿喀琉斯的荣誉。可怜我——你的年迈的老父吧,我没有死,宙斯惩罚我,使我活到这样老的年纪,遭受这种难堪的悲痛。我必得亲眼看见我的儿子们都被杀死,我的女儿们都被抢掠为奴,我的宏伟的宫室被毁,年幼的孩子们被投掷在地下,儿媳们都被抢走吗?最后我也会被矛或枪搠翻,躺在我的宫殿的门外,被我所喂养的猛狗嚼吃我的尸体并舐食我的血的。"

老人在碉楼上这样叫唤着,并抓扯自己的银白的头发。赫卡柏在他的身旁,也哭泣和大声喊叫:"赫克托耳呀,别忘记我用我的奶养育了你。可怜我吧!从城墙后面击退这可怕的英雄,但别在城门外面和他作战,因为那样做就等于发疯了!"

但父母的眼泪和哀求都不能使赫克托耳回头。他坚定地等待着阿喀琉斯并自言自语地说:"我应当撤退的时候业已过去。那时我的朋友波吕达玛斯劝我将特洛亚军队都撤回伊利翁城。现在,既然由于我的鲁莽已使这么多的人丧命,我恐怕有一天特洛亚的男子和妇人们会说:'赫克托耳相信自己的力量,以致断送了他的人民!'最好还是和可怕的阿喀琉斯拼个你死我活。难道我应当将自己的盔甲卸下,放置地上,将矛靠在城墙边,然后赤手向他走去,献出海伦和所有帕里斯抢劫回来的财富,并加上大批的赠礼么?如果我使特洛亚的王子们发誓不保留任何东西,而将所有的财富与敌人平分,那会怎么样呢?但这是什么想头呀!我,哀求他么?他会无情地将我击死!如果我向他走去,说着甜美的言语,如同青年对于少女一样,这还成什么样子?最好还是干脆交战,因为不久就可以看出俄林波斯圣山的神祇们究竟使我们两人中的谁获得胜利。"这便是在赫克托耳心中产生过的思想。

赫克托耳的死

阿喀琉斯越走越近,显赫而威严如同阿瑞斯本人一样。他右肩上扛着白杨木矛杆的大矛。青铜的武器灿烂得如同上升的朝阳。当赫克托耳看见他,不由自主地战栗起来,并转身向城门走去。但珀琉斯的儿子紧追上去,如同鹰隼无情地笔直地猛扑企图从两侧飞逃的鸽子一样。因此赫克托耳沿着特洛亚的城墙,沿着车辙奔跑,并越过斯卡曼德洛斯河的温泉和冷泉的两股沸腾的溪流,继续前进。一个高强的英雄在前面奔逃,一个更高强的英雄在后面追赶。就这样,他们围绕特洛亚城跑了三圈,俄林波斯圣山的神祇们都怀着焦虑的心情向下注视着。"啊,神祇们,"宙斯说,"好好地权衡一下这种情势罢。决定的时刻已经来到。曾经献给我们这么多供品的赫克托耳,现在应该又一次逃脱死亡呢,还是立即倒下,纵然他这么勇敢?"

帕拉斯·雅典娜回答:"父亲,你说什么呀?命运女神久已判处死刑的人你还想使他得救么?你觉得怎样好就怎样办吧,但绝不会得到神祇们的赞同。"

宙斯向他的女儿点头表示她可以照自己的意见行事，于是她如同飞鸟一样从俄林波斯圣山的嶙峋的绝顶飞下来到战场去。

这时阿喀琉斯仍然紧追着赫克托耳，如同猎犬紧追着从隐蔽处惊起的小鹿一样，既不让他有片刻的休息，也不让他逃脱。阿喀琉斯迅速地奔跑着，并且向他的队伍示意，不要任何人向赫克托耳投掷武器，因为他想获得第一个而且是唯一的射杀阿耳戈斯人中最凶猛的巨敌的荣誉。

当他们第四次围绕着城垣追逐并达到斯卡曼德洛斯河的水源时，宙斯在俄林波斯圣山站起身来，手中高举着黄金的天平，两边放上赫克托耳和阿喀琉斯的生死的命运，将它们称量。赫克托耳的一边向着地府倾斜，即刻阿波罗离开了。但雅典娜走到阿喀琉斯的身边并向他低语："你自己站着并镇静下来，让我去激励你的敌人鼓起勇气和你正面作战。"阿喀琉斯听从女神的话，停止追击，斜倚着他的白杨矛杆的大矛。雅典娜变形为得伊福玻斯走到赫克托耳的面前并对他说："啊，我的长兄，珀琉斯的儿子如何不放松地追击着你呀！来，让我们回身将他击退。"

赫克托耳看到他的兄弟很高兴。他回答他："得伊福玻斯，在所有的兄弟中我最爱你。现在当别的弟兄们都躲藏到城里，你却冒险出城鼓舞我作战，这使我越发尊敬你和爱你。"于是雅典娜所变形的得伊福玻斯引导赫克托耳来到阿喀琉斯所站立的处所。她高举着她的枪，走上前去。

赫克托耳首先发言："珀琉斯的儿子，"他说，"我再也不逃避你了。我的心情鼓舞我来和你正面作战，直到我杀死你或者被你杀死。但让我们当着神祇发誓：如果宙斯使我获得胜利，我并不在你死后侮辱你，而在我剥去你的铠甲以后我要将你的尸体归还你的人民。你对我也要一样。"

"我不和你订约！"阿喀琉斯愠怒地回答，"正如狮子不能和人做朋友，绵羊不能与豺狼和平共处，我们之间也不能有丝毫的友情。我们之中总有一个倒在血泊中。现在使出你所有的本领来吧。你可以投矛或拔剑厮斗。但你总不能逃脱我手。因为你用你的武器带给我的战士们的悲痛现在得由你自己来偿还了。"阿喀琉斯说着就掷出他的矛。但赫克托耳即刻蹲下去,所以矛从头上飞过射落在地上。雅典娜紧握住矛杆将它拔出,不让赫克托耳看见,将它送回阿喀琉斯的手里。现在赫克托耳也举起枪愤怒地向敌人掷去。枪射中阿喀琉斯的青铜盾面被挡回来。赫克托耳很失望,因他已没有别的枪,他回头看他的兄弟得伊福玻斯,但他已不见了。这时赫克托耳陡然觉悟到是雅典娜欺骗了他,他的末日已到。他不甘心不光荣地失败倒地,用右手从腰上的剑鞘拔出利剑,挥舞着奔向前去,如同鹰雕突击在地上奔逃的羊羔和野兔一样。珀琉斯的儿子也等不及再用矛了,他用大盾掩护着冲向前去。他的战盔上的羽饰飘动着,右手挥着的大矛亮得如同星星。他用心寻伺机会,要给赫克托耳以致命的伤害。但从头到脚他都用从帕特洛克罗斯所掠得的辉煌的盔甲保护着。只在肩与头相连接的锁骨地方有一点破绽。阿喀琉斯极小心地瞄准他的喉咙,然后这样狠狠地刺入,以致矛尖从后头穿出。但矛尖没有割破气管,所以赫克托耳即使倒下仍能说话,同时阿喀琉斯欢喜地大声声明要将他的尸体给飞鸟和野狗撕吃。这时赫克托耳祈求他,虽然他的声音已渐渐微弱:"阿喀琉斯呀,我指着你的生命,指着你的双膝,指着你的父母,我请求你,别让野狗在阿耳戈斯人的船舰旁将我吞食。任你要多少金银,但是请将我的尸体送回特洛亚城,让特洛亚城的男女以适当的殡仪将我火葬。"

阿喀琉斯恼怒地摇着头,并回答说:"你是杀死我的朋友的人,别指着我的双膝和我的父母来请求我。即使你的国人给我二十倍的赎金,即使普里阿摩斯给我和你相等重量的金子,你仍然难免作为野狗的食物。"

"我知道你,"赫克托耳临死呻吟着说,"我知道你是不可和解的。你心如铁石。但是当神祇为我复仇,当你被阿波罗的神箭从高耸的斯开亚城门射中,并如我一样地倒地死去时,你会记起我的话的。"他说完这最后的预言,灵魂就离开肉体,飞降到地府里去。

但阿喀琉斯随即大叫:"死亡!当宙斯和别的神祇决定时,我的命运必然会临到我。"他说着,就从尸体上拔出长矛将它放在一边:动手剥去赫克托耳的鲜血淋漓的铠甲。

现在从阿耳戈斯人的队伍中许多战士跑出来赞赏着赫克托耳的身躯和面庞,他的四肢十分美好;许多人抚摩着他,并且说:"真奇怪,比起他放火焚烧我们的船舰时,现在他是多么的温柔呀!"

这时阿喀琉斯站起来对他们说:"朋友们和英雄们!既然神祇允许我征服了这个比其余所有的人在一起给我们带来的危害还要多的人,现在让我们杀向特洛亚城,看看他们是献出城砦,还是即使没有赫克托耳也仍然敢于抵抗。但我何必多说话浪费时间呢?我的朋友帕特洛克罗斯不是仍然躺在船上没有安葬么?让我们唱着凯旋的高歌,并将我所杀死的敌人带到我的朋友那里去为他的死雪恨吧。"

阿喀琉斯一面说着,一面俯身向赫克托耳的尸体,在两只脚的脚踝与脚踵之间穿两个孔,用皮条穿着绑在战车上。最后他跃上战车,挥鞭驱策马匹将尸体倒拖着向船舰奔来。尸体的周围扬起滚滚的尘土,死者的头在刚才还这么美丽,现在却在沙地上拖出一条小沟,头发沾满了尘土和污泥。赫卡柏在城头上俯视着,看见了她的儿子,将她的发光的面网撕下。普里阿摩斯国王也悲痛流泪,全城响震着特洛亚人及其同盟军的哀号和哭泣。在悲痛和愤怒中,年老的国王禁不住要冲出斯开亚城门来追击屠杀他的儿子的凶手。他倒在地上哭喊:"赫克托耳,啊,赫克托耳!你的死给与我的悲痛使我忘记了所有其余被牺牲的儿子们。啊,你为什么不死在我的怀抱里呀!"

赫克托耳的妻安德洛玛刻全不知道她丈夫的死,因为没有人将消息透露给她,她以为她丈夫仍然在城里。她宁静地坐在屋子里绣着一块灿烂多彩的紫色料子。她刚吩咐侍女们将铜三脚架放置在火上预备温水给赫克托耳回来洗浴,这时她突然听到碉楼上的号哭和悲叹。她的心里充满着不祥的预感,她哭了起来:"唉唉,我恐怕阿喀琉斯已将我的丈夫杀死,因为我的丈夫这样英勇,他总是在队伍的最前头作战。"她的心痛苦地急跳着,她跑出宫殿,登上碉楼,从城头上俯视,看见阿喀琉斯的马匹拖曳着绑在战车上的她丈夫的尸体,在战地上奔跑。她晕厥过去,她的亲属上去抱住她。一切珍贵的饰品,额巾和发带以及阿佛洛狄忒在她结婚时所赠给她的面网,都从她的头上纷纷坠落。当她渐渐苏醒时,她仍然哭泣并哽咽着说:"赫克托耳,赫克托耳哟!你和我一样的苦命！我俩都是天生苦命的人！我将成为寡妇,孤凄而悲哀地坐在我的屋子里抚育没有父亲的孤儿,他将在垂头丧气和以泪洗面中长大。他将哀求他的父亲的朋友们,这里那里地牵着别人的衣裾,请他们赏给衣食。而那些父母双全的孩子们有时会将他从餐桌上赶走,并叫骂着:'滚开！宴会上并没有你的父亲！'于是他不能不哭着逃回来在他的已失去丈夫的母亲那里寻求安慰。野狗将吞吃赫克托耳,蛆虫将吮吸他的残骸。现在存放在我箱子里的那些美丽而精致的华服还有什么用呢？我的丈夫永远不会再来穿它们了,我要把它们完全焚毁。"她这样哭诉着,她的侍女们也站在旁边哭泣。

帕特洛克罗斯的殡葬

阿喀琉斯携带敌人的尸体回到船舰之后,他把这尸体放在帕特洛克罗斯的尸床旁边俯卧在地上。成千上万的达那俄斯人解开战甲,坐下来举行殡仪。宰杀了很多的牛,羊和野猪,阿喀琉斯预备大大犒赏战士们。他很勉强地被他的朋友们领着离开帕特洛克罗斯的尸床来到阿伽门农的屋里。在这里他们用一只大炊鼎支在火上烧水,并劝他洗去作战时四肢上淌下的血汗。但他固执地拒绝！并郑重地发誓:"宙斯在上,在我没有将帕特洛克罗斯火葬,自己剃去头发并为他建立坟茔以前,我不能用水洗浴。现在得举行殡葬的宴会。而明天,阿伽门农国王,请下令砍伐林木,并做好一切准备,让火焰将我的朋友的尸体迅速焚毁。这事了结以后战士们便可继续作战。"王子们都尊重他的意见,并各自坐下饮宴。然后各回自己的营房。但珀琉斯的儿子,为他的密耳弥多涅斯人包围着,躺在海边被海水冲洗干净了的沙地上。

他长久地躺在沙滩上为他的被杀死的朋友悲叹。最后他终于睡熟了,这时帕特洛克罗斯的灵魂在梦里来看他。他的身形,说话和眼睛,甚至他所穿着的紧身服,都和帕特洛克罗斯生时一样。他俯身看着他并对他说:"你睡了么？阿喀琉斯呀,你已经忘记了我么？你一向热爱活着的人,但你不关心死者！为我造一座坟将我埋葬吧！因为我急于要通过地府的大门到地府里去。迄今我还飘游在地府的门外,因为看守地府大门的鬼魂们总是将我驱逐。除非我的尸体被火葬,我不能得到安息。并且,我的朋友,你要知道命运女神已规定你也得死在特洛亚城外。所以造一座巨坟,使我们生时同居于你父亲的宫殿,死后的骸骨也埋葬在同一的墓穴。"

"我将按照你所说的去做,"阿喀琉斯说着,并伸手去拥抱那人形的阴影,但它即刻如同雾霭一样消沉到地里去了。阿喀琉斯惊醒起来。他击着掌悲哀地对他的同伴们说:"原来这是真的,灵魂在地府里生存,因为在今天夜里我梦见帕特洛克罗斯的灵魂,忧愁而悲痛,但一切都完全和他生时一样!"他的话又引起人们对于这死去的英雄无限的怀念。

第二天天刚拂晓,阿伽门农就命令墨里俄涅斯率领着大批的人和骡子前进。骡子前行,执持着斧头和绳索的人则跟随在后面。不久,伊得山斜坡上最高的树被砍下来,劈成木材,由骡子驮着运回船舰。人们的肩上也扛着木头回来,他们将木材排列在海滩上。于是阿喀琉斯吩咐所有密耳弥多涅斯人都束紧青铜铠甲,并套上战车的马匹。最后殡葬的行列开始前进。载着王子,战士和御者的战车走在前头,后面是一大群步行的队伍。在中间则由他的同伴和朋友们抬着帕特洛克罗斯的尸床。在尸体上面放置着由他们的头上剪割下来的头发。阿喀琉斯紧跟在后面,低着头,双手蒙着脸,浸在深沉的悲哀里。

当他们来到阿喀琉斯所预先择定的地方,他们将尸床放下,用大量的木材垒成火葬堆。珀琉斯的儿子站在一边,割下一绺他自己的金色的头发,凝望着大海的巨浪,说道:"我的祖国忒萨利亚的斯珀耳刻俄斯河啊,我父亲曾经发愿说,如果我凯旋归回,他要我为你剪下我的头发,并以五十只羔羊献祭于你那有着圣林和神坛的河源之前;但现在这个誓愿落空了。啊,河神呀,你充耳不听他的祈求,你不让我凯旋归回。所以别对我发怒,现在我将我的头发献给帕特洛克罗斯,由他携带着一起到地府里去。"说着就将这绺头发放在他的朋友的手中,并对阿伽门农说:"国王啊,请吩咐人们都分散去饮宴。宴毕,大家同声悲悼并埋葬我的朋友。"

阿伽门农下令战士们各归营房,只有王子们仍然留下。他们将砍

安德洛玛刻看见赫克托耳被阿喀琉斯曳尸

下的木材垒成一个百英尺见方的大火葬堆,然后怀着沉重的心情将尸体放置在火葬堆上面。他们在火葬堆旁边剥开无数的羊和牡牛,将它们放在火葬堆的周围,上面用板油盖着。他们在尸床旁安放着一罐罐的蜜和香膏,并将四只活马牵到火葬堆来。他们从帕特洛克罗斯所有的九条狗中选出两只,用刀宰了,随后又用利剑杀死从俘虏中挑选出来的十二个特洛亚的贵族青年。阿喀琉斯就这样为他的死友实行恐怖的复仇。

然后他吩咐他们将火葬堆点上火。在点火时,他呼唤着死者:"帕特洛克罗斯呀,愿你在地府中也是幸福的。凡是我向你许愿的我都做了。十二个俘虏已经杀死,并将和你一起火葬。只有赫克托耳的尸体不要烧毁。他的尸体将由野狗分食!"他严厉地说着,但神祇们的意愿恰和他所说的相反。无论白天和黑夜,阿佛洛狄忒都使野狗不能走近赫克托耳的尸体,她并且为他涂抹香膏,使被拖出来的伤痕都消失。阿波罗也降下一层云雾遮蒙着尸体放置的地方,使太阳光不至于暴晒他的肌肉。

现在,火葬堆虽已点火,却不燃烧。阿喀琉斯转身向风神仄费洛斯和柏瑞阿斯许愿,从金杯里灌酒于地,请求他们吹扬起火焰。伊里斯将这消息带给两个风神,他们大声喧嚷着越过大海扑在火葬场上。一整夜他们都在木材中间咆哮并煽起熊熊的火焰,同时阿喀琉斯不断地灌酒于地,献祭他的死友。渐渐地曙色在天空出现,这时才风止火熄,木材都化为灰烬。在木炭和余烬的中间躺着帕特洛克罗斯的骸骨,最外围则有人骨与兽骨混杂着。由于珀琉斯的儿子的命令,英雄们用葡萄酒将火烬浇熄。大家流着泪收拾起他们的同伴的白骨,并用两层油脂将这些白骨包裹着,将它盛在一只金瓮里,送到阿喀琉斯的屋子。然后在火葬堆所在的地方丈量土地,安置石基,累土筑成巨大的坟茔。

一切都完毕后,殡葬的赛会即行开始。阿喀琉斯叫所有阿耳戈斯人都聚拢来,坐成一个大圆圈。然后他摆出铜三脚祭坛,大炊鼎,骡子,牡牛,穿着锦袍的受过技艺训练的妇人和珍贵的灰铁作为奖品。最初是战车的竞赛,阿喀琉斯因已失去他的亲爱的御者所以没有参加。这时却跳出阿德墨托斯的儿子欧墨罗斯,一个极擅长御术的英雄。其次狄俄墨得斯也出来,套上他从埃涅阿斯所夺得的雄壮的马匹。其次墨涅拉俄斯也驾上他自己的雄马波达耳戈斯和阿伽门农的牝马埃忒参加竞赛。第四个是涅斯托耳的幼小的儿子安提罗科斯,他的父亲传授他许多关于竞赛的知识。第五个是墨里俄涅斯,他套上他的毛色光滑的骏马。于是五个英雄都跃上战车,由阿喀琉斯拈阄排定秩序。首先拈出的是安提罗科斯,其次是欧墨罗斯,墨涅拉俄斯,墨里俄涅斯,最后则是堤丢斯的儿子。阿喀琉斯又推举他父亲的战友,即白发苍苍的福尼克斯为竞赛的裁判员。

五个英雄一起扬鞭,并以缰绳击打着马背,吆喝着马匹,如风暴一样驰过大平原。马蹄下尘埃滚滚,马脖上的鬣毛飘动着,战车有时在地面上滚转,有时在空中飞腾。御者在战车上昂首直立,满心希望获得胜利的锦标。当马匹接近竞赛终点的海边,它们都如飞一样地向着目标驰去。欧墨罗斯的两只牝马本来跑在最前面,狄俄墨得斯的马匹已紧紧地赶上,这时阿波罗突然从狄俄墨得斯手上夺去他的马鞭,所以他的马匹立即松弛下来。雅典娜看出这阴谋,将马鞭又送还这英雄,并使欧墨罗斯的车轭断为两截,所以马匹惊跳,御者倒栽下来,在车轮旁边痛得缩成一团。狄俄墨得斯越过了他,其次是墨涅拉俄斯,再其次则是安提罗科斯,他大声吆喝着马匹。后来墨涅拉俄斯在一处被雨水冲凹了的地方勒住了马匹,被安提罗科斯勇敢地奔上去超过了。当阿耳戈斯人正远远观看着,从滚滚的尘土中辨别战车和马匹时,狄俄墨得斯已走在最前头。他的镀着闪光的金和锡的战车达到了目的地。马匹的颈子和胸部全是雨淋一般的汗水。堤丢斯的儿子一跃而下,将他的马鞭斜靠在轭边。他的朋友斯忒涅罗斯领取了他所应得的锦标——一个美丽的妇人和一具铜三脚祭坛,交给他的伙伴们带回去。然后他从战车上解开马匹。

在他后面来到的是安提罗科斯,墨涅拉俄斯也差不多在同时候来到。墨里俄涅斯落后于他们一投枪远的距离,最后则是受伤的欧墨罗斯和他的破碎的车子。虽然他是最后达到目标,阿喀琉斯仍拟给他第二奖,因为他的御术最纯熟,而且他的失事也不是他自己的过错。但安提罗科斯激烈反对。"第二奖是我的,"他说。"那匹美丽的牝马应该属于我。如果你同情欧墨罗斯,你屋子里有的是青铜和黄金,名马和美人,你可以随意给他。"阿喀琉斯微笑着,将牝马赠给这年轻的朋友,而另以他从阿斯特洛派俄斯所夺得的辉煌的铠甲赠给欧墨罗斯。现在墨涅拉俄斯责备安提罗科斯曾妨碍他的马匹的跑道,并要他指着波塞冬发誓这是不是事实。安提罗科斯不敢作伪誓,他承认他所设的诡计,并将所得到的牝马送给阿特柔斯的儿子。但墨涅拉俄斯仍让安提罗科斯得到牝马,而自己接受第三奖:一只大炊鼎。第四奖是两塔兰同黄金,为墨里俄涅斯所得。第五奖为一只两耳的大碗,因无人接受,阿喀琉斯转赠给涅斯托耳作为帕特洛克罗斯殡葬的纪念。

随后是拳术比赛。胜者得一匹骡子,负者得一只两耳的金杯。这事宣布以后,一个高大个子的人首先站出来,他是帕诺派俄斯的儿子厄珀俄斯。他用手拍抚着骡背说道:"这是我的,谁愿意的话,让他去得到酒杯吧!但我要警告他:我的拳头会击坏他的身体并打碎他的骨头。"听到他的这一凶狠的宣言,大家都沉默,只有墨喀斯透斯的儿子欧律阿罗斯束紧腰带站起来预备和他对抗。于是两个人动起手来,拳头打击着下颚,紧张的四肢上汗滴如雨。最后厄珀俄斯击中对手的面颊,他如同被海浪涌到沙滩上的鱼一样软软地倒在地上。厄珀俄斯双手将他扶起来,由他的朋友们将他带走,一路上口吐鲜血并低垂着头。

其次阿喀琉斯宣布角力的奖品:胜者得一巨大的铜三脚祭坛,它的价值约等于十二条牡牛;败者得一个擅长手工的美丽的女人。于是俄底修斯和大埃阿斯以柔软的双臂相互搂抱着,紧密得如建筑师接起来的两根梁木。两个人都流着汗,骨节吱吱地响着,双肩和肋部都露出血痕。阿耳戈斯人正在焦急地鼓噪,这时埃阿斯将俄底修斯从地上举起,俄底修斯却屈膝蹬了他一脚,使他朝天摔倒,自己扑在他的身上。但是他仅能稍稍地移动他,于是两个人在尘土中来回滚转。"你们两个人都赢了!"阿喀琉斯喊道。"我给你们同等价值的奖品。"

其次是徒步赛跑,规定优胜者得一精工制造的巨大的银调酒碗。第二个跑到目标的人得一匹牡牛,第三个得半塔兰同黄金。参加竞赛的人有快足的罗克里斯人埃阿斯,俄底修斯和安提罗科斯。阿喀琉斯发号令,最先跑在前面的是埃阿斯。紧跟在他后面如同纺棒紧贴着妇人胸前一样的则是俄底修斯。埃阿斯觉到他的呼吸吹在自己的后颈上,同时所有的达那俄斯人都在旁边喝彩。刚要达到目标的时候,俄底修斯向雅典娜虔诚地祷告,雅典娜即刻使他的手脚轻捷,并使埃阿斯踩着为献祭帕特洛克罗斯而杀死的牛羊的粪秽,跌扑在地上,以至于脸都脏了。

阿耳戈斯人正在哗然大笑,这时俄底修斯已抓住大银碗,埃阿斯一面吐着粪秽,一面牵了牡牛。安提罗科斯取得第三奖,微笑着说:"神祇尊敬老年人。埃阿斯虽然只比我大一点点,但他却是一个古老家族的战士。"

"你说了这样毫不嫉妒的话是有好处的,"阿喀琉斯说着,又加上半塔兰同金子作为对这美丽青年的奖品。

现在珀琉斯的儿子持着萨耳珀冬的美丽的枪来到场地上,这是帕特洛克罗斯夺得的战利品,他将它和战盔,盾牌放置在一起。由两个最勇敢的英雄来全副武装决斗,共同分得这份奖品。并且阿喀琉斯要在他的屋子里张席设宴,招待这两个英雄。同时,胜利者还将获得一柄镶银的宝剑,这是阿斯特洛派俄斯的有名的特剌刻宝剑。有三次忒拉蒙的儿子埃阿斯和狄俄墨得斯目光炯炯,各执武器相互冲过来。埃阿斯刺穿狄俄墨得斯的盾牌,但狄俄墨得斯却瞄准他的喉咙刺去。为了担心着埃阿斯的生命,阿耳戈斯人即刻跑上去将两人分开,结果堤丢斯的儿子得到了镶银的宝剑。

其次是掷铁饼的竞赛。这是阿喀琉斯所杀死的忒拜国王厄提翁过去所常掷的铁饼。厄珀俄斯抓着它摆了摆手然后掷出去,但技术是这样拙劣,引得大家一阵哄笑。然后由勒翁透斯投掷,其次是大埃阿斯,他掷得超过了界线。但波吕波厄忒斯比其余的人都投掷得更远。如同牧人赶着他的牛群一样,他带走了他所得到的奖品。

阿喀琉斯用十柄两面斧和十柄铁斧作为射箭竞赛的奖品。用一根带子绑着一只鸽子在船桅上作为标的。谁射中了鸽子就得到两面斧;没有射中鸽子而射中了带子的就得到铁斧。透克洛斯和墨里俄涅斯拈阄决定射箭的先后。先在战盔里拈出透克洛斯的阄,但因为阿波罗不保佑他,结果他没有射中鸽子却射断了带子,使鸽子飞到空中去了。透克洛斯看到这，又苦恼又失望。墨里俄涅斯从他的手上抢过弓来，开弓搭箭，射中了飞翔的鸽子的翅膀；因为他立即向福玻斯许了一个献祭百牲的愿。鸽子受伤后即栖止在船桅上，脖子和翅膀低垂着，不久终于落地死去。阿开亚人都惊叹，并大声欢呼。透克洛斯取去铁斧，墨里俄涅斯取去两面斧。

最后，一根矛和一只刻着卷须和花朵的大炊鼎带到围场中作为标枪竞赛的奖品。这时军队中的统帅阿伽门农站立起来，其后墨里俄涅斯也站起来。但阿喀琉斯说："阿特柔斯的儿子呀，你在作战时我们都看见过，你的投枪技术是比别的任何人都高强的。所以不必比赛了，把矛给墨里俄涅斯，请你将大炊鼎抬去吧。"阿伽门农同意，于是将矛递给那个克瑞忒人，并将大炊鼎带走。这样遂结束了殡葬的赛会。

普里阿摩斯去见阿喀琉斯

当参加竞赛的人散去之后，大家都饱食就寝。只是阿喀琉斯不能入睡，他整夜辗转反侧，想念着他的被埋葬的朋友。最后他从床上起来，沿着海岸走来走去。在天亮时，他又套上他的马匹，将赫克托耳的尸体绑缚在他的战车上，拖曳着它在帕特洛克罗斯坟墓的周围驰驱三匝。但阿波罗用他的金盾遮盖着这尸体，使它不致伤损。阿喀琉斯丢下它，让它翻仆在地上。所有在俄林波斯圣山的神祇，除赫拉以外，看着这景象都很悲痛。宙斯并遣使将阿喀琉斯的母亲忒提斯叫来，命令她尽速赶到阿耳戈斯人的营幕，告诉她的儿子，神祇们甚至宙斯本人都怒不可遏，因为他扣留赫克托耳的尸体不让赎回。

忒提斯听命。她来到她儿子的屋子里，走近他，温和地抚摩他的头发并对他说："你不眠不食，尽让忧愁攻心，要有多久呢？最好你还是尽情快乐，因为你在人世的时间已不长久。黑暗的命运女神已伺伏在你的身边。听着宙斯要我告诉你的话吧。他和所有的神祇们都很愤怒，因为你虐待赫克托耳的尸体并将它扣留在船舰的附近。我的儿子，还是让它去吧，让它用巨大的赎金赎回去吧。"

阿喀琉斯抬头，凝视着他母亲的脸回答道："就这样罢。宙斯和神

阿喀琉斯拖曳赫克托耳的尸体

祇们的意见必得遵从。谁送赎金来，谁就可以将尸体带走。"

当忒提斯正在她儿子那里时，宙斯又派遣神祇之使者即快足的伊里斯来到普里阿摩斯国王的城里宣告神祇们的决定。伊里斯走进特洛亚城，只听到一片哭声。在宫殿的厅堂上，普里阿摩斯被他的儿子们包围着，他们的长袍已为眼泪所湿透。这老人木然无声地坐着，用他的披风包裹着身体，头上和肩上都满是尘土。他的女儿们和儿媳们都在内室放声哀悼那些被杀的英雄。突然宙斯的使者轻轻地来到国王的面前，低声对他说话。他四肢戁觫着。"达耳达诺斯的儿子哟，"她说，"望你抑制自己，不要沮丧。我带给你好消息。宙斯很怜悯你。他吩咐你带着丰富的礼物去见阿喀琉斯，赎回你儿子的尸体。你必须独自一人去，不必携带任何人，只用一个年老的使者赶着骡车，将尸体载回。你不必耽心有任何危险，因为宙斯会给你一个护卫。赫耳墨斯将伴随你去见珀琉斯的儿子，并保护你。此外阿喀琉斯也不会盲目到违抗神祇的命令。他会自动地宽恕哀求的人，不使你受到伤害。"

普里阿摩斯信从女神的话。他叫他的儿子们为他套上骡车，同时他自己走进那间用芳香的杉木建造起来的堆积珍宝的内室。他召来赫卡柏并对她说："宙斯派人送来一个消息。我要去拜会阿喀琉斯，到他的船舰附近的帐篷里去，献给他礼品，赎回我们的可爱的儿子赫克托耳的尸体。你对这事怎么想法呢？我自己非常愿意去！"老人这样说着，但他的妻子却哭泣起来，她回答道："唉唉，普里阿摩斯，平时你以睿智著名，现在你的睿智呢？你，一个老人，独自一人到阿耳戈斯人的船舰去，去谒见杀死了你这么多英勇的儿子们的敌人。你以为那个喝血的恶魔看到了你会怜悯你吗？不如还是让我们远远地悲悼我们的儿子吧，这个儿子一生下地就命中注定要作战而死并为野狗吞吃的。"

"不要阻止我，"普里阿摩斯坚决地说，"不要在我的屋子里说些不吉利的话。即使我去到敌人的船舰会遭到死亡，就让那凶暴的人杀害我吧，只要能抱住我的儿子的尸体，哭个痛快就好了。"于是他揭开箱子，挑选十二件华丽的锦袍，和同样数目的紧身服和披风。然后他称量十塔兰同黄金，取出四只灿亮的大炊鼎和两座铜三脚祭坛。最后又加上他到特剌刻报聘时特剌刻人赠送给他的无价的金杯。只要能赎回他的可爱的儿子，一切都在所不惜！他赶走那些阻止他的特洛亚人，严厉地对他们说："你们这些无用的人！你们在家闲得发慌，跑到这里增加我的悲痛么？宙斯取走了我的儿子，这还不够吗？不久你们会看出此行的意义。我宁肯死去，也不愿看见你们的城池变为灰烬和废墟。"于是他用他的王杖将他们都赶出厅堂。

后来他转身向着他的儿子们。"你们这些懦夫呀！懒汉呀！"他叫骂着，"但愿你们代替赫克托耳死去！所有最优秀最英勇的人都已牺牲。剩下来的都是渣滓——流氓，骗子和歌舞作乐的人。现在即刻为我预备骡车，将这些东西装在篮子里，使我可以上路。"他的儿子们吓了一跳，因为父亲发怒，觉得很惶恐。他们为他套上骡车，并将礼品都载到车上。然后他们将喂养得很好的毛色光滑的马匹套上普里阿摩斯自己的车子，并召来使者和他一起出发。赫卡柏怀着沉重的心情将预备举行灌礼的金杯交给国王。一个奴隶将盆和水罐携来，国王就在净水里洗濯双手，然后端着金杯，站立在朝堂当中，灌酒于地并高声向宙斯祈祷。

"万王之父宙斯，伊得山的统治者呀！"他祈求着，"愿你使珀琉斯的儿子怜悯我而且照顾我。请你现出预兆，让一只鸟在我的右边飞过，使我毫不畏惧地去到阿耳戈斯人的船舰。"他的话刚刚说完，就有一只黝黑羽翼的大鹰展翅从右边飞过特洛亚城头。特洛亚人看到这吉兆都大声欢呼，这老人也怀着确信乘上他的车子。在他的面前是一辆载得满满的四轮骡车，由使者伊代俄斯赶着。当普里阿摩斯用马鞭轻轻鞭打马背，马匹开始前进时，特洛亚人都追随在他的后面含泪送别，就好像送他去死一样。

当普里阿摩斯来到城外并经过古代国王伊罗斯的大坟，他们停息一会让马匹和骡子在河边饮水。这时正是黄昏，暮色笼罩原野。伊代俄斯看见一个人站在近处，就警告普里阿摩斯。"看哪，主人，"他说。"我们必须小心。看看那个站在那里的人。我疑心他正等待着杀死我们。我们没有武器，而我们两个都是老人。让我们或者转身逃回城去，或者跪下去请求他饶恕吧。"国王恐怖得发抖，头发都竖了起来。现在来人走近了；那不是敌人，而是赫耳墨斯，宙斯的使者，是给人们带来援

助的神祇,万神之父常派他护送那些纯良的人。普里阿摩斯不认识他,但这神祇却和他握手,并对他说:

"你在黑夜中驱策着马匹和骡子到何处去呢?你不怕凶暴的阿耳戈斯人么?如果他们中间有一个人看见你在夜静更深驱着这多的珍品,那不是很危险的事么?但你千万不要以为我要杀害你!正相反,我是来保护你的。特别是因为你非常像我自己的慈爱的父亲。只是请告诉我,你是想带着这些珍品逃到异地去么?或者你想离开特洛亚城,由于它已失去它的最勇敢的保卫者赫克托耳——那位阿耳戈斯人难与匹敌的英雄?"

普里阿摩斯松了一口气回答他说:"现在我知道神祇一定在保护我,因为他使我有这么一个贤明而温和的同伴,这个同伴表示很同情我的儿子的死。告诉我你是谁,你的父母叫什么。"

"波吕克托耳是我的父亲,"赫耳墨斯回答,"而我便是他七个儿子中的最小的一个,是一个密耳弥多涅斯人,阿喀琉斯的朋友。所以我能够看见你的儿子怎样将阿耳戈斯人逐退到船舰,当时我们站立在愤怒的国王身边,并远远地惊叹着赫克托耳的勇敢。"

"如果你是可怕的阿喀琉斯的朋友,"普里阿摩斯满心焦虑地说,"那么请告诉我,我儿子的尸体是否还在船舰附近,或者已被珀琉斯的儿子宰割成小片喂给狗吃了呢?"

"并没有,"赫耳墨斯说,"赫克托耳仍然躺在阿喀琉斯的帐篷里。即使尸体已经暴露了十二天,并且阿喀琉斯每天早晨拖曳他围绕他的亡友的坟墓驰驱三匝,他的肉体仍然没有损坏。你看见它会吃惊的,因为这尸体仍然神采奕奕如同活着一样。所有的创口都已愈合,身上没有一丝的血迹。即使在他死后,神祇也仍然爱护他和看顾他。"

普里阿摩斯很高兴地从车上取出他的无价的金杯。"收下这个,"他说,"请你保护我并引我去见你的国王。"赫耳墨斯拒绝接受金杯,就好像没有得到阿喀琉斯的同意不敢接受一样。只是他也上了车子,坐在国王的身边,并为他执辔挥鞭,不久就来到壕沟和围墙那里。看守兵正在晚餐,但神祇用手一指,他们立即沉沉入睡。他的手指轻触着营门,门栓就自动推开。因此普里阿摩斯很安全地飞快地来到阿喀琉斯的屋子。

　　那是高大的建筑,四周用梁木筑成,顶上则用芦苇遮盖着。周围有宽阔的广场,场外并有严密的寨栅保护着。只有一个松树的门栓闩着大门,但是它那样笨重,需要三个强大的汉子才能将它启闭。除阿喀琉斯以外没有人可以单独一人动它。但赫耳墨斯却毫不费力地将门推开,劝年老的国王抱着阿喀琉斯的双膝并指名他的父母向他哀求。说完他就显露自己的神祇身份而去。现在普里阿摩斯下了车,将马匹和骡子交给伊代俄斯,自己一直走进阿喀琉斯的屋子。他看见阿喀琉斯离开他的同伴们独自一人坐在一处。他正在作晚餐后的休息。餐桌仍然放在他的面前,只有奥托墨冬和阿尔喀摩斯两人在他的身边。

　　没有一个人注意到普里阿摩斯进来。他急跑到阿喀琉斯面前,抱着他的双膝,亲吻他的双手(那双残酷地杀死了他多少个儿子的双手啊),并注视着他的脸。珀琉斯的儿子和他的朋友们惊奇地看着他。于是年老的国王开始哀求。"神圣的阿喀琉斯哟!"他说,"想想你的和我一样苍老的父亲吧。也许邻国的战争正在威胁他,使他恐怖无助,如同我现在一样。但日日夜夜他仍然盼望着能够重新看见他的儿子。而我,当阿耳戈斯人来到我们的海岸时,我有五十个儿子,其中十九个是同一个妻子所生的,后来他们大部分陆续战死,现在你又杀死了那个唯一可以保卫我的城池和人民的儿子。就是为此我到你们的船舰来。我带着无价的珍宝要向你赎回赫克托耳的尸体。珀琉斯的儿子哟,请敬畏神祇,并想起你年老的父亲,可怜我吧!我比你的父亲更可怜,因为我遭受了人所难堪的痛苦,现在且吻着曾经杀死我许多儿子的血污的手!"他这么说,并激起阿喀琉斯对于老父的怀念和忧心。他温和地松开这老人抚抱着他的双膝的两手;这时普里阿摩斯又俯伏在他的脚下,为赫克托耳哀泣着,阿喀琉斯也为他的老父和他的朋友下泪。整个屋子充满了悲恸。

　　最后珀琉斯的儿子从座位上起身,将伏在地下的老人扶起,对他的雪白的须发十分同情。他对他说:"你遭受的苦痛已不少,现在又哪里来的胆量敢独自一人来到阿耳戈斯人的船舰,并会见杀死了你这么多儿子的仇人呢?你必然有一颗铁石一样的心!来,请坐下,让我们将悲痛平息，虽然它啃啮着我们的灵魂。这是神祇们为人类所规定的命运，而他们却优游自在。在宙斯的大门外有两只坛子。其一盛着灾祸，其一装着幸福。那些他从两个坛子里各赐给一些的人，常常忧喜交集，但是那些宙斯仅给予苦恼的人，任凭他走遍大地，到处都是忧愁攻心。对于珀琉斯，神祇给予的赠礼固然是稀有的，富裕而有权威，甚至还有一个女神做他的妻子。但他也一样地得到一份悲惨的命运，因他的独生儿子命定得早死，不能奉养他的晚年。现在我在这里，远离家乡，在特洛亚的城门外作战，使你这年老的人和你的人民都感受悲痛。你也是全世界著名的人，使你和你的家族及众多的儿子们都很幸福，但现在俄林波斯圣山的神祇们使战争和毁灭降临到了你们的城池。咬牙忍着你的不幸不要再悲哀吧，因为悲哀的岁月并不能使你的光荣的儿子活回来。"

普里阿摩斯回答："宙斯的骄子哟，当赫克托耳的尸体还暴露在你的屋子里，我不忍心坐下。请你让我立即赎回尸体，因为我急于要看见他！收下我献给你的这丰富的赎金，饶恕我，并回到你的故乡去吧。"

阿喀琉斯听到他的话紧皱着眉头。他说："老人，别强迫我。我自愿将赫克托耳的尸体归还你，因我的母亲已将宙斯的命令告诉我。此外，我也知道必定是有一个神祇指引你到我的船舰来的。因为一个凡人，无论他如何地年富力强，也不能通过看守兵并将我的门栓推开。但是请不要再使我烦恼，否则我会不听宙斯的命令，也不饶恕你，无论你怎样哀求。"

普里阿摩斯战栗着不敢再说话。阿喀琉斯如同一只狮子一样从屋子里跳出来，他的战士们跟在他的后面。他们卸下骡子，并让使者进屋。然后他们将骡车上的礼物搬走，只留下一件紧身服和两件披风，以便赫克托耳的尸体有着适宜的遮盖。在这之后，阿喀琉斯命令将尸体洗涤，涂抹香膏，穿上衣服，并放置在尸床上。当他的同伴们将尸体拾到骡车上时，他叫唤着他的朋友的名字说道："帕特洛克罗斯呀，如果你在阴间地府听说我将赫克托耳的尸体归还了他的父亲，请不要发怒吧。他带来的赎金并不菲薄，而这也有你的一份的。"

他又进到屋子里，坐在普里阿摩斯的对面，并对他说："你的儿子如你所希望,可以赎回。我们已将他收拾停当,一待天明你就可以看见他并将他带走。现在让我们进晚餐吧。你要悲悼你的儿子,在你回到特洛亚城后自有充足的时间,而他的确也值得你的悲恸。"这英雄一面说,一面就从座位上起立,出外屠宰一只羔羊。他的朋友们将它切割成片,用叉子挑着烧烤。然后他们坐下来饮宴。奥托墨冬从一只精致的篮子取出面包分给各人,阿喀琉斯则分配烤肉,大家都吃得又醉又饱。普里阿摩斯惊奇地望着他的主人,因为他美丽而强健如同神灵一样。同时阿喀琉斯看到普里阿摩斯相貌堂堂,听着他的智慧的谈吐,也暗暗惊诧。当饮宴毕,普里阿摩斯说:"高贵的阿喀琉斯,现在请给我指定一张床榻,我想睡觉休息。自从我的儿子死后,我还没有合过眼,而且这也是我第一次饮酒食肉。"

阿喀琉斯即刻吩咐侍女们预备一张床榻,铺上紫色的垫席和柔软的衾被。使者也另有一铺。阿喀琉斯说:"现在请睡眠吧,老人。因为如果你睡得很晚,经常来我这里集议的王子们可能看见你在黑夜中徘徊,并报告阿伽门农。他就会追问我凭什么权力将赫克托耳的尸体随意处置。只是现在请再告我一件事,你的儿子的丧葬需要多少日子?我所以问你,因为在这期间我将不让我的战士们向你的城池进攻。"

"如果你许可我以全礼安葬我的儿子,"普里阿摩斯回答,"那么请给我十一天的期限吧。你知道我们居住在城里,我们得到很远的山里去砍伐火葬用的木材。因此我们的准备得用九天。第十天我们安葬,并举行殡葬的宴会;第十一天为死者建筑墓茔。到第十二天,如果是不可避免的,我们就可以重新作战了。"

"就像你所说的办吧,"阿喀琉斯回答,"在你所要求的限期内,我将禁止我的战士们向你进攻。"说着就伸手拉住老人的右手,使他不再害怕。然后普里阿摩斯睡了,阿喀琉斯睡在里屋。

大家都睡熟了。赫耳墨斯心里想着要怎样才能引导这老人回去而不被人看见。最后他走到普里阿摩斯的床边,对他说:"老人,你在敌人的屋子里未免睡得太安然自在了一点吧?他们饶恕了你,那是真的。他们取去你的丰富的赠礼,让你赎回你的儿子的尸体。但如果阿伽门农和别的阿耳戈斯人知道了,他们会扣留你,并向你那些居住在城里的儿子们索取三倍以上的赎金。"老人惊怖得坐起来,并唤醒使者。赫耳墨斯亲自套上骡子和马匹,并与普里阿摩斯同乘一车。伊代俄斯则赶着运载死尸的骡车。他们悄悄地从敌人的营地驰过,不久就离开他们很远了。

赫克托耳的尸体在特洛亚城

赫耳墨斯伴送普里阿摩斯一直到斯卡曼德洛斯河边。他在这里离开国王,飞回俄林波斯圣山。剩下普里阿摩斯和使者,一路上悲伤愁叹,继续前行。他们来到城里天已大明。一切人都在熟睡,只是卡珊德拉一个人看见他们归来。她登上宫殿的城垛,远远地看见他的父亲站立在车上,使者驱着骡车,骡车上载着赫克托耳的尸体。她看见这,不禁放声大哭,使整个静寂的城池都响震着她的悲声。"都来呀,特洛亚的男人和女人们!唉唉,赫克托耳回来了,但回来的仅仅是他的尸体!从前他活着从战场上得胜归来时,你们都向他欢呼迎接,现在他已牺牲了,也要一样地向他致敬啊!"

在她的叫喊下,城里的男女老幼都从屋子里走出,大家同声悲恸。特洛亚人民由赫克托耳的母亲和他的妻子领先,在城门外迎接使者。赫卡柏和安德洛玛刻扯着自己的头发向着骡车奔去,拥抱着赫克托耳的头痛哭。人群哭泣着围绕在他们的周围,他们会哭到黄昏也不将骡车放走的,要不是这时普里阿摩斯国王站在车上和他们说:"让开路,使骡车通过。当尸体停放在我的宫殿之后,你们可以尽情地哀哭去。"人民都敬谨地听从他的命令,从两旁分开,让骡车通过。

尸体运到了国王的宫殿,就被停放在装饰富丽的尸床上。歌者被召来唱挽歌,妇女们也同声哭泣。安德洛玛刻哭诉得最悲痛。这个绮年玉貌的少妇站立在死者的身边,双手抚着死者的头。"我的丈夫哟,"她哭喊着,"你牺牲了自己的生命,却孤单地留下我和一个没有父亲的幼子。我恐怕这孤儿不能抚育成人。因为你这个保护我们城池和男女老幼的人已经牺牲,特洛亚城要被毁灭了!所有的人都将被俘带上船去,我也当然不能幸免。而你,我的可爱的阿斯堤阿那克斯,也将分担你母亲的羞辱。我们都得为残暴的主人服苦役。或者一个阿耳戈斯人还会将你抢去，把你从城头上向城下摔死，因为你的父亲曾经杀死他们的父亲，或者他们的兄弟，或者他们的儿子。因为赫克托耳在战场上是不饶恕敌人的！所以你，我的丈夫，你使你的父母悲痛，但使我更悲痛。你死时我未能执着你的手。你也没有和我说一句话，一句可以使我带着眼泪和欢欣的怀念，日日夜夜珍藏在心中的智慧的话。"

在安德洛玛刻之后，赫卡柏也哭诉着，"赫克托耳呀，"她说，"我的挚爱的儿子！神祇们也爱护你，他们在你惨死之后并没有忘记你。你被杀死，并拖曳在地上，而你好像毫无损伤，就好像是阿波罗的银弓所射出的一支箭迅速而仁慈地使你死去了。"她这样哭诉着宽慰自己。

接着是海伦哭诉。"赫克托耳呀，"她说，"在所有我丈夫的兄弟之中你是我最敬爱的。帕里斯从我的故乡将我带来，现在已足足二十年；在这二十年中我没有听你说过一句不中听的言语。那是真的，普里阿摩斯国王也慈爱待我，但当家里面任何别的人，我丈夫的兄弟或姊妹，他的母亲或者他的兄弟们的妻子，当他们抱怨或责骂我时，你就出来使他们息怒，并常常为我解围。失去你，我就失去了一个救助者和一个朋友。现在每一个人都要嫌弃我了！"

她哭诉着，周围的人都跟着叹息。但现在普里阿摩斯盖过所有悲痛的人群大声说话了。"特洛亚人呀，赶快上山砍伐火葬用的木材。并小心不要遭敌人的暗算，因为阿开亚人可能埋伏着狙击你们，虽说珀琉斯的儿子曾经允许我在十一天内不向我们攻击。"

人们即刻遵命。他们都套上牛车和骡车，大家在城门前集合。他们一连九天在山坡上砍伐木材。第十天的清晨，赫克托耳的尸体在一片哭声中被抬出来。他们将它放在火葬堆上，然后点火。所有的人都站立在周围，看着他焚化，直到成为灰烬。最后他们用酒将火红的灰烬浇熄，由死者的兄弟和并肩作战的朋友们从灰烬里拾取他的白骨，用柔软的紫色布料将它包好，放置在金箱子里，然后埋入坟墓。墓上砌以大块的石头，并垒土成堆。自始至终人们都戒备着，惟恐阿耳戈斯人会突然袭击，并扰乱他们的葬仪。当墓上的坟堆已垒成后，人们回到城里，在国王的宫殿里举行一个庄重而严肃的殡葬宴会。

彭忒西勒亚

当赫克托耳的殡葬结束后,特洛亚人因畏惧勇猛的阿喀琉斯,仍然待在城里不敢走近他所在的地方,如同牛群远避着狮子的洞窟一样。城内仍然充满着对于已故英雄的哀悼,人民都极端的愁苦,就好像特洛亚城已被征服者烧毁了一样。

人们正处于悲痛和恐怖中,突然从意想不到的地方来了增援。从遥远的蓬托斯,忒耳墨冬河左近的一块地方,阿玛宗的女皇彭忒西勒亚统率着她的一小队女战士来援助特洛亚人。她之所以航海远来,一部分由于阿玛宗人喜爱危险和战争的天性,一部分由于她在无意中犯了一种罪恶,大大地减低了她在人民中的威信。那是在一次狩猎中,她投矛射杀一只牝鹿,结果却误中了她的亲爱的姊姊希波吕忒。因此无论她到那里,复仇女神们总是追踪着她,迄今她对她们所做的一切献祭都未能使她们息怒。现在她希望作一次使神祇欢喜的远征可以为她补过,所以她带着十二个同样渴求战争和危险的同伴们到特洛亚来。但比之于彭忒西勒亚,这十二个女战士虽然动人,却好像是她的奴隶。她的美丽和庄严远远超出她的同伴们,就好像明月的光辉掩盖了星光一样。她炫耀得好像那位由时光女神们伴随着离开俄林波斯圣山降临到人间的黎明女神。

当特洛亚人从城头上看见彭忒西勒亚,强健而秀丽,穿戴着青铜的盔甲和灿烂发光的胫甲,统率着她的女战士们走到城边,他们就从各方面汇集拢来。她们越走近,他们越加惊叹这女皇的美丽,她面上的表情是既威严而又极其动人的。她微笑着,长睫毛下面的眼睛特别显得明亮而年轻。她的红色的面靥完全同处女一样,但充满热情和活力的身躯却远比处女强健得多。特洛亚人看到她,顿时忘却自己的苦痛,都大声欢呼。即使普里阿摩斯看到她也感到十分高兴,就好像长久兀坐在黑暗中的人突然看到所渴望的阳光一样。但他的欢喜随即又为对被杀的许多儿子们的悲哀所冲淡。他将这女皇迎接到他的宫殿里,爱护她如同自己的女儿,优待她如同远来的上宾。他命令将许多无价的珍宝陈列在她的面前,并答应给她更多的礼物,只要她能挽救特洛亚城。

于是彭忒西勒亚从国王所指定给她的最尊严的座位上站立起来,说出一个没有任何凡人敢于做出的誓言。她对国王保证要诛灭神灵一样的阿喀琉斯。她说她和她的女战士们必将征服阿尔戈斯人;她们的火把要彻底烧毁所有敌人的船舰。彭忒西勒亚无知而鲁莽地宣布这种誓言,因为她还没有尝过猛勇无敌的阿喀琉斯的苦头。当赫克托耳的寡妻安德洛玛刻听到她的话时,她在心里想:"可怜的生物哟,你不知道说了些什么话,也不明白你在骄傲中要冒的危险!你如何会有征服那个英雄的力量呢?你是发疯了!你甚至不明白死神已来到你的面前。我的丈夫赫克托耳人民尊敬他如同神祇一样,但珀琉斯的儿子仍然刺穿了他的颈子。唉,但愿我也立即死去!"

安德洛玛刻在心里这么说着。同时天时已近黄昏。彭忒西勒亚和她的随从们被邀请饮宴,并被领到为她们所预备的床榻。女皇随即睡熟了。这时由于雅典娜的命令,她做了一个使她加速毁灭的梦。她的父亲阿瑞斯在她的梦中出现,并怂恿她尽速和阿喀琉斯作战。听到他的话,她欢喜得怦怦心跳,以为就在当天她必能完成她对普里阿摩斯国王所作的誓约。她醒来,就紧束阿瑞斯亲自给她的金光灿亮的铠甲。她在脚胫上紧束黄金的胫甲,然后穿上发光的胸铠。她将那柄用银子象牙制成剑鞘的利剑背在肩上。最后她拿起那面明亮得如同海上初升的圆月一样的盾牌,戴上她的有着黄金羽饰的战盔。她左手执着两根矛,右手持着不和女神给与她的那柄两面斧。她从国王的宫殿冲出,身材娉婷而装束得金光闪烁,看去就好像从俄林波斯圣山闪射到地上的一道电光一样。

她欢喜而兴奋地奔跑到城墙边,激励特洛亚人奋勇作战,为自己和特洛亚城争取光荣。由于她的号召,不敢面对阿喀琉斯的人们又重新鼓起勇气,准备决战。但彭忒西勒亚急欲厮杀,一跃骑上她的行走如飞的美丽的马匹,这是特剌刻的国王珀瑞阿斯的妻子赠给她的礼品。她的女战士们也各自骑上马匹,跟随着她奔驰到战场。许多特洛亚队伍也追随在她们左右。仍然留在宫殿里的国王普里阿摩斯高举双手向宙斯祈祷:"今天,万神之父哟,让阿开亚人都在阿瑞斯女儿的面前溃败,并使彭忒西勒亚能平安地回到城里来吧。请你为了阿瑞斯——你的有威力的儿子的光荣，这样做吧！请为了那个为神祇所生并且本身亦如神祇一样的女儿这样做吧！也请为了我这样做，因为我曾经从阿耳戈斯人遭受这么多的苦难，并丧失了这么多的儿子。啊，当达耳达诺斯的高贵家族还没有完全灭亡，当特洛亚古城还在巍然耸立时，请你这样做吧，"但他的话刚刚说完，一只鹰就从他的左上方飞过。它的大翼刷刷地击打着空气，利爪攫着一只被撕碎的鸽子。看到这个恶兆，这老人浑身颤抖，陷于绝望。

同时阿耳戈斯人看见那些他们以为怯战的特洛亚人突然奔涌而来，如同从山里奔出来的狮子猛扑在河谷中吃草的牧群一样，也大吃一惊。他们都惊诧地互相传说："是谁来支援特洛亚人了？自从赫克托耳死后，他们就好像失魂落魄不敢再出来和我们作战。那必定是一个神像在同情他们！但我们也有神像援助我们；我们一直将敌人围困着，今天也必然要将他们逐退。"说着，他们执持武器从船舰向战场奔来。如今，盾与矛叮当震响，两军的战斗开始了，不久就血流满地。彭忒西勒亚和她的女战士们在阿耳戈斯人中疯狂突击。她自己杀死了摩利翁和别的七个英雄。但当阿玛宗的克罗尼亚砍倒伟大的波达耳刻斯的朋友墨尼波斯时，他勃然大怒，用枪刺入她的臀部。彭忒西勒亚用利剑砍他的手，但已来不及救出她的朋友。现在幸运女神站在阿耳戈斯人这一面。伊多墨纽斯击中了布瑞穆萨的要害。墨里俄涅斯杀死了欧安德拉和忒耳摩多亚。狄里俄涅被俄琉斯的儿子埃阿斯杀伤致死。堤丢斯的儿子同时杀死了阿耳喀比亚和得里玛喀亚，因为他的急挥的利剑从她们的肩头上砍去了她们两人的头颅。当他们结果了阿玛宗女人以后，即转而进攻特洛亚人。斯忒涅罗斯杀死了卡比洛斯，这时帕里斯向他射出一箭，但没有射中，使他得以逃脱。无情的命运女神却使这支箭飞到另一个阿耳戈斯人即杜利喀翁的欧厄诺耳身上。他的死激起了杜利喀翁人的领袖即费琉斯国王的儿子墨革斯的悲痛和愤怒。他如同怒狮一样猛扑特洛亚人，杀死他们的两个最勇敢的同盟军——弥勒托斯的伊堤摩纽斯和阿革拉俄斯，并杀死了矛所能及的许多英雄。

但彭忒西勒亚仍然没有受伤，她凶猛地战斗，使阿耳戈斯人被迫后退。她因胜利而洋洋得意,向他们叫道:"你们这些狗子,今天你们必得偿付你们给与普里阿摩斯国王的损害。飞鸟和野兽将吞食你们的腐烂的尸体。你们没有一个人可以回故乡重见你们的妻子,你们的尸骨也不会有人埋葬。狄俄墨得斯在哪里呀?忒拉蒙的儿子埃阿斯在哪里呀?珀琉斯的儿子阿喀琉斯在哪里呀?你们队伍中的最勇敢的英雄都不敢和我交手!为什么呢?因为他们都知道必然在我的手下丧命。"她说完这些狂妄之言,满怀轻敌之心继续作战。有时她挥着利斧,有时她舞着枪,或者在马上用利箭射杀敌人。在她的后面则是普里阿摩斯的儿子们和特洛亚的最勇敢的英雄。起初,达那俄斯人对于这来势汹汹的攻击无法抵御。他们如同大雨中的雨滴,如同秋风中的落叶一样;他们尸横遍野,被特洛亚人的战车和马匹蹂躏着,如同打谷一样。特洛亚人觉得这是一个神祇从天而降,援助他们膺惩他们的敌人,因此他们更盲目地欢喜,愚蠢地相信他们已经征服了阿耳戈斯人。

但兵器的响声和战争的叫喊究竟还没有达到大埃阿斯和海洋女神的儿子阿喀琉斯那里。他们仍然远离战场,坐在帕特洛克罗斯的坟墓上,想念死去的朋友。因为这是命运女神的意愿,使阿玛宗女皇有着短时间的胜利,以便让她带着光荣死去。特洛亚人的妇女们站立在城头上,都惊羡着彭忒西勒亚的武功。其中有一人,即提西福诺斯的妻子希波达弥亚,且突然激起了战斗的欲望。"我的姊妹们,"她向她周围的人们大声说,"为什么我们不像我们的男子汉一样地作战呢?为什么我们不出来保卫我们的城池和我们的子女?我们比之于特洛亚的青年男子们并不软弱多少呀!我们的眼光和他们一样敏锐,我们的两膝和他们一样强劲。我们和他们享受同样的饮食,日光和空气。为什么我们不能和他们一起作战呢?看看在战场上的彭忒西勒亚呀!她超越过所有的男子汉。而且她还不是我们本国人,她是为了异邦的国王,为了异国的城池而作战呀!但看看,她如何凶猛地击溃她的敌人们!现在如果我们参加作战,这是为了我们的幸福,并为我们自己的人报仇。我们中有一个人没有失去她的父亲,丈夫,兄弟,儿子或亲属的么?如果男子们都失败了,我们除了被奴役以外还有什么呢?所以让我们别再迟疑。与其等着我们的丈夫都被杀死,全城被大火焚烧,我们和我们的孩子们被掳为奴,还不如作战而死。"

希波达弥亚这样说着,所有的妇女听了她的话都斗志昂扬。她们丢开她们的毛线和织物,如同蜂群一样跑回家去,用自己家里所能找到的任何武器装备起来。她们一定会全部死亡,成为轻举妄动的牺牲品,如果不是赫卡柏的妹妹即安忒诺耳的妻子忒阿诺(她比她们要聪明些)反对她们的这种狂热的话。她企图用道理说服她们。"多么愚蠢呀!"当她们正要冲出城门时,她向她们叫道。"你们以为你们可以和能征惯战的阿开亚人作战么?你们怎能梦想征服他们!你们不像阿玛宗人那样受过作战的训练。你们没有学会驾驭马匹,在别的属于男人的事务上也无所擅长。此外,彭忒西勒亚乃是战神的女儿,而你们却是普通凡人的儿女。这便是你们必须远离战场,留在家里,专心纺织,遵守妇道的理由。让男子们去战斗去。他们仍然没有屈服呀!他们仍然在保卫特洛亚城。现在还不到非要妇女出来协助作战不可的时候。"

忒阿诺渐渐用她的明智的言语,说服和平息激动的妇人们。她们勉强地又回到城头上的瞭望处,满足于远远地在城头上观战。彭忒西勒亚仍然毫不疲倦地在奋勇杀敌,阿耳戈斯人有的仍然全副武装,有的丢盔撂甲,四处奔逃。马匹和战车因为丧失了御者,狂乱地到处乱窜。战地上响震着伤者的悲号和垂死者的哀叫,阿玛宗女皇所到之处他们都不能幸免。

渐渐地,渐渐地,特洛亚人来到阿耳戈斯人的军营。他们已抵达船舰那里并正要纵火焚烧,这时忒拉蒙的儿子埃阿斯终于听到了喊杀的声音。他从帕特洛克罗斯的坟上抬起头来对阿喀琉斯说:"我听见武器的声响和一阵阵的杂逻喧哗,好像战争正在附近进行。让我们去击退特洛亚人,因为我们不能让他们逼近军营并纵火烧船呀!"阿喀琉斯这才站起来谛听,他也听到武器震响和喧扰的声音。即刻两人都束紧金光灿烂的铠甲,向着人声沸腾的地方跑来。

看见他们的最勇敢的英雄跑来,一线希望立即鼓舞着阿耳戈斯的崩溃的队伍。阿喀琉斯和埃阿斯全心全意投身到战斗中去。他们两人分工合作:埃阿斯迎击特洛亚的领袖们,阿喀琉斯进攻阿玛宗的女战士。即刻有四个人死在他的手下。然后两个人又合力向敌人的大队冲去,敌人的队伍被分散割裂,那些留下来的人也陷入一片混乱中。

彭忒西勒亚看到这情形,立即奔向阿喀琉斯和埃阿斯,正如暴怒的豹子奔向狩猎的猎人一样。但他们只是伸着懒腰,挥舞着他们的枪。阿玛宗人以阿喀琉斯为她的第一个目标,向他投出她的矛,但被阿喀琉斯的大盾挡了回来并且折断了。于是她用第二支矛瞄准埃阿斯,并向两人叫吼着:"即使我第一支矛没有投中,我这第二支必使你们两个自夸为阿耳戈斯人中最勇敢的人丧命。即刻你们就会知道,一个女子比你们两个人加在一起还要高强。"她的话只是使两个英雄觉得有趣,但她的矛投中了埃阿斯的胫甲。尽管她多么盼望他流血,但她的矛连埃阿斯的皮肤也没有擦破,因为它碰到金属的胫甲就滑在一旁。埃阿斯并不注意这位阿玛宗人,却向特洛亚人冲去,将彭忒西勒亚留给阿喀琉斯,因为他相信他的朋友不需别人帮助就可以将她杀死,正如一只鹰杀死一只鸽子一样。

彭忒西勒亚看到她的第二支矛又失败了,她不禁长叹一声。这时阿喀琉斯打量着她,并对她说:"妇人,告诉我,怎么你会有这胆量来反对我们——我们这些世界上最强有力的英雄,宙斯的子孙,在我们的面前,赫克托耳也战栗而且倒下了?你必定疯了,所以敢于以死威胁我们,而你自己的末日业已来到。"说着他就投掷他的长矛,这是他的教师喀戎为珀琉斯所制造的长矛,它一向是百发百中的。长矛刺中阿玛宗人胸脯的右上方,从伤口中鲜血直流,她感到无力,战斧从手中坠落,两眼无光。但她仍然竭力保持知觉,正视着向她奔来要将她从马上拖下的敌人。她在这瞬间犹豫着要拔出利剑自卫,还是下马用黄金和青铜向征服者赎回自己的生命。但阿喀琉斯却使她来不及抉择。他为她的傲慢所激怒,连人带马一矛将她刺穿。她跌在地上,身子给矛尖刺穿,她抽搐着将背靠在垂死的马匹身上,如同北风所吹倒的一棵苗条的松树一样。

特洛亚人看见彭忒西勒亚业已失败,就纷纷退入城内,像自己的亲人一样地悲悼她。但珀琉斯的儿子却胜利地大叫:"可怜的家伙,躺在这里,让狗子和飞鸟食你的腐肉吧!是谁指使你和我作战的?可能是普里阿摩斯许给你无价的珍宝作为你屠杀阿耳戈斯人的报酬。但你所得的报酬却与你所希望的正相反！"他说着,就从她的身上和马的身上将长矛拔出,这时二者都哆嗦了一下就死了。然后他剥去她的战盔,并细看这被杀死的敌人的面庞。即使为尘土和血迹所污,她的面貌虽在死后仍极美丽动人,阿开亚人都站在她的尸体的周围,惊叹着她的美丽。她如同狩猎后疲惫熟睡在山坡上的阿耳忒弥斯女神一样。阿喀琉斯不能将眼光从她的嘴唇和前额移开。他愈来愈感到悲哀,因为他忽然想起他不应当将她杀死,而应将她俘获并带回佛提亚去作为他的妻子。

但彭忒西勒亚的父亲阿瑞斯对于她的死比别的人更感到悲伤。他疾如闪电并发出雷霆的吼声,穿戴全副武装从俄林波斯圣山下降并大步跨过伊得山的山峰和溪谷。山峰和溪谷都因他走过而震动。如果不是宙斯用一阵暴风雨在他头上袭击着骇退了他,他真的会使阿耳戈斯人完全毁灭。他从暴风的咆哮和云中的轰隆听到了达那俄斯人的保护神,万神之父宙斯的声音,便停止在半道上,没有再向战地前进。他在这里迟疑不决,不知应该回到俄林波斯圣山去,还是违抗宙斯的意志用自己的双手杀死阿喀琉斯。但他又想起宙斯曾经杀死他多少个不听命令的儿子,甚至他——战神自己也未能援救他们。所以他认真考虑之下,因为他不想被雷电镇压并被投掷到地狱里去和提坦们囚禁在一起。

同时,许多阿开亚人正围绕着彭忒西勒亚的尸体,开始剥取她的武器。但阿喀琉斯却默默地站着,虽然他刚才还说要将她的尸体投给野狗和飞鸟。现在他看着她,不胜悲痛,如同悲痛他的朋友帕特洛克罗斯一样。

随着众人拥到这地方来的阿开亚人中,也有丑陋的忒耳西忒斯,现在他开始讥嘲珀琉斯的儿子。"你多么愚蠢,"他大声说,"愚蠢到对于追击我们且带给我们灾害的这个妇人的死感到悔恨。你是一个弱者,是妇女的情人,因而站立在这里悔恨并羡慕她的美丽。应当是她的矛将你杀死,你这永不知足,希望所有的妇女都归你一人独占的武夫!"阿喀琉斯听到这个如此丑恶的人说出这样的话,他愤怒得不可控制。他用拳头向他的面颊打去,因用力过猛,以致将他的牙齿打掉,使他口出鲜血,蹲伏在地上死了。在旁边围观的人们没有一个同情他,因他的唯一的事业乃是嘲弄别人,虽然他在作战和开会的时候却又屡次证明他是一个儒夫和傻子。阿喀琉斯代表着众人的意见这样责骂他:"你将躺在这里,在泥土中,忘记你的愚蠢。一个卑贱的人要将自己和高贵的人平列在一起是愚蠢的。如同你刚才讥嘲我一样,你也当着我的面讥嘲过俄底修斯,只是他宽宏大量饶恕了你。现在你当知道嘲弄珀琉斯的儿子是不能不受到惩创的。现在去吧,到地府里嘲弄鬼魂去吧。"

在全阿耳戈斯人的军队中只有唯一的一个人即堤丢斯的儿子狄俄墨得斯对于忒耳西忒斯的死感到愤恨,因为死者和他是一家人,狄俄墨得斯的祖父和忒耳西忒斯的父亲是弟兄。因此狄俄墨得斯怀恨着珀琉斯的儿子。如果不是阿开亚人中几个高贵的英雄拦阻,他会拔剑与阿喀琉斯决斗的。

由于对于阿玛宗女皇的惋惜和羡慕,阿特柔斯的儿子阿伽门农应普里阿摩斯国王的要求将她的尸体交回他,使他可以举行盛大的殡仪将她的骸骨葬入拉俄墨冬国王的坟墓里。国王在特洛亚城外为她堆积一高耸的火葬堆,将尸体放置在上面,另加许多珍贵的殉葬礼品。然后他点燃柴堆,烈焰冲天而起。尸体完全焚化之后,他们用芳香的酒醴将火烬浇熄,并捡出她的骸骨盛入金箱子里,最后庄严的行列将它送到在城垣碉楼附近的拉俄墨冬国王的坟墓那里。战死的十二个妇人也和她一起埋葬。

阿耳戈斯人也埋葬他们的死者并悲悼他们,其中最高贵的是波达耳刻斯,他现在追随着他的被赫克托耳杀死的哥哥普洛忒西拉俄斯去了。他的坟不和别人的在一起,并且特别高大,从很远的地方就可望见。末了他们才埋葬忒耳西忒斯,然后回到船舰;大家怀着对于阿喀琉斯的感谢,因为他又一次证明了乃是全军的救星。入夜时,高贵的英雄们都在阿特柔斯的儿子的屋子里欢宴,别的阿耳戈斯人也各在营幕里吃喝,宴毕即睡,直到红日东升。

门　农

太阳升到中天,普照着一座苦难的城池。在城垛上特洛亚人焦虑地守望着,因为恐惧胜利者可能随时攻来,用云梯爬城,放火烧毁城市。这时一个名叫堤摩忒斯的老人在会议上起立发言:"朋友们,我想不出什么办法使我们可以逃脱毁灭。既然赫克托耳已在无敌的阿喀琉斯的手下丧命,我相信现在即使一个神祇参加作战,他也会被敌人击败。使阿耳戈斯人战栗的阿玛宗人不是也被珀琉斯的儿子杀死了么?虽然她是这样地强壮而英俊,我们看去以为她是女神下降,大家都感到欢喜,但她还是被杀了。所以现在我们得考虑离开这座命定要被毁灭的城池,迁居到一处安全的地方,一处凶暴的达那俄斯人不能达到的地方。"

堤摩忒斯这样提议,接着普里阿摩斯从会议上站立起来回答。"你,我的朋友,"他说,"还有所有的特洛亚人和所有的同盟军,让我们不要放弃我们的可爱的城池,不冒更大的危险向团团围困我们的敌人突围。至少等待黑人地区埃塞俄比亚的门农来到。他正率领无数的战士来援救我们,现在已在途中。很久以前我曾派遣使臣到他那里去。再期待一些时日罢。因为我们与其在异地过着一种可怜而可耻的生活,不如全体为保卫我们的城池而牺牲。"

现在波吕达玛斯给两个持极端不同意见的人调停。他机敏而精细,并用十分审慎的言语发表他的主张。"我愿意期待门农。但我恐怕他和他所率领的队伍仍将为了援助我们而毁灭,并使我们陷入更大的困境。同样,我也不相信我们应当离开我们的祖国。我的提议是:即使为时已晚,我们仍要交还这整个战争的祸首——海伦以及她从斯巴达带来的所有的财富。在阿耳戈斯人掳掠和瓜分我们的财产并放火焚毁我们的城池以前,让我们将她归还给他们吧。"

所有的特洛亚人在心里都赞同并欢迎这意见,但他们又不敢公然地反对他们的国王。海伦的丈夫帕里斯则攻击波吕达玛斯,是可恶的胆小鬼,并称他为阿耳戈斯的代言人。"作这种提议的人,"他说,"必然会最先临阵逃脱。特洛亚人呀,你们想想,听从这样的提议会是合理的么?"

波吕达玛斯很清楚,帕里斯宁肯激起军队的叛乱而不愿放弃海伦,宁肯一死不愿放她回去。所以他无话可说,全体在会上的人也默不作声。当他们正在沉思,这时却听到门农已经来到的消息。特洛亚人都如同水手们经过自料必死的大风暴以后又重新看到闪烁的星光一样。其中尤以国王普里阿摩斯最为欢喜,因他确信埃塞俄比亚人的援助必使特洛亚人获胜,并焚烧所有敌人的船舰。

所以厄俄斯的儿子门农来到后,国王就赠给他和他的队伍珍贵的礼品,并盛宴款待他们。特洛亚人谈到他们的死难英雄们的功业,心情又感到轻松。在门农这方面,他也向他们述说他的神祇的父母提托诺斯和厄俄斯,述说无边的海洋和大地的尽头,述说太阳的升起和从海岸到伊得山和特洛亚城这遥远的路程以及他在旅途中所经历的英勇的冒险故事。这使普里阿摩斯听得入神。他满怀着友情和热爱握着他的手对他说:"门农,我如何地感谢神祇使我这么一个老人可以看到你和你的军队,并可以在我的宫殿里接待你!你超出一切凡人,好像一个天神。就是为了这个原因我相信你必可消灭我们的敌人。"于是国王举起金杯为他的新同盟军干杯。

门农很赞赏这只美丽的金杯。这是赫淮斯托斯的作品,成为特洛亚国王的传家宝,一代一代地传下来。最后门农发言:"我不好在宴会上说大话并作过分自信的期许。现在我不想和你多说什么,只是悠闲地享受你的饮宴,并考虑做些什么必要的准备。一个男子必须在战场上显出自己的威风。让我们早些停止饮宴回去睡觉,因为过多的酒和昏沉的夜对于明天的战斗是不利的。"说着,他就站起身来,普里阿摩斯国王不强留他,别的宾客们也随着他退去。

现在,当人们熟睡的时候,神祇们仍然在宙斯的神宫里饮宴并讨论特洛亚的战情。克洛诺斯的儿子宙斯能预见未来如同现在一样地明澈,他最后说道:"你们,有的关心阿耳戈斯人,有的关心特洛亚人,都是白费。你们将看见双方都牺牲无数的人马。即使你们在心里同情或此或彼的英雄,但绝不要幻想以为可以向我求情,因为命运女神对于我也正如对你们一样是毫不容情的!"

没有一个神祇敢于反驳万神之父宙斯。他们都默默地离开宴会。各人回到自己的屋子,悲愁地躺在自己的床上,直到睡眠女神像怜悯凡人一样怜悯他们,让他们入了睡乡。

　　第二天清晨，黎明女神厄俄斯很勉强地升到天空，因她听到宙斯的话，已预先知道她的儿子必得遭受的命运。门农很早就醒来了。他揉开惺忪的睡眼——这是他最后一次在人间的睡眠——怀着急于和阿耳戈斯人战斗的热情从床上跃起，这时天上的星星刚刚隐没。特洛亚人和埃塞俄比亚人都紧束铠甲，如同暴风吹卷的浓云一样，由城门汹涌奔出，驰到战场上。大路拥挤着移动的人马，脚下的尘土滚滚飞腾。

　　阿开亚人看到他们奔来都很吃惊，火速攫取武器，从船舰奔出。他们所深深信赖的阿喀琉斯则在他们的中央。他骄傲而威严地耸立在战车上，如同宙斯手里的雷电一样。但是在特洛亚人的队伍当中，门农也同样地骄傲而可怕，就像阿瑞斯本人似的。在他的周围则是他所统率的战士们，准备随时听从他的命令奋勇作战。这两支队伍恰如两大海洋，汹涌着相对卷来，互相冲击。刀剑飕飕地响着，矛在空中来回飞舞，呐喊声混杂着垂死者的呻吟。阿喀琉斯像一阵掀屋拔树的暴风突击着，特洛亚人在他的枪下纷纷倒毙。但门农也使阿耳戈斯人伤亡惨重。他杀死涅斯托尔的两个战友，现在又逼近这个来自皮罗斯的老人自己，因为老人的一匹马为帕里斯的箭射中，战车因而缓慢，门农高举着枪追来。涅斯托耳在惊怖中呼叫他的儿子安提罗科斯。听到他的喊声，安提罗科斯飞快地跑来，用自己的身子掩护着他的父亲，并将矛向埃塞俄比亚人投去。他跳在一旁，结果这只矛投中他的朋友，皮拉索斯的儿子厄托普斯。于是门农猛扑安提罗科斯，如同一只雄狮冲向一只野猪。那青年用一石块投击他的敌人，但石块碰到他的战盔被挡回来。接着门农的枪刺穿了他的心，安提罗科斯终于牺牲自己救出了他的父亲。

　　当阿开亚人看见他倒地死去，他们都深深地悲痛，但他的父亲悲痛最深，因为他亲眼看见他为营救自己而被敌人杀死。但他仍能镇静地呼唤他的另一个儿子特拉绪墨得斯来抵抗门农，保护死者的尸体。他从嘈杂的呐喊声中听到呼救的声音，斐柔斯也同他赶来。门农居然这样自信，让他们两人一直走近。他们向他投出的矛都从他的铠甲旁边飞过，因为他的母亲厄俄斯曾经在铠甲上念过神咒。当然，他们的矛也投中一个标的，但没有一次是本来瞄准的地方。当他们又和别的敌人作战时，门农开始剥取安提罗科斯的铠甲，但阿耳戈斯人都聚拢在死者的周围,就好像一群叫号的野狼守护着一匹被狮子撕食的牝鹿一样。当涅斯托耳看见他们的努力仍然失败了,他就大声悲号,叫唤着别的朋友们,甚至自己跳下战车来,绝望地奋力抢救他的儿子的尸体。但门农看见他走近时,对他很尊敬,就好像他是自己的父亲一样。"老人呀,"他说,"要我和你交手,那是不恰当的。在远处我看你,以为你是一个年轻的战士,所以才向你举起我的枪。现在我看见你是一个意想不到的老年人。请你离开战场吧,因为我心里不忍将你击倒在地和你的儿子死在一起。至于你,人们会叫你做傻子,因为敢于作这样一种不相匹敌的战斗。"

但涅斯托耳回答:"门农,你所说的话很不合理!世界上没有一个人会称抵御暴敌,保卫自己儿子尸体的人为傻子。啊,如果你在我年轻时认识我就好了!现在呢,的确,我如同一匹老迈的狮子,每一只猎狗都能抵御我不让我侵害它的牧群。但你将看见我仍然可以和许多人作战,我的老年仅使我不能抵御最强的人。"涅斯托耳一面说,一面离开儿子的尸体向后退。特拉绪墨得斯和斐柔斯也跟随他走开,因此门农和埃塞俄比亚人毫无阻拦地前进,阿耳戈斯人纷纷逃跑。

涅斯托尔转身向阿喀琉斯。"阿耳戈斯人的保护者呀,"他向他叫唤。"看看,我的儿子死在那里。门农已夺去他的武器。不久他的尸体将为野狗所食。来援救我们吧!只有保卫战友尸体的人,才是真实的朋友!"阿喀琉斯注意倾听,心中十分悲愁,因他看见埃塞俄比亚人在成批地杀戮达那俄斯人。在这以前,他只是和特洛亚人战斗,并杀死了许多人。现在他放弃他们,集中力量来对付埃塞俄比亚。当厄俄斯的儿子看见他奔来,就搬一巨石向他投去,但石块被搪了回来,同时阿喀琉斯(他已将战车留在后面)徒步向门农进攻,用他的矛投中他的右肩。这埃塞俄比亚人不顾创伤,向阿喀琉斯奔来,并且他的大枪向他刺去。它刺中他的臂膊,即刻血流如注。这时门农高兴地叫道:"你,魔鬼哟!你残忍地屠杀特洛亚人,但现在你碰到了一个女神的儿子,一个你所不能匹敌的人,因为我的母亲厄俄斯住居在俄林波斯圣山,她比居住大海与鱼鳖海怪为伍的你的母亲忒提斯高一等。"

但阿喀琉斯仅仅微笑着回答:"最后的结局将说明我们谁是更高

强的父母所生的。现在我必须为年轻的安提罗科斯报仇,如同我过去为帕特洛克罗斯的死向赫克托耳报仇一样。"

说着,他双手紧握着他的长矛,门农也同样握着他的大枪。他们互相奔来,宙斯也使他们比任何普通人更高更强,更不疲倦,所以两人相持,不分胜负。他们彼此这样逼近,以致战盔上的羽饰都互相碰在一起。他们每人都企图使对方在胫甲上面或胸甲下面受伤,但都无效。他们的铠甲叮当地响着。埃塞俄比亚人,特洛亚人和阿耳戈斯人都高声呐喊,使天地为之震动。尘土在他们脚下飞扬,当他们的领袖在剧战时,双方的队伍也在凶猛地厮杀。俄林波斯圣山上的神祇们从高峰上俯视,看见他们不分胜负,也感到欢喜。他们有的欣赏着阿喀琉斯的勇敢,有的又欢喜门农的顽强,各人依照他与某一方面的朋友或亲属关系而有所不同。在神祇们中甚至要引起争端,这时宙斯召来两个命运女神,并命令浓黑的女神降临于门农,光辉的女神降临于阿喀琉斯。听到这命令,神祇们遂大声咆哮,声音响彻整个俄林波斯圣山,这里面有悲痛的叫吼,也有欢喜的呼声。

但两个英雄继续恶斗,并不感觉到命运女神的降临。他们仍然用利剑,枪和矢石攻击,互不退让。两人都顽强的支持着,像岩石一样。双方队伍的战斗也同样顽强。战士们的肢体都血汗迸流,地上满是尸体。但最后命运女神支配了结局。阿喀琉斯的枪深深地贯入门农的胸脯,一直从背部透出,他倒在地上的血泊中死去。

现在特洛亚人逃遁,阿喀琉斯让他的朋友们剥取倒下的敌人的铠甲,而自己追袭特洛亚人如同风暴一样。在天上,厄俄斯发出悲哀的叹息。她用浓云的面网掩蔽着自己,大地顿时陷于黑暗。她命令她的孩子们即各种的大风疾驰到地上,从敌人的手下夺回她儿子的尸体,并将他从空中运走。遗留在地上的只是从他身体上流下的血滴。这些血后来变成一条紫色的河流,每年在门农战死的日子就冲刷着伊得山麓,并带着一股腐臭流过平原。此时门农的尸体被大风搬运着,离地很近,所以不忍心和死去的国王分离的埃塞俄比亚人悲哀地叫号着沿着海岸飞奔,直到所有阿耳戈斯人和特洛亚人都已看不见尸体了才罢休。大风将尸体放置在埃塞波斯山上,河神的美丽的女儿们为他在幽静的树林里预备一处莹地。最后厄俄斯从天上下降,与河流的女仙们悲泣着将门农埋葬,并为他建立巨大的坟墓。特洛亚人已退回城去,他们也十分悲痛地哀悼埃塞俄比亚的国王。甚至阿耳戈斯人也不能痛痛快快地庆贺他们的胜利。他们赞美阿喀琉斯的威力,称他为他们队伍中的骄傲,但同时和涅斯托尔一起悲泣他的亲爱的儿子安提罗科斯。所以这天夜晚,战地上震响着胜利者和失败者的哭声。

阿喀琉斯的死

第二天早晨皮罗斯人将他们国王的儿子安提罗科斯的尸体抬回船舰,并将他安葬在赫勒斯蓬托斯的海岸上。年老的涅斯托尔抑制他的悲痛,他的心情仍然坚定而平静。但阿喀琉斯仍然不安。天刚破晓,他对于亡友的悲愤就驱使他又奔向特洛亚人。特洛亚人已离开他们的城垣的隐蔽处,因为他们虽然一想到神灵一样的阿喀琉斯就战栗,但仍然渴求战斗。双方军队又混战在一起。珀琉斯的儿子又杀死无数的特洛亚人,并将他们逐退到城门。在这里,他深知自己的力量是超人的,正预备将城门推倒,并将门闩冲断,使阿耳戈斯人可以一拥而入普里阿摩斯的城池。

但福玻斯·阿波罗俯视着满是尸体的平原,心中感到十分恼怒。如同一只注视着它的猎获物的猛兽,他从俄林波斯圣山下降,肩上背着盛满神矢的箭袋。他这样走到珀琉斯的儿子的面前,两眼闪射着火焰,大地因他的步履而震动。现在他用雷霆一样的声音威吓着阿喀琉斯:"珀琉斯的儿子! 丢开特洛亚人! 终止这场大屠杀! 当心,否则有一个神祇会要你的命!"

阿喀琉斯完全听出了这是神祇的声音,但他并不畏缩。他漠视这警告,回答道:"为什么你总是袒护特洛亚人,迫使我同神祇作战呢? 过去你曾经从我手下抢走赫克托耳,引起我的愤怒。现在我劝你也回到神祇中去,否则我的矛一定会射中你,哪怕你是一个神祇。"

说着,他离开阿波罗,仍然追击特洛亚人。但福玻斯·阿波罗在极端的愤恨中将自己隐藏在云雾里,然后开弓搭箭,从不可视见的云雾中一箭射中阿喀琉斯的易伤的脚跟。一阵疼痛从脚跟直冒心头,他像一座被人掘毁了石基的巨塔一样栽倒在地上。他躺在地上向各方怒视并且大叫:"这在远处用冷箭射我的是谁?啊,如果他和我面对面地作战,我将挖出他的腑脏,流尽他的可诅咒的血液,直到他的灵魂逃遁到地府里去!但怯懦的人总是在暗中杀害勇士!让他听着我所说的这些话,即使他是一个神祇!唉唉,我恐怕那是阿波罗。我的母亲忒提斯曾经告诉我,我将死于太阳神的神矢,现在恐怕这句话已经应验。"

阿喀琉斯一面悲吼,一面从不可治愈的创口拔出箭矢。他看到鲜血涌流,愤怒地将箭投掷在地上。阿波罗从地上将箭拾起,又回到俄林波斯圣山,一路上由一片浓云遮蔽着。他达到天顶就脱去他的云雾的衣服,又混入别的神祇们中间。阿耳戈斯人的援助者赫拉见到他,就责骂他所做的事。"这是一种罪行,"她说。"你不是和别的神祇们一样参加了珀琉斯的婚宴么?你不是歌唱并举杯祝福过他的未来的儿女么?现在你不顾这些,却杀死了他的唯一的儿子。你杀死他乃是因为你嫉妒他!啊,愚蠢的阿波罗!此后你有什么脸面去见涅柔斯的女儿呢?"

阿波罗沉默着。他稍稍离开别的神祇们坐着,并低垂着头。有些神祇们对于他的行为感到愤恨,而另一些则衷心地感谢他。但在下界,阿喀琉斯的殷红的血仍然从强大的肢体上直流。他浑身充满着战争的狂热,没有一个特洛亚人敢逼近他,即使他已受伤。他又一次从地上跳起来,挥舞着他的矛,直奔敌人。他击中了他的死去的敌人赫克托耳的朋友俄律塔翁,矛尖从太阳穴刺入一直刺到脑子。接着他又用矛刺入希波诺俄斯的眼睛,刺中阿尔卡托俄斯的面颊,并杀死其他许多人。突然他感到一股冷气通过他的四肢。他倚着枪站立着。但特洛亚人仍然从他的面前逃避,因为即使他的两脚已不能追击他们,他的吼声仍然使他们恐惧。"竭力奔跑吧!"他咆哮着。"但这也救不了你们。我的武器一样可以追上你们,因为在我死后,复仇的神祇仍要惩罚你们的!"特洛亚人一面奔跑一面战栗,因为他们以为他仍然健全而没有受伤。但现在他的四肢僵冷了。他倒在别的尸体中间死去。大地震动,他的铠甲铿锵地响着。

最先看见他倒下的是他的死敌帕里斯。他欢喜得将这事大声告诉特洛亚人，即刻许多原来规避着他的枪和剑的人们现在都围拢来剥取他的铠甲。但埃阿斯高举着他的长矛在尸体周围守护着，逐退那些逼近的人；谁侵犯他，他就给以致命的打击。不久，埃阿斯已不再以保护尸体为满足。他主动地向敌人攻击。吕喀亚人格劳科斯死在他的手下，埃阿斯也受了伤。和埃阿斯并肩作战的还有俄底修斯和别的阿开亚人。但特洛亚人顽强抵抗，甚至帕里斯敢于向埃阿斯本人举起他的矛。但他经常防备着，看见敌人攻击，就用巨石向敌人用力掷去，击碎帕里斯的战盔，使他倒在地上；他的箭袋中的箭矢散得满地都是。他仍然在呼吸，虽然已十分微弱。他的朋友们只能赶快将他扶上战车，由赫克托耳的马匹拖曳着奔回特洛亚城。现在埃阿斯将敌人都逐退到城里去，他践踏着死尸和武器大步走回船舰。从特洛亚城垣直到赫勒斯蓬托斯的海岸，满地都是死尸。

同时阿开亚的王子们已将阿喀琉斯的尸体运到船舰，他的队伍在尸床周围忍不住大放悲声。埃阿斯也和他们一起哀悼，他对于他的从兄弟的哭泣是最悲痛的。年老的福尼克斯也用双手拥抱着阿喀琉斯的强壮的尸体哭泣。他回想到珀琉斯将这孩子交托给他抚养和教育的那一天。他也回想到他和他的这个学生出发远征特洛亚的情景。现在父亲和教师两人都命定得死于这孩子之后了。

最后，怀念着自己儿子的涅斯托耳使他们终止了悲泣。他提醒他们为尸体洗浴，并举行适当的殡仪将他安葬。大家这样做了。他的尸体用温水洗完，穿上他出发远征时他母亲忒提斯所给他的富丽的衣袍。当他停放在屋子里预备火葬时，雅典娜从俄林波斯山俯视着，心中充满着对于他的怜惜。她即刻在他的额上洒上香膏，这种神祇们的油膏据说可以防止尸体腐化和变形。他的身体敷了这种油膏之后，便栩栩如生，像活着的时候一样。自从他的朋友帕特洛克罗斯死后他面容上所出现的苦恼和愤怒，现在都已消失。所有来看他的阿耳戈斯人，看到他高大的身躯躺在尸床上，面容美丽而安详，就好像他在睡觉并且就可以醒回来一样；他们看到这情形，都暗暗惊奇。

阿耳戈斯人对于他们中最伟大的英雄的死所发出的悲声传到了海

底,即阿喀琉斯的母亲忒提斯和涅柔斯的别的女儿们一起居住的地方。她们也悲痛得放声哭泣,使赫勒斯蓬托斯海岸响震着她们的悲号的回声。在晚上她们一齐出发。海浪从两边分开,她们来到阿耳戈斯人船舰所在的海岸上。在她们的后面海怪们也同情她们的悲痛,发出悲声和叹息。她们来到尸体旁边,忒提斯拥抱着她的儿子,亲吻他,哭泣着,直到地面为她的眼泪所湿透。当女神们从海面来到时,达那俄斯人敬谨地暂时退去,直到第二天的天明,忒提斯和她的姊妹们在海浪上消失之后,他们才又回到尸体旁边。

于是阿耳戈斯人从伊得山的山坡砍伐木材,垒成火葬堆。他们在上面放置所有被杀死的人的武器,许多被屠杀的牺牲品,黄金和其他贵重的金属。阿耳戈斯英雄们各从头上割下一缕头发,而阿喀琉斯所宠爱的布里塞伊斯也剪下她的一大束美发作为对于她的主人的最后的赠礼。在火葬堆上他们又倾注各种的膏油,并将大碗的蜜,美酒和各种的香料放在木材中间。在火葬堆的顶上则放置死者的尸体。然后他们大家全副武装,有的步行,有的骑马,绕着火葬堆环行。最后则将火葬堆点火,火焰熊熊地烧着木材。由于宙斯的命令,风神埃俄罗斯送出他的急风。急风煽着火焰,不到几小时尸体与木材即已化为灰烬。达那俄斯人用美酒灌熄火焰。在各种同时被焚化的什物中间,伟大的阿喀琉斯的尸骨清晰易辨地躺在那里。他的朋友们一面叹息,一面将尸骨捡出,装在金镶银镀的箱子里,并安置在海岸最高处,和他的朋友帕特洛克罗斯的尸骨并排一起。然后他们筑了一座坟堆。

阿喀琉斯的两匹神马感觉到主人已死,即咬坏辔头和一切马具,不愿接受别人的驾驭和照管。现在人们很难控制它们了。

为阿喀琉斯举行的殡葬赛会

在特洛亚城,人们也殡葬他们的战死的英雄。特洛亚人的忠实的同盟军吕喀亚的格劳科斯在和阿耳戈斯人的最后一次战斗中殒命了,他的朋友们从敌人手下抢出他的尸体,并将他焚化和埋葬。

第二天堤丢斯的儿子狄俄墨得斯在阿耳戈斯人的会议中站起来提

议:要乘阿喀琉斯死后敌人正在恢复士气的这时候,立即先发制人,用战车和步队猛攻特洛亚城。但忒拉蒙的儿子埃阿斯反对他的意见。他说:"得罪正在悲悼她的儿子的海洋女神,这是很不合算的。我们不应该首先为光荣的阿喀琉斯力士举行一次堂皇的殡葬赛会么?昨天当忒提斯回到大海去,她临行时,要求我不要让她的儿子死后没有受到礼遇,并说她自己愿意参加赛会。至于特洛亚人,即使珀琉斯的儿子已死,但只要你狄俄墨得斯,我和阿伽门农仍然活着,他们似乎还没有这大的勇气重新挑起战争。"

"我赞成你,说不定忒提斯今天就会来到,"狄俄墨得斯回答,"她的愿望必得在作战之前实现。"

他的话刚刚说完,就见海浪分开,珀琉斯的妻子轻盈得和新晓时候的空气一样,从海上升起,向阿耳戈斯人走来。她的侍女海洋女仙们也和她同来;从飘浮在她们周围的那些轻纱中,她取出许多辉煌的奖品,并将它们陈列在阿开亚人的眼前。忒提斯吩咐英雄们开始比赛。于是涅琉斯的儿子涅斯托耳站立起来,但不是为了比赛(因老年人已四肢衰弱无力),而是以得体的辞令向这涅柔斯的美丽的女儿致敬。他追述着她和珀琉斯的婚礼:神祇们怎样地亲来致贺;时光女神们怎样地用金篮子盛着精致而丰富的食品,用芬香的两手向人们分送。女仙们在金杯里斟酒,同时优雅女神姊妹们起身舞蹈,诗歌女神们和以歌唱。天和地,人和神祇都一齐欢庆和祝福。

涅斯托耳叙述完以后,接着又说由于这次结婚而诞生的阿喀琉斯的伟大的功业。他的话使悲愁的忒提斯感到宽慰。阿耳戈斯人虽然怀着急切心情想开始争斗,这时也凝神倾听,并一致赞美这战死的英雄。忒提斯将她儿子的两匹神马赠给涅斯托耳。后来她又选出十二匹壮丽的母牛各带着一匹吃奶的小牛作为徒步竞走的锦标。这是阿喀琉斯在伊达山的山坡上作战时掳掠回来的。

现在忒拉蒙的儿子透克洛斯和罗克里斯的埃阿斯,这俄琉斯的快腿的儿子,同时脱衣束带。阿伽门农为他们竖立目标,于是他们如同两只鹰一样急驰而去。阿耳戈斯人站立在左右两边观望着并大声叫好。当两个人都逼近目标时,一小丛柽柳堵住了透克洛斯的跑道,他栽倒了。罗克里斯的埃阿斯将他追过,接触到标桩,然后胜利地将母牛和牛犊带到他的屋子里去,这时达那俄斯人都大声欢呼。透克洛斯的朋友们扶着他跛着脚回去。医师洗去他足上的血迹,并小心地为他包裹创伤。

别的两个英雄,即狄俄墨得斯和忒拉蒙的儿子大埃阿斯,自愿参加角力竞赛。两个人势均力敌,但最后埃阿斯用强劲的双臂紧抱住狄俄墨得斯,差不多要将他摔倒了。这时强壮而敏捷的狄俄墨得斯却从旁挣脱他的凶狠的紧抱,然后伸直双臂将强大的埃阿斯高举在空中,使他不能不松手,再用左脚将他绊倒在地。围观的人都大声喝彩,但埃阿斯又振作起来,角斗重新开始。他们暴怒得如同山上的两只斗牛一样,用硬得像铁一样的头互相撞击。这时埃阿斯抱住狄俄墨得斯的两肩,将他如同岩石一样的摔倒在地,并打了个滚。围观的人们又是一阵欢呼。但狄俄墨得斯立即爬起准备作第三次的角斗。这时涅斯托耳走出,站在他们中间说道:“孩子们,请停止角斗。自从阿喀琉斯死后,我们无人不知你们两个都是阿耳戈斯人中最勇敢的英雄。”围观的人们齐声赞成这个说法。于是两个人都揩去额角上的汗滴,并互相拥抱亲吻。忒提斯将阿喀琉斯从勒斯玻斯岛所掳得的四个美丽的妇人赠给他们;这四个妇人都极温婉且各有巧技。第一个妇人擅长烹饪,第二个能在餐桌上品尝酒味,第三个在宴会结束时预备盥水,第四个则收拾桌子上的碗碟。只有布里塞伊斯比她们四个人更美丽。两个角力的人各从这四个女人中挑选他所喜欢的送回船舰去。

其次是拳术比赛。擅长各种拳术的伊多墨纽斯首先自告奋勇。由于他的精于拳脚,且又年老,故无人出来和他比赛。所以忒提斯将帕特洛克罗斯的战车赠给他作为礼品,同时福尼克斯和涅斯托耳还在激励青年人们参加这项竞赛。帕诺派俄斯的儿子厄珀俄斯和忒修斯的儿子阿卡玛斯愿意出来试一试。他们戴上皮手套,并试验它们是否坚牢。然后他们扬着拳头,一步一步地彼此蹑足追袭,忽然两个人相对冲来,就像两朵带着雷电的黑云被风吹到一起似的。空中响震着皮套击打在面颊上的响声,血汗交流。忒修斯的儿子以灵巧的躲闪招架着对手,然后在他不注意时却一拳击中他的眉棱,鲜血即时涌出。现在厄珀俄斯也击中了他的太阳穴,使他跌倒在地上。但他又即刻站起来,继续搏斗,直到朋友们出来阻止,并向双方说明这并不是如同阿耳戈斯人和特洛亚人的战斗一样,非得你死我活不可。于是忒提斯赠给他们她的儿子从楞诺斯岛得来的两只大调酒碗。两个青年还来不及包裹创伤,就热心地跑来领取他们的奖品。

现在,已经参加过跑步竞赛的透克洛斯和罗克里斯的埃阿斯又出来争夺射箭的锦标。阿伽门农摆设一个有马毛盔饰的战盔作目标。谁射断马毛盔饰便算胜利。埃阿斯首先张弓。他一箭射中战盔,发出金属的响声。接着由透克洛斯来射,箭割断了马毛盔饰。围观的人都大声喝彩,因为他虽然跑步竞赛时受了伤,脚还跛着,却射得这么准确。忒提斯为儿子奖给他特洛罗斯的铠甲,特洛罗斯是战争初期阿喀琉斯所杀死的特洛亚的青年王子。

射箭比赛以后是掷铁饼的比赛。许多人都出场,但没有一个人如忒拉蒙的儿子埃阿斯掷得那样远。他将这沉重的大铁饼扔出去,就好像它是一块干柴一样。忒提斯给他门农的铠甲,他随即穿在自己的身上。达那俄斯人都很惊奇他穿上这铠甲完全合身,就好像定做的一样。

跳远,枪手阿伽珀诺耳得了第一,他得到阿喀琉斯所击败的库克诺斯的武器。欧律阿罗斯在投矛比赛中获胜,他的奖品是阿喀琉斯从吕耳涅索斯地方带回来的大银碗。

最后是战车竞赛。五个英雄套上他们的马匹;他们是:阿特柔斯的儿子墨涅拉俄斯和欧律阿罗斯,波吕波忒斯,托阿斯和欧墨罗斯。每个人都驱着战车到出发点。口令一下,五个人立即挥鞭驰过平原,烟尘滚滚而起。不久欧墨罗斯的战车走在最前头,其次是托阿斯,第三是墨涅拉俄斯。其余的两个人则远落在后面。但托阿斯的马匹忽然力竭;欧墨罗斯的马匹也在急驰中绊倒,他用力拉它们,它们跳起来,掀翻战车,他栽倒在地。围观的人都大声叫喊,这时阿特柔斯的儿子的战车已远在前面,并到达了目的地。墨涅拉俄斯庆幸他的胜利,但毫不骄矜。忒提斯将她儿子从厄厄提翁国王的宫殿拿回的美丽金杯奖给他。

大埃阿斯的死

这样遂结束了阿喀琉斯殡葬的赛会。阿耳戈斯王子中唯一没有参加竞赛的人是俄底修斯,因为他在保护阿喀琉斯的尸体时被阿尔孔刺伤,直到此时还没有恢复。

现在忒提斯献出她的儿子的铠甲和武器作为奖品:他的由赫淮斯托斯精工制造的发亮的盾牌,雕刻着宙斯站立在天顶与提坦们作战的沉重的战盔,他自己亲自用过的黝黑而不可刺人的胸甲,以及他束在脚上轻如羽毛的巨大的胫甲。在这些的旁边摆着他的那柄无坚不摧的利剑,它有着银的剑鞘,黄金的剑托和象牙的剑柄。此外还有那支长如松树的大矛,那上面仍然有着赫克托耳的殷红的血迹。

忒提斯站在这些武器的后面,头上戴着黑色的面网。她悲愁地对达那俄斯人说:“殡葬赛会上的那些锦标已经奖给胜利者。现在请阿耳戈斯人中曾经救出尸体的那位最勇敢的英雄站出来,我将奖给他这些阿喀琉斯的辉煌的武器。这些都是神祇的赠礼,神祇自己也很喜欢它们。”

这时有两个英雄即刻站出来,要求得到这些武器,一是拉厄耳忒斯的儿子俄底修斯,一是忒拉蒙的儿子大埃阿斯。如同寒夜的星光一样光辉的埃阿斯将这些武器拿到身边,并请求伊多墨纽斯,涅斯托耳和阿伽门农来证明他是救出死尸的人。但俄底修斯也同样要求这三个人替他证明,因他们是全军中最睿智而公正的人。涅斯托耳将另外两人拉到一旁,为难地说:“这是很不幸的,我们中两个最英勇的战士都争着要已死的阿喀琉斯的武器。谁被否决,谁便会退出战场,而我们就得承受严重的后果。所以请照着我的话去做,因我年老且较有经验。在我们的营幕中有不少最近俘虏的特洛亚人。让他们来决定俄底修斯和埃阿斯的争端,因他们对于这两个英雄都没有偏爱,也不会有所偏袒。”大家赞成以最高贵的特洛亚人为裁判,即使他们这时是战俘。

埃阿斯首先走出来。“俄底修斯,什么魔鬼迷住了你的心窍,”他叫道,“你敢于和我相争?你之不如我正如同狗和狮子相比。你忘记了你怎样地很不愿意离开你的伊塔刻的家庭？劝我们将生病和不幸的菲罗克忒忒斯遗弃在楞诺斯荒岛的也正是你。将比你高强，比你聪明的帕拉墨得斯置于死地的也正是你！现在你竟要忘记我对于阿耳戈斯人的功劳，竟要忘记当一切人都已丢开你，只有你一人在战场里四处观望无法逃脱时，我却救出了你的性命！当防卫阿喀琉斯的尸体的战争开始时，将尸体和铠甲一起抢回来的不正是我么？你根本没有力量搬动这些武器，更谈不到搬运阿喀琉斯本人了！这就是为什么你应该让我。总之我比你高强，比你的出身更高贵，且与这位我们正在争取他的武器的英雄有亲属关系。"

埃阿斯越来越兴奋地这么说着，但俄底修斯讥笑地回答："埃阿斯，为什么说这多的废话呢？你说我软弱和怯懦，而不知智谋才是真实的力量。智谋指导水手们通过暴风雨的海上，智谋驯服野兽，山豹和狮子，并使牛马为人类服役。因此在困难的时候和在会议上一个有思想的人是比仅有体力的蠢材更有用处。这便是狄俄墨得斯在远征时必要我参加的重要的原因。他之所以这么做，乃是因为我比任何人更机敏而足智多谋。正是由于我的智谋，珀琉斯的儿子才被说服来与特洛亚人作战。如果达那俄斯人的队伍要想得到一个新的英雄，那么，相信我，埃阿斯，那不是你的笨大的身躯，也不是别人的诡计可以为力的，他必须靠我的婉转有说服力的言语来争取。除了我的智谋以外，神祇们还赋给我坚强的肢体。你说你挽救我的生命时我正要逃跑，那是不真实的。那时我正英勇地面向敌人且袭击进攻者，而你却站得远远的只注意你自己的安全。"

他们这样争吵，久久不休。最后，被指定为裁判的特洛亚人为俄底修斯的言词所动，一致赞成给他阿喀琉斯的辉煌的武器。

埃阿斯听到这判决，心情激愤，血液在脉管中沸腾，每一条筋肉都战栗着。他木然不动地站在那里凝视着地面。最后他的朋友们好容易将他拖回船舰去。他迟缓地走着，每一步履都显示出十分地不愿意。

同时夜幕已从海面升起。埃阿斯坐在他的屋子里。他不吃不喝，也不睡眠。最后他穿上铠甲，执着那柄两面开口的利剑，犹豫着是去将俄底修斯砍成碎片，去烧毁船舰，还是去袭击所有的阿耳戈斯人。三者中他必择其一。这时,保护俄底修斯和反对埃阿斯的雅典娜却使他在酝酿行动时突然发疯。他心里极其苦恼,于是奔出屋子,冲入羊群,以为那是阿耳戈斯人的队伍。牧人们看见他奔来都躲避到克珊托斯河岸的丛林中去。他前后左右地屠杀羊群。用矛接连刺穿两只羔羊,并嘲笑它们:"可恶的狗子,现在你们如同腐鼠一样地死去吧!你们阿特柔斯的两个儿子,现在再不会为不公正的裁判作证了!而你,"他继续说,"你这怀着坏心肠隐伏在角落里躲躲闪闪的家伙,你从我手里偷去了阿喀琉斯的武器并以此夸耀,这是没有用处的,因为一个懦夫穿上英雄的铠甲,这有什么光荣呢?"说着就攫住一只阉割了的公羊,带回屋子里,将它绑缚在门柱上,并挥着鞭子,用尽所有的力量抽打这可怜的生物。

这时雅典娜又来到他的后面,轻触他的头,使他清醒。不幸的埃阿斯这时才明白过来,发现自己手中执着鞭子,呆呆地看着那只皮开肉绽的公羊。鞭子从他的手中滑落,他精疲力竭地倒在地上,知道是一位神祇在发怒并害了他。他心中充满无限的悲哀。当他再从地上站起来时,他是这样地绝望,以致两脚不能移动,只是木然地站立,如同山头上的高塔一样。最后他深深地叹了一口气,并说:"唉唉,神祇为什么和我作对呢?为什么他们这样侮辱我而爱护狡猾的俄底修斯?我站立在这里,一个作战永不后退的人;我站立在这里,两手沾染着无罪羔羊的鲜血,我成了一个可笑的人,一个为敌人讥嘲的目标!"

当他正在因屈辱而悲痛时,他从佛律癸亚掳来,当做自己妻子一般珍爱着的王女忒克墨萨正在营地里船舶间到处寻找他。她的幼小的儿子欧律萨刻斯抱在怀里。她看出她的主人在愤恨和忧愁,却不知道为了什么事,因为他拒绝回答她的问话。当他一离开,她就怀着一种可怕的预感跟随他走出,并看见被杀死的羊崽狼藉满地。她赶紧回到屋子里,看见埃阿斯羞愧而绝望地站在那里,有时呼叫他的同父异母兄弟透克洛斯,有时又呼唤他的幼小的儿子欧律萨刻斯,并祈求着一种高贵的壮烈的死。忒克墨萨含泪走近他,抱住他的双膝,请求他不要丢下她孤零零地在敌人当中做俘虏。她使他想起在萨拉弥斯的他的年老的父亲和母亲,并将孩子抱给他看,告诉他如果这孩子没有父亲,受到残暴的主人的虐待，他的命运该是多么悲惨。

埃阿斯情不自禁地伸手抱着他的儿子，一面抚摩他一面说："孩子呀，望你一切都像你的父亲，只是不要像父亲一样的不幸；这样，你就会一切都如意了。我的同父异母兄弟透克洛斯会抚养你和爱护你。现在我的扈从将带你到萨拉弥斯去见我的父母忒拉蒙和厄里玻亚，使你可以娱乐他们的晚年，直到他们死去。"说着就将孩子递给身边的奴隶们，并将忒克墨萨交托他的同父异母的兄弟，然后他从忒克墨萨的拥抱挣脱，拔出他的敌人赫克托耳所赠给他的利剑，将它坚牢地竖在地上。最后他向天举起双手并作祈祷："万神之父宙斯呀，我只请求你一件小事：当我死后，请即刻使我的兄弟透克洛斯奔来。万勿让敌人将我抢去喂给狗吃。我也请求你，啊，复仇女神，如你看见我在这里自杀一样，也让别的人死在他们的亲人手里。来吧，不要有任何慈悲，满足你们嗜血的欲望吧！而你，啊，你在天顶上放光的太阳神，当你的金车驰过我的故乡萨拉弥斯，请你缓辔而行，将我的不祥的命运告诉我的年老的父亲和可怜的母亲。再会吧，美丽的阳光！再会吧，萨拉弥斯！再会，我的父母之邦雅典，有着那么多泉水和河流的雅典呀！再会，我曾经在这里生活这多年的特洛亚的土地。现在，死神，请来吧，也许你的眼睛对我含有同情！"说着就向利剑扑去，即刻倒地，就好像触了电一样。

当达那俄斯人听到他的死，他们蜂拥着跑来，伏在地上痛哭，并以泥土洒在他们的头上。他的兄弟透克洛斯，忒拉蒙曾经吩咐过若不和埃阿斯一起就不让他从特洛亚回去，如今也要自杀，如果不是他的朋友们即刻夺去他手中的刀子，他会真的这样做了。现在他只得伏尸痛哭，就好像一个无父的孤儿今天又丧失了母亲一样。但是他以最大的努力抑制住自己的悲痛，并转身向着绝望地坐在埃阿斯尸旁的忒克墨萨，她怀中抱着奴隶们交给她的孩子。透克洛斯向她保证，虽然由于畏惧忒拉蒙的愤怒，不能将他们送回萨拉弥斯去，但他要保护她，并像父亲一样抚育她的孩子。

于是他准备埋葬他的亲爱的兄长的尸体。但阿特柔斯的儿子墨涅拉俄斯阻止他。"不要大胆埋葬这个人，"他说，"事实证明他比我们的敌人特洛亚人更可恶。他的谋杀的诡计已使他无权得到光荣的埋葬。"阿伽门农此时也在场,他支持他的兄弟的意见,并在激烈的争论中骂透克洛斯为奴隶的儿子。透克洛斯提醒他们埃阿斯对于阿耳戈斯人所立下的功劳,当特洛亚人放火烧船的时候,凶猛的赫克托耳跳上甲板他曾怎样挽救了全军。但这一切的解说都无效。"而你们又为什么叫我做奴隶呢?"他喊道。"我的父亲忒拉蒙是希腊最光荣的英雄之一,我母亲的生父是有名的拉俄墨冬国王。我出身于高贵的门庭,没有见不得人的地方!如果你们侮辱这个死去的英雄,你们也就侮辱了他的妻子和他的兄弟,这种行为会使你们获得人间的荣誉和神祇的庇护么?"

正在争论中,狡猾的俄底修斯来了,并向阿伽门农问道:"如果一个忠诚的朋友对你说实话,不会使自己遭殃吧?"

"你想说什么就说吧,"阿伽门农回答,并很诧异地看着他,"的确,在阿耳戈斯人的队伍中,我把你当做最好的朋友。"

"那么请听我的话,"俄底修斯说,"看在一切神祇的分上,我请你们不要使此人不得安葬。不要因为权力在手,就恩怨不明。如果你们侮辱这样的一个英雄,你们不是贬谪他,而是违犯神祇的法律和意志。"

阿特柔斯的两个儿子听着,沉默了很久。最后阿伽门农喊道:"俄底修斯呀,你愿意因埃阿斯的原故而反对我么?你忘记了他是你的死敌么?"

"是的,他是我的仇敌。"俄底修斯回答,"当他活着时,我仇恨他。现在他既已死去,我再不能对他怀恨了。对于这样一个高贵英雄的死我们必得悲悼。我自己愿意帮助他的兄弟完成埋葬他的神圣的义务。"

当透克洛斯看见俄底修斯走来时他本已走开,现在听到他所说的这些话,他又转回来并走上去同他握手。"你是他的最凶狠的敌人,"他叹道,"但却是他的尸体的唯一的保护者!我仍然不敢让你摩触他的尸体,因为在他死前,他与你失和,现在他的灵魂可能还是不高兴与你接触。但是在别的方面你可以帮助我,因为有许多事情要做呢!"说完他指着仍然怀着悲愁默默地坐着的忒克墨萨。俄底修斯慈爱地对她说："你不会做别人的奴隶。只要我和透克洛斯活着一天，你和你的孩子便得到安全，并被好生看顾，就好像埃阿斯仍然活着在你身边一样。"

阿特柔斯的两个儿子不敢再反对俄底修斯的这一公正的决定。埃阿斯的巨大的身躯得由好几个人合力才能抬起。他们将他抬到船舰，洗去他身上的泥土和血迹，并和阿喀琉斯一样放在一巨大的火葬堆上焚化。由于阿喀琉斯的死，才引起了第二个无人可以替代的阿耳戈斯英雄的丧失。

玛卡翁和波达利里俄斯

第二天达那俄斯人都拥挤着赴墨涅拉俄斯所召集的会议。当所有的人都到齐了时，他站立起来。"高贵的王子们，"他说，"我看见我们的战士大批地死去，我很痛心。他们为我的原故航海远征，现在好像每个人都已不能生还，并不能再见他的亲人了。其实不然！让我们离开这里的海岸。让还在活着的人都乘船回到他的本国去。既然阿喀琉斯和埃阿斯已死，我们的战争已经绝望。至于我，我关心你们甚于关心我的妻子海伦。她已证明自己不配做我的妻子，让她随帕里斯去罢。"

这就是墨涅拉俄斯所说的话，但其用意只不过是试探阿耳戈斯人的心情，因为在他的内心他仍然渴望着毁灭特洛亚人。但堤丢斯的儿子狄俄墨得斯看不出这是他的计谋，他气冲冲地站起来说："我不知道你说了些什么！何等可耻的畏惧弄昏了你，你居然提出这种怯懦的办法？但我是不动摇的。不将特洛亚城完全毁灭，希腊人勇敢的子孙也绝不会跟你回去。如果有一个人敢这么做，我的利剑必然使他身首异处。"

狄俄墨得斯刚刚说完坐下，军中预言家卡尔卡斯就站起来，用明智的提议平息这两种极端相反的意见。"你们还记得吗，"他询问他们，"在多年以前，我们最初航海到这里来围攻这可诅咒的特洛亚城的时候，我们将赫剌克勒斯的朋友斐罗克忒忒斯弃置在楞诺斯的荒岛上？我们所以这么做，乃是我们不能忍受他的苦痛的号叫和他的中毒的剑口的恶臭。无论如何，在我们这方面说，将他孤独无依地遗弃在那里究竟是不公而且不仁。现在我们俘虏中的一个预言家告诉我，我们没有菲罗克忒忒斯和他从赫刺克勒斯所学到的百发百中的弓矢的援助，或没有阿喀琉斯的年少的儿子皮洛斯，就不能征服特洛亚城。这个特洛亚人所以这么说，或许是因为他确信这是不可能的事。因为他想我们即将菲罗克忒忒斯遗弃，他必然会怀恨我们，不愿和我们在一起以百发百中的弓箭攻击特洛亚人。现在我的意见乃是派遣我们最勇敢的英雄狄俄墨得斯，和最雄辩的战士俄底修斯，尽速赶到斯库洛斯岛寻找由外祖父抚养着的阿喀琉斯的儿子。有了他的帮助，我们就可说服菲罗克忒忒斯带着他的赫刺克勒斯的武器到我们这里来征服特洛亚城。”

阿耳戈斯人都大声欢呼赞成他的意见，两个英雄即时乘船离去。留下的战士们同时也在准备作战。密索斯的欧律皮罗斯，即忒勒福斯的儿子，现在统率着许多战士来援救特洛亚人，因此达耳达诺斯人又增长了新的勇气。在阿耳戈斯人这方面正好相反，新近且损失了两个最强大的英雄。所以他们在战斗时遭受严重的损失，是不可避免的。达那俄斯人中最美丽的尼柔斯死于欧律皮罗斯的突击，他倒在尘土中，好像一棵满是新枝嫩芽的橄榄树，被河水连根拔起并漂流到海岸上。但欧律皮罗斯只是嘲笑他，并俯身剥取他的光亮的胸甲。这时波达利里俄斯的兄弟玛卡翁看见尼柔斯死了，奔来保护他的尸体。他用矛刺入欧律皮罗斯的宽大的肩膀，即刻鲜血直流。欧律皮罗斯如同受伤的野猪一样向玛卡翁奔来。玛卡翁向他投掷石头，想不让他逼近，但石头被他的青铜的战盔挡回。最后忒勒福斯的儿子用矛射穿了这个阿耳戈斯人的胸脯，浴血的矛尖一直从脊骨透出。玛卡翁蹲伏在地上死去。欧律皮罗斯从尸体上拔出长矛，并四处张望寻找别的敌人。

透克洛斯看见两个阿耳戈斯的英雄死去，就呼唤援兵来保护他们的尸体。但最后特洛亚人终于将他们抢走。罗克里斯的埃阿斯被埃涅阿斯用尖石击伤以后，他的朋友们气喘吁吁地将他抬走，别的阿耳戈斯人也在特洛亚人的猛烈追赶下纷纷向船舰奔逃。如果不是天已黄昏，他们真的会放火将船舰烧毁。这时密索斯的胜利者退到西摩伊斯河的河口驻扎，在暮色苍茫中张起营幕。而达那俄斯人则躺在船舰附近海边的沙滩上,因创口剧痛而呻吟,并悲悼着无数战死的同伴。

第二天霞光刚刚开始闪照在天上,他们就起来,满怀着对于欧律皮罗斯复仇的热望。首先他们埋葬美丽的尼柔斯,和高明的医师也是英勇的战士玛卡翁。直到杀伐的声音开始在远处震响时为止,玛卡翁的哥哥波达利里俄斯,一个和玛卡翁一样长于医术的医师,一直伏在他弟弟的墓地上不饮不食。他时而伸手抚摩利剑,时而又拿出他随带在身边的毒药,因为他想自杀。他的朋友们抓着他的手,说话安慰他,但直到年老的涅斯托尔走来,他才放弃他的这个念头。他看见波达利里俄斯用泥土撒在他的头上,捶击自己的胸脯,并大声呼叫他所爱护的兄弟的名字,而他的伴侣和仆人们则站立在旁边,束手无策。于是涅斯托耳亲切地对他说:"终止你的悲痛吧! 一个男子不应当和妇人一样对于死者毫无节制地哭泣。你的悲泣并不能使他活回来。他的尸体已被火化,他的骸骨埋在土里。他像来时一样地回去了。但你却必须忍受很深的悲痛,正如我悲痛我的被门农所杀死的儿子,我所最爱而且也比其余的人更孝顺父亲的儿子一样。但他既已死去,我仍然如同平时一样饮食。我忍受着继续生活,因为我想到我们所有的人都必须走着同样的道路到地府里去。"

波达利里俄斯一面倾听老人的话,一面泪流满腮。"老父,"他说,"我忍不住对于我弟弟的悲痛。因为当我们的父亲阿斯克勒庇俄斯死去并被迎接到俄林波斯圣山时,玛卡翁却看顾我,虽然我比他年长。我们共同生活,共食,共寝,共有一切的财富,而且他教给我他的神异的医术。现在他已去世,我不忍独自一人再生存下去。"

但老人仍然苦劝他。"记住,"他恳挚地说,"我们的命运无论是好是坏都是神祇决定的。厄运女神是在盲目地支配着一切。因此,善良和正直的人总是遭到最大的不幸,没有一个可以幸免。生活不断地变化。它有时阴暗,有时又重放光明。人们都说勇者的灵魂升到天上,而生活不能振作的人坠落到地府里去。你的兄弟是人和神祇都喜爱的。并且他又是神祇的儿子。所以我相信他死后必仍为神。"说着,涅斯托耳就将波达利里俄斯从地上扶起,并引他离开坟地。但他一面走,仍一面频频回顾。

这时密索斯的欧律皮罗斯正在战地上冲杀。达那俄斯人都逃回军营,隐蔽在围墙后面作战。

涅俄普托勒摩斯

当战事正在特洛亚进行,阿耳戈斯人的使节俄底修斯和狄俄墨得斯平安地抵达了斯库洛斯岛。在这里,在他的外祖父的门外他们遇到阿喀琉斯的年轻的儿子皮洛斯,阿耳戈斯人叫他作涅俄普托勒摩斯,意即"青年战士"。他正在学习射箭,投枪和以快马驾驶战车。他们在旁边观察了一会,注意到他面部的悲痛的表情,因他已经听到他的父亲的死耗。他们更走近时,看见他的面貌和身躯都十分和阿喀琉斯相像,他们很感到惊奇。皮洛斯首先招呼他们。"欢迎啊,外乡人,"他说。"你们是谁,从哪里来的?你们找我做什么呀?"

俄底修斯回答:"我们都是你父亲阿喀琉斯的朋友,并相信和我们说话的正是他的儿子。你多么和他相像呀!我是伊塔刻的俄底修斯,是拉厄耳忒斯的儿子;这是狄俄墨得斯,是神祇堤丢斯的儿子。我们到这里来,是因为预言家卡尔卡斯告诉我们说,如果有你参加作战,远征特洛亚人的战争就可胜利结束。阿开亚人愿意赠送你珍贵的礼品,而我自己愿意将赫淮斯托斯为你父亲所制造,后来又奖给了我的那些武器送给你。"

皮洛斯快乐地回答:"如果出于神祇的命令,阿开亚人来召唤我,那么在明天早晨我们就航海出发。但现在,请先进来休息,并在我外祖父的屋子里进餐。"于是他们进入宫殿,看见阿喀琉斯的寡妻得伊达弥亚正在流泪悲伤。她的儿子走上去告诉她这些外乡人是什么人,但却不说出他们来此的目的,免得增加她的悲痛。两个英雄吃饱喝足,就去睡了。但得伊达弥亚却整夜没有合眼。她不能忘记,正是住在她屋子里的这两个来宾曾经劝阿喀琉斯参加战争,因而使她成为孤独的寡妇。她预感到她的儿子也会被他们带走,而他们正是来邀请他的。所以东方刚亮,她就起床,跑去看她的儿子,将头伏在他的胸前,并哭泣起来。"啊,我的孩子哟,"她说。"你虽不向我说明,我已知道一切。你将随这两个外乡人到特洛亚去,在那里多少英雄都已死去,你的父亲也因此牺牲。但你还这样年轻,对于战争没有经验!听母亲的话吧!好好地在家里和我呆在一起。否则有一天我一定会听到我的儿子战死沙场如同他的父亲一样。"

但皮洛斯回答道:"母亲,别为还没有发生的事情感到悲伤。并且,没有一个在战争中丧命的人不是由命运女神所决定的。如果我命该早死,那么还有比这再好的事么:获得一个不辱没先人的光荣的死,为全希腊的人民而死?"

这时,他的外祖父吕科墨得斯从床榻上起来,对他的外孙说道:"我知道你同你的父亲一样英武。但即使你参加特洛亚人的战争幸而不死,谁知道在你回家的路上会遇到什么样的危险呢,因为大海总是不安全的呀!"然后他亲吻这孩子,但并不强迫他改变他的决心。皮洛斯微笑着,一种活泼而快乐的微笑。他温和地从母亲的拥抱挣脱出来,并走出宫殿。他用强健而瘦长的两腿大踏步地走在前头,神采奕奕如同星光一样。在他后面则是狄俄墨得斯和俄底修斯与二十个得伊达弥亚的极忠实的仆人。他们到达海岸,即刻上船出发。

波塞冬送他们一阵顺风,不久,在天灰灰亮时,他们就看见伊得山的高峰,接着又看见克里萨岛的城池,看见西革翁半岛,看见阿喀琉斯的高大的坟墓。但俄底修斯没有告诉这少年,他们所经过的是什么人的坟墓。他们静悄悄地经过忒涅多斯岛,一直向特洛亚进发。他们逼近海岸,这时争夺船舰周围的围墙的战争正在极猛烈地进行。如果不是狄俄墨得斯即刻跳到岸上并号召其余的人共同援救,欧律皮罗斯真的会把围墙攻破了。

他们跑到离得最近的俄底修斯的屋子,用他的武器或从敌人掳得的武器把自己武装起来。涅俄普托勒摩斯束上他父亲阿喀琉斯的铠甲,那是对任何别的阿开亚人都不合用的巨大的铠甲,但他穿戴着那战盔和胸甲却正合适,好像为他自己所做的一样。他执着沉重的长矛,并佩剑持盾,很轻捷地向战地奔去,其余的人则跟在他后面。现在特洛亚人被迫从围墙后退。如同孩子们听到雷霆时跑去倚靠父亲一样,他们都纷纷拥挤在欧律皮罗斯的周围。但涅俄普托勒摩斯的长矛从不虚发，每次都射死一个特洛亚人，他们以为这是阿喀琉斯从坟墓里活转来了。的确，他父亲的灵魂正在那里支持他，同时过去保护阿喀琉斯的雅典娜现在也转而保护他的儿子。所以尽管敌人的矢石如同山岩上飞舞的雪片一样向他掷来，但都不能擦伤他的皮肤。他为他的父亲报仇，接连杀死不少敌人。富有的墨革斯的两个孪生子，在同一时候诞生，现在也在同一时刻死去，因为涅俄普托勒摩斯用矛射穿了其中一人的胸脯，又用石头击破另一人的战盔并使他脑浆迸裂。他杀死了这么多的特洛亚人，以致欧律皮罗斯不能不下令退却，到黄昏时候，阿喀琉斯的儿子已将敌人完全击溃。

当涅俄普托勒摩斯从恶战归来正在休息时，他的祖父珀琉斯的朋友亦即他的父亲的教师年老的福尼克斯来探望这年轻的英雄。他看见他的样子完全和他父亲一样，极感到惊奇。他真是悲喜交集，喜的是看见这英勇的青年英雄，悲的是又想到他的父亲的死。他含泪拥抱涅俄普托勒摩斯，并连连吻他的前额和胸部。"啊，孩子哟，"他叫了起来。"我感觉到你的父亲又活回来，和我们生活在一起了。但我不愿让你想起他因而悲哀气馁。我希望你有充沛的士气。你必须援助阿耳戈斯人，杀死这个给我们带来了无限伤害的忒勒福斯的儿子。因为你之比他高强，正如你父亲比他父亲高强一样！"这时青年只是很谦谨地回答："由战争来决定谁是最勇敢的战士吧！"说完就走回船舰去，因夜幕已降，战士们都得进屋休息，准备明天的大战。

第二天天刚亮，战斗重新开始。矛与矛相碰，剑与剑对击，久久不分胜负。欧律皮罗斯看见他的一个朋友死亡，更加愤怒。他杀死这么多的阿耳戈斯人，如同樵夫砍伐山坡上的密树林一样，不久倒落的树木都满坑满谷。最后他向涅俄普托勒摩斯奔来，于是两雄都挥舞着他们的枪。"你是谁？"欧律皮罗斯问道。"你是从什么地方来和我作战的？凡敢于抗拒我的阿开亚人没有不死的，现在命运女神已驱使你前来送命！"

涅俄普托勒摩斯回答："你为什么要问我是谁呢？但我告诉你，我是以前杀死你的父亲的阿喀琉斯的儿子。拖曳我的战车的马匹是仄费洛斯和美人鸟所生的神马，它们甚至可以涉江过海。我的矛来自珀利翁山峰,这是我父亲的矛。让你认识认识它的力量罢!"说着就跃下战车,高举起矛。欧律皮罗斯向他投一巨石,投中他的金盾,但它毫没有受到损伤。两个人都如同猛兽一样地相向奔来,在他们的左右则是双方大队人马在厮杀。欧律皮罗斯与涅俄普托勒摩斯继续猛烈作战,有时彼此击中战盔,有时又击中胫甲;两个人都越战越勇,因为都是神祇的子孙。最后涅俄普托勒摩斯刺中敌人的喉管,从致命的创口里鲜血迸流,欧律皮罗斯即时倒地死去。

现在特洛亚人在涅俄普托勒摩斯面前即将纷纷溃逃,如同遇到狮子的群羊一样,幸亏凶猛的战神阿瑞斯出来援救,瞒着其他的神祇,偷偷地离开俄林波斯圣山,驱策着喷火的快马所拖曳的战车一直奔到战地上来。他高举他的可怕的长枪,并号召特洛亚人向敌人猛冲。因他隐蔽在云雾中不为人所见,他们听到他的雷霆一样的吼声都很吃惊。普里阿摩斯的儿子即预言家赫勒诺斯是第一个听出这是神祇的吼声的人。"不要畏惧!"他向特洛亚人大声呼叫。"我们中间有了一个朋友,即伟大的战神阿瑞斯!你们没有听到他的号召么?"

这就给特洛亚人撑了腰,于是双方又激战起来。阿瑞斯给他所庇护的特洛亚人这样大的鼓舞,使得阿耳戈斯人的队伍开始动摇了。涅俄普托勒摩斯是唯一的坚定不移并英勇地左右突击的人。战神为他的勇敢所激怒,正拟从云雾中冲出来和他单独决斗,这时阿耳戈斯人的保护神雅典娜从俄林波斯圣山下降。大地和斯卡曼德洛斯河流因她的来到而震动。她的武器灿烂发光,她的戈尔工盾牌上的蝮蛇喷着火焰。虽然女神的两足坚定地站立在地上,她的战盔却碰着天顶,只是没有人可以看见她。如果不是宙斯在他们头上轰击着雷霆警告他们,双方的神祇一定已彼此对阵了。他们了解万神之父的意愿。阿瑞斯即刻退回到特剌刻去,雅典娜也回至雅典。如今仍然只剩下阿耳戈斯人和特洛亚人相互作战,但特洛亚人从阿瑞斯所获得的强力亦已消退。他们撤退回城,被阿耳戈斯人一直追击到城门。他们快要将城门攻倒了,这时宙斯突然降大雾包蔽着伊利翁城。睿智的老人涅斯托耳乃劝告阿耳戈斯人退回船舰,并埋葬他们的死者。

第二天清晨,达那俄斯人看见特洛亚的卫城清晰地耸立在蔚蓝的天空下,他们都很惊奇。因此他们知道昨日下午的大雾乃是万神之父宙斯所制造的奇迹。这一天是休战的一天,特洛亚人可以从容埋葬密索斯的欧律皮罗斯。同时涅俄普托勒摩斯也去扫他的父亲的坟墓,亲吻坟地上的高耸的石柱,并含泪哭诉:"父亲哟,我永不会忘记你!但愿在我参加阿耳戈斯人的战争时你仍然活着!但是你从未见过你的孩子,我也从未见过我的父亲,虽然在心里我是十分想望你的。但你的精神不死,你的精神仍然活在我的生命中,附在你的大矛上。因我和你的大矛都使敌人感到恐怖,希腊人民也以喜悦的眼光望着我,说我在相貌上和行为上都和你相像。"

说着,他就转身回阿喀琉斯的船舰去。第二天,他们一整天都在争夺特洛亚的城垣,但阿耳戈斯人未能攻入城里,而在斯卡曼德洛斯的河岸(涅俄普托勒摩斯没有在那里作战),且有大批的伤亡。因为在那里,普里阿摩斯的勇敢的儿子得伊福玻斯奋勇突击敌人。涅俄普托勒摩斯听到这,就命令他的战车的御者奥托墨冬驱策他的马匹向那里奔去。特洛亚的王子看见他来了,正犹豫着还是逃跑,还是抵抗这凶猛的对手。但涅俄普托勒摩斯远远地叫唤着:"普里阿摩斯的儿子呀!你在战栗的达那俄斯人中引起了多大的混乱。难怪你自视为世界上最勇敢的英雄了。那么好吧,也来和我试一试看!"他一面说,一面就冲上去,正要将他杀死,这时阿波罗突然从俄林波斯圣山乘云下降,将他带回特洛亚城。其余的特洛亚人也跟着逃去。当涅俄普托勒摩斯发觉他的长矛落空时,他愤怒地叫骂:"狗子呀,你已逃跑!但这不是你自己的能力,乃是神祇从我的手下将你抢走了。"于是他继续作战。但阿波罗仍然留在特洛亚城保卫城池。预言家卡尔卡斯推知这事,就劝达那俄斯人退回船舰休息。在那里他告诉他们:"你们不能攻破城垣,除非我前所预言的第二部分能够实现。那便是我们必须从楞诺斯请菲罗克忒忒斯带来他的百发百中的弓箭。"

经过彼此略略交换意见,阿耳戈斯人决定派遣有智谋的俄底修斯和无畏的涅俄普托勒摩斯到楞诺斯岛去。他们即刻上船向目的地出发。

菲罗克忒忒斯在楞诺斯岛

他们在楞诺斯岛的荒无人烟的海岸上登陆。九年前,阿耳戈斯人出征特洛亚离开家乡后不久,在这地方俄底修斯曾经遗弃了患着不治的创伤的菲罗克忒忒斯。他将他放置在有两个入口的山洞里。山洞的一个部分在冬天也很温暖,另一部分在炎热的夏天也很凉爽。附近流着清新的泉水。两个英雄很快地找着了这个地方,看到一切如旧。山洞里却没有人。只有树叶所铺的床榻,压得平平的,好像刚才还有人睡过;另有一个用木头刻削的粗陋的碗和一些木柴,表示这里仍有人居住。在太阳下并晒晾着带有创口血迹的破布,因此他们相信菲罗克忒忒斯仍然生活在这里。

俄底修斯派遣一个仆人去寻觅他,因为他不愿被一个一定会仇恨他的人所袭击。"乘他还不在此,"俄底修斯对阿喀琉斯的年轻的儿子说,"让我们想一个良好的办法,因为如果我们没有充足的理由,我们就不能争取他和我们合作。最好我避开,你先和他见面,因为他怀恨我,而这是有理由的!当他问你是谁并从什么地方来时,你可向他实说。但也要说些假话,就说你因为仇恨阿耳戈斯人,所以要离开他们回到故乡去。并向他抱怨说我们将你从斯库洛斯岛请来援助我们打仗,但结果我们却拒绝将你父亲所有的武器归还你。并说他们将那些武器给了我俄底修斯。尽可能在他面前诽谤我——越甚越妙!反正这对于我是无害的,如果我们不这样做,就不能争取这个人并得到我们迫切需要的武器。无论如何你得拿到他的弓箭!"

涅俄普托勒摩斯打断他的话。"拉厄耳忒斯的儿子哟,"他说,"做这种事,我连想都不愿意想。我绝对不能偷盗他的弓箭。我父亲和我都是生来不会用诡计的人。我愿意用武力俘虏菲罗克忒忒斯,但请你不要说服我去用欺骗的方法争取他。此外,仅仅一个孤单的人,而且他只有一只腿是健全的,他怎能胜过我们呢?"

"因为他有那些弓箭呀!"俄底修斯冷静地回答,"我十分知道你天生的不会欺诈。我自己也有一个诚实的父亲。在我年轻时候,我也是手脚敏捷准确,说话却迟滞木讷。但后来经验告诉我,说话比行动更容易成功。假使你多用心想一想,要征服特洛亚城非用赫剌克勒斯的弓箭不可,而如果你能弄到它们,就在武功以外你还可以享受智谋的盛名,那时你当不会拒绝去使用一点小小的诈术了。"

涅俄普托勒摩斯听从了这个比他年长的朋友的话,于是俄底修斯离去。不久以后,传来了呻吟的声音,这说明菲罗克忒忒斯已经回来。他远远地看见一只船停泊在并没有港口的地方,就忙着向涅俄普托勒摩斯和他的从人走来。"你们是谁呀?"他叫道。"你们停泊在这荒岛上做什么呢?我看出你们是阿耳戈斯人的装束,只是我希望听到你们说话的声音。别让我这粗犷和不修饰的样子将你们吓退。我是一个不幸的人,被朋友们遗弃,并为疾病所苦恼。如果你们不是怀着恶意到这里来的,就请说吧!"

涅俄普托勒摩斯一如俄底修斯所教导他的回答他。菲罗克忒忒斯欢喜得大叫。"啊,可爱的家乡话呀,我已很久没听到了!啊,高贵的阿喀琉斯的儿子!啊,吕科墨得斯和美丽的斯库洛斯岛!而你,他抚养大的孩子,刚才你说什么呢?显然,达那俄斯人虐待了你正如同虐待我一样!我是波阿斯的儿子菲罗克忒忒斯,俄底修斯和阿特柔斯的儿子们在我极其苦痛的时候将我遗弃在这里。他们乘我酣睡时将我抬到这里,只留给我一些褴褛的衣服和少许的食物。想想我醒来时的情形!我发觉自己孤独地躺在这里,船舰业已离去,身边没有医师,没有援助,除掉孤寂和苦痛外一切都没有,那时我是多么的害怕啊!许多天和许多年过去了,我不能不独自一人设法维持自己的生活。我的弓箭供给我必要的食物。但即使我的箭百发百中地射到动物,我还得跛着脚吃力地走到它们倒地的地方,将它们取来。我不能不从流泉取水,从树林取得木材。且经过长久的时间我没有火。最后我找到一种燧石,将它在铁器上划过就可冒出火花。一有了火,我就有了单纯生活所必需的一切,只是还缺乏健康。这个岛当是世界上最贫苦的地方。没有航海的人自愿到这里来。这里也没有好的登陆处所,也没有任何交易的对象。在这里着陆的人总是迫不得已。过去便有少数这样的人。他们同情我,并给与我衣服和食物,但没有人愿意将我带回到我的故乡。我过着这种悲惨的孤独生活已足足十年,而这都是俄底修斯和阿特柔斯的儿子们的罪过。但愿神祇惩罚他们的罪恶行为罢!"

涅俄普托勒摩斯听到菲罗克忒忒斯述说他的生活故事,他十分感动,但想到俄底修斯对他的警告,却勉强抑制着自己的感情。他仅仅告诉菲罗克忒忒斯说阿喀琉斯已死,以及任何他所要听的关于同乡人的其他事情。在谈话中,他编入俄底修斯所告诉他的那些谎话。菲罗克忒忒斯聚精会神地倾听,并不时打断他的话,表示十分同情。最后他握着涅俄普托勒摩斯的手,哭泣着,并对他说:"我以你的父母之名请求你,请不要再遗弃我!我知道我是不受欢迎的货物,但请仍然带我走罢。你愿将我放置在哪里,都请随便,在船舱附近,或者在船头,或者在船底,尽可能的不使你的水手们感到麻烦。只是将我从这可怕的孤独中救出!将我带到你的故乡去。你的故乡距离俄塔山和我父亲所居住的地方并不远。我曾托那些在这里登陆的人们带信回去,但都没有回信。也许他已死了。但只要我能看到他的坟墓并待在那里,也就很满足了。"

涅俄普托勒摩斯怀着沉重的心情,给这位在他足边向他哀求的人一种他并不打算实现的诺言。他说:"只要你愿意,我们任何时候都可以上船。但愿神祇会允许我们即刻离开这个岛,并达到我们的目的地。"菲罗克忒忒斯颠跛着他的创伤的脚跳起来。他紧握着这青年的手表示十分感谢。这时候,他们派出的那个仆人突然出现,伪装为阿耳戈斯的水手。同他来的还有别的一个同船的水手。这仆人向涅俄普托勒摩斯说出一个完全捏造的消息,说狄俄墨得斯和俄底修斯正在途中,要去俘虏一个叫做菲罗克忒忒斯的人,因为预言家卡尔卡斯曾经说过没有这个人参加作战,特洛亚城便不能攻破。听到这话,菲罗克忒忒斯将自己的生命完全托付给涅俄普托勒摩斯。他即刻收拾他的神矢,全部交给这个青年代为保存,并和他一起走出洞口。现在涅俄普托勒摩斯再也忍耐不住。在来到海岸以前,他告诉菲罗克忒忒斯全部的实情。"我不能再瞒你了,"他说。"你必须和我一起到特洛亚去,到阿特柔斯的儿子们和阿耳戈斯人那里去。"菲罗克忒忒斯站住了。他战栗,他诅咒,而且祈祷。但当涅俄普托勒摩斯还来不及让步,俄底修斯就从所隐蔽的丛树中走出,命令他的仆人们将这不幸的老英雄抓起来,作为俘虏。菲罗克忒忒斯刚一听到他的声音就认出这是俄底修斯。"唉唉,"他惊呼道,"我又被骗了!这便是九年以前将我弃置在这里的人,现在他的诡计又已骗去我所有的弓箭!"于是他回头对涅俄普托勒摩斯说:"孩子,将我的弓箭归还我。还给我那些属于我的弓箭呀!"

但俄底修斯不让他继续说下去。"决不!"他喝道,"即使这孩子愿意也不行!你必须和我们同去,因为关系重大,为了阿耳戈斯人的利益,为了征服特洛亚城!"说着,他就将涅俄普托勒摩斯拉走,将这老人交给仆人们看管。他站立在他的岩洞外面,悲痛着他所遭受到的诡计和阴谋。他正要呼求神祇为他报仇,这时他看见俄底修斯和涅俄普托勒摩斯又已转来。他们两人正在争吵。他听到这青年大叫:"不,这是不对的!我用可耻的欺骗占了上风。你不能违反这老人的意愿将他带到特洛亚去,除非你首先将我杀死!"于是他们拔剑决斗。但菲罗克忒忒斯走上去排解。他伏在地上请求阿喀琉斯的儿子。"请你答应救我,"他呼叫着,"而我也向你保证,用我的朋友赫剌克勒斯所给我的这些弓箭,我将保卫你的国家,使不受任何侵略。"

"跟我来罢,"涅俄普托勒摩斯一面说,一面扶起这地下的老人,"就在今天我们离开这里,到我的故乡佛提亚去。"

这时蔚蓝晴朗的天空突然阴暗起来。他们都抬头看,菲罗克忒忒斯首先看见他的老朋友赫剌克勒斯站在云端。"你不要回去!"他高声在天上叫唤,大地响震着他的声音。"我的朋友,我要亲口将宙斯的愿望告诉你,你必得服从。你知道在我成仙升天之前我所做的许多艰苦的工作。命运女神规定在你得到光荣之前,你也必得受苦。如果你与这青年到特洛亚去,你的创伤即可愈合。当你的健康恢复后,神祇将指派你去杀死帕里斯,消灭这次战争的祸首。接着你要将特洛亚城夷为平地。你将获得最珍贵的战利品。你将满载着战利品回去见你的仍然活着的父亲波阿斯。如果你的战利品中有什么东西剩余,就用来献祭我的坟墓。再会吧!"菲罗克忒忒斯向他的朋友高举双手,这时他隐没在极高的太空中,那不是人类的肉眼所能看见的。"那么,好吧,"他喊道。"让我们上船。将你的手给我,阿喀琉斯的高贵的儿子。而你,俄底修斯,在我的身旁同行,不要疑惧,因为你的要求终究是符合神祇的愿望的。"

帕里斯之死

当阿耳戈斯人望见热心期待着的载着英雄们和菲罗克忒忒斯归来的船舶正向赫勒斯蓬托斯港口驶入,他们就蜂拥到岸上大声欢呼。菲罗克忒忒斯伸着他的瘦弱的手臂,他的两个同伴将他高举着走上海岸。他十分苦痛地蹩着脚向在岸上等着欢迎他的达那俄斯人走来。他们看到他生病和痛苦,都十分同情。但其中有一个人即刻跳出来,对他的创口略一瞥视就保证在神祇的援助下有法子将他医好。这是医师波达利里俄斯,也是波阿斯的老朋友。神祇保佑他的治疗,果然创口愈合,这老英雄的身体恢复了健康。这就好像被雨水泛滥的麦田,当夏日的和风吹来,又是一片葱绿。阿特柔斯的两个儿子,看见这种如同再生的奇迹,都感到惊奇。当饮食使菲罗克忒忒斯恢复了精神以后,阿伽门农向他走来,握着他的手,并对他说:"我的朋友,那是真的,由于我们一时的糊涂,将你遗弃在楞诺斯荒岛;但这也是神意如此。请不要再怀恨我们! 我们为了这事已受够了惩罚。目前请先收下我们所献给你的下列礼品——七个特洛亚女人,二十匹马,十二只三脚祭坛。请你将这些东西过目,并和我一起住在我的屋子里。在餐桌上以及在其他各方面,你都将得到和国王一样的尊敬。"

"我的朋友,"菲罗克忒忒斯和蔼地回答,"我并不怨恨,也不仇视你阿伽门农或别的任何虐待过我的阿耳戈斯人。因为我知道一个高贵人物必然心胸宽阔,能屈能伸,既严肃又温和。现在让我们睡吧。因为对于喜爱战斗的人,睡眠比饮食更加重要。"说着,他就自去就寝,一直酣睡到第二天的天明。

第二天,特洛亚人仍然在城外埋葬他们的死者,这时他们看见阿耳戈斯人的整齐的队伍涌来。战死的赫克托耳的睿智的朋友波吕达玛斯劝告他们撤退到城里去,凭借城垣抵抗敌人。"特洛亚城是神祇建造的,"他说,"绝不易攻破。我们且有充足的粮食。普里阿摩斯国王在他的宫殿里已存储了可供三倍于全城居民的人口吃几年的粮食。"但特洛亚人反对这个建议。他们接受埃涅阿斯的激励,宁肯在战场上进行生死的决战。

战斗立即猛烈地展开。涅俄普托勒摩斯用他父亲的长矛接连杀死十二个特洛亚人。但勇武的埃涅阿斯的战友欧律墨涅斯和埃涅阿斯本人将阿耳戈斯队伍打开了几个大缺口,帕里斯也射死墨涅拉俄斯的战友斯巴达的得摩勒翁。菲罗克忒忒斯在特洛亚人中左右突击,如同战神,又如冲洗着田地和草原的暴雨。每一个在远处的敌人刚看见他,就已丧命。他所穿戴的赫剌克勒斯的盔甲,也使特洛亚人感到恐惧,就像他们在他的胸甲上看见了戈尔工的头颅一样。最后帕里斯举着弓箭冒险向他奔来。他迅速地向他射出一箭,但箭镞从他的身边掠过,射伤他身旁的克勒俄多洛斯的肩膀。克勒俄多洛斯稍稍后退,并用枪保护自己,但帕里斯的第二支箭将他射死了。现在菲罗克忒忒斯执弓在手,并大声呼叫,声如雷鸣:"你这特洛亚草贼!你是我们的祸根,你敢和我对抗,必会后悔莫及的。你一旦阵亡,毁灭之日就在眼前,你的部队,你的城市都将消灭。"说完便张弓搭箭,直把那箭拉到怀中,嗖的一声射出去。那箭划空而过,正中目标,可惜只中在英俊的帕里斯手腕上,仅仅是个皮伤。他又射了第二箭,这才射中帕里斯小腹,使帕里斯如狮前的惊犬,战栗着逃走了。

医师们为帕里斯检视伤口,但战斗仍然继续进行。直到夜幕落下,特洛亚人才退回城里,达那俄斯人也回到船舰。帕里斯在黑夜中呻吟着,不能入睡。箭镞深入脏腑,赫剌克勒斯的箭头上的毒药使伤口发黑溃烂。所以医师们都束手无策,只不过尽量设法减轻他的苦痛。这时,帕里斯在剧痛中记起一个神谕,它说在最危急的时候只有他所遗弃的妻子俄诺涅能够使他免于死亡。当他还是牧童在伊得山的山坡上放牧的时候,曾经和她生活过一段宁静而幸福的生活。后来他动身到希腊去,俄诺涅自己将这神谕告诉了他。现在他叫人将他抬到俄诺涅仍在那里居住的伊得山去,虽然他受着良心责备,有些顾虑他的仆人们抬着他爬上伊得山的山坡,这时不祥的恶鸟在树上咿呀鸣叫。它们的鸣声使他恐惧,但强烈的求生的热望又使他不能再顾这些。他们来到俄诺涅的住处,他伏在久已被他遗弃的妻子的面前。"现在我在痛苦中,请不要怨恨我,"他哭道。"那是命运女神的意志,使我离开了你,并遇到海伦。我宁愿自己在将海伦带回我父亲的宫殿以前死去!现在我指着神祇,指着我们过去相互的爱,哀求你,请你同情我,并以药剂敷在我的创口,因你过去曾经预言过只有你一人能挽救我的生命。"

但这话不能使俄诺涅回心转意。"你怎么有脸来见我呢,你将我遗弃,使我孤独和悲愁,却与美丽年轻的海伦享受欢乐!"她愤愤地说。"为什么不去伏在海伦的面前哀求她,请她救治你?你的苦痛和悲泣是绝不能使我同情的。"她让他离开她的屋子,绝不想到他俩的命运是相互关联的。帕里斯十分痛楚地被仆人们扶着走开。他们将他抬下伊得山山坡,这时在俄林波斯圣山的赫拉对他的惨状感到极大的欢喜。他还没有回到山麓,就毒发身死,海伦再也看不见他了。

一个牧人将他死去的消息告诉他的母亲赫卡柏。她双膝战栗,晕倒在地。但普里阿摩斯却毫不知道这不幸的消息。他坐在赫克托耳的墓旁,浸沉在悲愁里,不知道世界正在发生什么事情。另一方面海伦也在哭泣流泪,但与其说她是悲泣她的丈夫,毋宁说是悲泣自己。她正为长久压抑在她心中的一种内疚感到惶恐。

俄诺涅远离特洛亚城独自一人在她的屋子里,深深地后悔。现在她回忆到青春时候的帕里斯和他们新婚时的快乐。如同树林和暗谷中的冰雪在和风吹拂下融化并迅急地流到山沟里,她的怨恨的心情也为悲愁所溶,眼泪如雨一样流到面颊上。她从床榻上跃起,掀开大门,如同风暴一样地奔出去。她在黑夜中经历危岩险谷,跨过山溪。月光之神塞勒涅在暗蓝的天上同情地看着她,用光辉照着她的道路。最后她来到她丈夫的火葬堆那里。大火正熊熊燃烧,那地方的牧人们都站立在周围,对他们的朋友和王子致敬。俄诺涅看出她的丈夫已死,她悲痛得说不出话,用衣袍遮蒙着美丽的脸,跃进熊熊的火焰里。任何人都来不及抢救,她的头发已经着火,她和她的丈夫一起被焚为灰烬。

特洛亚城的攻城战

伊得山的山坡上发生这件事情的时候,特洛亚城外两军战斗又重新开始。阿波罗鼓舞起安喀塞斯的儿子埃涅阿斯和安忒诺耳的儿子欧律玛科斯的勇气,他们合力将阿开亚人逐退。阿开亚人遭受了巨大损失,涅俄普托勒摩斯用几乎是超人的力量来重新整顿他的军队。但他不能阻止特洛亚人前进,直到帕拉斯·雅典娜本人挺身出来援助。现在阿佛洛狄忒因关怀她的儿子埃涅阿斯的生命也加入战争。最后她将他隐蔽在云雾里从战地带走了。

只有少数的特洛亚人逃脱死亡,他们退回到城里去,都已受伤或精疲力竭。妇女和孩子们都悲泣着从他们手里接过血迹斑斑的武器,并为他们解下沉重的胸甲,医师也忙着为他们检视伤口。达那俄斯人是经过长久猛烈的剧战才击败敌人的,因此也感到力弱和疲惫。但在第二天早晨他们又恢复过来。除留下一个卫兵保护受伤者外,其余的人都勇猛地冲向特洛亚城垣。他们将他们的队伍分开,每一支队攻打一座城门。但特洛亚人从城垣的每个部分和每一座碉楼上抵御敌人。斯开亚城门受到最大的威胁。卡帕纽斯的儿子斯忒涅罗斯和狄俄墨得斯是带头攻打这城门的人。但强劲的得伊福玻斯和波利忒斯和别的英雄们用矢石抵抗敌人,他们的战盔和盾牌碰着飞来的矢石发出叮当的响声。涅俄普托勒摩斯攻打伊得城门。他的密尔弥多涅斯人惯以各种的方法冲击城门。赫勒诺斯和阿革诺耳在这里的城垛上激励特洛亚的战士保卫他们的城池。面向大平原和阿耳戈斯军营的各城门则由欧律皮罗斯和俄底修斯负责围攻。他们一再进攻,但埃涅阿斯不断地投掷巨大的石块,使他们无法逼近。同时透克洛斯在西摩伊斯河岸作战。因此各处都同时进行战争,但各处都没有决定性的胜负。最后俄底修斯突然异想天开,他命令他的战士们都高举着盾牌构成一个顶盖,在顶盖下面,战士们可以密集前进。现在,从城头发出的石头,箭镞和标枪像雨点一样射来,但都落在盾牌上没有一个人受伤。就这样,他们如同一团坚固的乌云,一直逼近城垣。大地在他们的践踏下呻吟,尘土在他们的头上飞扬,在盾牌下面的战士们的谈话声也如同蜂窝里的蜂群一样嗡鸣着。阿特柔斯的儿子们看到这种不可动摇的进军,满心欢喜。他们鼓舞士兵向各城门前进,并预备将城门拆毁或用两面斧将城门砍倒。俄底修斯的新战术眼看就要得到胜利了。

但庇护特洛亚人的神祇们使埃涅阿斯的两臂充满新的威力。他两手抱起一块巨大的石头凶猛地投击盾牌所构成的顶盖。大石头使围攻的战士们蒙受巨大的损失,他们好像被崩裂的岩石所击倒的山羊一样纷纷倒下。埃涅阿斯站在城头上,四肢充沛着威力,铠甲像闪电一样放射着金光。在他的身旁则是隐蔽在云雾里的战神阿瑞斯。每当埃涅阿斯投掷石头或武器,阿瑞斯就使它命中敌人,在阿开亚人中制造恐怖和死亡。在城头上埃涅阿斯一直高声吼叫,激励战士们奋勇作战;涅俄普托勒摩斯则在城下号召他的密尔弥多涅斯人坚持进攻。这样,他们一整天毫不休息地继续战斗。

在城垣的别一部分袭击的阿耳戈斯人比较得手,罗克里斯的埃阿斯用弓箭和矛将守城的人扫落下来。实际上他已肃清一块地方,使得他的战友阿尔喀墨冬能凭着自己的年轻勇力搭上云梯爬城。他将盾牌遮在头上。但埃涅阿斯却从远处看见了他,当他正登上云梯的最后一级,当他刚好第一次也是最后一次看见特洛亚城时,就被埃涅阿斯掷来的一块巨石击中头颅,他下坠时砸断了云梯,他也和被射出的箭镞一样摔了下来,还没有落地就已死去。罗克里斯的战士们看见他肢体破碎地躺在那里,都惊叫起来。

现在菲罗克忒忒斯正双目注视着安喀塞斯的儿子,他像野兽一样沿着城垣突击。他向他射出一支百发百中的箭,但只是从他的盾面擦过射中另一个人墨冬。墨冬如同被猎人射中的鸟雀一样从城头落下。接着埃涅阿斯向菲罗克忒忒斯的勇敢的朋友托克塞克墨斯投一巨石,将他的头骨击碎。菲罗克忒忒斯暴怒地仰视着他的敌人,并大声呼叫:"埃涅阿斯,你从碉楼上向下投掷石头,满以为自己是勇敢的英雄。但是任何怯懦的妇人都能这么做!如果你是一个战士,你就出城和我较量弓箭和枪法!"特洛亚人没有回答,他奔去防守别的一部分危急的城垣,菲罗克忒忒斯也转身投入战斗。

木 马 计

阿耳戈斯人的攻城战久久不能获胜。于是预言家卡尔卡斯召集英雄们会议,并告诉他们:"这种艰苦的作战是没有用的。你们绝不能用武力夺取特洛亚城。最好使用妙计来达到目的。昨天我看到一个征兆——一只鹰追击一只鸽子,这只鸽子却敏捷地飞到岩穴里去。这只鹰在岩石上等待了许久,但被追击的鸽子却藏匿不出。最后它隐蔽在附近的丛树中,这时,这只愚蠢的鸽子却毫不迟疑地飞出。于是老鹰即刻扑上去,用利爪将它攫住。让我们以这鸟雀为例,停止对特洛亚城的攻击,而另想别的妙计。"

卡尔卡斯说完以后,英雄们就尽力思索,要想出一个计谋 来结束这可怕的战争,但他们的劳心苦思都没有结果。最后俄底修斯想出一条妙计。"让我们造一个巨大的木马,在马腹中尽可能地装满阿耳戈斯最勇敢的英雄。其余的人则乘船舰撤退到忒涅多斯岛去。但在航海出发以前,必须焚毁军营中的一切,使得特洛亚人能够从碉楼上看见烟火,不怀戒备,并蜂拥出城。同时我们让我们当中一个为特洛亚人所不认识的战士冒充逃难的人,到特洛亚城去,告诉他们说阿开亚人正拟将他杀死献祭神祇,祈求归途中一路平安,但他却设法逃脱了。他说阿开亚人建造了一只巨大的木马献给特洛亚人的敌人雅典娜,他自己就是藏匿在这只木马下面,直到阿耳戈斯人的船舰出发后,才偷偷地爬出来的。担当这个任务的人必须能对特洛亚人重述这个故事,回答他们将要提出的一切问题,并且必须显得很真实,使他们不至于怀疑。这时他们一定同情这个可怜的外乡人,将他带到城里去。在那里他要设法让特洛亚人将木马拖进城门。当敌人熟睡的时候,他将给我们一个预先约定的暗号。这时我们从木马的腹中涌出,并燃起火把召唤忒涅多斯岛的队伍,然后用火和利剑毁灭特洛亚城。"

俄底修斯说出他的计策,大家都惊叹他的巧思。他的这个计策恰好符合预言家卡尔卡斯的心意,所以他特别大声表示赞成。他让集议的人都注意到飞鸟的吉利的征兆和显示宙斯同意的天上的雷鸣。但当阿耳戈斯人正开始建造木马时,阿喀琉斯的儿子却提出异议。他说:"卡尔卡斯,英勇的战士必须在光天化日下与敌人作战。让怯懦的敌人从城垣和碉楼下面去打他们的仗吧。但我们除公开作战以外一定不要使用什么诡计或别的方法。只有这样才能说明我们是更优良正直的战士。"

他的声音充满了英勇和大无畏的精神,甚至俄底修斯也不能不佩服他的不可动摇的毅力和傲气。但他反驳他:"你是高贵父亲的高贵的儿子,说话完全像一个英雄。但必须记住,即使你父亲的威力和勇敢可以和神祇匹敌,他仍不能攻破这些巨大的城堡。并不是所有的事情都能仅仅靠着勇敢就可以成功的。所以我请求你和别的英雄们都听从卡尔卡斯的建议,并即刻动手执行我的计划。"

除了菲罗克忒忒斯以外,每个人都欢呼赞成拉厄耳忒斯的儿子。但菲罗克忒忒斯支持涅俄普托勒摩斯的意见,因他渴望着战斗,他对于战斗还没有心满意足。结果他们两人几乎要说服所有的阿耳戈斯人,但宙斯表示不同意和愤怒。电光闪击着,雷声震动了阿耳戈斯人所站立的大地,因此他们知道宙斯赞成卡尔卡斯和俄底修斯的计划。涅俄普托勒摩斯和菲罗克忒忒斯虽然心里不愿意,也不得不表示让步。

于是他们都回到船舰,但在开始工作之前都好好地睡觉和休息。半夜里,雅典娜托梦给一个阿耳戈斯的英雄厄珀俄斯。她吩咐这心灵手巧的人建造那只巨大的木马,并答应援助他,使他尽速完工。这英雄知道她是雅典娜女神,就快乐地从床上跳起来。他专心致志地想着唯一的一件事就是建造木马。心里盘算怎样完成这件交托给他的工作。

在天亮时,他告诉阿耳戈斯人他所做的梦。即刻阿特柔斯的儿子们下令到伊得山的山坡砍伐巨木。巨木运到赫勒斯蓬托斯,由许多青年人帮助厄珀俄斯共同工作。有些人修剪树枝,有些人砍锯木料。厄珀俄斯自己建造木马。他先削制马蹄和马脚,然后在上面削制马腹,在马腹上面装置拱形的马背。接着又安置胸部和脖子,脖子上的鬃毛是如此精致,似乎可以迎风飘动。马的两耳竖立,两眼奕奕有神。整个马匹都好像是活的并可以走动一样。由于雅典娜的援助,这工作在三天内就已完成。大家都惊叹厄珀俄斯所造的这件巨大的艺术品。他们甚至相信这木马随时都会嘶鸣起来。这位艺术家向天高举双手在全军之前祈祷："请听我的祈祷，啊，帕拉斯·雅典娜，伟大的女神！请保佑我和你的马匹吧！"所有的阿耳戈斯人也和他一起祷告。

特洛亚人仍很安静地隐伏在城里，他们由于阿耳戈斯人的破坏和杀害而感到恐怖和疲惫。但在俄林波斯圣山上却有着极大的扰乱。因为特洛亚城的命运既已决定，神祇们也就分为两派，一派爱护阿耳戈斯人，另一派则敌视他们。他们降临大地，并在克珊托斯的河岸上列成阵势。只是凡人看不见他们。连海洋的神祇也加入他们的队伍。海中女仙们因为是阿喀琉斯的亲戚，故站在阿耳戈斯人这一面。其他的海洋神祇则袒护特洛亚人，激起狂涛巨浪向阿耳戈斯人的船舰和木马打来。如果得到命运女神的同意，他们可能使两者都完全毁灭。同时在平原上的战斗亦已开始。阿瑞斯突击雅典娜。这是对于其他神祇们的一种信号，即刻全体的神祇们都加入作战。他们的黄金的铠甲响震着，海浪汹涌到沙地上。在神祇的足下，大地震动，他们的战叫甚至远达地府，使在塔耳塔洛斯的提坦们也为之战栗。

原来宙斯业已出外旅行，神祇们即选择这个时间决战。宙斯到了大地的极边俄刻阿诺斯海和忒堤斯岩洞。虽然距离这样远，但他仍然对于特洛亚城所发生的一切心里彻底明了。他刚一知道神祇们在作战，就御着四种神风（以伊里斯为御者），立刻回到俄林波斯圣山。他用迅急而强大的手掣出闪电轰击地上的神祇们，使他们即刻放下武器，木然不动地站立着。正义女神忒弥斯是唯一没有参加作战的神祇，她即刻降到地上，向他们宣告：除非他们服从宙斯的命令放弃战斗，否则他决定将他们完全毁灭。现在，由于畏惧万神之父，他们只好抑制心中的敌意各自归回，有的回到天上，有的回到海底。

这事进行的时候，木马已经完成，俄底修斯在会议中起立发言。"现在已是时候，"他郑重地说，"现在，啊，所有达那俄斯人的领袖们呀，我们将看出究竟谁是真正大无畏的人。因为现在我们得进入马腹，冒险前进。相信我，爬到马腹里隐匿比面对敌人作战还需要更大的勇气。所以只让最勇敢的战士们站出来。其余的可以航行到忒涅多斯岛去。只留下一个大无畏的人在木马附近，按照我所吩咐的去做。谁愿担任这个任务呢?"

没有一个人敢站出来。英雄们都犹豫着。最后西农挺身而出,走向俄底修斯,说道:"我愿担当这桩必须完成的任务。让特洛亚人凌虐我吧!让他们活活的将我烧死吧!我已下了决心!"他的话受到大家的欢呼,许多年老的英雄都在心里这么说:"这年轻人是谁呀?我们甚至还没有听说过他的名字。他没有可称颂的特殊功业。他一定是着了魔,魔鬼如果不是要毁灭我们,就是要毁灭特洛亚人。"

但涅斯托耳站起来激励这个达那俄斯人。"让我们集中我们所有的力量,"他喊道。"神祇已经授给我们结束十年艰苦战争的方法。现在得迅速从事!快到木马里去!我的衰老的四肢感觉到十分坚强,就好像我是要走上伊阿宋的阿耳戈船一样;事实上如果不是珀利阿斯王将我拖回,我一定参加那次远征了。"

这老人一面说,一面企图在众人之先通过木门,进入马腹。这时阿喀琉斯的儿子涅俄普托勒摩斯请求他将这种光荣让给他这个年轻人,而自己率领别的人到忒涅多斯岛去。要说服涅斯托耳是困难的,但后来他同意了,于是涅俄普托勒摩斯全副武装第一个首先走进空廓的马肚子里。在他之后是墨涅拉俄斯,狄俄墨得斯,斯忒涅罗斯和俄底修斯。其次则是菲罗克忒忒斯,埃阿斯,伊多墨纽斯,墨里俄涅斯,波达利里俄斯,欧律玛科斯,安提玛科斯,阿革珀诺耳以及马腹所能容纳得下的许多别的人。最后进去的则是木马的建造者厄珀俄斯。他进入马腹,就将梯子抽上去,关闭木门,并从里面下了键。英雄们默默无声地拥挤在黑暗的马肚子里,不知道在前面等待他们的命运是胜利还是死亡。

其余的人放火烧毁棚屋以及所有不能带走的家具什物。然后他们登上船舰,由阿伽门农和涅斯托耳指挥向忒涅多斯出发。这是会议时大家决定这么做的,大家不愿叫这两个英雄进入木马,一个由于他是全军的统帅,另一个由于他年已高迈。他们在忒涅多斯岛抛锚上岸,并期待着预先约好的举火的信号。

特洛亚人不久就注意到海岸上的烟雾和大火,他们从碉楼用心窥探,发现阿耳戈斯人的船舰业已离去。他们快乐地拥到海岸上,但仍然怀着戒心,不敢脱下身上的铠甲。他们在敌人扎营的地方看不见营房却发现了巨大的木马,他们包围着它,惊愕得直瞪眼睛。起初他们衷心地惊叹这件巨大的艺术品,后来则争论着怎样将它处置。有些人主张将它拖到城里去,放置在卫城上作为胜利的纪念品。别的人则不相信敌人所留下的这个奇怪的礼物,主张将它推下大海或用火焚毁。这时隐藏在马腹里的英雄们听到每一个新的提议,都惊悸得怦怦心跳。现在阿波罗的特洛亚的祭司拉奥孔从人丛中走过来了。他还没有走到木马跟前就喊道:"这是多么愚蠢,多么荒谬呀!你们相信达那俄斯人真的航海归去了么?你们怎么能够相信敌人所留下的东西没有诡计?你们是知道俄底修斯的呀!或者有某种危险隐藏在木马里面,或者它是一种作战机器,隐匿在附近的敌人会应用来攻击我们。总之,不能相信这木马呀!"说着,他就从站立在附近的战士的手里取过一根长枪,将它刺入木马的肚子。长枪扎在木马的肚子上摇曳着,发出的声响就像来自空穴的回声。但特洛亚人的心神是昏迷的,他们的两耳已经听而不闻。

当这事正在进行时,有几个迫近木马观看的好奇的牧人发现了隐藏在木马腹下的西农;他们将他拖出,并带去见普里阿摩斯国王。所有围观木马的人现在都拥来看这新的景象。西农站立着,没有武装,显然是吓呆了。他表演着俄底修斯所教给他的一切。他高举双手,有时向天,有时向围观的人们,哭泣着哀求:"唉唉,我能到什么地方去,到哪儿乘船去呢?阿耳戈斯人放逐了我,特洛亚人也一定会杀死我的呀!"最初看见他并抓住他的那些牧人被他所说的话感动了。这时来了一群战士,他们问他是谁,从什么地方来,并告诉他如果他真的是无罪的人,他就不必这样害怕。

最后西农放弃畏惧的表情,对他们说:"我是一个阿耳戈斯人,我并不否认这一点。我虽然不幸,但我不愿说谎。也许你们已经听说过欧玻亚的王子帕拉墨得斯罢?由于俄底修斯的唆使,他被人用石头击死,仅仅因为他劝他的战士们反对了特洛亚人的战争。我是他的一个可怜的亲戚,自他死后,我就无所投靠。你们知道,我是敢于向谋害我的亲戚的敌人复仇的,所以拉厄耳忒斯的儿子怀恨我,在战争的这些年始终压迫我。他压迫我一直没有休止,最后且和可恶的卡尔卡斯共同设计,要置我于死地。阿耳戈斯人经过长时期的筹划商量终于决定逃归,并建造好了这巨大的木马,他们派遣欧律阿罗斯去祈求阿波罗的神谕,因为他们曾看见天上的不祥的征兆。但阿波罗的神谕是:'当初你们动身出征时,曾用一个童女的鲜血使暴怒的狂风平静。现在你们也必须用血来祈求你们归途的安全。你们必须牺牲一个自己人。'阿耳戈斯人听到这神谕很震惊。但俄底修斯召集预言家卡尔卡斯来参加会议,请他揭示神的意旨。经过五天的时间,伪善的卡尔卡斯拒绝指定任何战士作为牺牲。最后假装被俄底修斯所逼迫,他提出我的名字。所有的人即刻赞成,因每个人都庆幸自己已逃脱一死。在恐怖的那一天清晨,他们使我戴着花冠作为一个献祭的供品,并将神圣的发带束在我头上。圣坛,酒醴,面粉,一切都已预备齐全。这时我却挣断捆缚着我的皮带,拔腿奔逃,隐藏在沼地的芦苇丛中,直到他们航海走了。后来我爬出来,隐蔽在圣木马的肚腹下面。我不能回我的祖国,也不能到我的亲人那里去。我落在你们的手里。现在你们得决定究竟宽宏大量让我活命呢,还是如同我的阿耳戈斯同乡那样要将我处死。"

这些谎话使特洛亚人很感动。国王普里阿摩斯也温和地对西农说话。他叫他忘记他的残忍的同伴,并许可他在城里居住。他所要求的唯一报答是关于这个所谓"圣木马"的详细报导。

现在西农两手的绑缚已被松开。他高举两手向天作假意的祈祷。"我所敬奉的神祇们!啊,神坛和威胁我的利剑啊,请你们为我作见证,我和我的同乡人的关系业已断绝,现在我泄露他们的秘密已不算罪过了!"然后他开始说他的故事:"在整个战争期间,阿开亚人将他们的希望都寄托在帕拉斯·雅典娜的援助上。但自从她的神像从你们在特洛亚所供奉的神庙里被偷去以后,事情就不对头了。你们特洛亚人或者还不知道这是我们的人拿走的。这激起女神的愤怒,她随即撤回了对于阿耳戈斯人的好意。这时预言家卡尔卡斯宣称我们必须立即将船舰拖下海去,并扬帆回国,看神祇究竟要我们如何行动。他说我们已不用期待胜利,除非我们能将雅典娜女神像重新放置在它原来的地方。这便是达那俄斯人终于决心航海回国的理由。但由于卡尔卡斯的劝告,他们先造下这巨大的木马作为献祭雅典娜的礼品。他说这可以使女神息怒。他们将木马造得这么高大,使你们特洛亚人不能通过城门将它拖到城里,因为如果你们拖进城去,你们就会代替阿开亚人得到雅典娜的庇佑和保护。反之,如果你们用任何方法损伤了这巨大的圣木马(这正是达那俄斯人所希望的事呀!),雅典娜就必然使你们的城池毁灭。他们打算,一当他们在阿耳戈斯了解了神意以后,就即刻转来,并准备将雅典娜像仍然归还这座由于自己的渎神而遭到了惩罚的城池。"

这一连串的谎话编排得这么巧妙,以致普里阿摩斯国王和他的战士们都相信了,对西农本人也毫不怀疑。雅典娜注视着她的朋友们的命运,他们在木马的肚子里满怀焦虑,因为自从听到拉奥孔的大声的警告以后,他们都为自己的生命担忧。但一种非常的奇迹使英雄们至少逃脱了这一次危险。由于波塞冬的祭司死去,原是阿波罗祭司的拉奥孔被抽签决定兼代他的职位,所以他现在也是波塞冬的祭司。当他正以一匹壮丽的牡牛献祭海神时,两条巨大的毒蛇从忒涅多斯岛那个方向通过明镜般的清水,向海岸泅来。它们从海面伸出有紫色肉冠的头,蛇身在水里蜿蜒前进,并激起水花。现在它们完全爬上海滩,眼光炯烁如同火焰,吐着舌头,咝咝地叫着。仍然拥挤在木马周围的特洛亚人都吓得面无人色,并放脚奔逃。但这两条毒蛇一直奔向拉奥孔和他的两个儿子正在忙着作献祭的神坛。首先它们缠绕这两个孩子,用毒牙咬他们的柔嫩的肌肉。这两个孩子痛得大叫,他们的父亲执着利剑奔来,它们又在他的身上缠了两圈,并将头高举在他的头颅之上。他的发带浸渍着毒蛇的毒涎。他用双手努力要解开蛇身的缠绕,但不可能。同时,拉奥孔在听到儿子们的呼救时刚用斧头砍下去的那头牡牛,如今也甩开脖子上的斧头,哞哞地鸣叫着从神坛奔逃。拉奥孔和两个儿子终于被毒蛇咬死,这两条毒蛇由地上爬行着一直来到雅典娜的神庙。在那里它们隐藏在盾牌后面雅典娜的足下。

特洛亚人以为这恐怖的事件乃是这祭司对于"圣木马"表示怀疑所得到的惩罚。有些人立即回到城里,在城垣上开一个洞使木马可以通过。别的人则在木马脚下安置轮轴,并制造大绳索来套它的颈项。

于是他们胜利地将这巨大的木马拖曳到城里去。男女孩子追随在后面，歌唱神圣的赞歌。有四次这木马为城门的高门槛所阻，但终于滚过，有四次马肚子里发出似乎是金属相击的响声。但特洛亚人仍然充耳不闻，他们欢声如雷一直将这木马拖到卫城上。在众人的狂欢中，只有国王普里阿摩斯的女儿卡珊德拉独自一人站得远远的，她是神祇赋予了预知才能的人。她极明澈地看出未来的事物。她所说的话无不真实，但不幸她的话常常使人怀疑。现在她也看出了危险，一种预感使她从宫殿奔出。她的头发狂乱地飘散着，两眼放射火焰，细瘦的脖颈如同秋风中的树枝那样摇曳着。她一路上大声呼喊："特洛亚人呀，你们还不知道我们正在走着毁灭的道路，已经走到死亡的边缘了吗？我看见城里充满着火光和血腥。我看见死亡从你们欢呼着带回来的这只木马的肚子里冲出。但我为什么要说呢？即使我说上一千句话，你们仍然不会听信我。复仇女神为海伦的婚姻而向你们复仇，现在你们已完全成为复仇女神的俘虏了。"

但特洛亚人只是讥笑这个女郎或者嘲弄她。最多也只不过站住对她说："卡珊德拉，你怎么这样不害羞呀，一个女儿家独自在大街上奔跑。你不看见每个人都在讥笑你的愚蠢的言语么？最好还是回家去，免得发生意外的事。"

特洛亚城的毁灭

就在这天的深夜里，特洛亚人举行欢宴和庆祝。吹奏箫管的孩子们在豪饮者中间来回走动。大家都双手捧着大杯，一次又一次地斟酒，并一饮而尽。在夜半时，大家舌倦眼疲，昏昏入睡，这时，与众人一起饮宴的西农也假装困倦了。他从床榻上起来，偷偷地走出城门，燃起火把，并高举着它摇晃，使忒涅多斯岛的人们可以看见。然后他将火把熄灭，爬到木马下面，如同俄底修斯所吩咐的轻轻叩击马腹。英雄们听到了这声音。但他们只是沉默着，等待拉厄耳忒斯的儿子发号施令。他命令他们尽量不声不响地走出木马，并训诫那些最轻躁的人。他轻轻地推开门栓，伸首外望，知道每一个人都已熟睡。于是，如同在警醒的牧人和猎狗之间偷偷地窥伺羔羊的野狼一样,他走下厄珀俄斯预先安置好的梯子。别的英雄们鱼贯跟随在他的后面,紧张得怦怦心跳。当木马肚腹里面的人们都已走出后,他们就挥动长矛,拔出利剑,分散到城里各处。现在对于昏睡和酒醉的特洛亚人开始了可怕的屠杀。火把被投掷到他们的家宅,即刻屋顶在他们头上烧起来了。同时,一阵顺风使忒涅多斯的希腊船队飞快地赶来,在赫勒斯蓬托斯靠了岸,即刻全体的战士从城垣上特洛亚人自己拆毁让木马通过的缺口汹涌入城。业已被征服的城如今充满哭喊和悲号。残废和受伤的人们在死尸上爬行,而没有受伤的人也从后面被枪刺死。狗的嗥叫压倒了垂死者的呻吟,妇人和小孩子的号哭更增加了嘈杂。

但阿耳戈斯人也遭受重大损失,因为虽然大部分的敌人都来不及武装,他们仍然尽可能搏斗。有些人投掷酒杯攻击敌人。有些人从炉火上抓出燃烧着的树枝,或用炙肉的铁叉,小斧,大斧以及凡是手头所能抓到的东西打击敌人。所以达那俄斯人也不能不防卫自己。有时石头从屋顶上向他们投来,有时他们经过焚烧的屋墙,被它倒塌下来压死。他们向卫城进攻,这时大批全副武装的战士从普里阿摩斯国王的宫殿冲出,阿耳戈斯人不能不为挽救自己的生命而战斗。

当战斗进行时,虽在深夜,特洛亚城已愈来愈亮,因为阿开亚人所执持的无数火把,和蔓延的大火的火光,使全城照耀得如同白昼。现在阿耳戈斯人不必再耽心在黑暗中分不清敌我,他们更为英勇,并更有目的地攻击着特洛亚人中最高贵的英雄。狄俄墨得斯用他的枪刺穿伟大密格冬的儿子科洛玻斯的肚子;后来又杀死高年的安忒诺耳的女婿即勇敢的欧律达玛斯。随即他遇到特洛亚的一个最年迈的老人伊利俄纽斯,他双膝跪在他的面前,并抓住胜利者的利剑,颤声呼叫道:"无论你是谁,请你平息你的愤怒! 因为只有战胜年富力强的人才是光荣的。请饶恕一个老年人,因为你总有一天也会变成老年人并请求别人怜悯的。"狄俄墨得斯迟疑一会,但接着就用利剑刺入他的喉咙将他杀死,并说道:"是的,我也会变成老年人,但趁我还年轻,我得将我的敌人都送到地府里去!"于是他向前冲击,又杀死许多特洛亚人。

罗克里斯的埃阿斯和伊多墨纽斯也凶猛地追击特洛亚人。涅俄普托勒摩斯则挑选普里阿摩斯国王的儿子们作为杀戮的对象，并已杀死了三个，接着又杀死那个敢于和他父亲阿喀琉斯作战的阿革诺耳。最后他向普里阿摩斯本人走来。这老人正在露天的宙斯神坛前面祈祷。涅俄普托勒摩斯兴奋地举起利剑。但普里阿摩斯却毫无惧色。"杀死我吧，你勇敢的阿喀琉斯的儿子，"他说。"我遭受的苦难已经够多；我的许多儿子都在我眼前死了。我为什么还要活下去呢？但愿很久以前我就死去了。但愿你的父亲已将我杀死。他既然没有杀死我，现在就请你满足你的凶心，也解脱我的苦难罢。"

"老人家，"涅俄普托勒摩斯回答，"你劝我做的正是我心里想做的事。"于是他飞快而轻易地砍去这老人的头颅，就如同收获的人在夏日炎炎的田里割刈稻子一样。头颅在地上打滚，尸体则倒在别的特洛亚人的尸体中间。

阿耳戈斯人的普通的战士们更为残酷。在国王的宫殿里，他们发现赫克托耳的幼小的儿子阿斯堤阿那克斯。他们从母亲的怀抱中将他抢出，因为充满对于赫克托耳及其家族的仇恨将他从城垛上掼下去摔死了。当他们从他母亲抢夺这个儿子时，她哭叫道："请将我也从城头上摔死吧！或者将我投在火焰里！自从阿喀琉斯杀死我的丈夫之后，我只是为了这个幼小的孤儿活着。结束我没有儿子的痛苦的生活吧！"但战士们甚至连听也没有听她，就冲到别处去了。

现在死神到处逡巡着，进入所有的屋子。他只饶恕老人安忒诺耳的一家，因他过去曾这么慷慨仁慈地招待作为使节来到特洛亚城的俄底修斯和墨涅拉俄斯，并救出他们的性命。所以达那俄斯人没有将他杀死，且让他保留着他所有的财产。

当特洛亚城还在被围攻的时候，埃涅阿斯一直在城垣上永不疲惫地奋力作战。但当他看见城里面到处大火，当他发觉任何的抵抗都已无效时，他就好像一个曾经尽可能与暴风雨搏斗以保护着船只的水手似的，因见到一切已经无望，终于跳上一只小船，自求活命去了。他将他的老父安喀塞斯扛在双肩上，牵着幼小的儿子阿斯卡尼俄斯的手，慌忙逃遁。孩子紧靠着父亲，脚几乎没有着地跟着跳过满街的尸体。阿佛洛狄忒也紧紧跟随，保护她的儿子；凡他所走的地方，火焰熄灭，烟雾散去,达那俄斯人射出的矛和箭也落到地上,没有伤害到他。

在城池的其他一切地方,杀戮的范围更加扩大。就在不贞的海伦的内室外面,她的前夫墨涅拉俄斯遇到普里阿摩斯国王的儿子得伊福玻斯。自从赫克托耳死后,他便是他的家族和他的人民的重要的支柱;而在帕里斯被杀以后,海伦就归他所有。他在晚宴后酒醉醺醺地蹒跚着两腿从宫殿的走廊跑出。墨涅拉俄斯追上去,挥舞着利剑将他杀死。"死在这里,死在我妻子的房门口吧!"他大声吼叫如同雷震一样。"但愿我将帕里斯也杀死在这里!但是正如他必须死去一样,你也不能和海伦同居多久而不受惩罚。你必须明白,犯罪的人都不能从正义女神忒弥斯的手下逃脱。"说着,墨涅拉俄斯一脚将尸体踢开,开始在宫廷中搜索,因为他满心希望能发现海伦。海伦因为恐惧她丈夫的愤怒,瑟缩着躲藏在最远的屋角里,使她的丈夫不易找到她。当他第一眼瞥见她时,一种妒忌的心情怂恿他将她杀死,但阿佛洛狄忒已经使她比过去更美丽,如今打落他手中的利剑,平息他胸中的怒气,并燃烧起潜伏在他心中的爱情。他被海伦的美丽所蛊惑,手中的利剑一再举不起来。突然他忘记了她的一切的过错。但当他听到屋外阿耳戈斯人的威猛的战叫时,他又感到惭愧,觉得自己站在不贞的海伦面前,不是作为一个复仇者倒像是她的奴隶。于是他又硬着心肠,从地上拾起利剑,控制自己的情感,向他的妻子砍去。但是在心里,他是不愿伤害她的,所以当阿伽门农向他走来,他倒得救了。阿伽门农抚拍着他的肩膀对他说:"等一等,墨涅拉俄斯,你不该杀死你的合法的妻子,为了她,我们遭受了这多的苦难。比起破坏宾主之间的法度的帕里斯,她的罪就轻多了。现在帕里斯和他的家族和人民都已受到惩罚。他们已经用他们的生命偿付一切。"阿伽门农这么说,墨涅拉俄斯听从他的话,表面好像极不愿意,心里却很欢喜。

当大地上正大肆屠杀,神祇们用浓云遮蒙着自己,悲痛特洛亚城的陷落。唯一感到欢喜并满意得大叫的神祇乃是特洛亚人的死敌赫拉,和短命死去的阿喀琉斯的母亲忒提斯。帕拉斯·雅典娜虽曾不断地援助阿开亚人攻击特洛亚城,如今也忍不住流泪,因为她看见俄琉斯的狂暴的儿子埃阿斯进入她的神庙。在这里他捉到她的女祭司卡珊德拉

（她躲在神堂里，并抱着神像求救），抓着她的头发将她拖走。这女神没有援助她的敌人的女儿，但她的双颊因愤怒而发烧，她的神像发出一种声音使神庙里的地板都震动起来。看了这种罪恶的景象，她决心为卡珊德拉所受到的虐待复仇。

大火和屠杀经过很长久的时间。火焰像一根柱子耸立在天空，对所有在附近各岛屿上生活的人民和海上来往的船只宣告伟大的特洛亚的陷落。

墨涅拉俄斯和海伦。波吕克塞娜

第二天早晨，所有特洛亚城的住民差不多都已被杀死或者被俘。达那俄斯人可以在城里自由行动，并随心所欲地劫取存储在城里的无数的财富。他们将他们的战利品搬到船上去：黄金，白银，宝石，各种豪华的用具，被俘虏的妇人，少女和小孩。在人丛中墨涅拉俄斯领着海伦走出杂逻混乱的城区。他仍旧略有惭色，但却很欢喜他的妻子业已归来。在他的旁边则是阿伽门农和他从粗鲁的埃阿斯手下救出的卡珊德拉。涅俄普勒摩斯带着赫克托耳的妻子安德洛玛刻从焚烧着的城里走回。王后赫卡柏抓着自己撒满尘土的白发，跟跟跄跄地走着，她已成为俄底修斯的俘房。还有无数的特洛亚的妇女跟随在后面，年轻的，年老的，最后则是少女和小孩子们。侍女们混杂在国王的女儿们当中，她们也在痛苦地哽咽和悲泣。只有海伦沉默着。她眼望着地，脸上泛起羞愧的红晕。当她想到在船舰上等待着她的命运时，禁不住战栗失色。她赶快用面网遮蒙着脸面，在她丈夫的身旁震颤地走着。

但当她达到船舰后，阿开亚人为她的面庞的无比的美丽和她的体态的娉婷动人感到眩惑，他们心想：为了这样一个锦标，追随着墨涅拉俄斯航海远征，并经过十年战争的危险和痛苦，也是值得的。没有一个人想到要伤害海伦。他们仍将她留给墨涅拉俄斯；墨涅拉俄斯也被阿佛洛狄忒感动，早已饶恕了她。

现在庆祝的宴会开始了。英雄们都围绕着餐桌躺在卧榻上，中间则是歌者，一面弹奏竖琴，一面歌唱阿开亚人的最伟大英雄阿喀琉斯的功业。他们一直欢宴到夜晚。

现在当海伦独自一人和墨涅拉俄斯在一起,她跪在他的面前,抱着他的双膝祈求:"我知道你有权惩罚我,将你的不贞的妻子处死。但请你想想并不是我自己愿意离开斯巴达的宫殿的。骗子帕里斯用武力胁迫我,当时你不在家,没有丈夫保护我。当我每次要伏剑悬梁,企图自杀,我的侍女们总是阻止我,劝我要想到你和我们的幼小的女儿。现在你随意处置我罢。我作为一个悔过的人,一个哀求者,俯伏在你的面前。"

墨涅拉俄斯温和地将她从地上扶起,并回答她:"海伦,忘记过去的事吧,不必畏惧。过去种种,譬如昨日。你所犯的过失我都不再怀恨。"说着就把她抱在怀里,她悲喜交集地流着眼泪。

阿喀琉斯的儿子涅俄普托勒摩斯睡得很酣。他梦见他的父亲,就好像他活着使特洛亚人恐怖和使阿开亚人欢喜的时候一样。他亲吻他的儿子的眼睛和脖子,并说:"不要为我的死感到悲痛,亲爱的儿子,因为现在我已成为神祇。不要过分悲哀了。像我活着时所做的那样做吧。在战斗时总要站在最前线,在会议中却必须尊重比你年长的人们的睿智。争求光荣,享受大地的阳光,别让不幸的遭遇沉重地压在你的心上。我的早逝将教训你,每一个人距离地府的大门都多么逼近。人们都如春天的花朵,自开自落。现在,告诉阿伽门农用最高贵和珍贵的战利品祭献给我,使我也感到特洛亚覆灭的欢喜,并让我在俄林波斯圣山什么也不缺乏。"

阿喀琉斯给了他儿子这样的训令以后,就像一阵轻风一样从涅俄普托勒摩斯面前消失。他醒过来,心情快乐,好像他父亲仍然活着并和他谈了话一样。

早晨达那俄斯人起床,都渴望着出发归去,因为特洛亚征服以后,他们的怀乡的心情更急切了。他们正想将他们的船舰拖下水去,这时珀琉斯的孙子却出来劝阻他们。"阿耳戈斯人哟,"他用雄壮年轻的声音对他们说,"昨夜我的神祇的父亲向我显示一梦,他要我转告你们,用这次从特洛亚得到的最有价值的战利品向他献祭,使他也分得一份战争的锦标,并和我们共同欢庆这可诅咒的城池的陷落。所以你们还不能离开这里的海岸,除非你们报答了已故的阿喀琉斯,这个使你们获得了胜利的英雄。因为如果不是他击败了赫克托耳,我们的目的是永远不能达到的。"

阿耳戈斯人恭敬地决定遵从他们的战死的英雄的意志。由于对阿喀琉斯的爱护,波塞冬也在海上吹起一阵暴风,巨浪排空,使达那俄斯人即使想走也不可能动身。当他们看到涛浪如山并听着狂风呼号时,他们就互相低语:"是呀,阿喀琉斯真的是宙斯的子孙。你看,天时也怎样地支持着他的要求!"所以他们更愿意服从他的命令,一致拥挤到巍然耸立在海岸上的他的坟墓周围。

但现在发生了问题:用什么来献祭呢? 从特洛亚所得到的最好而又最高贵的战利品是什么呢? 每个阿耳戈斯人都自动的将他所掳得的珍宝和奴隶陈列出来。当一切被检视以后,所有的金银和宝石以及别的财富,比之于普里阿摩斯国王的女儿波吕克塞娜都黯然无光。因此人从中发出喊声,说波吕克塞娜是所有战利品中最好而又最高贵的。这女郎看见大家的眼睛都注视她,却不动声色。即使她的母亲赫卡柏从奴隶的队伍中向她扑过去,并大放悲声,她仍然十分镇定。因为波吕克塞娜是愿意以一死殉阿喀琉斯的。她曾经从城头上看见过阿喀琉斯;虽然他是特洛亚的敌人,他的俊美和强健已激起她心中的爱情。甚至有这样一种传说:有一次战争逼近特洛亚城门,阿喀琉斯看见波吕克塞娜站立在城垛上。他立即对她发生爱恋,并向她喊道:"啊,普里阿摩斯的女儿哟,如果你落在我的手里,谁知道我不会恢复普里阿摩斯与阿耳戈斯人的和平呢!"好像阿喀琉斯说完这话就立刻感到后悔,因为他记起了他对希腊的义务。但波吕克塞娜——据他们说,对这几句话很受感动,她从那一天起就热烈地爱慕这个特洛亚人的敌人。

这且不提,现在当所有的眼睛都注视她,所有的嘴都说只有她适合于献祭给这位希腊最伟大的英雄的时候,这个女郎仍极从容镇静。在阿喀琉斯的墓前,临时建筑了一座祭坛,所有献祭的事物都已准备齐全。这时,出人意料之外,公主突然从女俘虏的队伍中奔出,夺过一柄短刀,她紧伏在祭坛上如同一匹羔羊,将短刀刺入自己的心里。她倒地死去,没有说一句话,也没有一声叹息。

阿耳戈斯的队伍中即刻响起一片悲叹的声音。年老的王后赫卡柏伏在她女儿的尸体上哭泣,她的侍女们也同声悲号。

在波吕克塞娜倒地死去,鲜红的血液从心腔里涌出的同时,海浪立即趋于平静,并澄明如镜。涅俄普托勒摩斯怀着无限的同情走到祭坛,帮助他们将波吕克塞娜的尸体搬开,并叫人以公主的礼节将她埋葬。现在涅斯托耳在阿耳戈斯人的会议上站起来发言:"我们出发归家的时刻终于来到了。海神已使风浪平息。眼睛所能看到的地方,已没有一丝风浪,没有一点水花。阿喀琉斯已经满足。他接受了波吕克塞娜的献祭。让我们拖船下水,扬帆归去吧!"

离开特洛亚。罗克里斯的埃阿斯之死

在涅斯托耳的建议下,一切都已准备好。当他们将大量的各种战利品运载到船上时,他们热情地呼叫着。首先是大批的奴隶给带上船去,一路哽咽而且哭泣着。然后阿耳戈斯人自己上船。只有预言家卡尔卡斯一人仍然留在岸上。因他预感到有一种可怕的惨剧隐伏在欧玻亚岛的卡法尔山岩附近,等待着阿耳戈斯人,这地方是阿耳戈斯人的舰队回乡时必须经过的。他警告他们不要出发,但人人都归心似箭,没有一个人注意他的预言。只有安菲罗科斯临上船时又退回来,他是那位在忒拜殉难的著名大预言家安菲阿剌俄斯的儿子。他父亲预知未来的天才在他心中一动,他突然与卡尔卡斯有着同感,所以他也决定留下。命运女神规定他们两人都不能回希腊去。他们定居在小亚细亚的喀里喀亚城和潘费利亚城。

别的阿耳戈斯人解缆启锚。大风扬帆,海浪汩汩地拂打着船底。船头上满满地堆积着被杀死的敌人们的武器。无数战胜的纪念物悬挂在船桅上。船舰都用花环围绕,战胜者的盾牌,战盔和枪也各饰以花环。他们欢乐而骄傲,并灌酒于烟波浩渺的大海,祈求神祇保佑他们的平安回归。但他们的祈祷从没有达到俄林波斯高峰;急风将它们从甲板上吹走并吹散在流云里。

当英雄们充满怀念和希望遥望前途时,被俘虏的妇女和孩子们则频频回顾在废墟中仍然冒着青烟的特洛亚城。她们勉强压抑她们的哽咽,隐藏着心中的痛苦,以默默的泪水来冲淡她们的悲哀。有些女郎们双手抱着两膝,有些则用手掌遮蒙着脸面。年轻的妇女们怀中抱着婴儿,他们只知道吸乳,不知道不幸在等待着他们。卡珊德拉站在她们中间,比其余的任何人都高。她没有眼泪,她的骄傲使她不肯悲叹。眼前所发生的一切正是她过去所预言过而遭到国人嘲弄的事。现在她对本国的妇人们说着轻蔑的话,但虽然她口里嘲笑她们,心里却为被抢劫和焚烧的特洛亚城悲痛。

在特洛亚的废墟上被遗留下来的只是老年的和受伤的人。安忒诺耳劝大家从事于埋葬死者的可悲的工作。这是一种缓慢的工作,因为仅有少数的活着的人,却要埋葬这么多尸体。他们建立了一个大火葬堆,将死者并排放在上面,并悲泣着将它焚化。

同时阿耳戈斯人已经远离阿喀琉斯的坟墓和特洛亚的海岸。但他们的快乐也被忧伤所冲淡,因为想到有多少同伴战死了,多少朋友被遗留在异乡的土地上。多少海岸,多少海岛不知不觉地过去了:忒涅多斯岛,克律萨岛,阿波罗·斯明透斯的神庙,神圣的喀拉岛,勒斯玻斯岛和伊得山脉突伸到海里去的勒克同半岛。大风扬帆,波涛汹涌,海面漆黑,仅在船舰后面有一线雪白的水花。

胜利者本来可以平安地到达希腊的海岸,但因为帕拉斯·雅典娜对于罗克里斯的埃阿斯在她的神庙中的渎神行为感到恼怒,所以在他们经过欧玻亚的多风暴的海岸时,她给他安排了一个惨死。她曾经向宙斯申诉她的女祭司卡珊德拉被人从神堂里拖出的事,并要求让她有权利对作恶的人报复。万神之父宙斯不仅允许她的请求,而且借给她库克罗普斯刚刚为他制造的雷电,并让她激起大风暴阻止阿耳戈斯人舰队的前进。于是雅典娜紧束战甲。在她的发光的盾牌中央是带着扭结的蛇发的戈耳工头颅。她紧握住除她父亲以外没有人能举起的一束雷电,使俄林波斯圣山充满轰隆的雷声,并以浓云包蒙着山岳,海洋和大地。然后她派遣她的使者伊里斯去召请风神埃俄罗斯。这时一切的风都被他锁闭在他宫殿附近的山洞里。

当伊里斯来到他的宫殿,看见他和他的妻和十二个儿子在一起。

他即刻起身执行雅典娜的命令。他用他的强力的两手,用巨大的三尖神叉,挖开封闭各种风的岩洞。各种的风随即像一群猎狗一样冲出。他吩咐他们合为一股浓黑的暴风,去掀起欧玻亚海岸的卡法尔山岩下面的海浪。他的话还没有说完,他们业已出发。于是海洋在急风下咆哮,巨浪腾涌如山。阿耳戈斯人看到巨浪向他们卷来,大家都失魂落魄,再无力摇动大桨。暴风雨将他们的船帆撕成碎片。最后甚至掌舵的人也束手无策。如今夜幕降下,这是从来没有过的最浓黑的夜,它粉碎了他们的最后的一线希望。

波塞冬也来援助他哥哥的女儿雅典娜。她不断地从俄林波斯圣山向下闪击雷霆和闪电。船舰里发出恐怖的号叫。在风浪的冲击下木片开裂,船舰破碎了。想附着碎木片逃生的人也终于被浪涛吞没。最后雅典娜用最大的雷电轰击埃阿斯的船舰,使它立即粉碎。大地和空中响震着可怕的破裂声,巨浪吞食着破船的碎片。水手们都挣扎着溺死,但埃阿斯却仍然活着。有时他攀附一块木板,有时又以游泳家的本领避开巨浪。他有时浮在浪头上,有时又沉没下去。这时闪电,直在他周围闪击,但雅典娜还不让他死去。这样死法是太仁慈了。但他在恐怖中仍不灰心和失望。他攀到伸入海里的一块岩石,顽强地抱住它,并夸口说即使全体的神祇联合起来要毁灭他,他也要救出自己。

大地的震撼者波塞冬正在埃阿斯的身旁,他听到他的傲慢的言语甚为愤怒。他狠狠地使海洋和大地同时震动。卡法尔的悬岩颤抖,海岸也在海神的三尖神叉的突击下崩裂着。现在埃阿斯用流血的双手所紧握住的岩石也从海底连根翻起,他又绝望地被投掷到漩涡里去。他的头发和胡子上全是水沫。当他下沉时,波塞冬并以从半岛上塌下的巨大的岩块向他掷去,这岩块压住这罗克里斯的国王,正如过去雅典娜压住一样。因此埃阿斯在海陆的夹击下粉身碎骨。

别的达那俄斯人的船舰漂流在海上。有些碎为破片,有些沉没入海。风暴仍然继续着,大雨又倾盆而下就好像皮拉和丢卡利翁时代的洪水一样。过去阿耳戈斯人用石头击死了帕拉墨得斯,现在也遭受报应。因为这英雄的父亲即国王瑙普利俄斯仍然活在欧玻亚岛。他看见阿耳戈斯人正在急风暴雨中挣扎,想起了使他悲伤了多少年的恶毒的谋杀事件。他从来没有忘记报复,现在机会来了。他奔到海岸上,命令他的仆役们在危险的悬岩下面,在卡法尔半岛的沿岸扬起火把。阿开亚人以为这是海岛上慈悲的人用火把向他们指出安全的海岸,于是怀着热望急切地向这悬岩摇来。结果又有许多船舰粉碎在这里。

当达那俄斯人在归途中正遭到这些惨剧时,波塞冬命令海浪冲毁他们在特洛亚城外军营周围的围墙和碉楼。因此,这次伟大战争中的一切,除了特洛亚城的灰烬和少数船舰载着归去的英雄与被俘虏的特洛亚妇女而外,已一切化为乌有。而他们也被暴风和巨浪所分散。后来他们经过千辛万苦才回到希腊海岸,而且在这里能够得到在长年战争中所渴望的幸福的也仅仅是极少数的几个人。

坦塔罗斯家的最后一代

阿伽门农的家庭

特洛亚城已经陷落。凯旋归国的阿耳戈斯的舰队也遭遇大风暴，大部被毁灭。那些幸免的人继续在风浪止息后的海上向着故国航行。由于赫拉的保护而逃脱了海上风险的阿伽门农，正向着伯罗奔尼撒的海岸归来。但当他刚要靠近拉孔尼亚的玛墨勒亚岛的陡峻的海岸，又吹起一阵狂风暴雨，将他的船舰驱回到大海上。他悲叹着，高举双手祈求神祇，在他服从神意经过了这多苦难之后，不要在业已看得见家园的地方又遭溺毙。他并不知道这次新的暴风雨是从俄林波斯山降下来的警告，要他宁可在异地漂泊，在野蛮人中生活，而不要回到他自己的密刻奈的宫殿去。

在阿伽门农的家庭中有着一种灾祸。这可以追溯到他的祖先坦塔罗斯，而后来的新的过失使它更加严重了。他的家族的凶猛的天性曾使他的祖先获得权力和光荣，而使别的一部分人陷于毁灭。现在阿伽门农即将成为在他宫廷中计划着的一种阴谋的牺牲。他的曾祖父曾经在神祇们来到他的家里饮宴时杀死并烹调了自己亲生的儿子珀罗普斯作为盛馔献上。仅仅由于一种奇迹才将这个孩子救活。珀罗普斯本来是无罪的，但他后来杀死了赫耳墨斯的儿子密耳提罗斯，以致在延长他家族的灾祸中也有他的一分过错。密耳提罗斯的故事是这样的：他是国王俄诺玛俄斯的御者，俄诺玛俄斯的女儿是希波达弥亚，珀罗普斯曾与她的父亲赛车获胜并娶她为妻。而珀罗普斯之所以获胜，是因为他贿赂密耳提罗斯将他主人的战车的铜钉拔去而代以蜜蜡。因此俄诺玛俄斯的战车倾覆，珀罗普斯获胜，并赢得国王的女儿。但当密耳提罗斯向他要求他所许诺的贿赂时,珀罗普斯却将他投在海里,因他不愿他的阴谋的见证人留在人间和他作对。后来他虽然为赫耳墨斯建立神庙,并为密耳提罗斯建筑巨坟,但总不能平息赫耳墨斯的愤怒。这神祇立誓要向他和他的子孙报复。

珀罗普斯有两个儿子,阿特柔斯和堤厄斯忒斯,他们也扩大了这种灾祸。阿特柔斯为密刻奈国王,堤厄斯忒斯则统治阿耳戈斯的南部。作兄长的有一只金毛的牡羊,为弟弟所艳羡而嫉妒。他诱通他哥哥的妻子埃洛珀,她遂将金毛的牡羊给了他。当阿特柔斯知道了他兄弟所犯的双重罪恶时,他立即实行报复。他依照他祖父的例子,偷偷地捉住堤厄斯忒斯的两个幼小的儿子坦塔罗斯和普勒斯忒涅斯,并将他们杀害,作为盛馔,在大宴会上宴飨他的兄弟。他用孩子们的血液羼混葡萄酒请他们的父亲干杯。太阳神看到这可恶的筵席,也恐怖得勒转太阳车,即时退去。后来堤厄斯忒斯从这无人性的兄长那里逃走,隐匿在厄庇洛斯的国王忒斯普洛托斯处。后来阿特柔斯的国里遭到荒旱和饥馑。国王请求神谕,所得到回答是必须将他所斥逐的兄弟召回,他的国内才会繁荣和丰收。

阿特柔斯亲自出发找到堤厄斯忒斯,并将他和他的儿子埃癸斯托斯带回家。埃癸斯托斯生于厄庇洛斯,是他的父亲诱奸别人所生。现在他决定为他的两个哥哥向阿特柔斯及其子孙报仇。他报仇的第一步是在阿特柔斯和堤厄斯忒斯回到密刻奈不久后完成的。那两兄弟的友爱为时很短。阿特柔斯将堤厄斯忒斯禁锢在监牢里。于是埃癸斯托斯向他的伯父走来,假装对于他出身的不光荣感到愤怒,所以愿意将自己的父亲杀死。因此他被许可进入监牢,在那里他和他的父亲商定一个计策。埃癸斯托斯将一把浴血的刀子给他的伯父看,他对他的兄弟的死感到欢喜,于是在海滨作感谢神恩的献祭,这时他的侄儿就用那把刀子将他杀死。堤厄斯忒斯出狱后篡夺了他哥哥的王位。但不久,阿特柔斯的长子阿伽门农也杀死了他的叔叔,为他的父亲报仇。埃癸斯托斯被赦免了。神祇们保全他,要由他来继续这个灾祸,他并且统治着他父亲在阿耳戈斯南部的王国。

当阿伽门农出发到特洛亚去了,留下他的妻子克吕泰涅斯特拉独居深宫，并怀恨着女儿伊菲革涅亚被杀的事。这时埃癸斯托斯认为替他父亲向阿特柔斯的儿子报仇的机会到了。他突然来到密刻奈。克吕泰涅斯特拉因为怨恨丈夫，有心要糟蹋他，所以她接受了埃癸斯托斯的要求，和他同居在一起如同夫妻一样，并共同享受王位。这时阿伽门农有子女三人居住在宫殿里，一是与伊菲革涅亚年岁最相接近的厄勒克特拉，一是她的年幼的妹妹克吕索忒弥斯，另一个是幼小的俄瑞斯忒斯。就在他们的眼前，埃癸斯托斯篡夺了他们父亲的地位：既得到了他们母亲的爱情，又霸占了整个王国。后来特洛亚战争渐近结束，这对妍居的夫妇想到阿伽门农的归来，想到他和他的战士们所必然给与他们的惩罚，不禁大为恐惧。多少年以前他们就在城垛上安置了一个守望的人，叫他一看见由沿岸烽火台所发出的特洛亚城陷落和国王归来的信号，就立即前来报告他们。他们计划着举行盛会欢迎阿伽门农，并在他还没有发现宫廷和国内所发生的一切事件以前就落入圈套。

终于熊熊的火光在黑夜中升起。守望的人立即从城垛上奔来，将这事报告给王后。克吕泰涅斯特拉和她的情人焦急地等待天明。日出后不久，阿伽门农所派遣的一个使者头上戴着橄榄枝先跑到宫殿来报信。王后假装十分喜欢地接见他，但同时设法不让他与别的人接触。她打断他的长篇报告说："请暂不要说这全部的故事，我要从我的丈夫国王阿伽门农直接听取每一桩事情。去，告诉他快些回来！告诉他我如何高兴，所有的密刻奈人都如何地喜欢。我将以一种适合于一个大英雄的隆重而豪华的典礼亲自去欢迎他，他不单是我所最敬爱的丈夫，且是世界最著名城市的光荣的征服者。"

阿伽门农的结局

当暴风雨将阿伽门农从玛勒亚海岸逐退后，他的船只漂到了过去曾为他的叔叔堤厄斯忒斯所统治，现在却由埃癸斯托斯执政的王国的南岸。他停泊在安全港里，期待顺风的来临。他所遣派出去的探子带回消息说，自从克吕泰涅斯特拉由奥利斯港回来后，这地方的国王埃癸斯托斯就居住在她的深宫，并以阿伽门农的名义统治密刻奈若干年了。

阿伽门农听到这话很高兴，毫不怀疑这有任何恶意。他感谢神祇，以为自古以来家庭中的仇恨业已消解。他自己在特洛亚经过这多年的流血战争，所以他的报仇雪恨的心情已经淡薄，如今他并不想对于他的父亲的谋杀者报复，这个谋杀者毕竟也只是实行了一次公正的报复而已。此外，他也怀着善良的心情设想由于长久的离别，他的妻子当已放弃对于他的怨恨。所以当一阵顺风吹起，他就拔锚解缆，怀着一种欢快的心情向故乡的海港航来。

他对神祇作了感恩的献祭，感谢他们已使他平安归来，然后立即带着他的战士们由王后所派去迎接的使者引导入城。在密刻奈城门外，他的全体人民由他的从弟埃癸斯托斯（全国人民都以为他是国王的代理人）率领着在欢迎他。其次则是王后克吕泰涅斯特拉，由她的女仆和子女簇拥着，保护得很严密。像别的假装快乐的人一样，她也用一种夸大的尊敬和尽可能的快乐的表示来迎接她的丈夫。她并不是用双臂拥抱他，却是双膝跪在他的面前，说出一大篇的赞美和祝贺。但阿伽门农却怀着笃厚的心情将她从地上扶起，抱入怀中，并对她说："你在做什么，勒达的女儿？你不要俯伏在尘埃中欢迎我，如同奴隶对于他的凶暴的主人那样。为什么用锦绣的花毡铺陈在我的脚下？这是对于神祇而不是对于一个凡人的欢迎！请不要给我以过分的，为神祇所忌的尊敬啊！"

当他和他的妻子寒暄过并拥抱过他的儿子之后，就转身向着正和城里的长老们站立在一边的埃癸斯托斯。他以一种兄弟的爱和他握手，并感谢他在他远离时这么用心地代他统治他的王国。然后他解开他的绊鞋上的皮带，赤足踏着豪华的地毯走回到宫殿。跟随在他后面的有普里阿摩斯的女儿，预言家卡珊德拉，他从凶暴的罗克里斯的埃阿斯的手下将她救出，并将她作为战利品带回来了。她坐在满载战利品的大车上，垂首低眉，俯视着地上。当克吕泰涅斯特拉看见她的高贵的样子，即心怀嫉妒；特别是她听说过这女俘虏乃是帕拉斯·雅典娜的能说预言的女祭司，现在要和她一起住在因她对阿伽门农不贞而亵渎了的宫廷里，更感到十分恐怖。她越发觉得如果不及早执行她的计谋，将是最危险的事，并立刻决定要将这异国的女俘虏和她的丈夫同时害死。

但她小心谨慎地隐匿着她的心事。当胜利的行列到达密刻奈的宫殿时，她就走到车前慈爱地对卡珊德拉说："来罢，不要悲哀了！即使阿尔克墨涅的无敌的儿子赫剌克勒斯也曾被迫低头作异国女主人的奴隶。命运女神既已将你放逐，望你以来到了这历代繁荣富有的家庭而感到快乐。只有那些暴发户才会虐待仆人。所以请你放心，我们将好好看待你，并给你一切应得的照顾。"

卡珊德拉听到这话并不动容。她长久呆呆地坐着，她的女仆人不得不劝她下车。她如同一匹受惊的牝兔一样跳下来。她预见一切将发生的事情，并知道已无可挽回。即使她能够改变命运女神的决定，她也不愿从复仇女神的手下救出她的民族的敌人。但因为他曾经救过她，她情愿和他一起死去。

阿伽门农完全被他的妻子为庆祝他凯旋归来的豪华宴会所作的安排欺蒙住了。她的本意是要在筵席上由埃癸斯托斯所雇用的人将他杀死，如同在料槽边杀死一匹牡牛一样。但是这位女预言家的来到促使她和埃癸斯托斯加速行动，并且不让任何人参与其事。

阿伽门农因远道归来感到疲惫，且满身尘土，所以要求温水沐浴。克吕泰涅斯特拉告诉他业已为他预备好。国王毫不迟疑地走进浴室里，放下武器，解下战甲和武装，并走下浴盆。这时他们看见他没有武装，可以任人摆布，克吕泰涅斯特拉和埃癸斯托斯立即从隐伏处奔出，用密网套在他的头上，然后以短刀将他刺死。因为澡堂设在地下的密室里，所以上面宫殿里的人们听不见他呼救的声音。这时卡珊德拉独自一人在黑暗的大厅中行走，知道正在发生谋杀，就用一种奇特而隐晦的言语揭穿它。但不久以后她也被处死了。

当埃癸斯托斯和克吕泰涅斯特拉完成了这一双重的罪行后，他们不想隐瞒，因他们相信左右的人对于他们是忠实的。他们将两个人的尸体陈列在宫殿里。克吕泰涅斯特拉召集城里的长老，对他们毫无保留地宣告："朋友们，请别怨恨我，因为一直到现在我始终在瞒着你们。我不能不向我的仇人，我的可爱的女儿的杀害者报复。是的，我设置罗网，我如同捉鱼一样地捉到他。我凭冥王普路同之名，用我的短刀向他连刺了三刀。我亲手为我的女儿报了仇。我杀死了我自己的丈夫阿伽

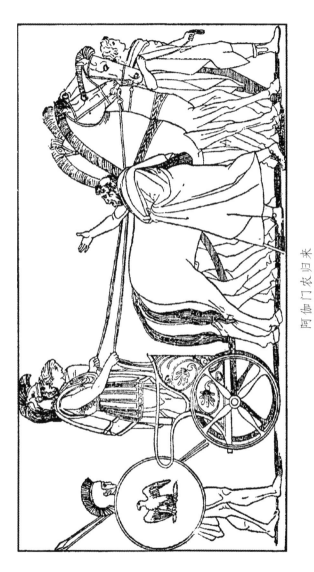

阿伽门农归来

门农，我并不否认。他不曾杀死了他的女儿如同杀死一匹小羔羊一样么？我的苦恼，一个母亲的忧虑不是使阿耳戈斯人的船舰所遭到的特刺刻的飓风平息了吗？难道这样一个凶暴的人应当生存并统治我们的忠诚的人民吗？由一个不曾犯杀子之罪的人，由埃癸斯托斯来统治你们，不是更公平吗？埃癸斯托斯杀死了阿特柔斯和他的儿子，只不过是替他的父亲报仇。由于他帮助我报了仇，我成为他的妻子，和他共居王宫，共享王位，这是很合理的。他使我保持着我的勇气。只要他和他的战士们保卫我一天，就没有人敢来过问我所做的事。至于这个女奴隶，——"她说到这里就指着卡珊德拉的尸体，"她是你们的不忠实的国王的姘妇。因为她是一个淫妇，所以非杀死她不可。她的尸体得喂给狗吃！"

长老们都默默无言。反抗是谈不到的。宫殿周围全是埃癸斯托斯的士兵。不祥的武器的响动和威武的战叫打破着沉寂。阿伽门农所统率的战士们因经过特洛亚的战争已大大折损，此时且已卸除武装分散到城里各处。所以埃癸斯托斯的傲慢的战士们大踏步地在密刻奈的大街上行走，有谁敢出言毁谤刺杀国王的凶手，他们立即将他击毙。

克吕泰涅斯特拉和埃癸斯托斯尽其所能巩固自己的地位。他们将重要的官职和军权分给他们的亲信。他们不屑防备阿伽门农的女儿们，将她们看做无能为力的弱女子。后来——已经太晚了——他们想到阿伽门农的幼子俄瑞斯忒斯将来长大可能会为他父亲复仇。虽然他还不到十二岁，他们也想将他杀害，永绝后患。但他的伶俐的姊姊厄勒克特拉却已先有准备。当他的父亲一死，她就将这个孩子托付给一个奴隶秘密地带往福喀斯的法诺忒斯地方。在这里，他被阿伽门农的老友斯特洛菲俄斯收留，和青年王子皮拉德斯一起抚养长大，就如同亲弟兄一样。

俄瑞斯忒斯为父报仇

厄勒克特拉自从父亲被谋杀以后，仍在父亲的宫廷里过着悲惨的日子。她日夜盼望她的兄弟长大成人回来为父亲报仇。她自己的母亲对她十分嫉恨。她不能不和父亲的谋杀者同住在宫廷里面,且事事听从他们。她的生死祸福完全操在他们的手里。她看见埃癸斯托斯坐在她父亲的王位上,穿着从已故国王的储藏室里取出的华贵的长袍。她看见他为他自己所杀死的国王的家室的神祇举行灌礼。她被迫目睹她的母亲对这个篡弑者的柔情热爱。克吕泰涅斯特拉对于自己所犯的罪恶一笑置之,并在阿伽门农被刺杀的周年纪念日举行盛宴。此外,她每月宰杀许多祭品祭献神祇,感谢他们使她免于阿伽门农的报复。

女郎因为不敢公然哭泣,只有在心里暗自悲伤。"你为什么哭泣呢?"她的母亲会这样责备她,"世界上失去父亲的只有你一个人吗?是不是除你以外别的人都不配来悲哀?我愿你在这种愚蠢的悲哀中死去!"每当一种隐约的传言传到她耳里,说俄瑞斯忒斯还活着并准备回到密刻奈来反对她,她就将她所有的恐怖和恶念都倾泻在不幸的女儿身上。"如果他回来,那就是你的过错!"她叫骂着。"不是你从我的手中将他偷偷放走的么?但是你绝不能活着看见你的阴谋实现。你应当受到的惩罚一定出乎你的意料之外而很快临到你的身上。"每当这样的情形发生,埃癸斯托斯总是在旁边火上加油,厄勒克特拉只得避开他们,设法躲藏在宫中最偏僻的屋子里。

多年以后她仍然在等待她的兄弟归来,因为虽然当她将他送出时他还那样年幼,可是他曾向他的姊姊保证,一俟他长大能够使用武器时,他就回来为父亲报仇。但那已是很久以前的事,现在这种希望已渐渐地在厄勒克特拉的心中消失。

她的妹妹克律索忒弥斯并不像她一样有着这种刚强而勇敢的心情。她不能对她的计划有所帮助,也不能减轻她的悲愁,并不是因为她对于厄勒克特拉的苦恼漠不关心,而是她过于软弱和温和。她常常听从母亲的话,反对她的姊姊。有一天,她从宫廷里走出,带着对死去的父亲献祭的祭品和举行仪式的器具。这是克吕泰涅斯特拉要她去献祭,但当她在厄勒克特拉面前经过时,后者责备她只听信母亲的话而忘记了死去的父亲。克律索忒弥斯回答道:"难道你永不放弃你的无用的悲痛吗?我看到我周围的一切我也伤心,只是我隐忍着,因为我不能不如此。但你,如果你不停止你的悲痛,他们会将你囚禁在远方的山洞里，使你永远看不见阳光。我已听到他们谈到这个计划。望你记住这一点；将来大祸临头，不要怨我！"

"他们想怎么做都随他们的便罢，"厄勒克特拉冷静而骄傲地回答，"不管什么地方，只要是远远地离开你们，那就最好了。但是妹妹，这些祭品是准备献祭谁呢？"

"母亲吩咐我带到死去的父亲的坟上去献祭。"

"献祭她所谋杀的丈夫吗！"厄勒克特拉惊叫起来。"她怎么会起这样的念头呢？"

"她做了一个梦，"克律索忒弥斯回答，"他们说她在梦中梦见我的父亲。他手中拿着过去为自己所有而现在已被埃癸斯托斯夺去的王杖。他将王杖插入土中，它即刻长成一棵枝叶繁茂的大树，荫蔽住整个密刻奈地方。这梦使她很恐惧，所以趁今天埃癸斯托斯不在家，她叫我将这些祭品带去安慰我的父亲的阴魂。"

"亲爱的妹妹，"厄勒克特拉请求她，"别让这恶毒妇人的祭品去玷污父亲的坟地！将它们扔了，或者秘密地埋在土里，使它们不能有一点一滴达到我父亲所安息的地方。你以为被杀害的人会欢喜享受杀害者的祭品么？将这些都掷去，只是从你头上剪下少许头发，并将我的头发和这根腰带（我唯一的东西），拿去献祭我们的父亲。你到了他坟上时，请跪下祈求他从阴间出来帮助我们反对我们的敌人，那同时也是他的敌人；祈求他尽速使我们可以听到他的儿子俄瑞斯忒斯的骄傲的脚步声，因他将杀死他父亲的谋杀者。那时我们再用丰盛的祭品在他的坟上献祭。"克律索忒弥斯第一次为她姊姊的话所打动。她应允听从她的话，并带着她母亲给她的一切祭品迅速走开了。

她离去不久，克吕泰涅斯特拉就从内廷出来，并如平时一样讥嘲她的女儿。"厄勒克特拉呀，你今天好像很高兴，"她说，"我猜想那是管束你的埃癸斯托斯离开了宫廷的原故。你在门口出现应该觉得羞耻。这对于一个女郎是不应该的！也许你是在这里向仆人们抱怨我。你仍然在控诉我杀死了你的父亲么？我不否认我这样做了，但我并不是孤立的。正义的女神站在我这边，如果你有一点理智，你也会赶快支持她。你随时都在悲痛着的你的父亲，不就是为着自己的利益和墨涅拉俄斯的原故,横暴地将你的姊姊牺牲了么?这样的一个父亲不是已经无权受到尊敬了吗?如果我死去的女儿会说话,我相信她会赞成我的。但无论你赞成或反对我,蠢丫头,都是无足轻重的。"

"听着!"厄勒克特拉回答,"你还在吹嘘自己杀死了我的父亲。这多么可耻啊!无论这次谋杀是不是正当的都没有关系。你不是为了正义而杀害他的!你是被那个现在已经占有你的人的谄媚和爱抚所驱使而这样做的。我的父亲牺牲他的女儿是为了阿耳戈斯全军,而不是为了他自己的利益。他是勉强这样做的。他是被迫并为了全希腊人民的原故这样做的。但即使他为自己和他的兄弟而牺牲了自己的女儿,难道他的妻子就应当将他杀死么?难道你非得和你的同谋者结婚,因而在犯罪之后继之以耻辱么?或者你也将这一点算在替女儿报仇的账上吧?"

"傲慢的女郎呀!"克吕泰涅斯特拉尖声叫了起来,"请阿耳忒弥斯作证,等到埃癸斯托斯回来,你就会懊悔你的这种侮慢行为了!但愿你不再打搅我,使我可以和平地作献祭!"

克吕泰涅斯特拉离开她的女儿,来到建立在宫殿门外保护城垣和街道的阿波罗的祭坛,这样的祭坛在每个阿耳戈斯人的家宅门外都有的。她的献祭是为了讨好那个使她昨夜做了噩梦的预言之神。果然好像神祇对她有了好感。当她刚刚献祭完毕,即刻有一个外乡人走到她周围的侍女们跟前,询问埃癸斯托斯的宫殿在哪里。她们介绍他进见王后,他向她鞠躬说:"恭喜呀!克吕泰涅斯特拉!我正为你,你的丈夫和你的朋友们带来可喜的消息。我是法诺忒的国王斯特洛菲俄斯派遣来的。俄瑞斯忒斯已经死了。这就是国王要我来告诉你的。"

"这些话就等于宣判了我的死亡,"厄勒克特拉悲叹着,跌坐在台阶上。

"再说一遍你所说的话!"克吕泰涅斯特拉欢叫着并即刻离开祭坛,"别理睬那个愚蠢的女郎!告诉我一切,告诉我呀!"

"你的儿子俄瑞斯忒斯,"外乡人说,"因为急于寻求光荣,所以到得耳福去参加神圣的赛会。当评判员宣布开始竞走时,他迈步向前,他是这样的光芒四射,使看到他的人都大吃一惊。大家还来不及仔细观看,他就如同急风和闪电一样跑到了目标。他得胜了,于是阿耳戈斯的俄瑞斯忒斯,即特洛亚的征服者阿伽门农的儿子,遂被宣布为胜利者。这是竞赛的第一天。但即使最刚强的人也不能逃脱他的命运,如果神祇定要作弄他的话。第二天清晨,太阳刚刚上升,他又参加战车的竞赛。参加竞赛的有一个阿开亚人,一个斯巴达人和极富有驾驭马匹经验的两个利比亚人。俄瑞斯忒斯驱策着四匹忒萨利亚良马参加竞赛,是第五人。他之后是一个驾着四匹栗色马的埃托利亚人。第七个加入的是马格涅西亚人,第八个是驾着四匹白马的埃诺斯人,第九个是雅典人,第十个是玻俄提亚人。现在评判员让大家拈了阄,战车排好次序,然后以鸣奏喇叭为号,各个执缰挥鞭,大声吆喝着马匹向前急驰。金属的战车铿锵震响,车轮下尘土飞扬,大家都不停地挥着鞭子。在每辆车的后面紧跟着另一辆车的咻咻的马匹。他们已绕场七次。每当俄瑞斯忒斯绕过转弯的标柱时,他的车轴几乎要碰到它,因为他紧拉左边的马而放松右边的马,使弧度显得很急。直到此时竞赛总算顺利进行,但现在埃诺斯人的马突然狂奔,撞着其中一个利比亚人的战车,即刻发生大混乱。车辆彼此撞击,立即全场到处都是破碎的车子。雅典人却是唯一聪明的人,他赶着马走外围的跑道,避开场子里面那一大堆纠缠的战车。俄瑞斯忒斯紧跟在他后面。他看到前面的人,马匹和战车都纠绊在一起,知道只有这个雅典人是唯一剩下和他争胜的人,于是加紧挥鞭。现在两人都直立在战车上,奋勇争先。现在到了最后一次转弯的地点。俄瑞斯忒斯一直行进得很好。由于过分相信自己可以胜利,他渐渐地也将左边马匹的缰绳也放松了。这使得马匹转弯得太快,虽然车轴仅仅在标柱上擦了一下,但碰撞过猛,它还是折断了。他跌落下来,被马匹拖曳着在地下奔跑。这时马匹因受惊吓在沙地上狂乱奔驰。旁观的人们都同声叹息,因为看到俄瑞斯忒斯有时被抛到空中,有时又被拖在地上。最后别的御者们终于使他的马匹停止下来,并割断纠绊着他的缰绳。但他已肢体毁损,血肉模糊,甚至他的朋友们都不认得他了。福喀斯人即时将他在火葬堆上焚化,从福喀斯来的使者们如今正携带盛着他的尸骨的小瓮回这里来,以便将他的尸骨埋葬在他的故土。”

　　使者说完，克吕泰涅斯特拉心里充满了复杂矛盾的感情。她怕她的儿子回来，所以他的死讯原应使她满心欢喜。但她的母性的悲痛冲淡了她听到这消息时的宽慰之感。厄勒克特拉则正相反，她只感到无限的悲哀。在她母亲将这个从福喀斯来的外乡人带到宫殿里去以后，她哭道："我逃到什么地方去呢？现在我是完全孤独的人了。现在我得无休无尽地去服侍这些杀害我父亲的人了。但我不能够呀！我再不能和他们在同一个屋顶下面生活了。我宁肯离开宫殿，并悲惨地死去。如果有人怪我迟迟不死，那么让他即刻来将我杀死吧，生命对于我除掉悲痛已没有别的意义。死更使我欢喜。"

　　后来她渐渐变得沉默，且完全痴呆绝望。她呆坐在宫廷的大理石台阶上，低垂着头，足足有几个时辰，这时她的妹妹来到她面前，使她从沉思中醒过来。"俄瑞斯忒斯已经来了！"她喊道。"他如同你我一样还活着呢！"

　　厄勒克特拉抬起头来，瞪着两只大眼惊诧地看着她的妹妹。"妹妹，你疯了么？"她问道，"你在拿我的和你的悲哀开玩笑吗？"

　　"我只能报告你我所知道的消息，"克律索忒弥斯含着眼泪微笑地回答她说。"听着，我将告诉你我是怎样发现实情的。我去到父亲的长满青草的坟上，发现那里有新近用牛奶和花圈献祭过的痕迹。我惶惑而恐惧地向四周观望，直到我知道附近没有人，我才更加走近。我看见坟边有一绺新剪下来的头发。突然——我不知道这是什么原因，我想到我们的兄弟俄瑞斯忒斯，我推测这头发必然是他的。我欢喜得流泪，将它拿在手里带回来，你看，这就是！我相信它一定是从他的头上剪下来的！"

　　厄勒克特拉怀疑地摇着头。所有她听到的话都好像太暧昧太空幻了。"我为你难过，因为你是这样轻信，"她对她的妹妹说，"但你还不知道我所知道的事。"于是她告诉她的妹妹她从福喀斯人所听到的一切，每句话都使克律索忒弥斯愈加悲哀，最后她同她的姊姊齐声哭了起来。"这头发，"厄勒克特拉说，"也许是一个朋友从头上剪下来献给死去的俄瑞斯忒斯而放在他父亲坟上的。"但厄勒克特拉虽然悲痛怀疑，却已渐渐能抑制自己并向她的妹妹说话。她说，既然由俄瑞斯忒斯亲手报仇的最后一线希望已经破灭,两姊妹就得齐心戮力来杀死埃癸斯托斯。"仔细想一想,克律索忒弥斯,"她说。"你固执着生命和生的快乐。不要梦想埃癸斯托斯会许可我们结婚,并生育儿女来为阿伽门农报仇。但如果你依照我的话,你就能证明你对父亲和兄弟的忠心,并可获得荣名,自由自在地生活,而且同一个门当户对的配得上你的丈夫幸福地生活下去。因为谁不高兴向这么一个高贵家族的女儿求婚呢? 同时全世界都将赞美我们的行为。我们将在盛宴和会议上由于自己的如同男子一样的英勇行为而受人尊敬。所以,援助我吧! 从我们现在所过的这种屈辱而苦恼的生活里救出我,也救出你自己吧!"

但克律索忒弥斯认为她姊姊所热心严肃地说出来的那个计划是不明智,不慎重和无法实现的。

"你凭借什么呢?"她问道,"你有男子的强壮的膂力么? 你不是一个女子么? 你所面对的不是一些强有力的,地位一天比一天巩固的敌人么? 那是真的,我们的遭遇很苦,但如果不小心,那还会更悲惨的。固然我们可以获得荣耀,但我们更可能获得一种可耻的死。甚至还会求死不得呢。还有比死更可怕的事情。让我求求你,我的姊姊,不要使我们毁灭吧! 请抑制你的愤怒! 凡你对我所说的我自会小心,并严守秘密。"

"你的话使我毫不惊奇,"厄勒克特拉叹息着,"我十分知道你会反对我的计划。那么,我只好没有人帮忙,一个人来干了,或者这样会更好一些!"克律索忒弥斯用双手拥抱着她哭泣。但她的姊姊仍不回心转意。"去,"她冷冷地说。"将所听到的话向母亲告密去。"当她的妹妹向她摇头时,她从后面叫道:"去,去吧! 我不能跟你走一条路。"

她仍然木然不动地坐在台阶上,这时有两个青年向她走来。他们拿着一个小铜瓮,后面跟随着几个别的青年人。其中那个仪表最高贵的人望着厄勒克特拉,问她埃癸斯托斯所在的地方。他说他是从福喀斯来的一个使者。厄勒克特拉立即站起来,伸手去接小铜瓮。"神祇在上,外乡人,"她哭泣起来,"请给我这小铜瓮,使我可以痛哭俄瑞斯忒斯的尸骨,并悲悼我的家族的不幸。"

那青年注视着这位女郎,说道,"无论她是谁,将这小瓮交给她吧。

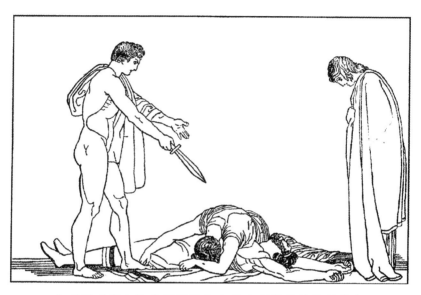

俄瑞斯忒斯在埃癸斯托斯与克吕泰涅斯特拉的尸体旁

她不可能是死者的仇人;她必是死者的朋友或亲属。"厄勒克特拉双手捧着小铜瓮,并将它频频压在自己的心上。她轻轻地悲泣:"啊,这世界上我唯一最亲爱的人的遗骨!我怀着多大的希望将你送走,而你现在却这样子归来!但愿我自己死了,而没有让你到异地去!那样一来,你最多不过和父亲一样被人杀死;而不致流亡在外,死于异地,由外乡人来焚化尸体。所有我对你的关怀,所有我怀着希望的苦痛,现在都白费了!你既已死去,我的一切都完了;你既不在人间,我亦虽生犹死。我们的仇敌在庆幸。我们的母亲可以毫无顾忌地寻欢作乐。啊,但愿我也和你一起在这瓮子里呀!"

当这女郎在哭诉时,率领着这批青年人的这个使者再也忍不住了。"这可能是厄勒克特拉么?"他喊道,"她被悲愁损伤得成了什么样子呀!谁把她折磨成这样的?"

厄勒克特拉惊诧地看着他,"那是因为我被迫服侍我的父亲的谋杀者,"她说,"这个瓮子表示我的一切希望都已消灭。"

"放下它吧!"这青年哽咽着说道。当厄勒克特拉拒绝放下反而将它抱得更紧时,他又说:"这个瓮子是空的,将它丢开吧!"

厄勒克特拉很失望地将它丢开。"那末他的坟墓在哪里呢?"她祈求地问。

"没有坟墓,生者是不要坟墓的。"

"他活着,他还活着吗?"

"是的,他活着,如同你我一样地活着。我便是俄瑞斯忒斯,我便是你的兄弟。不信请看看过去我们父亲所给我作为信物的指环。现在你相信我了么?"

"啊,黑暗中的阳光呀!"厄勒克特拉叫了起来,并倒在他的怀里。

这时,告诉克吕泰涅斯特拉她的儿子已死的假消息的那位使者刚好走出宫殿。他是年轻的俄瑞斯忒斯的仆人,是厄勒克特拉将年幼的兄弟托付给他带到福喀斯去的那个仆人。当他来到这女郎面前显露自己的身份后,她向他致敬,并快乐地说:"你挽救了我们一家。你的这双忠实的手成就了多么伟大的功业啊!但你的秘密怎么可能没有被人发觉呢?你是怎样完成这件事的呢?"

这仆人来不及回答她的热心的询问。"总有一天我有充足的时间来详细告诉你所发生的一切,"他说,"现在我们迫不及待。报复的时刻已经来到。克吕泰涅斯特拉仍然独自一人在那里。没有人保护她,因她的丈夫埃癸斯托斯还没有回来。但如果我们稍一迟疑,我们就得和许多我们力难匹敌的守卫者战斗。"俄瑞斯忒斯同意他的话,立即与他的忠实的朋友,福喀斯国王斯特洛菲俄斯的儿子皮拉德斯一起闯进宫殿。他的同伴们跟随在后面。厄勒克特拉俯伏在阿波罗的神坛前面祈祷了一会,然后起来跟随她的兄弟进宫殿去。

不几分钟以后,埃癸斯托斯从外面归回。他刚进门就打听那个从福喀斯带来了俄瑞斯忒斯死讯的人。这时,厄勒克特拉第一个从他面前走过,他满怀矜骄地向她问道:"好,说罢! 那些使你的希望粉碎了的外乡人在哪里呢?"

厄勒克特拉隐蔽着真情,镇静地回答他:"他们在里面。他们已被带到他们所尊敬的女主人那里去了。"

"他们真的报告了俄瑞斯忒斯的死讯么?"他继续发问。

"是的,"厄勒克特拉回答。"不单是报告消息,而且将死者的遗骨也随身带来了。"

"这些话由你说出使我十分欢喜,"他嘲笑着说,"但是,看哪,他们不是带着死者的遗骨来了么?"

他愉快地走去欢迎俄瑞斯忒斯和他的同伴们,他们正抬着一具遮蒙着的死尸从内室向外廷走来。"啊,可庆幸的事呀!"国王叫起来,并注视着他们所抬着的死尸。"赶快将尸布揭开! 反正我也应当悲悼他,因他也是我的亲族。"

但俄瑞斯忒斯回答他:"你自己来揭开吧。由你一个人来看看并悲悼这衣衾下面的尸体是很适当的。"

"这是很对的,"国王说,"但首先叫克吕泰涅斯特拉来,让她看看她所高兴看的东西。"

"克吕泰涅斯特拉就在眼前,"俄瑞斯忒斯回答。于是国王揭开尸衣,但他惊叫一声向后倒退。在尸衣下面的并不是他所希望看到的俄瑞斯忒斯,而是克吕泰涅斯特拉的血迹模糊的尸体。"我落在什么样的圈套里呀!"他恐怖地喊叫起来。

但俄瑞斯忒斯却如同雷霆一样咆哮着回答他。"你不知道和你说话的人正是你以为死去了的人吗?你不看见俄瑞斯忒斯,他的父亲的复仇者,正站在你的眼前么?"

"请让我解释,"埃癸斯托斯喘息着说,并俯伏在地上。但厄勒克特拉劝她的弟弟不要听他的话。俄瑞斯忒斯强迫埃癸斯托斯引他进入内廷,就在他杀死阿伽门农的那个地方,他自己也被复仇者的利剑杀死了。

俄瑞斯忒斯和复仇女神

俄瑞斯忒斯为阿伽门农报仇杀死克吕泰涅斯特拉及其情人,这是符合神意的,因有一次阿波罗的神谕曾指示他这么做。但由于忠于父亲,却使他成为自己生母的谋杀者。他的母亲刚刚死去,他的心中就激起一种子女对于母亲的爱,而他所犯的违反自然法则的罪行,也使她成为复仇女神的牺牲者。希腊人为了讨好复仇女神们,曾称她们为欧墨尼得斯,意即优雅的女神,或者"慈悲的女神"。欧墨尼得斯乃是黑夜的女儿,同她们的母亲一样狠毒。她们比任何人类都身躯高大。她们的眼睛是血红的,她们的头发是许多毒蛇。她们一只手持着火把,一只手执着由蝮蛇纽成的鞭子,无论谋杀母亲的人到哪里,他们总是跟踪着,使他深受痛悔的苦楚。

在俄瑞斯忒斯杀死母亲以后,复仇女神们立即使他发疯。他离开他的姊姊们,离开密刻奈和他的故乡,到处狂奔。他在神智清楚的时候曾把他的姊姊厄勒克特拉许配他的忠实的朋友皮拉得斯,现在皮拉得斯跟着疯狂的俄瑞斯忒斯一起流浪,而没有回去看他的父亲,即福喀斯的国王斯特洛菲俄斯。他是俄瑞斯忒斯在病苦中的唯一的伴侣。但同时也有一个神祇来援救他,这便是阿波罗。阿波罗曾指示他杀死他的母亲,现在仍然和他在一起,忽隐忽现,为他防御凶暴的复仇女神。每当俄瑞斯忒斯感觉到阿波罗和他在一起时,他的神智就清醒些。

在长久流浪之后,流亡者们来到得耳福,俄瑞斯忒斯避居在阿波罗

俄瑞斯忒斯被复仇诸女神所追击

的神庙里，这是复仇女神们所不能侵入的地方。他躺在地板上，因疲惫和恐怖而精疲力尽，太阳神十分同情地看着他。后来他用这样的话来鼓舞起他的希望和勇气："不幸的孩子哟，你可暂时安居。我绝不抛弃你。无论我是否在你的身边，我总保护你，不将你送给你的敌人。这些可怕的老女神从塔耳塔诺斯的深洞中出来，为所有的神祇，人类甚至动物所深恶痛绝，现在我已经用沉重的瞌睡封闭她们的眼皮。目前她们被驯服了，不敢进入我的神庙。但不要过分指望她们熟睡！因为命运女神只许可我对于这些年老的神祇们占有片刻的优势。所以你得继续逃亡，不过不再是毫无目的的流浪了。你得到雅典去。到我姊姊雅典娜的壮丽的城市去。在那里，我将设法使你找到一个公正的法庭，为你自己申诉和辩护。不要害怕！虽然此时我不能不离开你，我的兄弟赫耳墨斯仍会随时保护你，使你免于一切伤害。"

阿波罗这样说。但在他离开他的神庙和俄瑞斯忒斯以前，克吕泰涅斯特拉的阴魂已出现在熟睡的复仇女神的梦里，并在她们的耳边忿忿地说道："为什么你们睡熟了呢？难道你们已完全不管我，使我有冤难伸，在地府里到处漂泊么？我的亲生儿子杀死了我，却没有神祇对这事感到不平！过去我曾为你们用美酒举行灌礼，你们也将酒醴一饮而尽。在夜里我献祭过你们多少次！现在你们将这些事情全忘记了，让你们的猎物逃脱，如同小鹿逃脱罗网一样。请听我说，你们地府的神祇哟！这是我，克吕泰涅斯特拉，你们曾经发誓要为我报仇，现在我来烦扰你们的清梦，提醒你们想起你们的誓约！"

但这些阴险的神祇不能摆脱那种附在她们身上的神奇的睡眠。直到她们听说"杀死了自己的母亲的俄瑞斯忒斯快要从你们手下逃脱了，"她们中的一人才惊醒起来，并唤醒其余的两人。如同从山洞里跃出的野兽，她们凶暴地奔到阿波罗的神庙那里，并踏上神堂的门槛。"宙斯的儿子，"她们向阿波罗喝道，"你是一个欺诈的人！你，一个年轻的神祇，却敢侮慢比你年老的神祇——我们这些夜的女儿，并胆敢使这个蔑视法理和谋杀母亲的人逃脱我们的惩罚！你从我们手里将他偷去了！一个神祇的行事应当是这样的吗？"

但阿波罗从他的光辉的神庙将黑暗的女神们逐退。"走开吧，你们可怕的三姊妹哟!"他大声喝道。"你们这些命运女神的猎狗,你们的住所是在野兽舐食鲜血的洞窟里,不是我的纯洁而神圣的神堂。"复仇三女神向他述说她们的任务和她们的权利,阿波罗总是不听。他宣称俄瑞斯忒斯乃是他所保护的人,因为他听从他和宙斯的命令为他的父亲阿伽门农复了仇。最后欧墨尼得斯们在他的威力之前感到畏缩,只得退出门槛,并飞快地逃走。

于是福玻斯·阿波罗将俄瑞斯忒斯交托给他的朋友,旅人的保护者赫耳墨斯,而自己回到俄林波斯圣山去。俄瑞斯忒斯和皮拉得斯遵照阿波罗的吩咐出发到雅典去。复仇女神们因为畏惧赫耳墨斯的金杖,只是远远地跟随着。但后来她们渐渐地胆大了。当这两个朋友到达雅典城的时候,复仇女神们紧跟在后面;俄瑞斯忒斯和皮拉得斯刚跨进雅典娜的神庙,这黑暗的三姊妹就从门口冲进去了。

俄瑞斯忒斯俯伏在雅典娜神像的面前,伸开两手,在悲惨的绝望中祈祷:"雅典娜哟,我听从阿波罗的命令来投奔你。请仁慈地收留我吧,因我手上所染的也是有罪的人的血。我各地漂泊,在外乡人的门口求乞,现在已感到疲惫。我遵从你的兄弟的神谕,去过许多城镇和荒野,现在伏在你的脚边,请求你的裁判。"

但复仇女神们紧跟在他后面,她们一齐严肃地大声说:"我们紧跟着你,你这谋杀者!"她们喊叫着:"我们追踪你的滴着血的步履,如同猎犬追踪受伤的牝鹿。你将找不到避难所,也得不到休息。我们将吮吸你体中的鲜血,当你消瘦得只剩下一个活着的影子时,我们就将你带到塔耳塔洛斯去。那时无论阿波罗或雅典娜都无法解脱你的永久的痛苦。你是我们的俘虏,是我们的神坛上的牺牲者。来呀,姊妹们,让我们在他的周围跳舞,让我们用歌声使他的精神陷于疯狂。"

她们正要开始她们的可怕的歌唱,突然一道阳光从天上直射到神庙里。雅典娜的神像消失了,在原地方却站立着雅典娜本人。她的严峻的蔚蓝的眼光凝视着她面前的人们,她开口说话了。

"谁在扰乱我的神堂的和平呢?"她问道,"在这里我所看见的是什么样的来访者呀? 一个外乡人抱着我的神坛,三个不像凡人的妇人闪着凶险的目光紧跟在他的后面。告诉我,你们是谁,你们要什么?"

俄瑞斯忒斯恐惧得不能说话。他浑身战栗,站不起来。但欧墨尼得斯们立刻回答。"宙斯的女儿哟,"她们说,"我们将如实告诉你一切的事情。我们是黑夜的女儿们,被称为复仇女神的。"

"我知道你们,"雅典娜说,"我常常听到关于你们的话。你们是那些作伪誓伪证和杀害亲人的人的报复者。但是谁使你们到我神庙里来的呢?"

"这个人,这个伏在你脚边并玷污你的神坛的人!"她们回答,"他曾经亲手杀死他的母亲!请审判他!我们将尊重你的判决,因我们知道你是严肃而公正的。"

"如果要我裁判,"雅典娜说,"我得先听听这外乡人的陈述。你将怎样辩驳这三位女神对你的控诉呢?你的祖先是谁?你的故乡在哪里?你遭遇了什么事情?你将洗清你所被控诉的罪孽。我容许你这样做,因为你伏在我的神坛前并紧抱着它向我哀求。现在回答我,不要害怕。"

最后俄瑞斯忒斯大胆地抬起身来,但仍然跪在地上说道:"雅典娜哟,请不要为你的神庙耽心。我并没有犯不能救赎的谋杀罪。我不是用亵渎的两手拥抱你的神坛。我是阿耳戈斯人。我的父亲,你必然知道,他是阿伽门农,是许多人民的统治者,是率领阿耳戈斯舰队出征特洛亚并在你援助下摧毁了骄傲的普里阿摩斯的卫城的那个人。在他凯旋归来后,却遭到横死。我的母亲和她的情人,在他正在沐浴的时候用网子套住他,并用利剑将他杀死。我曾长久地流亡在异地,但当我回来后,我替父亲报了仇。我不否认这一点。我杀了我的母亲来报杀父之仇。并且这是你的兄弟阿波罗强迫我这么做的。他的神谕威胁我说,要是我不惩罚我父亲的谋杀者,我就要永远受到痛苦。现在请你裁判,啊,伟大的女神哟,我的行动究竟是违理或是合理。我将听从你的判决。"

女神沉默而深思。最后她说:"我所要裁判的这件案子是奇特而复杂的,是人间的法庭所不能判决的。虽然我仍将召集人间的法官来判决,但你来请求神祇的援助也是对的。我将召集法官们到我的神庙里来主持审判。如果法官们不能得到结论,就由我自己来判决。同时这个外乡人可以自由地在我的城里居住。但你们这些不可和解的女神却不能再在附近打扰。回到塔耳塔洛斯去，不到审判的日子不要到我的神庙里来。双方都得搜求证据并召集证人，我也将聘请城里的最睿智和纯良的人来解决这个困难的问题。"

当雅典娜已经指定审判的日子，俄瑞斯忒斯和皮拉得斯以及复仇女神们都同时退去。欧墨尼得斯们毫无怨言地服从了雅典娜的命令。她们离开城池，回到地府里去。俄瑞斯忒斯和他的朋友则被款待在雅典人的家里。

在审判日的清晨，一个使者将雅典娜所选定的公民们都请到卫城对面的小山上。这是供奉着阿瑞斯神庙的小山，因此，亦称为阿瑞俄帕戈斯，意即阿瑞斯山。雅典娜已来到那里，被告和原告两方面亦已到齐。但有一个外乡人也来了并坐在被告的旁边。当欧墨尼得斯们看见他，就吓得大叫："福玻斯·阿波罗，请你不要干预我们的事！你来这里做什么？"

"这是我所保护的人，"太阳神回答，"他曾逃到得耳福我的神庙去避难。我为他洗去了血污，因此，我来援救他也是应当的。我来替他作证，并在我姊姊雅典娜所召集的法庭上保护他。因为正是我劝他杀了他的母亲，并告诉他，这在诸神看来是一种虔诚的行为，可以博得他们的欢喜。"

他一面说，一面走近俄瑞斯忒斯。现在雅典娜开庭，要复仇女神们提出她们的控告。"我们将要简短些，"她们中最年长的人代表发言。"你，我们所控诉的人，请回答我们。第一，你是否杀害了你的母亲？"

"我并不否认，"俄瑞斯忒斯被问得面无人色。

"你怎样谋杀的呢？"

"我用利剑刺入她的脖子。"

"你受了什么人的指使或教唆？"

"站在我身旁的人。"俄瑞斯忒斯回答，"阿波罗用神谕命令我，他现在在这里，可以为我作证。"于是俄瑞斯忒斯继续解释说，当他杀害克吕泰涅斯特拉时，他并没有想到她是母亲，只是将她当做杀死父亲的凶手。阿波罗用很长的一段雄辩为他辩护。复仇女神们则对他的话来加以反驳。阿波罗首先描写对于阿伽门农的凄惨的谋杀,但复仇女神们说克吕泰涅斯特拉所杀死的并不是一个有血亲关系的人,而仅仅是一个丈夫,反之俄瑞斯忒斯却杀死了他的生母。接着复仇女神中的最年长者说:"现在我们已经发出箭袋里所有的箭了,我们将静候法官们的判决。"

雅典娜将小石子分给每一法官作为投票之用。每人都有一颗白石子表示无罪,一颗黑石子表示有罪。投石子的钵子放置在事先划定的空地的当中。在法官投票之前,雅典娜从首席审判官的高高的座位起立发言。她以一种神圣的威严,笔直站立着对他们说:"雅典的公民们,听着你们的城市的创建者在你们第一次被召集来审判一桩杀人的案件时对你们说的话。今后你们将永远保留这种法庭。这里,在阿瑞斯圣山上,当阿玛宗人进攻忒修斯时曾在这里驻扎,曾在这里献祭战神,现在在这地方应常常召集阿瑞俄帕戈斯的法庭来防止雅典人民犯罪。这次我以城里最睿智和纯良的人创立这个法庭。他们应该是严肃,公正和清廉的。他们不应受贿赂,不贪求私利,只是全力保护所有这地方的人民的权利。公民们应当尊重它,把它当做力量的源泉与支柱,大地上任何民族所不能有的骄傲。这便是我对于未来的希望。现在,法官们,记住你们曾经宣誓效忠于法律,请在这钵子里投票,来解决这桩案件。"

法官们都默默地从座位上起来,鱼贯走到钵子那里,投下他的一票,当所有的人都投过票,由推举出来的公民们,经过宣誓,站出来细数钵子里面的石子。结果发现黑石子和白石子数目恰恰相等。这时,保留了最后判决权的雅典娜必须做出判决。她再次站起来说:"我不是母亲所生的人。我,一个处女,是从我的父亲宙斯的头里跳出来的。因此我拥护父亲和儿子的权利,而反对母亲的权利。我不赞成为了取媚情人而杀死自己丈夫的妇人;我要投赞成俄瑞斯忒斯的票,他杀死他的母亲乃是因为她谋杀了他的父亲。"说着就离开她的位子,取一颗白石子投到钵子里,增加了白石子的数目。然后她庄严地说:"由于多数票的决定:我们宣告俄瑞斯忒斯无罪。"

在她宣告判决之后,俄瑞斯忒斯向她走来。他深深地感动了。

"啊,帕拉斯·雅典娜,"他喊道,"你挽救了我的家族,并使我能回到故乡去。全希腊人都会赞美你的作为,并说:'阿耳戈斯人俄瑞斯忒斯重又生活在他的祖先的宫殿里,那是由于雅典娜,阿波罗和司雷霆者的公正而得救的,没有这些神祇的意愿,这事将不可能发生。'现在,在我出发回家以前,我对这个国家和这里的人民发誓,在所有未来的日子决不允许有一个阿耳戈斯人向忠信的雅典人挑起战争!如我死后,我的任何一个国人破坏这个誓约,我也将从坟墓里起来惩罚他,使他步步遭受不幸,并阻止他实现反对这个城市的计划。再会吧,崇高的正义的保护者和雅典的人民。祝你们在战时获得胜利,在平时获得幸福和繁荣。"

然后俄瑞斯忒斯离开阿瑞斯圣山,在审判时始终不离左右的朋友皮拉得斯也和他同行。复仇女神们不敢违反雅典娜的判决,此外也害怕阿波罗的威力,他准备好维护法庭的判决。但代表她们发言的那个最年长的,却从原告的座位上站起来,对神祇和女神表示不服。她用一种嘶嗄的声音大胆地对判决提出质问。"伤心呀!"她喊道。"年轻的神祇们已将古老的法律一脚踏在足下。他们已从我们这些年长的人的手中夺取了权力。我们被侮慢了。我们的愤怒不能打败他们。但你们雅典人,你们对于你们的这种判决将会后悔!在这地方,在这正义被推翻的地方,我们将倾泻沸腾在心中的怨毒。让害虫破坏你们田地里的丰收,让毁灭降临所有的生物。我们,被侮慢和被嘲笑了的黑夜的女神,也将使这地方和城市遭到饥馑和瘟疫。"

阿波罗听到她们的可怕的诅咒,就劝阻她们,并设法使她们息怒。"慈悲一些吧,"他对她们说,"这并不是你们的失败和屈辱。黑石子与白石子完全相等。法官们对你们并无不公之处。被告不能不在两种神圣的义务中选择一种,在选择时他当然要放弃其中的一种,结果由于保护他的宙斯的意愿而得救。所以请不要迁怒于这里的无辜的人民。我以他们的名义向你保证在这里为你们建立一座华贵的神堂。雅典的公民们将年年献祭,将你们作为不可和解的公正的复仇女神敬奉。"

雅典娜赞成阿波罗的建议。"相信我,尊严的女神们,"她补充说,"如果你们居住在别的国度,你们将要后悔并怀念这个被你拒绝的地方。雅典人是极愿意尊敬你们的。穿着紫袍的男女合唱队将唱歌赞美你们。你们的神堂将建立在国王厄瑞克透斯神庙附近的神圣的山洞里,每一家宅都敬奉你们。凡不敬奉你们的人都得不到福祉。"

复仇女神们得到这样的保证,逐渐心平气和。她们同意居住在雅典。她们想到能够如同雅典娜和阿波罗一样在世界最有名的城市有一所神堂,心中感到高兴。结果她们变得这样温和,以致发誓要保护这个城池,使免于荒旱和疫病,使牧畜繁殖,婚姻幸福,并要与她们的异母姊妹命运女神合作,为当地人民造福。她们甚至祝愿人民获得永久的和平和繁荣。最后黑暗的三姊妹离开阿瑞俄帕戈斯和雅典城。雅典娜和阿波罗感谢她们,所有雅典的公民也持着火把,唱着赞美歌,送她们出城。

伊菲革涅亚在陶洛人里

俄瑞斯忒斯和皮拉得斯离开雅典以后,又到得耳福去请求阿波罗的神谕。因为俄瑞斯忒斯虽被宣判无罪,但他的疯病仍然没有痊愈。他请求神祇的指示。女祭司对他说,他的健康和幸福可在密刻奈得到恢复,但首先得航海到陶里刻半岛,那里阿波罗的妹妹阿耳忒弥斯有一座神庙。他得从那里将阿耳忒弥斯的神像或用武力或用计谋抢走,并带到雅典来。根据那地方的野蛮民族的传说,这神像乃是从天而降,并自古以来就被供奉在那里。现在阿耳忒弥斯对异乡野蛮民族的供奉已渐渐感到厌倦,希望有文明的人供奉她。俄瑞斯忒斯如果成就了这件事,他的疯病就可痊愈,流亡生活就可以终止。

皮拉得斯没有离开他的朋友,仍然伴随他作这种危险的探求。陶洛人有这样一种风俗,他们将船破落水或来到海岸上的外乡人作为祭品献祭阿耳忒弥斯女神。在战争时,则割下被俘的敌人的头颅,绑在竹竿上,并将竹竿竖立在屋顶,使它作为国土守卫。

现在神祇要俄瑞斯忒斯到这野蛮的地方来,是为了下列原因。过去在奥利斯港,阿伽门农听信预言家卡尔卡斯的劝告要用自己的女儿伊菲革涅亚作为献祭,当祭司挥刀杀她的时候,一只牝鹿突然落在神坛上。阿耳忒弥斯已从阿耳戈斯人眼前将伊菲革涅亚移开,并携带她越过大海,穿过云雾,来到陶里刻地方她自己的神庙里。在这里,野蛮民族的国王托阿斯看见了她,使她作为阿耳忒弥斯神庙的女祭司。她的职责使她目击多少流落到这里的外乡人牺牲在这里,而这些人最大部分正是她自己的同乡!确实,她的任务只是把祭品献祭神祇。将外乡人拖到神坛并动手杀死,乃是另外一部分人的工作。但是,她的命运仍是很悲惨很不幸的。

这女郎执行这可厌的任务已有多年。国王很看重她,人民因为她美丽温和,也很敬重她。她远离家庭,完全与亲人不通声息地生活着。有一夜她梦见她已离开陶里刻,在阿耳戈斯的家里熟睡着,周围是她的侍女们。突然大地震动,她从宫殿里逃出,站在宫门外面,这时屋顶摇动,廊柱都塌落在地上。只有他父亲的住屋的一根柱子仍然竖立着,即刻这柱子又好像在变成一个人。柱头变成有棕色美发的人头,并开始用她祖国的语言和她说话,但所说的话在她醒来之后已完全忘记。所能记忆的只有她在梦中仍然忠于她的女祭司的职守。她用圣水溅洒这个原是他父亲住屋的石柱的男子,以便将他杀死献祭,而当她这么做时她却禁不住哭了,醒来时,满脸都是泪水。

第二天的清晨,俄瑞斯忒斯和皮拉得斯在陶里刻的海岸登陆,一直向阿耳忒弥斯的神庙走来。不久他们抵达这里的野蛮人为女神所建立的庙宇。这与其说是像一座神庙,毋宁说像一所牢狱;他们望着这高大坚固的墙壁默默地发怔。俄瑞斯忒斯第一个说话。"我的忠实的好友,"他说,"你分担了我的这次旅行的一切危险。但现在我们怎么办呢?我们将从墙垣周围的螺旋形梯级爬上去么?但我恐怕我们爬到顶上时,这陌生的建筑会如同迷宫一样使我们走不出来。无疑的我们会发现所有的房间都用铁栓锁住,如果我们设法进去以致惊动了神堂周围的看守,他们会将我们捉住,并将我们杀死。因我们听说过已经有多少阿耳戈斯人的鲜血流在这个不可和解的女神的神坛上。所以即时回船去,不是更聪明些吗?"

"如果我们真的回去,那便是我们平生第一次对于危险的逃避了,"皮拉得斯回答,"让我们尊重阿波罗的神谕。但我们确实必须离开这里。最好远离船舶,藏在海边上的一个洞里,使得看见了船舶的人也无法向残暴的国王报告船上水手的情况。到黑夜时，我们就可冒险外出。我们知道这神庙的地点。我们可想个办法进去。只要神像到了手，我相信我们是能够回到海岸的。勇敢的英雄不怕危险！我们已走了这么远的路程。我们已如此接近我们的目的，如果现在回家而不能如神祇所吩咐的将锦标带回去，这不是可耻的事吗？”

“就如你所说的那样办罢，”俄瑞斯忒斯叫道，“让我们白天藏起来，但愿黑夜可以帮助我们成功。”

太阳当顶的时候，一个牧人从海岸一直向阿耳忒弥斯的女祭司跑来，这时她正站立在神庙的门槛上。他告诉她，两个青年人，女神所最喜欢的牺牲者，已在海岸上登陆。“快作献祭的准备吧，女祭司，”他说。“越快越好！”

“这两个外乡人是从哪里来的呢？”伊菲革涅亚忧愁地问。

“他们是阿耳戈斯人，”牧人回答，“这是我们所知道的一切；此外，其中有一人名叫皮拉得斯。他们已被我们捉住。”

“详细对我说，”女祭司说，“这是怎么一回事，你们是在哪里捉住他们的？”

“我们刚在海里洗浴我们的牛群。我们逐一地将牛驱下水去。这里有一个海水侵蚀的洞，渔人们常到这里来拾取紫螺。我们中的一个人突然在这里看见两个青年人。他看见他们这么有神采，以为是神祇下降，正要向他们两人跪下。但是另一个站在旁边的人，一个淘气而好奇的家伙，却不这么蠢笨。他看见他的同伴正在下跪，就大笑起来，说道：‘你们不知道吗？这两个正是船舶失事的外乡人，因为他们知道我们的风俗要将一切登岸的外乡人都献祭神祇，所以躲藏在这个洞里。’他的话我们中的大部分人都同意，就动手活捉这两个青年人。这时其中的一个刚从岩洞走出，猛烈地摇着头，伸着两手。他在疯狂的苦痛中大声呻吟，并呼叫着：‘皮拉得斯，皮拉得斯，看看那里呀！看这黑暗的女猎人，这地府的毒龙，她正要杀害我呀！她向我走来，她的头上缠绕着咝咝鸣叫的毒蛇。而那边，另一个人，口中喷着火焰！她双手抱着我的母亲，现在她在恐吓我，要用石头掷我。救命啊！她要杀害我呀！’但我们并没有看见他所叫嚷的那些恐怖景象，”牧人继续说。“他必定是拿我们牛群的哞叫和狗子的狂吠当做复仇女神的声音了。现在我们都惊惧起来，因为这个外乡人已经拔出利剑，奔向我们的牛群，并来回刺杀，直到海水都被血染得殷红。最后我们大家商议，我们吹奏海螺召集附近的农夫，结成密集队形，向那个武装的外乡人进攻。他的神志渐渐清醒，倒在地上，口中吐着白沫。我们向他投掷石头，同时他的同伴则揩去他口边的吐沫，并用自己的外套将他盖上。但不久他似乎已经恢复过来，知道这是什么一回事了。他跳起来，保护着自己和他的朋友。但我们人多势众，这两个外乡人不得不认输。我们将他们紧紧包围，逼着他们放下武器，最后他们在精疲力竭中屈服。我们走上去将他们擒住，并带去见国王托阿斯。他略看了他们一眼，就吩咐我们将他们带来给你。啊，女祭司哟，请祈祷能够多获得这样堂皇的祭品！因为如果你以这些阿耳戈斯人为祭品，希腊人就可以偿还你所被迫遭受的一切痛苦，而你也可以申雪他们在奥利斯港想杀死你献祭阿耳忒弥斯女神的那种仇恨了。"

这牧人报告完毕，等待着女祭司的命令。她要他们把这两个外乡人带来，但当她独自一人时，她却自言自语地说："每次阿耳戈斯人落到我的手里，我总是同情我的同乡人，为他们哭泣。但既然昨天的梦已告诉我，我的亲爱的兄弟俄瑞斯忒斯已不在人间，所有来到这里的阿开亚人就再也休想得到我的怜悯了。不幸的人总是敌视幸福的人的。阿耳戈斯人将我如同羔羊一样地拖到献祭的神坛，我的父亲也忍心看着我被杀戮。我永不会忘记这恐怖的情形。假使宙斯驱使那个主张以我作为牺牲的墨涅拉俄斯和那个引起特洛亚战争的海伦都到这里的海岸来，我会很欢喜，而且——"

说到这里，两个俘虏的来临打断了她的心思。"松开他们的绑，"她命令道，"为了洒洗他们，就先得解开一切的束缚。现在到神庙里去，作一切必须的准备去。"然后她转身望着两个外乡人并询问他们："你们的父母姊妹是谁？假如有姊妹的话，她将失去两个多么英俊而强健的兄弟啊！你们从何处来？你们必定已经走了一段极远的途程，可是不幸啊，你们还要走一段更遥远的路——走到冥王的国土！"

俄瑞斯忒斯问答她："无论你是谁，请不要用这样一种同情的语调对我们说话。一个执行死刑的人在开刀前安慰他的牺牲者是不恰当的。如果死是不可避免的,悲痛也就没用。无论是你或是我们都不必流泪。随命运女神去摆布罢。"

"你们两人中谁是皮拉得斯呀? 请先告诉我。"女祭司说。

"这是他,"俄瑞斯忒斯指着他的朋友回答。

"你们是亲弟兄么?"

"是异姓的兄弟,不是同胞的兄弟,"俄瑞斯忒斯说。

"那么,你叫什么名字呢?"

"叫我为一个流亡者吧,"他回答,"我最好无名无姓地死去,这样就没有人能讥嘲我。"

女祭司对他的这种不逊的态度很感到恼怒,因此更强迫他,要他说出他是从什么地方来的。当她听到"阿耳戈斯"这个地名,就全身战栗,并激动地喊道:"宙斯在上,你真是从那个地方来的吗?"

"是的,"俄瑞斯忒斯说,"我从密刻奈来,在那里,我的家庭曾经是最幸福的家庭。"

"外乡人,如果你从阿耳戈斯来,"伊菲革涅亚越发怀疑地叫道,"那你必然听说过特洛亚的消息。那是真的么,特洛亚城已被毁灭?海伦是否又回到了她的丈夫那里?"

"正是像你所说的一样。"

"那么阿耳戈斯全军的统帅呢? ——我想他的名字叫阿伽门农,他是阿特柔斯的儿子。"

俄瑞斯忒斯听到这个问题很是震惊。他转过脸去,说道:"啊,女祭司,我不愿意说到他。"但她如此恳挚地向他请求,以致他终于不能拒绝。"他已死去,"他低声地说。"他自己的妻子将他杀死了。"

阿耳忒弥斯的女祭司悲痛地叫了一声。但她约束住自己,继续向外乡人追问。"那个妇人还活着吗?"

"她也已经不在人世,"这是他的回答,"他的亲生儿子将她杀死了。他以为这是他的责任,他应为他的父亲报仇,只是他现在正在为这事受苦。"

"阿伽门农还有别的孩子在人间吗?"

“还有两个女儿,厄勒克特拉和克律索忒弥斯。”

“关于他的大女儿,即被作为祭品献祭的大女儿,有什么消息呢?”

“一匹赤牝鹿代替她死了。她自己突然不见。她一定早已死去。”

“被谋杀的阿伽门农的儿子是否还活着呢?”这女郎又踌躇地询问。

“是的,”俄瑞斯忒斯回答,“他是一个流亡者,永不休止地在希腊各地漂泊。”

“去罢,你不真实的梦哟,”伊菲革涅亚自言自语地说。然后她吩咐仆人们都退去。她单独和这两个青年人在一起,并转向俄瑞斯忒斯,低声说道:“听我说:现在有一件于你于我都有好处的事。我要写一封信给我家里人,如果你肯替我把它送到密刻奈——你我的故乡——我就释放你。”

“只救出我一人,我不愿意,除非我的朋友也一起救出。”俄瑞斯忒斯说,“我在苦难中他从没有离开我,因此我也永不离开他。”

“多么高贵的,像兄弟一样的朋友啊!”伊菲革涅亚感叹着。“但愿我的兄弟也像你一样! 你知道我也有一个兄弟,不过他离我很远。只是现在我没有权力可以救出你们两人。国王绝不会允许。那么就让你的朋友皮拉得斯替代你回到希腊去。”

“由谁将我杀死献祭阿耳忒弥斯呢?”俄瑞斯忒斯问道。

“我自己。这是女神阿耳忒弥斯的命令,”伊菲革涅亚回答。

“你,这么一个脆弱的女郎,会杀死男子吗?”

“不。我的任务只是用圣水洒上你的头发,其余的事便由神庙里的仆役去做。你的尸体将在山谷里焚毁。”

“啊,但愿我的姊姊能埋葬我的骨灰!”

“不能,因为她远居在阿耳戈斯地方,”这女郎回答,很受到感动。“但我自己会亲自将你火葬堆上的火烬灌熄,并注以蜜和香油等祭品。我将为你装饰坟墓,就如同我真的是你的姊姊一样。”说着,她就离开他们去写信去。

现在只有两个朋友在一起,看守的人都站得远远的,这时皮拉得斯再也忍不住了。他叫了起来:“不,你要是死了,我不能一个人活下去。

别叫我同意这令人不快的提议。我愿意跟你死去,正如我跟你航过了大海一样。否则,福喀斯人和阿耳戈斯人会以为我是个懦夫。全世界的人都会说我出卖并杀害了你,企图篡夺你的王位,特别由于我将成为你的姊夫,而且我向厄勒克特拉求婚时又没有要求她的任何妆奁,所以更容易予人以口实。但更重要的是,没有你我不能生活。你死,我也得死!”

俄瑞斯忒斯努力说服他,他们正在激烈争执,这时伊菲革涅亚拿着信函回来了。她先要皮拉得斯宣誓将信件交到,她也保证可以救出他的性命。然后她决定告诉他信里面的内容,因为万一在旅途上发生意外,信函遗失,带信的人或许还能幸存。“告诉阿伽门农的儿子俄瑞斯忒斯,”她说,“就说伊菲革涅亚被阿耳忒弥斯女神从奥利斯港的神坛救出了,她仍然活着,——”

“她在哪里呀?”俄瑞斯忒斯插言道,“难道死去的人又可以活回来吗?”

“她就在你的面前,”女祭司说,“但请不要打断我的话。”于是她又继续说信里面的内容:“我的亲爱的兄弟应来将我带回阿耳戈斯,使我可以离开这里的野蛮人,使我不要再在这里的神坛被迫屠杀外乡人。如果他不这样做,他和他的家庭便会遭到祸殃。”

两个朋友都吃惊得说不出话来。最后,皮拉得斯将信函递到俄瑞斯忒斯的手中并对他说:“我宣誓要做的事,我立刻就做。这里,俄瑞斯忒斯呀,这便是你的姊姊伊菲革涅亚给你的信!”信从俄瑞斯忒斯手中落到地上,他走上去拥抱着他的姊姊。但她推开他,不能相信这是真的,直到他将家中一些只有家里人才能知道的往事告诉她,她才快乐地大声喊道:“那么,你已在这里,在我身边了,我的唯一的兄弟呀!我离开你时,你还在仆人的怀抱里,那时你多么幼小,天真而且快乐!是的,快乐得如同现在我们姊弟重逢一样!”

但俄瑞斯忒斯又愁闷起来,因他记起了他和他的朋友所面临的危险。“现在我们是快乐的,”他说,“但是能快乐多久呢?我们不是还面对着死神吗?”

现在伊菲革涅亚也感到恐惧。“我怎样挽救你们呢?”她说,“我如何能将你们送回阿耳戈斯去？怎样能救出你和你的朋友，使你们都免于牺牲？啊，但愿神祇会给我指示！但现在趁国王托阿斯还没有因为献祭迟未举行而发火以前，请立刻告诉我家里发生的一切事情吧。"

俄瑞斯忒斯匆忙地将一切恐怖的事件都告诉她，其中仅有一桩消息使人高兴，即厄勒克特拉已与皮拉得斯订婚。她一面听一面想着怎样可以救出他的兄弟。当他的话说完，她已想出一个计策。"我已想到一个办法，"她说。"当你在海岸上被捉住时你所患的疯病，可以作为我的借口。我将告诉国王实话：你是从阿耳戈斯来的，在那里你杀害了你的母亲；你的罪孽还没有救赎，所以你还不能作为献祭女神的祭品；你得先在海中洗浴，洗去你身上的血污。同时我要告诉他，由于你的不净的两手已摩触到女神的神像，因此神像已不净，必须在海水中冲洗。而我乃是唯一的可以捧持神像的人，我将亲自捧持神像到海边去，你们两人都伴随着我，我要说皮拉得斯也是你的犯罪的同谋者。我必须用花言巧语使国王相信这一切，因为他很狡猾，是不容易受骗的。当我们到达海边并上了船以后，其余一切就是你们和你们的从人们的事了。"

他们一直在神庙的前院里计议，看守兵和仆役站得远远的。现在这两个俘虏又交到仆人的手中，伊菲革涅亚领着他们进入神庙。不久之后国王托阿斯和他的随从们来了，他来找女祭司，因为他不明白为什么外乡人的尸体至今还不见在神坛前面焚烧。在他到达神庙门口的时候，伊菲革涅亚正捧持着女神的神像跨过门槛。"你做什么，阿伽门农的女儿？"国王大吃一惊，问她。"为什么你从神座上将神像抱出？为什么你将神像带走呢？"

"啊，国王哟，发生了一件可怕的事，"这女祭司带着激动的神色说。"在海岸上捉到的这两个俘虏是不净的。当他们来到庙里抱着神像的双膝祈求时，神像转过身去，并低垂着眼皮。因这两个人乃是犯了滔天大罪的罪人。"于是她告诉他那段一切都是实情的故事，并要求国王许可她去洗净被罪人两手渎污了的神像，同时为这两个牺牲者净罪，使他们适宜于献祭。为了使她的故事显得更真实，她又将这两个外乡人都加上镣铐，并用面网蒙面使不见阳光，因为向例对于不净的人都是这样处理的。她并要求国王将他从人中的那些奴隶都留下给她，俾能更加安全。她怀着狡猾的预谋叫国王派人到城里去命令人民都留居在城里，直到净罪的手续完毕，这样可以使他们不致蒙受罪人的亵渎。国王本人则留居在神庙里，在她离开的时候代为监视，使庙里到处都焚起净罪的熏香，以便在她归来以后就可作神圣的献祭。当外乡人走出庙门的瞬间，国王须以紫袍遮蒙脸面，免得因看见罪人而受到玷污。"啊，国王哟，"她说，"如果我在海边呆得太久，请你不要发急。要记住，我们要从俘虏身上洗掉的乃是一种滔天大罪。"

国王一切都同意。在皮拉得斯和俄瑞斯忒斯被携带出门的时候，他遮蒙着他的脸面。伊菲革涅亚和两个俘虏与国王的几个奴隶立即出发到海边。托阿斯则进入神庙，并在各处燃起熏香，一切如女祭司的吩咐。

过了几个时辰，一个使者突然从海边跑来。他跑得气喘吁吁。"无信的女人呀！"他喘着气说，一面敲击密闭的庙门。"啊，里面的人，"他叫喊道："开门呀！告诉国王，我给他带来了不好的消息！"

大门敞开，国王托阿斯自己站立在门槛上。"谁敢在这和平的神庙前喧嚷？"他紧皱眉头问道。

"啊，国王，请听我的报告，"这人回答，"神庙里的女祭司，那个阿耳戈斯女人，已和两个俘虏一起逃跑，他们并偷去了我们国家的保护神阿耳忒弥斯的神像。她的一大套净罪的话都是说谎！"

"你说什么！"国王叫起来，他不能相信自己的耳朵，"这女人中了什么邪？和她一起逃跑的是谁呀？"

"那是她的兄弟俄瑞斯忒斯，"使者说，"就是那个她假装要净罪的俘虏。请听我说完，然后设法赶快追捕他们，因为他们要走很远的路程，所以我们还来得及惩治他们。当我们达到海边，伊菲革涅亚叫我们站住，说我们不能走近举行净罪仪式的地方，她解开两个外乡人的绑缚，并令他们走在她的前面。国王啊，对于这种情况我们虽然有些怀疑，但仍然心想必须服从你的女祭司。最后好像真的在举行净罪仪式了，我们听见伊菲革涅亚念诵神咒，并以奇特的言语作庄严的祈祷。我们躺在沙滩上等着。但忽然间我们想这两个已经松绑了的俘虏很可能将这手无寸铁的女祭司杀死并逃走。所以我们跳了起来,绕过那些遮断了视线的岩石。我们看见一只有五十个水手的阿耳戈斯船在那里,岸上距船尾不远的地方站着那两个外乡人,他们已不再是俘虏了! 水手们有的拔锚,有的解缆,其余的人则在放扶梯接那两个青年。这时我们不再迟疑了。我们看透了一切的谎话,并抓住那个仍然站在岸上的女人。但俄瑞斯忒斯高声说出他的真面目和目的,与皮拉得斯一起保卫他的姊姊。我们没有能够将她拖走。因为我们自己和那些外乡人都没有武器,只是徒手作战。但最后我们被迫后退,因为船上的人用箭射我们。就在这时候,一个大浪将船向岸边一推,几乎把它打碎。于是俄瑞斯忒斯双手抱着女祭司(她仍然拿着神像)涉过浅水,迅速地爬着扶梯上船去了。他将他的姊姊放在甲板上。皮拉得斯也紧跟着上了船,大家都安全地到了船上,这时水手们得胜地呼叫着并敏捷地摇桨离岸。当船穿过海湾时,它顺利地在水面上滑过,但当它刚刚驶入大海,就立即刮起一阵狂风推着它向岸边倒退,尽管水手们尽力抵抗也没有用。这时阿伽门农的女儿站起身来高声祷告道:'阿耳忒弥斯,既然你自己通过你兄弟阿波罗的神谕要求回希腊去,现在请你带我去吧,并请你饶恕你的女祭司,因为我大胆地欺骗了这个国家的曾经多年威逼我服从的国王。你也有一个你所挚爱的兄弟呀! 那么,请照顾我们这对凡间的同胞姊弟吧!'她祷告完毕,就命令水手们停止划桨,大家唱着一支祈祷的歌曲。但是船只仍然继续向岸边倒退,所以我即时跑回来报告你。如你派人追捕,你还可以捉到他们。如果海上的风浪不平静,他们是不能逃脱的。波塞冬正在发怒。他没有忘记他所兴建的特洛亚城的陷落。他是所有阿耳戈斯人,特别是阿特柔斯这一家人的死敌。如果我的推想不错,他准会在今天将阿伽门农的两个子女都交到你的手里。"

托阿斯不耐烦地等着他说完。他一说完,国王就下令所有的人民都骑上马赶到海边去。他们准备一等到风浪将船舶送上了岸,就在被冒犯的阿耳忒弥斯女神的帮助下捉回这几个逃跑的人。他们准备将船和所有的水手都沉到海底,将两个俘虏和女祭司从悬岩上摔死,或者活活地将他们戳在竿尖上面。

　　骑马的大队正向着海岸奔来，一种令人迷惑的异象却阻止他们。国王只得勉强将马勒住。雅典娜完全为光辉灿烂的彩云所包围，荣耀而威严，出现在空中，她的声音像雷霆一样在陶洛人的耳边响着。"你到哪里去，托阿斯国王?"她喊道。"你这么忙迫地跑到哪里去? 听一个女神的话，停止你的人民的追击，让我所保护的人平安地离开你的国土。阿波罗的神谕宣示了命运女神的意愿。是命运女神使俄瑞斯忒斯来到你们的海岸，使他的疯病可以痊愈，并将他的姊姊带回故乡，同时将阿耳忒弥斯的神像也带回雅典，因为她也希望居住在我的可爱的城市。为了我的原故，波塞冬会使海浪平静并将他们送回故乡。俄瑞斯忒斯将在雅典为阿耳忒弥斯女神建立一座崭新华丽的神庙，而伊菲革涅亚将继续为阿耳忒弥斯的女祭司。阿伽门农的女儿将来得死于故乡埋于故土。而你，托阿斯国王，对于她的这种幸福不可怀恨。你得停止你的愤怒。"

　　国王托阿斯非常尊敬神祇。他俯伏在地上，在雅典娜的神像前祈祷："帕拉斯·雅典娜哟，听到神意而不服从，甚至企图反对，那是极卑鄙的。你所保护的人可以将阿耳忒弥斯的神像带到他们所愿意去的地方，并将它安置在新的神庙里。我敬听神祇的命令，放下我自己的枪。"于是他转身向着他的人民，吩咐他们："都回到城里去!"

　　雅典娜所预言的话都一一实现了。陶洛地方的阿耳忒弥斯移居在雅典的新神庙，伊菲革涅亚仍为她的女祭司。俄瑞斯忒斯在密刻奈继承父亲的王位。他娶墨涅拉俄斯和海伦的唯一女儿赫耳弥俄涅为妻。她本已和阿喀琉斯的儿子涅俄普托勒摩斯订婚，但俄瑞斯忒斯将他杀死了，并被推为斯巴达国王。在这之前，他已统治了阿耳戈斯地方，所以现在他统治着一个比他父亲所统治的更广大的王国。厄勒克特拉嫁给皮拉得斯为妻，和他共享福喀斯的王位。克律索忒弥斯没有结婚就死去了。俄瑞斯忒斯自己活到高年，但当他九十岁时，灾祸又降到坦塔罗斯家了：一条毒蛇咬伤他的脚踵，他中毒死去。

俄底修斯的故事

忒勒玛科斯及求婚的人们

特洛亚战争结束以后,从战场和归途的暴风雨中逃脱性命的阿耳戈斯英雄们,都先后回到祖国。只有拉厄耳忒斯的儿子,伊塔刻国王俄底修斯没有回来。他遭到一种奇特的命运。在长久的漂泊之后他登上了一处满是大森林的孤岛。这是俄古癸亚岛。在这里有一个女仙卡吕普索将他捉住,锁闭在山洞里,因为她希望他作她的丈夫。但他仍然忠于他留在伊塔刻的妻子珀涅罗珀。最后俄林波斯山上的神祇们除掉海神波塞冬以外没有一个人不同情他的遭遇。波塞冬和俄底修斯本有宿仇,但不敢毁灭他,只是尽量使他在归途中受到折磨,并迫使他在海上飘零。也就是他使他流落在这个荒岛上的。

但在波塞冬正和埃提俄珀斯人欢宴的时候,神祇们决定卡吕普索一定要释放俄底修斯。由于雅典娜的提议,神祇的使者赫耳墨斯去向这美丽动人的女仙传达宙斯的命令。同时雅典娜自己也穿上曾用它走遍海陆的黄金的绊鞋,执着曾经在战场上征服多少英雄的锐利的枪矛,从俄林波斯圣山的绝顶降临到人间。她来到希腊西海岸的伊塔刻岛。她在这里变形为塔福斯人的领袖门忒斯,一直进入俄底修斯的宫殿。

宫殿中是一片可悲的混乱。伊卡里俄斯的女儿,即美丽的珀涅罗珀和她的幼子忒勒玛科斯已不能成为自己宫廷的主人。特洛亚城陷落和英雄们纷纷归回的消息传到了伊塔刻,但俄底修斯仍不见归来,于是俄底修斯已死的谣言渐渐传布开来,并愈来愈使人相信。珀涅罗珀被看成是一个年轻美丽且富有资产的寡妇,她吸引了许多求婚者。单单从伊塔刻就来了十二个求婚的王子,附近的萨墨岛来了二十四个,匝铿托斯岛来了二十个,而都利喀翁则来了五十二个。此外,在求婚者的扈从中还有一个歌者,一个使者,两个专门的厨子和大群的奴隶。所有的王子们都来向珀涅罗珀求婚,并享用远出的俄底修斯所存蓄的财富。他们吃喝玩乐了三年多,靠这地方的膏脂过活。

当雅典娜变形为门忒斯来到这里时,她看见求婚者正在宫廷前饮宴作乐。他们都坐在从俄底修斯的仓库里取出的牛皮上。使者和奴隶们来回在他们的面前斟酒,分配馔食,并用海绵为他们揩拭桌几。这人家的儿子忒勒玛科斯则坐在求婚者中间,怀着悲愁的心情想念着他的父亲。他盼望他即刻回来,驱逐这一大群傲慢不逊的浪子。当他看见门忒斯走来,他就向他迎上去,和他握手表示欢迎,并请他进屋子里来。他们来到大厅里,忒勒玛科斯接过外乡人的枪,放置在枪架上。然后他引导这个客人坐在铺着柔软毡毯的椅子上,并放置足凳在他的脚下。他自己也坐在他的身边。一个女奴隶用金盆盛水,端到面前,请这外乡人洗手。后来又送上肉,面包和葡萄酒。不久,那些求婚者也加入了,津津有味地大吃大喝。最后他们要求演奏音乐。侍役将歌者斐弥俄斯的华贵的竖琴递到他的手里,于是他挥动琴弦唱出他的歌子。

当求婚的人们正听得入神,忒勒玛科斯却转向他的贵宾,在他的耳边低声说:"我的朋友,如果你许可,我将向你倾吐我的真情。你看这些人如何地浪费我父亲的财富?我父亲也许已尸沉海底,或已葬身异域。我恐怕他永远不会回来惩罚这些人了。请你告诉我,你是谁,你从什么地方来,你的父母的名字叫什么。也许你会是我父亲的朋友吧?"

"我是门忒斯,是安喀阿罗斯的儿子,"雅典娜回答,"我统治塔福斯岛,因为要用铁去交换忒墨塞人的铜,所以乘船路过这里。问问你的祖父拉厄耳忒斯(据说他住在离城很远的地方,正在憔悴欲死),他会告诉你从很古的时候起我们两家就有了交谊。我到这里来,因我以为你的父亲已经回来了。虽然我发现他并没有回来,但我确信他是活着的!或者他因船破流落在荒岛上,被野蛮人俘虏了。我的心灵能明察未来,我知道时间不会久长。他不久就会被释放,回到他的故国来。可爱的忒勒玛科斯,你是你父亲的真实的儿子!你的面貌如何地和他相像呀,尤其是你的一双眼睛!我在他出征特洛亚以前对他很熟悉。从那以后就没有看到他。但告诉我,这些人在你们家里做什么?你们是庆祝谁结婚么?或者这是举行什么别的宴会?"

宙斯与雅典娜及赫耳墨斯商议俄底修斯的还乡

忒勒玛科斯深深地叹一口气回答他："你所看见的这些人都是来向我的母亲求婚的。他们快要将我们家吃得山穷水尽了。过去我们很富有,但现在完全变了样。我的母亲根本不愿考虑再结婚的问题,但她尽管拒绝求婚者的要求,却不能摆脱他们,他们仍然在消耗我们的家财,不久我们就会破产了!"

这女神用忧愁而愤怒的口气回答道："你如何地需要你父亲啊!让我告诉你怎样驱逐这一大群的求婚者。明天就告诉他们,要他们各人都回家去。告诉你的母亲,如果她还想结婚,就应到她的父亲那里去。在她父亲的屋子里,才能布置婚礼,而且在那里他们也可以给她预备嫁妆。至于你,你可预备一只最好的船舶,带上二十个水手,出发寻觅你的父亲。首先到皮罗斯岛,询问涅斯托耳。如果他一无所知,就去斯巴达询问墨涅拉俄斯,因为他是阿耳戈斯人中最后一个回到故乡去的人。如果从他那里听说你的父亲还活着,那么,就再忍耐一年。但如果听说他已死去,就即刻回来,献祭死者并为他建立坟墓。如果求婚者仍然居留在你们的宫廷里,你就得公开或用计谋将他们杀害。因为你已不是一个孩子,不再需要保护人了。你听说过俄瑞斯忒斯因杀死他父亲的谋杀者埃癸斯托斯而博得辉煌的声名吗?你也是高大强壮的人。要好自为之,让后代的人也赞美你!"忒勒玛科斯感谢这贵宾所给与的长者的劝告,并在分别时要赠送他一件礼物,但门忒斯应允以后还要再来,届时再把礼物带回国去。最后他(原是雅典娜)突然不见了。她如同飞鸟一样向上飞腾,忒勒玛科斯战栗着,因他猜想和他说话的正是一位神祇。

同时斐弥俄斯正歌唱着阿开亚英雄们回家的冒险故事。孤独的珀涅罗珀坐在她的内室里,听到这歌唱的声音。她戴着面网,带领着两个侍女来到大厅里。她走到歌者的面前,对他说："斐弥俄斯哟,你知道许多优美故事。用它们来使我的宾客们心情欢愉吧,但不要唱那些引起我感伤悲痛的故事。因为即使没有你的歌唱,我也整天在想念着那位扬名希腊各地,但至今仍未归来的英雄。"

但忒勒玛科斯温和地告诉他的母亲："不要责备这个歌者唱出了他此时所喜欢唱的东西。让他歌唱达那俄斯吧。俄底修斯并不是没有回到故土的唯一的人。想想有多少别的英雄殉难了啊！而你，亲爱的母亲，请仍回到内廷去，指导女仆们纺纱和织布吧。下命令是男子，尤其是我的职责，因为我是这宫廷里的主人。"

珀涅罗珀听到她儿子的果断的话，觉得他好像突然长大成人，心中大吃一惊。她退回到内廷里去，在寂寞的悲愁中怀念着她的丈夫。她离开以后，忒勒玛科斯就走向那些呼喝豪饮的求婚者。他大声说道："你们可以尽兴欢宴，只是不要这样喧闹！欣赏歌声应该是静静的。明天我将召集阿开亚人开会，要求你们每个人在耗尽我父亲的资产以前，都回到自己家里去。"

求婚的人们听到这青年人的坚决的言语，大家都忿恨切齿。但他们坚决表示不愿到他的外祖父即伊卡里俄斯的屋子去向他的母亲求婚。在一阵喧扰和讥嘲之后，他们各个就寝，忒勒玛科斯也退回卧室休息。

第二天清晨，他起得很早。他背着剑，离开他的屋子，命令一个使者召集伊塔刻的公民们集议。求婚的人们也被邀请出席。当人民到齐了，这青年王子执枪挺身站在他们面前。帕拉斯·雅典娜已使他变得更高大而美丽，使得看到他的人都暗暗惊奇。当他大踏步走向他父亲俄底修斯的座位时，甚至于长老们也恭敬地让开路。首先说话的乃是年高识广的埃古普提俄斯。他的大儿子安提福斯曾与俄底修斯出征到特洛亚去，回来时在海中溺毙。他的第二个儿子欧律诺摩斯是求婚者之一，此外还有两个年轻的儿子和他一起居住。埃古普提俄斯在会议上起立发言："自从俄底修斯出征以后，我们就没有开过会。现在是谁召集我们呢？是年老的人还是年轻的人呢，而且他用什么理由召集我们？是不是他听说敌人攻到了边境？或者是为了富国利民的事情？不管怎样，我相信他的用意是好的，我祈求宙斯祝福他。"

忒勒玛科斯从这几句话中看出了吉兆，很是欢喜。他站起来，从仆人珀塞诺耳的手中接过他父亲的王杖。他转身向埃古普提俄斯说："高贵的老人，现在站在你面前的人便是召集你们的人。我有苦恼也有困难。第一，我已失去曾经是你们的国王的我的父亲，现在我所承继的财产将被完全耗尽。我的母亲为不受欢迎的求婚者所包围。他们又不愿意依照我的提议到我外祖父的住处向我母亲求婚。他们夜以继日地宰杀我们的牛羊，纵饮我们所存储的美酒。我有什么办法和这么多的人对抗呢？你们所有的求婚者，难道你们都不知道你们是错了吗？你们不怕这些公民们和神祇们的报复么？难道我的父亲得罪过你们么？难道我本人曾经冒犯了你们使你们非要求我赔偿不可？不，我毫没有过错，你们却使我这么苦恼！"

忒勒玛科斯一面说，一面愤恨流泪，并将王杖投掷在地上。求婚的人都默默地听着，除了欧珀忒斯的儿子安提诺俄斯以外没有一个人敢回答。他站起来大声说："没有礼貌的孩子，你怎么敢侮辱我们！这不是我们的过错而是你母亲的不是呀！她在欺骗我们！整整三年已经过去，现在第四年又快完了，她仍然在愚弄我们。她有时对这个人表示好感，有时又表示和另一个要好，但她的心里又完全是另一回事。我们已发现她的诡计。她开始织一段锦绣，并召集我们求婚的人，向我们宣布：'必须等我织成一匹锦绣，作为我丈夫的父亲拉厄耳忒斯的寿衣，我才能结婚。这样才不会有阿开亚人的妇女说我不给他穿一身适于国王身份的寿衣。'她的这个冠冕堂皇的借口，使我们都相信了。我们都同意等待她。她也真的坐在织机前面，并成天地纺织，但在黑夜，在灯火下面，她却将白天所织成的完全拆毁。这样，她让我们白白的期待了三年。后来她的一个侍女将这事偷偷地告诉我们，于是我们自己才在她拆毁所织的东西时警告了她，并强迫她织完那件寿衣。因此，忒勒玛科斯，我们给你的回答乃是：如果你愿意，就将你的母亲送到你外祖父那里。但必须命令她与你外祖父所选择或她自己所选择的男子结婚。如果她仍然欺骗我们并浪费我们的时光，我们便要继续在你的屋子里吃喝。总之，直到你的母亲已选定一个丈夫，我们才各自回家。"

但忒勒玛科斯回答："安提诺俄斯，我的母亲生我育我，我不能强逼她离开我的家！他的父亲伊卡里俄斯或神祇们都不会赞成我这么做。如果你们还有一点点公正心的话，就请你们用自己的东西来办宴会吧。或者你们轮流做东，设宴邀请其余的人。如果你们愿意毫无代价地耗尽一个人的资产，那也随你们的便。我将请求宙斯和别的神祇们援助我，使你们非作合理的赔偿不可！"

求婚者去看珀涅罗珀，她正在夜里解开她在白天织就的锦缎

　　忒勒玛科斯正在这么说着,宙斯向他显示了一种预兆。两只巨鹰从山头上伸展大翼,翱翔而下。最初它们并排而飞,后来则彼此追逐;当它飞到会场上空,就恶狠狠地注视下面,并用利爪抓彼此的头颈。最后它们向右方冲去,在伊塔刻的高空飞翔。善于从鸟的飞翔预测未来的年高的预言家哈利忒耳塞斯解释说这表示求婚者必将趋于毁灭。他声称俄底修斯仍然活着,并在不远的地方;他的归来将宣告他们的死刑。但波吕珀斯的儿子欧律玛科斯却讥嘲这个老人说:“愚蠢的老人哟,请你回去给你自己的儿子说吉凶去罢! 你的预言并不能使我们恐惧。许多鸟雀都在阳光中飞翔,它们并不都预兆些什么。俄底修斯已远离故国死于异地,这才是最确实不过的事实。”别的求婚的人都大声附和着,并坚持珀涅罗珀必须回到她父亲的家里去,自己择定一个丈夫。

　　忒勒玛科斯不再设法去说服他们。他请伊塔刻的人民为他预备一只有二十个桨手的快船,因为他要出发到皮罗斯和斯巴达去探听他父亲的消息。如果他还活着,忒勒玛科斯愿意再等候一年。如果他已死去,他将劝他的母亲再嫁。现在俄底修斯的一个朋友门托耳,这是俄底修斯出征特洛亚时拜托他照管家事的人,在会场上站起来,愤怒地面向所有的求婚者说:“如果一个国王不公正且虐待他的人民,那也没有什么可奇怪的,因为他们不应受到更好的待遇! 你们中间还有谁记得俄底修斯? 他总是仁慈地对待你们,治理你们像父亲一样。你们不是在听任这些求婚者浪费他的资产而不加阻止么? 他们是不足怪的,因他们相信谣言,以为俄底修斯永不会回来了。只是伊塔刻人民,他们虽然人数占优势,却都沉默着不对这些求婚者说一句制止的话,这才是该责备的。”

　　这时候,珀涅罗珀的一个大胆的求婚者勒俄克里托斯嘲骂门托耳说:“老坏蛋,就让俄底修斯回来罢! 我们倒要看看他是否比我们高强! 相信我,珀涅罗珀虽然想念他,但如果俄底修斯真的回来了,却不一定使她喜欢。他会马上碰到厄运的。现在我们散会罢。门托耳和哈利忒耳塞斯将为忒勒玛科斯积极准备出发。但你们怎么能保证几星期以后他又会归来,并安全地在伊塔刻等待着父亲的消息呢? 我相信他绝不会到皮罗斯去!"

于是大家在喧嚷中散会。伊塔刻的公民们各自回家并重新工作,求婚的人们则快快活活地在俄底修斯的宫廷里大吃大喝。

忒勒玛科斯和涅斯托耳

忒勒玛科斯走到海边,用海水洗濯双手后,就向前天变作人形来看他的那位神祇祈祷。听到他的祈祷,雅典娜变形为门托耳,走到他的面前说道:"如果你还没有完全丧失你的父亲——明智的俄底修斯的精神,那么,即刻鼓起勇气去实行你所决定的事。我是你父亲的朋友,将帮助你准备一只快船,并亲自陪着你同行。"忒勒玛科斯以为他听到的是门托耳的劝告,即刻赶回到宫殿,决心准备出发。在路上他遇到安提诺俄斯,他执着他的手笑着说:"为什么这样的恼怒呀?来,仍如先前一样和我们饮宴吃喝。让公民们去照顾船只和水手吧。待一切停当再出发去皮罗斯不迟。"

忒勒玛科斯回答他:"不,安提诺俄斯,我再不能和你们在同一张餐桌上饮宴。我已经不是小孩子。从今以后,无论我离开或者留下,你们将和一个成人打交道。但我已决意出发,什么人都不能阻止我。"说着,他就缩回他的手,来到他父亲的库房。那里有黄金和青铜,有满装着华丽衣袍的大箱子,有芳香的油和大坛的陈年美酒。这些满满存储着的用品都由一个年老的女仆欧律克勒亚管理。他进入库房,随手关闭大门并上了闩,然后对这女仆说:"赶快,用十二只双耳的大坛子为我装上美酒,并将坛口封固。用严密的大皮袋为我装上二十石麦粉,和别的一切食品。等到黄昏我母亲进入寝室以后,我就来将这些东西带走。要到十二天以后才告诉她我乘船出发去寻觅我父亲的事,否则除非她问到我,你才可以说出。"欧律克勒亚为他的离去默默流泪,但应允一切如他吩咐地去做。

同时雅典娜变形为忒勒玛科斯,招募参加旅行的水手,并向伊塔刻最富有的公民诺蒙借来一只大船。然后她使求婚的人都酒醉昏迷,酒杯从他们手上掉落,大家都沉酣地睡去。准备停当以后,她又变形为门托耳出现在忒勒玛科斯的面前,并催他不要迟延。他们即刻来到海边,在那里找到他们的船舶和水手。他们将一切的用品都装在船上,然后上船。大风吹扬,海浪汩汩地冲刷着船底,这时他们倾酒向神祇举行祭礼,一整夜都在顺风中飞快地航行。

日出时,涅斯托耳的城池皮罗斯已出现在他们的眼前。居民分为九队涌到海岸上,每队宰杀九条黑牛献祭海神。他们将祭品焚烧献给波塞冬,并准备作盛大的饮宴。当伊塔刻的人们登陆时,雅典娜变形为门托耳引着忒勒玛科斯走向人丛的中心,那里坐着涅斯托耳和他的儿子们。

仆人们来回送递馔食和从事烧烤。当皮罗斯人看见外乡人走上岸来,他们就蜂拥上去,和他们握手为礼,并定要忒勒玛科斯坐在国王涅斯托耳的身边。涅斯托耳的儿子珀西斯特剌托斯正与忒勒玛科斯年岁相等,他极其热心地招待他和门托耳,并让他们坐在铺着软而厚的毛皮的座位上,坐在国王和他的儿子特剌绪墨得斯的当中。然后他将美好的馔食送到他们的面前,用两只金杯斟酒,为他们干杯,并向雅典娜变形的这个老人说:"啊,外乡人,请为波塞冬举行祭礼,并请告诉你的年轻的朋友也这么做。因为人是需要神祇的保佑的。"雅典娜举起酒杯请求波塞冬降福于涅斯托耳和他的儿子们和他的人民,并祈祷神祇保佑忒勒玛科斯能完成他的使命。最后她倾酒于地,并吩咐俄底修斯的儿子也同样做。

当他们已酒醉饭饱,年老的涅斯托耳很有礼貌地询问这两个外乡人从何处来,有着什么样的目的。忒勒玛科斯回答这两个问题;当他提到他的父亲时,他叹息说:"我们要知道他的情形,但是直到现在,一切的努力都没有结果。我们不知道他是否已遭敌人杀害,死在大陆上,或者遇到了风暴溺死在大海中。所以请你告诉我你所知道的一切。也许你曾经亲眼看见他死了,或者从海上来往的人那里听说过这样的消息。不要因为同情我们而有所隐瞒,请如实地告诉我们吧!"

"既然你提到那些可悲的岁月,我将告诉你全部的故事,"涅斯托耳回答。于是他如同别的老人一样,从遥远的过去讲起,他首先叙述在特洛亚城外死去的英雄。他说及阿特柔斯两个儿子中间的争端,最后才谈到自己的归回故土。关于俄底修斯,他所知道的很少,正如忒勒玛科斯本人一样。但他提到在密刻奈纳的阿伽门农之死,和俄瑞斯忒斯的为父报仇。结果他劝忒勒玛科斯到斯巴达去见墨涅拉俄斯,后者因为遭遇暴风,船舰破碎,新近才从远方的海岸归回。因为他比其他的阿耳戈斯英雄在归途上耽搁得更久,很可能听到了一些关于俄底修斯的消息,知道他在什么地方。

雅典娜赞成涅斯托耳的建议,并说:"我们谈着话,不觉天色已晚。请许可我的年轻的朋友和你们一起回到宫殿里歇宿。我自己则回去照拂船只,并在船上过夜。明天早晨,我将乘船到考科涅斯去收讨我的一些债务。我请求你备好快马并派遣你的一个儿子送我的朋友忒勒玛科斯到斯巴达去。"

说着,雅典娜突然变成一只海鹰,飞上天空。所有的人看到这情景,都大为惊异。涅斯托耳握着忒勒玛科斯的手对他说:"你不用悲愁,因为你虽然年轻,但有神祇保护你,并随时都在你的左右。你的这个同伴正是宙斯的女儿雅典娜,她在所有的阿开亚人中最欢喜你的父亲。"于是老人向女神祈祷,许愿第二天早晨用一匹一岁的小牛犊向她献祭,然后他同儿子和女婿一起将忒勒玛科斯领到皮罗斯的宫殿。在这里他们举行最后一次的祭礼,并互相传递酒杯。最后他们就寝。忒勒玛科斯的床榻设在大客厅里,在他的旁边则是涅斯托耳的勇敢的儿子珀西斯特剌托斯。

第二天天刚亮,涅斯托耳就起床了,他走到门口,坐在一个十分光滑的石墩上。这是放置在门口两旁的石墩,他自己的父亲涅琉斯也曾喜欢坐在这里。不久他的六个儿子都来了,最后来到的是领着贵宾忒勒玛科斯同来的珀西斯特剌托斯。现在涅斯托耳许愿向女神献祭的小牛犊亦已牵来。金匠莱耳刻斯被召来为小牛犊的两角包金。奴隶们取来木柴和清水,并预备豪华的肴馔。忒勒玛科斯的同伴们也从海岸走来。涅斯托耳的两个儿子各握着小牛犊的一只包金的牛角。另一个捧着献祭的盘子和麦粉,第四个持着宰杀牛犊的小斧,第五个儿子则持巨碗预备接取牛犊的鲜血。当牛犊被斧头砍倒,第六个儿子珀西斯特剌托斯就割断牛犊的喉管,而涅斯托耳的妻子和女儿们则向神祇祈祷。

最好的几块牛肉用火焚化作为对雅典娜的献祭,并洒上酒。其余的则放置在铁叉上烧烤。

这时忒勒玛科斯已用温水沐浴过,并穿上华丽的紧身服和袍子走出来。在饮宴的时候,快马已经套上车子,预备供贵宾乘坐到斯巴达去。一个仆人并将酒和用品搬上忒勒玛科斯所乘的车子。珀西斯特剌托斯跃上去站在忒勒玛科斯的身边,于是他执缰挥鞭,马匹如飞一样地驰去,不久皮罗斯已远远地落在后面。他们驰驱一整天,马匹毫不倦乏。

当日落时,路途渐渐看不清楚,他们来到斐赖城。俄耳提罗科斯的儿子,一个名叫狄俄克勒斯的阿耳戈斯英雄就居住在这里。他热烈接待他们,他们在这里和他过夜。第二天早晨他们又驱车出发,路旁全是麦田。晚间他们来到周围全是丛山峻岭所包围的一座大城,这便是拉刻代蒙德猛即斯巴达了。

忒勒玛科斯在斯巴达

斯巴达的国王墨涅拉俄斯正在宫中举行宴会。在他的许多亲友当中,有一个歌者正挥弹竖琴歌唱。演技的人们正以轻快的跳跃和翻斤斗娱乐宾朋。墨涅拉俄斯在庆祝他的两个子女的订婚:一个是海伦的女儿赫耳弥俄涅许配阿喀琉斯的儿子涅俄普托勒摩斯,另一个是那女奴隶为墨涅拉俄斯所生的儿子墨伽彭忒斯与斯巴达的出身高贵的女子订婚。正在宴乐中,墨涅拉俄斯的一个武士厄忒俄纽斯向国王报告忒勒玛科斯和珀西斯特剌托斯来到了,他请示国王新来的外乡人的车马是否要卸下,或者,由于当时正在宴会,这两个青年人是否可以领到别人的家里去。"厄忒俄纽斯!"国王惊呼起来说,"你说的话多么愚蠢!你知道我到处受别人招待,在任何情况之下我都不应向我的宾客挡驾。即刻为他们卸下马匹,并请他们进来赴宴。"

厄忒俄纽斯立即与一大群仆人走出客厅。他们卸下汗湿的马匹,并将它们牵到马厩里,马槽中已装满草料。车子则靠在大门附近的白墙上。两个客人被请进宫殿,并以温水沐浴,消除疲劳和洗去沿途的尘

雅典娜化身为门托耳与忒勒玛科斯走向涅斯托耳的宫殿

土。然后他们被引去见国王,墨涅拉俄斯请他们坐在他身边的席位上。忒勒玛科斯看到大客厅的华丽和摆在他们面前食物的丰美,很是惊奇。他向他的朋友低声说:"看哪,珀西斯特剌托斯。看看所有这些灿烂的青铜,黄金,白银和象牙的用具!这些都是无价之宝呀!宙斯在俄林波斯山的宫殿,其陈设当也不过如此!"

忒勒玛科斯的说话本来很小声,但墨涅拉俄斯已听到最后的一句话。他微笑着说:"没有人能比得上宙斯!他的宫殿和他所有的一切都是不朽的。固然,在人间不易找到如我一样富有的人。因为我所有的,都是得之于我的漂流和冒险。我在回家的路上走了整整八年。我曾经到过塞浦路斯,腓尼基,埃及,埃塞俄比亚和利比亚。现在我总算有这样一个国家了!羔羊生下来就有小角。牛羊一年生殖三次,无论主人和牧人们都不缺少肉食,牛奶和乳酪。但当我正在许多地方获得大量的财富时,我的在密刻奈的长兄却为他的不贞的妻子所杀死,所以我虽富有,而我的心情并不快乐。你们当已从你们的父亲那里听说过这些事,无论你们的父亲是谁。相信我,只要那些在征服特洛亚时死去的英雄们仍然活着,我虽然仅有目前所有的三分之一的财产,我也满足了。我尤其悲痛一个英雄,甚至使我寝食俱废。阿耳戈斯英雄们没有一个人像俄底修斯一样受到那么多的折磨。我至今还不知道他是死是活。也许他的人民,他的年老的父亲拉厄耳忒斯,他的忠实的妻子珀涅罗珀和他离家时还在襁褓中的他的儿子忒勒玛科斯,如今正在悲悼他呢。"

墨涅拉俄斯说着,忒勒玛科斯感伤得眼泪直流,以致不能不用紫色的袍子遮蒙着他的脸面。因此斯巴达国王知道这必是俄底修斯的儿子。

当他正沉思着这事,海伦已从他的芳香的内室走出,她华美得如同天仙一样。一大群美丽的侍女簇拥在她的周围。一个侍女为她安置坐椅,另一个侍女为她在椅子下垫上柔软的毯子,第三个侍女为她捧着埃及底比斯王后赠送给她的银匣。银匣里面装满毛线,和一个还带着一团毛绒的纺锤。她坐在椅子上,双足踏着小小的足凳,开始询问她丈夫关于这新来的外乡人的情况。"走遍全世界我也找不到一个人如同这个青年那样和高贵的俄底修斯一模一样的,"她轻轻地在她丈夫的耳边说。"我看去也是如此,"她的丈夫回答。"双手,两脚,眼神,头发的样子,——一切都和俄底修斯一样!此外,我刚才提到俄底修斯时,这青年还掩面哭泣。"

珀西斯特剌托斯听到他们的交谈,即大声对他们说:"你们所猜想的正对,墨涅拉俄斯王哟,这正是俄底修斯的儿子忒勒玛科斯。他太谦逊不愿说出自己的姓名。我的父亲涅斯托耳派遣我们同来,看看是否可以打听到他父亲的一些消息。"

"真的呀!"墨涅拉俄斯惊叹起来。"那末这位客人正是我的好友的儿子。如果我的好友回家时亲自路过这里,我正应当热烈地欢迎他!"于是墨涅拉俄斯用想念和爱护的口吻继续说着他的好友,这时所有听到的人无不下泪——海伦,忒勒玛科斯,墨涅拉俄斯,甚至涅斯托耳的儿子,因为他想起了在特洛亚城外为挽救父亲而战死的哥哥。

但后来,大家觉得在欢宴时想到这样悲伤的事情是扫兴而无用的。宴会完毕,仆人们倒了水让大家盟手以后,他们就预备各个归寝。但宙斯的女儿,精于魔术的海伦,将一种迷药羼混在最后一巡酒里,这药可以使人忘记苦痛并宽释一切的忧愁。任何饮到这酒的人都会整天无忧无虑,哪怕是父亲或母亲死了,或者敌人在他眼前杀害了他的亲生儿子或同胞兄弟。现在他们大家变得快乐起来,一直谈笑到更深夜尽。紫色的毡毯铺在大厅回廊的卧榻上,供客人睡眠,墨涅拉俄斯和海伦仍然睡在宫殿后面的内廷里。

第二天早晨,国王墨涅拉俄斯询问宾客们他们这次旅行的目的。当他听到求婚者和伊塔刻国内的情形时,他忿忿地说:"这些恶汉想夺取伟大的俄底修斯的地位呀!这好像雄狮远离洞窟,牝鹿在它洞窟里繁殖小鹿;有朝一日雄狮归来,它们就全都要送命。俄底修斯是要回来的。听我说,我愿意将海中老人普洛托斯曾经告诉过我的一切告诉你。他曾在我的手下反复变形,但最后我制服了他,并强迫他告诉我阿耳戈斯英雄们在归途中所遭到的命运。这海神说:'我以我的天眼看见俄底修斯在孤岛上思乡流泪,女仙卡吕普索强留住他。他既没有船舶也没有水手将他带回他的故国。'这便是我所知道的关于你父亲的消息。

请在这里住上十天半个月,当你们回去时,我将赠给你们珍贵的礼品。"

忒勒玛科斯感谢他的盛意,但他不拟久留。于是墨涅拉俄斯赠给他一只镶着金边的大银碗。这是赫淮斯托斯的作品,无比地美丽。主人并以羊肉预备丰盛的早餐,为贵宾饯行。

求婚者的阴谋

当忒勒玛科斯到皮罗斯和斯巴达去了的时候,在伊塔刻岛屿上的求婚者继续在俄底修斯的宫殿豪饮,并以投掷铁饼和标枪取乐。一天,安提诺俄斯和他们中最健壮美丽的欧律玛科斯离开其余的人坐在一边,这时佛洛尼俄斯的儿子诺蒙就向他们走来,并对他们说:"你们知道什么时候忒勒玛科斯会从皮罗斯回来?他所乘的船只是我的。我将船借给他,现在我自己却需要一只船航行到厄利斯去。我在那里畜养牝马,让它们下马驹,现在我想取回一匹马驹来驯养和教练。"

这两个求婚者很吃惊,因他们毫不知道忒勒玛科斯业已离去。他们以为他是隐居到乡下去了,因为在那里他养了很多的猪和羊。现在他们轻率地下结论说一定是他强迫诺蒙将船借给了他。但诺蒙不承认。他说:"是我自愿将船借给他的。谁能对于在苦恼中的朋友袖手旁观呢?那么免不近人情了。此外他还和许多贵族青年在一起,且有门托耳做他们的指导——或者他是一个神祇变化的门托耳吧?因为我昨天还看见门托耳在这里,所以引起我的怀疑。"这样说着,诺蒙就离开求婚者,回到他父亲的屋子里。

安提诺俄斯和欧律玛科斯听到这意外的消息,很感到惊异和懊恼。他们站起来,走到别的求婚者那里,他们刚做完游戏,围成一圈,坐着休息。安提诺俄斯悻悻地向他们喊道:"忒勒玛科斯已去寻觅他的父亲。他已走上令我们难于相信的旅途。但愿请宙斯在他危害我们之前使他毁灭吧!朋友们,请给我一只有二十个桨手的快船,我将在伊塔刻和萨墨岛之间的海峡截击他,让他用死亡来结束他的冒险的旅行。"大家都赞成他的主张,并保证给与他所要求的一切。然后求婚者们又回到宫殿里去。

但是有一个人窥见了他们商议的情形。这便是使者墨冬。虽然他是侍候他们的人,但在心里却仇恨着这些无耻的求婚者。他站在外面,但相距不远,可以听清楚他们所说的每一句话。现在他飞快地跑来向王后珀涅罗珀报告他们的阴谋。她听了,不禁双膝发抖,苦恼得许久不能说话。她心跳气喘,眼泪直流。“啊,我的孩子为什么一定要走呢?”她终于说出话来。“他的父亲死了还不够么?难道我们家里的人都得死尽灭绝?”这时墨冬无法给她解释,她伏在内室的门槛上哭泣起来。她的侍女们也跟着她流泪。“为什么他出发时不告诉我呢?”珀涅罗珀哭叫着。“我一定会劝他不要作这次旅行。叫我的老仆人多利俄斯来,让他将这可悲的消息告诉拉厄耳忒斯去。也许那个有经验的老人会想出一个补救的办法。”

最后老女仆欧律克勒亚张口说:“我的王后,现在我再不能向你隐瞒了,哪怕你会因为我隐瞒到现在而杀死我。他的出发我是知道的。我亲自给他准备了路上所需要的东西。他叫我发誓在十二天以内不将消息告诉你,除非你自己已发觉他不在了。现在我劝你去梳洗装饰,到宙斯的女儿雅典娜的神坛前祈求她保护你的儿子。”

珀涅罗珀按照这个老女仆的劝告去做。当她虔诚地为忒勒玛科斯的平安祈祷过以后,就躺下睡了。雅典娜使她的姊妹即英雄欧墨罗斯的妻子伊佛提墨来到她的梦中。伊佛提墨安慰她并保证她的儿子必然归来。“放心吧,”她说。“你的儿子有着一个万人羡慕的指导人。帕拉斯·雅典娜亲自守护在他的左右。她会保护他,抵抗这些求婚者。派我到你的梦中来的也正是这个女神。”说着,她就从密闭着的大门隐去。珀涅罗珀从梦中醒来,心中充满着勇气和快乐。

同时,求婚者已准备好他们的船舶,安提诺俄斯和二十个精壮的水手上船出发。在伊塔刻和萨墨岛的海峡中间有着一座石壁嶙峋突伸入海的岛屿。求婚者们向这岛屿驶进,并隐蔽在入口处等候忒勒玛科斯回来。

俄底修斯离开卡吕普索,船沉落水

宙斯的使者赫耳墨斯奉神祇的命令从云端下降到海上,如同一只海鸥掠过巨浪,飞快地来到俄古癸亚岛上的卡吕普索的住所。他看见这美发披拂的女神正在家里。她的炉子里燃着熊熊的炉火,檀香木的芳香的青烟在岛上袅袅上升。卡吕普索在内室里一面唱着迷人的歌曲,一面用金梭织着精致的绫罗。她的洞府在满是赤杨,白杨和松柏的绿树阴中,树上巢居着羽毛美丽的鸟雀,同时也有鹰隼,枭鸟和乌鸦。葡萄藤盘缠在岩石上,浓密殷绿的枝叶下面悬挂着累累成熟的葡萄。有四条源头相近的泉水流过长满紫堇,香芹和毒草的草地。

赫耳墨斯站立了一会,很惊奇于这岛屿的美丽。然后他进入女仙所居的山洞。卡吕普索一见就知道是他,因为神祇们虽然住得相距很远,但一见面仍然彼此认识。但俄底修斯不在那里。他仍然如平时一样坐在海边,渴望的眼睛里含着泪水,呆呆地眺望着茫茫的大海。

卡吕普索听到赫耳墨斯的传达以后,她沉默一会,最后悲叹着说:"啊!残酷而嫉妒的神祇们哟!你们不能容许一个神祇去爱一个凡人并以他为丈夫么?你们不愿意我与那个抱着破船板漂流到海岸并为我所救活的人结为伴侣么?他的船舶为雷电所击碎,他所有的朋友都沉没在海底。我以伟大的同情心接待这个落魄的人。我给他饮食,看护他,并献给他神祇的恩惠和永久的青春。但宙斯的命令既然不可违抗,那就让他回到海上去罢。但不要以为我自己会将他送走,因我既没有船只,也没有水手。我不能赠给他什么,只能告诉他怎样可以平安地回到他的故土。"

赫耳墨斯对于她的答复很满意,立即回到俄林波斯圣山去。卡吕普索走到海边,坐在俄底修斯的身旁。"现在你不必再在这里含泪悲愁了,"她说。"我将放你回去。来,自己用树木作成小船。用横木钉在上面作甲板。我将为你准备清水,美酒和食品。我将给你衣服,并从陆地送给你一阵顺风。但愿神祇保佑你平安地回到故乡!"

俄底修斯怀疑地望着这个女仙说:"我恐怕你心中所想的完全是

另一回事！除非你向神祇发誓，保证不暗害我，我绝不轻易乘上一只脆弱危险的小船。"

卡吕普索微笑着，温柔地用手指抚摩他的头发，并回答他："不要以无聊的疑惧自寻苦恼。大地，天空和斯堤克斯河都可为我的誓言作证，我绝不是要危害你。我只是告诉你如果我处在你的地位我所应做的事情。"说着，她就转身往回走，俄底修斯跟随在她的后面。她在她的洞府里和他告别。

不久小船建造完成，第五天俄底修斯乘着它顺风航行在海上。他自己小心谨慎地掌着舵柄前进。他昼夜不眠，坚定地望着天上的星座，并依照分别时卡吕普索所向他说明的标识前进。十七天当中他平安无事。在第十八天，他看见斯刻里厄山。陆地如同一面盾牌浮在阴暗的海面上。

现在波塞冬正从埃塞俄比亚盛宴归来，他在索吕弥山上看见俄底修斯。他没有出席神祇们最近一次的会议，现在才知道他们趁他不在的时候强迫卡吕普索将俄底修斯释放了。"好的，"他自言自语地说，"让他有更多的苦难吧！"于是他召来浓云，用三尖叉搅动大海，并命令暴风雨在黑夜中包围海洋和大陆。大风浪摇荡着小船，使得俄底修斯浑身战栗并号叫说宁愿当初死在特洛亚人的手里。当他正在号哭时，一个巨浪打来将小船卷没在漩涡里。舵柄从他手中滑落，桅杆、帆桁和木板都漂浮在汹涌的海上。俄底修斯被卷进水里，他的濡湿的衣服更使他下沉。最后他又挣扎着浮到海面，吐出吞入的海水，泅向漂浮的木板。他抓到一块最大的木板，使劲爬了上去。他来回漂荡如同秋风中的蓟草一样，这时一个海洋女神琉科忒亚看到他，心中充满同情。她如同海鸟一样从海底升到海面，栖止在破碎的小船上说道："俄底修斯哟，请听我的忠告。脱下你的衣服，丢掉木板，用我的面网缠绕你的胸部，然后向前泅去，不要管风浪有多么凶险。"俄底修斯接过面网，女神突然不见了。他虽然不完全相信她的话，但仍然听从她的吩咐。于是他如骑马一样的骑在木板上，撕去卡吕普索所赠给他的衣服，用面网缠在身上，然后跃入汹涌沸腾的海浪中。

波塞冬看到这勇敢游泳的人不禁严肃地摇着头。"好吧，"他说，

"你就在海上漂流,直到宙斯来拯救你罢。你得再遭受更多更多的痛苦。"海神一面说着,一面就回到他的宫里去。俄底修斯整整两天两夜在海上漂荡。最后他看见一处满是绿树的海岸,那里海水冲刷着险峻的悬岩。他不由自主地被一阵海浪冲到这海岸边。他双手紧握住一块突出的岩石,但一个巨浪又将他打退了。他又开始游泳,经过长久且几乎是绝望的努力,他才发现一处低浅的海湾,有一条河就从这里倾注入海。他在这里向河神祈祷,河神听到他的祈祷,将潮浪平静,使他可以游达陆地。他精疲力竭地倒在地上,口鼻流水,疲倦而麻木,失去了知觉。他清醒过来以后,就解下琉科忒亚的面网,并怀着感谢的心情将它投入大海,归还原主人。然后他伏在芦苇丛中亲吻土地。但他光着身子感到寒冷,在清晨的冷风中瑟缩发抖。他四顾搜寻,看见附近有一座林木蓊蔚的小山。他爬上山去,躺在枝叶交错的两株橄榄树下,这些橄榄树一株是野生的,另一株是栽培的,它们树叶茂密风雨及阳光都穿不透。他用树叶铺成床,躺下来,用更多的树叶盖在身上。他躺下不久就沉酣入睡,忘却一切的苦难,更不去想等待在他前面的更多的危险。

瑙西卡

　　当俄底修斯熟睡时,他的保护神雅典娜四处奔忙,为他布置。她赶到斯刻里厄岛,在这里淮阿喀亚人建立了城池,并由贤明的国王阿尔喀诺俄斯统治着。现在雅典娜正向这国王的宫殿走来。她进入国王的最年幼的女儿瑙西卡的内室。瑙西卡生得美丽动人如同神女一样,此时正在宽大的寝室里酣睡,门外有两个侍女看守着。雅典娜如同一阵清风一样轻轻地走到这女郎的床边。她变形为瑙西卡的一个女伴出现在她的梦中,并对她说:"你多么懒惰呀!你的母亲将要不喜欢你了。衣橱里全是没有洗濯的衣服。如果你明天和人订婚了,你怎么办呢?你将没有一件干净的衣服给你自己和你的傧相穿。天一亮就起身,去洗涤你的长袍和紧身服去。我自己愿意帮助你,使工作进行得更快。你知道不久你就不再一人独居了。这几个月来,不是有许多贵族向你求婚吗?"

卡吕普索从赫耳墨斯接受命令，释放俄底修斯

梦醒了，瑙西卡赶快起床并走到她父母那里去。她的母亲已经和女仆们坐在炉子前纺织紫线，但国王却在门口遇到他的女儿。他正要去出席他今天早晨所召集的贵族会议。但这女郎止住他，牵着他的手，并娇憨地说："亲爱的父亲，叫人为我预备一辆车子，我要将我的衣服带到河里去洗濯去。你也必须穿干净衣服去开会，而你的五个儿子，其中有两个还没有结婚，在宴会和跳舞时总要显得整洁美观一点才是。这些事情是必须由我来照顾的。"

这女郎因为羞于说到自己的订婚，所以这么说。但是她的父亲猜透了她的心事，微笑着说："去吧，我的女儿。你可以有一辆用骡子拖曳的大车。叫仆人们即刻为你套车吧。"不久这女郎和她的侍女们将骡车装载好。她的母亲给她一整天食用的一皮袋酒，面包和别的食品，并且在瑙西卡上了车以后，她又另给她一罐香膏，使她和她的侍女们在沐浴后可以涂抹她们的身体。瑙西卡亲自执缰挥鞭，赶着骡子来到风景美丽的河岸。她和她的侍女们在这里解下骡子，让它们在草地上吃草，然后拿着衣服来到洗衣处，这里有一条挖掘出来专供洗濯用的小沟，里面注满了河水。她的侍女们将衣服洗涤并捶击干净，然后在清水中洗过，铺在河岸上晾干，河岸上干净的小石子构成了天然的晒衣架。当一切完毕，女郎们入水沐浴，用香膏涂抹肢体，并快乐地吃着她们所带来的食品，等候太阳晒干她们的衣服。

她们决定在草地上掷球消遣。她们将头上的首饰都摘下，放置一旁，因为它们妨碍作迅速的动作；瑙西卡比其余的人显得高大而且美丽，她一面掷球一面唱歌。最后她向她的女伴掷出一球，但雅典娜却使它转变方向落入急流的河里。这时女郎们发出一阵叫嚷，因此将睡在附近橄榄树下的俄底修斯惊醒了。他欠身起来倾听着。"这是什么地方呢？"他问自己。"是不是我已来到强盗和杀人犯所住居的野蛮的荒岛？但这又确是少女们或者山林与河流的神女们的声音。说不定我终于遇到友好的人了。"

他一面在心里沉思，一面伸出满是筋脉的右手折取一枝有浓密树叶的橄榄枝，遮蔽着自己赤裸的身体。他用树枝遮着前身，从树丛中走出来，在这些美丽的女郎们中间就好像一只毛发龀龀的狮子。他的头发仍然沾附着海草和海水的泡沫。女郎们以为他是怪物,都惊骇得四处奔逃。只有阿尔喀诺俄斯的女儿留在那里不动。雅典娜已鼓舞起她的勇气,使她敢于面对这个外乡人。俄底修斯不能决定是否走上去抱着她的双膝,或保持一定的距离,请求她赐给一件衣服并指点他走向人们居住的地方去。最后他觉得后者比较适宜,所以他对她说:"我不知道你是女神还是人间的女郎,但无论你是谁,我要请你保护我。如果你是女神,那你必是阿耳忒弥斯,因你如她一样的轻捷美丽。但如果你是人间的女郎,那你的父母和兄弟们真是福分不浅。他们有这样可爱的女儿和姊妹,必然十分快乐满足。而那个娶你为妻的人更是如何地幸运啊!但请你对我发发慈悲,因为我遭到几乎是人所难堪的艰难困苦。二十一天以前我离开俄古癸亚岛。一阵暴风雨使我在大海中漂流,最后将我冲到这里的海岸上,在这里我不认识任何人,也没有任何人认识我。请可怜我罢。请给我衣服,并告诉我你们住居的城池在哪里;愿神祇满足你心中的要求——使你有一个丈夫,一个美满的家庭和幸福的生活!"

瑙西卡回答他:"外乡人哪,你并不像一个卑陋的或愚蠢的人。你既已向我和我们的国家求助,你就不会缺乏衣食和一个哀求者有权要求得到的任何东西。我将带你到我们的城里去,并告诉你我们的民族的名字。住在这一带海岸和田地上的是淮阿喀亚人,而我便是国王阿尔刻诺俄斯的女儿。"她说完之后就呼唤她的侍女们,告诉她们不必惧怕这个外乡人。但她们仍然赶趄不前,并彼此推让。最后她们服从了女主人的命令,同时俄底修斯也在隐蔽的小河湾里洗去四肢和身上的海水和海草,她们并丢给他一件紧身服和一件披风。俄底修斯洗浴并涂抹香膏以后,穿上衣服。这时雅典娜使他显得更威严而俊美。她为他梳理头发,使它拳曲如同花须一样,并使他神采奕奕。他从树阴走出,又高大又美丽,坐在略略离开女郎们的地方。

瑙西卡惊奇地看着他。她向她的女伴们说:"真的,决不会所有的神祇们都反对这个人的。至少有一位神祇保护他,并且将他带到我们的海岸上。我们初看见他时,他是如何地平淡无奇,但现在他却好像神人一样。但愿他也是属于我们的民族,并且命运女神选定了他作为我的丈夫！只是，女郎们，现在让我们快给他美酒和食物吧。"于是俄底修斯使他的长久的饥渴得到了满足。

现在骡车又套上了，洗净的衣服载在车上，瑙西卡仍然执着缰绳。她请这个外乡人和她的侍女们一起步行跟随在后面。她很和蔼地对他说："现在我们将穿过田野和草地，你就这样走吧。即刻你就可以看见城池。我们的城池周围有厚高的城垣围绕着，只是面临大海的一面没有城垣，而由宽大的海港卫护着，这海港仅有一小小的入口。你将看见市场和波塞冬的壮丽的神庙，神庙附近是制造和贩卖绳索，船帆，木桨以及一切航海用具的地方。我们国内的人民并不习用弓箭，因我们乃是航海的民族。当我们临近市场时，我要避免人们说闲话。一个遇到我们的农民会说：'那跟随在瑙西卡后面的魁梧美丽的男子是谁呀？她从什么地方找到他的？她很像要和一个外乡人结婚呢。'而这样的话对我是一种侮辱。就是我自己，如果看见我的一个朋友在结婚以前和一个外乡人在一起，也会不以为然的。所以当你走到献给雅典娜的白杨树的圣林和在那里发源并迂回地流过草原的溪水时，就请你稍待一会，直到你估计我们已经进了城为止。这圣林距离城市不远，在那里可以听到城里传令官的呼唤。继续前进，你会极容易找到我的父亲的宫殿。进入宫殿，抱着我的母亲的双膝，如果她对你很温和，那你就一定可以回到你的故国去。"

瑙西卡说着，同时缓缓地赶着她的骡车，使她的侍女们和俄底修斯可以跟上。来到雅典娜的圣林时，俄底修斯一人留下，并以至诚祈祷他的保护女神。雅典娜听到了他的祈祷，但是又畏惧她父亲的兄弟波塞冬的愤怒，所以她没有露面。

俄底修斯和淮阿喀亚人

当瑙西卡已来到她父亲的宫殿时，俄底修斯就离开圣林。雅典娜一路保护着他入城。因为害怕勇敢的淮阿喀亚人会攻击这没有武装的外乡人，她将他蒙在浓雾中，虽然他自己并不觉得。当他靠近城门时，她不能不自己出来了，于是她变形为一个持着罐子去汲水的年轻的女郎,出现在他的面前。"我的孩子,"俄底修斯对她说,"你愿意指给我到国王阿尔喀诺俄斯的宫殿那里去的道路么?我是来自远方的外乡人,这里没有一个熟识的人。"

"可以,"这女神所变形的少女回答,"我的父亲就住在附近。请悄悄地跟着我走。这里的人民是不太欢喜外乡人的。他们勇敢而冒险的海上生活,使他们习于武勇和倨傲。"说着,雅典娜就在前面引导他前进,街上的人没有一个看见他们。他能够从容地欣赏海港,船舶和高耸的城垣。最后雅典娜说:"这便是阿尔喀诺俄斯的宫殿。一直进去,不用畏惧。有勇气的人必然会成功!但请听我的一个忠告。你必须首先去见王后!她的名字是阿瑞忒,是她丈夫的侄女。因为我们的前王瑙西托俄斯乃是波塞冬和巨人国王欧律墨冬的女儿珀里玻亚所生的儿子。瑙西托俄斯有两个儿子,一即我们的国王阿尔喀诺俄斯,一即瑞克塞诺耳。瑞克塞诺耳早死,只留下一个女儿阿瑞忒,即我们的王后。阿尔喀诺俄斯像一个丈夫对妻子所能做到的那样尊重她。同时我们所有的人民也敬爱她,因为她贤淑而明察,甚至可以判决人民的争端。你如果能得到她的援助,就可以一切顺利了。"

雅典娜说完就匆匆离去。俄底修斯呆呆地站立着,给眼前美丽的宫殿迷住了。这宫殿很高,灿烂得如同太阳一样。宫门两边的墙壁是铜制的,有着浅蓝色的金属的屋檐。内廷有黄金的大门。青铜的门槛上竖立着银柱。门楣是白银所铸,门扣则是金的。赫淮斯托斯所铸造的金狗银狗直立在大门的两边如同警卫一样。当俄底修斯进入客厅,他看见铺着富丽而名贵的毡毯的椅子。这个国家的贵族们就坐在这里饮宴。淮阿喀亚人都喜欢宴会和饮酒。在高高的座子上立着青年男子的金像。他们都伸手高举火炬,照耀着人们欢宴。在宫廷里有五十个女仆。有的磨面粉,有的纺线,有的坐着织布。在这个国家,妇女之长于纺织,正如同男子长于航海一样。在宫廷外面有一个四亩大的果园,周围用篱笆围着,园中种着果木树,树上长满蜜梨,无花果,石榴,苹果和橄榄。在这里因为时时都有温暖的西风,冬天和夏天都有花果。常常在同一的季节里,有些树木正开着花,有些已经结实。在果园附近则是葡萄园,累累成熟的葡萄在太阳下面闪烁放光。有的已被摘取,有的尚是新绿。在园子的另一端,百花怒放,喷着沁人的芳香。一股清泉从地里涌出,从花草树木间蜿蜒流过。另一股清泉则正从廷院门口涌出,人们都来这里汲水。

俄底修斯尽情观赏了一番,就一直进入宫殿来到国王的大厅里。在这里,这地方的贵族们正举行宴会,但因为天已黄昏,大家都有点醉了,所以准备向赫耳墨斯举行祭礼,结束宴会。俄底修斯在雾霭包围中穿过饮宴者的行列,但当他来到国王和王后的面前时,雅典娜略一举手,所有的雾霭就从他周身散尽。他在王后阿瑞忒的面前跪下,抱着她的双膝,请求她:"啊,瑞克塞诺耳的女儿阿瑞忒哟,作为一个哀求者,我俯伏在你和你丈夫的面前。如果你们援救我,使我归回我的故土,神祇必将保佑你们长寿多福。因我远离我的亲人在外流亡,已经很久了。"

这英雄说完,就坐在火炉附近的灰土中。淮阿喀亚人都怀着惊疑的眼光默默地看着他。最后,宾客中最年老且通晓各国风俗的白发的厄刻纽斯转身向国王说:"真的,阿尔喀诺俄斯,让一个外乡人坐在灰土上面,这在世界各地都是不恰当的。我相信这里所有的人都同意我,只在等待你的命令。让这个外乡人从灰土中站起来,请他和我们一样坐在舒适的椅子里。传令官得向宾主的保护神宙斯奠酒致祭,同时仆人们为这新的宾客奉上酒食。"

国王听到这话很欢喜。他扶起这外乡人,并领着他坐在他身边由他的宠儿拉俄达玛斯让开的椅子上。一切都按照厄刻纽斯的建议办了,俄底修斯如同贵宾一样和其余的人共进饮食。当大家向宙斯举行了祭礼以后,宴会散席,国王约请他们第二天再来饮宴。国王并没有问这外乡人的姓名和家世,但却允许他住居在宫廷里,将来并可安全回家。但是他看着这个雅典娜已使之神采焕发不类凡人的英雄,又补上一句:"当然,如果你是一位常常变形为人来到人间参加饮宴的神祇,那么你便不需要我们的援助,相反,我们倒要请求你的保护呢。"

"啊,国王哟,请千万不要这么想,"俄底修斯说,"我在身体和形象上都不像俄林波斯圣山上的神祇。我如同你一样是一个凡人,且是一个不幸的凡人!请你说出一个人间最不幸的人来,我可以证明我比

瑞西卡驶向淮喀亚人的城，俄底修斯跟随在后面

他还更不幸。当我进入你的宫殿时,我除了想满足我的饥渴以外,就一无所求。仅从这一点你就可以看出我是一个不幸的凡人。"

当宾客们都已离去,只剩下国王,王后和这外乡人在大客厅里时,阿瑞忒观察着他的紧身服和披风,并认识那是她自己的针线。"外乡人,我得问你一个问题,"她说。"你愿意告诉我你是谁,你从哪里来,以及你身上所穿的衣服是谁给你的么?"俄底修斯直言无隐的叙述了他如何为卡吕普索留住在俄古癸亚岛上,如何经过毁灭的风浪,又如何遇到了慷慨待他的瑙西卡等等。

他说完话,阿尔喀诺俄斯就笑了。"我的女儿做得很对,"他说,"但她还疏忽了一件事,就是她应当亲自带你来见我们。"

"啊,国王哟,这不要责备她,"俄底修斯说,"她本来很想和你所说的那样做,但我拒绝了她,半由于我不好意思,半由于我怕引起你的恼恨。因为人类总是多疑的。"

"我绝不会毫无理由的对人恼恨,"国王回答,"但做一切事情有个规矩总是好的。现在,如果神意使像你这样的人要求我的女儿为妻,我该如何地欢喜,并愿意给你们房屋和财产啊!但我并不强迫你非留居此地不可。明天随你想到什么地方去,我们都可以帮助你。我将赠给你船只和水手,使你可以航海回到你的故土,即使那地方远在和我们有交易的最远的各岛屿之外。"

俄底修斯对于他的这种盛情表示深深感谢,然后道了晚安,退出去在轻软的床榻上恢复他的辛苦和疲劳。

第二天清晨,国王召集人民在市场上集议。他将他的贵宾带来,并和他并排坐在光滑的石墩上。同时雅典娜变形为一个使者行走在大街上召唤人民赴会。他们从各方面涌来,市场上即刻拥挤着热心的人群。他们都欣羡地看着拉厄耳忒斯的儿子,在他身上雅典娜已给以非凡的威严和品貌。国王郑重地将这个外乡人介绍给他的人民,并要求他们为他准备一只大船和五十二个淮阿喀亚人的水手。他同时邀请贵族们都赴宫廷欢宴招待这个宾客,并命令阿波罗曾赋予音乐天才的得摩多科斯届时出席歌唱,娱乐嘉宾。

集会散后,水手们就遵照国王吩咐,预备坚固的大船。他们竖起船桅,挂上鲜丽的船帆,并用皮条紧缚着船桨。最后他们来到宫殿。大厅和庭院里拥挤着宾客,老的少的都来了。他们宰了十二只羊,八只猪,两头牛作为盛馔,空气中充满炙肉的香味。诵诗人得摩多科斯已由使者牵着进来,他是诗歌女神缪斯同时给与了快乐与不幸的人。她夺去了他的两眼的光明,却燃烧起他心中的诗歌的火焰。使者引他坐在大客厅中间石柱旁边的椅子上,将竖琴放置在他可以拿到的地方,并在他的面前安置一张餐桌,放上馔食和美酒。当宴会完毕,那老诵诗人就开始歌唱他的故事。他歌唱那些名声已经响震全世界的特洛亚的英雄,特别是其中为人所熟知的最勇敢的阿喀琉斯和俄底修斯。

当俄底修斯听到他的名字被人歌唱赞美时,他用披风遮蒙着自己的脸,使人看不见他在流泪。每当得摩多科斯唱完一段,他就抬起头取酒来喝。但当歌者继续歌唱时,他又蒙住他的脸。没有人注意到他,但坐在他身边的国王,已听到他的深沉的叹息。国王不愿引起这位宾客的悲哀,就命令那老乐人停止歌唱,同时宣布为了向外乡人致敬将举行各种的竞赛。他说:"我们的贵宾回去以后,将告诉他的国人,我们淮阿喀亚人精于角力和拳击,也长于奔跑和跳跃。"于是每个人都离开餐桌,涌到市场上。那里有许多贵族青年,其中有阿尔喀诺俄斯的三个儿子,即拉俄达玛斯,哈利俄斯和克吕托纽斯。他们三个人以赛跑开场。信号一响,他们就沿着沙土的跑道奔去,使地上的尘土飞扬起来。克吕托纽斯不久就超过他的两个兄弟,最先达到终点。接着是角力竞赛,年轻的欧律阿罗斯获胜。在跳跃比赛中安菲阿罗斯获胜;掷铁饼厄拉特柔斯获得第一。最后是拳击比赛,国王所最喜欢的儿子拉俄达玛斯获得优胜。

现在拉俄达玛斯站起来对青年们说:"我们应不应问问这个外乡人对于这些竞赛有何专长呢?他的身体,两腿和两足都证明他有专长。他的两臂肌肉强健,头颈粗壮,体格魁伟。固然他的身体受了忧患的影响,但他仍然充满青年人的活力。"

"你说的话很对,"欧律阿罗斯回答他,"啊,王子哟,请你自己问问他,并邀请他参加我们的竞赛。"于是拉俄达玛斯很礼貌而热诚地请他参加竞赛。

　　但俄底修斯回答:"你们这是要嘲笑我么? 我满怀悲怆,实在无心竞赛。我已饱经忧患和辛劳,现在除了回归故国,我什么都不想。"

　　欧律阿罗斯对于他的这个回答感到不快。他说:"外乡人,你不像一个对于竞赛有训练的人。你很像一个船长或一个商人,绝不像一个武士!"

　　俄底修斯紧皱着眉头对他说:"我的朋友,这是很唐突的言语,你是一个鲁莽的青年。但是,神祇们并不使一个人既有美貌和优雅,又有睿智和雄辩啊! 有些人面貌不扬,却说话动听,使听者都可以入迷。这样的一个人在集会时出人头地,并被敬重如同神祇一样。反之,另一些人容光焕发如同神灵一样,但说话却毫不精彩。不过我也还懂得一点竞赛之道。当我年富力强的时候,我并不犹豫与最勇的对手较量。现在,的确,战斗和忧患已使我疲惫。但你既向我挑战,我只好试一试了。"

　　说着,俄底修斯就从座位上起身,并不脱去身上所披的外衣。他拣了一个比淮阿喀亚青年们所用的更大更厚更重的铁饼。他用这么大的力量将它掷出,以致它在空中嗡嗡地响着。在他掷铁饼的时候,附近的人都不禁后退,铁饼也远超出标线以外。这时雅典娜变形为一个淮阿喀亚青年,在铁饼所落下的地方作一记号,并高声喊道:"这是瞎子也看得出来的,它比其余的人掷的都远。在这次比赛中,无疑的你是胜利者!"

　　俄底修斯想到他在青年中有着这样一个真实的朋友,很感到欢喜。他愉快地对这青年说:"好的,青年人,如果你能的话,也同样掷这么远罢! 而你,刚才讥讽我的那位青年,请到这里来,我将和你作你所愿意的任何比赛。我将逐一和你们每个人比赛,只是拉俄达玛斯除外,因为客人哪能和主人竞赛呢? 我的专长是射箭;无论多少人和我比赛,我总是第一个射中标的人,我只知道有一个人比我高强,那便是菲罗克忒忒斯。在特洛亚的时候,每次射箭他总是胜过我。此外我对于投掷标枪也有特长。我可以掷得如同别人射箭一样远。但在竞走方面,你们中也许有人会胜过我。海浪已销蚀我过多的体力,尤其是我坐在小船上没有饮食的那些日子。"

青年们听着,大家都默默无言。这时国王说道:"外乡人,你已向我们显示出你的力量。从此以后,没有人不佩服你了。但当你回到家里和你的妻子和孩子们在一起时,请不要忘记我们也是很坚强而敏捷的人。我们虽然不是伟大的角力者和拳术家,但我们乃是奔跑的健将和卓越的航海人。至于饮宴,弹琴和跳舞,过去我们都是这方面的专家。你们还可看出我们有最华丽的衣服,最舒适的沐浴和最柔软的床榻。现在,唱歌和舞蹈的人走出来吧!尽所能地表演给这外乡人观赏,使他回国后可以称赞你们。不要忘记将得摩多科斯的竖琴也带来呀!"

于是被挑选的九个人出来,填平并圈好场地,准备表演舞蹈。弹竖琴的人走到中间,于是舞蹈开始。刚刚进入青春期的孩子们以轻捷的两足伴着音乐的节奏舞蹈。俄底修斯很感到惊奇,他从未见过这样美妙的舞蹈。同时歌队唱着神祇们生活中的插曲。舞蹈完毕,国王吩咐他的儿子拉俄达玛斯和身体柔软的哈利俄斯对舞,因为他们两人是最优秀的舞蹈家,没有人敢和他们比。他们拿着一个紫色的球。一个人仰起身来将球向上一抛,另一个人就跳入空中将它抓住。于是他们轻捷而美妙地相互追逐,常常掷着球,而环绕在周围的别的青年们则按着节拍鼓掌。俄底修斯满怀羡慕。他转身向着国王:"阿尔喀诺俄斯,你真的可以夸口说你们有着全世界最轻灵活泼的舞蹈家。这种技艺任何民族都不能胜过你们。"

阿尔喀诺俄斯听到他的宾客的赞美很高兴。他对淮阿喀亚人说:"你们听到了么?你们听到这外乡人对你们的赞美么?他是一个有很好的评判力的人,当然值得我们送给他丰富的礼物。我们国内的十二个王子,连我共十三个,每人应带来一件披风,一件紧身服和一塔兰同金子。然后我们将所有这些东西都送给他,作为临别的赠品,这一定会使他高兴的。此外欧律阿罗斯应向他说好话道歉,使他对我们不致有丝毫的不满。"所有的淮阿喀亚人听到国王的话都大声欢呼赞成。于是由一个使者去收集礼物。欧律阿罗斯将他那把有象牙剑鞘和银柄的宝剑赠给这个外乡人,并对他说:"如果我曾经说过冒犯你的话,就让它随风吹去吧。但愿神祇保佑你平安归回故国。我们全体的人都祝愿你幸福快乐！"

"但愿你永不懊悔送给我这个礼物！"俄底修斯一面说，一面将宝剑佩戴在自己的身上。日落时，所有的礼物已经收齐，并放置在王后的面前。阿尔喀诺俄斯向王后要了一只精工制造的箱子，将这些衣物和黄金都装在里面。然后把箱子搬到俄底修斯的住屋，国王和他的全体随从来到这里看他，又送给他更多华美的衣袍和一只名贵的金杯。在给贵宾预备洗澡水时，王后将箱子里的东西指点给他看，并对他说："请看看这盖子是怎样盖的。然后由你自己盖上，使你在睡眠时不会被人偷盗你的衣物。"俄底修斯小心地关闭箱盖，并以复杂的绳结将箱子绑住。最后他洗了澡，正准备和业已入席的贵族们一起宴饮，这时他在宫殿门口突然看见瑙西卡站在石柱旁边。他自从进入城里就没有看见过她，因为她深居内廷，不参加男子们的饮宴。现在，在他离去以前，她要再看看这宫廷里面的显赫的贵宾。她赞叹地望了望他的高大的身躯和俊秀的面庞，并温柔地留住他说："祝你幸福，高贵的外乡人哟！当你回到你的故乡后，请不要忘记我，因我曾经光荣地救过你的生命。"

俄底修斯深深感动。"瑙西卡呀，"他说，"如果宙斯能使我平安回到故土，我一定每天向你祈祷，就如同你是一个女神一样。"说着，他就进入大客厅，坐在国王身边的座位上。仆人们正在分配肉食并在酒杯里斟酒。盲目的得摩多科斯被引进来，坐在中间的石柱旁边，如同先前一样。这时俄底修斯将使者唤来，将他面前的烤猪肉割下最好的一片，把它放在盘子里，并对使者说："将它送给那老歌人去。虽然这不是我的家，我仍然应该对他以礼相待，因为在全世界上诵诗人总是被人尊敬的。缪斯教给他们歌唱，并到处照顾他们。"盲目的歌人感激地接受了他所赠给的食物。

当饮宴完毕，俄底修斯又转身向着得摩多科斯。"我称赞你超过一切的人，"他对他说，"你那样美妙地歌唱阿耳戈斯英雄们所遭受的命运，就好像你和他们在一起，并亲自听见，看见了一切的事情一样！现在为我们歌唱木马的故事和俄底修斯在这次冒险中的功业罢。"老歌人很欢喜地听从他的命令，所有的人都入神地倾听他的歌唱。当俄底修斯听到关于他自己的赞美时,他仍然蒙面哭泣,但阿尔喀诺俄斯注意到了。他即时止住歌人的演唱,并对淮阿喀亚人说:"现在最好让竖琴暂时休息,因为不一定每个人都爱听得摩多科斯所歌唱的故事。我们的宾客已为此感伤,我们无法使他快乐。但主人应当爱护宾客如同兄弟一样!最后,外乡人,请告诉我们你的父母是谁,你从什么地方来的?每个人,不论他是贵族或是平民,总有一个名姓。如果我的淮阿喀亚人将你送回家去,我们也必须先知道你的祖国和你所居住的城池,这便是他们的唯一请求。他们并不需要向导。只要你将地名告诉他们,他们就能穿过浓雾和黑暗向目的地前进。"

对于他的这种善意的要求,这个阿耳戈斯的英雄回答:"啊,国王,不要以为你们的歌人没有使我高兴。倾听这样一个有天才的歌人扬声歌唱,这是一件乐事。世界上再没有比这还愉快的事了,当美食当前,仆人们来回倾注大碗的酒,却一面倾听歌人的歌唱,神游于诗歌中的意境。但现在,亲爱的主人,你想听听我的身世,但我恐怕一说到我的身世就会使我更加悲哀。我从何处说起?何处终止呢?但首先,我将告诉你我的名字和我的祖国。"

喀孔涅斯人。食忘忧果的民族。库克罗普斯。波吕斐摩斯

——俄底修斯向淮阿喀亚人叙述他的流浪的故事

我是俄底修斯,拉厄耳忒斯的儿子。我在人间很有名,我的足智多谋的名声传遍全世界。我的祖国是阳光普照的伊塔刻岛,在岛屿中央矗立着林木蓊蔚的涅里同山。在伊塔刻周围分布着许多有人居住的小岛,如萨墨岛,杜利喀翁亚岛和匝铿托斯岛。我的祖国全是荒山旷野,所以培养出强悍的人民,但每个人总是认为他的祖国是最美好最可爱的。现在请听我从特洛亚回家沿途漂泊的故事吧。一阵急风将我从伊利翁吹送到伊斯玛洛斯,这喀孔涅斯人的都城。我和我的朋友们就在这里大肆掠夺。我们杀死所有的男人,将妇女和其他的财物大家均分。

当时我提议我们得尽速离去，但我的同伴们并不注意，且坚持留下来饮酒作乐。同时，那些在我们来到时逃亡了的喀孔涅斯人已从大陆内地求到援军，乘我们正在欢宴之际向我们包围突击。我们人太少，不能抵抗。结果他们将我们击败了，我们每一只船牺牲了六个人。其余的人幸而逃得快，才逃出性命。

我们一直向西航行，但沿途对于死去的同伴们很感到悲哀。后来宙斯从北方吹来一阵暴风。大地和海洋顿时为浓云和黑暗所包围。我们放下船桅，但当风帆还没有收拢以前帆杆即已折断，帆布碎成片片。我们设法驶到岸边，在这里整整地停泊了两天两夜，修理桅杆，并配备新的帆布。然后我们又出发，心中充满着回乡的愉快的希望。但当我们绕过伯罗奔尼撒南端的玛勒亚半岛时，一阵大风又将我们吹回到大洋。有九天九夜我们被暴风雨袭击着。在第十天我们来到食莲人的海岸，这种人的唯一的食品乃是莲子。我们上岸汲取清水，并派两个英雄去探查地势。另有一个使者陪着他们。他们发现食忘忧果的人正在集议，这些文雅的人民很有礼貌地接待他们；这些人是不想伤害我们的。但他们所赠给我们使者的果子却对人发生奇特的作用。这种果子比蜜还甜，吃到它的人都愿意留在那里，永不愿归回故乡。因此我们只得用武力将我们的同伴们带回船上，他们还一路哭泣反抗。

我们又继续航行，来到库克罗普斯，一种残酷而野蛮的民族所居住的地方。这些人不耕不织，一切听天由命。实际上果然不用耕耘，就五谷丰收，葡萄藤结实累累。宙斯每年降给他们甘霖，使土地肥沃。他们没有法律，也不召开会议。他们都居住在山顶上的岩洞里。每个人都随心所欲地和自己的妻和孩子们过活，并不与邻人往来。在距离库克罗普斯不远的地方，在海湾里有一森林茂盛的小岛。在这里野羊自由繁殖，不受猎人的迫害。这里没有人居住，而库克罗普斯人不知造船，因此不能渡海到这里来。岛上土地很肥沃，如果有人在这里耕种就可以有丰盛的出产。这里沿海一带绿草丛生，内地的土质也松脆而肥美。那些小丘可以开辟为葡萄园。并且有一天然的避风港，船舶到达这里，不用下锚不用系缆也很安稳。就在登陆的地方有清泉从岩隙流出，泉水周围生长着高大的白杨树。在黑夜里有一个善意的神祇引导我们来到这个地方。第二天天明,我们上岸猎获了许多野羊,我们共有十二条船,每条能分得九只,我自己还保留了十只。一整天我们在风景美丽的海岸上吃野羊肉,并喝着从喀孔涅斯人那里抢来的大坛的酒。

但是第二天早晨我对于对岸发生了好奇心。那时我对于库克罗普斯人还一无所知。我的许多同伴和我一起上船,摇桨横过海去。当我们登陆,我们看见上面长满桂树的高耸的山洞,周围有许多绵羊和山羊。巨大的石块竖在地上建成围墙。墙外则有枞树和橡树构成稠密的围栏。后来我们发现这里面住居着一个身躯高大的巨人。他在距离较远的草地上放牧,和他的邻居毫无来往。他是一个库克罗普斯人,孤独而无所羁束。当我考察过岸边的情况以后,我挑选我的同伴中十二个最勇敢的人和我同行,并叫其余的人留在船上,将船摇到隐蔽的地方等候着。我随身携带一羊皮袋美酒。这是在伊斯玛洛斯时一个阿波罗神庙的祭司送给我的,因为我曾经饶了他和他一家人的性命。我想这里无论居住的是什么人,这袋美酒和我们所带在篮子里的丰富的食物,当可买得他们的欢心。

但当我们来到山洞时,那里却没有人,因那些库克罗普斯人已外出放牧。我们仍然进入山洞,看到里面的一切都感到诧异。所有的墙壁上都挂着大块的奶饼。在羊圈里有小羊仔,绵羊和山羊各居一栏。地上到处是篮子,挤奶桶,罐子和水壶。我的伴侣们劝我尽可能将所有的奶饼拿走并将羊仔都赶到我们的船上,回到岛上的朋友那里去。唉,可惜我没有听他们的劝告!当时我一心想要看看住在山洞里的是什么人,宁愿得到他的一份赠礼,而不愿将他的东西偷走。所以我们点起火来献祭神祇,然后略略吃些奶饼,等待这山洞的主人归来。

最后他回来了。在他的宽肩膀上扛着一捆巨大的干木柴,这是他用来烧晚餐的。他将它掷在地上,发出这么大的响声,使得我们惊跳起来,躲藏在洞中最远的角落里。我们看着他将母羊群赶进洞里,羯羊和雄山羊则留在外面的围栏中。现在他用一巨大石块封闭着洞门,这是二十二辆四轮车都不能拖动的。随后他安闲地坐下,一面挤绵羊及山羊的奶,一面让羊仔吸食母羊的乳房。他使奶汁的一半凝结放在篮子里;另一半则盛入大盆,因为这是他一天的饮料。当一切完毕,他开始燃火,这时才发现我们在距离很远的角落里。这是第一次我们能够清楚地看到他。他如同所有的库克罗普斯人一样只有单独的一只炯灼的眼睛,在前额的当中。他的两腿如同千年的橡树,他的手臂粗大而有力,可以用岩石当球来玩。"你们是谁呀?"他用响雷一般的粗暴的声音向我们发问。"你们从哪里来? 你们是强盗么,或者你们是做买卖的?"

我们听到他的咆哮都浑身战栗,但我竭力使自己镇静,并回答他:"我们不是强盗! 我们是从特洛亚战场上回家去的阿开亚人,在海上迷失了道路。我们到这里来请求你的保护和援助。请敬畏神祇,并倾听我们的请求吧! 因为宙斯是哀求者的保护神,有谁危害他们,他会为他们报仇的!"

但那库克罗普斯人只是訇然大笑。"外乡人,你是一个傻瓜!"他说,"你不知道你所遇到的是什么人。你以为我们敬奉神祇并畏惧他们的报复么? 即使发雷霆者和所有的神祇们加在一起,我们库克罗普斯人又会惧怕么? 我们比他们更高强! 除非我自己发了慈悲,否则我绝不放过你和你的朋友们。现在首先告诉我,你们的船只藏在哪里?你们在哪里停泊? 是不是就在这附近?"

这是一个很狡猾的问题,但我已准备好作更狡猾的回答。"我的船,"我说,"已被大地的震撼者波塞冬在岩上砸得粉碎。只有我和这十二个人死里逃生。"

这怪物没有回答。他只是用他的大手抓去我的两个同伴,将他们摔在地上,使他们脑浆迸裂,鲜血直流。然后他将他们撕碎作为晚餐的食品,像山中的饥饿的狮子嚼食它的猎获物一样。他不单是吃他们的肉,而且食他们的脏腑,更用牙齿霍霍地咬碎他们的骨头,吸食骨髓。我们唯有高举双手向宙斯祈祷,并悲悼这可怕的罪恶。

巨人已经食饱并以羊奶解渴之后,他就在洞里伏地睡去。现在我准备对付他,想将我的利剑刺入他的胁部,插在肝脏和横膈膜之间。但即刻我又丢开这种念头。因为这对于我们有什么用处呢? 谁能搬动堵塞在洞门口的那块巨石呢? 我们仍会被关闭在这里悲惨地死去。所以我们仍然让他酣睡,在战栗恐怖中期待着天明。第二天早晨,这库克罗普斯人起来,扇起火并挤羊奶。然后他又攫去我的两个伴侣,作为他的早餐。我们仍然默默地怀着恐惧看着他。早餐后,他即将羊群驱出山洞,自己也走出去,并将石头放置在原处,就如同关上一个箭袋的盖子一样。最后他尖声地吹着口哨指挥着羊群,踏着訇然震响的步子走开了。我们留在山洞里,每个人都忧虑着将轮到自己被吃。但我仍然在心中反复地盘算。最后我想出一个办法,觉得这是可以成功的。在羊栏旁边,有库克罗普斯人使用的巨大的木棒。这是新砍下来的橄榄木,他大约要等它干了以后才用它。这木棒的长度和大小正如同船桅一样。我从这木棒削下一根六尺长的杆子。我的同伴们为我打磨使它变得光滑,然后我将杆子的一头削尖,并放在火中烘得更加坚硬。我将这杆子小心地藏在山洞一边的粪堆里面。于是我们拈阄决定在怪物睡熟了之后,由谁来帮助我刺入他的独眼。结果拈出四个最勇敢的人,这正是我自己所要挑选的。

傍晚时分,这可怖的牧人驱着他的牧群归来。这次他没有将羊群留一部分在场地上,而是全部都驱到山洞里来。或者是他隐约有些怀疑,或者有一个神祇决定援救我们。他入洞以后,一切如同昨晚一样进行:他将大石头堵塞着洞门,并吃去我们的两个伙伴。当他正在嚼食人肉,我已将我酒袋里的酿酒倒在木桶里。然后我将它送到那库克罗普斯人的面前,对他说:"这里,请喝吧。吃人肉下酒,那味道才美呢。我要你知道我们在船上带着一种多么珍贵的美酒。我特意带来送给你,报答你对我们的盛意招待并帮助我们回归故国。但你待我们却完全出乎我们意料之外。但愿以后再没有人来访问你了!"

那库克罗普斯人接过木桶,不作回答,只将桶里的酒一饮而尽。那是极容易看出的,他是多么满意那酒味的芳香和强烈。现在他第一次用和蔼的声音对我们说话。"外乡人,"他说,"再给我一些酒喝。并将你们的姓名告诉我,使我可以给你们一些赠礼。我们库克罗普斯人也是有好酒的。现在我要告诉你在你面前的是谁,我是波吕斐摩斯。"

库克罗普斯人这么说着,我当然非常愿意送给他更多的酒。我接连将木桶倾满三次,他也愚蠢地三次都喝得一滴不剩。当酒性开始发作,他渐渐心情昏乱时,我说:"库克罗普斯人,你要知道我的姓名么?

我有着一个奇特的名字。叫做'无人'。全世界都称我为'无人'。我的父母和朋友们都用这个名字称呼我。"

库克罗普斯人回答:"好的,这便是我在心里预备赠给你的礼品。我要将你所有的同伴都吃完以后才吃你。'无人',你喜欢这种赠礼么?"

但他说出的最后几个字已经有些不清楚了。他的舌头迟钝了。他的身子向后仰,随即倒在地上。他的粗壮的脖子低垂着,在大醉中呕吐所饮食的酒和人肉。现在我飞快地将我的杆子插入火堆里使它着火。当它烧了起来我就把它抽出来,由四个同伴帮助我刺入他的巨大的眼睛。我们转动这根杆子,如同木匠造船时在木头上钻孔一样。他的睫毛和眉毛都已烧焦,他的眼睛吱吱地响着就如同浸在冷水里的热铁一样。他大声吼叫着跳了起来,使得整个山洞都为之震动,我们几个人逃避到最远的角落里。

波吕斐摩斯将杆子从眼中拔出,并将它丢开,这时眼窝里鲜血涌流。他开始来回奔突如同疯子一样。他尖声怪叫,并大声呼唤散居在山上的别的库克罗普斯人。他们从各方面跑来,包围在山洞口,并询问发生了什么事情。"'无人'刺杀我了!"他大叫着。"'无人'欺骗我了!"当那些库克罗普斯人听他这么叫唤,他们说:"好呀,既然无人伤害你,你叫嚷什么呢?你一定是发疯了。但对于这种病我们是无药可医的。"于是他们散去,我高兴极了。

现在这盲目的库克罗普斯人开始在山洞里东歪西倒,苦痛地呻吟着。他搬开山洞门口的巨石,但却坐在门口,用他的大手摸索,想抓着企图和羊群一齐逃出去的人。他以为我们会蠢到这么做呢。但我又在努力设法,终于心生一计。我们的周围都是有厚羊毛的公羊。我用库克罗普斯人作床垫上的柳条将公羊每三只绑在一起。在中间的一只羊的肚子下面带着我们一个人,旁边的两只羊则掩护着他。我自己选择了那只特别高大的领头的羯羊,双手攀抱着羊背,紧贴在它的肚子下面,并抓紧拳曲的羊毛。这样,我们藏在羊的身下,等着天明。第二天天亮时,公羊先外出吃草。母羊乳房膨胀,等着挤奶。

波吕斐摩斯小心地用手在公羊背上抚摩,知道上面并没有人,却绝

俄底修斯在独眼巨人波吕斐摩斯处

没有想到摩到羊肚子下面去。我的那只羯羊因为负载重,走得慢,所以最后走出山洞。波吕斐摩斯同样拍着它,说道:"我的好羊,你今天为什么落后了呢?平时你总是抢先走在羊群的前头。你总是最先走到草地,最先走到水边,晚间也最先回到你的栏里。你是不是因为主人的眼睛刺瞎了感到悲愁呢?如果你能说话,我相信你一定会告诉我那个恶汉和他的同伴们所隐藏的地方。等到我将他们的脑袋在这石墙上砸碎以后,我才能消除'无人'所给我的苦恼。"

那库克罗普斯人说着,就让公羊走出洞口。现在我们所有的人都已出来了!当我们已离开山洞稍远时,我自己跳到地上,然后将我的同伴们都解下来。唉,现在我们只剩下七个人了!我们互相拥抱,并悲悼已经死去的六个人。只是我劝他们不要大声悲恸,须尽速将羊群赶到我们的船里。当我们大家都平安地上了船,当我们的船又迅速地航行在平静的海面上并已离开海岸一个距离时,我向着那个已和他的羊群爬在山头上的库克罗普斯人大声呼喊:"波吕斐摩斯,让我告诉你,你吃了他的同伴的那个人并非等闲之辈,你的恶行终于遭到报应,你尝到了宙斯和别的神祇给你的惩罚!"

当波吕斐摩斯听到这话,他更暴怒。他用大力抓起一块岩石向我们的船舶掷来。他掷得这么准确,差一点儿没有打中我们的船尾。虽然如此,岩石所激起的巨浪和水花仍然将我们的船舶又冲回到海岸,我们使尽力气才划着它离开这个巨人。现在我又第二次呼唤他,虽然我的朋友恐怕他又用岩石掷来,都出来阻止我。我大声叫道:"听着,库克罗普斯人!如果再有人问你谁将你的眼睛刺瞎了,你最好不要如从前告诉你的邻居那样,而要给一个正确的回答。你告诉他们,你的眼睛是特洛亚的征服者,伊塔刻的俄底修斯,拉厄耳忒斯的儿子刺瞎的。"

库克罗普斯人听到这些话,愤怒而又悲愁地喊道:"古代先知们的预言现在应验了!多年以前,有一个预言家即欧律摩斯的儿子忒勒摩斯,他在这里一直活到老年。他告诉我,俄底修斯将会使我的眼睛失明。我常常想这俄底修斯一定有巨大的身躯,如同我一样,并和我单独决斗。现在来到的却是这么一个弱小的人,他用酒将我灌醉并刺瞎我的眼睛。俄底修斯,我请求你回来!这一次我将好好款待你,并请海神保佑你，使你平安地归回故乡。因为你一定知道我是波塞冬的儿子，除他以外没有人可以将我的伤口治愈。"说到这里，他就祈祷他的父亲波塞冬，不让我回到故土。最后他说："如果他能回家，也让他经过多少年的漂流再说。让他在船舶上孤独而悲哀，让他在回到故乡以后也仅有不幸的遭遇。"

他这样祈祷，波塞冬应允了他的话。他说完话又用岩石向我们掷来，这次也几乎投中。但我们用力摇桨，终于驶出漩涡，不久就来到那个小岛，我们的其余的船只都已安全地停泊在这里。我们的朋友们久久不见我们归来，正在焦虑，现在看见我们都大声欢呼。我们登陆后，立即分配我们从库克罗普斯人那里偷来的羊只。但在我的一份上，朋友们都赞成将载我逃出的那匹公羊也归我。我即刻将这只羊献祭宙斯，并焚烧羊腿供奉他。但神祇拒绝这个祭品，表示不能和解。他仍然有意要使我的同伴和所有的船舶全都毁灭。

但那时我们还不知道神意如此安排。我们无忧无虑，心中欢悦，饮酒食肉直到日落方休。然后我们躺在海岸上，听着涛浪的声音沉酣睡去。第二天，当朝日出现在东方的海上，我们又复上船，向着故乡航行。

埃俄罗斯的风袋。莱斯特律戈涅斯人。喀耳刻

——俄底修斯继续述说他的流浪的故事

在这之后，我们来到希波忒斯的儿子埃俄罗斯所居住的海岛。他是神祇们的好友。这岛浮在海上，周围为铜墙所围绕，铜墙沿着作为陆地边缘的陡峻山岩筑成。岛上有埃俄罗斯的宫殿。他有六个儿子，六个女儿。他每天和妻子儿女饮宴作乐。这位善良的君主招待我们在他的岛上住了整整一个月。他问我们所有关于特洛亚，关于阿耳戈斯英雄们以及他们离开伊利翁归来的故事。我们详详细细地告诉他，最后并请他援助我们回国，他也很乐于相助。在许多赠礼中他赠给我们一只满满的皮袋。这里装着可以吹遍世界各地的大风，因为宙斯使埃俄罗斯管理着这些大风，他有权力收放它们，并支配它们的行止。他亲手用银带子将这风袋紧紧绑在船上，使它们毫不漏气。但是他并没有将

所有的风都装起来。因为当我们出发时,和缓的西风仍然吹着我们的船帆,如果我们不自己鲁莽误事,我们原是可以平安地回家去的。

我们在海上航行了整整九天九夜。在第十天的夜里,我们已逼近伊塔刻的海岸,可以远远看见海岸上所燃烧的烽火了。这时——偏偏就在这个时候,我感到十分疲乏!因我归家心切,所以一路上我都掌着船,不眠不休,不敢将这重责交托别人。现在,当我睡着了,我的同伴们就开始争论埃俄罗斯国王所赠给我们的皮袋里面究竟是些什么东西。好像他们都一致相信里面一定满装了金银。最后,一个心怀妒忌的人说:"俄底修斯无论到哪里总是受人尊敬和重视。单看看他一个人从特洛亚所掳得的战利品吧!而我们呢,一样地冒险和吃苦,现在却空着两手回去。埃俄罗斯更锦上添花,赠给他这满满一袋的金银!至少,让我们看看究竟里面有多少财宝!你们认为怎么样?"别的人立即赞成这不幸的提议。他们解开风袋,但当他们刚刚将口袋打开,所有的大风立即涌出,将我们的船又逐回大海。

风声使我惊醒。我看到我们所遭到的灾祸,恨不得跳到海里溺死。但我仔细一想,决定逆来顺受。这狂暴的大风又将我们吹回到埃俄罗斯的海岛。我将所有的同伴们都留在船上,只带着一个朋友和一个使者到宫殿里去谒见国王。我们发现国王,王后和他的子女们正在午餐。他们看见我们很觉惊奇,但当他们知道我们所以转回来的理由时,这风的管理者就从椅子站起来大声喊着:"这真是最坏的人呀!很显然,神祇在愤恨地追击你。凡神祇所憎恨的人都不能做我的宾客,我也绝不能再援助他。滚开吧,你们这些被诅咒的人!"他就这样将我逐出门外。我们怀着沉重的心情回到船上,并继续航行。我们整整航行了七天,仍然看不见陆地。于是我们都绝望了。

最后我们看见一处海岸,和有着许多碉楼的一座城池。这是忒勒皮罗斯城,我们后来听说,这里的人叫做莱斯特律戈涅斯人。我们进入一个为山岩所严密包围着的漂亮的海港,港内海水平静得如同镜面一样。我在这里停船,并爬上高岩,向四方观看。什么地方都看不到农田,农夫,牧人和牛羊。所有我能看到的只有大城上面的直升到天上的青烟。我派遣了我的两个朋友和一个使者向前侦察。他们顺着树林中的小道，一直向青烟缭绕的地方前进，直到城池附近。他们在这里遇见一个持着水罐的女郎。她是莱斯特律戈涅斯国王安提法忒斯的女儿，正要到名叫阿耳塔刻亚的泉水那边去，那是居民们汲水的地方。这女郎高大得使他们吃惊。她态度温婉地和他们说话，告诉他们所想知道的关于她父亲的宫殿，这个国家，这个城池和这里的人民的情况。但当他们真的进入城里并到了国王的宫殿时，他们看见莱斯特律戈涅斯人的王后身躯高大得如同一座山一样，大家都吓得发呆了。看来莱斯特律戈涅斯人也是一种吃人的巨人。她赶快叫她的丈夫，他立即走来抓住我的一个使者，并下令将他作为他的晚餐。别的两个人吓得没命奔逃，但国王却大声下令追击他们。于是上千的巨人都全副武装赶来，并以巨石投击我们的船舶，使得周围充满了船板破碎和垂死者呻吟的声音。原先已将我自己的船舶停泊在岩石的后面任何投击都不能达到的地方。现在我带着那些还在活着的人上了船，尽速逃出。其余的船舶都沉没海底，还有我的许多朋友，可怜啊！也都同时死去了！

我们大家拥挤在一只船上，摇桨前进，来到埃埃厄海岛。这是美丽女仙喀耳刻的住所。她是太阳神和俄刻阿诺斯的女儿珀耳塞所生的，是国王埃厄忒斯的妹妹。她住居在一所辉煌的宫殿里。但当我们进入这海岛的港口时，我们还不知谁住在这里。我们下锚停船，因大家过分疲惫和悲恸，就躺在海边的草地上，整整地睡了两天两夜。在第三天，我佩戴利剑，执着投枪，出发向内地探险。不久我看见青烟上升，但当时我想到不久以前才遭遇过的可怕的冒险，所以决定仍回到朋友们身边来。这时我们的粮食早已缺乏。一定是神祇怜悯我们，突然我看到一只有长大的角的鹿从树林奔出，跑到溪水去。我用投枪掷去，投中它的背部，枪尖在肚子上冒出来。我用脚踏着死鹿，拔出我的枪，用柳条结成绳索，缚着它的双脚，将它背在背上走回船来。因为背上的负担这样沉重，所以我得拄着枪走路。

朋友们看到我肩上的美丽的动物都欢喜得跳起来。我们将鹿肉烧烤，并取出船上剩下的面包和酒，坐下来大吃。直到现在我才向他们报告我从一处有人住居的地方看见上升的烟柱。但我的同伴们听到这故事并不高兴，因他们想到库克罗普斯的山洞和莱斯特律戈涅斯人的地方。只有我一个人还保持着勇气。我将水手们分为两队,一队由我率领,一队由欧律罗科斯领导。然后我们在铜盔里拈阄。结果拈到欧律罗科斯,所以他带着他的二十二个人向我所看见有青烟的地方出发。

不久他们去到喀耳刻的极庄严华丽的石头宫殿,这宫殿在绿树荟蔚的峡谷中。但想想他们所受到的惊骇罢,他们看见许多毛发甙甙的大狮子和锐齿的野狼徘徊在宫殿前面的院子里。他们恐怖地看着这些野兽,正要逃跑,这时野兽已将他们围住。但奇怪的是,这些野兽倒从容地走来,样子都很温和,就如同向主人摇尾乞怜的家畜一样。后来我们才知道,这些动物实际都是人,是喀耳刻将他们变为野兽的。

因为这些野兽没有阻止他们,所以他们又鼓起勇气走近宫殿的大门。他们听见宫殿里传来喀耳刻的美丽的歌声。她正坐在纺机前面,一面纺织着一件只有神祇才能设计得这样巧妙的披风,一面唱着歌。最先看到她并感到很欢喜的是波利忒斯,我的一个最要好的朋友。由于他的主意,其余的人将喀耳刻叫出。她来到门外,微笑地欢迎他们进去。除了欧律罗科斯以外,大家都跟随着进去。欧律罗科斯是一个精细的人,而且受过失败的锻炼,所以他怀疑这是一种什么诡计。

其余的人进到宫殿里,喀耳刻请他们坐在华丽的椅子上。她为他们取来奶油,麦粉,蜜和普然涅俄斯的美酒,并调制一种乳糕。在调制时,她偷偷羼入一些药草,他们吃了以后,就会忘记他们的故乡,并改变他们的人形。糕点真的发生了作用!我们的人刚吃到它,就立即成为全身有毛的猪崽,并开始嚎叫。这时喀耳刻将他们驱到猪圈里,并投给他们橡实和野果。

对于这些情况,欧律罗科斯看到了一些,也猜想到一些。他尽速跑回船来,向我们报告这些同伴们的遭遇。但因为他是这样的恐怖,所以当他到达船里时还说不出一个字。他眼泪直流,悲恸得不能说话。

最后我们逼着他说话,他才打破沉默,充满着焦虑和恐惧,向我们说出他所见到的一切。他刚刚说完,我就佩着宝剑,将弓箭背在身上,要他领我到喀耳刻的宫殿去。但他双手抱着我的双膝,请求放弃我的计划,或者无论如何不要带他同去。"相信我,"他哽咽着说,"你不但不能使朋友们回来,甚至你自己也不能回来。唉,还是让我们逃出这该死的海岛罢!"我允许他留下,但我自己决心尽我所能去援救我的朋友们。

在路上我遇见一个美丽的青年。他向我高举金杖,因此我知道他是神祇的使者赫耳墨斯。他握着我的手说:"为什么你在这个你不认识道路的树林子里彷徨呢?喀耳刻,这迷人的女神,已将你的朋友们变为猪崽,并将他们关闭在猪圈里。你以为你能救出他们么?更可能的是她使你成为又一个牺牲者。但我是神祇们派遣来援助你的。如果你携带着这种药草,"——说着他从地上拔起一株开白花的黑色草根,——"她便不能伤害你。她的魔法是调制一种酒,加入少许的魔药。但这种草却可以防止它,使她不能将你变为畜类。万一她想用她的魔杖来触你,你就拔剑向她奔去,做出要杀她的样子。这时你就容易胁迫她向神祇发誓,再也不危害你了。以后,如果你高兴的话,你就和她住在一起吧。以后就不会再有危险了。等到你跟她要好之后,她就会答应将你的朋友们都还原为人的。"

赫耳墨斯说完就回到俄林波斯圣山,同时我走向喀耳刻的宫殿。她听到我唤门,走出来将我迎到屋子里去。我满怀着愤怒跟随在她的后面,后来她让我坐上华丽的椅子,并将小小的足凳放置在我的足下。她在我的面前为我用金杯调酒。她几乎等不及我将酒喝完,就用魔杖来触我,并毫不怀疑她的魔力。她说:"到猪圈里去和你的朋友们在一起罢!"于是我从剑鞘里拔出利剑,向她奔去,好像就要杀死她的样子。她看见这,就尖声怪叫,并伏在地上,抱住我的双膝,向我哀求:"你是谁,你这伟大的非凡的人,甚至我的魔药也对你失效了?从来没有人能抵抗我的魔力。你会是俄底修斯么?很久以前赫耳墨斯就向我预言过,说你由特洛亚回故乡,归途中必经过这里。如果真的是你,就请放下利剑,让我们结为朋友吧。"

但我仍然不放下我的利剑,并答复她说:"喀耳刻,你已将我的朋友们都变为猪崽,你怎能要求我和你做朋友呢?在这种情况下,我不是自然会想到这是你的巧语用来诱惑我坠入你的圈套的吗?我不能和你做朋友,除非你向神祇发誓永不伤害我。"她立即依照我的要求发了誓。现在我才感到轻松,毫不戒备地过了一夜。第二天清早,她的侍女，一些美丽温柔的神女们，都忙着来替她们的女主人整理屋子。一个侍女用紫色毡毯铺垫椅子，第二个侍女在椅子旁边安置银几，并在上面摆上金篮。第三个侍女在大银碗里调和美酒，并摆出黄金的酒杯，第四个侍女则汲取清泉，倒入支在火上的炊鼎里。水热以后，我就沐浴恢复精神，在肢体上涂抹香膏，并穿上华丽的衣服。然后侍女们请我和喀耳刻共进早餐。现在虽然美食当前，我仍然没有沾唇，只是默默无言，忧愁地坐在我的美丽的女主人的对面。当她终于问我为什么心情不快时，我回答说："一个人只要没有完全失去良心和正义，他如何能在朋友们遭受不幸之际还快乐地饮宴呢？如果你要我愉快地同你做朋友，就请将我的亲爱的朋友们恢复人形，使我可以再看到他们。"这些话对喀耳刻已经够了。她手执魔杖离开屋子，将我的朋友们从猪圈里驱出。我跟随在她的后面，他们都拥挤在我的周围。现在她用一种魔药逐一将猪仔涂抹，突然他们的毛皮脱落，仍然变成人形，且比先前都更年轻美丽。他们满心欢喜，都向我奔来，握住我的双手。但回想到过去的遭遇，他们仍然两眼含着眼泪。这时喀耳刻对我说："我已满足了你的要求。现在我请求你：将你的船搬到岸上，将船上的货物都运到岸上的一个岩洞里，请你和你所有的朋友们都成为我的贵宾吧。"

她的殷勤的言语使我动了心。我就回到海边去见留在那里的朋友们。他们原已对我不存任何希望，现在都悲喜交集地向我奔来。我向他们提议将船搬到岸上，在女神那里客居一些时候，大家听说都表示愿意，只有欧律罗科斯坚决反对。"你们真是心甘情愿和这女巫在一起么？"他喊道。"你们是不是也想变为狮子、野狼和蠢猪，为她守卫她的宫殿呢？你们已经忘记当俄底修斯糊涂地使我们落在库克罗普斯手里时我们所得到的待遇吗？"当我听到他这样说我时，我真想拔出利剑砍去他的脑袋，纵然他是我的一个亲戚。但别的朋友们看到我手按剑柄，就上前抱住我的两臂，使我的愤怒渐渐平息。

现在我们都向内陆出发。甚至欧律罗科斯也被我的举动吓怕，不敢不参加了。同时喀耳刻已命令侍女为我的朋友们备好洗澡水。他们都在身上涂抹香膏，并穿上喀耳刻给他们的华丽的紧身服和披风。当我们到达时，他们正坐在餐桌边饮宴。这是多么幸福的别后重逢呀！

大家都握手,拥抱,欢喜得流泪。喀耳刻叫大家放心,并十分和善地招待我们,所以我们的心情一天比一天快乐,和她同住了好几个月。到了这年的冬天,我的朋友们都劝我动身回家。他们的话,使我很感动,所以就在当天的晚间,我抱住喀耳刻的双膝请求她履行她的诺言,送我回家。"俄底修斯,你的要求是合理的,"她说。"我不能再强迫你住在我这里。但在你回到伊塔刻以前,你必须先到地狱去,到珀耳塞福涅所统治的阴冷的王国去,向忒瑞西阿斯的鬼魂询问未来的事情。他是忒拜城的盲预言家,死后,珀耳塞福涅仍然使他保留着预言的才能。而别的人死后的灵魂就不过如同飘忽的影子而已。"

我听到这,不禁失魂落魄,并开始哭泣。我想到去见死去的人们,就浑身战栗。因此我问她,有血肉的人既不能航行到地府里去,那么谁来做我的向导呢?"别为你的船舶担心,也不必找什么向导,"喀耳刻回答。"只要竖起船桅,并挂上船帆。一阵北风自然会将你吹送到那里。当你渡过包围大地的海洋,你就可以在长着一排排白杨和柳树的地方登陆。这是珀耳塞福涅的圣林,你将在这里找到地府的入口。在涛浪汹涌的皮里佛勒革同和斯堤克斯河的支流科库托斯河流入阿刻戎河的地方,在山岩附近有一大峡谷,你将在那里发现一个通到阴间的山岩裂口。你必须在那里掘一个小洞,向死者献祭香蜜,牛奶,酒,水和面粉。你也必须向死者许愿,在你回到伊塔刻后将献祭一只小母牛给他们,献祭一只黑山羊给忒瑞西阿斯。然后宰杀两只黑羊(一公一母),在你的朋友们焚化祭品献祭神祇并向他们祈祷的时候,你就从岩石的罅隙里望着里面的溪水。这时你将看见死者的阴魂,这些缥缈的幽灵必想走来尝尝祭品的血。但你必须用利剑将他们挥开,在你和忒瑞西阿斯商量好之前,不要让他们走近,因为忒瑞西阿斯很快就会出现并指点你如何回家。"

她的这些话使我稍稍感到安慰。第二天早晨,我召集我的朋友们准备离去。他们当中有一个最年轻的人厄尔珀诺耳,既无勇又无谋,昨夜因多喝了一些喀耳刻的美酒,离开众人出来乘凉,躺在宫殿的屋顶上。他在那里睡着了,安静地过了一夜。当朋友们的声音将他惊醒,他茫然地跳了起来,不知道自己在什么地方。他没有向着楼梯,反而向着屋檐走去,结果跌落下来,脖子折断,灵魂降到地府里去了。

于是我让我的朋友们都来到我的周围,听我的吩咐。我说:"我知道你们都以为我们正动身回到可爱的故乡去。但是,唉,却不是这样,因喀耳刻已叫我们先到别的地方去。我们必须到地府里去,在那里向预言家忒瑞西阿斯的鬼魂询问我们的归途。"我的朋友们听说,大家都很悲伤。他们自己扯着头发,并号啕大哭。但这是无可奈何的。我命令他们同我到船上去。喀耳刻已先在我们的船上放置我们献祭所需要的羊以及蜜,酒和面粉。当我们来到海边时,她就悄悄地走了。我们将船舶推到海里,竖立船桅,挂上船帆,然后悲愁地坐下来摇桨。喀耳刻送给我们一阵顺风。我们顺风而行,不久就航行到大海。

阴间的王国
——俄底修斯继续述说他的故事

不久日落大海。一阵劲风将我们的船舶送到大地的极边——铿墨里俄人的地方,这里终年为大雾所包围,永远没有阳光。这里有俄刻阿诺斯,这是围绕大地周边的河流。我们来到两条河流汇合的地方,来到山岩那里,按照喀耳刻所吩咐的那样献祭。羊颈上的血刚刚流入我们掘来作献祭用的土坑,死者的阴魂就纷纷从岩罅里走出。男女老少都有,且有战死的英雄们,带着裂开的伤口和血染的盔甲。他们哽咽着拥挤在我们的周围,并在土坑上面徘徊。我几乎吓坏了。我命令我的同伴们尽速将羊仔焚烧,并向神祇祈祷。然后我拔剑挥退这些阴魂,使他们不能来舐食鲜血,因喀耳刻曾经告诉我应首先向忒瑞西阿斯提出我的问题。

但忒瑞西阿斯还没有来,我的朋友厄尔珀诺耳的阴魂却已来到,他的尸体仍然在喀耳刻的岛上没有埋葬。他满脸流泪,悲诉着他的惨祸,请求我回到埃埃厄岛去,并郑重地将他埋葬。我答应他我愿意这么做,于是他坐在我的对面。就这样,我们悲愁地坐着交谈,一方是厄尔珀诺耳的鬼魂,一方是执剑卫护着献祭的血食的我。不久,我的母亲,美丽的安提克勒亚的阴魂也来了。我离家出征特洛亚时,她还健在。现在

俄底修斯在魔女喀耳刻处

她默默地坐在一旁，注视着那一摊血。她从没有抬头看我，看一看她自己的儿子。

现在忒瑞西阿斯的阴魂出现了，右手拄着一根金杖。他立刻认出我，并对我说："拉厄耳忒斯的儿子哟，你怎么离开阳间来到这死人的国土呢？现在你既在这里，就请收起你的利剑，使我可以在土坑里吸食鲜血，然后告诉你未来的事情。"听到这话我就离开土坑，并将宝剑投掷在土里。这阴魂一面吸食鲜血，一面开始说道："啊，俄底修斯，你希望我将告诉你可以归回故乡的可喜的消息。但在路途上有一个神祇会阻拦你，你不能逃脱海神波塞冬的迫害，因你刺瞎了他儿子波吕斐摩斯的眼睛，使他深深地感到恼恨。但最后你仍然可以归回，所以你不必失望。最先你将登陆于特里那喀亚岛。如果你希望回家，就请你不要动那些养育在那里的太阳神的神圣的牧群。假使你损伤它们，你的船舶和你的朋友们便得毁灭。即使你个人可以逃出，那也要经过许多年以后你才可以由外乡人的船舶载着回到伊塔刻，孤独而贫困。甚至到那时你也毫无幸福，而会遇到骄横的人，他们在挥霍你的财产，并向你的妻子珀涅罗珀求婚。你将公开地或秘密地将他们杀害。在这些事变之后不久，你又得重新航海，漂流又漂流，直到你来到一个地方，那里的人不知道有海，没有船舶，也不用食盐调味。在这遥远的地方，你会遇到一个人，他将说你背上所背的是一具风扇，这时你就将船桨插在地上，并对海神作一献祭，然后再度回家。你的王国将从此繁荣，你也可以活到老年，最后在距海很远的地方寿终正寝。"

这便是他对我所预言的话。我感谢他，并请他再为我解决心中的一个疑问。"请告诉我，我母亲的阴魂默坐在那里，我如何能使她认识我呢？"

"让她吸些鲜血，她就会开始说话了。"这预言家回答。

于是我让我的母亲走近并吸食鲜血。突然她看到我，满脸流泪向我说话："亲爱的孩子，你还活着，怎么会来到这死人的地方呢？俄刻阿诺斯和别的河川没有将你挡着？自从特洛亚陷落以后你就在海上漂零了么？你不能回到伊塔刻去么？"当我回答了她向我问起的事以后，我就问她是怎么死去的，因为我出征特洛亚时她还健在。然后，我怀着悸跳的心,打听家中别的人的情况。她告诉我:"你的妻子坚贞不渝,且日夜想念你。你的儿子忒勒玛科斯保护着你的财产,没有人敢夺取你的王杖。你的父亲拉厄耳忒斯在乡下过农民的生活,从不到城里来。他没有居住在王宫里或睡舒适的床榻。像一个奴隶,他躺在炉边的灰土上度过隆冬,他的衣服也极褴褛。夏天他在树叶堆上露宿。他所以这样做,都是因为悲伤你的命运的缘故。我也是为了想念你而死的,亲爱的孩子哟! 并不是普通的疾病使我离开了人间!"

她说话的时候,我满怀思念。但当我企图去拥抱她时,她却如梦幻一样地消失了。现在又出现别的阴魂,有许多且是世界上有名的妇人。她们都吸食我们所杀死的祭品的鲜血,并向我们诉说她们的历史。她们散去以后,另一种景象使我大为激动。我看见伟大的阿伽门农的阴魂! 他慢慢地走向土坑并吸食鲜血。然后他抬头看,知道是我,即开始哭泣。他向我伸出无力的手,但不能达到我。接着他回答我的热情的询问。"高贵的俄底修斯哟,"他说,"也许你以为是海神将我溺死,或者是在饮宴时我的敌人用阴谋将我毒毙了。但事实却不如此。克吕泰涅斯特拉和她的情人埃癸斯托斯乘我入浴时将我谋杀了,正如屠夫在牛棚里杀死一头牡牛一样。他们在我对妻子儿女满怀热爱远道归来时杀死了我。为了这个原因,我劝告你,俄底修斯,不要太相信你的妻子。不要太热情地将你所有的秘密都告诉她! 但是我忘了! 珀涅罗珀是贤淑而聪明的。当你我离开希腊时她所养育的孩子忒勒玛科斯,现在当已长大成人,能够怀着充分的敬爱接待他的父亲了。克吕泰涅斯特拉在刺杀我之前,甚至没有让我看一看我的儿子俄瑞斯忒斯。总之,我劝你秘密地回去,因为没有一个妇人是能够完全相信的呀!"

说完这些丧气的话,阿伽门农的阴魂就转身消失了。在他之后来到的是阿喀琉斯和他的朋友帕特洛克罗斯,安提罗科斯和大埃阿斯的阴魂。阿喀琉斯首先吸血。他看到我很吃惊。我告诉他我是如何到这地方来的。我对他说,他是所有阿耳戈斯英雄中最负盛名的人,死后亦当是最伟大的鬼魂,在地府里享受幸福。这时他却悲痛地回答:"俄底修斯,不要对死者说这样安慰的话。与其为地府里的君王,不如作人间的奴仆。"接着他请求我告诉他关于他的儿子涅俄普托勒摩斯的情形。他听到他的英勇和辉煌的功业时，显得满意。大步离开我，渐渐消失了。

别的阴魂们吸了祭品的鲜血以后，也愿意向我说话。只有埃阿斯，因为我在同他争夺阿喀琉斯的武器时，我得到胜利，他因此丧命，所以现在他冷冷地站在一旁，切齿愤恨。我温和地对他说："忒拉蒙的儿子哟，死后你还不能忘去关于阿喀琉斯的武器的仇恨么？神祇将阿喀琉斯的武器赠给阿耳戈斯人只是使我们蒙受灾害。由于这些武器，我们才丧失了在战斗中像一座堡垒的你。我们对于你的死不能负责！那是命运女神的事。所以请你宽恕，高贵的王子哟，并请你说话吧！"但这阴魂默不回答，却转身消失在黑暗中。

现在我看见那些久已死去的英雄们的阴魂：弥诺斯，死人的裁判官；伟大的猎人俄里翁，仍然执棒追逐他身边的狮子和山豹的阴魂；提提俄斯，因为冒犯天条受到雕鹰啄食肝脏的惩罚；坦塔罗斯浸在水中，水到唇边仍然得忍受焦渴。当他低头就饮时，水即退去；他身边长着满结果实的果树，但当他要摘取时，树枝就高扬上去，他的手徒然在空中乱抓。我也看见西绪福斯在永远滚转巨石上山。他全身用力，手足并用，刚要转到山顶，巨石又从山头滚下，于是他只得重新开始工作。他遍体流汗，头上尘土飞扬如同云雾一样。在他的附近则是赫剌克勒斯，但这不过是赫剌克勒斯的阴魂，因他本人已升到俄林波斯圣山，并与一个永久年轻的女神结了婚。只是他的阴魂如同黑夜一样阴暗，并在弯弓搭箭，准备射向一个敌人。他肩上挂着一根黄金的剑带，上面有着各种兽形的装饰。

他消失以后，别的阴魂们便拥挤到我的身边。我本来想看看忒修斯和他的朋友庇里托俄斯。但突然这些阴魂们都拥来，使我感到十分恐惧，就好像墨杜萨转过可怕的头在看着我一样。我即刻和我的伴侣们离开，回到俄刻阿诺斯的岸上。于是我首先实行我对厄尔珀诺耳的诺言，回到喀耳刻所居住的海岛去。

塞壬女仙。斯库拉和卡律布狄斯。特里那喀亚岛和
太阳神的牧群。船破落水。俄底修斯和卡吕普索
—— 俄底修斯继续述说他的故事

我们将厄尔珀诺耳的尸体焚化,将骨灰埋葬在埃埃厄,并为他筑起一座巨坟,坟上安置一根石柱。喀耳刻仍然对我们以礼相待,并为我们预备充分的用品继续航行。

第一个冒险——这是喀耳刻曾经预先警告过我们的,发生在塞壬女仙们的海岛上。这些女仙们专以美妙的歌声迷惑旅人。她们站立在葱绿的海岸上,每逢船舶驰过就曼声歌唱。但被迷惑并在这里登陆的人总是遭到死亡,所以这里的海岸上满布着死人的白骨。当我们到达塞壬女仙们的地界时,吹送我们前进的那阵顺风突然终止,海浪平静得如同镜面一样。我的朋友们放下风帆,将它卷起来,开始摇桨前进。但我想起了喀耳刻的话。"当你们逼近塞壬女仙们的海岛时,"她曾经告诉我说,"就用蜡封住你的同伴们的耳朵,使他们什么也听不见。但如果你自己愿意听一听这些女仙们的歌声,最好先叫同伴们将你手脚都戴上镣铐,并将你紧紧地绑在桅杆上。到时候你越请求他们将你释放,他们就得将你绑的更紧。"

我想起了这些话。我割下一块蜜蜡,用手揉捏使它柔软,然后用它封住我的朋友们的耳朵。而他们则将我绑缚在桅杆上,然后努力摇桨,极安静地驰在水面上。塞壬女仙们看见这只船舶,就变形为最美的美女来到岸边,并扬声歌唱:

> 来呀,俄底修斯,全希腊最有荣誉的人,
> 请停止前进,来倾听我们的歌声!
> 从来没有一只船舶可以通过,
> 除非它的舵手停下来倾听我们甜美的歌声,
> 从我们的美歌得到快乐与智慧,
> 然后再平安地航海前进。
> 因为我们完全知道在特洛亚的旷野,

> 神祇使特洛亚人和阿开亚人所遭遇到的苦辛，
>
> 此外我们的明澈的睿智，
>
> 在丰饶的大地上深知一切所发生的事情。

我听着听着，心里就燃烧起奔赴她们去的热望。我摇着头表示希望能从桅杆上下来，但我的同伴们（他们什么也听不见）只是摇桨前进，其中欧律罗科斯和珀里墨得斯且来将我愈加缚紧，如同我过去所吩咐的一样。直到我们已远离海岛，听不见这些女仙们的歌声，我的同伴们才取去耳中的蜡丸，并解开我身上的绑缚。我很感谢他们，因为他们曾不管我的热烈恳求，毫不动摇。

不久以后，我看见沸腾的水花，并听到涛浪汹涌的声音。这是卡律布狄斯大漩涡，它每天三次从悬岩下涌出，并在退落时将通过的任何船只吞没。我的朋友们吓得船桨失落，几乎被涛浪将它们卷去。现在船舶不再前进了。这时我从座位上站起来，走到每一个人面前鼓励他们。"朋友们，"我说，"我们都是应付危险的老手！不管发生什么事总不会比我们在库克罗普斯山洞中所遭到的更危险吧，当时我们也终于设法逃出了。现在你们也必须听从我的吩咐。抓紧船桨（这时我们已从海里捞起桨来），并一直向浪头冲去。我相信宙斯会援助我们的。而你，掌舵的人，更应尽其所能，指挥船只行进。靠近岩边航行，这样我们就不致陷落在漩涡里。"我这样警告我的朋友们提防卡律布狄斯的危险，但喀耳刻对我所说的怪物斯库拉我却不敢向他们提及，因为恐怕他们又会恐怖得将船桨失落在大海里。只是我自己忘记了喀耳刻所给我的另一个劝告。她叫我和这个怪物战斗时不必穿着铠甲。但我仍然束上胸铠，持着两根矛，背着弓，走到船头去，准备和斯库拉搏斗。我虽十分小心地窥视，但仍不能找到她，只好在船只渐渐逼近隘口时满怀畏惧地期待着。这便是喀耳刻向我所叙述的斯库拉的情形："她不是可以杀死的妖物，而是不可杀死的大祸害。全凭勇敢是不能战胜她的。惟一的希望只是尽可能地逃跑。她居住在卡律布狄斯漩涡的对岸，在嶙峋陡峻，高耸入云的岩石上。在山岩半腰，有一个漆黑的山洞。斯库拉就居住在这里，汪汪鸣吠如同猛犬一样。这怪物有十二只无形的脚，六个蛇样的脖子，每个脖子的顶端各有一个可怕的头，头上有三排毒牙，准

俄底修斯与塞壬们——以歌声诱惑船舶的歌女

备随时咬她的猎获物。她将她的半个身躯隐藏在山洞里,却将六个头从岩罅伸出,猎食着海中的海豹,海豚和其他海里的大动物。没有船舶在这里经过不丧失几个水手的。她常常在人们还没有发觉时就用长着利齿的巨颚将他衔去了。"

我心中正想着这光景。船只已逼近卡律布狄斯山岩,这山岩用大口吸进海水,又复将它喷出。海水涌沸着如同火炉上的滚汤一样,雪白的水花满布在空中。但当潮退时,海水显得混浊不堪,岩石则轰震如同雷鸣,这时人们可以看到黝黑深邃的泥泞的岩穴。当我们正惊怖注视,我们的舵手也小心谨慎地指挥船舶绕过漩涡时,我们却不知不觉地靠近了斯库拉。她一口就攫去了我们六个同伴。我看见他们被高举在空中,在她的齿缝里挣扎。他们刚才还在扭动并手脚颤抖,惊呼求救,顷刻间即已全被嚼为血浆。我在流浪中已遭到过许多的不幸,但从未见过比这更凄惨的光景。

我们终于逃出了卡律布狄斯和斯库拉之间的隘口,现在我们眼前是风光明媚的特里那喀亚岛。涛浪汹涌的喧声渐渐消失,现在听到的是太阳神的神牛和羊群的鸣叫。不幸和灾害又使我想到一桩事情,我即刻告诉我的朋友们喀耳刻和忒瑞西阿斯都曾经吩咐我们避开太阳神赫利俄斯的圣岛。但这却使得同伴们无限地愁闷烦恼,欧律罗科斯尤其十分愤怒地说:"俄底修斯,你是一个残酷的人!你真是铁石心肠!你认真要使我们得不到大家所迫切需要的休息么?你不让我们在岛上登陆得到一点饮食来振作一下么?我们必得整夜航行在黑暗的海上么?假使有一阵暴风在黑夜中袭击我们那可怎么办!让我们至少在这可爱的海边停船直到第二天的天明。"

我听到他反对我的提议,就知道有一个和我们敌对的神祇在计划着使我们趋于灭亡。我仅仅回答他:"欧律罗科斯,你要说服我并不困难,因我一个人敌不过你们大多数。我让步就是。只是你们先得发誓,无论你们看到有多少牛羊,你们不能动这太阳神的一只神畜。让我们满足于喀耳刻所赠给我们的充分的食品吧。"他们都愿意发誓。于是我们进入河流入海处的那个海湾,并在此登陆,预备进餐。我们饮食以后,大家想到被斯库拉所吞食的六个朋友,都不胜悲恸;但我们已过分疲惫,因此哭着哭着就倒地睡熟了。

当黑夜已过去大约三分之二的时候,宙斯忽然吹起一阵大风。天明时我们将我们的船舶摇到山岩下面躲避。我知道这次的大风将出乎我们的意外,使我们在这海岛上淹留得更久,因此我再一次警告我的朋友们切不可动太阳神的神圣的牧群。事实上我们在那里呆了足足一个月。岛上有时刮南风,有时从东方袭来暴风雨,这两者都是于我们不利的。当喀耳刻所给与我们的酒食还够支持时,一切尚无问题。但后来酒食耗尽,渐渐感到饥饿,我的同伴们就开始捉鱼捕鸟,我则沿着海岸逡巡,希望遇到一个神祇或凡人可以解救我们的危急。当我已远远离开我的朋友们,我就在海水里洗手,以便伸着洁净的双手向神祇们祈祷,请求救济我们。但他们只是使我昏沉。我睡熟了。

当我离开的时候,欧律罗科斯就向我的同伴们提出一个极危险的建议。“听我说!”他说。“我们现在一无所有。死有各种的死法,但饿死才是最可怕的。我们为什么不用牛羊身上最肥美的肉献给神祇,而以余屑满足我们自己的饥饿呢?我们一回到伊塔刻,就可以马上为赫利俄斯建立华丽的神庙,献上充足的珍贵祭品,请求他的饶恕。万一他真的会恼恨我们,降下暴风雨使我们在归途上沉船落水,那么好吧,我宁愿在海里溺死,而不愿在这海岛上苟延残喘,缓缓地饿死。”

所有正感到饥饿的朋友们,听到这些话都很高兴。他们即刻从太阳神的牧群中挑出最肥壮的牡牛,向神祇祈祷,将牛杀死,用牛油包裹着腑脏和臀部的牛肉献祭神祇。因为已没有酒,他们乃从溪边打来清水洒在祭品上面。其余的牛肉则放在铁叉上用火烧烤。他们正预备大嚼,这时我从梦中醒来,远远地闻到炙肉的香味。我惊骇得伸出两手,向宙斯祈祷。“啊,万神之父宙斯哟,”我叫唤着。“你使我昏沉,然后来毁灭我! 当我睡着了时,我的同伴们犯了何等的罪过呀?”

同时太阳神已得到报告,知道在他的禁猎地里所发生的事情。他愤怒地召集神祇们开会,申诉人们对他所犯的罪过。他威胁说,如果犯罪的人不受到严厉的惩罚,他要将太阳车赶到地府里去照耀死人,而永远不再给人间以光明。宙斯威严地从他的神位上站立起来。

"赫利俄斯，不要停止用阳光照耀神祇和人类，"他说。"我自己会用雷霆将这些强盗们的船只击成粉碎，使它沉入海底。"宙斯所说的这些话是卡吕普索告诉我的，她从神祇之使者赫耳墨斯那里听到的。

现在我回去见到我的朋友们，我痛切地责备他们。只是已太晚了。神牛已被杀死，可怕的迹象表明他们犯了大罪：被剥下的牛皮都自己走动，就好像活着一样；在铁叉上的烤牛肉亦吽然鸣叫。但我的饥饿的同伴们仍然不顾这些不祥的预兆。他们大吃大嚼，整整六天。在第七天，好像风浪已平静，我们上船向大海航行。当我们已看不见陆地时，宙斯使一片浓云遮盖在我们的头上，海水也变得愈来愈黑。突然西方吹来一阵暴风。船桅折断带着船帆倒下来，整个重量都压在掌舵人的头上，把他的脑壳砸碎。他像泅水的人一样倒栽下去跌入水中，海水立即将他的尸体吞没。现在闪电轰击着船只，空中充满硫磺烟火的气味。我的朋友们都从甲板跌落在海里，并如同海鸥一样在风浪中挣扎，最后终于溺毙。我是唯一留在船上的人，在甲板上来回走着，直到船侧已从船底裂开。但我仍然保持理智，抓着牛皮所做成的桅索，用它将桅杆和船底束在一起成为小小的舢舨。我坐在这上面向神祇呼救，并随着海浪这里那里地飘荡。

最后暴风雨减弱，西风止息。但南风又随之开始，使我发生新的恐怖，因为它可能将我又吹到卡律布狄斯的漩涡和斯库拉的岩洞去。而这事也果然发生！在天晓时，我看见斯库拉所居住的巉岩和卡律布狄斯大漩涡。巨浪将我的船桅卷没到漩涡里。我自己则抓住悬岩上的一棵无花果树的小枝，攀着它，如同蝙蝠一样悬挂在空中，直到我的船桅和船底又从漩涡里涌出。我一看到它们就赶快跳落在这舢板上，用两手疯狂地划着离开大漩涡。但我仍然不容易逃命，幸而宙斯保佑，使我安全地渡过隘口，不为斯库拉所看见。

以后有九天九夜我漂泊在海上。第十天的夜里，神祇可怜我，将我掷在俄古癸亚岛的海岸上。在这里卡吕普索给我饮食并看顾我，使我恢复健康。而这次最后的冒险，我已经对你说过了，啊，国王哟！

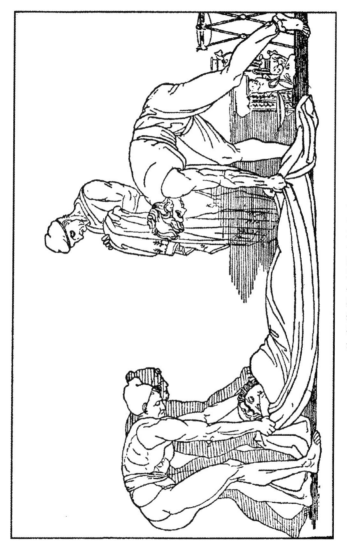

俄底修斯在伊塔卡的岛上

俄底修斯和淮阿喀亚人告别

俄底修斯说完他的冒险的故事,因长久谈话,略感疲倦,便沉默不语。所有倾听的淮阿喀亚人亦默默无言,因为他们仍然神游于他们所听到的故事。最后阿尔刻诺俄斯首先发言。"欢迎你,我们宫殿里从来没有过的最高贵的宾客!"他说,"现在因为你在我的国内,我希望你的漂泊已成过去,不久你就可以回到你的祖国,并忘记一切辛苦。"于是他转身向着他的朋友们。"请听我说吧,"他说,"我们用一只箱子满装着华丽衣服,黄金和别的礼物赠给这个宾客。现在让我们每人再添赠一只铜三脚鼎和一口大锅。这赠礼虽然不薄,但人民仍然会偿还我们的。"

大家都赞成国王的提议,于是散会。第二天早晨淮阿喀亚人都将铜三脚鼎和大锅送到船上,阿尔刻诺俄斯自己并帮助着将它们都放在桨手们的座位底下,使它们不致妨碍桨手的活动。最后饯别的盛宴在宫中举行。宙斯享受了那份献给他的宰杀了的牡牛。当宾主欢宴时,盲音乐家得摩多科斯歌唱他的最美的歌曲。

但俄底修斯已心不在此。他的眼光凝望着窗外的太阳。他热望乘船出发,正如农人整天耕作以后热望着归家晚餐一样。最后他已无法抑制自己的热情,于是对国王说:"伟大的阿尔喀诺俄斯哟,请奠酒于地,让我起身罢。你的招待使我非常满意。你的赠品已运到我的船上,一切都已预备好了。愿神祇们降福于你!并愿我可以见到忠贞地等候着我的妻子,我的儿子,我的亲戚和我的朋友们。"

所有的淮阿喀亚人都表示同此愿望。阿尔喀诺俄斯吩咐使者蓬托诺俄斯最后一次斟满金杯,每个人都为俄林波斯圣山上的神祇们举行祭礼,并祝这个宾客平安归国。这时俄底修斯也站立起来向王后阿瑞忒举起酒杯,说道:"啊,王后哟,愿你一生幸福长寿,并无疾而终。我即将离开你回到我的故乡。愿你为你的丈夫,你的子女,和你的人民而高兴!"

俄底修斯说完就走出宫殿。阿尔喀诺俄斯派遣一个使者送他上船，王后阿瑞忒也派遣了三个仆人，一个为他拿着紧身服和披风，第二个人搬着密闭的箱子，第三个人捧着酒食。所有这些东西都给送到船上。然后将一张草席垫在甲板上，上面铺上精美的葛布。俄底修斯静静地躺下睡觉。桨手也各就各位。最后，船舶解缆，在船桨刷刷有力的击水声中飞快地向前行驶。

俄底修斯回到伊塔刻

俄底修斯沉酣熟睡如同死人一样。船舶飞快而平安地航行在海上，好像四马战车在平原上奔驰或鹰隼在空中疾飞。它好像知道它运载着一个珍贵的旅客，这个人像神祇一样明智且饱经人世间的忧患，虽然他现在已经沉沉睡去，因而忘记了一切战争的恐怖和风暴的危险。

当晨星高照在天空的时候，船舶达到伊塔刻，不久就驶进敬奉海上老人福耳库斯的海港。这里有两个海岬突伸入海，一边一个，构成安全的港口。在两个半岛中间的岩石上，生长着一株古老的橄榄树，旁边有一个半明半暗的山洞，这是女仙们的住所。山洞里面有着一排排的石盆和石罐，这是蜜蜂们储蜜的地方。还有卷着紫色线的石织机，女仙们以此纺织她们的美丽的衣服。山洞里涌流着两股永不枯竭的泉水。山洞有两道入口，一道向着北风，让凡人出入，另一道向着南风，有一个隐蔽的洞门，让女仙们出入。淮阿喀亚的水手们就在山洞附近登陆。他们连人带席子将熟睡的俄底修斯抬放在橄榄树下的沙地上，并将阿尔刻诺俄斯和阿瑞忒所赠送的礼品放在旁边稍远的地方，使过路的人不容易注意到，从睡着的主人偷去。因为他们以为俄底修斯的熟睡是神祇使他如此，不敢惊醒他，于是上船执桨向着故乡摇去。

但海神波塞冬因淮阿喀亚人得到雅典娜的援助，胆敢违反他的意愿，使俄底修斯不遭受更多辛苦，极为愤怒；因此他要求宙斯许可他对淮阿喀亚人报复。万神之父宙斯准许他的要求。于是当淮阿喀亚人的船舶来到斯刻里厄岛并飞速地向故乡的海岸驶去时，波塞冬就从海底升上，用巨掌一击，然后又沉没到海底的宫殿。即刻，船只和船里的一切都变为石头，并停在那里不再动弹了。淮阿喀亚人遥见船舶归来，正奔向海岸迎接,现在看见这情形大吃一惊。后来阿尔刻诺俄斯推测到所发生的事情,就召集人民会议,向他们宣布:"我恐怕这是我的父亲所告诉我的一个古代预言的应验。据他说,因为我们善于航海,且援助所有向我们求救的外乡人,将他们平安地送到家里,所以引起海神波塞冬的嫉恨。他又说,终有一天,我们的一只船从送客的旅途归来会变成石头,并竖在我们的城外如同岩石一样。从此以后我们得放弃这种风俗,不再将旅客送回家了。但现在我们还是先宰杀十二条牡牛献祭愤怒的海神,使他不致用坚固的石墙包围我们的城池。"淮阿喀亚人听到这话,大家都恐怖得发抖,忙着作祀神的献祭。

同时,俄底修斯已经醒来。但因为离伊塔刻太久,所以故乡的一切已全不认识。况且,帕拉斯·雅典娜又降了一层大雾遮蒙着陆地,因她不愿让他毫无准备地回到他的宫殿去。因此,这里的一切:迂回曲折的小道,海港,山岩,高大的树林,在他看来都很陌生。他坐起来,用拳头击打他的前额并悲叹说:"我来到了什么新奇陌生的地方呢?我将在这里遇见什么新的怪物?为什么我不留住在那样优礼待我的淮阿喀亚人的地方呢?但好像他们欺骗了我,因为他们曾答应将我送回伊塔刻,但现在却将我委弃在异乡的海岸。他们很像是已经偷去了我放在船上的礼品。但愿宙斯为我向他们报复罢!"

他向周围观望,发现铜三脚鼎,大锅,黄金和衣物都很整齐地堆在那里。他点数它们的数量,并没有缺少。当他正踌躇着不知道该怎样办时,雅典娜变形为一个青年牧童,但却高雅得如同王子一样,走到他的面前。她的披风折叠着从肩上垂下来,足穿绊鞋,手执长矛。俄底修斯看见有人来,很高兴,他谦恭地问他这是什么地方,是大陆还是海岛。"你必是从远方来的人,"女神回答,"如果你还不知道这里的地名的话。这是全世界都有名的地方。虽然这里只是丛山峻岭,我们不能如同在阿耳戈斯那样饲养马群,但我们并不贫穷。我们的土地年年丰收谷麦和葡萄。我们有无数的牛羊,高大的森林和清澄的溪流。居住这里的人也使这地方更加著名了。甚至远在特洛亚,那里也无人不知我们伊塔刻岛的名字!"

俄底修斯听到他故乡的地名多欢喜啊!但他仍然很小心,不将他的姓名向这个牧童说出。他假装说他是从远海的克里特岛带着他的一半财产到这里来。别的一半财产,他说,已留给他的几个儿子。他又编出一个故事,说他杀死了一个企图强占他的财富的人,所以被迫逃离故土。他说完他的故事,雅典娜微笑着,伸手爱抚地摸了摸他的面庞。突然变成了一个高大美丽的妇人。"真的,"她对他说,"即使神祇们要胜过你,也不能不首先变为一个狡狯的人!你在你自己的祖国也仍然不说真话!但我们不要再说这个了。我同意你是人类中最有智谋的人,正如同我是神祇中最睿智的神祇一样。但你还没有认出我呀!你再也想不到我在你的身边,注意使淮阿喀亚人优礼招待你。现在我特来帮助你保护这些他们赠送给你的礼物,并警告你回宫后必然遭到的困难,同时和你讨论应付这些困难的最好的方法。"

俄底修斯抬头望着这个女神很吃惊。他回答她:"宙斯的高贵的女儿哟,你能做这么多的变形,一个凡人怎么能认识你呢?自从特洛亚陷落,我就没有看见过你的真形。但现在我请求你告诉我,我是否真的回到了伊塔刻,或者是你恐怕我在苦难中失望,故意欺瞒着来安慰我?"

"用你的眼睛看呀!"雅典娜回答,"你不认识这福耳库斯的海港么?还有这橄榄树,在这女仙们所住居的岩洞过去你曾作过多少次献祭的,还有长着浓密树林的高山,这涅里同山?"雅典娜一面说,一面挥散周围的雾霭,使这英雄很清楚地看到他的故乡。他快乐得伏在地上,连连向大地亲吻,并向这地方的保护神祇女仙们祈祷。这时女神帮助他将他的财富藏在山洞中的隐蔽处,并滚转一块大石头遮拦在岩洞前面。然后他和雅典娜坐在橄榄树下,听雅典娜对他说出求婚者的横暴和珀涅罗珀的贞纯,并共同设法要将所有的求婚者处死。

"如果不是你将这事全告诉我,"俄底修斯说,"我回到家里必然被杀,正如同回到密刻奈去的阿伽门农一样。但如果你,善心的女神哟,如果你援助我,我就能毫无畏惧地一个人与三百个敌人对抗!"

"不用害怕,我的朋友,"女神回答他,"我永不会离开你。现在我首先得使这岛上的任何人都不认识你。让你身上的肌肉皱缩,炯灼的目光变得黯淡,你头上棕黄的头发退去。我还让你穿着褴褛的衣服,使看到你的人都讨厌你。不单是所有的求婚者,甚至你的妻和你的儿子都会将你看成一个老丑的外乡人。现在我要你寻到你的最忠心最诚实的仆人,那个衷心爱戴你的牧猪人。他在阿瑞图萨的泉水附近柯剌克斯山的山麓放牧,你将在那个地方遇见他。你要坐在他的身旁,向他询问这里所发生的一切事情。同时我要赶到斯巴达去召回你的儿子忒勒玛科斯,因他到那里向墨涅拉俄斯探问你的消息去了。"

"你既然知道我的全部情形,"俄底修斯带烦恼地说,"为什么不首先告诉我的儿子呢? 当外来的人正消耗我们所有的资产时,你却让他飘零海上如同我自己一样吗?"

但女神安慰他说:"不必耽心你的儿子。我自己在指导着他。我激励他出外的目的是要使他增加经验并获得荣名,以便归来后可以如同成人一样应付那些求婚者。请相信他绝没有受到些许的折磨。他住居在墨涅拉俄斯的宫殿里,一切如意。固然求婚者已在海上埋伏,预备在他回来时将他杀死,但我想这是不会实现的。在这之前,他们中的许多人就先得灭亡!"

女神说完,就用她的神杖轻触俄底修斯。即刻他的肌肉皱缩,俯首屈背,看去完全像一个褴褛污秽的乞丐。她给他一根棍子和一个背在肩上的破口袋。然后她就隐去了。

俄底修斯访问牧猪人

俄底修斯变形为乞丐,越过山区,走到他的保护神所说的地方,他在这里遇到牧猪人欧迈俄斯,他的一个最忠心的仆人。欧迈俄斯正在用石头围成的场地上牧猪。场地上共有十二个大猪圈,每圈各有五十只母猪。公猪都在圈外,它们只有三百六十只,比母猪少了差不多一半。这是因为求婚者们要求每天宰杀肥猪,所以公猪就很少了。此外还有凶暴得像野狼一样的四条猛狗,看守着猪群。

老人正在割切制造绊鞋用的牛皮。他独自一人在那里。他的三个助手分散在草地上看顾着猪群,第四个人进城到宫殿里送每天用的肥猪去了。

最先看见俄底修斯走近的是那些猛狗。它们猖猖狂吠，并向他扑来，但他只是丢了棍子坐在地上。当他正要为自己所养的猛狗咬伤，这时欧迈俄斯走了出来，投掷石头将猛狗驱散。于是他转身向着他的主人，但他以为那不过是一个乞丐，他对他说："如果再晚一点儿，这些猛狗就可能将你撕成粉碎，使我在苦恼之上更加苦恼。我得怀念我的远居异地的主人，这已经够惨的了。我在这里为不相干的人豢养肥猪，而我自己的主人，即使他还活着，却在海外飘零，吃不到一块面包皮！但你这可怜的老人，请到我的茅屋里来。让我给你饮食，在你吃饱喝足之后，告诉我你从哪里来，你遭受过什么苦难，以致显得这样可怜。"

他们进到牧猪人的屋子里。他用树木的枝叶堆成床榻，铺上一张粗陋的野羊皮。俄底修斯感谢他的好意。欧迈俄斯回答他："老人，我们对于任何客人都不能怠慢，哪怕是最贫穷的客人。说老实话，我没有好东西招待你。如果我的主人在家，我的情形会好些。他会使我有自己的房屋，土地和妻子。那时我招待你便不会是这样子了！但他已远离，或者业已死去。我愿海伦一家人都得不到好报应，由于她才牺牲了这么多的英雄啊！"

说着，这老人就束紧身上的紧身服，走到满是小猪仔的猪圈。他捉了两只，并将它们杀了，预备款待客人。他将猪肉切成小片，撒上面粉，放在铁叉上烧烤，然后递给俄底修斯。他用木碗从大木桶里舀了酒，坐在俄底修斯的对面，说道："外乡人，请吃吧！这便是我所能招待你的！仅仅是小猪肉，因为大肥猪都被求婚者抢走了。他们都是些无赖汉，甚至比强盗更不敬奉神祇。他们必是听说我的主人已经死去，所以他们向他的妻子求婚，全不依照一般的规矩。他们从不回家，都在俄底修斯的宫殿里浪费他的财产。他们每天不仅宰杀一次两次牛羊，而是每小时一次，夜以继日地饮宴。我的主人的财富约有别的二十个君主的财富那么多。他在他的农场里有十二群牛和相等的绵羊，山羊和猪仔，都由他的牧人和奴隶们代他管理着。单单在这里，他就有十一群山羊，由忠实的仆人们看守着，但每个人都不能不每天将一只公山羊送给求婚的人饮宴。我照管他的猪，每天早晨也必须送给这些贪馋的人一口大肥猪。"

牧人述说的时候,俄底修斯却飞快地食肉饮酒,好像一个毫不用心的人。其实他在心里早就计算着如何报复这些求婚者。当他已经吃饱并且欧迈俄斯又为他斟满大碗的酒以后,他为他的健康干杯,并和蔼地说道:"请你将你主人的情形说得更详细些。很可能我认识他,并在什么地方见过他,因为我颇够得上是个足迹遍天下的人。"

但牧猪人对于他的话不大相信。他说:"你以为一个外乡人或一个过客谈到我们的主人时,能轻易使我们相信么?过去,已有过不少的流氓,因为寻求衣食,常常来到宫殿里,向我们的女主人和她的儿子述说我们国王在外面的情形,使他们都感动得流泪。但我相信他们都是来骗衣食的;而我主人的尸体早已让野狗,鸟雀或鱼鳖吃掉,他的骸骨已在异国的海岸上发白了。我再不会有这样好的主人了!他是一个仁慈而有计谋的人!当我想到他,我觉得他就好像是我的兄长而不是我的主人!"

"好的,"俄底修斯说,"因为你过于怀疑不相信他会归来,那么,让我向你发誓,他必然会归来!我不像别人一样,为了得到一件紧身服或一件披风而说假话骗你。在你的主人回来之前,我并不要求报酬。我虽然衣服褴褛,但我说的却是真话。我敢指着宙斯,指着你的餐桌,指着俄底修斯的牧群发誓,在今年年底以前,你的主人一定回到他自己的宫殿,并惩罚那些胆敢活活地折磨他的妻和他的儿子的求婚者。"

"老人哟,"欧迈俄斯回答,"你的预言不会得到我的报酬,因为我的主人决不会归来。不要再胡诌了。还是饮酒,说说别的事罢。我并不要你实践你的誓言。我对俄底修斯已不存希望,只是焦虑着忒勒玛科斯。我曾希望他的聪明和能力都如同他的父亲一样。但是一个神祇或者一个凡人使他昏了头,他居然出发到皮罗斯去探问我的主人的消息去了。同时求婚的人们已在半道上埋伏,准备杀死他这个古老的阿耳喀西俄斯家族的唯一的后裔。但是,将你自己的苦楚告诉我吧。你是谁?你因为什么事到伊塔刻来?"

俄底修斯又向这牧猪人编造一段故事,说他自己是克瑞忒岛上一巨室的没落的子孙,并捏造一些最荒诞的冒险经历。他承认他曾参加特洛亚战争，并说在那里遇到了俄底修斯。他说，在归家的途中一阵暴风雨使他漂流到忒斯普洛托斯人的海岸，那里的国王曾向他述说关于俄底修斯的消息。这国王说俄底修斯不久以前还在他那里作客，后来到多多那的神坛祈求宙斯的神谕去了。

当俄底修斯说完他所编造的故事，这牧猪人说："不幸的外乡人哪！你的漂泊的描述深深地感动了我。只是你所说的关于俄底修斯的部分我仍然不能相信。好几年以前，一个埃托利亚人千真万确地告诉我，他曾经看见我的主人在克瑞忒岛，正在那里修理他的船舶。他说那年的夏天，至迟不过秋季，俄底修斯必然回到家里。他之所以编造那些谎话，仅仅因为他正以谋杀罪被人追捕，要求我的庇护。从那以后，凡是说看见过俄底修斯的人我都不相信了。你用不着说谎，我准会招待你的。"

"那么让我们打赌，"俄底修斯说，"如果你的主人真的回来，你得给我一件紧身服和一件披风，并送我到我想要去的杜里支亚去。如果他不回来，就叫你的几个助手将我从悬岩上掷到海里，作为别的说谎者的警戒。"

"这对我没有什么好处啊！"牧猪人反对，"我怎么能将我留住在草屋里的客人处死呢？如果我那样做，我便休想再向宙斯祈祷了。但现在已是晚餐的时候。别的人马上会来，让我们大家欢乐一下罢。"果然不一会，别的几个牧人归来，欧迈俄斯宰杀一口五岁大的肥猪款待宾客。他用一部分献祭女仙们和神祇赫耳墨斯。大家都分得够多的猪肉，但从背上割下的最肥美的部分却拿来献给宾客，即使这宾客在主人面前不过像一个乞丐而已。

这使俄底修斯很受感动，他感激地喊道："欧迈俄斯哟，但愿宙斯爱护你也如同你之爱护我一样，虽然我是这样的贫困！"牧猪人谢谢他的好意，并劝他饮食。他们正在饮宴，这时浮云遮着月亮，西风在茅屋上面咆哮，大雨倾盆而下。俄底修斯因身穿破衣，颇感寒冷。为了引起主人的注意，并劝诱他将自己的温暖的披风借给他，他又开始向他说出一个临时编造的故事。

"请听我的话，欧迈俄斯以及别的牧人们，"他说，"你的美酒使我高兴说话了,现在我倒想说说那些最好是不要说的事情。有一次在特洛伊被围时,俄底修斯,墨涅拉俄斯和我三个人,还有我们所统率的战士们,在城垣附近的芦苇丛中埋伏着。这时天已黑了,天气十分寒冷,北风吹卷着雪片降落在我们的周围,我们的盾牌上都结了冰。这对于我的朋友们倒没有关系。他们都裹着披风温暖地睡着。只是我自己的披风遗留在营房里,因为我预料不到会有这冷的天气。现在还不到半夜,我知道天明以前天气还会更冷。所以我用手肘碰碰躺在我旁边的俄底修斯,对他说,‘如果再这样寒冷下去,我会冻死的! 真是见鬼,我除掉紧身服以外什么也没有穿就出来了!’俄底修斯听说,就低声回答:‘这话不要让别人听见,你即刻可以得到你所需要的衣服!’于是他半抬起头来,悄悄地对别的人说:‘朋友们,神祇使我得了一个噩梦! 好像我们离开船舰太远了。你们能有一个人赶回去请阿伽门农再增派些人来吗?’听到他的话,安德赖蒙的儿子托阿斯就跳了起来,乐于完成这桩任务,随即将他的披风摔在地上,如飞一样地向营幕跑去。我将披风拾起,包裹着我的身体,沉酣地睡去直到大天明。假如我现在还如过去一样年富力强的话,或许在这样的寒夜会有牧人将他的披风借给我的。但现在尽管我年老贫穷,却没有人关心我,我穿着破衣服冷得发抖。”

“幸亏你的故事提醒了我们,”欧迈俄斯笑着说,“我们一定接受这个提示,你绝不会缺少衣服或别的什么东西。只是明天你仍得穿上你的破衣,因为我们并没有多余的衣服。但如果俄底修斯的儿子能平安地归来,他必然会给你紧身服和披风,并资助你去你想去的任何地方。”说着,欧迈俄斯就取来柔软的羊毛堆在炉子旁边。俄底修斯躺下以后,他又拿他的厚披风盖在俄底修斯的身上。当别的人也睡下了时,他自己执着武器在场地上的猪圈旁边过夜。他披着一张羊皮抵抗北风,另一张羊皮铺在地上作为床褥。他手中紧握着长矛,准备抵御强盗和野狗。俄底修斯看着欧迈俄斯离开茅屋,心中暗暗庆幸自己有着这样一个忠心的仆人,即使认为主人业已死去,仍然这么小心谨慎地替他主人看守家财。

忒勒玛科斯离开斯巴达

帕拉斯·雅典娜飞到斯巴达,发现从皮罗斯和伊塔刻来的两个青年躺在墨涅拉俄斯宫殿里的床榻上。涅斯托耳的儿子珀西斯特剌托斯正沉沉熟睡,但忒勒玛科斯却醒着在想念他的父亲。突然他看见宙斯的女儿站立在他的床前。"忒勒玛科斯,"她说,"你远离家庭,而让狂妄的求婚的人们在你的宫廷里整天饮宴,这是不妥当的。不可延误,必须在你的母亲被迫结婚以前辞别墨涅拉俄斯赶回伊塔刻去。因为她的父亲和她的兄弟们正怂恿她嫁给欧律玛科斯。他比别人献出更多的礼品,而且答应在结婚时授予妻子大量的遗产承受权。快回家去,如果事情更坏,就将你的财产交给一个忠实的仆人,直到神祇保佑你使你娶得一个足以和你匹配的妻子时为止。此外还有一点:求婚者中最精强的人都埋伏在伊塔刻和萨墨岛的海峡,预备狙击你,使你不能回到故乡。所以要避道而行,并只在黑夜里行进。神祇会给你一阵顺风。当你达到伊塔刻时,让你的同伴们进城去,你自己则先去找牧猪人欧迈俄斯。和他一起住到第二天,并从那里送信给你母亲珀涅罗珀,告诉她你已平安归来。"

雅典娜说完话就归回俄林波斯圣山。忒勒玛科斯用脚踢着他的朋友的长筒鞋,说道:"醒来呀,珀西斯特剌托斯! 让我们套上车子出发回家去。"

"什么事?"他的朋友睡眼朦胧地回答他,"现在夜半更深,你不会就要出发吧? 等待天明再说。墨涅拉俄斯会给我们许多礼品,并以好言赠别。"他们讨论着如何出发,不觉天已大亮。墨涅拉俄斯甚至比客人起得更早。当忒勒玛科斯看见他从大客厅走来,即刻穿上紧身服,将披风披在肩上,走向国王,要求他当天就许可他回家去。

"如果你真的还乡心切,我当然不再留你,"国王回答他,"如果一个主人以太多的好意使客人为难,那便是敌人而不是朋友了。强留客人或驱逐客人都一样是不礼貌的。只需稍待一会,让我将礼品搬到你们的车上,并让女仆们为你们预备早餐。"

"高贵的墨涅拉俄斯,"忒勒玛科斯说,"我急于回到故乡的理由,是希望在我到处探访我父亲的消息时,不要自己反被人杀害了。看来我将遭遇危险,我的宫中也迫切地需要我回去。"

墨涅拉俄斯听说,赶紧叫人预备早餐,同时自己和王后海伦及儿子墨伽彭忒斯一起到库房里去。他们在那里挑出一只金杯和一把银壶。海伦检视自己的箱子,找出她自己所纺织的一件最美丽的衣服。他们三人带着这些礼品向客人走来。墨涅拉俄斯赠给他金杯,墨伽彭忒斯献上银壶,海伦则捧着衣服走来,对他说:"亲爱的忒勒玛科斯,请收下这个礼物,作为海伦亲手制造的一个纪念品。这是送给你的新妇在结婚时穿的。在你还未结婚以前,就交给你的母亲保存在箱子里。对于你,我祝福你快乐并平安地回到你父亲的宫殿。"

忒勒玛科斯收下这些礼品,表示十分感谢,他的朋友珀西斯特剌托斯也很羡慕,并为他搬放到车上去。然后主人和这两个青年宾客作饯别的欢宴。当他们两人都上了车以后,墨涅拉俄斯斟上满杯的酒,向神祇举行灌礼,祈祷神祇们保佑这两个青年快乐地回到家里。主人并和宾客道别,请他们代问候他的老朋友涅斯托耳。这时忒勒玛科斯正向主人致谢,一只鹰隼突然从宫殿里飞到马匹的右方,爪上攫着一只白鹅,一大群的男女追随在后面叫嚷着。大家都对于这吉兆感到欢喜,海伦并说:"朋友们,请听我的预言。这只山头上的鹰,飞到我们的宫里攫去一只肥鹅,正预兆着俄底修斯将从长久的飘零归来,并向在宫殿里豢养得肥胖的求婚者报复。"

"但愿宙斯使这吉兆应验罢!"忒勒玛科斯喊道,"如果这事真的应验,我们也得向你致敬,如同对于女神一样,海伦王后哟!"

现在两个青年乘车出发。他们在斐赖城狄俄克勒斯的家里过夜,他也极热心地招待他们。第二天他们到达皮罗斯城。来到城门口的时候,忒勒玛科斯转身对他的朋友说:"亲爱的珀西斯特剌托斯,即使我们的父亲彼此认识并相互尊敬,即使我们这次的旅行使我们成了好友,我仍然不想和你进城。请不要因此生气啊!我不过是怕你的父亲又盛情相留,而你自己知道我归心似箭,不能再有片刻的耽搁。"

珀西斯特剌托斯同意这是比较好的办法,并为他驱车绕城而行,一直来到海岸边忒勒玛科斯的船舶那里。在这里他和他依依惜别，并说："现在上船，并即刻出发吧，因为如果我父亲知道了，他必定会亲来挽留，你又得在宫廷里留住一夜。"忒勒玛科斯照他所说的办。他的同伴们都上了船预备划桨，他自己则留在船尾附近的岸上，向他的保护女神雅典娜献祭。

当他还在向这女神祈祷，一个人飞快地向他奔来，并向他伸出两手，口中叫喊着："啊，青年人哟，凭着神祇，凭着这些祭品，凭着你的家庭和你的人民的幸福，请你告诉我你是谁，住在哪里。"忒勒玛科斯简略地告诉他，于是他继续说："我也是上路的人。我是预言家忒俄克吕摩诺斯。我的家原在皮罗斯，但我自己却居住在阿耳戈斯。我在那里，因一时气愤杀了一个人。死者有着权势颇大的亲戚，他的兄弟和他的亲戚们发誓要我偿命，我逃脱了。因此我不能不在世界上到处漂流。请你将我当作一个哀求者，让我和你一起上船，因我的敌人已跟踪到了这里。"

忒勒玛科斯原是一个心慈的人，他同情地请他上船，并答应他到达伊塔刻以后使他什么也不缺乏。忒勒玛科斯从这预言家的手上接过他的矛，将它放置在甲板上。然后他和忒俄克吕摩诺斯一同上船，并和他同坐在船尾。即刻水手解缆，并竖立船桅，挂上白帆。顺风吹胀着船帆，船舶飞快地行驶在海面上。

和牧猪人在一起

就在当天晚间俄底修斯和欧迈俄斯以及别的牧人们一同进餐。为了要试一下这位东家，看他究竟会将一个乞丐留住多久，俄底修斯在餐后说道："我的朋友，明天我将持棍到城里去求乞，因我不想增加你们的负担。请指点我到城里去的路，并领我到城门口，然后我就沿门行乞，看看能否获得少许的面包和酒食。我并想到国王的宫殿去将我所知道的有关俄底修斯的事情告诉珀涅罗珀。如果我替那些求婚者做点工作，说不定他们会给我饮食和住处呢。我很会锯木，生火，烤肉，伺候饮宴，并做一切富人要穷人做的事情。"

欧迈俄斯皱皱眉头，对他说："这是什么话呀！你要自己寻死么？你真的会相信这些狂妄的求婚者会要你这样的仆人么？他们有足够的人来伺候他们。年轻漂亮的少年人，头发芳香，衣服整齐，来回在他们的餐桌前面，为他们斟酒上菜，递面包并传递碟子。最好还是和我们住在一起，你不会成为我们的负担的，等到忒勒玛科斯归来再给你衣食。"

俄底修斯感激地接受他的劝告，并请求欧迈俄斯告诉他，他的主人的父母是否还在活着或者已经去世了。"他的父亲拉厄耳忒斯仍然活着，"这牧猪人说。"但他怀念俄底修斯，并悲恸因思子情切而死去的妻子安提克勒亚。我对于这善心的老主妇的死去也感到悲恸，因为她将我和她的女儿克提墨涅在一起抚养长大，就好像我自己也是她的孩子一样。后来，当她的女儿和一个萨墨岛的男子结婚时，她替我装备好，将我送到这里的乡下。而现在，说老实话，我已丧失了许多东西，只是尽可能勤劳过活。珀涅罗珀虽为王后，但不能对我有任何帮助。她被求婚者包围和监视，一个正直的仆人是不许可到她的面前去的。"

"你原住什么地方，你怎么会到伊塔刻的宫殿那里去的呢？"俄底修斯问。

牧猪人又斟满客人面前的酒杯，并对他说："请饮酒，老人，我告诉你这段历史，希望你不会感到厌倦。现在正是夜长的季节，有足够的时间长谈和睡觉。在俄耳堤癸亚海外便是绪里亚岛。那里虽然土地肥沃，但人口并不多。岛上有两座城池，都由一个强大的国王，即我的父亲克忒西俄斯统治着，他是俄耳墨诺斯的儿子。当我还是儿童的时候，狡猾好利的腓尼基人在那里的海岸登陆。他们运来各种精美的货品在船上兜售，并在海边居留得很久。这时我们的宫中也有一个腓尼基妇人。我的父亲将她作为奴隶买来的。她长得苗条美丽，手艺精巧；我们家里的每个人都喜欢她。她爱上一个腓尼基商人，这商人答应将她带回西顿去。同时这坏良心的奴隶也保证给他报酬。她不仅要给他黄金作为船费，而且要给他更宝贵的东西！她告诉这个商人她是小王子的乳母。他很伶俐，无论她做什么事，他总是和她在一起。因此很容易将他诱到船上，卖了以后给这商人带来一笔可观的收入。

"这个妇人和商人商量好就回到宫里。商人们留在我们的岛上整整一年。后来当他们正拟载着他们的商品归去,一个商人就到宫里来,持着黄金和珊瑚珠的项链出售。我的母亲和女仆们都围绕着观看,并彼此传观赞赏,并和他讨价还价,这时候,商人向腓尼基妇人眨眼。他刚刚离开宫殿,这妇人就牵着我的手走出。经过大厅前面的客房时,她看见那里摆着餐桌准备宴请客人。我亲眼看见她从桌上取了三只金杯藏在衣服下面。但我一点也不怀疑她,仍然跟她走出去。在日落时,我们到达海岸,并和水手们一起上船。

"我们乘着一阵顺风在海上行驶了六天六夜以后,这个坏心肠的妇人突然死了,据他们说是被阿耳忒弥斯的神矢射死的,就如同海鸟被猎人射中一样。他们将她的尸体投到海里,我却孤苦伶仃地和外乡人在一起,他们没有一个人同情我。后来他们在伊塔刻登陆,拉厄耳忒斯从商人那里将我买来。这是我生平第一次看到这个海岛。"

"好吧,"俄底修斯说,"请不要过分悲伤你的遭遇。因为宙斯在给你苦痛的时候,同时也给了你幸福。他使你遇到一个慈爱的主人,让他照顾你,使你一直在他的土地上幸福地生活。而我却相反,只是一个贫苦的乞丐,永远到处漂泊。"

他们谈着谈着,时间很快地过去了。天已快亮,没有多少时候好睡了。

忒勒玛科斯回家

就在这天的早晨忒勒玛科斯和同伴们回到伊塔刻岛。他遵照雅典娜的吩咐,命水手们继续向城市摇去,他自己则登岸去寻觅牧猪人。他答应给水手们重赏,并在第二天设宴招待他们。但忒俄克吕摩诺斯问他:"我的孩子哟,我到哪里去呢?在城里有谁给我住处?我是否一直到你母亲的宫殿里去?"

忒勒玛科斯回答他:"如果家里的情况很正常,我会请你一直到宫殿里去。只是如今求婚的人们会阻止你,我的母亲也深居内廷不会出来。你最好到欧律玛科斯的家里去,他是伊塔刻的波吕玻斯的儿子,极得国人的尊敬。此外，他也是我母亲的最讲道理的求婚者。"

　　他正说着，一只鹰从他的右方飞过。它的利爪抓住一只鸽子；它一面飞翔，一面撕扯着鸽子的羽毛。这预言家看到这，将忒勒玛科斯拉在一边向他的耳边低语："如果我的观察不错，那么这便是你们家庭的一种吉兆。别的人绝不能统治伊塔刻。只有你和你的亲人才能永远统治这个地方。"

　　在分别以前，忒勒玛科斯又为忒俄克吕摩诺斯介绍他的朋友，克吕提俄斯的儿子珀剌俄斯，他带信给他请他招待这位预言家，只有他，忒勒玛科斯自己，回到城里。最后他上岸，步行到乡下去。

　　这时俄底修斯和牧猪人正预备早餐，别的牧人则到草地上去放牧。他们刚开始饮食，就听见脚步和狗跳起来的声音，但它们不是狂吠，却好像是欢迎它们的主人。"必是有一个朋友来看你，"俄底修斯说。"这些狗对于生人不会是这样的。"

　　刚说着，他就看见他自己的亲爱的儿子忒勒玛科斯站立在门口。牧猪人喜欢得即刻放下木碗，向他的年轻的主人迎上去。他拥抱他，并亲吻他的头发，两眼和两手，悲喜交集，就好像他的一个亲人从死亡中逃回来了一样。一个年老的父亲看见他的晚年所生的儿子在外漂流十年又回故土，也不会比欧迈俄斯更高兴的。忒勒玛科斯没有进入茅屋，直到欧迈俄斯告诉他宫殿里并没有发生什么重要的事情。随后他将手中的枪递给牧猪人并进到茅屋里。俄底修斯正要让坐，但忒勒玛科斯挥着手阻止他，并说："外乡人，请仍坐在原地方。欧迈俄斯会替我安置座位。"果然这牧猪人已在用树枝和叶子堆作一堆并铺上柔软的羊皮。现在忒勒玛科斯坐下，牧猪人献上烤肉和面包，并用木碗斟上大碗的酒。三个人坐着饮食的时候，忒勒玛科斯询问欧迈俄斯这外乡人是什么人。老人将俄底修斯自己所说的一大串的故事简单地告诉他。"现在，"他结束时说，"他已从忒斯普洛托斯的船舶逃出，和我们住在一起。我愿意将他交给你，随你去安置他去。"

　　"你这话使我很为难，"忒勒玛科斯回答，"像他这样衰弱的老人我如何能将他带回家去呢？最好将他留在这里再住一些时候。我将送给他紧身服，披风，绊鞋，一柄剑和充足的食粮，使他不至于耗费你们份内的食物。但他决不能让求婚的人们看见,因他们这样傲慢无理,甚至有权有势的人都不能对付他们。"

俄底修斯表示很惊愕,怎么求婚的人敢反对主人的儿子。他询问忒勒玛科斯:"是不是你的人民都仇恨你?或者你和你的兄弟之间有争端?或者是你自愿让这些人压迫你?如果我如同你一样年轻而且是俄底修斯的儿子,我宁肯和他们拼命,死在我的屋子里而不愿被动地眼看着事情这样地下去!"

但忒勒玛科斯冷静地回答:"人民并不仇恨我,我也没有兄弟。我是一个独生子。但有许多从附近海岛来的及伊塔刻本地的人,如潮水一样涌来向我的母亲求婚,并把我看做他们的眼中钉。她一直在躲避他们,但他们强留不去,不久在我的名下将一无所有了。"然后他转身向牧猪人说:"现在请替我向城里送信,告诉我的母亲我已归来。只是不能让求婚的人听见!"

"我绕道经过你祖父拉厄耳忒斯那里是不是更好一些?"欧迈俄斯问,"听说,你的祖父自从你到皮罗斯去以后,就焦虑得水米不沾,甚至不到田地里去照顾。他只是成天的坐着发愁,身体愈来愈衰弱了。"

"尽管如此,我也不愿你迂回走太远的路,"忒勒玛科斯对他说,"必须让我的母亲最先知道我业已归来。她会派人将这消息通知我祖父的。"说着,他就催促老人动身。欧迈俄斯在足上绑上绊鞋,手中执着枪,匆匆离去。

俄底修斯对儿子表明自己

帕拉斯·雅典娜正等候着欧迈俄斯离开茅屋。他刚刚走出,她就现身为高大美丽的妇人站立在门口。她使忒勒玛科斯不能看见她,只让他的父亲和猛狗看见,但猛狗并不鸣吠,仅仅低声哼着跑到院子的那一边去了。这女神向俄底修斯示意。他知道她的意思,就走出门外。她和他站立在墙边,并对他说:"俄底修斯,现在不必向你的儿子再隐瞒自己了。最好你们父子联合一气到城里去收拾那些求婚的人们。我当和你们在一起,因我也很想严厉地惩罚这些无赖。"女神说着,就用金杖轻触这乞丐。即刻出现了一种奇迹:他变得高大,面容光润,且有着浓密的胡须和鬓发。他的强健的四肢穿着华丽的紧身服和披风。这女神作完这奇迹,就突然消失了。

俄底修斯又回到茅屋里,他的儿子吃惊地瞧着他。这时他以为他是面对着一位神祇,就转过脸去,说道:"外乡人哪,你的样子突然和先前不同了!你穿上新衣,面容亦已改变。你必是一个神祇!让我向你献祭并请求你的保护罢。"

"我不是神祇,"俄底修斯回答,"看着我,忒勒玛科斯!你多年想念着你的父亲,现在却不认识你自己的父亲么?"说着就满脸流泪,并走上前去紧紧地拥抱着他的儿子。

但忒勒玛科斯仍然觉得难于相信。"不,不,"他喊道,"你不会是我的父亲俄底修斯!神祇在欺瞒我,只是要加深我的失望。一个凡人怎么能以人为的力量使自己的面貌发生这样的改变呢?"

"不必这样惊奇,亲爱的忒勒玛科斯,"俄底修斯说,"这真的是我,而不是别人;我离开二十年之后又回到故乡来了。是雅典娜使我的形体改变的,首先变为老迈龙钟的乞丐,然后又恢复为一个强壮的人。因为神祇是容易使人变得像贵族或者像贱民的。"俄底修斯一面说,一面坐下来。现在忒勒玛科斯鼓起勇气伸手拥抱他的父亲。父子俩都想着长久别离的痛苦,并大声悲恸,就好像被夺去了雏鸟的母鸟一样。他们哭了个痛快以后,忒勒玛科斯询问他的父亲是乘什么船回到故乡的。俄底修斯将全部经历都告诉他,并对他说:"我的儿子哟,现在我既已回来,雅典娜要我们商量一个最好的办法向我们的敌人复仇。先将求婚者的名字都告诉我,看看我们两人的力量是否可以击败他们,或者还要到附近地方请求援兵去。"

"父亲,你的光荣的功业我已听说过许多次了,"忒勒玛科斯回答,"我知道你是刚强而有智谋的。不过我们两人决不能战胜这么多的求婚者。他们并不是一二十人。他们比这多得多:仅从杜利喀翁岛来的最勇敢的青年就有五十二个,外加七个仆人;从萨墨岛来的有二十四人;匝铿托斯岛二十人,伊塔刻十二人。此外还有使者墨冬,一个歌者和两个厨子。所以,只要可能,我们得设法请求别人的援助。"

雅典娜使俄底修斯复现真形,让忒勒玛科斯可以认识他的父亲

但俄底修斯回答："别忘记，雅典娜和宙斯是援助我们的。一旦战争在我们的宫廷中爆发，他们就会即刻来援救我们。现在我的计划是这样。明天你仍然回去，和求婚的人们在一起，好像什么事情也没有发生过似的。在雅典娜的神杖的点触下，我仍然会变为一个乞丐，由牧猪人领着到宫殿里去。无论他们怎样对付我，甚至用东西投掷我，或将我拖出门外，你都得忍耐着，不要生气。你可以用好言劝解他们，但他们不会听你。这时我向你示意，你就将客厅里所悬挂的各种武器都收拾起来，藏到内廷去。如果求婚者们注意到并询问这件事，你就说因为炉子里的烟火将这些武器先前所有的亮光熏黑了，所以要收拾到里面去。只是留下两柄利剑，两根矛和两面牛皮盾，供我们乘敌人陷于混乱并企图抵抗时使用。此外不许有人知道俄底修斯回来了，无论是拉厄耳忒斯，牧猪人，甚至你的母亲珀涅罗珀。在这同时，我要试探仆人们中有谁还敬畏我，有谁已背叛了我并对你毫不尊敬。"

"亲爱的父亲，"忒勒玛科斯说，"我一定遵从你的吩咐去做。但我想我们试探奴仆们却没有用。这将很费时间。对于宫廷里的女仆人们很容易，但其余散在各处的男仆们，等你重登王位以后再检查他们也不迟。"俄底修斯很赞成他的儿子的意见；并对于他的冷静的思考很感到欢喜。

城内和王宫

这时载着忒勒玛科斯及其同伴们从皮罗斯归来的船舶已直驶到港口，并派了一个使者先到宫殿里报告珀涅罗珀她的儿子业已平安归来。牧猪人也带来了同样的消息，两人在宫廷里相遇。使者先说话，他当着许多女仆大声对珀涅罗珀报告："啊，王后哟，你的儿子业已归来。"但欧迈俄斯却避开别人的耳目，单独向她传达她儿子所说的话。他也请求她将这可喜的消息通知忒勒玛科斯的祖父拉厄耳忒斯。欧迈俄斯一完成使命，就立即回去看顾他的猪群。有几个珀涅罗珀的侍女将使者的报告透露给求婚者，他们沮丧地集合在宫门外面，坐在光滑的石墩上互相讨论。欧律玛科斯首先发言。"我们真想不到这孩子能够达到他的目的并平安归来,"他说。"让我们迅速派遣快船通知在半道上埋伏的朋友们,叫他们不要再等待,尽速回来吧。"

当欧律玛科斯说话时,另一个求婚者安菲诺摩斯眺望着从宫殿前廷可以看得清清楚楚的港口。他看见那些去埋伏的求婚者所乘的船只正在乘风归来。"不必派人去了,"他喊道。"那不正是他们么! 如果不是神祇告诉他们忒勒玛科斯业已归回,便是他们追捕忒勒玛科斯的船舶没有追上。"

这时所有的求婚者都站起来走到海边。然后他们和那些乘船归来的求婚者一起,到市场上集议。安提诺俄斯乃是出发去埋伏的那一帮人的领袖,他为自己和他的同伴们辩护。"忒勒玛科斯逃脱了,那不是我们的过错,"他说。"我们整天有人在山头上守望,晚间则在海峡上来回巡逻,一心想捉到忒勒玛科斯并将他杀死。一定有神灵保佑他,因为我们连他的船影都没有看见! 但为了挽回这次失败,我们必得在城里杀死他,因为这孩子已越发机敏,将来会很难对付了。他终久会鼓动人民对我们反抗。如果他们知道我们曾在半道埋伏截击他,他们必会将我们驱逐出境。与其这样,还不如先干掉他,将他的财产均分,只将宫殿留给他的母亲和她的未来的丈夫。但是如果你们不赞成我的计划,如果你们要让他活着并保有他的财产,那么我们只有停止我们的享受。各人都回家去,从家里送礼品来向王后求婚,让她自己选择最慷慨大量的人或幸运女神所保佑的人作为她的丈夫。"

他说完话,大家都长久沉默着。最后尼索斯的儿子安菲诺摩斯站起来发言。他是求婚者中最高贵的人,多智而有礼貌,甚至已引起珀涅罗珀的注意。他说:"我的朋友们,我以为我们不应当杀死忒勒玛科斯。杀死一个王族的最后的一个后裔是一种可怕的罪恶。无论如何,让我们问问神意吧。如果宙斯同意我们这么做,我自愿动手将他杀死,但如果神祇不赞成,我请你们放弃这种计划。"

求婚者都同意他的意见。他们暂时放下这个计划,回到宫殿去。但这次与珀涅罗珀保持秘密接触的使者墨冬又偷听了会议的情形,并赶紧去告诉王后。珀涅罗珀即时戴上面网,来到大客厅,用颤抖的声音向提议谋杀她儿子的人责问。她说:"安提诺俄斯,伊塔刻的人将你看做是你们国内最智慧的人,现在证明全是错误。你并不聪明。你毫不理睬那些连宙斯都同情的不幸者的言语,甚至残暴到要计划结束我的儿子忒勒玛科斯的性命。你忘记了你的父亲因为强劫我们的盟国,被人追捕,作为一个哀求者逃庇于我们的宫廷吗?他的追捕者要将他处死,俄底修斯却劝阻他们,使他们息怒。现在你却以怨报德,浪费俄底修斯的财产,向他妻子求婚,并要杀死他的唯一的儿子!请你最好劝阻你的同伴们不要下这种毒手!"

安提诺俄斯还没有回答,欧律玛科斯就插进来说:"别担心你儿子的生命,珀涅罗珀。只要我活着一天,便没有人敢对他动一动指头。当我还是孩子的时候,俄底修斯有时将我抱置他的膝上并给我点心吃。所以我爱护他的儿子甚于一切的人。他不必担心死,至少不必担心会死于求婚者的手里。但如果神祇有意要他的命,那就定数难逃了。"这个装着世界上最慈悲的面孔的伪君子这样说,其实他的污黑的心里满是仇恨。

珀涅罗珀回到内廷,伏在床榻上为她的丈夫哭泣,直到雅典娜使她沉酣地睡去。

忒勒玛科斯,俄底修斯和欧迈俄斯来到城里

当晚牧猪人回到他的茅屋,他看见俄底修斯和忒勒玛科斯正在宰杀一只小猪做晚餐。因为雅典娜又将俄底修斯变成了褴褛的乞丐,欧迈俄斯仍然认不出来。"你终于回来了?"他刚刚跨过门槛,忒勒玛科斯就对他说。"有什么消息带来?是否求婚者仍然埋伏在那里要狙击我,或者他们已离开他们埋伏的地方?"欧迈俄斯告诉他,他已看到那只船舶回来了。忒勒玛科斯向他的父亲会心地微笑,但不使欧迈俄斯注意到。于是三个人共进晚餐,餐后各个就寝。

第二天清晨,忒勒玛科斯预备到城里去,因对欧迈俄斯说:"老人,现在我必得去看我的母亲。我希望你也将这个可怜的外乡人带到城里去,使他可以沿门求乞。我万不能将世界上的担子都挑起来。我自己的事已够我苦恼。如果这老人对我们不满,那就由他去吧。"

俄底修斯对于他儿子的装假的本领觉得惊奇而又高兴,替牧猪人回答道:"青年人,我不想再住在这里。行乞的人在城市里总比在乡下要合适些。请你先走一步,让我在炉边烘暖我的身体,待太阳升得更高些的时候,你的仆人会领我到城里去的。"

忒勒玛科斯即刻上路。他到达宫殿,时间仍早,求婚者们还没有出来。他将他的枪靠在门柱上,自己走进大客厅。欧律克勒亚正在用毛毯铺垫椅子。她看见她的主人,欢喜得含泪奔来,欢迎他平安归来。别的仆人们也连连亲吻他的头发和他的双肩。这时珀涅罗珀已从内廷出来,如阿耳忒弥斯一样的苗条,如阿佛洛狄忒一样的美丽动人。"亲爱的儿子哟,你回来了么?"她喊道,双手拥抱他,亲吻他的两眼。"自从我知道你到皮罗斯去了以后,我很失望,以为再看不到你。但告诉我,关于你的父亲,你打听到什么消息呢?"

"啊,我的母亲,"忒勒玛科斯悲愁地说,虽然他很难隐瞒他的真实的情感。"我自己也是九死一生,请暂时不要提到我的父亲以免又引起我的悲伤。请去沐浴更衣,并向神祇许愿,如果保佑我们复仇,我们就向他们作百牲大祭。我自己先得到市场上去,将和我同路的一个外乡人请到家里来,他现在正在一位朋友处等候我去叫他。"

珀涅罗珀照儿子所说的退回内廷。忒勒玛科斯手执长矛到市场去,后面跟随着几只猛狗。雅典娜使他容光焕发,所以人民看到他都暗暗惊异;求婚的人们也满口奉承他,虽然心里在筹划他们的阴谋。但忒勒玛科斯不同他们打交道。他只是同他父亲的三个老朋友——门托耳,安提福斯和哈利忒耳塞斯在一起,将一些可以说的事情都告诉他们。现在珀剌俄斯将预言家忒俄克吕摩诺斯也带来了,忒勒玛科斯向他们两人表示欢迎。珀剌俄斯立刻请求他派遣仆人到他的屋子里取来墨涅拉俄斯在送别时所赠给他的礼物。但忒勒玛科斯回答:"那些礼物存放在你的屋子里更安全,因我还不知道以后我的遭遇怎样。如果求婚的人们将我杀死,并均分我的财产,我宁愿将那些精美的东西留给你,而不被他们夺去。但如果我能惩罚并杀死他们,那时你再将这些宝物送还给我,也不为迟。"

忒勒玛科斯一面说,一面就牵着预言家的手,领他来到宫殿里。两人都在宫里沐浴，并和珀涅罗珀一起共进早餐。然后她坐下纺织，并悲愁地对儿子说："我确实没有理由不回到内廷去寂寞独处以泪洗面，如同我这多年来所作的一样，因为看起来你是不会将你所听到的关于你父亲的消息告诉我了。"

"亲爱的母亲，"忒勒玛科斯回答，"我当然乐意将我所听到的一切都告诉你，并希望这些消息能安慰你。我在皮罗斯时，年老的涅斯托耳对我殷勤招待，但他对于我父亲的事情一无所知。所以他派遣他的儿子和我一起到斯巴达。在那里我们受到墨涅拉俄斯和海伦（她是引起阿耳戈斯人和特洛亚人苦战多年的人物）的款待，并听到一点消息，那是海神普洛透斯对墨涅拉俄斯说的。他说俄底修斯被卡吕普索强留，困居在俄古癸亚岛，他没有船舶也没有水手，所以不能归来。"

当预言家忒俄克吕摩诺斯看到珀涅罗珀为这些话深深感动了时，就打断年轻的主人的话说："啊，王后哟，其实他一无所知。现在请听我的预言：俄底修斯业已回到故土，在秘密地等待时机，计划将所有的求婚者一网打尽。这是我从鸟雀的飞翔所预见到的，当时我就将这种吉兆告诉了你的儿子。"

"但愿你的预言应验罢！"珀涅罗珀叹息着，"我绝不会不给你重酬的。"

当他们三人正在交谈，求婚的人们仍如平时一样在庭院里作乐。他们投掷铁饼和标枪，直到使者请他们去用午餐方罢。同时欧迈俄斯和他的客人亦已出发到城里来。俄底修斯在肩上背着破口袋，欧迈俄斯并给了他一根棍子。不久他们来到城里的水井边，水井曾由俄底修斯的祖先用石头筑成短墙围起来。周围遍栽白杨树，井水从井里涌出，成为一道澄澈的小溪。他们在这里遇到牧羊人墨兰透斯和他的两个助手，他们正驱着给求婚者食用的一些最肥美的山羊到城里来。

墨兰透斯看见欧迈俄斯和他的同伴，就开始诽谤他们。"你们也在这里呀！"他大声说，"真是物以类聚。无赖带着无赖！牧猪人，你要将这个乞丐带到哪里去呢？到城里去沿门乞求面包皮么？如果你将他交给我，他倒可以打扫羊圈和送草给羊羔吃。说不定他吃了羊乳酪会长胖一点吧？但是他委实一无所长，只好乞讨度日。"他一面说，一面用脚踢这乞丐的屁股。但俄底修斯并没有栽倒。他在心中盘算着是否要打翻这傲慢无礼的人使他再也爬不起来。可是他仍隐忍着一言不发。

但欧迈俄斯却不胜愤怒。他严厉地斥责了牧羊人，然后转身向着水井。"宙斯的女儿，神圣的女仙们哟，"他说，"如果我们的国王曾向你们作过至诚的献祭，那么，请你应允我让他即刻归回。他一定会惩处这个贱人的！他是世界上最恶劣的牧羊人，只知道成天在城市里鬼混。"

"你这条狗！"墨兰透斯回骂他，"你唯一的用处只不过是被人当奴隶卖到岛上去，你也许能卖几个小钱。此外，我希望阿波罗的神矢或求婚者的枪矛会射杀你的那个忒勒玛科斯，使他和他的父亲一起滚到地府里去。"他一面责骂，一面来到宫廷，坐在欧律玛科斯的对面。因为他是求婚者们所宠信的人，他们也让他一起饮宴。

不一会，牧猪人和俄底修斯也到达宫殿。当这英雄看到他离别已久的故宅，不禁怦怦心跳。他握着他的同伴的手，并对他说："欧迈俄斯，这必定是俄底修斯的故居吧！这宫殿多华丽，有多少房间啊！前庭周围的石墙有多坚固，进口两旁的大门多么高大啊！这是一所王宫，也好像一座城堡。现在里面一定在举行宴会，因我已嗅到炙肉的香味，并听到歌人侑酒的歌声。"

于是他们互相商量，决定由欧迈俄斯先到大客厅里侦察情形，俄底修斯则守候在门外。他们正在商量，这时躺在大门外的一只老狗昂首竖耳站了起来。它的名字叫阿耳戈斯。俄底修斯在出发赴特洛亚以前曾亲自喂过它。它原是一匹最好的猎狗，但现在衰老了，已无人看顾，让它睡在满是蝇子的垃圾堆上。当它看到俄底修斯，虽然他变了装，它好像仍然认得他，向他垂下耳朵摇着尾巴。但是它太衰弱了，无法走上前来。俄底修斯赶紧拭去眼泪，隐忍着心底的悲哀说道："这只狗在年轻时是很好的品种。你仍然能看出它是纯种的。"

欧迈俄斯回答："正是这样。它曾经是我的主人最宠爱的猎狗。如果你看到它在山谷中到处奔走，搜索隐藏在草丛中的野物，那才好呢！但现在，因为主人不在，已无人照顾它。它完全被遗忘了，仆人们甚至不给它喂食。"欧迈俄斯进了宫殿。但这只在分别二十年以后又见到了它的主人的老狗,现在却把头伏在前爪上死去了。

行乞的俄底修斯来到大客厅

忒勒玛科斯第一个看见牧猪人走进屋来,他向他略略点头,要他到他身边去。欧迈俄斯拘谨地向周围看了看,搬来一只小凳子,这是替求婚者们切肉的人坐的。他将凳子放到忒勒玛科斯的跟前,面对着他坐下,使者给他肉和面包。不久俄底修斯拄着杖,踉跄地走进大客厅,坐在满是尘土的门槛上。忒勒玛科斯一看见他,即刻从面前的篮子里取出一个整个的面包和一大块烤肉递给牧猪人说:"朋友,将这给与这个可怜的外乡人,并告诉他不必怕羞,可以自由地向求婚的人们行乞。"

俄底修斯接受面包并举双手为布施的人祝福。他将食品放在足边的布袋子上,并开始嚼食。

宴会开始以后,歌者斐弥俄斯就一直用他的歌唱娱乐宾客。现在他的歌声止息,全屋子充满了食客们欢呼痛饮的声音。这时雅典娜走近俄底修斯的身边,只是她不为任何肉眼所看见。她劝他向每一求婚者乞讨面包皮,以便观察谁最粗野,谁较和善。这并不是这女神不想将他们一律处死,而是要他们的死略有轻重缓急之分。俄底修斯照她的吩咐走向求婚者,伸着手一个一个地向他们行乞,就好像生来便是乞丐一样。有少数的求婚者同情他并给他饮食,同时大家禁不住要问他究竟是从哪里来的。这时牧羊人墨兰透斯说:"我曾经看见过这个老乞丐。他和欧迈俄斯在一起。"

安提诺俄斯勃然大怒,转身向着牧猪人。"你为什么将他带到这里来?"他向他喝道,"我们这里游手好闲的人还不够多么?你以为我们还需要再添一张嘴在这里吃喝么?"

"你是一个苛刻的人,"欧迈俄斯冷静地回答,"所有伟大的人物都竞相招致预言家,医师,建筑师和以吹弹歌唱使我们娱乐的歌手到他们宫廷里来。但没有人招待乞丐。他是自己来的,但我们也没有理由就将他逐出。在这里只要珀涅罗珀和忒勒玛科斯还在活着,就绝不会这

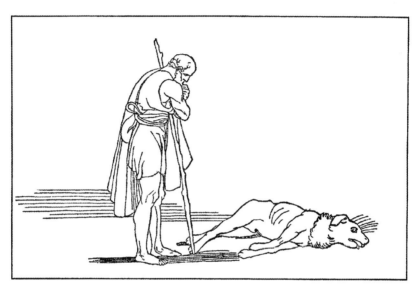

俄底修斯在他的王宫中,他的老狗认识他,随即死去

样做。"

但忒勒玛科斯阻止他说下去,他说:"欧迈俄斯,不必理睬他。你知道这个人是喜欢侮辱别人的。至于你,安提诺俄斯,我要告诉你,你并不是我的监护人,因此你没有权利要我将这个乞丐斥逐。最好是给与他所要的一切。但我知道你当然宁愿一人独食独吞,而不愿同别人分享。"

"请听这孩子怎样讥刺我呀!"安提诺俄斯叫起来,"但是我敢说,假使所有的求婚者给与这乞丐的都如我一样多,那便足够他饱食三月的了。"一面说一面就威胁地高举起一只凳子。俄底修斯正走向他,向他乞求,并叙说他怎样由埃及一直流浪到塞浦路斯。但安提诺俄斯刻薄地回答说:"是什么倒霉的神祇将这馋嘴而鲁莽的乞丐送到我们的面前来了?快滚开,否则我要使你又回到塞浦路斯和埃及去!"当俄底修斯喃喃抱怨着他的不客气的态度抽身引退时,安提诺俄斯将凳子向他掷来,正击中他的肩头。但俄底修斯挺立不动如同岩石一样,只是静静地摇着头,在心中默想着报复的毒计。后来他退回到门槛,放下他的饱满的布袋,向其余的人大声控诉安提诺俄斯。但安提诺俄斯打断了他的话。"不许嚷!"他咆哮着。"闭住你的嘴,好好地吃吧,否则我会将你从门槛上倒拖出去,活活剥下你的皮!"

他的暴厉甚至使其余的求婚者也感到难堪。其中的一个站起来说:"安提诺俄斯,你用凳子投掷这不幸的外乡人是不当的。如果他是神祇的使者,变形为一个乞丐来到这里,那怎么办呢?这种事情有时候会发生的呀!"安提诺俄斯对于他的这警告毫不在意。忒勒玛科斯看着这种对于父亲的侮辱也不发一言。他只是默默地怀着愤怒。

珀涅罗珀可以从内廷的窗口听到大客厅里所发生的事情,她对于这个乞丐很同情。她将欧迈俄斯叫来,嘱咐他秘密地将这乞丐带到她的面前。她说:"或者他会知道我丈夫的一些消息。他好像在世界各地都流浪过,因此他或者还见过他呢。"

"是呀!"欧迈俄斯回答,"如果求婚者们不打搅,他必定会向他们说出许多的事情。他曾和我同住三天,他向我述说最迷人的故事就好像他是一个歌手一样。他从克瑞忒来,据说他的父亲和俄底修斯的父亲还是世交。他断言俄底修斯现在仍住居在忒斯普洛托斯人的地方，不久将载着财富归来。”

“那么，快去！”珀涅罗珀说，心里很受感动，“将他带到我的跟前来，让他亲自对我说吧！啊，这些傲慢无礼的求婚的人！我们正缺乏像俄底修斯那样的一个人！如果他在这里，他和忒勒玛科斯必能立刻向他们报复！”她刚说完话，就听见忒勒玛科斯在客厅里大声地打喷嚏。珀涅罗珀微笑着对欧迈俄斯说：“你听见么，我刚说到这里，忒勒玛科斯就在那里打喷嚏。这必定是一种吉兆。请立刻带这外乡人进来。”

欧迈俄斯将珀涅罗珀的意思告诉乞丐，但他回答：“我极愿意向王后说出我所知道的关于俄底修斯的情形，事实上我也知道得不少。但是求婚者的行为把我吓唬住了。当那边的那个人用凳子向我投来并击中我的肩头时，忒勒玛科斯和别的人都不替我说话。所以告诉珀涅罗珀，等到日落天黑我再去罢。那时如果她许可，我将坐在她的温暖的炉边向她叙述许多事情。”珀涅罗珀听到他的回话，认为很对，所以她决定耐心等待。

欧迈俄斯仍然回到大客厅和求婚的人们在一起，并设法向忒勒玛科斯低语道：“主人，现在我得回茅屋去了。你在这里照拂一切，只是我希望你特别注意自己的安全，因为求婚的人们都狡猾而狠毒，他们一心想谋害你呢。”但忒勒玛科斯请他稍待，直到吃过晚餐再走。他听从他，离去时并应允第二天仍到城里来，给他带来他所豢养的最大的肥猪。

俄底修斯和乞丐伊洛斯

求婚的人们仍然坐在餐桌旁未曾散去，这时从镇上来的一个有名的乞丐进到大客厅里。他素以食量大著名。他虽然高大且有宽阔的肩膀，肌肉却松软无力。他的真名字是阿耳奈俄斯，但因为他常常为人传递消息赚几个小钱，所以城里的年轻人戏用神祇的使者伊里斯的名字，称他为伊洛斯。现在他听说又有一个乞丐来到城里，心怀嫉妒，立即赶到宫殿的大客厅里。他想将俄底修斯逐出他自己的屋子。他说："老人，快滚出去！你不看见他们都向我眨眼，要我将你倒拖出去么？最好还是识相一点，自己走开，免得我用武力对付。"

俄底修斯愠怒地瞅了他一眼。"我们两人都可以在这里乞讨呀！"他说，"你好像也和我一样贫苦。请别嫉妒我，因为我也不排挤你。并请不要生气，别向我挑衅。我虽然老迈，但仍然可以打得你口吐鲜血，使你明天就不再到这里来搅闹了。"

这话激怒了伊洛斯，他更加大声地咆哮："看看这坏蛋多会说话！像一个老渔婆子一样！我要左右开弓，打得你牙齿掉落，如同从一只猪猡的嘴里吐出玉蜀黍一样。我比你年轻得多，但是你敢和我决斗吗？"

求婚的人们听到两个乞丐争吵，都訇然大笑。安提诺俄斯说："朋友们，请听我说。你们看见那些在火上烧烤着的满带着血和油脂的羊肠肚么？就将这些作为这两个高贵英雄的奖品吧。得胜的人可尽量饱食，并且以后只许他一个人到这大厅里来。"

别的求婚的人对于这提议都很高兴。但俄底修斯假装自己是一个受过苦难折磨的衰弱胆小的老人。他请求求婚的人们都不要袒护伊洛斯，这一点他们都毫不犹豫地答应了。这时忒勒玛科斯站起来说："外乡人，如果你将这人击败，以后便不用畏惧任何阿开亚人。我是这屋子的主人，任何人攻击你，我就要同他算账！"求婚的人对于这话都一致赞成。于是俄底修斯束紧身上的褴褛衣服，这时大家才看见他的宽肩阔胸，粗大的胳臂和满是筋肉的两腿，因为雅典娜已使他比他原来的样子更强壮高大。

求婚的人们都大为吃惊，并互相耳语："这老人在破衣服下面有着多么强健的身体呀！这够伊洛斯受的！"同时伊洛斯已开始懊悔他的挑衅。仆人们只得强迫他束装决斗，他的双膝都打战了。安提诺俄斯本来估计的完全不是这种情形，如今他很生气地说："嚼舌头的家伙，我希望世界上根本没有你这个人！你怎能在这样一个瘦弱的老乞丐面前发抖呢？我警告你，如果你失败，我们必将你绑在船上送到厄庇洛斯的国王厄刻托斯那里去，他是使一切人都感到恐怖的人。他必然将你的耳朵鼻子都割下来，投给狗吃！"安提诺俄斯越发怒，伊洛斯就越畏惧。但他们将他向前一推，于是两个乞丐开始搏斗。俄底修斯在考虑还是一击就将这个可怜的家伙打死，还是轻轻地打他，免得引起求婚者的怀疑。他以为后一个办法比较妥当，所以当伊洛斯击中他的右肩时，他只是轻轻地向他的耳根回击。但尽管打得这样轻，也仍然击碎了他的骨头，使他吐着鲜血顿时倒下，牙齿打着战在地上挣扎。这时求婚的人们都拍手叫好，俄底修斯将伊洛斯拖出门槛，来到宫殿门外的庭院。在这里他将他拉起来靠在墙上，放一根棍子在他的手中，并嘲笑他说："待在这里，看守着猪狗，不要让它们走近。"然后他回到宫殿，仍然坐在石门槛上。

俄底修斯获胜，使求婚的人们印象很深。他们大笑，向他欢呼，并对他说："外乡人，但愿宙斯和别的神祇都保佑你，使你事事如意，因为你已替我们除掉这个讨厌的家伙，我们将把他送去给厄刻托斯国王。"俄底修斯将这话作为一种吉兆接受了。这时安提诺俄斯给他烧烤的羊肠肚，安菲诺摩斯另给他篮子里的两个面包，并自己斟满金杯，向胜利者举杯。"祝你健康，老人，"他说。"愿你今后永无忧虑！"俄底修斯严肃地看着他的眼睛，并回答他："安菲诺摩斯，你好像是一个最讲理的青年人，我知道你有一个卓越的父亲。请记住我告诉你的话：在大地上再没有比人的生命还脆弱，还不坚牢的东西。当神祇保佑他时，他会勇敢直前，但是当厄运袭来后，他就觉得没有勇气坚持下去了。这是我从我的经验中领悟到的。过去我也曾依仗我的年富力强，做过许多不当的事情。所以现在我劝所有的人无论何时都不要违犯法纪，应当听天安命，默默感谢神祇。为此，我以为求婚的人们这样狂妄倨傲，冒犯别人（我相信他不会离家很远）的妻子，这是不智的。也许那个人已经近在眼前。所以，安菲诺摩斯，在他还没到家以前，愿神祇带你离开这里。"说着，他就接过酒杯，先举行灌礼，随即一饮而尽，将杯子递给这个青年。这青年沉思着，低着头，怀着沉重的心情走出大客厅，就好像他预感到将要发生的事一样。但是他终究逃不出雅典娜所规定的惩罚。

珀涅罗珀和求婚的人们

　　现在雅典娜激起珀涅罗珀的热望,鼓舞她来到求婚者的面前,叫他们满怀热望,并当着她的儿子和丈夫证实她的忠贞和为人,虽然她还不知道她的丈夫在场。她的一个年老而忠心的女仆也赞成她的决定。"去吧,女儿,"她说,"趁这还来得及的时候,向你的儿子提出你的意见。但先得沐浴更衣,涂抹香膏,才走到这些求婚者的面前去,不要让他们看见你这满面泪痕的模样。"

　　珀涅罗珀一面摇头,一面回答她:"别希望我这么做。自从我的丈夫出发到特洛亚去以后,我就无心装饰自己。只是将我的侍女奥托诺厄和希波达弥亚叫来,让她们伴随着我,因我不愿没有同伴独自走到那些人的面前去。"

　　当欧律诺墨去叫唤两个侍女的时候,雅典娜就诱致珀涅罗珀坐在椅子上恬静地睡了一会。就在这片刻的时间内,她已从容地将她装扮得无比美丽。她用阿佛洛狄忒在赴美惠女神的舞会时所涂抹的香膏将她的面容修饰得更加美丽。她使她变得更高大而轻盈,并使她的皮肤白皙得如同象牙一样。然后雅典娜离去,她的两个侍女来到屋子里,珀涅罗珀亦已醒来,并揉着惺忪的两眼。"我睡得如何地甜熟啊!"她说。"我但愿神祇使我这样地长睡不醒,使我不再想念我的丈夫,也不必再忍受在这屋子里所发生的一切苦恼。"说着就从椅子上起立,走向大客厅去。她站在大厅门口,她的美丽的容光从面网里闪射出来,求婚的人们看到她都为之动心,渴望得到她作为妻子。但王后只是转向她的儿子说:"忒勒玛科斯,你让我很奇怪。你小的时候还显得比现在理智一些,虽然如今你已长得这么高大。为什么你呆坐这里,看见这可怜的外乡人受人讥嘲和侮辱却一言不发?这会让我们在世人的面前丢脸的呀!"

　　"亲爱的母亲,"忒勒玛科斯回答,"你不高兴,我是可以理解的。我知道真是非,只是这些人都和我作对,我的任何举动没有一个人会支持我。至于这次的决斗,结果倒出乎求婚者的意外。但愿他们都低下头,像在庭院里的那个不幸的家伙一样。"忒勒玛科斯说话时声音很低,所以求婚的人们都没有听见。欧律玛科斯也没有听见刚才他们的言语,他对王后说:"伊卡里俄斯的女儿哟!如果全希腊的阿开亚人都见到你,明天将会有更多的求婚者到这里来,因为你是这样非凡的美丽和智慧。"

"啊,欧律玛科斯,"珀涅罗珀回答,"自从我的丈夫出发到特洛亚去,我的容貌就已憔悴。如果他回来了,如果我的生命再度由他来保护,我会再美丽起来的。现在我给悲愁损害了。当俄底修斯和我分别时,当他最后一次握住我的右手时,他说:'将来阿开亚人不会毫无伤亡,全部回来的。据说特洛亚人是勇武善战的,他们擅长投掷标枪,射箭和乘战车。所以我不知道我能够归来还是会死在特洛亚的城外。请你管理家务,并比平时更温柔谨慎地侍奉我的父母。如果我的儿子业已长成,我仍没有归来,那么,如你愿意,你可以和别人结婚,并离开我的家庭。'这是他所说的话,现在一切都已实现。我的可怕的结婚的日子业已逼近,我害怕想到这恐怖的日子,因为这些求婚者完全和别人不一样。如果一个男子想以出身名门的女人为妻,按照风俗他得带来牛羊备办婚宴,并以珍贵的礼物赠给新妇,而不能毫无代价地浪费别人的家产。"

俄底修斯听她说出这么智慧的话,很是高兴。但安提诺俄斯却代表所有的求婚者发言:"高贵的王后,我们愿意给你珍贵的礼品,并要求你接受。但在你从我们中间择定你未来的丈夫以前,我们不能回家去。"所有的求婚者都同意他的提议。即刻奴仆们被派遣出去,不久就捧着所许诺的礼物归来。安提诺俄斯献给她一件彩色的丝织长袍,上面钉着十二副金扣和长长的金钩。欧律玛科斯赠给她一串用金链贯串着的珊瑚珠的项链,灿烂得如同太阳一样。欧律达玛斯则捧出一副嵌着三颗紫色宝石的耳环,珀珊德洛斯则赠给她一副精工制作的坠子。别的求婚的人们也赠给她珍贵的礼品。当珀涅罗珀回到内廷去时,仆人们捧着这些礼品跟在她后面。

俄底修斯又被讥嘲

求婚的人们大肆宴乐直到黄昏。当天黑时,女仆们送来三个铜火盆,里面满放着干槁的橡木和松枝,供大厅照明之用。她们正扇着火,俄底修斯走向她们,并对她们说:"请听我的话,久离家乡的俄底修斯的女仆们! 你们应该到楼上去,和你们的女主人一同纺织。让我来照管这客厅里的火盆。我将勤谨从事,哪怕这些求婚者一直宴乐到大天明。我是最能耐苦的人。"

这些女仆们都相视大笑。最后一个年轻的侍女墨兰托——一个由珀涅罗珀抚养长大如同亲生女儿而现在已成为欧律玛科斯的情妇的人骄矜地说道:"可怜的乞丐哟! 你多么的愚蠢! 你应该在灶房里,或与别的下流的人一道过夜,而不应当擅自和我们在一起,这里都是高贵家庭的贵族们。你是喝醉了还是发昏了? 或者对于伊洛斯的胜利使你得意忘形了? 如果你不小心些,会有人将你打得吐血,并将你赶出宫殿去。"

"你这无耻的东西呀!"俄底修斯愤怒地说,"我将告诉忒勒玛科斯你刚才所说的这些话。他必会将你碎尸万段。"女仆们听着都恐惧得逃到后廷去了。俄底修斯坐在火盆边扇火,心中盘算着怎样复仇。同时雅典娜怂恿求婚的人们继续嘲弄他。欧律玛科斯转身向同伴们说:"这个人是专门到这里来用他的睿智使这屋子发亮的。看看他的头颅呀! ——那上面连一根头发也没有! 那不是如同火炬一样的明亮么?"他的话引得大家的一阵哄笑。他更得意,又转向俄底修斯说:"伙计,给我当仆人怎么样? 你可以在我的果园为我种树,并清除杂草。这样你就可以不愁吃的。但是你好像宁肯不劳而获地到处行乞呢。"

"欧律玛科斯,"俄底修斯用坚定的声音回答他,"但愿现在是春天,我可以和你在草地上比赛割草,两人都用镰刀并空腹劳动直到黑夜。那样就能看出谁更能吃苦耐劳! 如果我们耕田,你就可以看出究竟我能不能犁出一条笔直通过四亩地的犁沟! 或者如果我们从事战争,我也会让你看看我可以执着盾,戴着战盔,握着两根青铜的枪,并在最前线作战。那时你便不敢再嘲笑我的肚皮了！现在你以为你是伟大而高强的人，这是因为山中无老虎，你没有遭逢到好手的缘故。但如果俄底修斯真的回到这里，我想即使这两扇门这样宽大，你也不能逃脱！"

欧律玛科斯听到这话十分恼怒。"无赖！"他喝道，"就在这瞬间，你的狂妄便应当受到惩罚！"说着就抓起一只脚凳向他掷来，俄底修斯在安菲诺摩斯的足边一蹲，结果这只脚凳从他的头上飞过，击中捧杯盘的侍者的右手，酒壶及杯盘叮当地打碎在地上，侍者也哎呀一声倒下了。

求婚的人都斥责这外乡人扰乱秩序，但一面仍然在开怀畅饮，直到忒勒玛科斯有礼貌且坚定地请求他们回去休息。至此安菲诺摩斯站立起来说："朋友们，这当然是一个合理的请求，我们不必和这青年人相争。以后我们也不要用行动或言语侮辱这个外乡人或宫廷里的任何一个仆人。让我们斟满金杯，举行灌礼，然后各归就寝。让这乞丐留在这里由忒勒玛科斯保护，因为他已在炉边找到了他的安身处。"所有的求婚者都听从安菲诺摩斯的提议，各个散去。

俄底修斯单独和忒勒玛科斯、珀涅罗珀在一起

现在只剩下俄底修斯和忒勒玛科斯了。"快，让我们都将这些武器收拾进去！"父亲对儿子说。

忒勒玛科斯呼唤他的老乳母欧律克勒亚并对她说："让侍女们都在里面不要出来，直到我将我父亲的所有的武器都从烟炱尘土中收拾进去。"

"这是好的，我的孩子，"欧律克勒亚回答，"你关心你自己的东西了。但如果没有一个女仆相助，谁持着火把照着你走路呢？"

"那边那个外乡人，"忒勒玛科斯说，"谁吃我的面包谁就得替我做事。"现在父子两人将战盔，盾牌和枪都收拾到库房里去。在他们的前面，雅典娜高举着黄金的灯盏，放出光明照耀着他们走路。

"这是很奇怪的，"忒勒玛科斯向他的父亲低语，"宫廷的墙壁如何

地发光呀！每一根椽子,每一根横梁,每一根柱子——一切都放光如同火焰一样！必是有一个神祇,一个俄林波斯山上的神祇和我们在一起。"

"住声,我的儿子,"俄底修斯说,"不要追究这些事情。神祇是禁止人们窥探他们的行事的。现在去就寝罢。我自己要稍待一会,想试探一下你的母亲和女仆们。"

忒勒玛科斯走了。这时珀涅罗珀来到大客厅里,美丽得如同阿耳忒弥斯或阿佛洛狄忒一样。她自己的镶着金银和象牙的椅子已铺上很厚的毛毯,放置在炉火的旁边;她坐在这椅子上。女仆们从桌子上搬走杯盘,将它们放置在一边,随即扇着火盆里的火焰使屋子大放光明。现在墨兰托又第二次嘲笑俄底修斯。"外乡人哪,"她说,"难道你真的要整夜留在这里,在宫殿里到处窥视吗？还是满足于你所得的东西,即刻走出去吧,否则火棒就要飞到你的头上来了。"

俄底修斯斥责她:"你真是一个难以理解的人。难道因为我是一个褴褛乞食的老人,你便这样欺凌我吗？这不是无家可归,浪游全世界的人们的共同的命运吗？过去我也是幸福的人。我住在华美的屋子里,有丰裕的财产,并周济所有流浪的外乡人,不管他们的样子如何。我也有很多的男仆和女仆。但宙斯已从我夺去了这一切。记住,女郎,说不定你也会遭到这样的命运啊！如果你的王后对你发怒,或者俄底修斯归来,那你又怎么样呢？这也很难说呀！或者已经成人的忒勒玛科斯代替他父亲来惩罚你呢？"

珀涅罗珀听到这乞丐的话,就申斥她的侍女。"不知羞耻的人！"她说,"我知道你的卑鄙的灵魂,我也知道你现在想做什么。但是我必使你对于你的行为感到后悔。你不是听我说过我很尊重这个外乡人,我想问问他关于我的丈夫的消息,你竟敢讥笑他吗？"墨兰托感到很羞愧,就从大客厅退出去。年老的女仆欧律诺墨为这乞丐安置一只椅子,让他坐下,珀涅罗珀开始向他询问。"首先请告诉我你的名字和你的家世,"她对俄底修斯说。

"王后,"他回答她,"你是贤惠的妇人,你的丈夫有伟大的名声。你的人民和你的国土也被世界各地所称颂。至于我,你什么都可以问,只是不要问及我的家世和我的故乡。我受的痛苦太深了，不敢回想到我的家庭。如果我告诉你我所经历的一切，我就会放声大哭，那样一来，你的侍女们甚至你自己都会责备我——而这种责备又是很有理由的。"

但珀涅罗珀说："自从我的丈夫离开伊塔刻以后，我也历尽了多少苦楚。如你所知，这一大群的人都来向我求婚，违反我的意愿。有三年之久，我设计规避他们，但现在已不可能。"于是她告诉他她怎样用计织锦，后来她的侍女们又怎样走漏了消息。"现在，"她结束说，"我已不能拒绝再嫁一个丈夫。我的父母在督促我，我的儿子也生了气，因他所承受的遗产渐被消耗。你看看我多么苦恼，所以你不用再向我隐瞒你自己。你毕竟不会是传说中的橡树和岩石所生的吧！"

"既然你这么说，我告诉你就是，"俄底修斯回答。于是他开始叙述那个关于克瑞忒的老故事，说得这样逼真，以致珀涅罗珀感动得流泪，俄底修斯很怜悯她。只是他忍着眼泪，呆呆地瞪着眼珠，就好像它们是铁石铸成的一样，毫不露出他心中的感情。

当王后哭够了以后，她说："外乡人，我得试试你，看你所说的是不是真话，是否你真的将我的丈夫作为一个上宾招待在你的屋子里。请告诉我，他穿些什么，他的样子怎样，谁和他在一起？"

"因为时间太久，这已不容易记忆，"俄底修斯说，"你的丈夫在克瑞忒登陆，那已经是差不多二十年以前的事了。但是我好像记得他穿着一件紫色的羊毛披风，上面的一副双钩浮雕着一只猎犬，前脚抓着一只正在挣扎的野禽。在外套里面则是细白葛布的紧身服。他的身边有一个名为欧律巴忒斯的使者，圆圆的肩膀，卷头发，黑皮肤。"

珀涅罗珀又重新哭了起来，因为她在心里如实地看见了这乞丐所叙述的一切。俄底修斯用一个半是真实半是想象的冒险故事（如在特里那喀亚岛的登陆和在淮阿喀亚王国的淹留），渐渐使她的心情得到安慰。这乞丐又假装对于忒斯普洛托斯国王的一切极为熟悉；在俄底修斯赴多多那祈求神谕以前，这国王曾经将他招待在他的宫廷里。在那里他曾寄托一大宗财富。乞丐甚至说他曾亲眼看见过那些财富，并深信不久这伊塔刻的国王必然会回到故乡来。

但所有这些仍然不能使珀涅罗珀相信。她低垂着头说:"我不相信他会回来。"她正要吩咐她的女仆们为这外乡人洗足并为他布置舒适的床榻;但俄底修斯不愿接受这些不忠的侍女们的服侍,他仅仅要求一个草垫子。他说:"如果你有一个和我一样经历过这多辛苦的老女仆,就让她为我洗脚罢。"

"来呀,欧律克勒亚,"她呼唤她的老女仆,"是你将俄底修斯带养大的。现在替这外乡人洗脚吧,他的年岁大概和你的主人差不多。"

欧律克勒亚看着这乞丐,她说:"唉,也许俄底修斯的双手和两足正是这样子吧!因为一个人遭受辛苦,总是未老先衰的。"她一面说,一面哽咽起来。后来当她为他洗脚时,她更仔细地观察,并说:"有许多人到这里来访问过,但从来没有一个人如同你一样和俄底修斯相像。你有着他的身段,两腿和说话的声音。"

"是呀,曾经看见过我们两人的人都这么说,"俄底修斯随便地回答,这时她正在盆里舀上热水和冷水。一切都已预备好,但俄底修斯却避开火光,因为他不让她看到他膝上的一块伤疤,那是他年轻时打猎的时候被一只野猪的獠牙所咬伤的。他恐怕欧律克勒亚看到它就会认出他来。但他虽然避着火光,她的手掌却摩触到,知道有一个伤疤,她欢喜得把他的脚从她的手上滑落,掉在脚盆里,激起银盆的响声和水花的飞溅。她呼吸促迫,两眼满含着眼泪。她战栗着,抚摩他的膝盖。"唉,俄底修斯,亲爱的孩子,这是你呀!"她喊道。"我摸到你的伤疤了!"但俄底修斯即刻伸出右手握着她的脖子,左手将她拉到身边,低声对她说:"你要毁灭我吗?你说的正是实情,但决不能让宫廷里的任何人知道。如果你不为我保守秘密,你就会与那些无价值的女仆们遭受同样的命运!"

"不必威吓我!"欧律克勒亚悄悄地回答,这时他已松开她的脖子。"我心如铁石。只是须提防着宫廷里别的侍女们。我将告诉你所有那些背叛你的女仆们的名字。"

"这倒不必要,"俄底修斯说,"因我已将她们调查清楚。"欧律克勒亚已将俄底修斯双足洗净并抹了膏油之后,珀涅罗珀开始说话。她并不知道刚才发生的事情,因雅典娜使她专心想着别的事情去了。现

欧律克勒亚为俄底修斯洗足，认出俄底修斯

在她沉思地说："外乡人哪,我的心情犹豫不定。我应当和我的儿子留在这里管理宫廷并等待着我的丈夫呢,还是和求婚人中的最高贵且献出辉煌聘礼的人结婚呢?当忒勒玛科斯还是孩子时,我拒绝结婚。现在他既已成人,他也愿意我离开这里,因他不愿他的财产被人完全耗尽。我曾经做了一个梦。我看你是一个聪明人,也许能为我解释。我有二十只鹅,我喜欢看它们吞食麦粒。一天我梦见一只鹰从山头上飞来,将群鹅的颈子咬断。它们统统死了,尸体狼藉满地,鹰却飞到高空去了。我开始大声悲泣,但这梦仍然继续着。我记得看见妇人们从城里来,安慰我的悲愁。突然这只鹰又从天上飞回,静静地栖在窗台上,并开始以人的声音向我说话:'勇敢些,伊卡里俄斯的女儿!这不是一个梦,这是一种幻象。求婚的人们是一群鹅,而我这只鹰便是俄底修斯,我回来结果了他们的性命。'这便是鹰所说的话,后来我醒了,立刻跑去看我所豢养的鹅群,我看见它们都很安静地在槽里吃食。"

"王后哟,"乞丐回答,"俄底修斯已在你的梦里向你说出将要发生的事情。这个幻象不会再有别的解释。他必然归来,所有的求婚者没有一个人可以活命。"

但珀涅罗珀慨叹着说:"梦如同水上的浮波一样,而明天却是一个可怕的日子,我得离开我丈夫的宫殿。我将为那些向我求婚的人布置一种竞赛。过去俄底修斯常常将十二柄斧头依次竖立,然后他离得远远地一箭射去,穿过所有十二柄斧头的小孔。现在我这样决定:求婚的人如能用俄底修斯的弓实行同样射法,我就和他结婚。"

"这是对的,"俄底修斯用坚决的声音回答,"明天一定要为求婚者布置这种竞赛!因为在求婚者还未能张弓射过十二柄斧头的小孔以前,俄底修斯就会回来的。"

由夜晚到天明

后来王后向外乡人道声晚安走了,俄底修斯在欧律克勒亚为他所铺设的床榻上睡下。她用厚毛褥子垫在生牛皮上,并给他一件温暖的外套作为被盖。他长时间不能入睡。他听见不知羞耻的侍女们和求婚者们在调笑,并用恶语讥嘲他。他捶击胸脯,并自己对自己说:"我的心哟,忍受着! 并想到你还经历过更坏的事呢! 你还记得吗,当你在库克罗普斯人的岩洞里被迫退坐一旁,亲眼看见他吞食你的朋友? 所以得等待并忍耐呀!"他这样抑制自己,但仍然不能入睡,因他正考虑着用什么方法才可以确实报复求婚者们。他担心他们人多势众,并怀疑自己能否战胜他们。当他正这么盘算时,雅典娜却变形为一个美丽的妇人,俯身在他的床前说道:"你对我还没充分的信心! 一个人常常依靠朋友,依靠一个普通的凡人;而你现在却有我这样一个女神保护你。即使有五十队大军,杀气腾腾,要包围我们,你也仍然有方法战胜。现在安睡吧,不要愁了。"说着,她轻触他的眼皮,使他沉沉入睡。

在珀涅罗珀这方面,她也是刚一合眼就醒来了。她坐在床榻上啜泣,哽咽着向阿耳忒弥斯祈祷。"宙斯的圣女儿呀!"她说,"但愿你一箭射中我的心窝! 在我被迫破坏我对于丈夫的忠贞并与一个远不如他的卑下的人物结婚以前,但愿一阵风暴将我卷走,送到最遥远的河岸! 尽管白日整天悲泣,如果黑夜能带来睡眠,忧思也还能忍受。但我在睡眠中也为噩梦所苦。乍一醒来,我觉得我的丈夫在我身边,高大而威严,正如出发到特洛亚去时一样;这时我的心快乐得怦怦跳动,因为我相信他真的还活着。"珀涅罗珀高声地哭诉着,俄底修斯听到她在啜泣,恐怕在事机还没有成熟以前她将他认出来。所以他迅速地离开宫殿,走到露天下面,向宙斯祈祷,请显示一种吉兆。这时一片雷声突然在屋顶上空响起。宫殿旁边的磨房里有一个女仆通宵在那里磨面。她听到雷鸣就停止工作,向外张望,她大声喊道:"宙斯发出这样的雷鸣,但天空却清澄得没有一丝云影! 他必是向人显示一个预兆。啊,万神和人类之父哟,请你也答应我的祈求,杀死这些可诅咒的求婚者! 他们逼迫我日夜不息地磨面,供他们食用。"俄底修斯见到这吉兆很高兴,就回去沉酣地睡了。

天明时,宫殿里又热闹起来。女仆们来生了火。忒勒玛科斯起床,穿好衣服,走到女仆的门口呼唤欧律克勒亚:"你给我们的客人送饮食了吗? 或者谁也没有照顾他的需要吧? 我的母亲好像心神恍惚,不能辨别是非。她尊重这些一无所长的求婚者,却不接待一个比他们好得多的人。"

"你委屈了我的女主人!"欧律克勒亚回答,"这外乡人尽量吃喝了,什么也不缺乏。他甚至有上等的床榻,但他拒绝用它,经我们再三劝说,他才接受了一个次等的。"

忒勒玛科斯了解清楚了以后,他就去出席在市场上召集的会议。同时欧律克勒亚吩咐侍女们准备阿波罗节日的献祭和宴会。有些人在椅子上安置紫色的绒垫,有些人用海绵揩拭桌子,另一些人洗涤杯盘和酒壶,并用了二十个人到井边去打水。求婚者的仆人们也帮忙准备,并在宫殿前面的广场上劈柴。牧猪人带来几只大肥猪,并向他从前的客人殷殷致问。墨兰透斯和他的两个助手也送来肥美的牝山羊,将它们拴在宫门外的圆柱上。他经过俄底修斯身边时用轻蔑的口气向他打招呼:"老乞丐呀!你还没有离开这里么?你是否仍然屁股粘在门槛上?大约你不尝到我的拳头的滋味我们是不会分手的。你不能到别的宴会上去求乞么?"俄底修斯只是摇摇头,一言不发。

现在一个正直的人菲罗提俄斯来到宫殿里,他从大陆上为求婚的人们带来一只牡牛和几只肥山羊。当他看见欧迈俄斯时,他说:"不久以前来到这里的外乡人是谁呢?他很像我们的国王俄底修斯。那是很可能的,不幸的遭遇会使国王也变成乞丐。"后来他向俄底修斯走来,向他问候,他说:"虽然你现在显得很苦,我希望你将来会幸福愉快。我初看见你时,我大吃一惊,并忍不住要流泪,因你使我想起我自己的主人,他如果还活着的话,也可能是衣衫褴褛,在世界各地漂游。我在很年轻时他就让我为他牧放牛羊,现在牛羊繁殖,但我却被迫将它们送给外人享受。如果不是我希望有一天俄底修斯会回来并消灭这些逼迫我们服役的无赖,我会悲愤得早就远离伊塔刻到别的地方去了。"

"牧人,"俄底修斯说,"你好像既不卑贱也不愚蠢。我敢指着宙斯发誓,当你还在宫廷里时俄底修斯就会归来,你并可亲眼看见他将求婚的人们完全消灭。"

"但愿宙斯使你的话能实现罢!"菲罗提俄斯说,"到时候我决不会袖手旁观的!"

大 宴 会

求婚的人们计划着谋杀忒勒玛科斯,如今他们陆续走进宫廷。他们都将披风丢在一边。肉类在铁叉上烧烤,仆人们在调和美酒。欧迈俄斯传递着酒杯,菲罗提俄斯则分配篮子里的面包。墨兰透斯行过灌礼,于是开始饮宴。

忒勒玛科斯故意使俄底修斯坐在门槛附近,并在他的面前放上一只矮凳和一张小桌子。他叫人给他肉食和满满的一杯酒,然后说道:"安静地吃吧,我不会让任何人来妨碍你!"甚至安提诺俄斯也警告他的同伴们不要干涉这外乡人,因为他看出来这是宙斯所保护的人。但雅典娜秘密地怂恿求婚的人们来说侮蔑的言语。他们中间有一个名叫克忒西波斯的最可恶的人,他是从萨墨岛来的。他怀着一种恶意的微笑对求婚的人们说:"求婚的人哟,请听我说。这外乡人确实已经分得他的一份,并且,假如忒勒玛科斯漠视了这么一位高贵的宾客,那才真正是不可饶恕的。但是我得赠给他一件特殊的礼品。他可以将这礼品送给那位为他擦去身上的污秽的老乳母!"说着,就从篮子里捡起一只牛蹄向这乞丐用力掷来。但俄底修斯躲过,恶毒地笑了一笑,隐忍着心中的愤怒。牛蹄却击在墙壁上。

即时忒勒玛科斯站起来喊道:"克忒西波斯,你幸而没有掷中这个外乡人!如果你真的掷中他,我的枪便得射穿你的胸脯,那时你父亲要为你准备的将不是婚宴,而是一种葬礼了。希望别的人都不要在我的屋子里干这种野蛮的勾当。你们宁可杀死我,而不能侮辱我的客人!"

这严厉的话使求婚的人们都默默无言。这时达玛斯托耳的儿子阿革拉俄斯站起来说:"忒勒玛科斯的话很对!但他和他的母亲也必须讲道理。只要俄底修斯的归来还有些许的希望,那么拒绝我们这些求婚者还是可恕的。只是现在已毫无疑问,俄底修斯永不会归来了。忒勒玛科斯,请和你的母亲谈谈。怂恿她选定我们中最高贵且给她最好的赠礼的人作为她的丈夫,那时你便可以和平地享受你的遗产。"

忒勒玛科斯从椅子上站起来说:"我敢指着宙斯发誓,我也不愿将这事再拖延下去。相反,我早已请求母亲选定一个求婚的人。只是我绝对不能强迫她离开我的宫殿。"

这话引起客厅里一阵哄笑,因为帕拉斯·雅典娜正在使他们渐渐糊涂起来。他们在傻笑着,装着鬼脸,将没有烤过的肉塞得满嘴,使得鲜血从嘴角流出。突然他们两眼充满了眼泪,无聊的欢乐已转为沮丧之情。预言家忒俄克吕摩诺斯看到这情形,他吃惊地叫起来:"你们都怎么了?你们的头脑昏沉,你们的两眼流泪,你们的嘴唇吐露着悲哀。而我看见了什么呢?宫墙也滴着血,客厅和门外的广场拥挤着从地府来的鬼魂,天上的太阳也突然不见了!"他这样说着,但求婚的人们都嘲笑他。

接着欧律玛科斯对他们说:"这个外来的预言家和我们一起还只有很短一个时间,他不过是一个傻瓜!如果他在屋子里看不见光明,那么将他赶出去,让他呆在市场上或大街上吧。"

"我不需要你们的仆人带出去,"这预言家恼恨地说,"我的两眼,两耳和两足都是健全的,我的神志也是清醒的。我将自动离开这里,因我已预见到你们将要遭到毁灭,你们没有一个人可以逃脱。"说着,他就飞快地离开宫殿,到他先前的主人珀剌俄斯那里去,珀剌俄斯也高兴地欢迎他回来。

同时求婚的人们继续嘲弄忒勒玛科斯。"世界上再没有一个人像你一样接待这样坏的客人,"其中的一个人说,"一个污脏的乞丐,和一个冒称预言家的傻瓜!你应该带他们旅行到西西里去,在市场上去卖钱。"忒勒玛科斯没有回答。他略一瞥视他的父亲,期待着他发出暗号。

射箭的比赛

现在珀涅罗珀也看出来这正是时候了。她手中持着有象牙柄的一把铜钥匙,由女仆们陪着,走到满藏着俄底修斯的金,银,铜,铁各种器皿和财富的库房里。其中有一张弓和一袋箭,这是拉刻代蒙的一个友人赠给俄底修斯的礼品。珀涅罗珀打开锁,并推开门栓,叽叽嘎嘎的响声如同牧场上的牛鸣一样。库门大开,珀涅罗珀进到里面。弓和箭袋都挂在墙头上。她踮着脚尖,伸手将它们取下。但她将弓和箭袋持在手里,不禁悲从中来。她倒在椅子上,簌簌流泪。最后她站起来,离开屋子。女仆们执持着弓和箭袋跟在她后面。她一直走向求婚者,要求他们安静,并对他们说:"你们这些多年向我求婚的人,现在请听我的话。让凡是希望得到我的人都准备好,我们将举行一种比赛。这是我的高贵的丈夫的一张大弓。无论谁,只要他能弯弓射穿那竖立成一排的十二柄斧头的小孔,就可娶我为妻,我亦将和他离开这里,离开我的前夫的屋子和他同去。"

她说完话,就吩咐牧猪人将弓箭都放置在求婚者的面前。欧迈俄斯手持着弓箭,不禁暗暗流泪,牧牛人菲罗提俄斯也感到悲哀。但这却使安提诺俄斯很恼怒。他斥责他们:"蠢笨的乡下佬! 为什么哭哭啼啼地增加王后心里的不快呢?默默地坐着吃你们的,或者到外面去哭去。我们求婚的人们得预备比赛,因为据我看来要弯这张弓也不是容易的事。我们中没有一人如同俄底修斯一样的身强力壮。这我记得很清楚,虽然他离开伊塔刻时我还是一个小孩子。"他一面说,一面却幻想着他自己射穿了十二柄斧头的小孔。但是命运女神已注定要他成为第一个为俄底修斯射死的人。

现在忒勒玛科斯站起来说:"一定是宙斯使我心神昏乱了! 在我母亲宣布她愿意跟随一个求婚的人离开这里的时候,我却站在旁边微笑着。好呀,你们求婚的人们,你们将举行一场比赛去争取全希腊美丽无比的妇人。这一点你们都知道,我不必在你们的耳边再来唠叨地称赞我的母亲。现在张弓射箭吧! 我愿意我也能参加,因我如果获胜,我的母亲便不会离开这里。"他说完话,就解下他的利剑,并将紫色的披风丢开。他在客厅的地面上划一条小沟,将斧头依次插在地里,然后将周围的土踩紧。每个人都羡慕他的力量和动作的准确。于是他自己最先拿起弓来。他三次尽力弯弓,但三次都失败了。他又第四次弯弓,刚要拉开,他的父亲就示意阻止他。忒勒玛科斯大叫道:"俄林波斯圣山的神祇呀! 或者是我无力,或者我太年轻,所以还不能抵抗侵犯我的敌人! 你们比我强壮,那末你们来试试罢!"说着,他就将弓和箭袋靠在门柱上,在椅子上坐了下来。

安提诺俄斯摆出一副得胜的神气站起来向大家说:"来,朋友们,让我们由左到右,循着传递酒杯的顺序,轮流开弓吧。"于是勒伊俄得斯站了起来。他是举行灌礼的人,总是坐在大厅的最里面,靠近大调酒碗的地方。在所有的求婚者中他是唯一不满意他们的狂妄的人,他厌恶饮宴时的喧嚣吵闹。现在他从容地走到门槛这里,持着弓试了一试,但没有拉开。

"让别人来试试罢,"他一面说,一面就垂下自己柔弱的双手,"我不是干这一行的人,也许所有在这里的人都没有希望。"于是他仍然将弓和箭袋靠在门柱上。

但安提诺俄斯责备他说:"勒伊俄得斯,你的这话很使人不高兴。仅仅因为你拉不动这弓,这便是你的充足的理由,认为其余的人也都不能么?来呀,墨兰透斯,"他转身对着牧羊人说。"烧一盆火,安放一张椅子在前面,并到厨房取一大块猪油来,让我们烘一烘这久已干硬的弓背,并用猪油擦擦,这样就比较好使了。"一切如他所说的办了,但弓背仍然坚如铁石不易弯曲。求婚的人们轮流试着,但都白费力气。最后只剩下安提诺俄斯和欧律玛科斯两人。

俄底修斯向忠实的牧人表明自己

现在牧牛人和牧猪人在离开宫殿时偶然碰到一起,俄底修斯紧跟在他们的后面。恰好在他们走出前庭并关上大门时,他赶上了他们,并低声地对他们说:"朋友们,如果我可以信赖你们,我将告诉你们一些事情,否则我还不如沉默着。首先我得问你们:如果神祇突然使俄底修斯从异地归来,那末在他和求婚者之间,你们站在哪一边呢?十分坦白地说吧!"

"啊,俄林波斯圣山的宙斯!"牧牛人大声说,"如果神祇满足我的最深的愿望,如果俄底修斯真的归来——你将看到我为他战斗!"欧迈俄斯也祈祷所有的神祇使他的主人归来。

俄底修斯已经确信他们的忠贞不贰,他说:"那么好吧,这便是我要告诉你们的：我便是俄底修斯！经过二十年，经过多少难堪的辛苦，我回到故乡来了，但发现在仆人中只有你们两个还欢迎我，因为我没有听到任何别的人祈祷神祇要我归来。待我消灭求婚的人们，你们两人必然得到应得的重酬！我将使你们每人有一个妻子，一块田地和在我宫殿附近建立一所房屋。忒勒玛科斯看待你们将如同兄弟一样。但为了要使你们相信我说的是真话，我将给你们看过去我狩猎时野猪在我膝上戳伤的疤痕。"说着，他揭起破衣衫，显露出膝盖上的长长的疤痕。两个牧人至此都感动得流泪，伸手拥抱他们的国王，亲吻他的头发和两肩。俄底修斯也亲吻他们，并对他们说："不必耽于过去的悲哀或眼前的快乐，因为绝不可让宫里的人知道我在这里。让我们仍然个别地回到大客厅去。求婚的人们必不让我参加射箭的比赛，但你欧迈俄斯要大胆地将弓箭递到我的手里。你做完这事以后，就吩咐将女仆们都锁闭在内廷。无论她们听到客厅有什么叫喊或呻吟，绝不准她们奔出来，只是继续做她们的工作。而你，亲爱的菲罗提俄斯，则把守大门。将门闩好并用绳子紧紧缚住。"

俄底修斯对他们作过指示，就回到大客厅，两个牧人亦相随而入。欧律玛科斯正在将弓放在火上烘烤，但他仍然不能使它弯曲。他叹息着说："这真是使我苦恼的事！倒不完全是为了珀涅罗珀，因为伊塔刻和任何地方都有的是阿开亚妇人。可恼的是这使我们显得太不如俄底修斯。由于我们的失败，我们的后代子孙会嘲笑我们了！"

安提诺俄斯责备他的朋友为什么说出这样的话。他说："不要这么说，欧律玛科斯。今天是阿波罗的节日，而在节日是极不宜竞赛的。让我们放下弓箭，还是来喝酒罢。斧头可以仍然竖立在那里。明天我们向射神阿波罗献祭，然后再来比试。"

现在俄底修斯转身向着求婚的人们说："今天你们休息也好。明天，我们希望阿波罗，这神圣的射手，会保佑你们得到胜利。同时也让我试试，看看我的衰朽的身体是否还保有些许过去的力量。"

"外乡人，"安提诺俄斯叫起来，"你发昏了吗？或者是烈酒将你灌醉了？你要挑起一场战斗，如同马人欧律提翁在庇里托俄斯结婚时那样么？记住，他是最先倒下的人。如果你敢拿起弓箭来，你也会立即死去,我们谁也不保护你!"

但珀涅罗珀打断他的话。她温和地说:"安提诺俄斯拒绝这外乡人参加比赛是不公道的!你们真以为这乞丐会弯弓射中,并要求我做他的妻子么?他绝不会这么想的。这事也不可能,所以你们不必耽心。"

"啊,王后哟,我们所畏惧的是全希腊人会说闲话,"欧律玛科斯回答,"他们会说,所有向你求婚的人都是些孱头,没有一个能拉开神灵一样的俄底修斯的强弓,而结果倒被一个天知道从何处跑来的乞丐毫不费力地射中了十二柄斧头的小孔。"

"这外乡人并不如你们所想象的是一个卑贱的人,"珀涅罗珀说,"仔细看看他,他多么高大结实。此外,他承认他也是一个贵族的儿子。所以给他这张弓吧!如果他真的能将弓拉开,他的奖品也只是一件紧身服,一件披风,一双绊鞋,一根矛和一柄剑。我给了他这些东西以后,他就会离开这里到他所愿意去的任何地方去。"

这时忒勒玛科斯对他母亲说:"母亲,除我以外没有人有权利决定这张弓给或不给。甚至如果我将弓给这外乡人,让他带着到各地去流浪,也没有人能阻止我。至于你,还是请到内廷去,安心纺织,因为张弓射箭乃是男子们的事情。"珀涅罗珀听到她儿子的坚定的口吻很吃惊,但她还是听他的话,回到内廷去了。

现在牧猪人将弓持在手里,虽然求婚的人们愤怒得叫起来。"你这傻子,你拿这弓做什么呀?"他们咆哮着,"是否你一定要我们将你掷到猪圈附近你自己的恶狗那里去?"欧迈俄斯恐惧得将弓箭放下,但忒勒玛科斯却大声威胁着说:"拿起来,老人!在这里只有我的话是命令。如果你不服从,即使我比你年轻得多,我也要投掷石头将你逐出去。"求婚者们的愤怒现在变为一阵欢乐,当牧猪人将弓箭递给乞丐时,他们大笑起来。这时欧迈俄斯吩咐欧律克勒亚将女仆们都锁闭在内庭,菲罗提俄斯也奔到前廷小心地紧闭着大门。

同时,俄底修斯将弓仔细检查了一遍。他要看看在他离开的这么多年中,它是不是被虫蛀了或有了别的损坏。求婚的人们彼此以手肘示意,其中有人说:"看这人好像颇懂得弓箭的样子。也许他在家里也有一张同样的弓,或者他想模仿它为自己做这样一张弓呢。看他怎样地在摩挲它呀!"

当俄底修斯将这张弓检验完毕,他弯弓安装弓弦,毫不费力,就如同歌者安装竖琴的琴弦一样。他用右手扯拉着弓弦,看它是否坚韧,使它发出一种清晰的声音,如同燕语一样。求婚的人们听到这声音都畏缩变色。但宙斯却从天上发出雷霆作为一种吉兆。这时俄底修斯拾起一支不久以前从箭袋里落出的放置在桌子上的箭,搭在弓上,拉开弓弦,用右眼瞄准着。他嗖的一声射去,正射穿十二柄斧头的小孔,由最先的斧头一直贯穿最后的斧头。于是这英雄说:"好的,忒勒玛科斯,你将我这个外乡人招待在你的宫殿里,总算不辱没你。虽然所有求婚的人都嘲笑我,但看来我的力量并没有损伤。但现在已经是请这些阿开亚人进晚餐的时候了。趁天还未黑时开饭吧,然后我们将弹琴歌唱,娱乐佳宾。"俄底修斯说着就向他的儿子发出原已约定的信号。忒勒玛科斯立即背剑执矛,穿戴着金光灿烂的铠甲向他的父亲奔来。

向求婚者复仇

这时俄底修斯撕去身上的破衣,跳上高高的门槛,手中握着弓及盛满箭矢的箭袋。他将箭袋里的箭矢都倾倒出来堆在脚边,并向求婚的人们大声说:"第一次的比赛已经过去,现在作第二次的比赛吧!但这次得由我选择别的射手所没有射过的标的,而我相信我是不会落空的!"说着,他就向正在举起两耳金杯喝酒的安提诺俄斯瞄准,一箭射去,正射中他的咽喉,箭头由后劲窝穿出。嘴鼻喷血,金杯也从手上滑落,他倒下地来,并将桌子和桌上的一切东西都绊倒了。求婚者们一见他倒下,就各从椅子上跳起来,奔赴墙壁攫取武器,但矛和盾都不见了。于是他们大声叫骂:"为什么射人呀,啊,你这可恶的外乡人!你已射死我们的同伴,但这是你所射出的最后一支箭了!让鹰撕吃你的肉去!"他们这样说,以为他之射中安提诺俄斯乃是偶然的,想不到他们全体都将遭到同样的命运。俄底修斯如同雷霆一样,向他们咆哮:"畜牲们!你们想着我永远不会从特洛亚归来了,所以你们来浪费我的财富,诱骗我的仆人,并且在没有证实我已真的死去以前就向我的妻子求婚,毫不畏惧人和神祇!但现在你们的末日已经到了!"

求婚的人们听了都大惊失色。个个心中怀着恐惧,四处观望,企图逃脱。欧律玛科斯是唯一能镇静思考的人。他说:"如果你真的是伊塔刻的俄底修斯,你向我们发怒,不是没有理由的,因为我们在你的宫廷,在你的农田,已做过许多恶事。但最应当负责的罪魁业已死去。那是安提诺俄斯,是他激励大家干了这些坏事的,他甚至对珀涅罗珀的求婚也丝毫没有诚意。他所要求的只是要代替你为伊塔刻的国王,为了这个目的,他也计划着要杀死你的儿子。现在他既已受到了应得的惩罚,请不必迁怒我们了!请饶恕和你身份相等的人!我们每个人将送给你二十条牡牛赔偿我们所吃掉的东西,并且用你所要求的全部的金和铜来买回你的欢心。"

"不,欧律玛科斯,"俄底修斯斥责他说,"即使你们将你们从父母所继承的家产全部给我,我仍然不能甘休,直到你们都以一死救赎你的罪行。现在,随你们的便,逃走或者战斗——没有一个人可以从我的手下逃脱!"

求婚的人们都恐惧得发抖。欧律玛科斯又复发言,但这次却是对他的同伴们说话。"没有人能劝阻他,"他说。"那么,大家都拔出剑来,并用桌子作盾牌来挡住他的箭。努力冲上去,将他推下门槛。然后我们跑遍全城去请我们的朋友来援助我们。"说着,他就从剑鞘里拔出利剑,并大声呼叫冲上前去。但就在这时候,一支箭射穿了他的胸部。利剑从手中落下,他由桌子上倒栽下来,杯盘也滚落满地。他痛苦得用头撞地,但不一会就全身抽搐而死。现在安菲诺摩斯执剑奔向俄底修斯,企图夺路逃跑。但忒勒玛科斯的矛向他掷来,正中背心,他跌仆在地上。忒勒玛科斯便从人丛中跃出,和他的父亲并肩站在门槛上,并带给他一面盾,两根矛和一顶青铜的战盔。他又迅速地跑到门外取来更多的武器。他为自己和朋友们带来了四面盾,八支矛,四顶有着马毛盔饰的头盔。于是他和他的两个忠实的牧人都全副武装起来;第四套武器则交给俄底修斯。如今他们四人站在一起并肩作战。

当手头还有箭时,俄底修斯逐一地射杀求婚的人,他们的尸体一个倒在一个的身上。最后箭已射完，他将弓靠在门柱上，戴上战盔，执着大盾，握着两根长矛。在这大客厅中，侧面原有一门通着进入后庭的过道。但这扇门这样小，只能容一个人走过。俄底修斯曾吩咐欧迈俄斯守住这里，但当牧猪人跑去武装自己时，这里遂暂时没有人看守。一个求婚者阿革拉俄斯立即抓住了这个机会。他对身边的同伴们说："为什么不从侧门逃跑到城里去呢？在那里我们可得到援兵，不久就可以将这个人消灭！"

但和求婚的人们站在一边的牧羊人墨兰透斯说："不可能！这扇门和这条过道很小，一次只能通过一人。最好先让我一个人悄悄地逃出去，给你们带回武器来。"说着，他立即开始实行这个办法。他隐蔽在人群中来回出入，不久就取来了十二面盾牌和同样多的矛和战盔。俄底修斯突然发觉他现在面对着挥舞着矛的全副武装的敌人。他吃了一惊，并对忒勒玛科斯说："这必是一个不贞的女仆或是那个不忠的牧羊人所干的事！"

"恐怕这是我自己的错误，"忒勒玛科斯回答，"当我忙着将我们所用的武器取来时，却忘记锁上库房的大门。"

欧迈俄斯即刻出来补救他的小主人的疏忽。他从开着的门口看见牧羊人又拿了一些矛和盾，他回来告诉俄底修斯，并问道："我还是将他生擒，或者将他杀死呢？"

"叫牧牛人和你同去，"俄底修斯说，"生擒这个无赖，从后面捆绑着他的手脚，用结实的绳子将他吊在中间的柱子上。然后锁上大门立刻转来。"

两个牧人遵命去办。他们看见牧羊人正在搬武器，就拥上去将他按在地上，将他的手脚反绑在后面，在天花板的钩子上套上一根长绳子，缚住他的身躯，然后将他拉上去，高高地吊在柱子上，直到他接近到屋顶上的椽子。欧迈俄斯说："我们给你预备了一张舒适的床榻，请熟睡罢！"说着就锁上大门，仍然回到俄底修斯的身边。

出乎意料地又有第五个人来参加俄底修斯和他并肩作战。这是雅典娜所变形的门托耳，俄底修斯知道这是女神，十分欢喜。当求婚的人们看见这新来的人时，阿革拉俄斯愤怒地向他说道："门托耳，我警告你,不要上俄底修斯的当来攻击我们。如果你不听我的劝告,我们要和这对父子一齐杀死你和你的一家人!"

这话使雅典娜大为愤怒。她怂恿俄底修斯更加奋勇作战。她说:"我看你好像不如在特洛亚九年恶战时那样英勇了。由于你的计谋才使特洛亚城终于陷落,但现在防卫你自己的宫殿和你的家产,你却迟疑不前。"因她自己并不想实际参加作战,所以用这些言语鼓舞俄底修斯的勇气。一说完话,她立即变形为一只燕子,飞上去栖止在满是烟煤的屋椽上。

"门托耳已经离开了!"阿革拉俄斯向朋友们说,"他们仍然只有四个人。现在让我们计划进攻的办法。大家不要同时投矛。你们那边的六个人首先开始,一定要集中瞄准俄底修斯投掷。只要将他击倒,其余的人便容易对付了。"但雅典娜却使他们的六根矛都没有投中:一根击着门柱,一根击着大门,其余的则投在墙壁上。

最后俄底修斯对他的同伴们喊道:"用心瞄准,并用力地投掷呀!"于是四人同时投掷,没有一个落空。俄底修斯投中得摩普托勒摩斯,忒勒玛科斯投中欧律阿得斯,牧猪人投中厄拉托斯,牧牛人投中庇珊德洛斯。求婚的人们看见他们的同伴纷纷倒地,就逃避到最远的屋角。但不一会,他们仍然奔出,从死尸上拔出矛,又继续作战。但仍然没有投中,只是安菲诺摩斯的矛擦伤了忒勒玛科斯的手腕,克忒西波斯的矛略略刺破牧猪人的肩膀。但受伤的人仍然可以全力作战,终于夺去他们的对手的生命。欧迈俄斯一面投矛,一面大叫道:"当我的主人在客厅行乞时,你用牛蹄向他掷来,现在用这来回报你的牛蹄罢!"

俄底修斯杀死欧律达玛斯。现在他又投矛刺死达玛斯托耳的儿子阿革拉俄斯。忒勒玛科斯的矛刺穿勒俄克里托斯的肚子。这时雅典娜略一摇动她的盾牌,求婚的人们就吓得满屋奔跑如同为牛蝇所叮的牛群,或为巨鹰所追捕的鸟雀一样。俄底修斯和他的朋友们离开门槛,在客厅里四处突击。他们步履所到的地方,就血流如注,响震着垂死的哀叫。

勒伊俄得斯伏卧在俄底修斯的足边,抱着他的双膝喊道:"请饶恕我吧!我对你和你的家从没有做过坏事。我劝阻所有的求婚者,只是

他们都不听从我。我所做的事乃是举行灌礼。这便犯了死罪么？"

"如果你为他们举行灌礼，"俄底修斯皱着眉头回答，"那便是为他们祈求幸福。"说着就拾起阿革拉俄斯倒地时从他手中落下的利剑砍去他的头颅，这时他还在张着嘴哓哓求饶。

在侧门附近站立着歌者斐弥俄斯，双手抱持着竖琴。他正十分惶恐，不知应从门口夺路逃跑，还是跪下向俄底修斯求饶。他决定采取后一个办法，将竖琴放置在大调酒碗和镶银椅子的中间，自己跪在俄底修斯的面前。"请可怜我！"他呼叫着，并抱住他的双膝。"如果你杀死一个以歌唱娱乐神祇和人们的歌者，那你会后悔的。一个神祇教我歌唱，我也将如同神祇一样用歌唱赞美你。你的儿子可以为我作见证，并不是我自愿到这里来，却是他们逼迫我不能不为他们歌唱。"

俄底修斯举起利剑，但踌躇不决。这时忒勒玛科斯向他奔来并大叫："父亲，请住手！不要伤他！他是无罪的。如果使者墨冬还没有被你和牧人们杀死的话，也应该让他活着。当我还幼小的时候，他用心照顾我，并希望我们幸福。"这时墨冬正用生牛皮包裹着躲藏在一只椅子下面。他听到这些为他辩护的话，就跑出来跪在忒勒玛科斯的面前，抱住他的双膝。看到这样子，俄底修斯也禁不住笑了起来。"你们两个人可以不用害怕了，"他对使者和歌者说。"忒勒玛科斯已救出你们。离开大客厅，对外面的人们说：'不忠的人杀头，忠心的人才有好报。'"斐弥俄斯和墨冬即时逃出，坐在前庭宙斯的神坛旁边，四肢仍然战栗着。

恶仆们受到惩罚

俄底修斯看看他的周围。已没有一个敌人活着跟他作对了。他们都横横直直地躺在地上，如同从渔夫的网里倾倒在地上的鱼一样，炎热的太阳夺去它们的生命。现在俄底修斯吩咐忒勒玛科斯去将老乳母叫来。她看见他的主人站在尸体当中，好像一头已将牛羊咬死，两眼放射着凶焰，大嘴和胸脯上溅滴着鲜血的狮子。他威严而可怕，使欧律克勒亚几乎欢喜得哭泣起来。但俄底修斯阻止她，并严肃地对她说："你应当欢喜,只是不要欢呼。人对于杀戮感到欢喜这是不对的。不是我独自一人将他们杀死的;他们的死亡也是由于神祇们的意思。现在请说出宫廷中谁是忠心的,谁是奸诈的女仆罢。"

"在宫殿里,"欧律克勒亚回答,"一共有五十个女仆学会织布,梳刷羊毛和收拾屋子。其中有十二人对你不忠不义,既不听珀涅罗珀的话也不服从我的指挥。她们不服从年轻的忒勒玛科斯,因为珀涅罗珀并没有给他管理她们的权力。但现在让我唤醒我的熟睡的女主人,让她知道这可喜的消息罢。"

"现在暂且不必去唤醒她,"俄底修斯说,"只是先将这十二个不忠的女仆都送来给我。"欧律克勒亚听命将十二个女仆带到他的面前。她们浑身打战。于是俄底修斯把忒勒玛科斯和两个忠心的牧人叫来,并对他们说:"让这些妇女帮助你们将死尸抬出去。然后要她们用海绵揩拭桌凳和椅子,将整个大客厅打扫干净。这些事情做完以后,就将她们带到宫墙和厨房之间的那片小空地上,用剑杀死她们,作为她们傲慢并听命于求婚者的惩罚。"这时妇人们都搂抱在一处尖声号哭,但俄底修斯逼迫她们工作,直到桌椅拭净,血迹及破烂什物都已扫出。然后两个牧人才将她们全驱逐到厨房和宫墙之间的空地上,使她们无处逃跑。这时忒勒玛科斯说:"这些邪恶的妇人曾使我的母亲和我丢脸,她们不应获得好死。"说着他就用一条绳子缚在厨房外面的一排柱子上,将她们并排吊着,她们在套索中挣扎,就像罩在网中的画眉鸟一样。她们抽搐了一会就死去了。

接着,牧羊人墨兰透斯被拖到前庭来用乱刀砍死。忒勒玛科斯和两个牧人作完这事以后,复仇的工作已经完成。这时他们洗净手脚回到俄底修斯那里去。

他命令欧律克勒亚以火和硫磺来熏掉屋子里的死尸气味,使大客厅清洁。但她却先捧上一件紧身服和披风献给他的主人。她说:"我的孩子,现在你不能在大客厅里再穿着褴褛的破衣了。这是和你的身份不相称的。"但俄底修斯将衣服放在一旁,吩咐她去做她自己的工作。在他洗净了大厅,宫殿和前庭之后,欧律克勒亚把所有忠心的仆人们召来。她们悲喜交集地包围在故主的周围,亲吻他的头发和双手。

俄底修斯也感叹流泪,因为现在他看出来还有许多对他忠心不贰的人。

俄底修斯和珀涅罗珀

　　欧律克勒亚急忙来到珀涅罗珀的内室,她差不多欢喜得两腿发软,不能走路。她颤抖而快乐地唤醒她的正在熟睡的女主人,并对她说:"珀涅罗珀呀,现在你将亲眼看见你多年苦心期待的人已经归来!现在俄底修斯已经来了!他已将那些逼迫你和你的儿子并浪费你的家财的求婚者全部杀死。"

　　珀涅罗珀睡眼朦胧地说道:"欧律克勒亚,想必是神祇使你发疯了吧?你为什么用不真实的消息惊醒我从未有过的好梦呢?自从俄底修斯出发到特洛亚去,我还没有过这样的酣睡。如果不是你,而是别人用这样的谎话骗我,我就不仅是骂她一顿将她赶出去就算完事。就是你,我也只是念你年老才饶恕你这一次。现在离开这里,回到大厅去吧。"

　　"你用不着生气,"欧律克勒亚说,"他们所揶揄嘲弄的那个外乡人,那个乞丐——其实他正是你的丈夫!你的儿子忒勒玛科斯早就知道,但是他被吩咐在对于求婚者复仇以前,保持秘密。"

　　这时珀涅罗珀从床上惊跳起来,并含泪抱住这个老女仆。"如果这是真的,"她喊道,"如果俄底修斯真的在宫廷里,他独自一人如何能对付这么多的敌人呢?"

　　"这我自己也没有看见,也没有听见,"欧律克勒亚回答,"我们女仆都被锁闭在内廷,不能出去。我们只是听到哀号的声音,最后当忒勒玛科斯来叫我时,我看见你的丈夫站立在一大堆尸体中间。那种景象,我想你看了会心花怒放的。现在所有的尸体都已拖出门外,屋子也用硫磺熏过。你不用惧怕,可以下去了。"

　　"这真使我不能相信,"珀涅罗珀重复说,"必定是一个神祇杀死了这些求婚者。至于俄底修斯——不,他仍然在远方,且永不会归来。"

　　"你太过于怀疑了,"欧律克勒亚摇着头说,"好吧,我将告诉你一个确实的证据。你还记得你要我为这乞丐洗脚的时候么?就在那时我摸到他脚上的伤疤(这伤疤你是知道的),我想叫你,但他却捏着我的脖子,不让我说出。"

"那么让我们出去,"珀涅罗珀说,因希望和恐惧而颤抖着。她们两人一齐下去,并跨过大客厅的门槛。珀涅罗珀没有说话。她默默地坐在俄底修斯对面,炉火熊熊地照射着。俄底修斯坐在大柱子旁边,注视着地上,等待珀涅罗珀首先发言。但惊奇和怀疑使她不敢开口。有时她好像认得他,有时又觉得他仍然是一个外乡人,她所看到的只不过是一个衣服褴褛的乞丐。最后忒勒玛科斯向她的母亲走来,几乎是发怒地,但仍然带着微笑说:"母亲,为什么你还是这么冷冰冰地坐在这里呢?到我的父亲跟前,并向他询问一切啊!会有别的妇人,当丈夫千辛万苦离家二十年归来以后,态度像你这样的吗?你的心是铁石铸成没有感情的吗?"

"亲爱的孩子!"珀涅罗珀说,"我惊奇得失神了。我不能说话,我不能询问他,甚至不能看他的眼睛。但如果真是俄底修斯归来,我们会无疑问地互相认识的,因为我们彼此都有为别人所不知道的秘密的记号。"

这时俄底修斯温和地微笑着,转面看着他的儿子。"让你的母亲自己来试探我,"他说,"现在她看见我穿着这丑陋的破衣,所以轻视我,但我相信她仍会被说服的。现在我们得先想一想别的问题。如果一个人杀死了他的一个同族人,他就得逃离家庭和祖国,哪怕死者只有一两个人替他复仇。如今我们却杀死了伊塔刻和附近各海岛的许多青年贵族——我们怎么办呢?"

"父亲,"忒勒玛科斯说,"这得由你一人来决定,因全世界都认为你是最有智谋的人。"

"那么,我将告诉你我认为最好的办法,"俄底修斯说,"你,两个牧人和屋子里所有的人,应当熏沐并穿上最华丽的衣服。女仆们要盛装修饰。然后由斐弥俄斯弹琴奏乐,配合歌舞。这样,所有门外过路的人都以为宫里仍在继续举行宴会,求婚者被杀死的消息便不会立刻传遍全城。这时我们就可以到我们乡下的田庄去,以后应该做的事情神祇自会告诉我们。"

不久,宫廷里果然是一片歌舞和欢乐的声音。人民都拥挤在大街

珀涅罗珀认出俄底修斯

上并互相说道:"必是珀涅罗珀已经选定她的丈夫,现在正在举行庆祝结婚的大宴会。薄幸的妇人呀!为什么不多等待一会呢?也许她的丈夫俄底修斯会回来的。"黄昏时候人群散去了。同时俄底修斯亦已沐浴并涂抹了香膏,雅典娜又使他容光焕发,庄严美丽如同神祇一样。当他回到客厅里时,他在他的妻子的对面坐下。"奇怪的妇人哪!"他说。"神祇们必定给了你一颗铁石的心。再不会有别的妇人们这么固执地不承认她的丈夫,当他已历尽二十年的辛苦归来。欧律克勒亚,我不能不请你来为我布置一张床榻,因为这个妇人的心是铁打的。"

"既不是骄傲也不是轻视使我拒绝你,"珀涅罗珀说,"我记得十分清楚,二十年前乘船从伊塔刻出发的俄底修斯的样子。好吧,欧律克勒亚,从内室里搬出床来,并好好地铺上毛皮,毡毯和被盖。"

但珀涅罗珀说这话不过是试探她的丈夫。结果他却皱着眉头对她说:"妇人,你说的话十分无礼!有谁将我的床搬过地方呢?世界上再没有一个人可以搬动它,哪怕他是身强力壮的青年。它是我自己建造的,其中且有着一种秘密。当我们建筑宫殿的时候,这地方的中央本来生长着一株橄榄树,笔直而粗大如同柱子一样。我没有砍掉他,并在建筑时将房子这样布局,使橄榄树恰恰在我们的卧室里。石墙砌好以后,我就将它削去枝叶,嵌上天花板,削磨并雕刻树身使它成为我的床榻的一根支柱。别的支柱和它也一样粗细。后来又安置镶着金,银和象牙的床架,并用牛皮绳做成绷子,上面铺垫毛皮和被盖。珀涅罗珀,这便是我们的床。我不知它是否还在原地方。但是谁想搬动这张床,他只有将橄榄树也齐根砍断。"

王后听到这话,双膝发抖。她从椅子上站起来,满脸流泪奔向她的丈夫,并双手拥抱他,连连向他亲吻。"俄底修斯呀!"她喊道。"你永远是人们中最有智谋的人。请不要对我生气!不朽的神祇使我们遭受这多的辛苦,因为人不会从小就开始欢乐,一直顺利地活到老年。请你不要怪我没有立刻欢迎你。我经常戒备着会有假冒的人来欺骗我。现在你既已说出只有我们两人和陪我一同出嫁到这里来的老女仆阿克托里斯才知道的秘密,我的疑虑已涣然冰释,现在我完全相信了。"

这天晚上,夫妇两人一直谈着二十年别后的苦辛。珀涅罗珀直到她的丈夫将他的冒险故事向她说完，她才觉得安心。他们终于静下来，上床去睡。这时深深的宁静与和平笼罩着整个的宫廷。

俄底修斯和拉厄耳忒斯

第二天清晨，俄底修斯预备出外旅行。他对珀涅罗珀说："我们差不多已喝完人生的苦水，你为我担忧，我也渴望着归回故乡。现在我们既已破镜重圆，并重新当家做主，你就应该照管我们所留下的财产。凡求婚者所消耗的，一部分由他们最后所赠的礼物补上，一部分则以我所载回的战利品和朋友们的赠礼弥补。但我必得到乡下去，看看我的父亲，因他长期以来一直在悲悼我，以为我死了。求婚者被杀死的消息迟早会传播出去的，我希望你和你的女仆们也暂时避开，不让人们看到你或询问你。"

说着，俄底修斯背上剑，并唤醒同他一起走的忒勒玛科斯及两个牧人。他们三个人也都携带武器，日出时俄底修斯和他们一起走出城去。帕拉斯·雅典娜降一层大雾遮蒙着他们，使他们不会被人看见。

不一会他们来到拉厄耳忒斯的田庄，那是他最先买来扩张祖业的田庄之一。房屋建造在田地当中，房屋周围则是厩房，棚屋和别的一些外屋。一个年老的西西里女仆，在这遥远而寂寞的乡下伺候着她的主人。当他们来到门口，俄底修斯对同伴们说："进去，并宰杀一口大肥猪庆祝我的归来。我自己则先到田地里去，或者我的父亲正在那里耕作，我要看看他还认不认得我。我和他将立刻回来，然后我们大家举行欢宴。"说着俄底修斯将剑和矛一起递给忒勒玛科斯，他们三个人走进屋子里去。

俄底修斯自己向田地走来。首先经过果树园，他没有看见园丁多里俄斯，也没有看见他的几个儿子和其余的工人。他们都出去搬运石头建造葡萄园的围墙去了。所以俄底修斯来到这里时，只看见他的年老的父亲一个人在那里。这老人看去如同一个工人一样，正在忙着移植葡萄藤。他穿着一件满是补丁的污秽的粗布衣服，并在脚胫上绑着皮套，好不为荆棘所伤。他手上带着牛皮手套，头上戴着一顶羊皮帽。

俄底修斯看见他的父亲这么寒苦的样子,心中很苦痛,不由得靠在一株梨树上默默啜泣。然而他仍然忍不住要用温和的责备去试探他的父亲。他走到他父亲的面前(这时他正在一棵树的周围把土掘松),对他说:"你好像对于栽种果木树很内行呢。葡萄,橄榄,无花果和梨树都照管得很好。菜园也料理得好极了。只有一件事是不对的,老人,恕我坦白地说吧,你自己却好像没有被人照顾得好。你的主人让你穿着污秽破烂的衣服到处奔忙是很不该的。看你的样子,人们根本不会想到你是一个仆人。你的身躯魁伟。像你这样的人,应当常常沐浴,饮食很好,并享受老年人的舒适。告诉我,你是替谁耕作呀?这里真的是刚才一个人所告诉我的伊塔刻地方么?我敢说这人是一个极无礼貌的人。我问他从前和我很要好的一个朋友是否还住在这里,他甚至懒得回答我。我要去看我的那个朋友。因为多年以前,我在我的国内招待过一个我从未有过的贵宾。他从伊塔刻来,并告诉我,他是拉厄耳忒斯的儿子。当他离开的时候,我赠给他我所有的最珍贵的礼品:七塔兰同纯金,一把雕花的银壶,十二张毡毯,紧身服和披风,以及四个由他自己挑选的美丽而灵巧的女仆。"

这是俄底修斯临时编凑的故事。他的父亲听了,就满脸流泪,并抬起头来说道:"外乡人,你的确来到了你所打听的地方。但这里住的都是卑贱而傲慢的人,即使你将你刚才所说的那些礼品赠给他们,他们也绝不会满足。你所寻觅的那个人已经不在这里。啊,如果你真的见到他,他将如何盛大地报答你对他的好意啊!但请你告诉我,你招待这个客人,是多少年前的事?他是我的儿子,现在或者已沉在海底,或者尸体已为鸟兽所食。他的父母甚至不能将他殓埋!他的忠贞的妻子珀涅罗珀也不能合上他的眼睛,并在他的尸床旁边哭泣!但你——你是从哪里来的?你的船在哪里?谁跟你一道来的?或者你是搭别人的船,独自一人在这里登陆的吗?"

"我将告诉你,"俄底修斯说,"我是厄珀里托斯,是阿吕巴斯地方阿斐达斯的儿子。一阵暴风将我的船从西卡尼亚吹到你们的海岸,它就在离城不远的地方下锚。你的儿子俄底修斯和我分别已有五年。他走时心情愉快,并有飞鸟显示吉兆。我们彼此都希望常常见面,并发誓相互馈赠隆重的礼品。"

拉厄耳忒斯突然觉得眼前发黑。他双手捧着沃土撒在他的白发的头上,大声悲哭起来。俄底修斯也感动到心肝欲裂。他向他父亲冲上去,伸手拥抱着他,并大声喊道:"父亲,你所问的人便是我,是我自己!过了二十年我终于归来了。请停止悲痛,因为我将以简单的几句话告诉你可喜的消息:我已将我宫殿里的求婚者完全杀死了!"

拉厄耳忒斯很吃惊地望着他,最后说道:"如果你真的是俄底修斯,如果你真的是我的儿子,望告诉我一个明显的证据,使我可以相信。"

俄底修斯说:"父亲,最先请你看看这块伤疤。这是你和我的母亲派我到外祖父奥托吕科斯那里去取他答应给我的礼物时,我追击一只野猪,被野猪咬伤的。此外也还有别的证据。我将指给你看你过去所给与我的那些树木。当我还在童年,我和你到果树园去,我们行走在列树中间,你告诉我各种树木的名字。你给我十三株梨树,十株苹果树,四十株无花果和五十株正结实的葡萄藤。"这老人现在已确信不疑。他靠在他儿子的身上晕过去了,他儿子用满是筋脉的大手抱着他。当他神志恢复后,他大声呼喊道:"啊,宙斯和所有的神祇哟!如果求婚者们真的全已处死,我知道这必是我的儿子。"然后他又向俄底修斯说:"我的儿子,你刚刚回来,我又为你怀着新的焦虑了。由于你,伊塔刻和附近岛屿上许多贵族的家庭都丧失了他们的儿子。全城和整个地区的人都会起来反对你啊!"

"不必惧怕,父亲,"俄底修斯安慰他,"现在让我们不必为这些事情忧愁,只是回到你的屋子里去,在那里你的孙子正在等候着我们。另有牧猪人和牧牛人跟他在一起,为我们预备酒席。"

当他们来到屋子里,他们看见忒勒玛科斯和他的同伴正在切肉斟酒。但在坐下饮食以前,拉厄耳忒斯先由亲信的老仆人伺候他沐浴更衣,并涂抹香膏。多年来,他第一次穿上华丽的长袍。当他正在装束时,帕拉斯·雅典娜向他走近,改变他的驼背龙钟的老态,使他高大而威严,因此他走出来后,俄底修斯看到他也大为惊奇,说道:"必定有一个神祇增加了你的神采和力量!"

拉厄耳忒斯答道："假使昨天我感觉到像现在一样强壮年轻，我一定要在你的身边作战，并且一定会有许多的求婚者死在我的手里。"

当他们坐下来饮宴时，多里俄斯和他的儿子们从田地里耕作归来。他们看见俄底修斯，站着发怔，一动也不动，就好像在门口生了根一样。但俄底修斯和蔼地对他们说："我们正在期待着你们。现在来和我们共进饮食吧，将来还有使你们发怔的事呢。"

多里俄斯跑上去，亲吻他的手。"亲爱的主人，你终于回来了！"他喊道，"我们的希望已经实现了！但告诉我，珀涅罗珀知道吗？要我们送信给她吗？"

"她已知道一切，不必送信了。"俄底修斯说。于是多里俄斯的儿子们都在他们国王的周围坐下来，和他同桌共餐。

雅典娜平复城里的叛乱

同时，求婚者遭到了可怕命运的传说已传遍伊塔刻城。死者的亲族们从各方面拥来，并奔到宫殿里去。他们发现院子里的一角堆积着大批的死尸。他们大声号哭，将尸体抬出安葬。邻近各岛屿的求婚者的尸体，则用渔船运送回去。

然后，死者的父母兄弟和别的亲戚们都集合在市场上。安提诺俄斯的父亲欧珀忒斯首先发言。他哽咽着说道："朋友们，我在这里向你们控诉的那个人已带给伊塔刻和邻近各岛以不幸和灾害。二十年以前，他带着我们的英勇的青年，乘船出发。现在人和船舰都已完全丧失！他独自一人归来，且又杀死我们这么多优秀的青年。来呀，趁他还没有逃到皮罗斯和厄利斯以前，让我们追击这万恶的人！我们必须捉住他，否则我们将永远受辱。如果我们不能惩处这个杀害我们的儿子和兄弟们的凶手，我们也将遗羞于我们的子孙。无论如何，我是不能忍辱活下去的。我的儿子的阴魂也会将我拖到地府里去。所以，让我们追踪俄底修斯和忒勒玛科斯，不要让他们逃脱！"

在场的人都受到这些话的鼓动，他们正预备出发追捕，这时歌者斐弥俄斯和使者墨冬却在他们中间出现。他们的到来，很引起大家的惊奇,因为谁也没有梦想到他们仍然活着。墨冬在集会上演说:"伊塔刻的人们,请听我的意见。我敢向你们发誓,俄底修斯所做的事并不违反神意。我亲眼看见一个神祇,变形为门托耳站立在他的身边,有时鼓舞俄底修斯的勇气,有时又使求婚的人们陷于昏乱。就是这个神祇将他们杀死了,使他们尸横遍野。"

人们听到墨冬的言语都十分恐怖。当他们的神志渐渐恢复后,玛斯托耳的儿子哈利忒耳塞斯,一个能瞻前顾后的白发老人,站起来对他们说:"伊塔刻的公民们,一切所发生的事其实都得由你们负责。过去你们为什么那样放任和漠不关心呢?为什么你们不听信门托耳和我的劝告制止你们的狂妄的儿子而让他们成天到宫殿里,浪费我们国王的资产并威胁他的妻子呢?现在宫殿中所发生的一切正是你们咎有应得。俄底修斯只是杀死了蹂躏他的家庭的敌人。如果你们懂事体,便不应当追究他。如果你们真要追究,那么你们的行动就将使你们同样遭受不幸。"

哈利忒耳塞斯的话刚一说完,就引起人们的内讧。有些人赞成老人的话,有些人仍然支持欧珀忒斯。因此有些人仍然留在市场上,其余的人则武装起来,并在城外集合,去为他们的亲人复仇。

帕拉斯·雅典娜从俄林波斯圣山向下俯视,看见暴怒的群众,她就走向她的父亲宙斯,并说:"万神的君王,请告诉我你的智慧的决定。你愿意使和平的伊塔刻人民互相敌对和发生内战呢,还是要调和双方的争端?"

"为什么对于早已决定的事情还提出问题呢?"宙斯说,"你不是已经决定,并经我的同意,俄底修斯得归回故乡并向破坏他家庭的人们复仇吗?既然我已同意你的意愿,现在就由你随意处置。但如果你要问我的意见,我的意见就是这样:求婚者们已被杀死;俄底修斯永为国王,并且这要在一种神圣的盟约中立誓。我们神祇们要使死者的亲族忘记他们的愤怒和忧愁。他们同国王之间以及他们自己之间都应当和平共处,使伊塔刻王国和平繁荣。"

女神听到这话很高兴。她离开俄林波斯嶙峋的山峰,降落到伊塔刻岛。

胜利者俄底修斯

现在拉厄耳忒斯屋子里的饮宴已经完毕。但他们仍然坐在餐桌旁边，倾听俄底修斯述说他的故事。最后他说："我恐怕我们在这里谈话，我们的敌人却在积极准备。最好让我们有一个人出去侦察，看他们是否来了。"立刻多里俄斯的一个儿子站起来走出屋子。他走得不远就看见一大群武装的人向农庄涌来。他惊惶地跑回来，并大声呼叫："俄底修斯，他们来了，差不多已经到了！快预备你们的武器呀！"现在坐着的人都跳起来。俄底修斯，他的儿子，两个牧人，一共四个人。后来又加入多里俄斯的六个儿子，最后加入白发的拉厄耳忒斯和多里俄斯本人。俄底修斯领着这一小队人向门外冲出。

他们刚刚冲出大门来到空地上，一个有力的同盟军就来加入他们，这便是雅典娜变形的门托耳。俄底修斯即刻认出这是女神的化身，心中充满着极大的欢喜和希望。他对他的儿子说："现在，忒勒玛科斯，不要辜负我对你的信任，向前作战，为自来以勇敢和坚强著名的家庭争取光荣！"

"你看见我和求婚者战斗过，还会怀疑我吗？"忒勒玛科斯回答，"我必不会辱没你和我们的家门！"

"这是什么日子呢！"拉厄耳忒斯欢喜地叫起来，"祖孙父子都奋勇争先！"他刚说完最后一个字，雅典娜就跑来向他的耳边低语："阿耳喀西俄斯的儿子哟，我爱你胜过一切人。望你向宙斯和他的女儿祈祷，然后投出你的矛。"雅典娜这样激励起他勇猛的心情。拉厄耳忒斯如命向神祇祈祷，并投出他的矛。矛从欧珀忒斯的战盔的面颊部分穿过，并射穿他的下颚。安提诺俄斯的父亲倒在地上，武器叮当地响着。同时俄底修斯和忒勒玛科斯率领着他们的同伴们用利剑和枪和敌人作战并向各方面突击。他们正要将所有的敌人杀死，一个不剩，这时雅典娜却高声叫他们停止战斗。她喊道："伊塔刻的公民们，住手！住手并散开！双方的争斗立即停止！"

她的声音如同雷霆一样震响着，武器从战士的手中掉落并滚在地上。就像被一阵暴风雨冲散了一样，他们纷纷向城里奔逃，只希望救出自己的性命。但俄底修斯和他的战士们听到他们的同盟者的声音并不恐惧。他们高举着矛和利剑，向敌人追击，如同鹰追击小鸡一样。

但宙斯要求和平。他向雅典娜脚前的地上轰击闪电。雅典娜转身向俄底修斯说："拉厄耳忒斯的儿子，制止你好战的心情，不要使发雷霆者不欢喜你！"俄底修斯和他的战士们都甘心情愿地听从她，于是雅典娜将他们领到伊塔刻市场上，并派遣使者去召集人民。他们怀着宁静的心情走来，这时变形为门托耳的雅典娜便让君王与人民订立了一个神圣的和约。

重要名词对照表

三 画

门农(Memnon):提托诺斯和黎明女神厄俄斯的儿子;埃塞俄比亚王;在赫克托耳死后援助特洛亚人,为阿喀琉斯所杀。

门菲斯(Memphis):厄帕福斯的妻子,利彼亚的母亲。

门忒斯(Mentes):喀科涅斯人的王,阿波罗假托他的形象出现在赫克托耳面前。

门忒斯(Mentes):安喀阿罗斯的儿子,塔福斯人的领袖,俄底修斯的朋友。

门托耳(Mentor):阿尔喀摩斯的儿子,伊塔刻人,俄底修斯的朋友;雅典娜曾变化他,引导忒勒玛科斯。

四 画

巴克科斯的狂女(Bacchantes):参看迈那得斯(Maenads)。

巴克科斯(Bacchus):参看狄俄倪索斯。

巴利俄斯(Balius):阿喀琉斯的神马,为仄费洛斯(西风)和人鸟怪波达耳革所生。

比亚(Bia):"凶猛"的化身,帕拉斯和斯堤克斯河的女儿。

比厄诺耳(Bienor):特洛亚人,为阿伽门农所杀。

厄刻克罗斯(Echeclus):特洛亚人,阿革诺耳之子,为阿喀琉斯所杀。

厄肯蒙(Echemmon):普里阿摩斯的儿子,为狄俄墨得斯所杀。

厄刻摩斯(Echemus):忒革亚王。

厄刻纽斯(Echeneus):淮阿喀亚人。

厄刻波罗斯(Echepolus):特洛亚人,为安提罗科斯所杀。

厄刻托斯(Echetus):厄庇洛斯的暴君。

厄喀德那(Echidna):大蛇,勒耳那水蛇的母亲,又生了涅墨亚狮子,喀迈拉,斯芬克斯,以及其他妖怪;她自己是半人半蛇。

厄喀嗡(Echion):卡德摩斯播种龙牙所生长出来的地生人中的一个。

厄喀俄斯(Echius):希腊人,为波利忒斯所杀。

厄厄提翁(Eetion):喀利喀亚的忒柏城的王,安德洛玛刻的父亲。

厄厄提翁(Eetion):印布洛斯王子;伊阿宋的儿子。

厄伊底伊亚(Eidyia):埃厄忒斯的妻子,美狄亚和阿布绪耳托斯的母亲。

厄拉特柔斯(Elatreus):淮阿喀亚人。

厄拉托斯(Elatus):特洛亚人,为阿伽门农所杀。

厄拉托斯(Elatus):珀涅罗珀求婚者之一,为俄底修斯所杀。

厄勒克特拉(Electra):阿伽门农和克吕泰涅斯特拉的女儿;俄瑞斯忒斯的姐姐,曾
　　帮助他为父亲报仇。

厄勒斐诺耳(Elephenor):欧玻亚的阿班忒斯人之一,为阿革诺耳所杀。

厄尔珀诺耳(Elpenor):俄底修斯的伙伴之一,从喀耳刻宫顶的平台上跌下身死。

厄尼俄剖斯(Eniopeus):特洛亚人,赫克托耳的御者。

厄俄斯(Eos):黎明女神,曼农的母亲。

厄帕福斯(Epaphos):宙斯和伊俄的儿子。

厄珀勾斯(Epeigeus):阿伽克勒斯的儿子,希腊人,为赫克托所杀。

厄珀俄斯(Epeius):帕诺派俄斯的儿子,木马的制造者。

厄珀里托斯(Eperitus):阿斐达斯和阿吕巴斯的儿子;俄底修斯回家后去见父亲拉
　　厄耳忒斯曾假称名叫厄珀里托斯。

厄菲阿尔忒斯(Ephialtes):巨人之一,眼睛为阿波罗和赫剌克勒斯射瞎。

厄庇克勒斯(Epicles):特洛亚人,为埃阿斯所杀。

厄庇戈诺伊(Epigoni):攻打忒拜的后辈英雄们。

厄庇墨透斯(Epimetheus):伊阿珀托斯的儿子,普罗米修斯的兄弟。

厄庇斯特洛福斯(Epistrophus):福喀斯人,伊菲托斯的儿子,斯刻狄俄斯的兄弟。

厄庇斯特洛福斯(Epistrophos):特洛亚盟友之一。

厄瑞克透斯(Erechtheus):雅典王;该亚和赫淮斯托斯生的儿子,为雅典娜所抚
　　养大。

厄瑞克提得斯(Erechthides):厄瑞刻透斯子孙的总称。

厄柔塔利翁(Ereuthalion):阿耳卡狄亚人,希波墨冬的儿子,为赫克托耳所杀。

厄耳癸诺斯(Erginus):弥倪埃人的王;克吕墨诺斯的儿子。

厄里玻亚(Eriboea):大埃阿斯的母亲。

厄里克托尼俄斯(Erichthonius):达耳达诺斯的儿子,特洛斯的父亲。

厄里克托尼俄斯(Erichthonius):赫淮斯托斯和阿提斯或雅典娜的儿子。

厄里倪厄斯(Erinyes):复仇三女神的总称,又称欧墨尼得斯。

厄里费勒(Eriphyle):阿耳戈斯的塔拉俄斯的女儿,安菲阿剌俄斯的妻子。

厄里斯(Eris):不和女神,在珀琉斯和忒提斯结婚时未被邀请,她于愤怒中投下一个金苹果在筵席上,由此引起特洛亚战争。

厄洛斯(Eros):爱神,卡俄斯的儿子;一说是阿佛洛狄忒和阿瑞斯或赫耳墨斯所生。

厄律拉俄斯(Erylaus):特洛亚人,为帕特洛克罗斯所杀。

厄忒俄克勒斯(Eteocles):俄底浦斯和伊俄卡斯忒的儿子,抵抗攻打忒拜的七将,死于自己的兄弟波吕尼刻斯之手。

厄忒俄纽斯(Eteoneus):留在斯巴达的墨涅拉俄斯的仆人。

厄托普斯(Ethops):皮拉索斯的儿子,门农的朋友,为安提罗科斯所杀。

戈耳工(Gorgons):福耳库斯和刻托的三个女儿,其中之一是墨杜萨;她们是格赖埃的姊妹。

戈耳古提翁(Gorgythion):普里阿摩斯和卡斯提阿涅伊拉的私生子,为透克洛斯所杀。

水泉女神(Naiads):江河水泉中的女神。

乌卡勒工(Ucalegon):特洛亚元老之一。

乌剌诺斯(Uranus):该亚的儿子和丈夫;提坦们的父亲。

仄忒斯(Zetes):玻瑞阿斯的儿子,卡拉伊斯的兄弟。

五 画

布瑞穆萨(Bremusa):阿玛宗人,为伊多墨纽斯所杀。

布里塞伊斯(Briseis):布里修斯的女儿,又名希波达弥亚;为阿喀琉斯所俘;她引起阿喀琉斯和阿伽门农的不和。

布里修斯(Briseus):阿耳底斯之子,克律塞斯的兄弟,布里塞伊斯的父亲。

卡比洛斯(Cabirus):塞斯托斯人,特洛亚盟友,为忒涅罗斯所杀。

卡德摩斯(Cadmus):阿革诺耳之子,欧罗巴的哥哥,忒拜城的建立者。

卡莱斯(Calais):玻瑞阿斯和俄瑞堤伊亚之子。

卡尔卡斯(Calchas):忒斯托耳之子,特洛亚战争中希腊人的随军卜士。

卡勒托耳(Caletor):特洛亚人,克吕提俄斯之子,为赫克托耳所杀。

卡利洛厄(Callirrhoe):阿刻罗俄斯的女儿;阿尔克迈翁的妻子。

卡吕普索(Calypso):女神,阿特拉斯的女儿,曾在她的俄古癸亚岛上留俄底修斯住了几年。

卡帕纽斯(Capaneus):希波诺俄斯的儿子,斯忒涅罗斯的父亲,攻打忒拜的七将之一。

卡珊德拉(Cassandra):普里阿摩斯和赫卡帕的女儿;是女预言家,能凭阿波罗宣示预言。

卡斯托耳(Castor):廷达瑞俄斯和勒达的儿子,海伦的哥哥。卡斯托耳和他的兄弟波吕丢刻斯合称狄俄斯库里(意即宙斯之子;因一说他们是宙斯和勒达所生),又称廷达瑞俄斯之子。

卡尔喀俄珀(Chalciope):埃厄忒斯的女儿;美狄亚的妹妹。

卡里克罗(Chariclo):忒瑞西阿斯的母亲。

卡里斯(Charis):美惠三女神之一;一说是赫淮斯托斯的妻子。

卡律布狄斯(Charybdis):在西西里与意大利之间的一个大岩洞,据说一日之间吞吐海水三次。

代达罗斯(Daedalus):墨提翁之子,伊卡洛斯之父;以善于各种工艺技巧著名。

印布里俄斯(Imbrius):特洛亚人;门托耳的儿子,为透克洛斯所杀。

兰波斯(Lampus):特洛亚元老之一。

尼俄柏(Niobe):堤塔罗斯和狄俄涅的女儿;安菲翁的妻子;忒拜王后;七个儿女均为阿波罗及阿耳忒弥斯所杀。

尼柔斯(Nireus):绪墨人,卡洛波斯和水泉女神阿格莱亚的儿子;希腊英雄中最英俊者。

皮拉得斯(Pylades):斯特洛菲俄斯的儿子;俄瑞斯忒斯的朋友,厄勒克特拉的未婚夫。

皮莱墨涅斯(Pylaemenes):特洛亚的盟友,为墨涅拉俄斯所杀;哈耳帕利翁是他的儿子。

皮莱俄斯(Pylaeus):特洛亚的盟友,勒托斯的儿子。

皮赖克墨斯(Pyraechmes):派俄尼亚人,特洛亚的盟友,为帕特洛克罗斯所杀。

皮拉(Pyrrha):厄庇墨透斯和潘多拉的女儿;丢卡利翁的妻子,唯一躲过宙斯的洪水的两个人。

皮洛斯(Pyrrhus):参看涅俄普托勒摩斯。

六 画

安菲阿罗斯(Amphialus):淮阿喀亚人,波吕纽斯之子。

安菲阿剌俄斯(Amphiaraus):阿尔克迈翁之父,著名的先知,攻打忒拜的七将之一。

安菲克罗斯(Amphiclus):特洛亚人,为墨革斯所杀。

安菲达玛斯(Amphidamas):吕枯耳戈斯之子,阿耳戈英雄之一。

安菲罗科斯(Amphilochus):安菲阿剌俄斯和厄里费勒之子;阿尔克迈翁的兄弟,后辈英雄之一。

安菲玛科斯(Amphimachus):克忒阿托斯之子,特洛亚战争中希腊军事领袖;为赫克托所杀。

安菲玛科斯(Amphimachus):诺弥翁之子;那斯忒斯的兄弟;特洛亚人盟友之一。

安菲墨冬(Amphimedon):墨拉纽斯之子;珀涅罗珀的求婚者之一。

安菲诺摩斯(Amphinomus):尼索斯之子;珀涅罗珀的求婚者之一。

安菲翁(Amphion):安提俄珀与宙斯所生的儿子;尼俄柏的丈夫;以竖琴的魔力筑成忒拜城。

安菲特律翁(Amphitryon):阿尔开俄斯之子;珀耳修斯之孙;阿尔克墨涅的丈夫;赫剌克勒斯名义上的父亲。

安菲俄斯(Amphius):特洛亚盟友,为大埃阿斯所杀。

安福忒洛斯(Amphoterus):阿尔克迈翁和卡利洛厄的儿子,阿卡耳南的兄弟。

安开俄斯(Ancaeus):吕枯耳戈斯的儿子,曾参加卡吕冬野猪的狩猎;阿耳戈英雄之一。

安喀阿罗斯(Anchialus):希腊人,为赫克托所杀。

安喀塞斯(Anchises):卡皮斯和忒弥斯之子,与阿佛洛狄忒生埃涅阿斯。

安德洛革俄斯(Androgeos):弥诺斯和帕西淮的儿子。

安德洛玛刻(Andromache):厄厄提翁的女儿,赫克托耳的妻子,阿斯堤阿那克斯的母亲;以对丈夫钟爱著称。

安德洛墨达(Andromeda):刻甫斯和卡西俄珀亚的女儿,为珀修斯从海怪手中救出。

安泰俄斯(Antaius):巨人,波塞冬和该亚的儿子,为赫剌克勒斯所杀。

安忒亚(Anteia):提任斯的普洛透斯的妻子;伊俄巴忒斯的女儿。

安忒诺耳(Antenor):埃绪厄忒斯和克勒俄墨斯特拉的儿子,忒阿诺的丈夫;特洛亚的元老之一。

安提克勒亚(Anticlea):奥托吕科斯的女儿,拉厄耳忒斯的妻子,俄底修斯的母亲。

安提戈涅(Antigone):俄狄浦斯和伊俄卡斯忒的女儿;波吕尼刻斯和厄忒俄克勒斯的姐姐;以维护人的法律所违抗的天条著名。

安提罗科斯(Antilochus):涅斯托耳和阿那克西比亚的儿子,以英俊勇敢著称,是阿喀琉斯的挚友之一。

安提玛科斯(Antimachus):特洛亚人,曾接受帕里斯的贿赂反对把海伦交还希腊人。

安提玛科斯(Antimachus):藏在木马中的希腊英雄之一。

安提诺俄斯(Antinous):欧珀忒斯的儿子,珀涅罗珀求婚者中最无耻的一人。

安提法忒斯(Antiphates):莱斯特律戈涅斯王。

安提福斯(Antiphus):俄底修斯的老友。

安提福斯(Antiphus):埃古普提俄斯的儿子;俄底修斯的朋友之一。

安提福斯(Antiphus):赫剌克勒斯和拉俄托厄的儿子。

安提福斯(Antiphus):普里阿摩斯和赫卡柏的儿子,为阿伽门农所杀。

安提福斯(Antiphus):忒萨罗斯和卡尔喀俄珀的儿子。

安提福斯(Antiphus):塔莱墨涅斯的儿子,特洛亚战争中迈俄尼亚人的军事领袖。

达玛西克同(Damasichthon):尼俄柏和安菲翁之子,为阿波罗所杀。

达玛西斯特拉托斯(Damasistratus):普拉泰人,将俄狄浦斯的父亲拉伊俄斯埋葬。

达玛斯忒斯(Damastes):著名强盗,又名普洛克洛斯忒斯,为忒修斯所杀。

达那厄(Danae):阿耳戈斯的阿克里西俄斯的女儿,和宙斯生珀耳修斯。

达那俄斯(Danaus):最早的埃及王。

达耳达诺斯(Dardanus):宙斯和海中女神之子。

达耳达诺斯(Dardanus):特洛亚人,比阿斯之子,为阿喀琉斯所杀。

达瑞斯(Dares):特洛亚人,赫淮斯托斯的祭司。

死神(Death):夜的儿子,和睡神是孪生兄弟,希腊名之为塔那托斯。

丢卡利翁(Deucalion):普罗米修斯和克吕墨涅的儿子;皮拉的丈夫;宙斯发洪水灭
    人类时只留下他和他的妻子。

丢卡利翁(Deucalion):克瑞忒王弥诺斯的儿子,淮德拉的兄弟。

丢卡利翁(Deucalion):特洛亚人,为阿喀琉斯所杀。

多里俄斯(Dolius):珀涅罗珀的忠心的仆人和园丁。

多隆(Dolon):欧墨得斯的儿子,特洛亚的探子,为狄俄墨得斯所杀。

多罗普斯(Dolops):特洛亚人,为墨涅拉俄斯所杀。

多洛斯(Dorus):克苏托斯和克瑞乌萨的儿子,多里亚民族的祖先。

许德拉(Hydra):堤丰和厄喀德那所生的水蛇,有九个头,因住在勒耳那大泽,又称
    勒耳那水蛇。

许拉斯(Hylas):忒俄达玛斯的儿子,赫剌克勒斯的密友。

许罗斯(Hyllus):赫剌克勒斯和得伊阿尼拉的儿子。

许罗诺墨(Hylonome):马人库拉洛斯的情人。

许珀瑞诺耳(Hyperenor):特洛亚人,为墨涅拉俄斯所杀。

许庇戎(Hypiron):特洛亚人,为狄俄墨得斯所杀。

许普塞诺耳(Hypsenor):希帕索斯的儿子,安提罗科斯的伙伴,为得伊福玻斯所杀。

许普西皮勒(Hypsipyle):楞诺斯王托阿斯的女儿。

许耳涅托(Hyrnetho):忒墨诺斯的女儿,赫剌克勒斯的后人得伊丰忒斯的妻子。

许耳提俄斯(Hyrtius):特洛亚盟友,为埃阿斯所杀。

伊阿尔墨诺斯(Ialmenus):希腊人,阿瑞斯和阿斯堤俄刻的儿子。

伊阿珀托斯(Iapetus):提坦之一;乌剌诺斯和该亚的儿子;普罗米修斯,阿特拉斯,厄庇墨透斯和墨诺提俄斯的父亲。

伊阿索斯(Iasus):雅典人,希腊的盟友,为埃涅阿斯所杀。

伊卡洛斯(Icarus):代达罗斯的儿子;和父亲一起逃离克瑞忒,因飞近太阳,坠海而死。

伊代俄斯(Idaeus):特洛亚人;达瑞斯的儿子;斐勾斯的兄弟。

伊代俄斯(Idaeus):特洛亚传令官,普里阿摩斯的御者。

伊达斯(Idas):阿法柔斯和阿瑞涅的儿子;阿耳戈英雄之一。

伊多墨纽斯(Idomeneus):克瑞忒人的军事领袖,丢卡利翁的儿子,弥诺斯和帕西淮的后人,特洛亚战中的著名希腊军英雄。

伊利俄纽斯(Ilioneus):尼俄柏和安菲翁的最小的儿子,为阿波罗所杀。

伊利俄纽斯(Ilioneus):特洛亚人,福耳巴斯的儿子,为珀涅琉斯所杀。

伊利俄纽斯(Ilioneus):特洛亚人,为狄俄墨得斯所杀。

伊罗斯(Ilos):特洛斯和卡利洛厄的儿子;拉俄墨冬的父亲,普里阿摩斯的祖父。

伊那科斯(Inachus):珀拉斯戈斯王,俄刻阿诺斯和忒堤斯的儿子,伊俄的父亲。

伊诺(Ino):阿塔玛斯的妻子,佛里克索斯和赫勒的继母,又名琉科忒亚。

伊俄(Io):伊那科斯的女儿,为宙斯所爱,将她变为一只犊牛,避免赫拉察觉;她各地奔走,为牛虻所逐迫。

伊俄巴忒斯(Iobates):吕喀亚王;安忒伊亚的父亲;提任斯的普洛托斯王的岳父,曾受普洛托斯之托欲杀死柏勒洛丰。

伊俄拉俄斯(Iolaus):伊菲克勒斯的儿子,赫剌克勒斯的侄儿,也是他的密友和御者。

伊俄勒(Iole):俄卡利亚王欧律托斯的女儿,因受骗而无心地害死了赫剌克勒斯。

伊翁(Ion):阿波罗和克瑞乌萨的儿子,诞生后被抛弃,为得尔福的阿波罗庙中长大。

伊菲克勒斯(Iphicles):阿尔克墨涅和安菲特律翁的儿子,赫剌克勒斯的异母兄弟,伊俄拉俄斯的父亲。

伊菲达玛斯(Iphidamas):安忒诺耳和忒阿诺的儿子,为阿伽门农所杀。

伊菲革涅亚(Iphigenia):阿伽门农和克吕泰涅斯特拉的女儿,俄瑞斯忒斯和厄勒克特拉的姊妹;阿伽门农在奥利斯将她杀死献给阿耳忒弥斯女神,但为女神救走,带到陶里斯地方去做女神的祭司。

伊菲提翁(Iphition):特洛亚人,为阿喀琉斯所杀。

伊菲托斯(Iphitus):欧律托斯的儿子,赫剌克勒斯的朋友,赫剌克勒斯在疯狂中将他杀死。

伊佛提墨(Iphtime):伊卡里俄斯和阿斯忒洛狄亚的儿子,珀涅罗珀的姊妹。

伊里斯(Iris):宙斯的使者;人头鸟哈耳皮埃的姊妹;是彩虹的化身。

伊洛斯(Irus):和俄底修斯打架的无耻乞丐,真名是阿耳奈俄斯。

伊珊得耳(Isander):柏勒洛丰的儿子。

伊西斯(Isis):埃及的女神,即希腊的伊俄。

伊斯墨涅(Ismene):俄狄浦斯和伊俄卡斯忒的女儿;厄忒俄克勒斯,波吕尼刻斯,安提戈涅的姊妹。

伊斯墨诺斯(Ismenus):尼俄柏和安菲翁的儿子,为阿波罗所杀。

伊索斯(Isus):特洛亚人,安提福斯的御者。

伊堤摩纽斯(Itymeneus):特洛亚的盟友,为墨革斯所杀。

伊克西翁(Ixion):庇里托俄斯的父亲,拉庇泰王;因他自称是赫拉的情人(其实他所遇见的是赫拉的假象),宙斯将他缚在旋转的车轮上,永远在冥土中受罚。

伊阿西翁(Jasion):宙斯和海中女神的儿子,他追求得墨忒耳,为宙斯所杀。

伊阿宋(Jason):埃宋的儿子,美狄亚的丈夫;阿耳戈英雄的领袖。

伊俄卡斯忒(Jocasta):墨诺扣斯的女儿;忒拜的克瑞翁的姊妹;拉伊俄斯的妻子;俄狄浦斯的母亲及妻子。

吕卡翁(Lycaon):阿耳卡狄亚王;珀拉斯戈斯的儿子。

吕卡翁(Lycaon):普里阿摩斯和拉俄托厄的儿子,为阿喀琉斯所杀。

吕科墨得斯(Lycomedes):得伊达弥亚的父亲;涅俄普托勒摩斯的外祖父;斯库洛斯的王。

吕科墨得斯(Lycomedes):希腊人,勒俄克里托斯的朋友。

吕孔(Lycon):特洛亚人,为珀涅琉斯所杀。

吕科佛戎(Lycophron):希腊人,为赫克托耳所杀。

吕枯耳戈斯(Lycurgus):涅墨亚王,俄斐尔忒斯的父亲。

迈那得斯(Maenads):狄俄倪索斯的信徒,奉行癫狂教仪;又称巴克科斯(酒神)的伴侣。

那斯忒斯(Nastes):特洛亚战争中卡里亚人的军事领袖,为阿喀琉斯所杀。

西摩伊斯(Simois):河神。

西摩伊西俄斯(Simoisius):特洛亚人,安忒弥翁的儿子,为埃阿斯所杀。

西农(Sinon):俄底修斯的族人,劝特洛亚人将木马运进城。

西皮罗斯(Sipylus):尼俄柏和安菲翁的儿子,为阿波罗所杀。

西绪福斯(Sisyphus):埃俄罗斯的儿子;以狡黠著名;在冥土中受罚,永远推巨石上山,将及山顶巨石又复落下。

托阿斯(Thoas):楞诺斯王,许普西皮勒的父亲。

托阿斯(Thoas):安德赖蒙的儿子;埃托利亚的希腊人领袖。

托阿斯(Thoas):陶洛人的王。

托阿斯(Thoas):特洛亚人,为安提罗科斯所杀。

托翁(Thoon):特洛亚人,为安提罗科斯所杀。

托俄忒斯(Thootes):希腊人的传令官。

廷达瑞俄斯(Tyndareus):勒达的丈夫;卡斯托耳,波吕丢刻斯,克吕泰涅斯特拉的父亲。

廷达瑞俄斯的儿子(Tyndaridai):即卡斯托耳和波吕丢刻斯的总称,一说是宙斯之子。

七　画

阿班忒斯(Abantes):欧玻亚的一大族,以始祖阿巴斯得名。

阿布得洛斯(Abderus):赫耳墨斯之子,特剌刻的阿布得拉城即从他得名。

阿布勒洛斯(Ablerus):特洛亚人,为安提罗科斯所杀。

阿布绪耳托斯(Absyrtus):埃厄忒斯和厄伊底伊亚之子,美狄亚的兄弟。

阿卡得摩斯(Academus):阿提刻地方的英雄,海伦为忒修斯和庇里托俄斯劫走后,他向海伦的两个哥哥指出海伦被藏的地方。

阿卡玛斯(Acamas):忒修斯与淮德拉之子,特洛亚战争中的英雄。

阿卡玛斯(Acamas):安忒诺耳之子,阿耳刻罗科斯的兄弟,特洛亚战争中的特洛亚军事领袖。

阿卡玛斯(Acamas):特剌刻人,为大埃阿斯所杀。

阿卡耳南(Acarnan):阿尔克迈翁和卡利洛厄之子。

阿卡斯托斯(Acastus):珀利阿斯之子,阿耳戈英雄之一。

阿刻罗俄斯(Achelous):河神,俄刻阿诺斯和忒堤斯的三千儿子中最长的一个;一说是众海妖塞壬之父。

阿喀琉斯(Achilles):珀琉斯和海中女神忒提斯之子,特洛亚战争中的希腊最伟大英雄。

阿科忒斯(Acoetes):拐走酒神狄俄倪索斯的盗船的舵手。

阿克里西俄斯(Acrisius):阿耳戈斯王;阿巴斯和阿格莱亚之子;珀耳修斯之孙,为珀耳修斯误伤而死。

阿克托里斯(Actoris):珀涅罗珀的女仆。

阿达玛斯(Adamas):特洛亚人,阿西俄斯之子,为墨里俄涅斯所杀。

阿德墨托斯(Admetus):斐瑞斯和珀里克吕墨涅之子,阿尔刻提斯的丈夫;欧墨罗斯的父亲;参加卡吕冬野猪的狩猎;阿耳戈英雄之一。

阿德剌斯托斯(Adrastus):阿耳戈斯王;塔拉俄斯之子;攻打忒拜的七将之一。

阿德剌斯托斯(Adrastus):特洛亚人,为墨涅拉俄斯所杀。

阿伽门农(Agamemncn):阿特柔斯之子,墨涅拉俄斯的哥哥;克吕泰涅斯特拉的丈夫;俄瑞斯忒斯和厄勒克特拉的父亲;特洛亚战争中希腊人的最高统帅。

阿伽珀诺耳(Agapenor):忒革亚王;安开俄斯之子;特洛亚战争中阿耳卡狄亚军事领袖。

阿高厄(Agave):卡德摩斯和哈耳摩尼亚的女儿,厄喀翁的妻子,彭透斯的母亲,在酒神的疯狂中将她的儿子彭透斯杀死。

阿革拉俄斯(Agelaus):特洛亚人,佛剌德蒙之子,为狄俄墨得斯所杀。

阿革拉俄斯(Agelaus):普里阿摩斯的仆人,受命抛弃帕里斯,却暗自收养着,看做自己的孩子。

阿革拉俄斯(Agelaus):弥勒托斯人,为墨革斯所杀。

阿革拉俄斯(Agelaus):达玛斯托耳之子,珀涅罗珀的求婚者之一。

阿革诺耳(Agenor):波塞冬和利彼亚之子,欧罗巴的父亲。

阿革诺耳(Agenor):斐勾斯之子,普洛诺俄斯和阿耳西诺厄的兄弟。

阿革诺耳(Agenor):特洛亚英雄;安忒诺耳和忒阿诺之子。

阿尔卡托俄斯(Alcathous):特洛亚军事领袖;安喀塞斯的女婿;为伊多墨纽斯所杀;一说为阿喀琉斯所杀。

阿尔刻提斯(Alcestis):珀利阿斯的女儿,以钟情丈夫著名,自愿代丈夫就死。

阿尔喀比亚(Alcibia):阿玛宗人,为狄俄墨得斯所杀。

阿尔喀墨冬(Alcimedon):莱耳刻斯之子;帕特洛克罗斯率领的密耳弥多涅斯人的将领之一。

阿尔喀墨涅斯(Alcimenes):伊阿宋和美狄亚的儿子。

阿尔喀摩斯(Alcimus):密耳弥多涅斯人;阿喀琉斯的御者之一。

阿尔喀诺俄斯(Alcinous):淮阿喀亚王,阿瑞忒的丈夫,瑙西卡的父亲。

阿尔喀珀(Alcippe):阿玛宗人,为赫剌克勒斯所杀。

阿尔克迈翁(Alcmaeon):安菲阿剌俄斯和厄里费勒的儿子,后辈英雄之一。

阿尔克迈翁(Alcmaeon):希腊人,忒斯托耳之子,为萨耳珀冬所杀。

阿尔克墨涅(Alcmene):厄勒克特律翁的女儿;安菲特律翁的妻子;与宙斯生赫剌克勒斯。

阿尔孔(Alcon):特洛亚人;墨伽克勒斯之子。

阿尔库俄纽斯(Alcyoneus):天与地之子,最强大的巨人,在地上时不会被杀死。

阿勒克珊德洛斯(Alexander):即帕里斯。

阿尔斐诺耳(Alphenor):尼俄柏和安菲翁之子,为阿波罗所杀。

阿尔泰亚(Althaea):卡吕冬王俄纽斯的妻子;墨勒阿格洛斯的母亲。

阿玛尔忒亚(Amalthea):海中仙女,有一从中取物的牛角,当河神阿刻罗俄斯的牛角为赫剌克勒斯打破后,她将自己的一个赠给阿刻罗俄斯。

阿密科斯(Amycus):珀布律喀亚王;他向每一个外来的客人挑战,比赛斗拳。

阿法柔斯(Aphareus):希腊人,卡勒托耳的儿子,为埃涅阿斯所杀。

阿佛洛狄忒(Aphrodite):爱情女神,是克洛诺斯将自己父亲乌拉诺斯肢体投入海中时从泡沫中所诞生;又一说,她是宙斯和狄俄涅的女儿。

阿庇斯(Apis):原是埃及神祇,传入希腊成为厄帕福斯,被认为是宙斯和伊俄的儿子。

阿庇萨翁(Apisaon):派俄尼亚人,希帕索斯的儿子,为吕科墨得斯所杀。

阿庇萨翁(Apisaon):特洛亚人,浮西俄斯之子,为欧律皮罗斯所杀。

阿波罗(Apollo):太阳神;宙斯和勒托之子,阿耳忒弥斯的兄弟;又称福玻斯,福玻斯·阿波罗和赫利俄斯。

阿耳刻西拉俄斯(Arcesilaus):玻俄提亚人,墨涅斯透斯的朋友,为赫克托耳所杀。

阿耳刻罗科斯(Archelochus):特洛亚人,安忒诺耳的儿子,为大埃阿斯所杀。

阿耳刻摩洛斯(Archemorus):参看俄斐尔忒斯(Opheltes)。

阿耳刻普托勒摩斯(Archeptolemus):特洛亚人,伊菲托斯的儿子,为透克洛斯所杀。

阿瑞吕科斯(Areilycus):特洛亚人,为帕特洛克罗斯所杀。

阿瑞托俄斯(Areithous):特洛亚人,为阿喀琉斯所杀。

阿瑞斯(Ares):战神,宙斯和赫拉之子。

阿瑞塔翁(Aretaon):特洛亚人,为透克洛斯所杀。

阿瑞忒(Arete):淮阿喀亚的阿尔喀诺俄斯王的妻子,瑙西卡的母亲。

阿瑞托斯（Aretus）：普里阿摩斯的儿子，为奥托墨冬所杀。

阿耳癸亚（Argia）：阿德拉斯托斯和安菲忒亚的女儿；波吕尼刻斯的妻子。

阿耳癸亚（Argia）：奥忒西翁的女儿，赫剌克勒斯后人阿里斯托得摩斯的妻子。

阿耳癸俄珀（Argiope）：密西亚的透特拉斯王的女儿，忒勒福斯的第一个妻子。

阿耳戈英雄（Argonauts）：在伊阿宋率领下取金羊毛的英雄们。

阿耳戈斯（Argus）：奉赫拉之命看守伊俄的百眼怪物。

阿耳戈斯（Argus）：阿瑞斯托耳和阿耳癸亚的儿子；阿耳戈船的制造者。

阿耳戈斯（Argus）：佛里克索斯和卡尔喀俄珀的儿子，埃厄忒斯的孙子。

阿耳戈斯（Argus）：俄底修斯的忠心的家犬。

阿里阿德涅（Ariadne）：弥诺斯和帕西淮的女儿；淮德拉的姐姐。

阿里翁（Arion）：阿德剌斯托斯攻打忒拜时所驾的一匹马。

阿里斯托得摩斯（Aristodemus）：阿里斯托玛科斯的儿子，赫剌克勒斯的后人。

阿里斯托玛科斯（Aristomachus）：克勒俄代俄斯的儿子，赫剌克勒斯的后人。

阿耳奈俄斯（Arnaeus）：参看伊洛斯（Irus）。

阿耳西诺厄（Arsinoe）：斐勾斯的女儿，阿尔克迈翁的妻子。

阿耳忒弥斯（Artemis）：月神和女猎神；宙斯和勒托的女儿，阿波罗的姊妹。

阿斯卡拉福斯（Ascalaphus）：阿刻戎和戈耳古拉的儿子，曾出卖珀耳塞福涅。

阿斯卡拉福斯（Ascalaphus）：阿瑞斯和阿斯堤俄刻的儿子，希腊人，为得伊福玻斯
    所杀。

阿斯卡尼俄斯（Ascanius）：佛律癸亚人，特洛亚的盟友。

阿斯卡尼俄斯（Ascanius）：埃涅阿斯和克瑞乌萨的儿子。

阿斯克勒庇俄斯（Asclepius）：天医。

阿西俄斯（Asius）：许耳塔科斯的儿子；特洛亚军事领袖，为伊多墨纽斯所杀。

阿西俄斯（Asius）：底玛斯的儿子，赫卡柏的兄弟。

阿斯特洛派俄斯（Astropaeus）：派俄尼亚人，珀勒工的儿子，特洛亚的盟友，为阿喀
    琉斯所杀。

阿斯堤阿那克斯（Astyanax）：赫克托耳和安德洛玛刻的儿子。

阿斯堤诺俄斯（Astynous）：特洛亚人，为狄俄墨得斯所杀。

阿斯堤俄刻（Astyoche）：普里阿摩斯的女儿，忒勒福斯的第二个妻子，欧律皮罗斯
    的母亲。

阿塔兰忒（Atalanta）：伊阿索斯和克吕墨涅的女儿，阿耳忒弥斯的伴侣。

阿特拉斯（Atlas）：天的托持者；提坦伊阿珀托斯和克吕墨涅的儿子；普罗米修斯的
    兄弟。

阿特柔斯(Atreus):珀罗普斯和希波达弥亚的儿子,坦塔罗斯的孙子;堤厄斯忒斯的兄弟,阿伽门农和墨涅拉俄斯的兄弟。

阿特柔斯的儿子(Atridae):指阿伽门农或墨涅拉俄斯。

阿廷尼俄斯(Atymnius):特洛亚人,为安提罗科斯所杀。

阿克西俄斯(Axius):派俄尼亚河神,阿斯特洛派俄斯的祖父。

阿克绪罗斯(Axylus):特洛亚人,透特拉斯之子,为狄俄墨得斯所杀。

克洛弥俄斯(Chromius):密西亚人,特洛亚的盟友。

克洛弥俄斯(Chromius):普里阿摩斯之子,为狄俄墨得斯所杀。

克律萨俄耳(Chrysaor):波塞冬和墨杜萨所生的怪物,珀伽索斯的兄弟。

克律塞伊斯(Chryseis):阿波罗的祭司克律塞斯的女儿,被俘后成为阿伽门农的战利品,阿伽门农拒绝把她交还她的父亲,阿波罗遂对希腊人加以惩罚。

克律塞斯(Chryses):阿波罗的祭司,克律塞伊斯的父亲。

克律西波斯(Chrysippus):珀罗普斯和女神阿克西俄刻的儿子,被拉伊俄斯抢走。

克律索忒弥斯(Chrysothemis):阿伽门农和克吕泰涅斯特拉的女儿,厄勒克特拉和俄瑞斯忒斯的姊妹。

克勒俄布罗斯(Cleobulus):特洛亚人,为小埃阿斯所杀。

克勒俄代俄斯(Cleodaeus):许罗斯和伊俄勒之子;赫剌克勒斯之孙;阿里斯托玛科斯的父亲。

克勒俄多洛斯(Cleodorus):洛得斯人,勒耳诺斯和安菲阿勒之子,为帕里斯所杀。

克勒俄帕特拉(Cleopatra):玻瑞阿斯的女儿,菲纽斯的妻子。

克利忒(Clite):墨洛普斯的女儿,多里俄涅斯王库最科斯的妻子。

克利托斯(Clitus):特洛亚人,珀塞诺耳之子,为透克洛斯所杀。

克罗尼亚(Clonia):阿玛宗人,彭忒西勒亚的侍从之一。

克罗尼俄斯(Clonius):阿勒革诺耳之子,玻俄提亚人的军事领袖,为阿革诺耳所杀。

克罗托(Clotho):命运女神之一,职掌织生命之线。

克吕墨涅(Clymene):俄刻阿诺斯和忒堤斯的女儿,和阿波罗生法厄同。

克吕墨涅(Clymene):海伦的侍女之一。

克吕泰涅斯特拉(Clytaemnestra):廷达瑞俄斯和勒达的女儿,阿伽门农的妻子,俄瑞斯忒斯和厄勒克特拉的母亲;杀阿伽门农,又转而为自己的儿子所杀。

克吕提俄斯(Clytius):欧律托斯和安提俄珀之子,阿耳戈英雄之一。

克吕提俄斯(Clytius):巨人之一,在巨人攻打俄林波斯诸神时为赫淮斯托斯所杀。

克吕提俄斯(Clytius):阿尔克迈翁的儿子,安菲阿拉俄斯的孙子。

克吕提俄斯(Clytius):拉俄墨冬的儿子,普里阿摩斯的兄弟,特洛亚元老之一。

克吕托纽斯(Clytoneus):淮阿喀亚王阿尔喀诺俄斯之子。

克剌托斯(Cratos):强力的化身,为帕拉斯和斯堤克斯河所生的儿子。

克瑞翁(Creon):科任托斯王,格劳刻的父亲。

克瑞翁(Creon):忒拜王;墨诺刻俄斯之子;彭透斯的曾孙;伊俄卡斯忒的哥哥;安提戈涅,厄忒俄克勒斯,波吕尼刻斯的舅父。

克瑞斯丰忒斯(Cresphontes):阿里斯托玛科斯之子,赫剌克勒斯的后人。

克瑞透斯(Ctetheus):伊俄尔科斯的建立者和统治者,埃宋和珀利阿斯的父亲;伊阿宋的祖父。

克瑞同(Crethon):希腊人,斐赖城的狄俄克勒斯之子。

克瑞乌萨(Creusa):厄瑞克透斯的女儿,和阿波罗生伊翁。

克瑞乌萨(Creusa):普里阿摩斯的女儿,埃涅阿斯的妻子。

克洛诺斯(Cronus):罗马名萨图恩;乌拉诺斯和该亚的最小的儿子;推翻他的父亲,后又为他的儿子宙斯所推翻。

克忒西波斯(Ctesippus):珀涅罗珀求婚者之一。

克忒西俄斯(Ctesius):俄耳墨诺斯之子,欧迈俄斯的父亲。

克提墨涅(Ctimene):安提克勒亚的女儿;俄底修斯的姊妹。

克珊托斯(Xanthus):阿喀琉斯的神马,仄费洛斯和波达耳革所生。

克珊托斯(Xanthus):参看斯卡曼德洛斯。

克苏托斯(Xuthos):埃俄罗斯的儿子,克瑞乌萨的丈夫。

库克罗普斯(Cyclops):参看波吕斐摩斯。

库克诺斯(Cycnus):阿瑞斯和皮瑞涅之子,为赫剌克勒斯所杀。

库克诺斯(Cycnus):科罗奈王,波塞冬之子,特洛亚盟友,膂力超人。

库拉洛斯(Cyllarus):年轻的马人,与他的情人许罗诺墨同在庇里托俄斯的婚筵中被杀。

库普塞罗斯(Cypselus):阿耳卡狄亚王。

库最科斯(Cyzicus):多利俄涅斯王;埃纽斯和埃涅忒的儿子。

狄克堤斯(Dictys):马人,在庇里托俄斯的婚筵中被杀。

狄克堤斯(Dictys):玛格涅斯的儿子,和他的兄弟波吕忒克忒斯共同统治塞里福斯岛。

狄俄克勒斯(Diocles):俄耳提罗科斯的儿子,忒勒玛科斯和珀西斯特拉托斯往返于斯巴达途中曾在他家里作客。

狄俄墨得亚(Diomedea):布里塞伊斯的游伴。

狄俄墨得斯(Diomedes):特剌刻人,阿瑞斯人,比斯托涅斯王。

狄俄墨得斯(Diomedes):堤丢斯的儿子,特洛亚战争中的希腊大英雄之一。

狄俄涅(Dione):坦塔罗斯所生的女儿,一说是阿佛洛狄忒和宙斯所生。

狄俄倪索斯(Dionysus):酒神;宙斯和塞墨勒的儿子,又称巴克科斯。

狄俄瑞斯(Diores):阿玛任扣斯的儿子,特洛亚战争中的希腊军事领袖。

狄俄斯库里(Dioscuri):参看廷达瑞俄斯。

希刻塔翁(Hicetaon):特洛亚元老之一。

希波科翁(Hippocoon):斯巴达王;俄巴罗斯和巴忒伊亚的儿子;廷达瑞俄斯的
    兄弟。

希波科翁(Hippocoon):特剌刻人,瑞索斯的朋友。

希波达玛斯(Hippodamas):特洛亚人,为阿喀琉斯所杀。

希波达弥亚(Hipqodamia):俄诺玛俄斯和斯忒洛珀的女儿,珀罗普斯的妻子。

希波达弥亚(Hippodamia):提西福诺斯的妻子;安提玛科斯的女儿。

希波达弥亚(Hippodamia):珀涅罗珀的女仆之一。

希波达弥亚(Hippodamia):参看布里塞伊斯。

希波罗科斯(Hippolochus):柏勒洛丰的儿子;吕喀亚的格劳科斯的父亲。

希波吕忒(Hippolyte):阿瑞斯的女儿,阿玛宗的女王;忒修斯的妻子;彭忒西勒亚
    的姊妹。(这些关系当中颇有矛盾,但传说如此。)

希波吕托斯(Hippolytus):巨人之一。

希波吕托斯(Hippolytus):忒修斯和希波吕忒的儿子,阿耳忒弥斯女猎神的崇拜
    者,死于父亲的诅咒。

希波墨冬(Hippomedon):阿德剌斯托斯的兄弟;攻打忒拜的七将之一。

希波诺俄斯(Hipponous):普里阿摩斯和赫卡柏的儿子,为阿喀琉斯所杀。

希波忒斯(Hippotes):费拉斯的儿子;赫剌克勒斯的后人。

希波托俄斯(Hippothous):勒托斯的儿子,珀拉斯工人的领袖,特洛亚的盟友,为埃
    阿斯所杀。

希波提翁(Hippotion):佛律癸亚人,特洛亚人的盟友,为墨里俄涅斯所杀。

时序女神(Hours):职掌自然次序。欧诺弥亚(秩序),狄刻(公正),厄瑞涅(和
    平)。

利彼亚(Libya):厄帕福斯和门菲斯的女儿,利比亚即从她而得名。

利卡斯(Lichas):赫剌克勒斯的仆人。

利诺斯(Linus):阿波罗的儿子,是一个代表古希腊自然崇拜的神祇的英雄。

利堤厄耳塞斯(Lityerses):弥达斯的私生子,为赫剌克勒斯所杀。

玛卡里亚(Macaria):赫剌克勒斯和得伊阿尼拉的女儿,为赫剌克勒斯的子孙而自愿牺牲。

玛卡翁(Machaon):阿斯克勒庇俄斯和厄庇俄涅的儿子,精于医术。

玛里斯(Maris):特洛亚人的盟友;阿廷尼俄斯的兄弟,为特剌绪墨得斯所杀。

佛里克索斯(Phrixus):阿塔玛斯和涅费勒的儿子;赫勒的兄弟。

佛戎提斯(Phrontis):卡尔喀俄珀的儿子;美狄亚的侄子。

庇底忒斯(Pidytes):特洛亚的盟友,为俄底修斯所杀。

庇厄里亚的女神们(Pierides):即缪斯,因她们生于庇厄里亚地方。

庇里托俄斯(Pirithous):伊克西翁的儿子,忒修斯的朋友。

庇透斯(Pittheus):珀罗珀斯和希波达弥亚的儿子;特洛曾王。

里格摩斯(Rhigmus):特洛亚的盟友,特剌刻人,为阿喀琉斯所杀。

辛尼斯(Sinnis):强盗;波塞冬的儿子;为忒修斯所杀。

忒克墨萨(Tecmessa):透特剌斯的女儿,大埃阿斯的情人,欧律萨刻斯的母亲。

忒拉蒙(Telamon):大埃阿斯的父亲,阿耳戈英雄之一。

忒勒玛科斯(Telemachus):俄底修斯和珀涅罗珀的儿子;寻找父亲;帮助父亲杀死所有的求婚者。

忒勒摩斯(Telemus):欧律摩斯的儿子,预言家,曾预言波吕斐摩斯的独眼将被俄底修斯刺瞎。

忒勒福斯(Tolephus):赫剌克勒斯和奥革的儿子,密西亚王,欧律皮罗斯的父亲。

忒墨诺斯(Temenus):阿里斯托玛科斯的儿子,赫剌克勒斯的后人。

忒墨洛斯(Temerus):巨人,善用头撞死旅客,为赫剌克勒斯所杀。

忒弥斯(Themis):乌剌诺斯和该亚的女儿;正义女神。

忒俄克吕摩诺斯(Theoclymenus):占卜家,波吕斐伊得斯的儿子,为忒勒玛科斯带往伊塔刻。

忒耳摩多亚(Thermodoa):阿玛宗人,为墨里俄涅斯所杀。

忒耳珊得耳(Thersander):波吕尼刻斯和阿耳癸亚的儿子,攻打忒拜的后辈英雄之一。

忒耳西忒斯(Thersites):希腊军中最丑陋者,多言而好斗;为俄底修斯所斥责,后为阿喀琉斯所杀。

忒修斯(Theseus):埃勾斯和埃特拉的儿子;厄瑞克透斯和珀罗普斯的后人;雅典王;淮德拉的丈夫,希波吕托斯的父亲。

忒斯普洛托斯(Thesprotus):吕卡翁的儿子;厄庇洛斯的王。

忒萨罗斯(Thessalus):伊阿宋和美狄亚的儿子。

忒提斯(Thetis)：涅柔斯的女儿之一，珀琉斯的妻子，阿喀琉斯的母亲。

忒瑞西阿斯(Tiresias)：忒拜先知，盲目，欧厄瑞斯和卡里克罗的儿子；曼托的父亲。

八　画

刻布里俄涅斯(Cebriones)：普里阿摩斯之子，赫克托尔的御者，为帕特洛克罗斯
所杀。

刻甫斯(Cepheus)：阿耳卡狄亚王，吕枯耳戈斯之子。

刻甫斯(Cepheus)：埃塞俄比亚王，安德洛墨达的父亲。

刻耳柏洛斯(Cerberus)：三头狗，堤丰和厄喀德那所生，它把守着冥土的门。

刻耳库翁(Cercyon)：波塞冬之子，住在厄琉西斯，和过路人摔跤。

刻托(Ceto)：蓬托斯和该亚的女儿，生格莱埃，戈耳工，以及大蛇拉冬。

刻宇克斯(Ceyx)：特剌喀斯王，赫剌克勒斯的朋友和伙伴。

欧阿德涅(Euadne)：伊菲斯的儿子卡帕纽斯的妻子。

欧安德拉(Euandra)：阿玛宗人，为墨里俄涅斯杀死。

欧刻诺耳(Euchenor)：科任托斯人，希腊人，为帕里斯所杀。

欧多剌斯(Eudoras)：赫耳墨斯和波吕墨勒的儿子，阿喀琉斯部下之一。

欧厄诺耳(Euenor)：杜利喀翁人，希腊人，为帕里斯所杀。

欧迈俄斯(Eumaeus)：俄底修斯的忠心的牧人。

欧墨多斯(Eumelus)：阿德墨托斯和阿尔刻提斯的儿子；伊菲提墨的丈夫。

欧墨尼得斯(Eumenides)：复仇三女神，也称厄里倪厄斯。

欧摩尔波斯(Eumolpus)：厄琉西斯的祭司，波塞冬和喀俄涅的儿子。

欧纽斯(Euneus)：伊阿宋和许普西皮勒的儿子。

欧珀忒斯(Eupeithes)：安提诺俄斯的父亲，为拉厄耳忒斯所杀。

欧斐摩斯(Euphemus)：波塞冬和欧罗巴的儿子。

欧斐摩斯(Euphemus)：特洛曾诺斯的儿子，特洛亚的盟友。

欧福耳玻斯(Euphorbus)：特洛亚人，潘托俄斯的儿子，为墨涅拉俄斯杀死。

欧罗巴(Europa)：阿革诺耳的女儿，卡德摩斯的姊妹，为宙斯拐走，和宙斯生弥诺
斯和剌达曼堤斯。

欧律阿得斯(Euryades)：珀涅罗珀的求婚者之一，为忒勒玛科斯所杀。

欧律阿罗斯(Euryalus)：墨喀斯透斯的儿子，攻打忒拜的后辈英雄之一，后参加特
洛亚战争。

欧律阿罗斯(Euryalus)：淮阿喀亚人。

欧律巴忒斯(Eurybates)：希腊传令官，俄底修斯的伙伴。

欧律克勒亚(Euryclea):俄底修斯的乳母,又带大忒勒玛科斯。

欧律达玛斯(Eurydamas):特洛亚人,安忒诺耳的女婿,为狄俄墨得斯所杀。

欧律达玛斯(Eurydamas):珀涅罗珀的求婚者之一,为俄底修斯所杀。

欧律狄刻(Eurydice):涅墨亚的吕枯耳戈斯的妻子,俄斐尔忒斯的母亲。

欧律狄刻(Eurydice):忒拜的克瑞翁的妻子。

欧律罗科斯(Eurylochus):俄底修斯的伙伴。

欧律玛科斯(Eurymachus):安忒诺耳的儿子。

欧律玛科斯(Eurymachus):藏在木马中的希腊人之一。

欧律玛科斯(Eurymachus):波吕玻斯的儿子;珀涅罗珀的求婚者。

欧律墨冬(Eurymedon):希腊人,阿伽门农的御者。

欧律墨涅斯(Eurymenes):特洛亚人,埃涅阿斯的朋友。

欧律诺墨(Eurynome):俄刻阿诺斯的女儿,和宙斯生美惠三女神。

欧律诺墨(Eurynome):珀涅罗珀的女仆。

欧律诺摩斯(Eurynomus):埃古普提俄斯的儿子,珀涅罗珀的求婚者之一。

欧律皮罗斯(Eurypylus):希腊英雄;欧埃蒙的儿子。

欧律皮罗斯(Eurypylus):密索斯人;忒勒福斯和阿斯堤俄刻的儿子,特洛亚的盟友。

欧律萨刻斯(Eurysaces):大埃阿斯和忒克墨萨的儿子。

欧律斯忒涅斯(Eurysthenes):阿里斯托得摩斯和阿耳癸亚的儿子,赫剌克勒斯的后人。

欧律斯透斯(Eurystheus):斯忒涅罗斯和尼喀珀的儿子,珀耳修斯的孙子,他命令赫剌克勒斯作十二件大工作。

欧律提翁(Eurytion):掳走庇里托俄斯妻子希波达弥亚的马人。

欧律托斯(Eurytus):俄卡利亚王;墨拉纽斯的儿子;伊俄勒和得伊俄纽斯的父亲。

命运女神(Fates):共是三位,执掌人类命运。克罗托,纺织生命之线;拉刻西斯,决定生命之线的长短;阿特洛波斯,负责切断生命之线。

该亚(Gaea):地之女神;她继卡俄斯(混沌)而生;天空,陆地,海洋又从她而生。

拉布达科斯(Labdacus):波吕多洛斯的儿子,卡德摩斯的孙子;拉伊俄斯的父亲;俄狄浦斯的祖父。

拉冬(Ladon):替赫斯珀里得斯看守金苹果的百首龙;为福耳库斯和刻托所生。

拉厄耳忒斯(Laertes):阿耳喀西俄斯的儿子,宙斯的孙子;安提克勒亚的丈夫;俄底修斯的父亲。

拉伊俄斯(Laius):拉布达科斯的儿子,伊俄卡斯忒的丈夫,俄狄浦斯的父亲,为儿子所杀。

拉奥孔(Laocoon):特洛亚城的阿波罗祭司,因他劝告特洛亚人警惕木马,雅典娜震怒,使两条蛇将他杀死。

拉俄达玛斯(Laodamas):淮阿喀亚的阿尔喀诺俄斯和阿瑞忒的儿子。

拉俄达玛斯(Laodamas):厄忒俄克勒斯的儿子,攻打忒拜的后辈英雄之一,为阿尔克迈翁所杀。

拉俄达弥亚(Laodamia):阿卡斯托斯的女儿,普洛忒西拉俄斯的未婚妻。

拉俄达弥亚(Laodamia):珀斯洛丰的女儿,和宙斯生萨耳珀冬。

拉俄狄刻(Laodice):普里阿摩斯和赫卡柏的女儿。

拉俄多科斯(Laodocus):希腊人,安提罗科斯的御者。

拉俄多科斯(Laodocus):特洛亚人,安忒诺耳的儿子。

拉俄戈诺斯(Laogonus):特洛亚人,比阿斯的儿子,为阿喀琉斯所杀。

拉俄戈诺斯(Laogonus):特洛亚人,俄涅托耳的儿子,为墨里俄涅斯所杀。

拉俄墨冬(Laomedon):伊罗斯和欧律狄刻的儿子,赫西俄涅和普里阿摩斯的父亲。

拉俄托厄(Laothoe):波吕多洛斯和吕卡翁的母亲;普里阿摩斯的妃子。

林扣斯(Lynceus):"锐眼者",阿耳戈船的舵手。

弥玛斯(Mimas):巨人之一,为阿瑞斯所杀。

弥诺斯(Minos):克瑞忒王;宙斯和欧罗巴的儿子;帕西淮的丈夫;伊多墨纽斯的祖父;后来传说他成为冥土判官之一。

弥诺陶洛斯(Minotaur):克瑞忒的一个妖怪,牛首人身,是帕西淮和一公牛所生;代达罗斯曾为它建筑迷宫。

帕拉墨得斯(Palamedes):瑙普利俄斯的儿子;以智慧著名;因私仇为俄底修斯所陷害。

帕拉斯(Pallas):特里同的女儿;雅典娜在无意中杀死她,因纪念她,自己改名帕拉斯,自称帕拉斯·雅典娜。

帕拉斯(Pallas):潘狄翁的儿子;埃勾斯的兄弟。

帕拉斯(Pallas):参看雅典娜。

帕里斯(Paris):普里阿摩斯和赫卡柏的儿子;又名阿勒克珊德洛斯;拐海伦,引起特洛亚战争。

帕耳忒诺派俄斯(Parthenopaeus):阿德剌斯托斯的兄弟,攻打忒拜的七将之一。

帕特洛克罗斯(Patroclus):墨诺提俄斯的儿子;阿喀琉斯的密友;死于赫克托耳之手;他的死使阿喀琉斯打消对阿伽门农的愤怒重新参战攻打特洛亚。

法厄同(Phaethon):阿波罗和克吕墨涅的儿子;强驾阿波罗的神车,从天上跌下

　　致死。

法尔刻斯(Phalces):特洛亚人,被安提罗科斯所杀。

波达利里俄斯(Podalirius):阿斯克勒庇俄斯和厄庇俄涅的儿子;精于医理。

波达耳刻斯(Podarces):伊菲克勒斯的儿子;忒萨利亚人的领袖;为彭忒西勒亚所杀。

波达耳刻斯(Podarces):拉俄墨冬的儿子;赫西俄涅的兄弟;参看普里阿摩斯。

波达耳戈斯(Podargus):墨涅拉俄斯的马。

波达耳革(Podarge):人首鸟哈尔庇之一;阿喀琉斯的神马即它所生。

波得斯(Podes):特洛亚人,厄厄提翁的儿子,为墨涅拉俄斯所杀。

波利忒斯(Polites):普里阿摩斯和赫卡柏的儿子,得伊福玻斯的兄弟。

波利忒斯(Polites):俄底修斯的朋友。

波吕玻忒斯(Polybotes):巨人之一,为波塞冬所追逐。

波吕玻斯(Polybus):科任托斯王,俄狄浦斯的义父。

波吕克托耳(Polyctor):赫耳墨斯引普里阿摩斯往见阿喀琉斯时假托的名字。

波吕达玛斯(Polydamas):特洛亚人领袖之一;潘托俄斯的儿子。

波吕得克忒斯(Polydectes):和他的兄弟共同统治塞里福斯岛;达那厄的丈夫;珀耳修斯的义父。

波吕丢刻斯(Polydeuces):廷达瑞俄斯和勒达的儿子;海伦的兄弟;和他的兄弟卡斯托耳同称狄俄斯库里(即宙斯之子)或廷达瑞俄斯之子。

波吕多洛斯(Polydorus):普里阿摩斯和拉俄托厄的最小一个儿子;被希腊人石击致死。

波吕伊多斯(Polyidus):著名的占卜家。

波林涅斯托耳(Polymnestor):特剌刻王;受托抚养波吕多洛斯。

波吕尼刻斯(Polynices):俄狄浦斯和伊俄卡斯忒的儿子;安提戈涅和厄忒俄克勒斯的兄弟,攻打忒拜的七将之一。

波吕斐摩斯(Polyphemus):厄拉托斯和希珀的儿子;阿耳戈英雄之一。

波吕斐摩斯(Polyphemus):圆目巨人之一,俄底修斯及伙伴曾困于他的山洞中。

波吕丰忒斯(Polyphontes):赫剌克勒斯的后人,杀死兄弟克瑞斯丰忒斯。

波吕波厄忒斯(Polypoetes):希腊人,庇里托俄斯和希波达弥亚的儿子。

波吕克塞娜(Polyxena):普里阿摩斯和赫卡柏的女儿。

波吕克塞诺斯(Polyxenus):阿伽斯忒涅斯的儿子,攻打特洛亚的厄利斯人领袖。

波耳费里翁(Porphyrion):巨人之一,为宙斯和赫剌克勒斯所杀。

波塞冬(Poseidon):海神;克洛诺斯和瑞亚的儿子,宙斯的兄弟。

坦塔利得斯(Tantalides):坦塔罗斯子孙的总称。

坦塔罗斯(Tantalus):宙斯的儿子,神的朋友,因杀子珀罗普斯宴请天神,被罚入冥土永受饥渴之苦。

坦塔罗斯(Tantalus):尼俄柏和安菲翁的儿子,为阿波罗所杀。

坦塔罗斯(Tantalus):堤厄忒斯的儿子,为叔叔阿特柔斯所杀宴请堤厄斯忒斯。

宙斯(Zeus):希腊神话中最高的天神;克洛诺斯和瑞亚的儿子。

九　画

柏勒洛丰(Bellerophon):格劳科斯之子,西绪福斯之孙。

科卡罗斯(Cocalus):西西里王。

科剌诺斯(Coeranus):希腊人,墨里俄涅斯的御者,为赫克托耳所杀。

科翁(Coon):特洛亚人,安忒诺耳之子,为阿伽门农所杀。

科普柔斯(Copreus):珀罗普斯之子,欧律斯透斯的仆人。

科洛玻斯(Coroebus):佛律癸亚人,密格冬之子,向卡珊德拉求婚,后为狄俄墨得斯所杀。

复仇女神(Furies):她们又称厄里倪厄斯或欧墨尼得斯。

革律翁(Geryon):巨人之一,克律萨俄耳和卡利洛厄的儿子。

美惠三女神(Graces):她们为人间带来诸美;是宙斯和欧律诺墨的女儿,名字各是欧佛洛绪涅,塔利亚,阿格莱亚。

美狄亚(Medea):埃厄忒斯和厄伊底伊亚的女儿;阿布绪耳托斯的姊妹;伊阿宋的妻子;会法术,为了报复伊阿宋对她的遗弃,亲手杀死自己的两个儿子。

哈得斯(Hades):冥土的王;克洛诺斯和瑞亚的儿子;宙斯和波塞冬的兄弟;也称普路同。冥土也称哈得斯。

哈利忒耳塞斯(Halitherses):玛斯托耳的儿子,伊塔刻的卜士,俄底修斯的朋友。

哈利俄斯(Halius):阿尔喀诺俄斯和阿瑞忒的儿子。

哈耳摩尼亚(Harmonia):卡德摩斯的妻子。

哈耳帕利翁(Harpalion):皮莱墨涅斯的儿子,特洛亚盟友,为墨里俄涅斯所杀。

哈帕吕科斯(Harpalycus):赫耳墨斯的儿子,赫剌克勒斯的教师。

哈耳品那(Harpinna):俄诺玛俄斯的马。

俄底修斯(Odysseus):拉厄耳忒斯和安提克勒亚的儿子;珀涅罗珀的丈夫;忒勒玛科斯的父亲;伊塔刻王;神话中著名人物,以机智,多才,坚毅著名。

俄狄浦斯(Oedipus):拉伊俄斯和伊俄卡斯忒的儿子,杀父娶母,生厄忒俄克勒斯,波吕尼刻斯,安提戈涅,伊斯墨涅。

俄纽斯（Oeneus）：卡吕冬王；得伊阿尼拉的父亲，狄俄墨得斯的祖父。

俄诺玛俄斯（Oenomaus）：厄利斯王；阿瑞斯和斯特洛珀的儿子；珀罗普斯的妻子希波达弥亚的父亲。

俄诺玛俄斯（Oenomaus）：特洛亚人，为伊多墨纽斯所杀。

俄诺涅（Oenone）：河神和一女神的女儿，帕里斯的第一个妻子。

俄俄诺斯（Oeonus）：阿尔克墨涅的兄弟；赫剌克勒斯的舅父。

俄琉斯（Oileus）：罗克里斯王，小埃阿斯的父亲；阿耳戈英雄之一。

俄斐耳忒斯（Opheltes）：涅墨亚的吕枯耳戈斯和欧律狄刻的儿子；也称阿耳刻玛洛斯。

俄瑞斯忒斯（Orestes）：阿伽门农和克吕泰涅斯特拉的儿子；厄勒克特拉的兄弟；为父报仇，杀死母亲。

俄里翁（Orion）：俊美而强壮的猎人，死后变为星座。

俄耳甫斯（Orpheus）：著名歌手；俄阿戈斯和缪斯之一卡利俄珀的儿子；他能以歌声使山林，岩石移动，使野兽驯服。

俄耳西罗科斯（Orsilochus）：希腊人，狄俄克斐赖的勒斯的儿子，为埃涅阿斯所杀。

俄律塔翁（Orythaon）：特洛亚人，赫克托耳的朋友，为阿喀琉斯所杀。

俄特律俄纽斯（Othryoneus）：特洛亚人，卡珊德拉的求婚者，为伊多墨纽斯所杀。

俄特律斯（Othrys）：特洛亚的潘托俄斯的父亲。

俄克绪罗斯（Oxylus）：海蒙的儿子；俄纽斯的后人。

派厄翁（Paeeon）：俄林波斯的医生。

珀达索斯（Pedasus）：阿喀琉斯的神马。

珀伽索斯（Pegasus）：飞马；波塞冬和墨杜萨所生，当珀耳修斯割下墨杜萨的头时，与克律萨俄耳同时从墨杜萨的头里跳出。

珀剌俄斯（Peiraeus）：克吕提俄斯的儿子；忒勒玛科斯的朋友。

珀塞诺耳（Peisenor）：伊塔刻传令官。

珀西斯特剌托斯（Peisistratus）：涅斯托耳和阿那克西比亚的儿子；忒勒玛科斯从皮罗斯前往斯巴达时的旅伴和朋友。

珀拉工（Pelagon）：吕喀亚人，萨耳珀冬的朋友。

珀琉斯（Peleus）：埃阿科斯的儿子；珀柔斯女儿忒提斯的丈夫，阿喀琉斯的父亲；阿耳戈英雄之一。

珀利阿斯（Pelias）：克瑞透斯的儿子；伊阿宋的叔叔。

珀罗普斯（Pelops）：坦塔罗斯的儿子；被父亲所杀为天神作食物，为命运女神起死回生。

珀罗洛斯(Pelorus):巨人,为阿瑞斯所杀。

珀涅琉斯(Peneleus):特洛亚战争中玻俄提亚人的军事领袖。

珀涅罗珀(Penelope):伊卡里俄斯的女儿;俄底修斯忠贞的妻子;忒勒玛科斯的
　　母亲。

珀里玻亚(Periboea):巨人族的王欧律墨冬的女儿。

珀里克吕墨诺斯(Periclymenus):忒拜人,波塞冬和克罗里斯的儿子,七将攻忒拜
　　时,忒拜的守将之一。

珀里顾涅(Perigune):辛尼斯的女儿,为忒修斯搭救,嫁给得伊俄纽斯。

珀里墨得斯(Perimedes):俄底修斯伙伴之一。

珀里法斯(Periphas):埃托利亚人,为阿瑞斯所杀。

珀里斐忒斯(Periphetes):著名强盗,为忒修斯所杀。

珀里斐忒斯(Periphetes):特洛亚人的盟友;为透克洛斯所杀。

珀里斐忒斯(Periphetes):密刻奈人,希腊人,科普柔斯的儿子,为赫克托所杀。

珀耳塞(Perse):俄刻阿诺斯的女儿,赫利俄斯的妻子,喀耳刻和埃厄忒斯的母亲。

珀耳塞福涅(Persephone):宙斯和得墨忒耳的女儿,冥土王后。

珀耳修斯(Perseus):宙斯和达那厄的儿子;希腊神话中的大英雄之一。

珀特赖俄斯(Petraeus):马人,为庇里托俄斯所杀。

珀珊德洛斯(Pisander):特洛亚人,为墨涅拉俄斯所杀。

珀珊德洛斯(Pisander):希腊人,迈玛罗斯的儿子,阿刻琉斯的部下密耳弥多涅斯
　　人之一。

珀珊德洛斯(Pisander):珀涅罗珀的求婚者,为菲罗提俄斯所杀。

费琉斯(Phyleus):奥革阿斯的儿子;助赫剌克勒斯反对父亲。

费拉(Phylla):俄诺玛俄斯的马。

剌达曼堤斯(Rhadamanthys):宙斯和欧罗巴的儿子;弥诺斯的兄弟;冥土判官之一。

洛托斯(Rhoetus):巨人之一。

洛托斯(Rhoetus):马人,在庇里托俄斯婚筵中为底玛斯所杀。

十　画

埃厄忒斯(Aeetes):赫利俄斯和珀耳塞之子,喀耳刻之兄;厄伊底伊亚的丈夫,美狄
　　亚和阿布绪耳托斯的父亲。

埃勾斯(Aegeus):潘狄翁和皮利亚之子,忒修斯之父。

埃癸阿勒俄斯(Aegialeus):阿德剌斯托斯和得摩那萨之子;后辈英雄之一,在忒拜
　　城下为拉俄达玛斯所杀。

埃癸斯托斯(Aegisthus):堤厄斯忒斯之子,克吕泰涅斯特拉的奸夫;曾篡夺阿伽门农王位。

埃格勒(Aegle):夜的女儿赫斯珀里得斯之一。

埃古普提俄斯(Aegyptius):伊塔刻人,俄底修斯和忒勒玛科斯的朋友。

埃拉(Aella):阿玛宗人,为赫剌克勒斯所杀。

埃涅阿斯(Aeneas):安喀塞斯和阿佛洛狄忒之子,克瑞乌萨的丈夫,阿斯卡尼俄斯的父亲;特洛亚英雄之一。

埃俄罗斯(Aeolus):希波忒斯之子,克苏托斯之父;众神的朋友,掌管诸风。

埃皮提代(Aepytidae):埃皮托斯的子孙;赫剌克勒斯的后裔。

埃皮托斯(Aepytus):克瑞斯丰忒斯和墨洛珀之子,赫剌克勒斯的后裔。

埃萨科斯(Aesacus):普里阿摩斯和阿里斯柏之子,曾预言帕里斯将导致特洛亚的毁灭。

埃宋(Aeson):克瑞透斯之子;珀利阿斯的异母兄弟;伊阿宋的父亲。

埃忒(Aethe):阿伽门农的马名。

埃特拉(Aethra):庇透斯之女,埃勾斯之妻,忒修斯的母亲。

埃阿斯(Ajax):忒拉蒙和厄里斯珀之子,通称大埃阿斯;特洛亚战争中的希腊英雄。

埃阿斯(Ajax):俄琉斯之子,通称小埃阿斯或罗克里斯的埃阿斯;特洛亚战争中的希腊英雄。

部西里斯(Busiris):波塞冬和吕西阿加萨之子,凶暴的埃及王。

部忒斯(Butes):忒勒翁之子,阿耳戈英雄之一。

恩刻拉多斯(Enceladus):巨人之一,被雅典娜以西西里岛压住。

恩底弥翁(Endymion):埃特里俄斯的俊美的儿子,为月女神塞勒涅所钟爱。

恩诺摩斯(Ennomus):密西亚人,特洛亚盟友,为阿喀琉斯所杀。

格劳科斯(Glaucus):海神,善作预言。

格劳科斯(Glaucus):吕喀亚人,希波罗科斯的儿子;柏勒洛丰的孙子;特洛亚盟友,为埃阿斯所杀。

格赖埃(Graeae):福耳库斯和刻托的三个女儿;和戈耳工是姊妹,她们共有一只眼睛,一个牙齿。

格剌伊科斯(Graicus):忒萨罗斯的儿子。

顾纽斯(Guneus):库福斯人,希腊人的盟友。

海蒙(Haemon):忒拜的克瑞翁和欧律狄刻的儿子,安提戈涅的未婚夫。

海伦(Helen):宙斯、勒达的女儿;与克吕泰涅斯特拉及廷达瑞俄斯之子是异父姊妹;墨涅拉俄斯的妻子,以美艳著名,为帕里斯拐走引起特洛亚战争。

荷狄俄斯(Hodius):特洛亚盟友,为阿伽门农所杀。

荷狄俄斯(Hodius):希腊传令官。

莱耳刻斯(Laerces):皮罗斯的涅斯托耳宫中的金匠。

涅琉斯(Neleus):皮罗斯人,涅斯托耳的父亲,阿耳戈英雄之一。

涅俄普托勒摩斯(Neoptolemus):阿喀琉斯和得伊达弥亚的儿子,又名皮洛斯。

涅斐勒(Nephele):阿塔玛斯的妻子,佛里克索斯和赫勒的母亲。

涅瑞伊得斯(Nereids):涅柔斯和多里斯的女儿们;海中女神。

涅柔斯(Nereus):蓬托斯和该亚的儿子,涅瑞伊得斯的父亲;他女儿中的忒提斯是
    阿喀琉斯的母亲。

涅索斯(Nessus):在欧厄诺斯河上渡旅客过河的艄公,他是个马人,后为赫剌克勒
    斯所杀,临死时给得伊阿尼拉毒血,后来致赫剌克勒斯于死命。

涅斯托耳(Nestor):涅琉斯和克罗里斯的儿子;皮罗斯的统治者;安提罗科斯的父
    亲;以睿智著称,且为人公正,长于言词。

诺蒙(Noemon):佛洛尼俄斯的儿子;伊塔刻人,他借船给忒勒玛科斯前往皮罗斯寻
    找俄底修斯。

翁法勒(Omphale):伊阿耳达诺斯的女儿;迈俄尼亚王后;赫剌克勒斯和她结婚同
    住三年。

索科斯(Socus):特洛亚人,希帕索斯的儿子,为俄底修斯所杀。

透克洛斯(Teucer):河神斯卡曼德洛斯的儿子;第一个特洛亚王。

透克洛斯(Teucer):大埃阿斯的异母兄弟;忒拉蒙和赫西俄涅的儿子,特洛亚战争
    中的希腊大英雄之一。

透特然提俄斯(Teuthrantius):忒勒福斯的异母兄弟,为埃阿斯所杀。

特剌绪得摩斯(Thrasydemus):萨耳珀冬的朋友和御者。

特剌绪墨得斯(Thrasymedes):涅斯托耳和安那克西比亚的儿子;安提罗科斯的
    兄弟。

特勒波勒摩斯(Tlepolemus):洛得斯的统治者,赫剌克勒斯的儿子。

特里同(Triton):海神;帕拉斯的父亲。

特洛罗斯(Troilus):普里阿摩斯和赫卡柏的小儿子,为阿喀琉斯所杀。

特洛斯(Tros):厄里克托尼俄斯和阿堤俄刻的儿子,伊罗斯的父亲。

特洛斯(Tros):特洛亚人,阿拉斯托耳,为阿喀琉斯所杀。

十 一 画

得伊阿尼拉(Deianira):俄纽斯的女儿,墨勒阿格洛斯的姊妹,赫剌克勒斯的妻子,

她的嫉妒给丈夫带来死亡。

得伊科翁(Deicoon):特洛亚人,珀耳伽索斯之子,埃涅阿斯的朋友,为阿伽门农所杀。

得伊达弥亚(Deidamia):斯库洛斯王吕科墨得斯的女儿,阿喀琉斯的妻子,涅俄普托勒摩斯的母亲。

得伊俄科斯(Deiochus):希腊人,为帕里斯所杀。

得伊俄纽斯(Deioneus):欧律托斯和俄卡利亚的儿子。

得伊福玻斯(Deiphobus):阿密克莱王。

得伊福玻斯(Deiphobus):普里阿摩斯之子,特洛亚的伟大英雄之一。

得伊福涅斯(Deiphones):赫剌克勒斯后人之一。

得伊皮勒(Deipyle):阿德剌斯托斯的女儿,堤丢斯的妻子。

得伊皮洛斯(Deipyrus):希腊人,为赫勒诺斯所杀。

得墨忒耳(Demeter):克洛诺斯和瑞亚的女儿,农业女神。

得摩科翁(Democoon):普里阿摩斯的私生子,为俄底修斯所杀。

得摩多科斯(Demodocus):淮阿喀亚王阿尔喀诺俄斯宫中的老歌人。

得摩勒翁(Demoleon):特洛亚人,安忒诺耳和忒阿诺的儿子,为阿喀琉斯所杀。

得摩勒翁(Demoleon):斯巴达人,希帕索斯之子,为帕里斯所杀。

得摩福翁(Demophoon):忒修斯和淮德拉的儿子。

得摩普托勒摩斯(Demoptolemus):珀涅罗珀的求婚者之一,为俄底修斯所杀。

得摩科斯(Demuchus):特洛亚人,为阿喀琉斯杀伤。

得里玛喀亚(Derimachia):阿玛宗人,为小埃阿斯所杀。

得律阿斯(Dryas):率领拉庇泰人攻打马人的军事领袖。

得律俄普斯(Dryops):特洛亚人,为阿喀琉斯所杀。

勒伊俄得斯(Leiodes):珀涅罗珀的求婚者,为俄底修斯所杀。

勒伊托斯(Leitus):希腊人,为赫克托耳所杀伤。

勒俄克里托斯(Leocritus):希腊人,吕科墨得斯的朋友,为埃涅阿斯所杀。

勒俄克里托斯(Leocritus):珀涅罗珀求婚者之一。

勒翁透斯(Leonteus):希腊人,科洛诺斯的儿子。

勒托(Leto):提坦科俄斯和福柏的女儿;和宙斯生阿波罗和阿耳忒弥斯。

琉科忒亚(Leucothea):海中女神;波塞冬将俄底修斯的船打碎后,她曾搭救。

琉科斯(Leucus):俄底修斯的朋友,为安提福斯所杀。

曼托(Manto):忒瑞西阿斯的女儿,也善作预言。

密冬(Mydon):特洛亚人的盟友,为安提罗科斯所杀。

密耳提罗斯(Myrtilus):赫耳墨斯的儿子,俄诺玛俄斯的御者,为珀涅罗珀所杀。

淮狄摩斯(Phaedimus):尼俄柏和安菲翁的儿子;为阿波罗所杀。

淮德拉(Phaedra):克瑞忒的弥诺斯的女儿;阿里阿德涅的妹妹;忒修斯的妻子。

淮诺普斯(Phaenops):特洛亚人;阿西俄斯的儿子;克珊托斯和托翁的父亲。

淮斯托斯(Phaestus):特洛亚的盟友,为伊多墨纽斯所杀。

菲狄波斯(Phidippus):忒萨罗斯的儿子,赫剌克勒斯后代。

菲罗克忒忒斯(Philoctetes):波阿斯的儿子;赫剌克勒斯的朋友,赫剌克勒斯临死
    将自己的弓箭送给他。

菲罗提俄斯(Philoetius):俄底修斯的忠心牧人,帮助杀死求婚者。

菲罗诺厄(Philonoe):伊俄巴忒斯的女儿,珀勒洛丰的妻子。

菲纽斯(Phineus):刻甫斯的兄弟,安德洛墨达的叔叔,为珀耳修斯化为石头。

菲纽斯(Phineus):阿革诺耳的儿子,为人首鸟所困扰,其后玻瑞阿斯的儿子救
    了他。

萨耳珀冬(Sarpedon):拉俄达弥亚和宙斯的儿子,珀勒洛丰的孙子;吕喀亚王;特洛
    亚人的盟友。

萨尔摩纽斯(Salmoneus):埃俄罗斯的儿子;因假借宙斯之名为宙斯所杀。

绪琉斯(Syleus):波塞冬的儿子,奥利斯王。

绪任克斯(Syrinx):山林女神,为潘所追求,化为芦苇。

十 二 画

雅典娜(Athene):智慧女神,女战神,从宙斯的头颅中诞生;也称作帕拉斯或帕拉
    斯·雅典娜。

奥托墨冬(Automedon):狄俄瑞斯之子;阿喀琉斯的御者和朋友。

奥革阿斯(Augeas):赫利俄斯或波塞冬的儿子;阿耳戈英雄之一;扫除他的牛棚中
    的粪便是赫剌克勒斯的十二件工作之一。

奥托吕科斯(Autolycus):著名的窃贼和骗子;安提克勒亚的父亲;俄底修斯的外
    祖父。

奥托诺厄(Autonoe):珀涅罗珀的女仆。

喀迈拉(Chimaera):喷火的妖怪,为堤丰和厄喀德那所生,头是狮子,身子是一只
    羊,尾巴是一条蛇。

喀戎(Chiron):是半人半马的肯陶洛斯人;他曾教导过许多英雄。

喀耳刻(Circe):赫利俄斯和珀耳塞的女儿;埃厄忒斯的姊妹;是一女巫,能将人变
    为牲畜。

彭忒西勒亚(Penthesilea):阿瑞斯的女儿;阿玛宗人之一,在赫克托耳死后往助特洛亚人。

彭透斯(Pentheus):厄喀翁和阿高厄的儿子;忒拜王。

斐勾斯(Phegeus):普索菲斯的王;阿尔淮俄斯的儿子;阿尔克迈翁妻子阿耳西诺厄的父亲。

斐勾斯(Phegeus):特洛亚人;达瑞斯的儿子;为狄俄墨得斯所杀。

斐弥俄斯(Phemius):俄底修斯的宫廷的诗人。

斐瑞克罗斯(Phereclus):特洛亚人;哈耳摩尼得斯的儿子,为帕里斯造船过海夺得海伦。

斐瑞斯(Pheres):阿德墨托斯的父亲,拒绝替儿子死。

斐柔斯(Phereus):希腊人,为涅斯托耳所杀。

普勒斯忒涅斯(Pleisthenes):堤厄斯忒斯的儿子;为叔叔阿特柔斯所杀,给堤厄斯忒斯作肴馔。

普路同(Pluto):参看哈得斯。

普里阿摩斯(Priam):拉俄墨冬的儿子;赫西俄涅的兄弟;赫卡柏的丈夫;赫克托耳之父;特洛亚王;年轻时又名波达耳刻斯。

普洛克勒斯(Procles):阿里斯托得摩斯和阿耳癸亚的儿子;和欧律斯忒涅斯是孪生兄弟。

普洛克库斯忒斯(Procrustes):参看达玛斯忒斯。

普洛托斯(Proetus):提任斯王;阿巴斯的儿子。

普洛玛科斯(Promachus):玻俄提亚的希腊人,为阿卡玛斯所杀。

普罗米修斯(Prometheus):伊阿珀托斯的儿子;厄庇墨托斯的兄弟;因从天上窃火种给人类为宙斯判处无期徒刑。

普洛诺俄斯(Pronous):斐勾斯的儿子。

普洛诺俄斯(Pronous):特洛亚人,为帕特洛克罗斯所杀。

普洛忒西拉俄斯(Protesilaus):伊菲克勒斯的儿子,波达耳刻斯的兄弟;为埃涅阿斯所杀。

普洛透斯(Proteus):海中老人,变化无穷。

普洛托厄(Prothoe):阿玛宗人,为赫刺克勒斯所杀。

普洛托诺耳(Prothoenor):希腊人,玻俄提亚人领袖,为波吕达玛斯所杀。

普洛托翁(Prothoon):特洛亚人,为透克洛斯所杀。

普洛托俄斯(Prothous):希腊军的玛格涅西亚人领袖。

斯卡曼德洛斯(Scamander):河名;河神名;又名克珊托斯。

斯卡曼德里俄斯(Scamandrius):特洛亚人,为墨涅拉俄斯所杀。

斯刻狄俄斯(Schdius):伊菲托斯的儿子,厄庇斯特洛福斯的兄弟;福喀斯人,为赫克托所杀。

斯喀戎(Sciron):著名强盗,强迫旅人为他洗脚;后为忒修斯所杀。

斯库拉(Scylla):意大利和西西里海峡之间的卡律布狄斯对面的海妖。

斯芬克斯(Sphinx):堤丰和厄喀德娜所生的怪物,因俄狄浦斯杀父,前往忒拜为害。

斯屯托耳(Stentor):希腊人,声音洪亮可抵五十人。

斯忒洛珀(Sterope):刻甫斯和阿耳卡狄亚的女儿。

斯忒涅罗斯(Sthenelus):卡帕纽斯和欧阿德涅的儿子;攻打忒拜的后辈英雄之一。在特洛亚战争中,为狄俄墨得斯的副将及御者。

斯提喀俄斯(Stichius):玻俄提亚人领袖,为赫克托耳所杀。

斯特洛菲俄斯(Strophius):福喀斯的法诺忒地方的王。

塔罗斯(Talos):巨人,青铜时代最后一人;守卫克瑞忒岛,一说是赫淮斯托斯的父亲。

塔罗斯(Talos):代达罗斯的外甥,为代达罗斯所杀,因为嫉妒他的技艺。

塔尔堤比俄斯(Talthybius):斯巴达人,希腊人的传令官。

塔尔庇俄斯(Thalpius):厄利斯人的领袖,参加特洛亚战争。

塔那托斯(Thanatus):参看死神。

堤厄斯忒斯(Thyestes):珀罗普斯和希波达弥亚的儿子;阿特柔斯的兄弟,埃癸斯托斯的父亲。

堤摩忒斯(Thymoetes):特洛亚元老之一。

堤福俄斯(Typhoeus):塔耳塔洛斯和该亚的最小儿子。

堤丰(Typhon):即堤福俄斯,和厄喀德娜生涅墨亚狮子,勒耳那水蛇,喀迈拉,斯芬克斯,以及其他妖怪。

堤丢斯(Tydeus):俄纽斯的儿子,狄俄墨得斯的父亲;攻打忒拜的七将之一。

提费斯(Tiphys):阿耳戈船舵手。

提萨墨诺斯(Tisamenus):俄瑞斯忒斯和赫西俄涅的儿子。

提册得耳(Tisander):伊阿宋和美狄亚的小儿子。

提坦(Titans):乌剌诺斯和该亚的六儿六女,被囚于塔耳塔洛斯地狱中。

提托诺斯(Tithonus):门农的父亲。

提堤俄斯(Tityus):宙斯和厄拉瑞的儿子,因对拉托那无礼在冥土中长期受罚,肝脏为群鹰啄食。

十 三 画

瑙普利俄斯(Nauplius):帕拉墨得斯的父亲,诱希腊人的船舶走向毁灭。

瑙西卡(Nausicaa):淮阿喀亚王阿尔喀诺俄斯和阿瑞忒的女儿。

瑙西托俄斯(Nausithous):波塞冬和珀里玻亚的儿子,阿尔喀诺俄斯的父亲。

福玻斯(Phoebus):参看阿波罗。

福尼克斯(Phoenix):阿明托耳的儿子,阿喀琉斯的教师。

福罗斯(Pholus):西勒诺斯的儿子;马人之一。

福耳库斯(Phorcys):戈耳工和格赖埃的父亲。

福耳库斯(Phorcys):佛律癸亚人的领袖;淮诺普斯的儿子;为埃阿斯所杀。

蓬托诺俄斯(Pontonous):淮阿喀亚的传令官。

瑞索斯(Rhesus):厄俄纽斯的儿子;特洛亚的盟友;特剌刻人的领袖;为狄俄墨得
　　斯所杀。

瑞克塞诺耳(Rhexenor):瑙西托俄斯的儿子;阿尔喀诺俄斯的兄弟。

塞勒涅(Selene):月女神,提坦许珀里翁和忒伊亚的女儿。

塞墨勒(Semele):卡德摩斯和哈耳墨尼亚的女儿,和宙斯生狄俄倪索斯。

塞壬(Siren):福耳库斯和一位缪斯的女儿们。她们住在一个海岛上,以歌声诱惑
　　水手,使他们灭亡。

睡神(Sleep):夜的儿子,和死神是孪生兄弟。

十 四 画

赫柏(Hebe):青春女神,赫剌克勒斯在俄林波斯的妻子。

赫卡柏(Hecaba):佛律癸亚王底玛斯的女儿;普里阿摩斯的妻子,赫克托耳和帕里
　　斯的母亲。

赫卡忒(Hecate):夜和下界的女神,也是幽灵和魔法的女神。

赫克托耳(Hector):普里阿摩斯和赫卡柏的儿子,帕里斯的兄弟,特洛亚最勇猛的
　　英雄,后为阿喀琉斯所杀。

赫勒诺斯(Helenus):普里阿摩斯和赫卡柏的儿子,和他的姊妹卡珊德拉一样善卜
　　未来。

赫利阿得斯(Heliades):赫利俄斯和海中女神克吕墨涅的女儿,她们是法厄同的
　　姊妹。

赫利俄斯(Helios):参看阿波罗。

赫勒(Helle):阿塔玛斯和涅斐勒的女儿,佛里克索斯的姊妹,赫勒斯蓬托斯海峡即

从她得名。

赫楞(Hellen):皮拉和丢卡利翁的儿子,希腊一名即从他而来。

赫淮斯托斯(Hephaestus):火神,宙斯和赫拉的儿子。

赫拉(Hera):天后;克洛诺斯和瑞亚的长女,宙斯的姊妹和妻子。

赫剌克勒斯(Heracles):希腊神话中最伟大的英雄,阿尔克墨涅和宙斯所生的儿
　　子,以力大闻名。

赫剌克利代(Heraclidae):赫剌克勒斯子孙的通称。

赫耳墨斯(Hermes):宙斯和迈亚的儿子;众神的使者;亡灵的接引神,以神通广大,
　　多才多艺著名。

赫耳弥俄涅(Hermione):墨涅拉俄斯和海伦的独女;俄瑞斯忒斯的妻子;一度曾和
　　涅俄普托勒摩斯订婚。

赫西俄涅(Hesione):拉俄墨冬的女儿,普里阿摩斯的姊妹,为赫剌克勒斯从海怪手
　　中救出,嫁给忒拉蒙,生透克洛斯。

赫斯珀里得斯(Hesperides):即赫斯珀洛斯(夜)的女儿们;守卫该亚作为结婚礼物
　　送给赫拉的金苹果树。

十　五　画

墨冬(Medon):俄琉斯的私生子;小埃阿斯的异母兄弟,为埃涅阿斯所杀。

墨冬(Medon):特洛亚的盟友,为菲罗克忒忒斯所杀。

墨杜萨(Medusa):戈耳工之一,她的头被珀耳修斯割下,可使目见者化为石。

墨伽彭忒斯(Megapenthes):墨涅拉俄斯和一女奴隶的儿子。

墨伽拉(Megara):忒拜的克瑞翁的女儿;赫剌克勒斯的第一个妻子;后由他赠给伊
　　俄拉俄斯。

墨革斯(Meges):费琉斯的儿子,特洛亚战争中杜利喀翁的军事领袖。

墨拉尼珀(Melanippe):阿玛宗人,为赫剌克勒斯所俘。

墨兰透斯(Melantheus):多隆的儿子,俄底修斯的不忠的牧人。

墨兰托(Melantho):俄底修斯的不忠的女仆,欧律玛科斯的情人。

墨勒阿革洛斯(Meleager):卡吕冬的俄纽斯和阿尔泰亚的儿子,狩猎卡吕冬野猪的
　　著名英雄。

墨涅拉俄斯(Menelaus):阿特柔特的儿子;阿伽门农的弟弟;海伦的丈夫;特洛亚
　　战争中的希腊领袖。

墨涅斯忒斯(Menesthes):希腊人,为赫克托耳所杀。

墨涅斯透斯(Menestheus):珀透斯的儿子,特洛亚战争中雅典人的领袖。

墨涅斯提俄斯(Menesthius):斯珀耳刻俄斯和波吕多瑞的儿子,阿喀琉斯部下的密尔弥多涅斯人之一。

墨尼波斯(Menippus):希腊人,为阿玛宗人克罗尼亚所杀。

墨诺扣斯(Menoeceus):伊俄卡斯忒和克瑞翁的父亲。

墨诺扣斯(Menoeceus):忒拜的克瑞翁的儿子,为城邦献身而死。

墨诺提俄斯(Menoetius):帕特洛克罗斯的父亲,阿耳戈英雄之一。

墨诺提俄斯(Menoetius):冥王的牧人,又称做墨诺忒斯。

墨里俄涅斯(Meriones):摩罗斯和墨尔菲斯的儿子,克瑞忒(即克里特)人,特洛亚战争中的希腊英雄。

墨耳墨洛斯(Mermerus):特洛亚人,为安提罗科斯所杀。

墨洛珀(Merope):科任托斯的波吕玻斯的妻子,俄狄浦斯的义母。

墨洛珀(Merope):阿耳卡狄亚的库普塞罗斯的女儿,克瑞斯丰忒斯的妻子。

墨洛普斯(Merops):卜士,埃阿斯的外祖父。

墨斯特勒斯(Mesthes):塔莱墨涅斯的儿子,迈俄尼亚人领袖,特洛亚的盟友。

墨提翁(Metion):雅典人,代达罗斯的父亲。

摩利翁(Molion):希腊人,为彭忒西勒亚所杀。

摩利翁(Molion):特洛亚人,为俄底修斯所杀。

摩普索斯(Mopsus):安皮克斯和女神克罗里斯的儿子,阿耳戈英雄中的卜士。

摩律斯(Morys):特洛亚的盟友,为墨里俄涅斯所杀。

潘蒙(Pammon):普里阿摩斯和赫卡柏的儿子;为涅俄普托勒摩斯所杀。

潘(Pan):山林之神;牧人,猎人及牲畜的保护者。

潘多拉(Pandora):赫淮斯托斯用泥土造成的女人,众神赐以诸善。

潘达洛斯(Pandarus):吕卡翁的儿子;特洛亚英雄。

潘托俄斯(Panthous):特洛亚元老之一。

十 六 画

穆利俄斯(Mulius):特洛亚人,为阿喀琉斯所杀。

译 后 记

希腊神话是古代希腊人在原始氏族社会阶段所创造的一份丰富多彩而完整的民间口头文学宝藏。它和一切民族的神话一样，都是起源于人类与自然作斗争时"借助想象以征服自然力，支配自然力，把自然力加以形象化"（马克思:《政治经济学批判》导言）。在当时的历史阶段，生产力的水平是很低的，人对自然的认识是有限的，往往借助想象去解释周围的自然现象和生活现象，这样就产生了神话。希腊神话的发展，曾经经历了希腊原始社会几百年的漫长时期。"从古代雅利安人的传统的对自然的崇拜而来的全部希腊神话，其发展本身，实质上也是由氏族及胞族所制约并在它们内部进行的。"（恩格斯:《家庭、私有制和国家的起源》）所以希腊神话带有希腊氏族社会各个不同发展阶段的烙印。

在原始社会初期，人在强大的自然力面前是软弱无力的。人所创造出来的神只是自然力威严的形象。"由于自然力被人格化，最初的神产生了。"（恩格斯:《路德维希·费尔巴哈和德国古典哲学的终结》）如像乌拉诺斯、克洛诺斯、宙斯、波塞冬等古老的神，就带有这一痕迹。希腊神话是在氏族内部发展起来的，它并没有像某些古代氏族的神话那样受到祭司阶层的影响而成为统一的宗教意识形态。相反，每个部落，都以根据他们自己不断向前发展的生活经验和斗争经验所创造出来的神的形象和英雄的故事丰富了整个希腊神话的宝库。神话里不但有神，而且也出现了被奉为神的人、英雄和半神。这些人物和他们的事迹，作为一个氏族部落的集体的光荣业绩的象征，一代代相传下来。从零星的神话传说逐渐构成了许多神话系，如忒拜的传说，阿耳戈斯的传说，阿提刻的传说等等，经过几百年的积累，最后在公元前八世纪左右便形成了一整套丰富而完整的希腊神话。它成为希腊艺术的宝库和土壤,从它产生了荷马的史诗和后来的雅典的悲剧。

希腊神话的最重要的特点就是它以艺术和哲理的方式反映了希腊氏族社会生活最本质的面貌。它是"在人民的幻想中经过不自觉的艺术方式所加工过的自然界和社会形态"(马克思:《政治经济学批判》导言)。

在氏族社会阶段,阶级还没有形成,人们共同劳动,生活在共同的集体之中。当时,他们全部精力主要是用于向自然界作斗争,在这样的斗争中,个人是无力的,必须依靠一个部落、胞族或氏族的集体力量,共同获取生活资料并防御野兽和敌人。在这样的情况下,为集体服务、刚强而勇敢的英雄和战士就特别受到人们的崇敬,赫刺克勒斯这个披荆斩棘,屡建"奇功"的英雄就是这样最后被归入了俄林波斯诸神之列。人们把减轻自己劳动,提高劳动生产率的理想和愿望,以艺术的形式体现在神和英雄的身上。在俄林波斯山上便出现了神奇的工匠赫淮斯托斯,出色的女猎神阿耳忒弥斯,高明的助产神厄勒提亚……在地上就出现了能插上羽翼飞上天空的代达罗斯,坐海船取回金羊毛的伊阿宋和阿耳戈水手,从大地取得力量的安泰……一系列完美的人物形象。

为了表现人从自然取得了火的胜利,同时也为了表明这个斗争的艰巨过程,古代人创造了取火者普罗米修斯的伟岸形象。普罗米修斯这个形象标志着希腊人从原始阶段向文明时期的过渡。他是反抗一切过去的、褊狭的、自满的事物的不屈的战士,是"哲学史上的最崇高的圣者和殉道者。"(马克思:《德谟克利特的自然哲学和伊壁鸠鲁的自然哲学的区别》)正是这样,希腊神话所创造出来的一些人物,常在形象的意义之外,同时具有理想的光辉。

古典时代和以后的希腊戏剧家常以神话为题材,在原有的神话中加上一些独创的情节和解释,在原始神话的核心之外加上了一些积层,往往不易分辨,但神话的本身始终是希腊原始氏族社会的产物。它和一切民族的优秀民间文学一样为文学艺术创作提供了必不可少的素材。

原始社会后期的希腊神话,集中地表现在特洛亚战争的故事中,这时的神话中的传说的(也即历史的)成分大大增加,现实主义的因素也比早期的神话更为充分。在记叙这一时期的神话的史诗《伊里亚特》（即特洛亚战争的故事）中，就可以明显的看到，神话因素已经更多的让位给现实的历史和现实的英雄人物了。古代意识中现实概念和神话概念之间的联系仍然存在着，但神的作用毕竟已经让位给现实的英雄业绩，只占一个从属的地位了。

恩格斯说过："在荷马的诗中，我们可以看到希腊的各部落在大多数场合已联合为一些小民族；在这种小民族内部，氏族、胞族和部落仍然完全保持着它们的独立性。它们已经住在有城墙的城市里；人口的数目，随着畜群的增加、农业的扩展以及手工业的萌芽而日益增长；与此同时，就产生了财产上的差别，随之也就在古代自然长成的民主制内部产生了贵族分子。各小民族，为了占有最好的土地，也为掠夺战利品，进行着不断的战争；以俘虏充作奴隶，已成为公认的制度。""在英雄时代的希腊社会制度中，古代的氏族组织还是很有活力的，不过我们也看到，它的瓦解已经开始"（恩格斯：《家庭、私有制和国家的起源》）。特洛亚战争的故事所反映的也就是这样一个时代。

人们在这一时期所创造出来的传说中的人物是那一时代具有雄伟力量的英雄代表。赫克托耳、埃阿斯、涅斯托耳、狄俄墨得斯、帕特洛克罗斯、俄底修斯都是如此。特洛亚战争在荷马时代的希腊人心目中是现实斗争中无比光辉的事件，它被人们看做是光荣、英勇和威力的标志。正如在早期神话时代，人按照自己的形象创造了神一样，在这时期人们也同样创造了这些氏族社会后期的英雄。

随着文明时代的开始，神话和传说时代告终。但是作为一种丰富多彩的民间口头文学的希腊神话，却为我们留下了全面而生动的记录。它反映了阶级社会前人类生活的广阔图景，也以数以千计的人物形象表现了当时的社会风貌和人类童年时代的自尊、公正、刚强、勇敢的精神。这就使希腊神话的生动活泼、朝气蓬勃的生活气息，具有着不朽的魅力。

这本《希腊神话和传说》原为解放前翻译并曾出版。书的原名为《神祇和英雄》（Gods and Heroes）。原著者是德国的施瓦布（Gustav Schwab,1792—1850）。本书是根据奥·马克思（Olga Marx）和恩·莫维兹(Ernst Morwitz)1946 年的英译本翻译的。这一版本的特点是取材范围广泛,从多种不同的希腊文献中将凌乱复杂,矛盾歧出的希腊神话和传说加以整理编排,重述一遍,使前后贯串,形成前后相关的一个比较完整的体系。

现在的译本是根据旧译,略有校正,对于旧译中的前记、插图、地图、索引等也略有增减及修改。人名、地名亦根据罗念生《希腊专名译音表》(原载《西方语文》1957 年 9 月第一卷第二期)加以订正。这篇后记亦略有删改和补充。当然讹误之处仍所难免,颇望读者指正。

译　者

一九五九年五月北京

一九七七年八月重印又记

"名著名译丛书"书目

（按著者生年排序）

第 一 辑

书　名	著　者	译　者
荷马史诗·伊利亚特	［古希腊］荷马	罗念生 王焕生
荷马史诗·奥德赛	［古希腊］荷马	王焕生
伊索寓言	［古希腊］伊索	王焕生
一千零一夜		纳 训
源氏物语	［日］紫式部	丰子恺
十日谈	［意大利］薄伽丘	王永年
堂吉诃德	［西班牙］塞万提斯	杨 绛
培根随笔集	［英］培根	曹明伦
罗密欧与朱丽叶	［英］莎士比亚	朱生豪
鲁滨孙飘流记	［英］笛福	徐霞村
格列佛游记	［英］斯威夫特	张 健
浮士德	［德］歌德	绿 原
少年维特的烦恼	［德］歌德	杨武能
傲慢与偏见	［英］简·奥斯丁	张 玲 张 扬
红与黑	［法］司汤达	张冠尧
格林童话全集	［德］格林兄弟	魏以新
希腊神话和传说	［德］施瓦布	楚图南

名人传	［法］罗曼·罗兰	张冠尧 艾 珉
童年 在人间 我的大学	［苏联］高尔基	刘辽逸 等
绿山墙的安妮	［加拿大］露西·蒙哥马利	马爱农
杰克·伦敦小说选	［美］杰克·伦敦	万 紫 等
卡夫卡中短篇小说全集	［奥地利］卡夫卡	叶廷芳 等
罗生门	［日］芥川龙之介	文洁若 等
了不起的盖茨比	［美］菲茨杰拉德	姚乃强
老人与海	［美］海明威	陈良廷 等
飘	［美］米切尔	戴 侃 等
小王子	［法］圣埃克苏佩里	马振骋
钢铁是怎样炼成的	［苏联］尼·奥斯特洛夫斯基	梅 益
静静的顿河	［苏联］肖洛霍夫	金 人

第 二 辑

威尼斯商人	［英］莎士比亚	朱生豪
忏悔录	［法］卢梭	范希衡 等
罪与罚	［俄］陀思妥耶夫斯基	朱海观 王 汶
哈克贝利·费恩历险记	［美］马克·吐温	张友松
漂亮朋友	［法］莫泊桑	张冠尧
斯·茨威格中短篇小说选	［奥地利］斯·茨威格	张玉书
海浪 达洛维太太	［英］弗吉尼亚·吴尔夫	吴钧燮 谷启楠
日瓦戈医生	［苏联］帕斯捷尔纳克	张秉衡
大师和玛格丽特	［苏联］布尔加科夫	钱 诚
太阳照常升起	［美］海明威	周 莉

第 三 辑

神曲	［意大利］但丁	田德望
吉尔·布拉斯	［法］勒萨日	杨 绛
都兰趣话	［法］巴尔扎克	施康强

有声书扫码兑换

1.刮开涂层	2.扫描上方二维码	3.进行收听
刮开兑换码图层	在弹出链接中输入兑换码（字母区分大小写）	进入微信公众号或微信小程序"人文读书声"，在【我的已购】中收听

兑换码：